# 劉再復先生八秩壽慶文集

王德威　季進　劉劍梅　主編

責任編輯 龍田
書籍設計 道輸

書　　名　文學赤子 —— 劉再復先生八秩壽慶文集
主　　編　王德威　季進　劉劍梅
出　　版　三聯書店（香港）有限公司
香港北角英皇道 499 號北角工業大廈 20 樓
Joint Publishing (H.K.) Co., Ltd.
20/F., North Point Industrial Building,
499 King's Road, North Point, Hong Kong

香港發行　香港聯合書刊物流有限公司
香港新界荃灣德士古道 220-248 號 16 樓

印　　刷　陽光（彩美）印刷有限公司
香港柴灣祥利街 7 號 11 樓 B15 室

版　　次　2021 年 8 月香港第一版第一次印刷
規　　格　16 開（170 × 240 mm）592 面
國際書號　ISBN 978-962-04-4863-8

Contents

# 目錄

## 輯四　文學先生



## 輯五　漂流歲月

## 輯六　心靈本體



## 輯七　文心空間

## 輯八　多維對話

# 序言：心靈的孤本

劉劍梅

這本《文學赤子——劉再復先生八秩壽慶文集》由王德威老師、季進和我聯合主編，承蒙海內外文壇諸位學者、文人、朋友的傾情支持，以及富有人文情懷的香港三聯書店總編輯周建華先生的鼎力幫助，得以在我父親八十歲生日之前出版，作為中外學人共同送給他的生日禮物。在此，我真誠地感謝每一位為文集撰稿的作者，您們的文字讓我深深感動，也讓我堅信，文壇不僅需要豐富、深邃的知識和學問，而且需要質樸、溫馨的"赤子之心"。在編輯文集的過程中，季進出力最多，但是因為我身兼學者和女兒的"雙重身份"，所以王德威老師和季進決定由我來為文集寫序。

我父親把一九八九年（四十八歲）之前的人生，視為第一人生，把這之後到海外的人生視為第二人生。在《漂流手記》的《瞬間》一文中，他寫道，在人的生命的某一瞬間的選擇，會使人的"生命意義和生命形式發生巨大的變動"："也許，就在這一瞬間，你的靈魂已經跪下，成為魔鬼的俘虜和合作者；也許就在這一瞬間，你的靈魂往另一方向飛升，穿越了龐大的痛苦與黑暗，甚至穿越了殘酷的死亡，實現了靈與肉的再生。這一剎那，就是偶然，就是命運。"[1]他的第二人生就是在那一剎那做的選擇，而為了這一服從自己良心的選擇，他付出了巨大的代價，背井離鄉，忍受寂寞和孤獨，在海外漂泊了三十二年。

記得錢鍾書先生曾經託朋友帶給我父親八個字："令為褁臣，不為逋客。"雖然我父親一直非常敬重錢鍾書先生，但是他想來想去，還是沒有回國，原因是"褁臣"難當。他曾經寫道："一有自由心態，就不規矩不馴服，該說的話就說，不該說的話就不說，這就難免要觸'褁'並為'褁'所不容。如果沒有自由心態，

1　劉再復：《漂流手記——域外散文集》，台北：風雲時代出版社，1994 年，第 9–10 頁。

當暴臣倒是不難而且很舒服，除了可以吃飽喝足之外，還可以有名有利有地位，甚至可以‘無災無禍到公卿’。”[2] 當時聽到這八個字，同樣選擇當“逋客”的李澤厚先生馬上回了八個字：“寧為雞口，不為牛後。”我父親聽了非常高興，他更願意做報曉的“雞口”，自由啼唱，自由表述，保持一個人的全部尊嚴，“寧鳴而死，不默而生”[3]。

其實父親當時選擇出國之前，從廣東給我打過一個電話。他跟我母親擔心還在北京的奶奶、妹妹和我，我馬上回答：“你們不用擔心，走得越遠越好。”這麼多年過去了，我有時會想，如果父親當時選擇留在中國，會不會過得更舒適一些，更富裕一些，不用總是四處奔波，不用在異國他鄉那麼孤獨地生活。不過，讀了他後半生的文字，我就明白，他的選擇是對的，因為那些文字就是他獲得生命的大解脫大自在的見證。就像他說的，“我已還原為我自己，我的生命內核，將從此只放射個人真實而自由的聲音。”[4] 於是，他的聲音和文字清澈而純粹，真實而赤誠，強大而勇敢，伴隨著靈魂的鼓點，在空寂中再造自己的家園，屬於獨一無二的“心靈的孤本，生命的原版，和天涯的獨語”[5]。

## 與生命相銜接的學問

作為學人，我父親給我最大的啟發就是“學術要跟生命相銜接”。他喜歡能夠激發靈魂活力的書籍，欣賞不只是靠頭腦生活、還靠心靈和生命整體生活的思想家。他說在中國，“知識者往往徘徊於皇統、道統與學統之間，或崇道統而輕學統，而崇學統與輕道統，而愛默生則看到有一個高於道統也高於學統的東西，這就是形成‘有活力的靈魂’的生命脈統。這種脈統可以照亮道統也可以照亮學統。一個沉醉於學統的學人是可敬的，但是，如果他入乎其中而不能超乎其外，

2　劉再復：《漫步高原》，香港：天地圖書有限公司，2000 年，第 227 頁。

3　范仲淹：《靈鳥賦》，引自余英時，〈《西尋故鄉》序〉，見劉再復：《西尋故鄉》，香港：天地圖書有限公司，1997 年，第 5 頁。

4　劉再復：《獨語天涯》，香港：天地圖書有限公司，1999 年，第 5 頁。

5　劉再復：《獨語天涯》，香港：天地圖書有限公司，1999 年，第 5 頁。

即不能用生命血脈去穿透書籍，這種學統也是可疑的。”[6] 在跟我合著的《共悟人間》中，他反覆囑咐我不要陷入“語狂”和“語障”的陷阱，不要被各種概念、妄念所隔，不能讓概念和理論遮蔽真問題、真生命。他批評那種空有學術外殼而沒有太多思想和生命的赤誠的人，讓我千萬不要變成“滿身冷氣和酸氣”的學者。他寫道：

> 我們也看到學術史上一些星辰般的光束，這除了歷史上人們公認的蘇格拉底、柏拉圖、孟德斯鳩、盧梭等之外，在我們生活的時代中，我們看到的一些學者，如德國法蘭克福學派中的馬爾庫塞、阿多諾、哈貝馬斯等，也很了不起的。他們的特點是把生命與學術相銜接，把思想與時代相銜接，始終面對生命困境並從中發現問題，始終不放棄一個知識分子最高貴的品性——敢於對權勢說真話和提出坦率的叩問。他們所有的“大哉問”都積滿膽汁、心汁或其他生命的液汁，其問號是殷紅的，絕不是灰白的。如果你能向他們學習，找到一個生命與學問的連結點，就能找到一條自己的精神價值創造之路。[7]

我父親自己的學術路程，就是一個從知識走向生命的過程，是“學術與生命相銜接”的典型範例。用林崗的話來說，“與其說劉再復是一個專家型的學者，不如說他是一個思想型的學者。”[8] 在父親的第一人生中，他的文學批評和文學理論，具有鮮明的歷史和現實的針對性，極力反對把“主義”、概念、理論提高到“絕對精神”的高度，主張回到人的尊嚴。他的學術生涯是從研究魯迅開始的。七十年代末、八十年代初，他出版了《魯迅與自然科學》、《魯迅美學論稿》、《魯迅傳》。因為那個年代，國內思想剛剛解凍，所以他展現了一些思想的鋒芒，破除魯迅的偶像化，敢於把魯迅從“神壇”上拉下來，重新恢復他的

---

6 劉再復：《漂泊傳》，香港：明報月刊出版社出版，2009 年，第 115–116 頁。

7 劉再復、劉劍梅：《共悟人間》，香港：天地圖書有限公司，2000 年，第 255–256 頁。

8 林崗：〈二十年思想的蹤跡——劉再復《人文十三步》序〉，見劉再復：《人文十三步》，北京：中信出版社，2010 年，第 VIII 頁。

"人性"。自一九八五年之後，父親發表了《文學研究思維空間的拓展》，出版了《性格組合論》，並提出了著名的"文學主體性"理論，還與林崗合著《傳統與中國人》。他這一期間的思想學術，被夏中義先生概述為"劉氏三論"：性格組合論、文學主體論、國魂反省論。父親的"三論"寫於八十年代的中後期，在思想上有了一個"飛躍"，不僅有主體意識，有超越和反思意識，還有尖銳的現實批判性，與當時的語境積極展開對話，針對當時僵化的文學理論做出大膽的批評，把文學引回人性，不再做政治的附庸和傳聲筒。他試圖走出當時流行的蘇聯的理論模式，用"人物性格二重組合原理"去解構"典型環境中的典型性格"，用"主體論"去解構"典型論"和"反映論"，用"藝術主體"的個性去超越"現實主體"的黨派性，並且延續了五四的啟蒙精神和魯迅的批判國民性的精神。在《性格組合論》自序中，他寫道："我們身外是這麼一個神秘的浩茫無際的宇宙，而我們身內不也有一個難以認識窮盡的、充滿著血的蒸氣的第二宇宙嗎？"[9] 他發現，在人的性格世界——"內宇宙"中，充滿複雜的悖論和相對性，是一個相互對立、相互依存、相互轉換的豐富的存在，於是，他超越非此即彼的二分法，說明人的性格應該是"善惡並舉"的動態鮮活的生命景觀。他的"文學主體論"，講述創作主體的超越性，把現實政治和文學創作分開，認為每一位作家都有雙重主體身份：一種是世俗角色即現實主體，另一種是本真角色即藝術主體。文學主體性充分肯定創作主體的本真屬性，擺脫黨派性和世俗性，對當時的馬克思主義文藝觀念提出挑戰和質疑，並影響了之後的文藝批評理論和創作的探索。胡風的"主觀戰鬥精神"強調作家必須"擁抱"現實，而父親的"文學主體論"強調作家必須"超越"現實。可以說，在八十年代的"文化熱"中，父親扮演了"啟蒙者"和"弄潮兒"的角色。他的"三論"之所以流傳很廣，就是因為他針對當時的語境，有的放矢，提出了不少真問題，而且不懼政治壓力，顯示了一位知識分子的勇氣和風骨。

到了海外之後，他繼續深化自己的學術研究，出版了《告別革命》（與李澤厚合著）、《放逐諸神》、《罪與文學》（與林崗合著）、《現代文學諸子論》、《高

9　劉再復：《八方序跋》，北京：生活·讀書·新知三聯書店，2013 年，第 362 頁。

行健論》、《李澤厚美學概論》等書，逐漸從性格探究走向靈魂探索，不再把文學看成啟蒙和救亡工具，而是恢復文學的初衷。首先，他向"第一人生"做了鄭重的告別。他和李澤厚先生在《告別革命》中，反省二十世紀中國的基本思路——包括階級鬥爭和暴力革命有理論、歷史決定論、辯證唯物論、政治倫理宗教三位一體論、兩項對立的思路、意識形態崇拜的思路，以"二律背反"為他們的方法論、歷史觀和認識論，主張以經濟為本、改良漸進、階級協調、社會協調、對話論理、多元共存、和諧競爭、重新確定人的價值等等。雖然這本書不是學術專著，但是因為他們提出的問題與中國政治、文化、歷史、文學的大思路和大走向息息相關，所以在海外知識界的影響非常大，一版再版。然而，由於題目過於敏感，國內讀者難以看到。《放逐諸神》則是父親第二人生的一個里程碑，是他對以往的思想牢籠進行的一次告別儀式，不僅放逐"革命"、"國家"、"二極思維"、"概念"，而且放逐尼采式的膨脹的"自我"。他從宏觀的角度，對"重寫文學史"提出多角度的思考，反思國內以往以反映論為基點的文學理論系統，同時與國外流行的現代和後現代"主義"和概念也保持距離。他所要放逐的"諸神"中，同樣包括那些與中國文學作品的語境非常"隔"的西方理論。

告別"第一人生"的種種禁錮思維的模式之後，父親的寫作越來越往心靈和靈魂的方向轉變和靠攏。林崗曾經用陳寅恪先生的一句話來描述父親在海外時期的學術著作："士之讀書治學，蓋將以脫心志於俗諦之桎梏，真理因得以發揚"。他認為，第二人生讓我父親獲得了心靈的大自由，衝破"俗諦之桎梏"，去掉頭頂上的種種光環，如"所長"、"主編"、"盟主"等頭銜，而只剩下"客座教授"，領悟到自己在人生走一回，不過是"過客"而已——"夢裡已知身是客"，然而，"在'俗諦'離他越來越遠的時候，真理卻離他越來越近。"[10] 剛到海外的時候，父親出版過《人論二十五種》，對人性諸相進行了深刻的探討，如"肉人"、"畜人"、"酸人"、"忍人"、"癡人"、"傀儡人"、"套中人"、"分裂人"、"兩棲人"等。這些人性諸相，不僅代表中國的國民性，而且還具有普世的人性特徵。

---

10 林崗：〈序一：歷史和心靈的見證〉，見劉再復：《人文十三步》，北京：中信出版社，2011年，第IX-X頁。

不過，他很快就把視角轉向靈魂。在與林崗合著的《罪與文學》中，他們叩問中國文學傳統所缺乏的宗教維度和懺悔意識，從靈魂視角進行中西方文學的宏觀性比較。他們認為，中國文學缺乏的正是“內心的靈魂呼告的聲音”，只重視外在的社會、政治、國家的維度，而不重視主體本身靈魂的對話和掙扎。“具有深度的罪感文學，不是對法律責任的體認，而是對良知責任的體認，即對無罪之罪與共同犯罪的體認，懺悔意識也正是對無罪之罪與共同犯罪的意識。”[11] 歐洲自二戰後，出現了蔚為大觀的跟“懺悔意識”有關的文學作品、文學理論和思想史論述，而在中國語境中觸及到這一問題的文論卻寥寥無幾，因此《罪與文學》有深遠的意義。

如果父親第一人生的理論和主張充滿了“救世”情結，那麼他的第二人生則著眼於“自救”。他所寫的文字是他在荒野隙縫中，為自己開闢的一片心靈的園地，來自於他內心真正的需求，不再具有鮮明的現實針對性，而是跨越古今中外，思考更為普遍和永恆的跟生命有關的命題。他曾說：“在宇宙的大明麗與大潔淨面前，方知生命語境大於歷史語境。”[12]《高行健論》是父親從文學批評的角度對“文學主體性”和“主體間性”的延續性思索。他注意到《靈山》中的“你”、“我”、“他”三人稱，正是內在主體的三坐標，構成了複雜的內在主體性和主體間性。另外，在第一人生中，他認同魯迅，傾向於做一位“精神界戰士”，一位能夠“攖人心”的摩羅詩人，一位積極擁抱社會、改變社會的知識分子，然而，在第二人生中，他更認同高行健，傾向於做一位超越潮流的冷觀者，用第三隻眼睛，審視世界和反觀自我的複雜性。

在海外，他面臨如何選擇自己的人生道路的問題。因為他不想被綁架在任何兩極對立的“戰車”上，只想專心做文學研究，所以提出“第三空間”的範疇，即“在社會產生爭執兩極對立時，兩極之外留給個人自由活動的生存空間”[13]。第三空間不僅包括不受外界壓制和擠壓的私人空間，也包括價值中立的公眾空

---

11　劉再復、林崗：《罪與文學》，北京：中信出版社，2011 年，XIX。

12　劉再復：《面壁沉思錄》，香港：天地圖書有限公司，2004，第 2 頁。

13　劉再復：《大觀心得》，香港：天地圖書有限公司，2010 年，第 204–206 頁。

間；既接近中國的隱逸文化和文學的內涵，也接近以賽亞・伯林所說的"消極自由"。在中國的語境下，"第三空間"和"第三種人"都沒有生存的權利和保障，常常被貶低和排斥，但是父親認為隱逸文學和消極自由"表面上是柔和無爭，內裡卻有守衛自由的拒絕黑暗政治的力量。"[14]王德威老師曾經論述道："相對於祖國與海外所代表的第一和第二空間，'第三空間'看似虛無縹緲，卻是知識分子安身立命之處。這是'一生二，二生三，三生萬物'的空間。這空間所標榜的獨立、自由立刻讓我們聯想到康德哲學所刻畫的自主與自為的空間，一個'無目的性'與'合目的性'相互融洽的境界，一種澄明的理性自我的證成。"[15]在政治層面上，"第三空間"立足於兩極對立的中間地帶，具有寬廣的包容萬象的精神，既允許個人回到"自己的園地"，也鼓勵價值中立的各種公共空間；在哲學層面上，"第三空間"建立在中道智慧和禪宗的"不二法門"的基礎上，打通真諦和俗諦，對天地間多元的生命和情懷都包容和理解；在文學層面上，父親認為，文學和藝術只有在"第三空間"才能夠獲得真正的獨立和自由，才有更多真正的創新，才不會淪為政治或商品社會的奴隸。

父親後來的學術思考逐漸從"關注現代"走向"返回古典"，從"外向批判"轉為"內心感悟"。他認為自己的"返回古典"，不是"復古"，而是"文藝復興"。他所思考的問題都來自於自己的"悟讀法"，以心讀心，無論是重新閱讀《紅樓夢》，還是重新閱讀《水滸傳》、《三國演義》、《西遊記》，都是為了"安心"、"立心"、"明心見性"。由於他不用受任何學術體制的管制，他真正達到"我手寫我心"，像莊子《逍遙遊》的大鵬一樣自由地思索和寫作。相對於李澤厚先生的"歷史本體論"，他的悟讀屬於"心性本體論"。他曾經說過："我對李澤厚的'歷史本體論'也努力領會，覺得很有道理，但我更多地講'心性本體論'，常常很唯'心'。禪宗講'心'，王陽明講'心'。'心'是什麼？就是心靈狀態決定一切。佛在我心中，世界就在我心中，心外無物，心外無天，把自己的心修好了，就什

14　劉再復：《大觀心得》，香港：天地圖書有限公司，2010 年，第 130 頁。

15　王德威：〈山頂獨立，海底自行〉，載於《華文文學》，2019 年第 4 期。

麼都好了。”[16] 他的“紅樓四書”包括《紅樓夢悟》、《共悟紅樓》、《紅樓哲學筆記》、《紅樓人三十種解讀》，用學術論述、對談、片段悟語等多文體形式，以“悟證”代替“考證”與“論證”的方法，揭示《紅樓夢》深刻和豐富的哲學內涵。“悟證”的方法，不同於邏輯論證、知識考證和家世考證，而是接近禪宗的通過直覺把握本體的方法。父親悟讀《紅樓夢》的過程，簡直就是一個“讀心”和“修心”的過程，追求的不是“學術業績”，而是“學術意境”和“學術境界”。通過“悟證”的感性直覺的方法，他把《紅樓夢》的研究從歷史學、考古學的領域引領回文學、美學、心性學的領域。他認為《紅樓夢》是一部心靈大書，生命大書，充滿佛心、童心、赤子之心、慈悲心，而在《雙典批判》中，他則從文化批評的角度，認為《三國演義》和《水滸傳》是中國的“地獄之門”，是“偽型文化”，充滿了機心、世故心、兇心。後來他又完成了《西遊記三百則悟語》和《賈寶玉論》，把中國傳統文化的“心靈方向”和“精神分野”做了一番徹底的考察和審判。我相信，他這一“讀心”的大工程會超越時代，給中國讀者立下一個永久的“心靈坐標”。

父親自二〇一二年來香港科技大學做訪問院士後，筆耕不綴，出版了《教育論語》、《什麼是文學——文學常識二十二講》、《怎樣讀文學——文學慧悟十八點》、《什麼是人生》、“五史自傳”（包括《我的寫作史》、《我的心靈史》、《我的思想史》、《我的錯誤史》、《我的拚搏史》）等書籍。二〇一五年，他發表了《第三人生告示》，認為他的第一人生是中國的學生與學者；第二人生是中國的流亡者和反省者；第三人生則是“世界公民”。在《什麼是人生》中，他的關注已經從中國轉向全人類，發現人類集體變質，重物質而不重精神，重資本而不重人本，重工具理性而不重價值理性，重解構而不重建構，他認為這是全世界的價值迷失。他的《什麼是文學》和《怎樣讀文學》屬於明心見性的文學概論，以他自己多年的直覺和感悟，揭示文學的真諦，恢復文學的自性，重申他的文學精神和立場。

---

16 劉再復、古大勇：〈中西‘大觀’視野下的文學批評和文化批判——劉再復先生訪談錄〉，載於《甘肅社會科學》，2015年第6期。

## 真性情的散文

父親是一位學者，也是一位詩人和散文家。他在第一人生中所寫的散文，充滿浪漫和激情，顯示生命復甦後的大磅礴氣勢。八十年代，他出版了六本散文詩集：《雨絲集》、《告別》、《深海的追尋》、《太陽、土地、人》、《尋找的悲歌》、《人間、慈母、愛》。康乃爾大學的安敏軒教授（Nick Admussen），在他的第一本英文著作中專門有一章研究我父親的散文詩，把他看成中國現當代散文詩的一位重要寫作者。父親在國內寫的散文詩，代表了他們那一代人在八十年代波動不安的情緒，是生命復活後的大狂歡。他對個體生命的存在積極肯定，熱愛每一片綠葉，一遍遍讀著深奧的大海，如同讀天地之心和自我之心。我曾經為他的《讀滄海》寫序，注意到他的散文詩中的"雙元宇宙"：

> 父親對散文詩的形式也力求有所突破，這些突破表現在其它兩種形式中。一種是篇幅比較長的詩化散文，大概在三千字左右。他的《讀滄海》、《榕樹，生命進行曲》、《慈母頌》、《愛因斯坦禮讚》等都屬此類。這類散文中，我最感興趣的是父親詩中的"雙元宇宙"，即內宇宙與外宇宙。在《讀滄海》中，他這樣寫道："你，偉大的雙重結構的生命，兼收並蓄的胸懷：悲劇與喜劇，壯劇與鬧劇，正與反，潮與汐，深與淺，珊瑚與礁石，洪濤與微波，浪花與泡沫，火山與水泉，巨鯨與幼魚，狂暴與溫柔，明朗與朦朧，清新與混濁，怒吼與低唱，月出與日落，誕生與死亡，都在你身上衝突著，交織著。"實際上，他是在借用外宇宙來談內宇宙，借用滄海、榕樹、大河、高山、山頂等等大自然的意象與力度來雕塑人的內宇宙。這些散文詩，是八〇年代思想剛剛開放的象徵。那時的父親，好像從遲到的青春中剛剛覺醒，好像經歷了一場大徹大悟，一場生命的涅槃。於是，他的詩充滿了野性的呼喚，人性的渴求；他急切地喚醒被虛偽理性所壓抑的母愛和大自然的愛。說他的詩有一種力度，是因為這種內外宇宙的結合充滿了磅礴之氣，非任何荊棘坎坷所能阻擋。他的散文詩一方面常常流露出很濃的浪漫氣息，另一方面也對大自然做著深刻的思想性和文化性的閱讀。

父親對散文詩的另一類嘗試，是長散文詩體，如《尋找的悲歌》，長達五萬字，共一百二十五節。在《尋找的悲歌》中，整篇的主旋律就是尋找，從孩提時代尋找到中年時代。沒有終點、沒有句號、沒有結局的、悲劇式的尋找，恰如他的人生之旅。在我看來，《尋找的悲歌》正是父親在海外寫的《漂流手記》系列的序曲，它揭開了尋找靈魂家園的序幕。這組長散文詩寫於"反自由化"運動期間，那時，父親由於心情不好，去南方散散心，於是寫下了這組內含生命的張力與矛盾的散文詩。以往的路上有菩提樹和野玫瑰等怡美景色，現在卻是地獄邊上蜿蜒著的路，是連路也沒有的路；以往落人眼簾的只有"我和同類的靈魂原野中升沉著的太陽"，"一片片光輝奪目的內宇宙"，現在則同時也發現"無所不在的黑洞"，"黑霧中的幽靈"，"黑霧中的眼睛、手和頭顱"。他既絕望地做著死之夢，又努力地越超著黑洞，與黑洞爭奪自己。在這裡，我覺得父親顯然受魯迅精神的影響，不僅有對荒謬、虛無的領悟，也有反抗荒謬、不懈奮鬥的韌勁。父親的尋找旅途是漫長的，與他以往的單純和奔放的旋律不同，這一旅途時時泄露出"異質"的痕跡，是一個充滿痛苦和矛盾的張力場，沒有一點點矯情造作的成分。在我編的這本散文詩集裡，我最喜歡這組長散文詩，因為它的內涵更為深邃，它包含著叩問人的存在意義的對話，這些對話是父親的性格組合，也是那個時代的多聲調的組合。

在第二人生中，父親不再寫散文詩，而是選擇用散文的形式來書寫他漂流生涯的滄桑百感，用一字一句來穿越曠野中的孤寂，填補黑暗的深淵。收錄在他的十卷本《漂流手記》的散文，形式包羅萬象，既有敘事性散文，又有論說性散文，還有抒情性散文。除此之外，他還跨越各種文體的邊界，把書信、對話、片斷性寫作等新文體都納入他的寫作之中。單是他的片段寫作，就有兩千五百段，如禪宗的悟語，每一段都有文眼，這種奇異的風格內含一種罕見的詩意和哲理的力量，神思玄遠，堪比埃利亞斯·卡內諦的《人的疆域》。余英時先生認為，《漂流手記》不僅延續了中國古代文人漂泊的傳統，而且改變了"故鄉"的定義——"故鄉"是精神的，而不是地理的。李歐梵先生指出，《漂流手記》是心靈的自傳，不同於五四以來的"外向型"散文——面對歷史、時代、社會，而是側重於個人心靈的主體性，即使在各地漫遊，也一樣映照他自己的心靈感悟。[17] 的確，父親的散文屬於內向性散文，承載了他自身的人格精神、生命感悟、社會歷史見識。他在散文中追求的境界是宇宙境界，用“大觀的眼睛”——也就是超越的、非功利的、宇宙的眼睛，看世界看自我，意境高遠，情感真切，“寫得不落俗套，讀來一洗凡塵，在當代漢語散文之林中卓然自樹一家”。[18]

蘇煒評價《漂流手記》是一部“捧心之作”：“作者是‘捧心之寫’，讀者是‘捧心之讀’，讀罷便每每總有‘捧心之慨’，不時就忍不住想‘捧心一哭’——這就是劉再復的散文。這就是劉再復近年的散文創作給漢語世界讀者留下的相當不易言述的閱讀經驗。”這段概述非常形象和感性地捕捉住父親散文的特點。父親喜歡用直筆，直抒胸臆，“破一切執，留一顆心”，行文中充滿真性情，一片赤子之心，沒有絲毫的做作和虛假，完全是他自己的本真狀態的體現。他的為人和文字可以用一個“真”字來形容，既有回歸童心的天真純潔，又有鄉土田野的質樸和寬厚，心中永遠是一座不設防的城。

《漂流手記》真實地記錄了父親從第一人生到第二人生的“轉世投胎”的精神之旅和心路歷程。到海外的最初幾年，他遇到很多艱難困苦，生活不穩定，什麼都得從頭學起。他自嘲自己轉世時已經不是“靈童”，而是“老生”，無論說話（英文）和走路（開車），都不靈活，很難全身心地投入到“另一個母體的語言世界和文化心理世界。”既投不進新的母體，又回不去舊的母體，他只能徘徊於兩間，仿如魯迅所說的“兩間餘一卒，荷獨徬徨”，於是他乾脆稱自己為“隙縫人”：

> 這樣一來，我便成了一種特殊的生命，既脫離了東方的母體，又未進入西方的母體。於是，就在兩個母體的隙縫之間徘徊、徬徨、遊蕩。“投胎”變成“投荒”，生命就在兩個母體之間的荒野地裡漂泊，本來就怪的怪胎變得更怪，思想與文字大約都帶著隙縫中的怪味與荒草味。[19]

---

17 李歐梵：〈劉再復的心靈自傳——《漂流手記》小序〉：《漂流手記》，香港：天地圖書有限公司，1994年，第1頁。

18 林崗：〈遠遊者的沉思〉，見劉再復：《漂泊傳》，香港：明報月刊出版社出版，2009年，第xiv頁。

19 劉再復：《漂泊傳》，香港：明報月刊出版社出版，2009年，第17頁。

作為“隙縫人”，我父親最開始被鄉愁所困擾，有一種揮之不去的蒼涼飄零的感覺，彷彿落入一片大荒山和無稽涯，讓他感到恐慌和迷惘，內心充滿苦楚。不過，漸漸地，他就走出了這種鄉愁情結，在質樸純然的生活方式中找到了禪宗的“平常心”，體會到陶淵明式的田園生活的寧靜和歡欣，並且發現“從隙縫裡看看兩邊世界的荒謬，看得格外清楚。”對於他來說，處於中西文化邊緣的隙縫人反而可以跟兩個“文化中心”產生獨特的對話。在十卷本的《漂流手記》中，他把自己的漂流定義為美學的漂流，故鄉不再是國家地理位置上的故鄉，而是情感的故鄉，文化的故鄉，是他自己身上積澱的中西文化的銜接點。在散文中，他不斷地再造故鄉，把故鄉具體化為母親、妻子、女兒、朋友，具體化為司馬遷的《史記》和曹雪芹的《紅樓夢》，具體化為“思想者種族”，具體化為他所癡迷的古今中外的書籍，還有他自己筆下的一個個方塊字，以及現實和文學裡的所有美麗的心靈。他所生存的“隙縫”，不再令他感到窒息，而是變得非常寬廣遼闊，可以是博爾赫斯小說中的“阿萊夫”，包容天底下的所有燈盞和光源，也可以擴張成獨特的“第三空間”，超越非此即彼的思維，“一生二，二生三，三生萬物”，無邊無際，無疆無界，如同宇宙一樣浩瀚無垠。

錢穆先生曾說過：“文心即人心，即人之性情，人之生命之所在。故亦可謂文學即人生，倘能人生而即文學，此則為人生之最高理想，最高藝術。”[20]這句話非常適合描述父親的一生，因為他寫了那麼多的文字，目的就是為文立心，為自己立心；文學就是他的生命，他的人生就是文學。父親常把自己界定為“思想者”，認為此一界定比把他界定為作家、評論家等更恰切。他的五史自傳，有一史是《我的思想史》，他認為，人在有思想之前不過是一塊石頭，《紅樓夢》、《西遊記》都是“石頭記”。有了思想，才算通靈，才成為人。他最喜歡的人的定義是“人是會思想的蘆葦”，此定義道破人的兩個特徵：一是脆弱，二是會思想。他一再對我說，要學會思想，要成為有思想的學者。他說，鳥最美麗的是翅膀，人最美麗的是思想。經他教育，思想也成了我的自覺。他把一生都獻給文學，所以丁帆先生稱他為“文學先生”很對，但他是思想型的文學研究者。讀書讀思

---

20　錢穆：《現代中國學術論橫》，北京：九州出版社，2011 年，第 222 頁。

想，感悟悟思想，寫作寫思想。請注意，是思想者，不是思想家。他從不以思想家自居，他認為這是對待人生所必須的態度。魯迅書寫的“抉心自食”的形象，彷彿預示了文學被政治、商業掌控的“無心”和“失心”的時代，然而，我父親卻盡自己的一切，努力地為文學補上這顆赤誠、自由、慈悲之心。

# 輯一 海底自行

# 漂流與逍遙

## ——《西尋故鄉》序

余英時

劉再復先生最近六七年來一直都過著他所謂的“漂流”的生活，在這一段“漂流”的歲月中，他除了文學專業的論著外還寫下了大量的散文。這些散文都將收集在《漂流手記》（也是第一集的書名）這個總題目之下。本書是第三集，名之為《西尋故鄉》。再復知道我愛讀他的散文，要我為這一集寫一篇序。其實我不但喜歡他的文字，而且更深賞文中所呈露的至情，因此，便欣然接受了寫序的任務。

“漂流”曾經是古今中外無數知識人的命運，但正因為“漂流”，人的精神生活才越來越豐富，精神世界也不斷得到開拓。僅以中國而論，如果剔除了歷代的漂流作品，一部文學史便不免要黯然失色了。中國第一位大史家司馬遷便最早發現了漂流和文學創作之間的密切關係。他不但在《自序》中指出“屈原放逐，著《離騷》”這一重要事實，而且還特別將屈原和漢初的賈誼合成一傳。這就表示他已在有意無意之間為中國的漂流文學建立了一個獨立的範疇，所以傳中既敘其異代而同歸的流放生活，又錄其在流放中寫成的辭賦。

在近代以前的中國文學史上，作家的漂流主要有兩大類型：亂離與流放。前者由於戰爭，後者則出於朝廷的貶斥。在第一流的文學家中，庾信、杜甫、陳與義代表第一類，屈原、韓愈、蘇軾則代表第二類。和流放相同，亂離也是文學創作的一大泉源。庾信經侯景之亂，江陵之陷，流落北方，他的晚年辭賦才大放異彩。故杜甫說：“庾信平生最蕭瑟，暮年詩賦動江關。”杜甫如果不是經歷了天寶之亂，他的詩的成就，肯定不會那樣高。陳與義也要在靖康之亂以後才能體會到“茫茫杜老詩”的深意。後人說他“避地湖嶠，行路萬里，詩益奇壯”（劉克莊語），是完全合乎事實的。

再復出生較遲，沒有趕上亂離的時代。陳寅恪先生在一九四八年底離開北平所詠“臨老三回值亂離，蔡威淚盡血猶垂”的情況，他是難以真正領略的。在他初入小學的階段，亂離已遠離中國而去了。單從這一方面說，再復似乎是很幸運的。我大約比再復年長十歲，而我的童年的清晰記憶便始於亂離。但是換一個角度看，再復又可以說是“生不逢辰”。因為他從入學到入世的四十年間（一九四九——一九八九年）恰好遇到了中國史上一個空前絕後——至少我希望也是“絕後”——的變異時代。這個時代我們現在還無以名之；姑且藉“漂流”兩字起興，讓我稱這個時代為知識人“大流放”的時代。“勞改”、“下放”、“上山下鄉”——這只是我順手拈來的幾個名詞，我不知道的名目也許還多著呢！這些先後出現的不同名目儘管在內容上有種種分別，其實都可以繫屬在一個共同的範疇之下——流放。我不知道今天中國大陸上四五十歲以上的知識人有多少人曾經完全倖免於流放？也就是說沒有過任何“勞改”、“下放”或“上山下鄉”的經驗？如果說一九四九年以來中國知識人流放的數量超過了以往幾千年的總和，我想這恐怕不算是一個過分誇張的估計。滿清初入關時也曾大批流放知識人以為鞏固政權的手段，如順治十四年（一六五七）的所謂“丁酉科場案”是其中規模最大的一次，流放關外尚陽堡寧古塔的文士大約不下數百人。但若和一九五七年“反右”運動相比，簡直微不足道。更重要的是清初遭流放的文士在漢滿知識人之間同樣博得廣泛而深厚的同情。這在當時詩文集中隨處可以取證。最著名的如丁酉案中流放寧古塔的吳漢槎，不但引出吳梅村、顧梁汾、王漁洋等人纏綿悱惻的詩詞，而且納蘭性德也為之奔走關說，終使他得以在五年後便生入山海關。不但如此，吳漢槎在流戍期間仍能與友人（如徐乾學等）詩文信札往還，他的弈技更在此期間突飛猛進，可見流放生活也並非十分的慘酷。我偶然讀到荒蕪的《伐木日記》殘篇，記載一九五八——一九五九年間他和許多“右派”流放黑龍江原始森林的種種遭遇。兩相比較，簡直是天堂與地獄的懸絕了。

無獨有偶，俄國政治犯流放到西伯利亞的，沙皇時代和斯大林時代的對比也恰恰如出一轍。列寧的妻子回憶錄中記載她在十九世紀九十年代到西伯利亞去探望丈夫時，發現列寧過著頗為舒適的生活，沙皇政府付給他的錢，足夠他租一所房子，僱一個傭工，並且還可以打獵。他也可以和世界各地通信，甚至在俄國出版他的著作。所以他的妻子見到他的第一句話是："天哪！你怎麼長胖啦！"另一被沙皇政府放逐到西伯利亞的政治犯——索羅金（Ptirim A.Sorokin，1889–1968），後來在哈佛大學任教（社會學）時也說，沙皇時代政治犯的流放與囚禁等於是"招待度假的性質"（in the nature of granting them a vacation with most of the expenses paid）。俄國的例子更使我們認識到為什麼中國的"流放"也有"古代"與"現代"的不同。

唐、宋時代著名士大夫的謫戍往往起於他們極言直諫，評彈朝政，用現代的話說，他們都是所謂"在體制內持不同政見者"。韓愈因為上"論佛骨表"，遂致"一封朝奏九重天，夕貶潮陽路八千"；蘇軾也由於反對新政而屢遭貶斥，最後更流放到海南島。但是我們不能忘記，當時無論在朝還是在野的士大夫不但不以這種貶逐為恥，而且恰恰相反，視之為莫大的榮耀，所以朝廷每貶逐一次，持不同政見者的聲望卻為之提高一節。范仲淹的生平為我們提供了一個最有趣的例證。文瑩《續湘山野錄》載：

> 范文正公以言事凡三黜。初為校理，忤章獻太后旨，貶倅河中。僚友餞於都門曰："此行極光。"後為司諫，因郭后廢，率諫官、御史伏閤爭之不勝，貶睦州。僚友又餞於亭曰："此行愈光。"後為天章閣，知開封府，撰《百官圖》進呈，丞相怒，奏曰："宰相者，所以器百官，今仲淹盡自掄擢，安用彼相？臣等乞罷。"仁宗怒，落職貶饒州。時親賓故人又餞於郊曰："此行尤光。"范笑謂送者曰："仲淹前後三光矣，此後諸君更送，只乞一上牢可也。"客大笑而散。

這是中國古代政治史上一個極美的故事，可見專制皇權的威力並不能壓倒士大夫的公論。文瑩是王安石時代的"餘杭沙門"，和當世士大夫交往密切，他的記載是很可信的。葉夢得在南宋初年撰《石林燕語》也記述了范仲淹最後一次的貶逐，恰可與文瑩之說互相證發。他說：

> 范文正公始以獻《百官圖》譏切呂申公，坐貶饒州。梅聖俞時官旁郡，

作《靈烏賦》以寄，所謂"事將兆而獻忠，人返謂爾多凶"，蓋為范公設也。故公亦作賦報之，有言"知我者謂吉之先，不知我者謂凶之類。"（卷九）

可見范仲淹第三次貶逐時，不但在京師的"親賓故人"都為他餞別以壯其行，而且在外郡的詩人梅堯臣也特別寫《靈烏賦》為他作道義上的聲援。放逐是中國知識人的光榮，這一觀念在范仲淹"前後三光"的經歷中獲得了最有力的支持。

范仲淹為宋以後的知識人樹立了一個典範，他的"士當先天下之憂而憂，後天下之樂而樂"兩句話在北宋已成名言，至今仍流傳人口。其實他答梅堯臣而寫的《靈烏賦》中也有兩句更富於現代涵意的名言。南宋末王應麟告訴我們：

范文正《靈烏賦》："寧鳴而死，不默而生"，其言可以立儒。（《困學紀聞》卷十七〈評文〉）

胡適之先生曾把這兩句話比作美國開國前爭自由的名言："不自由，毋寧死。"這個比擬雖嫌牽強，但也不是毫無理由的。無論如何，中國傳統的知識人正因為具有"寧鳴而死，不默而生"的精神，所以才往往落得流放的下場。在一九五七年"鳴放"的"陽謀"期間，這個精神又曾極短暫地復活過。我相信後來被打成"右派"的知識人其實都是"體制內持不同政見者"，他們也許從來不知道有"寧鳴而死，不默而生"的這八個字，然而這句名言所代表的精神則毫無疑問地依附在他們的身上。但是他們在打成"右派"而遭到"勞改"或"下放"的懲罰時，卻遠遠沒有范仲淹那樣幸運了。在貶逐的時候，已沒有人——包括家人骨肉在內——會為他們"餞行"，更沒有人會說"此行極光"之類的話。在當時的情況下，人人都覺得"右派"的"帽子"是最可恥的，被貶逐的本人更覺得他們自己"罪孽深重"。用當時流行的暴力語言來說，知識人帶上任何一頂"欽定"的帽子，便變成了"不齒於人類的狗屎堆"。這又是中國知識人史上"傳統"與"現代"之間的一大分野。

就"寧鳴而死，不默而生"的精神而言，再復的"漂流"自然與中國知識人的傳統有著千絲萬縷的牽繫。他發現自己是"中國的重人，整天憂國憂民"，這一情結便是從范仲淹那裡輾轉傳衍下來的。但是再復所受到的"放逐"的懲罰則是"現代"的。文革時期的"下放"固不必說，一九八九年再復自我流放的前夕，儘管知識人的群體自覺已有復甦的跡象，恐怕還沒有一個"僚友"敢公然為他"餞別"，並對他說："此行尤光！"而且最近六七年來，這一點剛剛開始復甦的自覺有如逆水行舟，不進反退，在民族主義的新召喚下，許多知識人似乎又心甘情願地重回到"體制內"去，不肯再作"持不同政見者"了。這頗使我聯想到《舊約·出埃及記》中的故事。跟隨摩西出走的一部分以色列人，在荒漠途中捱餓久了，反而懷念起在埃及作奴隸的"好日子"來。奴隸主"法老"雖然逼他們作苦活，但食物的供應是不缺的，有魚、有瓜果、還有菜蔬。荒漠中的甘泉並不真能療飢，未來樂土中的奶和蜜也不過是"望梅止渴"。為什麼那麼多的中國知識人會在一夜之間變成了狂熱的民族主義者呢？這個問題自然不能有簡單的答案。不過我疑心其中大概也有些人很像受不了荒漠旅途之苦的以色列人，懷念著埃及。但半途折回總不能不找一個光明正大的理由。現在有了民族主義作護身符，他們便可以大搖大擺地走回頭路了。埃及的鮮魚、瓜果、還有菜蔬畢竟是很誘人的。

再復是決心不走回頭路的。他說，名聲、地位、鮮花、掌聲——這一切他都已視為草芥，埋葬在海的那一岸了。這話我是深信不疑的。他把這一集散文定名為《西尋故鄉》便是明證。他說得很清楚，他已改變了"故鄉"的意義；對今天的再復來說，"故鄉"已不再是地圖上的一個固定點，而是"生命的永恆之海，那一個可容納自由情思的偉大家園。"這使我想起了莊子的《逍遙遊》。我想用"逍遙遊"來解釋再復的"漂流"，是再適當不過的。莊子一生追尋的"故鄉"也是精神的，不是地理的。《逍遙遊》中"至人"的"故鄉"是"無何有之鄉"，然而又是最真實的"故鄉"，只有在這個真實的"故鄉"裡，"至人"才能達到"獨與天地精神往來"的境界，才能具有"舉世譽之而不加勸，舉世非之而不加沮"的胸襟。

話雖如此，恐怕今天的民族主義者還是不會輕易放過再復的。民族主義者現在也引儒家為同道了。春秋大義首重"夷夏之防"；不必讀內容，書名《西尋故鄉》四個字便足夠"明正典刑"的資格。近代"西尋故鄉"的先行者，如郭嵩燾，如康有為，如胡適，都曾受過民族主義者的口誅筆伐。不過如果我可以為再復辯護，那麼我要說：根據儒家的原始經典，即使是地理意義上的故鄉，任何人都可以"去無道，就有道"的。孔子便說過"道不行，乘桴浮於海"，雖然他沒有真的成行。《詩・魏風・碩鼠》更明白地說：

碩鼠碩鼠，無食我黍。三歲貫女，莫我肯顧。逝將去女，適彼樂土。樂土樂土，爰得我所。

碩鼠碩鼠，無食我麥。三歲貫女，莫我肯德，逝將去女，適彼樂國。樂國樂國，爰得我直。

事實上，在他的散文集中再復對地理意義上的故鄉充滿著深情的回憶。古人曾說："情由憶生，不憶故無情。"再復是天生情種，所以他才有那麼多的懷舊之作。他絲毫不懷戀埃及的鮮魚、瓜果、菜蔬，但是對於故國的人物、山川、草木，他終是"未免有情，誰能遣此。"他自然也不能將苦痛的往事完全從記憶中抹去，所以筆下時時流露出對於碩鼠的憎恨。但是在我想來，眼前最緊要的還是繼續作逍遙遊，一心一意去追尋精神的故鄉。從《舊約》的記載看，以色列人出走埃及以後還有漫長的征程，他們似乎逐漸忘記了"法老"的橫暴，因為他們忙著要建立新的信仰和屬於自己的家園。這樣看來，再復似乎也不妨暫時把橫行的碩鼠置諸腦後。碩鼠的世界雖然盤踞在再復記憶中的故鄉，但這兩者不但不是合成一體的，而且越來越互為異化。後者是永恆的存在，蘊藏著無限的生機，前者則已變成一溝死水。

所以我要引一段詩人聞一多的《死水》，以結束這篇序文：

這是一溝絕望的死水，
這裡斷不是美的所在，
不如讓給醜惡來開墾，
看他造出個什麼世界。

一九九六年九月一日於普林斯頓

# 從“必然王國”到“自由王國”
## ——《思想者十八題》序

余英時

劉再復兄這部《思想者十八題》集結了他十七年“漂流”生活中的採訪錄和對談錄，用他自己的話說，各篇的“共同點是談話而不是文章”。“談話”的長處不僅在於流暢自然，而且能兼收雅俗共賞之效。十八題中的論旨在他的許多專書中差不多都已有更詳細、更嚴密的論證，但在這部談訪錄中則以清新活潑的面貌一一展現了出來。不但如此，談者“直抒胸臆”，讀者也感受到談者的生命躍動在字裡行間。再復一再強調，這十七年來他進入了“第二人生”。這句話的涵義只有通過本書才能獲得最清楚的理解。

在對談錄的部分，我特別要提醒讀者注意他和高行健、李歐梵、李澤厚三位朋友的對話。這是思想境界和價值取向都十分契合的“思想者”之間的精神交流。儘管所談的內容各有不同，但談鋒交觸之際都同樣迸發出思維的火花。在這三組對話中，二〇〇五年《與高行健的巴黎十日談》使我感受最深。他們不但是“漂流”生活中的“知己”，而且更是文學領域中的“知音”。他們之間互相證悟，互相支持，互相理解，也互相欣賞。這樣感人的關係是難得一見的，大可與思想史上的莊周和惠施或文學史上的白居易和元稹，先後輝映。再復十幾年來寫了不少文字討論高行健的文學成就。無論是專書《高行健論》或散篇關於《八月雪》劇本的闡釋，再復都以層層剝蕉的方式直透作者的“文心”，盡了文學批評家的能事。這是中國傳統文藝評論所說的“真賞”，決非浮言虛譽之比，更沒有一絲一毫“半是交情半是私”（楊萬里句）的嫌疑。在《巴黎十日談》中，高行健先生對再復兄說：

> 出國後你寫了那麼多書，太拚命了。光《漂流手記》就寫了九部，這是中國流亡文學的實績。還寫了那麼多學術著作。前幾年我就說，流亡海外的人那麼多，成果最豐碩的是你。你的散文集，我每部都讀，不僅有文采、有學識，而且有思想、有境界，我相信，就思想的力度和文章的格調說，當代中國散文家，無人可以和你相比。這都得益於我們有表述的自由。更關鍵的是你自己內心強大的力量，在流亡的逆境中，毫不怨天尤人，不屈不撓，也不自戀，而且不斷反思，認識不斷深化，這種自信和力量，真是異乎尋常。你的這些珍貴的文集呈現了一種獨立不移的精神，寧可孤獨，寧可丟失一切外在的榮耀，也要守持做人的尊嚴，守持生命本真，守持真人品、真性情。僅此一點，你這"逃亡"就可說是此生"不虛此行"，給中國現代文學增添了一份沒有過的光彩，而且給中國現代思想史留下了一筆不可磨滅的精神財富。

在這短短兩三百字中，高行健為再復的"第二人生"勾勒出一幅最傳神的精神繪像，不但畫了龍，而且點了睛。這也是建立在客觀事實之上的"真賞"，決不容許以"投桃報李"的世俗心理去誤讀誤解。

本書定名為《思想者十八題》，可見再復是以一般"思想者"而不是文學專家的身份，向我們訴說他這十幾年來的心曲。所以下面我也將論點轉移在"思想者"的範圍之內。我對於現代文學是十足的外行，論點的轉移反而使我可以在常識層面上說幾句與本書相關的話。

再復有一段論八十年代的話值得玩味：

> 從世俗社會的角色上說，八十年代我是時代的寵兒，是文學研究所的所長，是全國政協委員和青聯常委。而現在則什麼都不是，沒有任何世俗的角色，只是一個漂流的學者，一個精神的流浪漢，一個過客，一個充當"客座教授"的過客。生活的基調不是"轟轟烈烈"，而是"安安靜靜"。對於世俗角色的落差，往往會使人產生心理上的不平衡，以至產生心理危機，在危機中又產生痛苦與焦慮，這是難以避免的。在剛出國的頭一兩年，我也常有不平衡，常有孤獨的焦慮，人生的上下半場好像銜接不起來。但是，在讀書與思索中，我沉靜下來了，第一第二人生逐漸銜接起來了。這裡的關鍵是我終

於真正意識到世俗角色並不重要，重要的是內心角色，是內心那顆真實而自由的靈魂。八十年代最寶貴的效應，是大時代激活了我的內在世界，從根本上打開了我心靈的門窗，而且喚醒了我的反思世界與反觀自身的熱情與能力。

這是一番很忠實也很透徹的自我解剖，再復作為"思想者"所經歷的無限艱辛都包括在其中。讓我試作一點分疏。

一九八九年是再復的第一和第二人生之間的分界綫，這是再清楚不過的事。他用"轟轟烈烈"和"安安靜靜"來分別概括這兩個人生階段。我們也可以說，他的第一人生是"驚天動地"，第二人生則是"寂天寞地"。一個人在一夜之間從"驚天動地"掉進"寂天寞地"，他在心理適應方面所必須克服的困難是不可想像的。以再復而言，我認為他至少經歷了三個層次的精神奮鬥，而且一層比一層更困難。

第一層困難便是他所說的從"世俗社會的角色"轉變為"內心角色"。"所長"、"政協委員"之類"角色"在"黨天下"體制下擁有與之相應的巨大權力，這在常態的現代社會中是難以想像的。再復自己便談到克服這一層困難的過程，他說：

到西方後才覺得，哎呀，這個"自由"多麼累，我們原先什麼都靠組織，什麼都是組織幫解決，出門它幫我找汽車，出國它幫我買機票，特別是我當時是研究所長，辦公室裡行政人員多，很方便。到美國來可不行了，什麼都要靠自己。這才覺得西方這個大自由社會，沒有能力，就沒有自由，我害怕，我要逃避自由。但是這就逼我成長了，所以我說第二人生，自己能力成長了。

我必須強調：儘管孔子早就說過："不義而富且貴，於我如浮雲。"詩人也能"紅顏棄軒冕，白首臥松雲。"但親歷其境，毅然在良知與人欲之間作出明確的抉擇畢竟不是很容易的事。再復在漂流一兩年之內便能"調停得心體無累"（王陽明語），這便充分印證了高行健的觀察：他確實具有"內心強大的力量"。

第二、《易經》說："天地變化，草木蕃；天地閉，賢人隱。"八十年代是"黨天下"五十多年中僅有的一次短暫的"天地變化，草木蕃"時期。事實上，這只是曇花一現的幻境，因許多歷史因素的偶然湊泊而成——這裡不可能也毋需展開討論。但不可否認地，在此一剎那幻境中，中國大陸上確出現了一番“驚天動地”的景象，再復便是當時“驚天動地”之一人。最近《紐約客》上有一篇《北京來鴻》，因《告別革命》一書而回顧了八十年代再復和李澤厚兄的文化功績：他們兩位光芒四射，分別在文學界和思想界發揮了巨大的影響力。[1]

在《關於文學的主體間性》中，對談者楊春時先生曾這樣概括他們兩位當時在思想上“驚天動地”的作用：

> 現在回想起來，在你（按：指劉再復）寫作《論文學的主體性》之前，學術界就已經對反映論和意識形態論進行了批判，但是還沒有找到一個堅實的理論體系……。所以當時李澤厚先生的“主體性實踐哲學”一提出來，就引起廣泛的重視。李先生的功績就在於提出了一個理論系統，給思想啟蒙提供了一個理論根據。記得一九八五年我們曾經談起李先生剛發表的那篇《康德哲學與主體性論綱》，感到很受啟發，並考慮用主體性來建構新的文學理論。而不久你就發表了《論文學的主體性》，並引起了轟動和全國範圍的大討論。但是我也注意到，你對主體性理論的發揮，有自己的創造。你講的文學主體性與李澤厚先生的實踐主體性有所區別，並不是簡單移用。

由此可知，再復和澤厚當時所說的，都是人人心中想說而又說不出來的話，因此文章一發表便“引起了轟動和全國範圍的大討論”。所以八十年代正是再復的生命力最旺盛也最發皇的階段，無論就學問或思想說，達到了“道必充於己，而後施以及人”（程伊川語）的境界。讀者或聽眾對他的文字或言論的熱烈迴響也成為他的生命中不可分割的部分，因為他這時的生命已與“天地變化，草木蕃”融為一體。但一九八九年以後，中國大陸又重回“天地閉，賢人隱”的死寂狀態，再復也被迫而成為一個“漂流者”；在漂流中他雖然不斷地寫作，然而孤雁離群，再也引不起“轟動”或“全國範圍的大討論”了。克服這一層次的寂寞之感比拋棄“世俗社會的角色”也不知道要困難多少倍。試聽聽他在二〇〇六年答“故鄉”之問的話：

---

1　見 Jianying Zha, Letter from Beijing: Enemy of the state, *The New Yorker*, April 23, 2007, p. 53。

> 此時此刻，我的筆下就是我的故鄉，我心中原初那一片淨土就是故鄉。……我的快樂不在於我的作品的發表，或是外部的評價，或是轟動效應。我的快樂，我的滿足，就在表述的此時此刻。（林幸謙《生命向宇宙敞開》）

這是大徹大悟以後的證詞，他終於超越了“發表”、超越了“外部的評價”、更超越了“轟動效應”。用孔子的話說，這是“人不知而不慍”；用莊子的話說，這是“舉世譽之而不加勸，舉世非之而不加沮。”但是再復最後能達到這一境界顯然是經過了長期的內心掙扎。這就直接通向他在第三層次的精神奮鬥：怎樣回到“心中原初那一片淨土”？

再復在第三層次的徹悟是他整個心路歷程中最長也最艱苦的一段。我推想其始點大概在“文革”時期。他回憶在“文革”中“看到批判‘逍遙派’，心裡就發顫。”（《知識分子的第三空間》）這似乎顯示，他那顆在“黨天下”意識形態中囚禁了幾十年的靈魂開始躍動了。八十年代《論文學的主體性》已是靈魂覺醒到相當明朗階段的正式表述，然而還沒有抵達終站。一直要等到漂流以後，在巴黎和高行健互相印證，歸宿於慧能的禪境，再復的心靈才真回到了“故鄉”。從此他口中筆底常見“悟”之一字，這決不是偶然的。

用人人都能當下領會的話說，這個心靈的“故鄉”其實便是個人自由。再復宣揚“文學的主體性”時，他已正式肯定了個人自由是一切創作的源泉，不過“主體性”的概念借自康德，還沒有和中國文化傳統掛上鉤。等到他在禪悅中獲得“大自在”，他才走完了最後一程。

列寧說，“文學藝術是整個革命事業的齒輪和螺絲釘。”這是對個人自由的最徹底的否定，所以生活在這一原則支配下的文學家、藝術家，創作生命便完全終結了。在列寧、斯大林體制下如果仍有人能維持創作生命，那麼他或她必須以無比的勇氣去堅持個人的自由。前蘇聯的帕斯捷爾納克（Boris Pasternak）便是一個最典型的例子。一九四五年他正在撰寫《日瓦戈醫生》，他對來訪的伯林（Isaiah Berlin）說，他對於個人自由的信仰是從康德的個人主義中得來的。[2] 這和

---

2　見 Isaiah Berlin, “Conversations with Akhmatova and Pasternak”, in *The Proper Study of Mankind*, New York, 1998, p.529。

四十年後再復的經驗豈不是先後如出一轍？

但是我要特別指出，再復掙脫"黨天下"的精神枷鎖，找到個人自由，他所踏出的每一步都佈滿荊棘，恐怕是俄國作家也難以想像的。這裡必須略略回顧一下俄國作家的處境。

一八四七年七月十五日貝林斯基（Vissarion Belinsky）在《給戈果爾的公開信》（*Open Letter to Gogol*）說，帝俄專制下，整個社會是一片死寂，然而反專制、反東正教的文學卻一直生氣勃勃。所以作家的使命受到社會的尊敬，人們都把俄國作家看作是僅有的領袖、保衛者和救星。貝林斯基在俄國文學界的地位很像中國的魯迅，他的話是有分量的。這就是說，俄國早在十九世紀中葉便已形成了一個與政治權勢相抗的文學傳統。十月革命之後，絕大多數的文學家和藝術家都拒絕接受布爾什維克的專政，新政權召開作家會議，往往只有四五人或七八人到場，情況十分難堪。高爾基是列寧的朋友，因此曾和布爾什維克合作，但仍然時時對新政權發出嚴厲的批評。列寧因為重視他的支持，不得不予以容忍而已。黨對於作家的控制，自然日益加強，從列寧到斯大林無不如此。所以不少作家流亡國外，多數則飢寒交迫而死。高爾基早期曾保護了一部分作家，但也沒有能支持多久。令人詫異的是：在整個二十年代，俄國作家群在保衛文學自主性和作家自由方面，仍然毫不妥協，儘管其中不少人對新政權並不持敵意，有的甚至還抱著同情的態度。[3] 我想這只有一個解釋，即俄國文學界的精神傳統十分強大，即使是列寧和斯大林也只能作到表面的控制，而不敢徹底摧毀其精神。

這一推想在前引伯林與俄國作家談話錄中更得到進一步的證實。一九四五年伯林和不少俄國作家——特別是帕斯捷爾納克和著名女詩人阿赫瑪托娃（Anna Andreevna Akhmatova）交談時，他們都能毫無忌憚地傾訴久被壓抑的情感和思想。伯林注意到，所有接談的作家都從不用"蘇聯"兩字，只稱"俄國"，可見他們並不認同於布爾什維克政權。帕斯捷爾納克還鄭重聲明，他雖然存活下來，卻並未向當局屈服。很顯然地，向當局妥協，在他看來是最大的恥辱。伯林和女詩人的長夜交談還造成了重大政治事件，因為引起了斯大林的憤怒。然而她事後

---

3　可看 Richard Pipes, *Russia under the Bolshevik Regime*, New York: Afred A. Knopf, 1993, pp. 286–7; 298–303。

也沒有受到嚴厲的懲罰。一九六四和一九六五年，蘇聯當局還允許她到意大利領取文學獎，到英國牛津大學接受榮譽學位。總之，俄國作家雖然被剝奪了發表的自由，他們的精神卻未被徹底摧破。如果沒有一個強大的傳統在後面支持著，這種情形是不可想像的。

在前蘇聯的對照之下，我們才能體會到再復找回他那顆“真實而自由的靈魂”，是多麼艱辛的一段旅程。《西遊記》裡的唐僧經過八十一難然後才“九九歸真”，再復的心路歷程正可作如是觀。中國現代文學的歷史短淺，並未形成一個與政治權勢相對抗的傳統。一九四九年以後，除了胡風曾奮戈一擊，爭取創作的自由之外，其餘的作家，無論情願還是不情願，都已淪為“革命事業的齒輪和螺絲釘”——這也是毛澤東《在延安文藝座談會上的講話》所強調的論點。胡風的上書則恰好給毛一個直接懲治作家的機會。毛與列寧、斯大林不同，對中國傳統中的“誅心之論”有極深的認識；他知道中國文人、士大夫往往“口是心非”，在征服者的面前常持一套“身降心不降”的對應之道。因此列、斯只要制服作家的身體及其行動便已滿足，毛則更進一步，要他們“交心”，非把他們的靈魂弄得支離破碎不肯罷手。再復從小便在“黨”的意識形態的全面包圍下成長起來，而且包圍得密不透風。因此他不但對“共和國”、“充滿感激之情”，而且“熱愛紅旗下的生活”；他的紅領巾一直戴到十八歲，比別的孩子多三年（見《人生分野與三項自由》）。等到他的靈魂開始覺醒的時候，舉目四顧，則全是一片精神廢墟。他在這樣的條件下竟能一步一步地由“漸悟”走到“頓悟”，而且“悟”得如此徹底，實在不能不說是一個奇跡。

再復《思想者十八題》即將問世，他要我寫幾句話在前面，作為介紹。我細閱全稿，決定把他從“必然王國”回到“自由王國”的一段經過發掘出來，聊為讀者之一助。最後讓我引百丈懷海禪師答弟子之問，以終此序：

問：“如何得自由分？”師曰：“如今得即得。”（《五燈會元》卷三）

如何參透此禪機，是在善解者。

於普林斯頓

二〇〇七年五月十四日

# 劉再復的心靈自傳
## ——《漂流手記》序

李歐梵

劉再復先生的《漂流手記》，是一部心靈的自傳。我的這個提法，應該要做一個聲明和解釋。

中國知識分子的自傳，五四以來，在文學史上留名的不少。譬如：胡適的《四十自述》、郭沫若的《革命春秋》和沈從文的《從文自傳》等等。然而一九四九年以後中共統治下的知識分子，受整肅寫"坦白交代"的文章不少，但能夠從個人自主的觀點而做心靈探討的，幾乎絕無僅有。五四以降的知識分子的自傳，基本的形式是"外向"的——面對的是家庭、社會、和國家，而把"小我"的經歷放在一個"大我"的範疇中（當然有少數的例外），所以很難展現一種個人心靈的"主體性"。

劉再復的《漂流手記》之可貴之處，正在於他以散文的形式完成了他的心靈上的懺悔，"主體性"十分鮮明。它的"自傳性"不是對外的（雖然寫的大多是外在的事物），而是一種"內省"的文體，它不把自我放在歷史的大範疇中，而是把"自我"從過去的歷史中解脫出來，這才是"漂流"的正面意義。

本書中對於往事的回憶和批評，我認為就是自我解脫的明證。此外，書中關於人生哲理的探討，甚至在各地漫遊的心得，處處都在映照再復的"自我"反思，換言之，我認為再復借了"外"力——在外國的生活和閱歷——來逐漸解構他心靈中的那個"大我"——祖國——牢籠。這個"牢籠"的意義非常複雜，而從中掙脫更不容易，這是《漂流手記》最可貴之處。

再復這幾年來在海外的"漂流"心態和經驗，和其他的知識分子不同，他並不認為是放逐或流亡，在文章中毫無失落感。恰好相反，他覺得這是一段重拾自我的經驗，它更豐富了再復的人生和思想，來美之初，他曾親自對我說：這是他第二個生命的開始，希望在海外能夠獲得較多的空間和時間，可以多讀點書，多作思考。《漂流手記》可以說是他這兩三年來思考和感受的成果。

我是再復的朋友，也是他的忠實讀者，我最喜歡讀的不是他備受推崇的文學理論，而是他的雜文和散文，我認為《漂流手記》中不少文章，必會收入將來的新文學大系，並作為大中學校的中文教材，因之而不朽。

這篇小序，不能算是“序”，只能作為一種“見證”：我“目睹”再復這幾年來的心路歷程，並從他的這本手記中看到一個生生不息、不斷求索的高貴的靈魂，讀這段心靈的記錄，我感到一種人性的溫暖和安慰。實在應該在此——也代表海內外廣大的讀者群——向劉再復致謝和致敬。

# 自立於紅學之林
## ——《紅樓夢悟》英文版的序

高行健

中國古典文學四大長篇經典小說《紅樓夢》、《西遊記》、《水滸傳》和《金瓶梅》歷來通稱為四大名著，而《紅樓夢》最為深宏博大，無論是研究中國文學還是中國文化都不可不讀。

這部成書於十八世紀中葉的巨著在中國文學的地位恰如莎士比亞之於英國文學、但丁之於意大利文學，或塞萬提斯於西班牙文學，然而，該書作者曹雪芹生前卻不得不隱遁，死後手稿轉抄方得以流播。直到二十世紀初，對作者的身世和版本的研究日益興盛，形成了一門“紅學”，而且一個多世紀以未經久不衰，進而成了一門顯學，持續至今。

小說在中國封建傳統文化中一直受到排斥，不登大雅之堂。二十世紀初，梁啟超倡導的小說界革命，把小說提升到文學的中心位置，可惜梁啟超看重的只是小說推動社會改革的政治意義，卻忽略了小說對社會和人的生存這更為深刻的認知。文學介入政治，意識形態主導文學，五四啟蒙運動之後，成了中國現代小說的主流思潮。紅學的研究也不例外，以俞平伯為代表的考據和索隱派的研究日後則受到嚴厲的批判，代之以政治和意識形態的解說，《紅樓夢》這部巨著審美和哲學的深刻的內涵同樣被掩蓋了。唯獨王國維的《紅樓夢評論》則可謂世紀一絕，首先揭示了這巨大的悲劇中大於家國、政治和歷史的宇宙境界。而劉再復這部新作《紅樓夢悟》，可以說是王國維之後紅學研究的最出色的成就，充分闡述了這部文學經典在小說文本中涵蓋的哲學意蘊。

劉再復的論述著眼的不是曹雪芹的家世，而是叩問《紅樓夢》深層的精神內涵。他指出：書中的男女主人公在世俗功利之外，而正是這種“局外人”才把握到生命的本真；《紅樓夢》不僅是中國封建社會生活的百科全書，而且是中國人文思想的集大成者，達到了東方哲學的至高境界。從中國的原始神話女媧補天淘汰下的頑石，到幻化入世後彷徨無地並目睹周遭眾生不知歸屬、“反認他鄉是故鄉”的荒誕處境，這一切正是人類生存困境的真實寫照。劉再復從王國維出發，又超越了王國維的悲劇論和倫理學，進而說明《紅樓夢》不僅是一部大悲劇，也是一部荒誕劇，作者對生命意義的大叩問，導致“無立足境，是方乾淨”的大覺大悟，何等透徹。劉再復的這番悟證發人深省，令人信服，這才是曹雪芹的精神所在。

《紅樓夢悟》一書，別開生面，不同於通常的考據和論證的方式，以禪宗的“明心見性”之法，擊點要津，深刻闡釋了曹雪芹的這部生命之書也是異端之書，在敘述藝術掩蓋下的大思想家的真實風貌，從而在紅學叢林中自立一家“檻外人”門戶、故特此介紹給英語讀者，以助進入《紅樓夢》這超越時代也超越國度的精神世界。

二〇〇七年十一月十一日

於法國巴黎

# “山頂獨立，海底自行”

## ——《五史自傳》序

王德威

一九八九年初夏的北京風起雲湧，一夕數驚。在極端倉皇的情形下，劉再復離開北京、取道廣州轉赴香港。在此之前，劉再復身任中國社會科學院文學研究所所長，是中國學界和文藝界舉足輕重的人物。他的《性格組合論》、《論文學的主體性》、《論人物性格的二重組合原理》等論述廣受歡迎，儼然是一九八〇年代文化熱的精神指標之一。

然而一九八九之後，劉再復走上了一條始料未及的道路。去國離鄉，他成了漂流者，來往世界各地，最後落腳美國。以劉再復的背景經歷而言，他可以成為一呼百諾的流亡抗議分子，但相反地，他選擇退居第二綫，從著述與思考中重新塑造自我。三十年一晃而過，當年廣場上的風雲兒女如今已過中年，而劉再復回首來時之路，必然有太多不能自已的感懷。他援筆為文，寫下一本風格獨特的自傳——《五史自傳》。

《五史自傳》由五部構成，分別題名為《我的拚搏史》、《我的寫作史》、《我的思想史》、《我的心靈史》、《我的錯誤史》。一般習見的自傳寫作講求起承轉合，一氣呵成。劉再復卻彷彿將同一段生命故事講述了五次，其中有重疊矛盾、有穿插互補，更有自我批判，作者本人的形象因此作出多元呈現——恰恰印證了他當年《性格組合論》的要義。

而劉再復選在二〇一九年出版《五史自傳》，不僅標記去國三十年的心路歷程，也引起諸多歷史聯想。二〇一九是五四運動（一九一九年）百年，也是人民共和國成立（一九四九年）七十周年。前者樹立中國現代啟蒙與革命的典範，後者攸關社會主義的試驗與進程。兩者都為百年中國帶來太多可驚可嘆的反思。

《五史自傳》面向大歷史的用意不言而喻。

回到一九八九，《五史自傳》應該還有一層含義。近年劉再復沉潛《紅樓夢》研究，甚至譽之為現代文學聖經。驀然回首，他必曾感嘆當年自己生命的危機與轉折，何嘗不就像是個“後四十回”的公案？從七十年代末到八十年代末，他曾是引領時代風騷的“弄潮兒”。曾幾何時，脫黨抄家、喪國流亡，他這才開始領會繁華褪盡的滋味。從驚天動地到寂天寞地，他有了反省，有了懺悔，從而由“第一人生”轉向“第二人生”，開啟另一境界。

## 告別革命

劉再復抗戰中期生於福建南安農家，成長的歷程恰恰經歷中國天翻地覆的改變。在自傳中，他自謂生命中經過三次巨大喪失：童年喪父，文革喪書，一九八九年後喪國。這正與他作為倫理人，知識人，政治人的蛻變息息相關。他回憶七歲失去父親，全賴母親支撐家庭，環境的困窘激勵他力爭上游。他對文學的熱愛起來有自，中學時代“每天每夜都在圖書館，我保證管好圖書館！ 雜誌一本也不會丟！就在那個暑假，我讀完朱生豪翻譯的莎士比亞戲劇集……每一部都讓我癡迷，讓我沉醉，讓我發瘋。”廈門大學中文系畢業後，他得以到北京參加《新建設》雜誌編輯工作，從此展開他的文學事業。

從大歷史角度看，一個來自閩南的外省農家子憑一己之力北上進京，無疑是社會主義的啟蒙之旅。但北京將帶給他刻骨銘心的試煉。文化大革命爆發，劉由興奮到迷惘，他參加批鬥單位領導大會，“老是想到魯迅的‘示眾’的概念……心裡想不通，手卻跟著大家舉起來，舉上舉下，一天舉了數十次。那時，我第一次感到心與手的分裂。”他見證劉少奇等國家骨幹如何一夕之間淪為國家叛徒；當他在報欄上看到“每一個人的脖子上都掛著一條將被勒死的繩索，”“竟忍不住大哭起來，當街大哭。”當時人群中有一老者上前關切，事後才知道是史學大家范文瀾。

在虛無躁動的時代裡，劉發現最痛苦的考驗卻是喪書。當時所有涉及“名、洋、古、封、資、修”的書籍一律被禁。對劉再復而言，“沒有書，對我來說，就等於沒有水，沒有鹽，沒有生活。比“橫掃一切牛鬼蛇神”的社論對我的打擊還要沉重。”他陷入“無邊恐懼”。“生命變質了，懷疑產生了”：“把天底下人類公認的好作家好詩人好作品界定封建階級、資產階級的毒品對嗎？ 這些我從少年時代就閱讀、就接受、既教我善良，也叫我慈悲的書籍都是大毒草嗎？”

文革之後，劉再復參與了新時期的國家建設。他一九七九年入黨，不僅成為周揚、胡喬木等新舊文藝巨頭的寫作幫手，更得到國家領導人如胡耀邦等青睞。一九八〇年代的中國充滿希望，我們不難想像彼時的劉再復如何熱望盡一己之力，改變現狀，又是如何將自己推向風口浪尖。一九八五年末他出任中國社科院文學所所長，一躍而為國家文藝研究界龍頭之一。這是“文化熱”的時代，東西時新理論層出不窮，“尋根”、“先鋒”運動席捲文壇。劉自己也憑《論文學主體性》、《性格組合論》等專著，吸引無數青年學子。

此時劉再復的思想已經開始產生變化。他叩問主體性與歷史的辯證是否只能簡化為公式教條，也苦思文學與革命千絲萬縷的複雜關係。周揚晚年的落寞感傷、胡喬木私下的舊詩歌傳抄，胡繩表裡不一的政治決策，更讓他從左派內部理解，千帆過盡，“人”的問題最為難解，也最需要深入鑽研。他從而認為“改革”與傳統意義上的“革命”不同，甚至因此向胡耀邦直陳“改革需要一種與之相應的良好的輿論環境和人文條件，最核心的問題，作為改革主體的人的‘文化心態’。”

一九八六年，李澤厚教授推出《救亡與啟蒙的雙重變奏》，力陳五四運動的兩大要求——“啟蒙”與“救亡”——並未嘗有平衡發展。奉“救亡”之名的“革命”以其峻急的使命感以及龐大的黨政資源，早已凌駕“啟蒙”。李澤厚於是號召重新思考兩者的關聯。此時的劉再復的思想與李澤厚不謀而合；他們的論述引起巨大迴響，同時也招致保守派反撲。但更大的考驗是，潘多拉的盒子一旦打開，後果其實無從預料。一九八九年的風潮儘管有多重原因，劉再復事後反思，也不得不承認自己同是歷史共業的一部分，而他付出的代價何其之大！ 此後，他倉皇出逃，從此去國至今。

這一年劉再復四十八歲。他一九六三年進京，奮力拚搏二十六年，從一個編輯成為國家文藝研究的領導，一切得來不易。他躋身黨內文工政治，對理想和利害之間的衡量其實早有歷練，但也因為出身民間，他對種種奉革命之名的整風、清算、運動的攪擾有本能的警醒。他力求貢獻所能，卻不能無惑：這個國家號稱打倒封資修，但曾幾何時，"革命"卻彷彿像是"吃人的禮教"一樣，成為高壓、鬥爭、迫害的藉口？劉再復熱愛他的國家，卻被迫成"喪國"之人。我們不禁想到文革初自殺的"人民藝術家"老舍（一八九九—一九六六年）名劇《茶館》裡的話："我愛咱們的國呀，可是誰愛我呢？"

還要繼續革命麼？流亡海外，痛定思痛，這是劉再復的大哉問。儘管承諾崇高理想及始原激情，革命所要求畢其功於一役的工具理性邏輯、道德優越感、政治"例外狀態"、群眾暴力、以及龐大民生耗費，其實難以作為治國方針。另一方面，海外異議分子呼群保義，誓言與中國作長期對抗，儼然延續了他們原應質疑的革命動機。夾處期間，劉再復作出他的決定，那就是"告別革命"。

劉再復與李澤厚合著的《告別革命》推出以後，引來老左新左一片撻伐。的確，在一個以"革命"為聖寵的政權裡，"繼續革命"還猶有不及，何來"告別"之說？批判者或指責劉李等人迎合西方普世價值，或嘲諷他們墮入"去政治化"的政治，或指證他們坐享海外精英位置，成為個人主義者。其中最強烈的聲音則將八十年代"文化熱"的風風雨雨一股腦轉嫁他們身上，總結為五四啟蒙主義復辟。

面對左派學者——尤其是九十年代後崛起的新左們——的批判，劉再復可能要啞然失笑吧：他們是又一個時代的"弄潮兒"了。文化大革命後，知識分子在滿目瘡痍中反省只此一家、別無分號的革命論，強調慎思明辨、與時俱進的理性之必要，原有其歷史語境。平心而論，"啟蒙"還是"救亡"的辯論無須有必然結果，而"革命"所富含的政治動能及烏托邦想像也難以輕易否定。劉再復和李澤厚是經過革命洗禮的一代知識分子，他們向革命"告別"，真正的力道在挑戰作為圖騰（或是禁忌）的革命，促使我們思考"革命"本身已被物化，成為政治或知識霸權的危機。而這樣危機意識前有來者，早在魯迅那篇有名的《小雜感》（一九二七）裡就很明白地批判"革命，革革命，革革革命，革革……。"

上個世紀末以來中國市場經濟開放，引發眾多問題，有心者以鄉愁姿態召喚革命，其實無可厚非。但當他（她）們將社會問題轉嫁為啟蒙之過，並上綱上綫到西方資本主義的滲透，不啻是倒果為因。話說從頭，馬克思主義不也是西方資本社會的產品？更何況在和諧社會裡，下令維穩、“不准革命”的不是別人，正是國家機器自身。這豈不是最反諷的“告別革命”？

## 放逐諸神

但劉再復“告別革命”以後，更要“放逐諸神”。這樣的宣言讓我們想起廿世紀初馬克思·韋伯（Max Weber）對現代性的定義，在於“除魅”（disenchantment）——擺脫神召天啟，重申理性和個人作為啟迪社會運作的元素。但韋伯不是樂觀主義者。他提醒我們，“那些被除魅以後的神鬼並不就此善罷甘休；他們不斷以非人的形象從墳墓中崛起，互相競逐，同時企圖主導人類生存。”[1]

在廿世紀末的中國，劉再復要放逐的諸神其實沒有特定政教對象；“這諸神，是原來自己心目中的神物”，不論左翼或右翼，不論保守或前衛。他進一步指出應當放逐的神物有五種：放逐“革命”；放逐“國家”；放逐“概念”；放逐“自我”；放逐“二極思維”。但與其說劉再復以此否定一切，展露虛無主義，更不如說他意在調動批判性的思考，質疑任將主義、信仰教條化、偶像化——“神話化”——的作為。這樣的“神話”是馬克思所謂的物化，或盧卡奇所謂的異化。

經歷新中國前四十年各項運動，劉再復理解革命摧枯拉朽的創造力，但也更理解革命所預設的烏托邦虛構和重複動員的強迫性。他熱愛中國，但卻不以絕對的國黨群體主義為然，因為其中犧牲太多個體的參差性。他曾經廁身文化陣營、參與概念的製造，驀然回首，卻驚覺“每一個概念，都是一種陷阱，一種鎖鏈。政治概念，如‘階級鬥爭’、‘基本路綫’、‘全面專政’、‘繼續革命’等等，哪一個不是陷阱與鎖鏈？！”

尤其令人注意的是，劉再復要放逐的神物裡也包括“自我”和“二極思維”。

---

1 “The Disenchantment of Modern Life”, from *Max Weber: Essays in Sociology* (New York: Oxford University Press, 1946), pp. 129–156.

他認為，共和國前三十年毫不利己、泯除自我的目標固不足取，但新時期重塑主體性的過程裡，過分強調“自我”就像當年過分強調“無我”一樣，仍然不脫一元論的“我”執。以此類推，非黑即白、你死我活的法則極度簡單化歷史經驗，導致“二極思維”。他之所以提出主體的“多重組合”，以及“主體間性”的必然與必要，顯然有備而來。

但歸根結底，劉再復不是純粹的無神論者。他的論述中對“神”的超越層面值得進一步探討。論者已經指出劉再復與李澤厚定義“上帝”的方式有所不同。如果李對中國現世文化頻頻致意，以“樂感”和“情本體”為依歸，劉則寧願為另一世界的本體保留一席之地：“從科學上說，上帝並不存在……但也可以說是存在的，因為你如果把上帝看成是一種心靈，一種情感，它就存在。”[2] 換句話說，相對於李的理性主義和啟蒙心態，劉對生命之內、或之外的未知——以及不可知——面向，常保好奇和警醒。他也許沒有特定崇拜對象和宗教信仰，但對生命盡頭廣袤無盡的深淵，以及潛藏其中種種神性與魔性不願掉以輕心。

這引領我們到劉再復去國之後一系列的拷問靈魂之作。他指出中國人安於現實，缺少對“罪”的深切認知，更乏“懺悔意識”，而在西方傳統裡，兩者都以超越的信仰為前提。劉再復的批判毋寧充滿弔詭：從延安時代以來的整風、清算、鬥爭，不從來以革命內部、外部的罪與罰為預設？“懲前毖後，治病救人”，共和國的政治充滿道德預設，而人前人後的懺悔交心早已經成為一套儀式化的規範。恰恰在這裡，劉再復反而看出社會主義主體性構造的不足。他所謂的罪，不指向道德法律的違逆或宗教信仰、意識形態的淪落，而更直逼人之為人、與生俱來的坎陷。這一認知帶有基督教原罪觀念影響，也與海德格爾到存在主義一脈對人被拋擲到世界裡、“向死而行”的宿命息息相關。但如他自稱，晚明王學的“致良知”論述同樣有深厚啟發。

社會主義的罪與罰一方面憑藉復仇邏輯，強調有冤報冤的清算鬥爭，一方面又嚮往脫胎換骨的新人邏輯，迎向“六億神州盡舜堯”的聖人世界。劉再復則念念不忘善與惡“俱分進化”的可能，“精神奴役”的創傷的無所不在，甚至包括

---

2　古大勇：《李澤厚、劉再復比較論綱》，載於《華文文學》，2018 年第 1 期，第 8–19 頁。

為虎作倀的“斯德哥爾摩症候群”。罪與罰之外，他強調懺悔。但懺悔不是承認昨非今是，而是無限的自我質詰和辯論。“懺悔實質上是良知的自我審判。”“假如我設置一個地獄，那我將首先放進我自己。”《五史自傳》以《我的錯誤史》作為最後一部，良有以也。

而演練懺悔最驚心動魄的場域不在教堂或群眾大會，而在文學。陀思妥耶夫斯基《卡拉馬佐夫兄弟》“宗教審判長”情節、《紅樓夢》頑石懺情還淚架構，都是他心儀的例證。更進一步，懺悔必須帶來愛，亦即悲憫與有情：“主體以懺悔——自我譴責——的方式內在的表明自己對道德責任的承擔；後者是主體以愛——自我獻身——的方式承擔責任。懺悔和愛是良知活動同一件事情的兩面。”以此，劉再復完成他的生命神性。

劉再復的懺悔和愛的宣言浪漫直觀，需要更進一步理論支撐。但他預見這一論述必然招致的批判，強調不願重蹈尼采超人說的覆轍，也要和魯迅式“一個都不寬恕”分道揚鑣。在他所謂的神性思維裡，懺悔所強調的自我坎陷，愛所承諾的超越等差不再是一次到位的啟示，而是綿延無盡的反覆思辨、直下承擔的過程。倫理是他的底綫，敬畏成為關鍵詞。“我到海外便自覺地正視自我的弱點。我知道，人生下一雙眼睛，一隻應當用來觀世界，一隻則是用來觀自我。自我極為豐富、複雜，它具有善的無限可能性，也具有惡的無限可能性。”

共和國歷史雖然以無神論掛帥，但“諸神”何嘗須臾稍離？毛澤東時代的造神運動鋪天蓋地，畢竟未達到形上層面。反倒是上個世紀末，新左、新自由、新儒家、施特勞斯學派等此起彼落，竟為“諸神歸來”敞開大門。到了新時代，倡導恢復漢代公羊學派讖緯之學，作為當代天命聖王的理論基礎者有之。[3] 倡導底層階級求取生存的本能猶如革命幽靈、“向下超越”者亦有之。[4] 以“天下論”知名的趙汀陽先生甚至提出“中國”作為“政治神學”概念：“中國的精神信仰就是中國本身，或者說，中國就是中國人的精神信仰，以配天為存在原則的中國

---

3 劉小楓：〈“詩言志”的內傳理解—— 廖平的《詩緯》新解與中國的現代性問題〉，載於《安徽大學學報》（哲學社會科學版），2018 年第 3 期，第 9–23 頁。

4 汪暉：《阿 Q 生命中的六個瞬間》，上海：華東師範大學出版社，2014 年。

就是中國的神聖信念。”[5]“政治神學”始作俑者施密特（Carl Schmitt）在中國魂兮歸來。據此，“通三統”、“王霸論”、“樞紐論”、“漩渦論”、風行一時，也就不足為奇了。

這些學者的苦心值得尊敬，但他們如此宏觀歷史、總結未來，顯然重演林毓生先生所謂，中國知識分子“藉思想文化”一次性解決所有問題的心態。比起來，劉再復強調返回個體、經由懺悔尋求愛與超越的方法，反而顯得“謹小慎微”。他的論述當然有不足之處，但他明白請神容易送神難的道理，也間接回應了韋伯上個世紀的警語：“那些被除魅以後的神鬼並不就此善罷罷休；他們不斷以非人的形象從墳墓中崛起，互相競逐，同時企圖主導人類生存。”而“放逐諸神”後，他更正視主體的有限和無限，超越的可能和不可能。在這一意義上，他近年將神性有無的問題轉接到他的“心”學，創造“第三空間”。

## 文與心的空間

當代中國劇烈變化，表面的繁華似錦難以遮蔽萬馬齊喑的事實，更詭異的是，一言堂之下滋生神魔共舞的怪現狀。去國三十年，除了告別革命、放逐諸神外，劉再復理解另謀出路的必要：

> 毫無疑問，知識分子的思想獨立，必須仰仗自己的言論空間，這就是“第三空間”。在此空間中，必須擁有思想的獨立和主權，否則，自由便是一句空話。當然，這一覺醒也導致我昨日的流亡，今日的漂泊，明日的猜想。

當年陳寅恪悼王國維的名言，“獨立之精神，自由之思想”儼然貫串在劉再復的字裡行間。他更提出追求精神獨立、思想自由，就必須打造“第三空間”。

劉再復曾自謂一九八九年被迫走上流亡之路，他開啟了第二人生；是在第二人生中，他潛心琢磨，贏得了自由。他心目中的自由“並不是一個概念，一個命

5　趙汀陽：《惠此中國：作為一個神性概念的中國》，北京：中信出版社，2016年，第17頁。

題，一種定義"。他甚至不認為自由便是西方哲學家所說的"自由意志"，也與當代自由主義大相徑庭。"自由乃是一種'覺悟'，乃是一種在嚴酷限制的條件下守持思想的獨立和思想的主權，並在種種現實的限制下，進行天馬行空似的精神價值創造。"正因為有此覺醒，他提出"第三空間"的範疇。

相對於祖國與海外所代表的第一和第二空間，"第三空間"看似虛無縹緲，卻是知識分子安身立命之處。這空間所標榜的獨立、自由立刻讓我們聯想到康德哲學所刻畫的自主與自為的空間，一個"無目的性"與"合目的性"相互融洽的境界，一種澄明的理性自我的證成。過去二十年來，劉再復更轉向中國傳統汲取資源。他從老莊學習復歸於嬰兒、復歸於樸、復歸於無極的道理；從佛教禪宗得到隨立隨掃，不著痕跡的啟悟；也從儒家心性之學體會"吾心即宇宙"、" 宇宙即吾心"的修養。

劉再復的批評者可以很快指出他的自由論述"唯心"已極，與左翼的唯物論背道而馳。他會回應，這又是"二極思維"作祟了。事實上，劉再復的心學之所以引人注目，不僅在於他重啟我們對中國現代"心"之譜系的省思，也提供當代生命哲學研究一個範例。"心"的復歸啟於清末，我們都記得魯迅以恢復"白心"作為改造國民性的最終目的，而他的摩羅詩人以"攖人心"為創作圭臬；但到了一九二五年的《墓碣文》，"攖人心"的詩人已經成為"自抉其心"的屍人了。新儒家論述傳承宋明心性之學，故徐復觀有言"中國文化最基本的特性，可以說是心的文化。"[6] 左翼論述中劉少奇談共產黨員的修養，毛澤東談革命主體，儘管言必稱馬列，依然不脫孟子、陸王良知良能的痕跡；[7] 胡風論述"主觀戰鬥精神"的心學脈絡也早有方家論及。近年魯迅研究界重燃"竹內好"熱，而"竹內魯迅"的要義正是"回心"。

劉再復對心性與自由的嚮往有其具體歷史因緣。他當年推動主體論時，或更早協助周揚重提馬克思主義的異化論時，已經開始他對唯心 / 唯物二極劃分的質疑。他曾經向胡錦濤薦言："我是社會主義公有制養育長大的，所以不可能反對

---

6　徐復觀：《心的文化》，收入李維武編，《徐復觀文集》第一卷。

7　祁志祥：《中國現當代人學史：思想演變的時代特徵及其歷史軌跡》。

經濟國有化；然而，我真的反對心靈國有化，交心運動，鬥私批修運動，都是心靈國有化的手段。心靈一旦國有化，那就是沒有個性，那就不可能有什麼精神價值創造了。”去國之後他百無寄託，終於悟出：

> 一個人重要的不是身在哪裡，而是心在哪裡，也可以說，重要的不是身往哪裡走，或者說，心往哪個方向走。如果用立命這一概念來表述，那麼立命的根本點在於“立心”。早期魯迅有一個思想，說“立國”應先“立人”。借用這一語言邏輯，我們可以說，“立命”應先“立心”。我沒有“為天地立心”的妄念，但有“為自己立心”的自覺。

他結論“因為有‘立心的’覺醒。我才在第二人生中，真正贏得了自由。”

劉再復版的心學處處提到感悟和想像力的必要，而“立心”之道，在於文學。文與心的交匯是傳統中國文學論的重要話題。文學以其想像力和包容性創造第三空間，不僅投射生命宇宙種種面貌，更以其虛構形式擬想禁忌與不堪，理想與妄想。文學是彰顯與試探自由尺度的利器，也是自我修養和自我超越的法門。劉再復要求自己告別《水滸》的兇心（告別革命），《三國》的機心和世故之心，轉而追求《西遊記》不畏艱難、尋求自由之心，和《紅樓夢》的慈悲、悲憫之心。推而廣之，相對六經皆史的傳統，他提倡六經皆“文”——《山海經》、《道德經》、《南華經》（莊子）、《六祖壇經》、《金剛經》、“文學聖經”《紅樓夢》。

面對中外文學，劉再復最為心儀的作家一為曹雪芹，一為高行健。前者是中國古典說部的冠軍，後者是當代諾貝爾獎得主。兩人各以畢生精力，營造龐大視野。《紅樓夢》極盡虛實幻化之能事，鋪展出一則頑石補天的神話，一則悲金悼玉的懺悔錄，總結繁華如夢，一切歸諸大荒。高行健的《靈山》則在歷史廢墟間尋尋覓覓，叩問超越之道；《一個人的聖經》更直面信仰陷落之後，人與歷史和解的可能。

劉再復指出兩位作家在極度艱難情況下展開創作，關懷的底綫都是文學與悲憫、與自由的關係。劉再復不依循魯迅的“復仇”論和“無物之陣”，強調文學悲憫的能量。悲憫不是聽祥林嫂說故事，因為“苦難”太容易成為煽情奇觀；悲憫也不必是替天行道，以致形成以暴易暴的詭圈。只有對生命的複雜性有了敬畏之心，文學的複雜性於焉展開。至於自由，用高行健的話來說，“真正的問題最後也還歸於個人的選擇……而對自由的選擇又首先來自是否覺悟到自由的必要，因此，對自由的認識先於選擇。從這個意義上說，自由乃是人的意識對存在的挑戰。”[8]

自由與悲憫與似乎是老生常談，但劉再復藉此發掘“立心”的激進層面：前者強調文學“依自不依他”；後者強調文學對“他者”無所不與的包容。兩者並列，其實是辯證關係的開始。理想的文學跨越簡單的人格、道德界綫，典型論、現實論的公式就此瓦解。文學如此兼容並蓄，繁複糾纏，絕不化繁為簡，就是一種彰顯自由、表現悲憫的形式。

今天的中國或華語世界裡，我們很少看到像劉再復這樣如此熾熱的文學捍衛者了。不論後現代還是後革命，他在束縛重重的語境裡定義自由向度，找尋第三空間，思考“文心”的有無。他的文字澎湃而有詩情，每每噴薄而出，如此天真直白，甚至看不出年紀。然而從福建農村出發到漂流海外，從前世到今生，一晃一個甲子，又哪裡能沒有感慨？

但劉再復常葆真情，永遠以善念、以“白心”應物觀世。路漫漫兮，上下求索，他以“山頂獨立，海底自行”自勉——“也就是高高山頂立，深深海底行。不斷給自己發佈獨立宣言，這也算是我個人的思想秘密。”

誠哉斯言。《五史自傳》是一位當代中國文學學者的自剖，更是一位世界公民的反思。神遊萬里，寓目寸心，文學的魅力可以如是。劉再復因此寫下這樣的詩行：

江河流向大海，大海流向哪裡？大海流向漂泊者的眼睛。

---

8　高行健：《自由與文學》，台北：聯經出版公司，2014 年，第 53 頁。

# 輯二 放逐諸神

# 個人主義在中國的沉浮

## ——劉再復、李澤厚對談

劉再復　李澤厚

**劉再復**（以下簡稱劉）：我們在中國具體的語境中講主體性，自然更多地強調個體主體性，這就不能不涉及個人，涉及到在中國非常敏感的、遭到批判幾十年的個人主義，也涉及到"五四"所張揚的個人主義問題。我讀了批判主體論的文章，許多文章也是指責講主體性就是個人主義，我們不妨討論一下這個問題。

**李澤厚**（以下簡稱李）：個人主義這個概念來自西方。中國古代有沒有西方那種個人主義，這個問題值得研究。我認為在中國的傳統裡，是缺少個人主義的。法家、墨家都反對個人主義所指涉的那些內涵。道家有些中國式的個人主義，這是逃避現實、藏匿自我的個人主義，而不是參與社會的個人主義。儒家講積極參與現實，有點個人進取的意思，但不能算是個人主義，儒家關於人的觀念倒和馬克思主義關於人是"社會關係的總和"比較接近。

**劉**：道家式的個人主義，不是西方式的個人主義。道家與其說是個人主義，還不如說是享樂主義更確切一些。它是一種享受自然與追求個人情趣的享樂主義。儒家所設計的人與社會中，個人就很微弱了。五四所以會把矛頭指向儒家，就因為儒家觀念對個人的發展確實起了遏制、束縛，甚至摧殘的作用。五四的啟蒙，很重要的一點，是啟個人之蒙，啟個體主體性之蒙。而導致中國人在個人權利、個人尊嚴、個人生命價值處於蒙昧狀態，儒家要負很大的責任。

**李**：有一種意見認為，近代、五四，壓根兒就沒有啟蒙，以為中國傳統早已有西方式的個人主義，這不符合事實。不用說五四，就是五四之前，康有為的《大同書》裡所講的個人自由，也不同於傳統，他的觀念受近代西方的影響很明顯。

**劉：**康有為的“求樂免苦”觀念，就是西方個人主義“幸福論”，梁啟超的“知有愛他的利己”，就是西方“合理的利己主義”，這與儒家的“克己”、“毋意，毋必，毋固，毋我”以及“存天理，滅人欲”大不相同。一個生活在“克己”、“毋我”的世界裡，聽到“合理的利己主義”之聲，自然是啟蒙之聲。五四運動就更明顯了。五四運動的啟蒙作用最突出的一點就是要告訴人們：個人是獨立的存在，獨立的自我最有力量。在原來中國的傳統觀念裡，並沒有這種觀念，在傳統觀念裡恰恰相反，個人是不獨立的，它屬於君，屬於父，屬於丈夫，個人依附、附屬在群體關係中。五四運動中的啟蒙者的一大功績是把個人從群體關係中分離出來，像自然科學家那樣，把一種關鍵性的元素發現出來和分離出來，使人們猛省。二十世紀中國思想界的變化、紛爭，都從這個“分離”而衍生出來的。

**李：**康有為《大同書》最重要的一章就是（去家界為天民），但他當時不敢公開提倡，譚嗣同也說過，五倫中只可以保留朋友這一“倫”。但直到“五四”才強烈地成為一個發現個人、突出個人的運動。邏輯與歷史、思想與現實有一段時間差。

**劉：**梁啟超在《新民說》的〈論自尊〉中，介紹日本啟蒙家福澤諭吉的學說，發揮福澤諭吉“獨立自尊”的思想，把“自尊之道”歸結為“自愛”、“自治”、“自立”、“自牧”和“自任”五件事，這自然包含著個人主義的內涵。但是，梁啟超的思想非常矛盾複雜，他通過日本啟蒙思想家而接受的西方人文觀念，既有福澤諭吉的“英吉利之功利主義”（邊沁和穆勒），又有江兆民的“法蘭西派之自由主義”（盧梭），又有加藤弘之的“德意志國家主義”（伯倫知理）。他認為世界主義屬理想，國家主義屬事實；世界主義，屬於將來，國家主義，屬於現在。而中國危機深重、岌岌可危，最重要的是現在。因此，他講的“新民”，他所要求的“新民”的獨立自尊，還是著眼於國家，即新國家所要求的“新民”，新國家所要求的“自尊”，也就是說，這是群體強大所必需的“自尊”，是以國家為本位的“自尊”。而五四運動所講的獨立自尊，則完全是以個體為本位的自尊，它完全從國家中分離出來，甚至完全從“國民”總群體中分離出來，所以才能接受易卜生的寧願充當“國民公敵”的觀念。也就是說，在梁啟超的觀念中，“自立”、“自尊”還是手段，還是“新民—新社會—新國家”的手段，而到了

"五四"，"自立"、"自尊"便成了目的本身。這一點，胡適發表在《新青年》中的〈美國的婦人〉一文就用很明確的語言這樣說："美國的婦女大概以'自立'為目的。'自立'的意義只是發展個人的才性。"五四運動所提倡的個人主義、個性主義，是以自身的人格獨立、人格尊嚴為前提，不以國家為前提，為目的，這是五四文化思潮和近代的改良思潮根本不同之處。

**李：**"五四"突出個人，把個人經濟上、人格上的獨立，個性、個人尊嚴的充分發展作為新社會的先決條件，它並不以國家為先決條件。所以五四時期的個人主義都包含著反國家的內容。五四的個人主義有一重要特點是和無政府主義思潮結合，這就是因為它反國家。當時的無政府主義思潮很盛，不僅直接提倡，而且新文化運動的倡導者們本身大都是這思潮的贊成者或參與者。但個人主義是一個非常複雜的問題。我比較贊成哈耶克在〈真假個人主義〉這篇文章中的許多看法，即區分英國的洛克、休謨、亞當·斯密、伯克與法國的盧梭和百科全書派等，後者強調天賦人權、原子式的個體、理想的社會等等，後來發展為孔德以及聖西門的社會主義。中國的個人主義提倡者們常常倡導的是盧梭一派。直到今天，好些年輕人仍然如此。他們不知道所謂原子式的絕對獨立、自由、平等的個體，正好是走向集體主義、集權主義的通道。這二者是一個錢幣的正反面。我們不是有親身經驗嗎？一九四九年後的"新社會"可以"六親不認"，連朋友這種私人的社會關係都沒有了，大家都是同一組織"單位"中的"平等"的一員，即所謂"同志"。但你獲得那個體的自由、平等、獨立了嗎？沒有。這恰恰是走向被奴役之路。當時並沒有弄清這個問題，結果以反對舊國家、舊政權始，以擁護新國家新政權終。

**劉：**那時的新文學倡導者和實踐者多數都強烈地反對國家，周作人當時就聲明，新文學是人類的，也是個人的，但不是種族的、國家的（《新文學的要求》）。郭沫若、郁達夫都認為國家與文學藝術勢不兩立，直到一九二三年郁達夫還發表《國家與藝術》一文，說明國家乃是文學之敵。五四時代，是思想混雜的雜體時代，是各種思想、各種主義形成共生結構的時代，但不管什麼主義，不管是人道主義、社會主義、無政府主義，都把個人的獨立自主作為一種前提條件，連周建人在講《達爾文主義》時也說："個人主義也便是社會主義的要素。"

（《新青年》第八卷第五期）

**李：**中國近現代常常是西方發展的某種縮影。本世紀初及二十年代，中國確實有一段以盧梭式和尼采式的個人主義為主題的啟蒙時期，但時間很短，很快就走入了以集體主義為最強音的革命、戰爭的年代。我在談康德那本書裡曾講過從法國的個人主義到德國的集體主義（黑格爾）即總體主義，在中國僅幾年之間就完成了。五四以後馬克思主義很快就奪取了西方其他各種思潮的地位，而且是列寧主義的馬克思主義。所以即使法國那種個人主義也沒有得到充分發展。這使得我們不得不重新提出"個體主體性"問題。但我強調要區分這兩派（英國派與法國派）。在一九七八年我發表的講嚴復的文章，就非常含蓄地點出了這一點。我始終認為這一點非常重要，而且愈來愈重要。

**劉：**五四新文化運動雖然很熱鬧地張揚個性、個人主義，但也正如你所說的，只不過是解決個人主義的前提，即經濟上的獨立與人格上的獨立。當時《新青年》出專號介紹易卜生主義，然後就翻譯《傀儡家庭》，之後便是討論娜拉。這一件事是整個五四新文化運動的象徵性事件。娜拉的"出走"——走出只能充當傀儡的家庭，是一種行為，她以這種行為語言表明，她要贏得獨立的人格。魯迅所講的走出黑暗的鐵屋子，與此相通。當時第一要緊的是出走，是告別鐵屋子，是個體從沒有人的尊嚴的以家族為本位的群體結構中分離出來，以贏得人格的獨立，即贏得個人充分發展的前提。僅僅為了這一點，五四的文化先行者們就費了全部氣力，但是，他們很快就發現，在中國特殊的人文環境中解決這一前提並不那麼容易。魯迅提出問題：娜拉走後怎麼辦？這是當時時代性的問題。她自己不會賺錢，經濟上不能獨立，社會沒有個性發展的土壤，個性怎麼生長？娜拉的個人意識是覺醒了，夢是醒了，但夢醒之後卻無路可走。魯迅認為，這才是最深的悲劇。魯迅的小說就寫這種悲劇，他的《傷逝》裡的子君就是中國的娜拉，她出走之後一點辦法也沒有。倘若經濟不獨立，出走以後只有兩條出路：一條是轉回來，回到老世界的原點上；一條就在鐵屋子外孤獨彷徨最後憂鬱而死。你很喜歡魯迅的《孤獨者》，那個魏連殳，還有《在酒樓上》的那個呂緯甫本是先覺者、"出走"者，最後還不是躬行自己先前所憎惡、所反對的一切，回到原來的點上。

**李：**我很喜歡《孤獨者》，它確實具有很深的悲劇內涵。

**劉：**易卜生說最孤獨的人是最有力量的人，但在中國，我們卻看不到這種最有力量的人，相反，我們看到中國的孤獨者也是最沒有力量的人，魏連殳就沒有力量。

**李：**易卜生所生活的挪威，那時資本主義已經發展，中產階級已經形成，個人主義已經具有生長的土壤，娜拉走後恐怕是可以找到工作，可以獨立。西方的個人主義英雄，都有他們生長發展的社會條件，中國缺少這種條件，包括五四運動之後，這種條件也沒有形成。沒有經濟的獨立，哪來人格的獨立，所以我說經濟是本，對社會如此，對個人恐怕也如此。沒有這個本，個體就難以強大。所以自由首先是經濟上的自由，包括私有財產，自由貿易等等，也就是市場經濟吧，這也就是我說的"西體"。我這個"西體中用"，遭到各方面的批判，我至今堅持。

**劉：**缺少獨立的經濟前提，這是一種天生不足。這種天生不足，使中國現代文學創造的個人主義英雄，個性都不夠強大。所以無法出現拉伯雷筆下的那種巨人形象，也無法出現堂吉訶德、哈姆雷特、浮士德、唐璜、恰爾德·哈洛爾德、于連、約翰·克利斯朵夫這樣的形象，在這些形象中，天理全存在於他們永遠難以滿足的個人欲望中，為了實現個人的目的，他們不顧一切地獨戰社會，反對世俗觀念。中國這個世紀的新文學中沒有這種強大的個性，頂多是丁玲筆下的莎菲女士和柔石筆下的陶嵐這種我行我素的膚淺個人主義者。

**李：**你是中國新文學史專家，我缺乏這方面的研究，所以只能談別的。對新文學我只有一些感受。例如我從小就討厭郭沫若的文學創作。我很欣賞郭的一些（也只一些）歷史著作，但包括他的名作《女神》、《屈原》，我都不喜歡。他那"天狗"要吞沒一切，要吞沒太陽，吞沒月亮我就覺得太空洞了，並不感到如何有力量。魯迅卻使人感到有力量。這當然可能是我的偏見，我從來不大喜歡那種過份誇張、熱情得要死要活的浪漫主義。這是個人的審美趣味問題。

**劉：**郭沫若開始是極端自我化，他借用泛神論的觀念，把自我誇大成神、成擺佈一切吞食一切的天狗，之後，又否定個人化的自我，而把自我從泛神轉向泛社會，以社會和階級的大我吞沒一切，包括吞沒自己原有的個性。這恰恰暴露了郭沫若對個人主義觀點沒有一種理性的真知，因此要麼把個人無限膨脹，要麼把個人無限縮小。但無論是膨脹還是縮小都不是強大。

**李：**我一直認為，中國近現代到今天許多高喊個人主義的人，並不了解什麼是個人主義，大多數只是某種反傳統反權威反既定秩序的情緒宣泄。這種宣泄在當時有它的某種積極意義，但今天仍然停留在這種水平上，便太可悲了。所以我前面特別提出《真假個人主義》這篇文章。

**劉：**郁達夫的個人主義是郭沫若那種自我膨脹的另一極端，他是自我萎縮、自我虐待的個人主義。他的代表作《沉淪》也寫欲望，但他不是像《浮士德》、《紅與黑》、《約翰·克利斯朵夫》的主角那樣，讓欲望向前推進，無情地接近自己的目標，而是麻醉自己的欲望、摧殘自己的欲望，最後完全扼殺自己的欲望。《遲桂花》也是如此，一有欲望，哪怕這欲望很自然很美，也立即給予扼殺。郁達夫的個人主義，可以說是一種很可憐的個人主義。

**李：**你從文學作品講解，很有意思。其實可以作一些系統的研究，從五四一直到抗戰後期路翎的《財主的兒女們》，可以看看中國知識分子的個人主義的種種情況、出路、來龍去脈。路翎的這個作品把這個問題凸顯出來了。五四之後，剛剛在中國萌生的個人主義確實很可憐，沒有出路。周氏兄弟可說後來各自找到了"出路"：魯迅把個性終於納入革命，先謀社會的"解放"。走這條路的人很多，郭沫若也是這條路，但魯迅的好處是並沒有完全泯滅自己的個性，而郭沫若則完全否定個性，最自覺自願地變成了政治工具，而且是馴服工具。另一條是周作人的路，他本想以個人反抗社會、反抗國家，但發覺社會、國家的強大和個人的無力，因此，很快找到與社會隔絕的小小園地，自己在這園地裡遊戲，娛樂，談龍說虎，品茶聊天，實際是麻醉自己，自欺欺人。近幾年好些人把周作人捧得很高，我很反感。我很不喜歡這種假隱士式的可憐的"個人主義"（如果還可以叫"個人主義"的話）。這與浮士德精神、堂吉訶德精神、哈姆雷特精神哪能相比。比較起來，我更喜歡魯迅。當然，不能把魯迅神化或聖化。

**劉：**魯迅的關懷社會、積極進取精神倒是與堂吉訶德精神、浮士德精神相通。可惜他死後一直被當作傀儡，特別是六十年代之後，完全成了歷史的傀儡，在殘暴的政治遊戲中被肢解、被扭曲、被神化也被魔化。周作人的個人主義，雖然是逃避式的個人主義，但畢竟有建設性，他在他自己心造的園地裡，畢竟天天在耕耘，在種植，在給人間提供新的知識和新的領悟。這種逃避式的個人主義，在一定的歷史時間中，也有反抗意義。

**李：**這種所謂“個人主義”，在某種歷史情境下，可以起解放作用。在專制政治非常嚴酷的情況下，反社會的性格有它的反抗意義，包括古代的陶淵明。但周作人的個人主義結果卻以做日本人的偽官告終，這不是太荒謬了嗎？如今一些人不顧這一歷史事實，我總覺得不舒服。周作人的文章就真的那麼好那麼不可即嗎？我懷疑。周作人的個人主義脫離了關懷當時現實存在的他人狀況，恰恰是那種原子式的個人主義，假個人主義。也就是說，那種絕對孤立的原子式的個人是不存在的。在社會上存在的每一個人都是與他人共生共在，因此，真正的個人主義，不僅尊重自我這一個體，也尊重社會的其他個體。雖然在理論上我不贊成薩特，但薩特那種個人主義與他選擇抵抗運動相關，值得尊重，比周作人強多了。

**劉：**健康的個人主義除了意識到個人獨立人格的重要，還意識到人類的存在是相關的，絕對的個人是不存在的。意識到這種相關性，就是不僅意識到個人的權利，也會意識到個人的責任，於是，在自我實現、自我發展的同時，也具有自我抑制、自我反省的力量。五四時期的文化改革者也認識到這一點，胡適說自我也要“擔干係”的意思也就是責任的意思，他在《不朽》一文中就說，“我這個現在的‘小我’對於那永遠不朽的‘大我’的無窮過去，須負重大的責任，對於那永遠不朽的‘大我’的無窮未來，也須負重大的責任。”（《新青年》第六卷第二期）但是，很不幸，“五四”之後的中國，特別是當代的中國，經常氾濫的是只要權利、不要責任的破壞性個人主義。

**李：**現在比較盛行的是“老子天下第一”，唯我掌握真理，以為個人主義就是反社會、反理性、反現存的一切，把個人主義等同於毫無責任感的反社會的破壞性人格。市場經濟發展之後，個人欲望還會繼續膨脹，有個人欲望不是不好，但個人的欲望要尊重他人的欲望，健全的個人主義還應當包括自我抑制的一面。

**劉：**現在在學術文化領域中最流行的“解構”，解構一切，解構人，解構意義，解構歷史。這種解構，對僵死的政治意識形態，確實起了消解作用。在文學領域中，以往那一套歷史決定論的觀念、歷史必然論的觀念、階級鬥爭的觀念根深蒂固，無論對社會的發展和對文化的發展都很有害，對它解構一下，確實起了變革的作用。

**李：**但是解構之後怎麼辦？這個問題應當提出來。解構之後總得有所建構吧？不能僅僅剩下一個沒有任何意義的“自我”、“當下”吧？文學是最自由的領域，它可以走極端，往解構方面走，但是在倫理學以及整個社會建設，就不能只講解構，不講建構。如果把一切意義都解構了，把人類生存的普遍性原則都解構了，那社會還怎麼生存發展？所以我不願意趕時髦，例如全盤否定“本質主義”。一切均碎片，無本質可言；當下即真實，歷史、哲學均虛幻，這種種解構時髦，我懷疑。我寧肯被嘲笑為“過時”、“落後”、“保守”、“形而上”等等。

**劉：**正常的社會、正常的國家，一方面要尊重個人的權利，儘可能讓個人的潛力得到充分的發展，同時也要建立必要的公共權威和公共意識。片面的個人主義，只講個人意識不講公共意識，就使這種個人主義只帶破壞性不帶建設性。我覺得美國社會有一種巨大的資本，就是公民意識，或者說是公民感。美國是世界上唯一完全建立在充分調動個人潛力而獲得成功的國家，自由度確實很高，而它所以還能維持下去，就是靠這種公民意識。這種公民意識就是對公共權威的尊重，即對法律和各種規則的尊重。

**李：**美國好些人的個人主義還對上帝負責，對公認的法律原則負責，我們的個人主義對誰負責？美國人開車，見到紅燈一般都停下，即使當時街上空無一人，也得等綠燈，這就是對公共權威的尊重，就是公民責任感。個人主義不能越過這一條。

**劉：**個人主義並不就是闖紅燈的主義，並不是蔑視一切、橫掃一切的主義。美國社會問題那麼多，但社會生活又是有條有序，人們在口頭上總是懸掛著“對不起”，“謝謝”，這種簡單的但又是維繫人際關係的日常語言，包含著對人類相關性的承認，包含著對他者的尊重。美國的總統也得承認公共的權威，也得遵守各種法律，報刊、民間監督系統可以隨時批評他的違法行為，這種批評，憑著的就是公共權威和公民意識。這種公民意識的前提就是尊重個人，但又是尊重他人和自己共同確認的權威。這既對自己負責，也對別人負責。

# 放下政治話語
## ——巴黎十日談

**劉再復　高行健**

### 一、慧能的力度

（二〇〇五年二月，巴黎高行健寓所）

**劉再復**（以下簡稱劉）：這次到普羅旺斯大學參加你的國際學術討論會，開幕式前夜在馬賽歌劇院看到你導演的《八月雪》，真是高興。演出非常成功，看到法國觀眾一次一次起立為慧能歡呼鼓掌，更是高興。

**高行健**（以下簡稱高）：這次主演的是台灣國立戲曲專科學校。加上馬賽歌劇院的樂團與合唱團，台上就有一百二十人，顯得很壯觀。而且從音樂到演出都不同於西方歌劇。

**劉：**我在此次會上聽說，杜特萊（Noel Dutreait）教授親自一次又一次地給合唱團演員糾正口音，非常認真。這是中西文化切實的合作與融合，不是政治宣傳。我還注意到了，這完全是一個新型的現代歌劇，既不同於京劇那樣的民族歌劇，又不同於西方的現代歌劇，但兼有兩者的長處。你導演這個戲時太投入了，差些要了你的命。

**高：**在台北排練《八月雪》已經住了一次醫院，之後，又在法國喜劇院導演《周末四重奏》，終於撐不住了，最後血壓高到二百多，急診住院。兩次開刀才搶救過來，死神可說與我擦肩而過。

**劉：**莫里哀就是在戲台上倒下。現在你這套房子離莫里哀喜劇院只有百米之遙，離莫里哀的住所也只有一個胡同之隔，你可別像莫里哀那樣一倒下就起不來。我一直說，文學藝術固然美妙，但也很殘酷，它會把人的生命全部吸乾。看你這副皮包骨的樣子，就像快要被吸乾了。

**高：**去年情況真的不好，但經過治療休息，現在還不錯，血壓正常了，精神也恢復了，每天都在讀書作畫，只是寫作得暫時停下來。

**劉：**吃飯睡覺都好嗎？

**高：**倒是能吃能睡。原來醫生規定每個星期只允許吃幾片牛肉，我自己連幾片肉也不吃，已經習慣吃素菜素飯，身體明顯好轉了。我現在倒是擔心你。我在電話裡和你說過多次，今天趁你在這裡，再鄭重告訴你，你一定要注意飲食，不要再吃肥肉和動物內臟了，這些都是壞東西。我過去就喜歡吃這些，要吸取教訓，一定要控制血壓，改變飲食習慣，多吃水果和蔬菜。

**劉：**去年你兩次開刀，真把我嚇死了。以後我會強化一點健康意識，你放心。

**高：**出國後你寫了那麼多書，太拚命了。光《漂流手記》就寫了九部，這是中國流亡文學的實績，還寫了那麼多學術著作。前幾年我就說，流亡海外的人那麼多，成果最豐碩的是你。你的散文集，我每部都讀，不僅有文采，有學識，而且有思想，有境界，我相信，就思想的力度和文章的格調說，當代中國散文家，無人可以和你相比。這都得益於我們有表述的自由。更關鍵的是你自己內心強大的力量，在流亡的逆境中，毫不怨天尤人，不屈不撓，也不自戀，而且不斷反思，認識不斷深化，這種自信和力量，真是異乎尋常。你的這些珍貴的文集呈現了一種獨立不移的精神，寧可孤獨，寧可寂寞，寧可丟失一切外在榮耀，也要守持做人的尊嚴，守持生命本真，守持真人品、真性情。僅此一點，你這"逃亡"就可說是此生"不虛此行"，給中國現代文學增添一份沒有過的光彩，而且給中國現代思想史留下了一筆不可磨滅的精神財富。

**劉：**你總是鼓勵我，十六年前剛出國，你在巴黎給我說的話，現在還記得。你說，我們現在最重要的事是趕快抹掉政治陰影，立即投入精神創造。現在終於得到了自由表述的可能。對中國知識分子而言，沒有什麼比這更寶貴的了。從巴黎回到美國芝加哥大學，我收到你的信，你又說不要去理會那些政治和人事糾紛，趕緊投入寫作。你的這些清醒的意識影響了我，得謝謝你。

**高：**不走出中國的那些陰影與噩夢，就無法完成《靈山》、《一個人的聖經》

和我的那些劇本。你也寫不了這麼多卷的《漂流手記》，還有你的《告別革命》、《罪與文學》這些重要的思想學術論著。前不久我還特別告訴聯經出版社，希望他們能出《罪與文學》的台灣版。我說，這是現今最好的一部中國現當代文學史，史論結合，又是一部帶有歷史意義的宏觀文學論。海內外至今不曾見到一部這樣有見地有思想深度的關於中國文學的巨著。對了，我還應當特別感謝你下這麼多功夫寫了《高行健論》，儘管我們是莫逆之交，我還是要感謝你，這樣支持我理解我。十五年前，我就說當時你在中國文學界，對中國當代文學就已經作了充分的理論表述，十五年後的今天，你的表述更加深入，更加精彩。

**劉：**和你相比，我還是望塵莫及。不過有一點是值得我們慶幸的。我們終於走出來了，靈魂站立起來了。我們的逃亡不是政治反叛，而是精神自救，有了逃亡，我們才能源源不絕地讓思想湧流出來。

**高：**我們所以流亡，為的是贏得精神創造的自由，避免被政治扼殺。一百年來，由於種種政治、社會、歷史的困境，中國知識分子很難獨立自主從事精神創造。今天我們有這樣的機會，無衣食的憂慮，能排除外界的干擾，能自由寫作，太難得了，應該珍惜這種機會，也許我們還可以工作一二十年吧。

**劉：**讓我們都保重。你現在要多休息，還是不要急於寫作，能讀點書作點畫就很好。你的畫能打進藝術之都巴黎和西方藝術世界，也是奇跡。

**高：**現在我畫得很投入。去年在法國國際當代博覽會展出的二十五幅畫，全被各國收藏家買走了，以後我得多留下一些不賣的作品。出國後，我在歐美和亞洲的個展參展已在五十次以上。

**劉：**你的水墨畫，我愈看愈有味道。你畫的不是物相，而是心相，或者說，畫的不是色，而是空，是空靈與空寂。我在你的畫裡發現文學，發現內心。這大約也得益於禪。

**高：**禪，其實，與其說是宗教，不如說它是一種立身的態度，一種審美。

**劉：**我在前三年的一篇談論你的文章中就說，禪實際上是審美，懸擱概念、懸擱現實功利的審美。有些詩人，例如陶淵明，他生在達摩進入中國之前，與禪宗沒有關係，但他的詩卻有很高的禪意。“結廬在人境，⋯⋯心遠地自偏”，“此中有真意，欲辨已忘言”，“縱浪大化中，不喜也不懼。”他講的全是心性本體，是心靈狀態，與禪完全相通。宋代我們福建有一位詩評家，叫做葛立方，他著了一部名為《韻語陽秋》的詩話，就發現陶淵明很有禪性，因此稱陶淵明為“第一達摩”，這真是一語中的高明的見解。這次你通過《八月雪》把慧能形象首先推向西方主流舞台，可能也會推動西方對禪的研究。

**高：**自從鈴木大拙在美國哥倫比亞大學和美英各大學講禪後，西方已有不少研究禪宗的著作。但都偏重於學問。而禪本身恰恰不是學問。西方的學者、作家儘管對禪有興趣，但很可能一輩子都掌握不了禪的精髓。禪把哲學變成一種生命體驗，一種審美方式，這一點很了不起。

**劉：**哲學本是“頭腦”的，思辨的，邏輯的，實證的，但禪卻把它變成生命的，感悟的，直觀的。它創造了另一種哲學方式。馮友蘭先生的哲學研究，正是把邏輯的方式與感悟的方式結合起來，他稱前者為正方法，後者為負方法。

**高：**過去，中國思想界只把慧能當作一位宗教的革新家，殊不知他正是一位思想家，甚至可以說是一位大思想家，一位不立文字、不使用概念的大思想家，大哲人。我們應當從“思想家”這個層面去理解慧能。只有這樣，我們才能看清他在人類思想史上獨特的地位和意義。

**劉：**你說的這一點非常重要。慧能不識字，可是他的思想卻深刻得無與倫比。他的不立文字、明心見性，排除一切僵化概念、範疇的遮蔽，擊中要害，直抵生命的本真。《六祖壇經》有一個重要發現：發現語言是人的一個終極地獄，也可以說，概念是人的終極地獄。慧能的思想是超越概念、穿透概念的思想。沒有概念、範疇也可以思想，這在西方是不可思議的，但在慧能那裡卻得到精彩的實現。這確實提供了一種不同於西方哲學的思維方式，也可以說，提供了一種新的思想資源。理性作為工具，是有用的，但它並非萬能。慧能不是通過理性，而是通過悟性抵達不可說之處，抵達事物的本體，抵達理性難以抵達的心靈深處。

**高：**慧能提示了一種生存的方式，他從表述到行為都在啟示如何解放身心得大自在。他是東方的基督，但他與聖經中的基督不同，他不宣告救世，不承擔救世主的角色，而是啟發人自救。

**劉：**慧能把禪徹底內心化了。他的自救原理非常徹底，他不去外部世界尋求救主，尋求力量，而是在自己的身心中喚醒覺悟。佛不在山林寺廟裡，而在自己的心性中。每個人都可能成佛，全看自己能否達到這種境界，明白這一點確實能激發我們的生命力量。

**高：**很有效。就像我們兩個人，個人都如此獨立不移，不依靠集團，不結幫派，沒有主義，但我們的精神很健康，就靠這種內在的力量。我在《聯合報》上讀了你闡釋《八月雪》的文章，寫得真好。慧能就是那樣一個獨立不移的人，他追求的是得大自在。他作為宗教領袖，卻拒絕偶像崇拜，也不鼓吹信仰，排除一切迷信，如此透徹。他聲名赫赫，但拒絕進入宮廷當什麼王者師，寧可掉頭也不去，他知道一去就只能成為權力的點綴，當皇帝的玩偶，失去自由，很了不起。慧能哪來這麼大的力量？全來自他的大徹大悟。

**劉：**慧能知道，一旦進入宮廷，他就要被皇帝"供奉"起來，雖得到膜拜，但失去自由。慧能是一個思想者拒絕為權力服務的典範。他生活在唐中宗、武則天的時代，還屬盛唐時代，是很繁榮、很開放的時代，連皇帝都信佛，都接受外來的佛教文化，也只有這種社會條件才能容納慧能，容納各種宗教流派，然而，即使是在盛世，他也不為榮光耀眼的權力服務，只獨立思想。慧能如此拒絕進入權力框架，事實上開創了一種風氣，不作皇帝附庸與權力工具而獨立自在的風氣，實在了不起。

**高：**慧能確實開了新風氣，回到人的本真，率性而活，充分肯定個人的尊嚴。這種生活方式對權力當然是巨大的挑戰，也是對社會習俗和倫理的挑戰，但挑戰不是造反，也不搞革命，不破壞，也不故作挑釁的姿態，而以自己的思想與行為切切實實確認生命的價值和做人的尊嚴。

**劉：**人的脆弱常常表現在很容易被權力、財富、功名所誘惑，也很容易被自己的偶像、名號、桂冠、衣鉢所消滅。人的本真存在每時每刻都在受到威脅，慧能的意義正是他提供了生命本真的當下存在受到威脅時如何抗拒這種威脅，如何守住人的真價值。

**高：**當今社會，人也日益商品化、政治化，個人變得越來越脆弱。慧能的思想和他的一生提示我們還有另一種生存的可能，另一種生活態度。

**劉：**慧能的思想有時呈現在他的講道釋經中，但更重要的是呈現在他的行為語言中。他拒絕偶像崇拜，拒絕皇帝的詔令進入政治權力框架，特別是最後打破教門權力的象徵——衣鉢，這些行為意義重大。《八月雪》把打破衣鉢這一情節表現得非常動人。慧能這一行為包含著他對教門傳宗接代方式的懷疑，只要看看當今宗教的派別之爭，就可明白慧能的思想是何等深邃。

**高：**佛教講慈悲，還為傳宗衣鉢而追殺慧能，佛門中尚且如此，更何況佛門之外的政治領域和其他領域。衣鉢是權力的象徵，哪裡有權力，哪裡就有權力之爭，這是一條定律。慧能的大智慧就是看透了這一點，所以他不接受權力，更不進入權力框架。

**劉：**真是這樣，最講和平的佛教尚且如此爭鬥，更勿論其他了。小權力讓人產生小欲望，大權力讓人產生大欲望。我曾感慨，也已寫成文字，說宮廷之中因為有大權力，所以連被閹了的太監也充滿欲望，肉體上去勢，心思裡卻去不了權勢欲。可見人性惡是多麼根深蒂固。

**高：**禪宗衣鉢到了慧能便不再傳，這是歷史事實。慧能敢於打碎衣鉢，在宗教史上也是個創舉。

**劉：**慧能沒有任何妄念，他什麼都放得下。唐中宗、武則天兩次徵詔，他都抗拒，這需要多大的勇氣？歷代多少寺院，只要皇帝一賜匾額，一徵召入宮當"大師"，都感激不盡，連稱"皇恩浩蕩"，唯有慧能全不在乎，全都放下。他"止"於空門，絕不"止"於宮廷之門，這是對功名心的真正否定，何等的力量。

**高：**禪講平常心，但平常心並不容易。面對巨大的權力的壓力、財富的誘惑，還是以平常之心做該做的事，不生任何妄念。以平常之心處置非常的壓力與誘惑也是慧能的重要思想。而他之後的打殺菩薩，咒罵佛祖，則是故作姿態，而故作姿態，也是妄念作怪。

**劉：**《八月雪》最後一幕所表現的妄禪、狂禪，正是對這種妄念的批判。慧能致力於縮小人性與佛性的距離，把清淨自性視為佛性，把平常自然之心視為菩薩之心，把出世的宗教改革成人文宗教，本是創舉。可是到了馬祖的弟子之輩，便把禪戲鬧化，走向佛的反面，公開宣稱"佛之一字，我不喜聞"，以至呵罵達摩是"老臊胡"，釋迦是"乾屎橛"，完全走火入魔了。《八月雪》最後一幕表現大鬧參堂最後參堂起火，一切都歸於灰燼，這不僅是禪的悲劇，也是世界人生的悲劇。慧能似乎早已洞見這一切，世事浮沉，人事變遷，周而復始，本想尋求大平靜，但終於擋不住嘈雜與喧鬧，這是世界的常態，今朝明朝都一樣，所以也不必過於煩惱，重要的是在當下充分思想，充分生活。慧能以他的驚世絕俗的行為告訴我們，存在的意義只有一條，那就是存在本身，那就是存在本身的尊嚴、自由與它對世界的意識。

**高：**一千多年前的慧能，告訴我們如何把握生命，如何存在於當下，存在於此時此刻。這此刻當下，是個體的當下，活生生的當下，也是永恆的。永恆就寄寓在無窮的當下的瞬間中。對當下清醒的意識，對活生生的生命的感悟，便進入禪。所謂明心見性，也就是對此刻當下清醒的意識，對生命瞬間的直接把握。

**劉：**這就是說，存在的意義是對生命本身清醒的意識。更為簡單的表述，便是意義即意識。你在戲劇作品中一再表明這種思想，說世界難以改造，而人內心往往一片混沌，活在妄念之中而不自知。澤厚兄最近出版的《歷史本體論》，引證你在《夜遊神》中的一段話，他說他發現你的作品有那麼多的性愛描寫，真正突出的就是人活著的無目的性：人生無目的，世界無意義。你是不是同意他的這種解釋？

**高：**你在給《叩問死亡》所寫的跋中，引用劇中人的那句話："世界本無知，而這傢夥卻充分自覺"，並作了很正確的闡釋。澤厚兄的《歷史本體論》我讀過了，他的提問很有深度。要知道世界本是無知的，意義何在？二十世紀那麼多改造世界的預言與烏托邦，都變成了一片謊言。從科技層面上說，世界確實進步了。但在人性層面上，人類卻不見有多大的長進。人類發明了那麼多的醫藥，但人性的弱點無藥可治。今天的人甚至比過去更脆弱。我不相信改造世界的神話，也不製造烏托邦。所謂有無意義，只在於是否自覺。我說"自覺"，就是用清明的眼睛清醒地認識自身與周圍的世界。

**劉：**清明的眼睛，清醒的意識，再加上充分的表述，確實是很大的幸福與意義。慧能的思想正是強調"自覺"。他的一個思想貢獻，是把佛學的外三寶——佛、法、僧，變為內三寶：覺、正、淨。這是一個關鍵。把外在的求佛、求法、求救，變成內在的自覺，變成清醒的意識。意義要從這種轉變中去開掘，去發現。少說一點改造世界的大話，多做一些改造自身的修煉，可能更好些。你如此強調當下，我的認識沒有你的徹底，我還是覺得人生必須有些未來之光，明天之光，也就是理想之光。我也不再相信有什麼烏托邦式的理想社會，但還是覺得需要有社會理想與個人理想。人總得有點夢，明知夢不真實，還是要做夢。

**高：**從事創作，無論是文學寫作還是作畫，創作的此時此刻已得趣其中，自由書寫和盡性書寫的本身，就得到極大的滿足，無需指望明天有人認可才得到滿足。如果說作品明天得到他人的認可與欣賞，那也是此時作品創造的價值。如果作者把他的審美感受轉移到非作品中去了，作品反而成了身外之物。而作者和作品的關係則又當別論。

**劉：**你身體仍然很弱，我們今天先講到這裡。

## 二、"認同"的陷阱

（二〇〇五年二月，巴黎高行健寓所）

**劉：**昨天我們討論了慧能的思想方式與生命方式，這樣，我們就有了一個精神坐標和人格坐標。慧能的精神最核心的一點是獨立不移。換句話說，慧能這一存在，是獨立不移的思想存在。

**高：**慧能是一千多年前的人了，可是，中國近代卻喪失了這種精神。個人的尊嚴，個人的自由表述，發出的個人獨立不移的聲音，這該是思想者的最高的價值。如今在政治與市場的雙重壓力下，一個作家都很難發出這樣的聲音。

**劉：**你昨天講得很好，作為一個作家，既然是一個獨立不移的個體存在，那就不能為他人的認可而寫作，當然也不能為大眾的認可、市場的認可、權力的認可而寫作。外在的評語，包括評論家的評語、大眾的評語、權勢者的評語，都不是重要的。重要的是自身內在真實而自由的聲音，是獨立而有價值的思想。作家當然也不能被"看不懂"的幼稚評論所影響。從蘇格拉底、柏拉圖到康德，真讀得懂的只是少數，多數人是讀不懂的。至今能走入卡夫卡、喬伊斯、福克納的文學世界的，也不是多數。有些人一輩子也進入不了卡夫卡、喬伊斯的世界。

**高：**寫作不求外部力量的認可，這才有自由。另一方面，我們個人也不去認同外部力量。我覺得作家和思想者的基本品格不是"認同"，而是常常不認同。我一直把"認同"二字視為政治話語的範疇。我們作為思想者和作家，講的寫的是文學話語、思想話語，而不是政治話語。

**劉：**把政治話語和文學話語區別開來，非常重要。政治總是要求認同，也需要他人去認同。你必須認同我，否則就消滅你，這是強權的專制原則，與自由原則正好相反。這種“認同”的背後自然是政治利益，毫無真文學與真思想可言。

**高：**政治要求“認同”，如果無人跟隨便玩不轉。要求認同一種主義，一種時尚，一種話語，背後是權力和利益的操作。可憐的是不僅權勢要求“認同”，而大眾也要求作家去認同他們的趣味。弱者無力抗拒，只能跟隨潮流。群眾就這樣跟隨偶像，而成為盲流。如果作家也隨大流，也一味去認同，也就無思想、無文學可言。

**劉：**你的《彼岸》告訴讀者觀眾，既不能當大眾的尾巴，也不能當大眾的領袖。尾巴必須遷就、迎合，必須認同大眾的意見，而領袖也必須遷就迎合。大眾總是追求平均而達到多數。而思想者卻注定是少數，是異數，是單數，一旦成為領袖，就沒有突破平均數的自由，也就沒有獨立思想的可能。

**高：**拒絕當領袖，這一點特別要緊。《彼岸》的主人公這人就拒絕當領袖。大眾找領袖，要找個帶頭羊。這人拒絕當這樣的領袖。當領袖，就得進入權力之爭，那無窮無盡、無休無止的權力之爭和利益的平衡，會弄得人身心憔悴。政治權力運作機制注定要消滅異己，容不得獨立思考。我們交往二十多年，我早就發現你也是一個拒絕充當領袖的人，二十年前就被推選出來當文學研究所所長，而你從來沒有領袖心態，寨主心態，一上任就高舉學術自由的旗幟，一旦舉不了就毅然退出，選擇逃亡。

**劉：**要獨立思想，確實需要遠離權力中心，甘居邊緣地位。又想當領袖，又想當獨立思想者，企圖兼得魚與熊掌，這絕對是妄念。思想的自由，表述的自由，是最高的價值。它在一切價值之上，這對我們來說，是須臾不可忘卻的。有了這一基石，任何其他的東西，包括領袖的桂冠都可以放下。

**高：**一個人只要內心獨立不移，浪跡天涯，何處不可為生？何處不能寫作？說自己要說的話就是了，還認同什麼？迎合什麼？企求什麼？

**劉：**當然，不迎合，不認同，就會陷入孤獨。出國這十幾年，我對孤獨算是有了刻骨銘心的體驗。從害怕孤獨到享受孤獨，這個過程讓我明白，孤獨正是自由的必要條件，孤獨中與自己對話，與上帝對話，與偉大的靈魂對話，何必他人的認可，何必去認同那變來變去的時尚和潮流？

**高：**這孤獨是命定的，也是人的常態，不是壞事。甚至應當說，孤獨是自由思想必要的前提。把孤獨視為常態，視為自由的必要條件，這正是個人意識的覺醒。

**劉：**你剛才說，老講"認同"實際上是政治話語而非文學話語。文學創作首先要走出平庸，追求原創，言前人所未言，當然不能老講"認同"，但是，一個作家認同自己的民族語言、民族宗教、民族文化，是不是也無可非議？

**高：**本來是無可非議的，法國人說法語，中國人說漢語，都有深厚的文化傳統，這是很自然的。但是，如果把這種認同，變成一種文化政策，變成意識形態，成為一種政治取向，就得警惕了。事實上，今天任何一個受過高等教育的人，所接受的文化，都不僅是一個民族的文化。當今文化和資訊的交流如此方便，地球相對變得很小，可以說，已經沒有一個東方作家不受西方文化的影響，也找不到一個西方作家對東方文化一無所知。無論你出身哪個國家哪個民族，只要你受過高等教育，你就不可能是一個純粹民族文化的載體，只是承認不承認而已。在這種歷史條件下，強調民族文化的認同對文學創作有什麼意義？恐怕只有政治意義。所以我說強調認同民族文化，只能導致政治上的民族主義。

**劉：**關於民族主義，幾年前我和李澤厚先生有個對談，我們也是持批評態度的。你剛才說現今的知識分子已不是純粹民族文化的載體，這是一個事實。所以我們在講文化傳統的時候，一方面當然要尊重創造這種文化傳統的民族主體，但是，另一方面，則應當承認，優秀文化一旦創造出來又成了全人類的共同精神財富，具有普世價值。二十世紀科學技術的突飛猛進，文化傳播手段的迅速發展，使不同民族創造出來的文化文學成果的交流更加容易，國界對文學而言也愈來愈失去意義。有位朋友說"美文不可譯"，但我始終認為文學具有可譯性。心靈也可溝通。人類的心靈歸根結蒂是可以相通的。記得你在談普世性寫作時說，必須確立一個前提，就是人類具有共同的深層文化意識。所謂普世性寫作，就是承認在地球上居住的所有的人，其人性底層都是相通的。文學如果老講民族認同，不能關注人類普遍困境，結果會越來越偏執，越來越貧乏。這裡還涉及到一個個體精神價值創造的自由問題。

**高：**不錯，個體在現實關係中實際上是不自由的，但在精神領域卻有絕對自由，或者說，精神領域中的自由是無限的，就看你怎樣發展。在文學創作中，作家盡可以超越社會、政治的限制，也超越現實的時空。這種精神自由，並不是任意自我宣泄，自我膨脹，相反是從現實的困境和人自身的困惑中解脫出來。

**劉：**這樣，才不會去充當他人設計的棋局中當一枚棋子，也才不會在他人設計的機器中當一顆螺絲釘。強調個體的獨立價值，並不等於誇大個人的力量，你一再說，任何個體都是脆弱的個體，並非尼采所說的“超人”。在現實關係中個體的行為受到社會制約，並非無所不能。自以為可以代替上帝，只能像尼采一樣弄得發瘋。不可以把個人視為他人的救主而凌駕於他人之上，也不能因為自己的自由而損害他人的自由。尼采的“超人”在現實生活中最後不是成為暴君，就是成為瘋子。

**高：**我們在批評“認同”這種媚俗的原則與政治話語的時候，發出的是個人的聲音，並非超人的聲音，也不是持不同政見者的聲音。

**劉：**關於這點，我在《高行健論》中特別作了說明，說明你擺脫了三個框架：一是國家框架與民族框架；二是持不同政見的政治框架；三是本族語言框架。持不同政見，是在政治層面上不認同權力中心，但它又要求他人認同它的政見，上它的政治戰車，追隨它的另一套政治話語。

**高：**一個作家當然有自己的政治見解，在現實政治中，贊成什麼反對什麼乃至於公開發表政見，批評當權者或者集權政治。我就一再表明我的政治態度，而且從不妥協去順應潮流或謀取利益。但是，我的文學創作必須遠遠超越現實政治，不作政見的傳聲筒。把文學變成政治控訴或吶喊，只能降低了文學的品格。文學不屈從任何功利，也包括政治功利。

**劉：**《逃亡》和《一個人的聖經》的成功，正是擺脫了“持不同政見”的框架。把逃亡提升到哲學的高度，呈現人類生存的普遍的困境，而且觸及人性很深，完全可以當作一部希臘悲劇來讀，難怪這部戲從歐洲演到美洲乃至非洲。

**高：**《一個人的聖經》也不只是譴責、控訴文化大革命，這本書建構在東西方更為寬闊的背景上，面對二十世紀中國的文革和德國法西斯造成的人類的巨大的災難，個人的艱難處境和脆弱的內心的種種困境令人深思。每一個民族，在古代差不多都有一部聖經，現今的個人，恐怕也得有本這樣的書。而我從遠古神話《山海經》寫到慧能和他的《壇經》，到《野人》中民族史詩《黑暗傳》的消亡，再到《夜遊神》超人式的現代基督之不可能，以及《叩問死亡》對當代西方社會的尖銳批評，都是所謂“持不同政見”那種狹窄的眼光無法容納的。

**劉：**還有一點是我想討論的。你批評民族文化認同可能會變成政治話語，那麼，現在全球化的潮流鋪天蓋地，認同這一潮流，是不是也有問題？

**高：**“全球化”是無法抗拒的，這是現時代普遍的經濟規律，而且不可逆轉，只能不斷協商和調節，面對這全球化的市場經濟，別說個人無能為力，就連政府也無法用行政手段或立法來加以阻擋。這無邊無際的怪物就這樣出現了。可以超越是非判斷，但無法預言這將導致怎樣的後果。

**劉：**在社會生活方面，我對全球化潮流不持反對態度。因為上世紀末以來的全球化潮流是技術所推動的，是人類社會發展的自然結果。這與從十六世紀至十九世紀的用槍炮所推動的殖民化性質不同。槍炮所推動的是侵略性的殖民主義化，而技術推動的全球化是經濟一體化。儘管在社會生活層面上，我能理解全球化，但在文化層面上，尤其是文學藝術層面，卻對此一大潮流充分警惕。一體化潮流，也可視為一律化潮流。文學藝術最怕的就是一律化，最怕的就是個性的消滅。全球化大潮流席捲下，民族性都沒有了，更何況個性。我們警惕各種“認同”的陷阱，歸根結柢，是警惕落入“一律化”、“一統化”、“一般化”的陷阱。

**高：**文學不是商品，不能同化為商品。這是我們能說的。但是，全球化的潮流正在改變文學的性質，把文學也變成一種大眾文化消費品。作家如果不屈從這種潮流，不追蹤時尚的口味，製作各種各樣的暢銷書，就只有自甘寂寞。因此，問題轉而就變成了作家自己是否耐得住寂寞。可用句老話：“古來聖賢皆寂寞”，所以，退一步來說，從來如此，而文學並沒有死亡。

## 三、走出老題目、老角色

（二〇〇五年二月，巴黎高行健寓所）

**劉：**我們正處於新世紀之初，我最想和你談論一些新世紀的新題目，也就是說，應當告別二十世紀的一些老題目。你的"沒有主義"，我和澤厚兄的"告別革命"，都是在告別老題目。從事文學創作和人文科學，既要講真話，又要講新話。講新話不是刻意標新立異，宣告以前的理念都過時了，而是要面對現實，說出真實的聲音，說出新見解。

**高：**走出老題目，也不必充當老角色。作家也需要調整自己的位置，例如，"戰士"、"鬥士"、"烈士"、"英雄"乃至"受難者"這一類的角色，我以為也得告別。

**劉：**我是一個多元論者，作家要扮演何種角色，有自己選擇的自由，有的作家就選擇擁抱社會，充當社會改革志士、鬥士、戰士的角色，例如魯迅。有的則遠離這種角色，當隱士、逸士、高士，築起籬笆和圍牆，在自己的園地裡談龍說虎飲茶讀書，這也沒有什麼不可以。問題是在我們經歷的年代裡，作家的角色被規定死了，只能充當戰士型的革命作家的角色，這就失去自由。

**高：**魯迅就不允許別人當隱士，還批判傳統的隱逸文化。

**劉：**你的《靈山》就是隱逸文化、自然文化、禪宗文化、民間文化的匯流，小說中的角色是純粹的精神角色，即身遊者與神遊者的角色，而不是世俗的角色，我一直懷疑，作家是否一定要在世俗社會中充當一個世俗的角色。但是有些作家沒有找到世俗的角色就不自在，這大約是因為角色可以帶來許多世俗的利益。

**高：**二十世紀有一種時髦，就是作家都得扮演頂天立地的大角色，不是社會良心，就是正義化身。我對這種角色一直持懷疑的態度。一些作家，滿身救世情結，批判社會，甚至鼓吹暴力。舊世界是否一定要砸碎？新世界是否一定就好？他人都成了地獄，唯我獨尊，可不就成了上帝。自我膨脹到這個地步，也會成為地獄。

**劉：**連薩特也扮演這種大角色。認為他人是自我的地獄，一定會形成一種反社會的人格。一九六八年法國左翼知識分子那麼熱心支持中國的紅衛兵運動都是救世情結。二十年前，我也曾熱衷於充當正義的化身，社會良心，後來才明白這是一種幻想。幻想在嚴酷的現實的地上撞碎，才清醒過來。才覺得最為迫切的還是正視自身的脆弱、困境和黑暗面，首先自救。不自救，哪來的清醒。

**高：**早期共產黨人鼓吹烏托邦，現在看來，是一種幻影、幻想，一種救世的虛妄。中國知識分子，一百多年呼喚的理想社會，什麼時候實現過？不必再重彈老調，再製造救世的幻想，這種空洞的高調該結束了。

**劉：**不過，有一個問題，我常常在想，作家因為有審美理想，因此總是對社會不滿意，事實上也不能離開社會，如果不充當社會批判者，不以批判社會為前提，那麼，作家與社會又是怎樣一種關係呢？

**高：**作家只是一個見證人，見證社會，見證歷史，也見證人性。儘可能真實地呈現這大千世界和人類的生存困境及人自身的種種困惑，既超越政治的局限，也超越是非倫理的判斷，我以為這才是作家要做的事。作家要把他見證到的東西加以呈現，因此，他又是呈現者。我覺得這才是作家的位置與角色。

**劉：**不作革命者、顛覆者、烏托邦鼓吹者，也不作社會審判者、批判者，而作見證人和呈現者，你正是選擇了這樣的位置和角色，所以你贏得了創作的冷靜，創造了"冷文學"。你在二〇〇〇年獲獎的演說中充分闡釋了這種立場。你以前在和我交談中甚至肯定《金瓶梅》，恐怕也是從見證社會與呈現人性出發，這部小說不作道德價值判斷。

**高：**不錯。《金瓶梅》這部小說除了性行為過分渲染之外，其他部分寫得相當冷靜。它把家庭社會人際關係的殘酷呈現得那麼充分，對人性的惡一點也不迴避，對作家所處的時代提供了一幅幅非常真實的眾生相，可說是一部現實主義的傑作，並且比西方現實主義文學早了一百多年。

**劉：**《紅樓夢》更是如此，它見證社會，見證歷史，是任何社會學家、歷史學家所不可比擬的。因為有《紅樓夢》，我們對清代的社會歷史，才有了真切的認識。而《紅樓夢》除了寫出人情詩意的一面，也寫出人際關係殘酷的一面，像王熙鳳的鐵血手段就很殘酷，但曹雪芹並不作道德審判，也不作歷史審判，說它"反封建"，是後人在評論中強加給小說的理念。

**高：**曹雪芹也只是見證歷史、見證人性，並不是以社會批判為創作前提，上世紀許多研究《紅樓夢》的文章，把《紅樓夢》說成是一部批判書，批判封建主義，把它意識形態化了，不僅不了解《紅樓夢》的藝術價值，也遠遠沒有讀懂這部恢弘博大的書。

**劉：**不以“社會批判”為創作前提，這顯然有利於作家進入人性的深度。作家如果僅僅思考社會的合理性問題，以改造社會為使命，自然就會削弱對人性的探究。從這個意義上，我很理解你的見解。但是，一個作家往往同時又是一個知識分子。作為知識分子，他從寫作狀態中游離出來關懷社會，就不能不如薩義德所說的，要“對權勢者說真話”，要對社會進行批判。我想，你指的是作家的專業角色。

**高：**我所講的當然是作家的身份和位置，知識分子的角色問題應另當別論。不過，作為知識分子，也未必能擔負“正義化身”、“社會良心”、“救世主”的角色。作家從社會關係中抽離出來，自居於邊緣，並不是不關心社會。這種獨立不移，拒絕作為政治附庸，往往正是對權力和習俗的挑戰，但是，並非一味譴責、控訴社會，而是通過作品喚起一種更清醒的認識。

**劉：**作家對社會的關懷確實可以有多種層面，以為直接干預社會才是關懷，便把關懷狹窄化了。喚起清醒意識，當然也是關懷，我在多次關於你的演講中，也提到你的“冷觀”。我說從卡夫卡到高行健，都是冷觀者，不是審判者。無論是卡夫卡還是你，其創作的詩意的源泉，就在於冷觀。詩意不是來自社會批判的激情，而是來自省觀社會省觀人性的態度，這一點，恐怕正是理解你的作品的關鍵。

**高：**不能把卡夫卡僅僅理解成資本主義社會的批判者。卡夫卡首先揭示了現代社會人的真實處境，個人在現實社會關係中像蟲子一樣可憐，隨時受到莫名其妙的審判，而種種社會烏托邦不過是可望而不可及的城堡，卡夫卡是二十世紀現代文學真正的先驅。他結束了浪漫主義文學時代，卡夫卡出現之後，作家如果還只有浪漫激情，就顯得浮淺。

**劉：**卡夫卡確實是個扭轉文學乾坤的巨人，以他為樞紐，西方文學從以抒情、浪漫為基調轉向以荒誕為基調，他結束了歌德、拜倫的浪漫激情，開闢了現代文學的全新道路，有了他，才有之後的貝克特、加繆、尤奈斯庫等，也才有你和品特。

**高：**卡夫卡沒有過時，卡夫卡筆下的時代並沒有結束。現時代人的困境愈來愈荒誕。人在強大的商品化潮流面前，顯得更加脆弱。十九世紀末出了兩位德語作家，一位尼采，一位卡夫卡。尼采的浪漫激情製造“超人”神話，後來的所謂“正義化身”、“社會良心”、“救世主”等，都是“超人”的變種。可卡夫卡遠離這種超人神話，他筆下的人，不僅不是超人，也不是大寫的人，而是非人的甲蟲，被社會異化。

**劉：**關於卡夫卡與尼采，明天再談談。現在我還要繼續和你探討作家角色與知識分子角色的衝突問題。也就是充當知識分子角色，會不會影響作家的創作。在我看來，這兩種角色有矛盾，但也相通，正如你剛才所說，作家也需要有社會關懷。無論是知識分子還是作家，都應當有大同情心，大慈悲心。像托爾斯泰，他就既是很好的作家，又是很好的知識分子，他的真摯的社會關懷、人間關懷，不僅沒有影響他的文學寫作，而且使他的文學寫作具有更深廣的精神內涵。但是，這兩種角色確實也會產生衝突。以魯迅來說吧，他一直兼有這兩種角色，而且兩者都很重。知識分子的角色使他當啟蒙者，使他特別關懷社會底層，也使他的作品具有更重的悲劇感，更有震撼人心的力量。但是，他的後期，知識分子的角色太重了，重到壓倒作家的角色。他主張作家要熱烈擁抱是非，自己也熱烈投入是非，所以只能不斷地寫雜文，不斷地進行社會批判。他的雜文，其社會批判的力度無人可比，也創造了許多社會相的類型形象，但是，從整體上說，他的文學創作成就還不如五四的《吶喊》、《徬徨》時期和五四後的《野草》時期。

**高：**後期的魯迅，作為知識分子，毫無疑問，當然很傑出，思想犀利，敢於說真話，中國知識界裡無人能比。但在文學創作上，後期的魯迅就不如前期，非常可惜，戰士的角色壓倒了文學家魯迅的角色。這樣，他後期作品的文學價值就不如前期。

**劉：**魯迅和你是中國二十世紀文學中兩種完全不同的精神類型和創作類型，一是熱文學，一是冷文學；一是熱烈擁抱社會擁抱是非，一是抽離社會冷觀是非。兩者都有理由。我一直說我是多元論者，不願意對兩種不同類型作價值判斷，褒此抑彼。今天，只是在探討，作家在扮演知識分子角色時，是否應當掌握一定的度數，一旦進入太深太強烈，會給文學帶來什麼問題。

**高：**我認為，作家最好別去充當諸如媒體主持人那類所謂“公共知識分子”，一旦充當這種角色，又要扮演“正義化身”、“社會良心”，往往不得不製造一種假相，當今世界，無論是東方還是西方，媒體主持人這類“公共知識分子”，事實上都具有強烈的政治傾向，早已喪失了客觀立場。作家如果也扮演這種角色，就不能冷靜地見證歷史，評價現實，也難以面對事實，搞不好就成了作秀。這種知識分子的角色顯然與作家的身份有矛盾。

**劉：**這一點我非常贊成。媒體知識分子只有公共性，沒有個性。而作家之所以是作家，恰恰是他的個性。

## 四、現代基督的困境

（二〇〇五年二月，巴黎高行健寓所）

**劉：**這幾天和你交談，我更能理解你的《夜遊神》了。前三年，劉心武曾告訴我，行健的《夜遊神》非常完美，你要特別留心一下。那時我已讀過多遍，每次閱讀都如同進入噩夢，竟然沒有注意到藝術。心武提醒後我又讀了，這才覺得可把《夜遊神》視為《八月雪》的姊妹篇，其思想藝術分量也不相上下。《八月雪》講的是拒絕進入權力結構的自救的故事，《夜遊神》講的則是一旦進入權力關係則如進入絞肉機，無以自拔。這個權力關係還不是上層的政治權力結構，只是社會底層的無所不在的權力關係。要讀懂《夜遊神》，首先需要掌握一把鑰匙，這就是卡夫卡。不知卡夫卡，就講不清《夜遊神》所呈現的現代人的荒誕處境。

**高：**卡夫卡沒有過時。今天人類的生存困境比卡夫卡在世時還要深。卡夫卡是現代意識的真正開端。一百年前，他的眼睛就那麼清明，就那麼清醒，真了不起。

**劉：**尼采生活在十九世紀下半葉，一九〇〇年去世；卡夫卡則跨入二十世紀。這兩位德語思想者都是天才，恰好呈現思想的兩極，一個那麼熱，一個那麼冷。你一再批評尼采而推崇卡夫卡。用德語作家的兩個坐標來閱讀你的全部作品，便可通暢無阻了。

**高：**中國現代文學受尼采影響很深。五四新文學運動，尼采和易卜生的名字都是旗幟。但很奇怪，卡夫卡一直不在中國現代作家的視野之內。

**劉：**的確如此。即使是魯迅、張愛玲、施蟄存這些有現代意識的作家，也只知弗洛伊德，不知卡夫卡。

**高：**卡夫卡對現代人類生存困境認識的深度無人可比，那麼清醒的作家在他同時代還找不到第二個人。把尼采作為現代文學的啟蒙是一個誤解，他其實是十九世紀浪漫主義文學的終結。現代文學其實發端於卡夫卡，他之後才有貝克特和加繆。

**劉：**大約因為卡夫卡不在中國現代作家的視野之內，所以中國現代文學的現代意識並不強，像魯迅的《野草》這種超越啟蒙而叩問存在意義的作品極少。被稱為現代感覺派的施蟄存、劉吶鷗等，實際上是弗洛伊德"潛意識"的形象轉達，正如左翼作家的許多作品是馬克思主義意識形態的形象轉達。左翼作家揭露的是社會問題，並不觸及人性的深層困境。卡夫卡進入你的視野，大約和貝克特進入的時間差不多。《車站》上演後人們批評你太近似貝克特，但沒人想到你已進入卡夫卡。

**高：**這種批評也是一種遁詞，既要同官方保持一致，又別太明顯成為黨的喉舌。《車站》是一齣生活喜劇，離貝克特甚遠。貝克特同卡夫卡倒是一脈相承，而貝克特有種深厚的悲觀主義，卡夫卡卻訴諸黑色幽默，這方面他也是先驅，他不悲憤，不控訴，以黑的玩笑來回應人的荒誕處境，這便是他的深刻之處。

**劉：**我覺得《夜遊神》很像《審判》，甚至可以說是《審判》的當代版。經歷了文化大革命，才比較容易理解《審判》。主人公 K，好端端的一個人，什麼問題也沒有，可是突然被控告有罪，必須每個星期回去接受審判，於是，所有的人，包括他的父親、同學都覺得他有罪，都迴避他，用另一種眼睛看他，而最痛苦的是他壓根不知道自己犯了什麼罪。一個好端端的人，什麼壞事也沒做過，就這樣為天、地、人所不容，何等荒謬。而《夜遊神》的主角，也是一個好端端的人，一個什麼問題也沒有的人，而且是個善心人，只是在夜間到街上走走，但是，這一走，這一進入街頭的人際關係，便無法擺脫，落入"那主"、流氓、妓女的關係網絡之中。這個主角可看作是普通的現代人，也可以視為現代知識人，甚至現代基督，他滿懷好心，卻落到自我毀滅的地步。

**高：**把主人公當作現代基督未嘗不可。哪怕是基督一旦進入現實世界，這現實的人際關係和權力結構就把他毀了。當救世主是否可能？他要去化解惡，卻不可避免陷入惡的關係網絡之中，這就是現時代基督的命運。

**劉：**主人公本來是想反抗惡的，結果是連他自己也訴諸於惡。本想反抗暴力，最後自己也訴諸暴力。所有關係中的其他角色，都義正辭嚴地要把他拖入權力角逐場，拖入絞肉機，你不想捲入也得捲入。就像一顆珠子落入大轉盤之中，只能跟著轉到底，想要跳出轉盤，毫無辦法，這大約正是現代人的困境。沒有選擇的自由，不能把握自己的命運，個個成了利益關係的人質，權力結構的奴隸。

**高：**《夜遊神》是一個現代寓言，一個黑色的幽默。

**劉：**《夜遊神》好像是末日的預告。彷彿這個世界已無可救藥，連基督也無能為力，你是不是太悲觀了？

**高：**對世界的這種認識，其實，既不悲觀，當然也不樂觀，只面對真實的世界，做一個觀察者，一個見證人，不企圖改造這個世界，也改造不了。世界如此這般，爭鬥不息，基督才被送上了十字架。只是復活後的基督，面對的是人類更深的困境。現時代的救世主不可能有更好的命運。

**劉：**不用說救世，只是想獨立、想與權力關係拉開距離就很難，這才是現代人的真處境。《夜遊神》呈現的這種處境，其實很真實：人無法乾乾淨淨活著，一旦沾上泥坑，便越滾越髒。如果你不能抽身逃亡，就只能在污泥中窒息。現代基督面臨的問題不只是疾病、饑荒、戰爭和自然災害，而是人性深層難以改變的自私和貪婪，是各種妄念構成的惡，是權力與利益互相交織而化解不開的生存場。還有無休止的自我膨脹，弄不好也變成了地獄。現代基督如同《夜遊神》的主角，一進入現實權力與利益交織的關係網絡，就如同掉進了泥坑，甚至如同掉進了鬥獸場。

**高：**基督受難是因為信仰，而現代基督受難卻往往莫名其妙。

**劉：**所謂莫名其妙，是莫名其妙地被捲入噩夢般的紛爭，然後莫名其妙地受罪，然後又背上各種莫名其妙的罪名，全與信仰無關。所以我說《夜遊神》是《審判》的當代版。只是《審判》中的那個 K，到了你的筆下，內心也變得一片混沌，最後不是被他人所打殺，而是自我了結。你這部戲，找到一個意象，把自我關係投射到他人關係之中，把那麼多人變成自我的投射與外化，這個 K 的內心也充滿欲念妄念。你給 K 呈現了一幅內心景象，一幅現代人內心幽暗的景觀，我想稱之為內荒誕。你從卡夫卡出發，但沒有停留在卡夫卡那裡，你從外到內，從外荒誕走到內荒誕，表現的是人與世界的雙重荒誕。

**高：**說世界是一片混沌，但人自己的內心又何嘗不也是一片混沌。卡夫卡寫人與外部世界的疏離，陌生化，而現時代人自我膨脹，內心分裂。外部世界不可理喻，內心也沒有著落。外在的處境如泥坑，內心的世界如深淵，裡外都荒誕，較之卡夫卡的時代，人的這種危機更令人困惑。

**劉：**你和卡夫卡都有一雙冷觀的眼睛，一副傾聽的耳朵，作為創作主體，都自我淨化，自己與自己拉開距離，這是至關重要的。只有這樣，觀察客體時才沒有情緒，呈現時才不會狂熱。而這雙眼睛不僅冷觀世界，而且冷觀自我，換句話說，不僅觀外在世界，而且觀自在。所以呈現於作品中，卡夫卡是 K（主人公）與 W（World 世界）的陌生化，而你則是在 K 與 W 的疏離之外加上 K 與 K 的疏離。《夜遊神》的主角最後自我無法解脫，決定不再思想，自己砸碎自己的腦袋。說到這裡，我想問你，你是不是太殘酷了，你讓現代基督沒有救贖的可能，難道也沒有自救的可能？

**高：**自救的可能永遠存在。作為智者，自救的辦法就是逃亡，從中心逃到邊緣，從政治與市場中退出，從各種權力關係中退出。所以，十六年前，我就開玩笑對你說：我們的任務就是逃亡，自己救自己。其實，也只能自己救自己。

**劉：**二十世紀是一個抹煞人的時代，通過機器、通過戰爭、通過革命暴力、通過政治運動、通過市場操作一再抹煞人，抹煞人的尊嚴，掏空人的價值，幸存的人活得非常累，非常假，非常荒誕。我們在交談中和在寫作中，都充分意識到這種世紀性的抹煞，所以要反抹煞。而反抹煞，不是造反，不是顛覆，不是革命，不是以牙還牙，不是打倒、消滅、橫掃、大批判，這類方式一概不取，而是自救，抽離，冷觀，訴諸清醒的意識，去贏得自由而真實的呈現與表述。你的作品告訴讀者的，也正是這些思想，領悟了這些，才不至於被抹煞，才能留下最重要的那點東西，這就是人的尊嚴。

# 輕重位置與敘事藝術

## ——劉再復、李歐梵對談

**劉再復　李歐梵**

### 一

**劉再復**（以下簡稱劉）：出國一晃就是三年。在芝大的兩年，和你一起討論那麼多問題，日子真是沒有白過。看來出國還是對的。這一年，我在洛基山下，和大自然靠得更近，人也輕鬆得多。博爾德（Boulder）真是個好地方。要是上帝委任我設計天堂，大約可把 Boulder 作為樣本，大學城，松石山，千秋雪，清澄空氣，透明陽光，古典氛圍，現代設施，組合得非常完美。

**李歐梵**（以下簡稱李）：我在美國這麼多年，還沒有到這裡玩玩，這次特地來看你，也可以進山玩玩。這裡是有名的好地方，你真是個福將，能在這個地方立足定居。

**劉：**你到這裡來，我們可以藉此難得機會再討論一些問題。我在國內時太沉重，工作、寫作都太重，好像沒有生活。出國後突然有種失重感，覺得太輕，難怪昆德拉離開捷克後會寫出《生命中不能承受之輕》。幸而你主持的研究項目和課程，讓我們進入文化反思，放入一點重的東西，心理才平衡一些。

**李：**明天我們到山裡去，今天正好可以飲茶說書，談龍說虎。你剛才說的這個輕與重的交織與選擇，就是個好題目，我們就從這裡說起。

**劉：**我在國內時真的感到太重。不僅是表層的重，不僅是工作、寫作的重負，而且深層也重，就是心也重。出國後想想，這"心重"是為什麼？我想就是使命感、責任感太重，好像全中國全世界的苦惱都集在自己的身上。現實的負荷，歷史的負荷，學術的負荷，靈魂的負荷，種種負荷加起來真的是超負荷了。我非常羨慕你，羨慕你在音樂裡找到唯一的祖國，羨慕你把全部忠誠都獻給藝術。

**李：**我對中國也關心，也思考，但沒有你這種負荷感，更沒有使命感。這不光是我的思路近乎“世界主義”，不局限於中國，而且還有一點是我個人對一切重的問題，都想用輕一點的辦法去駕馭。除此之外，我還覺得必須把知識分子角色與作家角色分開，把知識分子概念與藝術家概念加以區別。責任感、使命感、為民請命、為歷史負責，全是知識分子概念，沒有一個是藝術家名詞。在西方，從十八世紀以來，知識分子與藝術家有時合一，有時分離。但兩種角色可以分清。中國比較複雜，古代知識分子稱為“士”和“士大夫”，但藝術家是什麼？不清楚。勉強地說，從晚明開始，“士”與文人才分開。馮夢龍是文人而不是“士”，他的科舉之路走不出來，但在文學上創造出成就。他早期喜歡民歌，後來編“三言”。知識分子與文人有時又混在一起，如李卓吾，他是知識分子，是“士”，老是進行文化批判與社會批判，可是，他評點小說，寫散文，是個作家與文學批評家。“五四”運動知識分子掛帥，又是文學打先鋒，運動的主將既是作家又是知識分子。所以我想給藝術家作個小小的界定，覺得藝術家可以為藝術而藝術，不要談那麼多使命感、責任感，尊重他們自己的選擇，為藝術而藝術是天經地義的。當然，他們要用藝術影響批評社會，也是天經地義的。中國現代、當代作家的歷史感、使命感太強，太知識分子化，因此筆法也太重。

**劉：**我很贊成把兩種角色加以區分。作家、藝術家願意兼作知識分子，當然無可非議，但不能強求，更不能作為價值尺度；作家、藝術家完全有不理會政治甚至不擁抱社會的權利，完全有逍遙的權利。一百多年來，中國作家太知識分子化，有很多原因，其中國家危亡陰影的籠罩是根本原因。在危機面前，像梁啟超這樣有影響的思想家和啟蒙者，給文學的責任大幅度加碼，對小說下的定義過重，說沒有新小說就沒有新國民、新社會、新國家，顯然說得太重了，重到小說要擔負改造中國、改造社會、扭轉歷史乾坤的責任。小說哪有這麼大的能耐？文學哪有這麼大的力量？“五四”新文學運動，沿襲梁啟超的大思路，把文學視為啟蒙工具，改造中國的工具，救孩子、救中國的工具，也太重。到了一九四二年，毛澤東進而把文學藝術視為另一種形式的軍隊，不穿軍裝的打江山的軍隊，這就更重了。魯迅把雜文當作匕首與投槍，本來有它的具體語境，後來我們把它普遍化了，片面強調文學的戰鬥性和殺傷力量，也加劇了文學的片面“重”化。

**李：**魯迅本來就比較重，而大陸的魯迅研究又強調他的重，加劇他的重。其實，魯迅固然比較重，固然常常肩負“黑暗的閘門”，但也有輕的一面。尤其是他的小說藝術，可以說基本上是輕的寫法。他只寫短篇和若干中篇，沒有長篇，這一事實本身就比較輕。那年你在北京主持魯迅學術討論會，我故意和你搗亂一下，刻意多講講魯迅輕的一面。

**劉：**“文化大革命”時，幾乎要把魯迅描述為第二救主，魯迅的負擔實在太重、太可憐了。你在那次學術討論會上，確實給我們帶去一股新風，也可以說帶去一股“輕風”。記得那是一九八六年，我們第一次見面，儘管那時我們已經逐步擺脫神化魯迅的框架，但多數研究者，包括我，還是只注意魯迅重的一面。對象已經很重，我們的態度更重，而你是個異數，你發出另一種聲音。你不講魯迅“革命”的、戰鬥的那一面，而講他喜歡頹廢藝術的那一面，非常輕的、非常低調的那一面。記得你當時特別提醒大家注意魯迅對被我們視為頹廢派的比亞茲萊（Audrey Beardsley）的批評和欣賞，還提醒大家注意魯迅臥室裡掛的裸體畫《夏娃與蛇》。陳煙橋的回憶文章裡提到魯迅指著比亞茲萊的畫說“你看那畫面多麼純淨美麗”，這一細節你捕捉到了，而我以前確實忽略了。那次聽你演講和私下聽你對魯迅的闡釋，對我真有啟發。可以說，從那之後，我開始注意魯迅輕的一面，特別是注意魯迅在藝術上如何以輕取重、舉重若輕的敘述功夫。

**李：**不錯，我想給你召開的那個魯迅會唱點反調，講魯迅非革命、非左翼的一面，把“唯美”與“頹廢”這兩個名詞和魯迅連在一起。我對魯迅的態度也有點頑皮，不像國內的研究者那麼沉重，把魯迅太神化、聖化，也太實用、太功利化。

**劉：**這就是你的得天獨厚，能有孫行者的頑皮與輕鬆，孫行者哪怕對待佛祖，也有一番輕鬆，在至尊手掌上撒把尿，重中有輕，可謂神來之筆。在中國現代作家中，魯迅總的來說，確實比較重，鐵屋子，黑暗的閘門，吃人的筵席，“並非人間”的人間，哪樣不沉重，再加上他那“救救孩子”的使命感，熱烈擁抱是非的戰士情懷，就更重了。但是，魯迅的寫作藝術，並非全是以重對重。

《狂人日記》可以說精神內涵重，筆觸也重，但是《阿 Q 正傳》則是內涵重，但筆觸卻很輕。阿 Q 這個意象負載國民劣根性的全部病態，可說是很重，也可說是悲劇性極深，但魯迅用的是喜劇性的、叫你笑個沒完的筆調，連最後阿 Q 要被砍頭的悲慘細節，也有叫喊"二十年後還是一條好漢"的喜劇氛圍。這種以輕馭重、以喜劇筆觸駕馭悲劇內涵的本領，正是高明的小說敘事藝術。在俄國，最高明要算契訶夫，在中國現代，那就是魯迅了。

**李：**魯迅的小說敘事藝術意識很強，可說是中國現代文學史上有意識地發展敘事藝術的第一人。他的《孔乙己》也如你所說的"以輕馭重"，在沉重的主題與現實主義的基調下，放入不協調的怪異的喜劇性細節。孔乙己從名字到形體到行為，均可憐又可笑。一篇兩三千字的短篇，輕盈地揭露科舉制度下失敗者的悲慘與沉重，真不簡單。我在《鐵屋中的吶喊》裡曾說，孔乙己很像塞萬提斯的堂吉訶德先生或岡察洛夫的奧勃洛莫夫，是喜劇角色，又是悲劇角色。韓南曾說，魯迅的方法不同於安德烈夫的象徵主義，也不同於果戈理、顯克維支和夏目漱石的諷刺與反諷，有自己的獨創敘事技巧。我在《鐵屋中的吶喊》裡也作了一些解釋。

**劉：**魯迅喜歡果戈理，否則就不會花那麼大的力量翻譯《死魂靈》，他的時間那麼寶貴，花這麼多時間和精力翻譯這部小說，我總覺得可惜。魯迅的諷刺更近契訶夫，笑後讓你落淚，與果戈理的純諷刺不同。

**李：**契訶夫的《櫻桃園》沒有什麼故事，只寫一點愛情，但它也涵蓋歷史，寫的就是俄國貴族的沒落史。契訶夫的戲劇、小說，藝術水平都很高，他的小說總是讓你一邊流淚，一邊笑，永遠是悲喜劇。不像四十年代的電影《一江春水向東流》，只有重，看了讓你眼淚直流。契訶夫小說裡有俄國的眾生相，其中有很重的相，但他的寫法是輕的寫法。

**劉：**前些年我在國內一直鼓吹創作方法的多元。但我並不是反對現實主義方法，只是說，不要把現實主義這種方法單一化和意識形態化。還有一點，就是作家寫作時要與現實拉開一點距離，也可說是審美距離吧。你剛才說契訶夫寫的是社會現實，但寫法是輕的。怎麼輕，這裡很重要的一點是作家雖寫現實，但又要從現實中抽離，超然一點，作家不應直接介入現實是非的裁判，不直接進入譴責與控訴。你在《鐵屋中的吶喊》裡，提到韓南的魯迅研究。韓南到北京時，我和他見了兩次面，覺得他非常注意魯迅的敘述藝術，他說魯迅的小說，常有作者第一人稱出現，但很少表現自我。的確如此，魯迅表現的是社會，不是自我。第一人稱只是冷靜的旁觀者，表面上是“以我觀物”，實際上是“以物觀物”，很冷靜，《孔乙己》、《阿 Q 正傳》皆如此。作者與筆下人物、事件有距離。這種距離，是避免和社會一起沉重的辦法。如果作者自我與筆下的事件、人物沒有距離，就太重。丁玲的《太陽照在桑乾河上》和張愛玲的《赤地之戀》從相反的政治立場寫“土改”，但在藝術上都缺少審美距離，都寫得太重。魯迅的小說技巧主要是借鑒外國小說，特別是俄羅斯的小說。中國小說的諷刺喜劇傳統不能算是很發達，但《儒林外史》倒是非常成功的一部長篇，它甚至可以視為中國諷刺喜劇傳統的真正奠基石。但就我們今天討論的主題來說，輕重並舉，以輕馭重的藝術達到極致的還是《紅樓夢》。如果從輕重視角來評論一下《紅樓夢》與其他中國長篇小說，倒是很有意思。

**李：**我覺得中國古代長篇小說有四部經典：《水滸傳》、《三國演義》、《西遊記》、《紅樓夢》。我最不喜歡的是《水滸傳》，最喜歡的是《紅樓夢》，《三國演義》也喜歡，這部演義是重頭戲，人物、事件都重，講的是帝王將相，描寫的是戰事，這本身就重，題材重。除此之外，它對歷史的重寫與反思，也重。如果用盧卡契的英雄史觀評述《三國演義》，最值得研究的人物是諸葛亮。這位大智者，不僅扮演歷史故事中的人物，而且又評論自身和其他歷史人物與歷史事件，也對正史進行反思。他尚未出山就知道未來的天下格局和自己會扮演怎樣的角色。劉備三兄弟三顧茅蘆，他開始不動聲色，以後才指點江山，評說歷史動向。這個人物重得不得了，多方面的重，重到沒有任何兒女私情。將來如有時間，我想寫一篇專論諸葛亮的文章。與《三國演義》相比，《紅樓夢》是輕頭戲，輕中有重，重中有輕。它的內涵重心，不是歷史，而是文化。它把中國文化的精華、中國文化的各個方面都吸收進去，然後構築他的藝術殿堂。諸葛亮沒有兒女私情，賈寶玉卻全是兒女私情。

**劉：**我不喜歡《水滸傳》，也不喜歡《三國演義》，倒是喜歡《西遊記》，《紅樓夢》就更不用說了。我無法接受《水滸傳》中那種暴力和使用暴力的大理由，也無法接受《三國演義》中那些層出不窮的權力把戲。《西遊記》有天真，卻沒有權術。但從文學藝術上講，這四部小說都寫得好。《三國演義》的確寫得很重。這是歷史之重，亂世之重。而《紅樓夢》從內容上講，的確有你說的文化含量，但我覺得它也有很深厚的歷史含量，也有歷史之重。只是它把"真事隱去"，完全小說藝術化，所以顯得輕。《紅樓夢》寫的是個大悲劇，那麼美好的生命，一個一個毀滅，不善於寫小說的人，可能會把它寫得很沉重，寫成譴責小說或傷痕小說，但曹雪芹很了不起，他真的是舉重若輕，用那麼多美妙的情愛故事，用那麼美麗的大觀園和詩社、詩國來組合它的訴說和駕馭它的大傷感。尤其了不得的是，他用《好了歌》，用空空道人高出現實的眼睛來看人間的爭名奪利，更是賦予沉重的泥濁世界以荒誕色彩和喜劇氛圍，使全書顯得輕重錯落有致。小說中的薛蟠、賈環、賈瑞、夏金桂等，都是喜劇人物，而賈雨村等則是悲喜劇交錯。曹雪芹之前，馮夢龍編"三言"（《警世通言》、《喻世明言》、《醒世恆言》），僅從書名就知道有訓世的意思。這不僅是馮夢龍，中國的許多作家，都把自己的作品當作訓世的誡言甚至是聖人的聖言，都太沉重。"三言二拍"本來是輕的，但加上一些誡語，變成舉輕若重，這不是好辦法。曹雪芹正相反，這部大著作的方式不是聖人言、誡言的方式，而是石頭言，假語村（賈雨村）言、冷子興言的方式，款款道來，是很平常很輕的方式。

**李：**你說的"假語村言"，正是虛構。這是真小說。《紅樓夢》的主要事件發生在"大觀園"，這個設計很重要。藝術應當把小說中的世界與小說外的世界分開。大觀園的一草一木都是空中樓閣的倒影，如夢如幻但又是人間，又虛又實，真真假假，極真實又極虛假，為什麼呢？因為它是一個中介體。曹雪芹真了不起，他是中國第一個真正把小說看成虛構的文學樣式，而且可以虛構得那麼真實。以前的小說家總是要說，我寫的是真的，是現實與歷史的真相，曹雪芹不這麼說。他很了不起，他的小說一開始就聲明我說的是假的，主人公賈寶玉姓"假"，而甄（真）寶玉是陪襯的。《紅樓夢》是中國古典小說中最偉大的一部，它創造出一個小說式的真實宇宙，或者說小說式的真實的人世大景觀。當代的昆德拉擅長寫小村鎮，《紅樓夢》所創造的是大觀園，為什麼是大觀園而不是一個小村鎮？這是很有講究的。中國畫，本來畫的是自然的山水，到了宋、明以後，知識分子住在城裡，離開了大自然，但又懷念大自然，因而就用人工辦法造一個假的大自然。大觀園就是一個假的大自然，每個人都住在花園裡，而且有意無意地把西方的宗教情景也拉進來，創造了中國自己的亞當與夏娃，年輕、純真。大觀園的營造法，人物角色的配合法，愛情關係的交織法等等，都有詩意，有抒情詩式的，有敘事詩式的。女子的故事，開始是輕的，但結局很重，許多是死亡與失落的沉重。林黛玉的激情我說不出來，可以說她有一種特殊的性格，命運注定是悲傷的。《紅樓夢》象徵著陰性文化，女性文化，賈寶玉不也是半個女性化的人嗎？他注定要在胭脂堆裡廝混。中國的陽剛文化給儒家搞壞了，文學中也缺少陽剛氣。但陰性文化通過《紅樓夢》卻表現到極致，也極為精彩。

**劉：**你的這一“陰性文化”概念，我想用“柔性文化”來表述，中國的文化本就是尚柔的文化。老子的《道德經》中的“天下之至柔，馳騁天下之至堅”的思想，就是柔性文化最鮮明的表述。尚柔，也可以說尚水，老子說：“上善若水，水善利萬物而不爭，又不爭，處眾人之所惡，故幾於道。”水柔和，水不爭，水總是處於低處。曹雪芹創造了以少女為象徵的淨水世界，這一詩化的淨水世界，便是曹雪芹的理想世界。《紅樓夢》寄託的夢，是淨水世界常在的夢，可惜這種夢最後總是歸於幻滅。女主人公林黛玉的水，是至柔的淚水，是詩化的淨水。她在“伊甸園”時期作為夏娃（前身絳珠仙草）被亞當（賈寶玉前身神瑛侍者）的甘露所澆灌，下凡之後要還淚，還以詩化的淚水，她的詩也是淚水的結晶品。林黛玉的情愛悲劇，本是很沉重的悲劇，但曹雪芹用至柔的意象來表述，舉重若輕，真是天才的大手筆。大陸前幾十年的《紅樓夢》評論太意識形態化，把《紅樓夢》說成是四大家族的歷史，說成是反封建的教科書，過於誇大其重的一面，完全未看到它的基調是柔性的基調，也完全不了解它的以輕馭重的敘事藝術。

**李：**你說得很好。《紅樓夢》的敘事藝術的確太高明了。我記得你寫過《紅樓夢》多層面的內外兼有的性格對照，這就涉及到敘事藝術。林黛玉與薛寶釵是主要的一對，一個“Pair”。林黛玉會彈琴，寶釵會作畫，林黛玉的詩寫得好，寶釵的詩也不錯，一個任性，一個矜持，二者是不同的美的風格。賈寶玉同時愛著她們兩個人，不可能只愛一個。只不過是心靈更與黛玉相通。中國哲學從《易經》開始就講陰陽交織、陰陽合一。說“釵黛合一”並沒有錯，只是釵黛也有很大分別。《紅樓夢》真是天下奇文奇觀，可是大陸以往的紅學研究真是太庸俗，太走題了。這麼美這麼豐富的作品，被解釋得極為政治，極為意識形態，竟然把它拉進階級鬥爭的框架，把薛寶釵說成是封建衛道者，把林黛玉說成是反封建的急先鋒，給王國維、俞平伯扣上“反動唯心論”的帽子，胡批亂扯，簡直是對《紅樓夢》也是對文學藝術的褻瀆。我們應當還以《紅樓夢》本來面目，還以它的豐富性和高度藝術性。回到我們今天討論的主題，我還想說，藝術家對社會、歷史和對人的觀照與把握，是完全不同於知識分子尤其是不同於政治家的觀照與把握的。曹雪芹是個藝術家，《紅樓夢》是大文學作品，不要把“反動”、“進步”、“封建主義”、“階級壓迫”等政治語彙強加給這部傑作。

**劉：**用當代流行的政治大概念來解釋《紅樓夢》是五十年代到七十年代的時代病。概念用得愈大愈重，離《紅樓夢》就愈遠。一旦被大概念阻隔，就無法進入《紅樓夢》人物的性情性靈深處，也無法進入《紅樓夢》了不得的敘事藝術。就你剛才所說的釵黛配對現象，在小說中就處處可見。襲人與晴雯，探春與迎春，尤二姐與尤三姐，王熙鳳與平兒等，每一種性格與命運，都有多重暗示，絕不是簡單的政治傾向所能描述與界定的。劉鶚說，文學就是哭泣，只說到文學重的一面。《紅樓夢》中就有許多眼淚，許多哭泣，許多悲傷，但是它在敘述中卻沒有全被眼淚所覆蓋，無論是從整體上說還是從局部上說都是如此。從整體上說，悲劇、喜劇交叉交錯，從局部描寫上更有另一番功夫。例如晴雯臨終之前賈寶玉到她家裡去探望的那一幕，可以說是悲傷、悲絕到極點，委屈、冤屈、孤獨、病痛、奄奄一息、生離死別，那是最沉重的瞬間，是眼淚在心底翻滾的瞬間，然而，就在這樣的時刻，曹雪芹特別穿插了一個晴雯的嫂嫂即放蕩的燈姑娘來胡鬧一通，硬是要調戲一下賈寶玉這個貴族美少年，讓寶玉嚇得不知所措。這一喜劇性細節，使沉重的敘述中突然出現一種輕盈，淚中見笑，讓讀者在心情下墮時獲得片刻的休息與平衡，但從這一細節中，又深一層地了解，晴雯這個無辜的少女是何等悲慘，即使在自己的家中，也沒有安生之處。這種輕重交錯，悲喜劇交錯的敘事藝術，非大手筆是不能完成的。晚清的譴責小說，都寫得太重，只有諷刺鞭韃，沒有幽默。《老殘遊記》是晚清小說中最好的一部，面對苛政與腐敗，心中有淚，筆下也有譴責，基調偏於重，但他除了社會之遊，還有山水之遊，心靈之遊。記得你寫過一篇文章，說《卡拉瑪佐夫兄弟》、《童年與社會》（愛理生）和《老殘遊記》等三本書，對你的青年時代影響很大，正是他的山水、心靈之遊所表達的哲學感吸引了你。你特別欣賞描寫申子平登山遇虎，與道家賢士談心論道的那一段，那是復歸自然、萬念歸淡的超脫境界，是《老殘遊記》的重中之輕。有這一點輕，就比其他部譴責小說多一些文學性與哲學感。

**李：**不錯，我寫這一篇叫做“心路歷程上的三本書”，後收入《西潮的彼岸》。我的確很喜歡《老殘遊記》，中學時代就讀了，當時就羨慕這位走遍天涯的遊俠式的老殘了。社會黑暗醜惡，但山水中還有心靈可以寄存之處。山下的老虎被社會同化，它是重的；回歸山上的老虎，復其本性，與山川歸一，又變成輕的。《老殘遊記》有重有輕，輕重大體相宜，可惜最後部分又落入公案小說式的重中，草草收場，相比之下，《紅樓夢》的藝術就很完整。剛才你所說的那種悲喜劇參差，筆法千迴百轉，輕重變化無窮，真是無人可比。僅僅《紅樓夢》的敘事藝術，就可以寫出一部很好的研究專著。

**劉：**不僅一部，可以寫出許多部。近代梁啟超提倡“新小說”以來，中國作家接受西方的小說觀念，可是，多數作家只有“小說觀念”，卻沒有“小說藝術意識”，換種說法，就是忘記小說是門藝術，並非只是講故事、編排故事。既然是門藝術，就得講究敘述角度、敘述方式、敘述語言、敘述技巧等。現在西方的小說家藝術意識比較強，他們早已放下全知全能的敘述方法，敘述主體已變得非常多元，誰敘述和如何敘述變得非常重要，所謂“意識流”不過是新敘述方式的一種。中國文學研究的圈子，其實很大，但還沒有充分注意《紅樓夢》的多種敘述方式和世所罕見的敘事藝術。你大概注意到了，《紅樓夢》一開始就有不同的敘述者，有冷子興的敘述，有賈雨村的敘述，有石頭的敘述，有空空道人的敘述（《好了歌》也是一種敘述方式）。所有的敘述中，空空道人的《好了歌》是最輕的，這是遊世主義的歌，穿透泥濁世界的歌。人世間血腥的沉重的權力場、名利場、交易場全被這首輕歌荒誕歌解構了。

**李：**《好了歌》是佛家思想的歌，也是看透世界的歌。世俗世界看得很重的，它看輕了。《好了歌》又不僅是一首嘲諷詩，它的思想貫穿整部小說。我曾想和余國藩一起開《紅樓夢》的課，但後來還是留在現當代文學。國藩兄特別注意《紅樓夢》中的佛家思想。

**劉：**余國藩先生的研究文章我還沒有讀到。五十年代批判俞平伯先生的時候，就批判他用佛家的“色空”觀念解釋《紅樓夢》。其實，《紅樓夢》好就好在“色空”，所謂“色空”，就是把一切都看透了，就是確信世人追求的功名、權力、財富等色相沒有實在性。《紅樓夢》要是沒有這種哲學駕馭著，它可能也會變成一般的抒情文學或譴責文學。“色空”哲學使《紅樓夢》贏得對泥濁世界的超越，贏得輕重的藝術和諧。最近我看了《紅樓夢》電視連續片，其中有不少漂亮的鏡頭，但結尾把悲劇落實到形而下的層面，表現現實社會的黑暗與沉重，削弱了《紅樓夢》的形而上品格。

**李：**你在《性格組合論》中不少地方論述了《紅樓夢》，以後還應當再寫。《紅樓夢》真是說不盡。

## 二

**劉：**昨天我們從輕與重的視角談論文學，涉及的對象還是中國比較多，今天我想繼續這個話題，不過，我們可以多講講西方文學。

**李：**很好，不過還是你開個頭吧。

**劉：**作家對輕、重的興趣不同，所以形成不同的藝術風格，不同的藝術類型，我們都應尊重。經典作品無論輕重，我都喜歡，剛日讀佐拉，柔日讀普魯斯特，不是很好嗎？《神曲》（但丁）、《地下室手記》（陀思妥耶夫斯基）重得不得了，連魯迅都受不了，但我還是樂於走進，並不害怕地獄的沉重。《堂吉訶德》輕得讓你笑倒，但我也喜愛。莎士比亞的戲劇，無論是悲劇之重，還是喜劇之輕，我都入迷。從敘事角度說，值得師法的是，即使很重的悲劇其中也有丑角作輕盈的調節。莎士比亞創造了哈姆雷特、奧賽羅、麥克白、李爾王等大悲劇人物，也創造了福斯塔夫這個很輕的大喜劇人物。輕、重藝術價值都很高。普魯斯特寫瑣碎事，家庭事，愛上一個女人，寫出一本書，寫鄰居也寫一本書，寫一個人吃咖啡，也寫了幾十頁，寫他媽媽也寫很長。中國讀者可能不欣賞，但它確實很有味。我原來是喜歡重的，出國後開始喜歡輕的，喬伊斯的《尤利西斯》、《一個年青藝術家的畫像》，納博科夫的《洛麗塔》，我都喜歡。我感到普魯斯特寫的是自己的歷史，他把自我作為中心，寫得非常輕，但可以欣賞品味它的情感細節、精神細節。

**李：**對作家來說，難的是內涵重，筆法卻自如，而筆法輕又不會陷入輕浮。所以要不斷變換敘述角度、敘述方式。如何以輕馭重，也需要不斷探索。在西方，社會寫實小說很快走向心理寫實小說，福樓拜是一個重要里程碑。福樓拜之後，福克納把心理問題寫得很豐富，強化內（心理）而淡化外（社會），"意識流"就出現了。中國的小說，正如你以前講的心理資源不足。只知反映現實，這就產生不了喬伊斯、普魯斯特。今天我們先不討論心理小說，還是討論書寫歷史與社會的作品。這種作品也不是注定重的。這與對歷史的認識有關。如果說歷史是重的，那麼，作家如何去駕馭歷史？這一點，米蘭·昆德拉的例子可以借鑒。昆德拉的《笑忘錄》可能是他幾本書中內容最尖銳的一本。另一本對文革很有啟發的《詩人的一生》，國內翻譯成《生命中不能承受之輕》，是哲理性的。昆德拉對於歷史的看法，與中國當代學者有很多不同的地方。我寫過文章，這裡再講一點。中國是一個歷史感最強的民族，由於歷史悠久（書寫的歷史、正史和野史都很多），中國傳統上有一種大家公認的說法，即歷史就是真實，就是曾有的客觀存在，歷史代表最後的真實，歷史判斷是一種最客觀的裁判。中國的歷史學家從司馬遷、司馬光到章學誠，都認為歷史是完全真實的存在。可是昆德拉不一樣，如果中國的看法是重的，他就是輕的。他認為歷史總是在開玩笑，不必把它看得那麼重，那麼真。《笑忘錄》裡的歷史，簡直是人和人之間開的一串不大不小的玩笑。捷克有個黨員外交部長，他看到總書記要照像沒有帽子，便借給他戴，結果他被打成反革命。歷史就是一頂帽子，就是當權者篡改和定性的荒唐故事。

**劉：**米蘭·昆德拉喜歡嘲弄歷史，他站在比歷史更高的歷史肩膀上嘲弄歷史。他認為歷史從來就是不公平的，而且總是在開玩笑，事實上是在強調歷史的偶然因素和歷史演變中的荒誕因素。對昆德拉來說，歷史就是一種解說，一種闡釋，是你講的和我講的故事。我講的一套和你講的一套不一樣。有話語權力的人講的和沒有話語權力講的不一樣。這和福科的理論完全相通。昆德拉通過對內戰、侵略的觀察和思索，得出結論：歷史是人生悲喜劇的一部分。這裡關鍵是歷史的闡釋主體。每個人都可以是闡釋主體。統治者對歷史的壟斷是為了對現實的壟斷，包括對話語權力的壟斷。他們總是想獨佔權威闡釋主體的地位。在福柯、昆德拉看來，並不存在著一種絕對純粹、絕對真實的"歷史文本"，每一個闡釋主體都賦予歷史文本以某種意義。作為一個作家，如果不能賦予歷史新的意義，就不是一種個性的存在。《紅樓夢》通過林黛玉的《五美吟》和薛寶琴的《懷古絕句十首》重新定義歷史：歷史不但是男人的歷史，而且是女人的歷史；不僅是權力中心人的歷史，也是邊緣人的歷史。

**李：**另一點是昆德拉對男女關係的看法也是一種歷史的闡釋。一個人對於過去，往往不想記住過去所做的荒唐的傻事。當一個人追憶過去時，往往是不客觀的，不可靠的。因此，小說就從這裡出來了。一部小說，哪怕是自傳體小說，其實是一個人（或作家）對過去的記憶與闡釋，這種小說絕對不是客觀的，而是非常主觀的。個人記憶中的歷史是主觀意識的一部分，此時自我的一部分。如果我們說國家歷史是重的，個人歷史是輕的，那麼，作家一定是把輕的自我放在第一位。

**劉：**歷史的過程是昨天向今天的伸延，而書寫的歷史，則是今天向昨天的流動，是此刻生命向後的一種把握。《笑忘錄》不是描寫在捷克的官方陰影下鄉下人要平反的故事，這與中國人總是要求平反、要求得個清白保個面子的思維習慣很不相同，中國人說死"有重於泰山，有輕於鴻毛"，總是把重放在第一位，昆德拉卻認為人生最重要的意義在於人本身，在於此時此刻的生活，歷史只是為人本身所作的一種注解，他最關心的是愛情，是一個人與另一個人的愛情，是一個男人與一個女人或幾個女人的愛情，或是媽媽與兒子的愛情。他從一個極為具體的、極為情感化的立場來解構歷史，解構歷史的沉重。從這種立場出發，他認為，歷史常常在人生的舞台上也扮演悲喜劇的角色。不把人視為歷史的齒輪與螺絲釘，反而把歷史視為人生舞台上的配角與陪襯，這樣，人就從歷史結構的限制中超越出來，作品中人物就不是歷史模子裡印出來的標籤。我在《性格組合論》書中曾說，我喜歡托爾斯泰的《安娜·卡列尼娜》超過喜歡《戰爭與和平》，原因是後者把歷史寫得太重，人物總是受到歷史結構的牽制，而《安娜·卡列尼娜》則沒有這種牽制，因此，文學性更強。

**李：**我覺得昆德拉正把托爾斯泰倒過來。托爾斯泰很複雜，他寫《戰爭與和平》，是一個很大的題目，他描寫歷史，也描寫最細緻的感情、最具體的人物，像安德烈、娜塔莎、彼爾。托爾斯泰的文學觀既是刺猬又是狐狸，既寫重也寫輕。但他基本上還是把重的放在第一位，他的偉大只是在重的層次裡面把輕的也寫得非常細緻，重中夾輕。昆德拉是倒過來，他從不寫重，即使寫重東西也往往避重就輕；《笑忘錄》刻意迴避捷克的革命，僅用幾筆交代了捷克建國、受蘇聯壓迫和蘇聯進軍捷克等。可是他寫男女主角之間的愛情，人與人之間的關係，寫得非常細緻。

**劉：**我很喜歡《笑忘錄》和《生命中不能承受之輕》，其中的愛情描寫，每一次都有獨特的情趣。裡頭有一段寫一個捷克老太太在法國的咖啡館裡當侍女，這個老太太是從捷克跑出來，被蘇聯放逐的，她的愛情很特別。

**李：**昆德拉把愛情寫得很細，最關鍵的是寫一念之差的愛情，歷史只是一個陪襯。我認為張賢亮筆下的愛情就沉重有餘，而輕盈不足，他如果把輕的寫好，就不得了。一個文學家的歷史感應與知識分子的歷史感區別開來，知識分子的歷史感可以很重，但小說家、藝術家則不可太重，不可陷入歷史深淵，而應側重於考慮如何在藝術作品中以具體細節和具體人物去映射歷史。這是一個問題，現在我還表達不好。

**劉：**中國現代作家從托爾斯泰那裡學到不少寫重的，他們的作品中歷史負荷很重，如果能從昆德拉這裡學到一些寫輕的，將是極有益的。作家、藝術家在作為歷史的闡釋主體時，還是現實主體，只有當他超越歷史把自己上升為藝術主體時才能區別於一般的知識分子。昆德拉的作品中還是可以看到歷史因素的，但他除了把歷史因素化為人的情感因素之外，還有一點是很值得一提的，就是他的作品有一種人類普世命運感，他沒有停留在對蘇聯侵略行為的政治批判與聲討中，而是進入對整個人類生存困境的感受。其主角勞倫斯離開祖國而和國外知識分子的接觸中，感到迷失。這種迷失不是因為政治原因，而是因為存在的原因，是意義的失落，是靈魂無法交流溝通、無法產生共振的苦痛。這是普世問題。《生命中不能承受之輕》不是政治譴責小說，其境界高於譴責小說，它是知識分子無以立足，心靈無處存放的精神悲劇。出國之後，我自己有過一段切身的體驗，對於失重感，對於無意義感，才有較深的感受。

**李：**“文革”後大陸的傷痕文學比起以前的戴英雄面具的那些文學，當然好得多。但是都寫得太重，控訴、譴責不是沒有理由，可是如果重到底，也很容易變成通俗的政治小說。

**劉：**傷痕小說還沒有達到索爾仁尼琴的水平。但我也嫌索爾仁尼琴太重，他揭露了許多斯大林極權的黑幕，但從文學價值來說，則不如帕斯捷爾納克的《日瓦戈醫生》，這部小說的基調不是譴責革命，而是思索革命在何處迷失，它帶給情愛、家庭、日常生活怎樣的困境。不管生活多麼艱難，但人性深處的詩意並未被革命的風暴全部捲走。它牽掛的是個體生命，不是政治體制。《日瓦戈醫生》中的歷史最真實。

**李：**柏林牆一倒，蘇聯東歐體系一瓦解，斯大林鐵幕一揭開，索爾仁尼琴的作品使命似乎也終結了。太重的東西反而沒有永久性價值。《日瓦戈醫生》與《古拉格群島》相比，前者雖然也重，但因為其人性與審美的因素較多，輕重的比例就比較和諧。

**劉：**我們這兩天從輕重的位置、比例來討論文學很有意思。這使我想起意大利的天才小說家卡爾維諾在哈佛大學的那個題為“寫給下一個一千年的備忘錄”的演講，他預感到，下一個世紀，下一個一千年，這個世界將愈來愈沉重，愈來愈晦暗，但他似乎又感到，作家與思想者要改造這個世界，要抹掉這沉重與晦暗是不可能的，作家唯一能做的，就是從沉重中抽離，站在邊緣的地帶對沉重進行關照，以較輕盈的筆觸去駕馭和呈現這沉重的世界，我們這兩天所講的中心也正是這個以輕馭重的問題。

**李：**卡爾維諾的寫作智慧是儘量“減重”，儘量削減沉重感。從語言、結構到內容“減重”。

**劉：**卡爾維諾是個天才。尼采所講的天才的特徵，其中有一個是遊戲狀態。面對沉重的世界，作家不妨有點遊戲狀態。遊戲不是玩世不恭，不是輕浮，而是心態放鬆，努力創造活潑的形式，當然，這首先需要在超越現實的更高的審美層面上，用清醒的眼光穿透沉重。

# 說不盡的《紅樓夢》
## ——劉再復、白先勇對談

劉再復　白先勇

**劉再復**（以下簡稱劉）：我們今天在座的四百位（邊上還有三百人在視頻上觀看）《紅樓夢》愛好者，共同面對、討論《紅樓夢》評論史上的一個大現象：有一個人，細細地閱讀、講述、教授《紅樓夢》整整三十年（在加州大學聖芭芭拉校區講述了二十九年，之後又在台大講了一年半），從太平洋的西岸講到太平洋東岸，創造出閱讀《紅樓夢》的時間紀錄與空間紀錄。

這個人就是白先勇。

今天我所以感到榮幸，除了遇到一個百年不遇的“大現象”之外，還遇到一個相對自由的“大環境”。這就是香港科技大學人文學院的自由講壇。本來，二〇一六年時報出版社剛推出《細讀紅樓夢》之後，香港誠品書店就邀請我和白先勇進行對話。但我當時身在美國洛基山下，大洋阻隔，難以抽身作萬里之行，而白先勇也忙於教學，終於作罷。此次能相逢，乃是天時、地利、人和的結果，是“大現象”與“大環境”相結合的結果。

我還為自己感到榮幸。在二〇一八年因為拔牙而受感染，兩種細菌入侵，得了下頜骨骨髓炎。不僅住院，而且注射了六星期的抗生素，病情嚴重，可謂死裡逃生，今天能與先勇兄在此對話，也得益於上蒼放我一馬，所以也感到榮幸。

現在，我想請教白先勇先生，請您談談您在美國講《紅樓夢》的情況。

**白先勇**（以下簡稱白）：我與劉先生神交已久。劉再復先生寫於八十年代的《性格組合論》，可稱得上是“暮鼓晨鐘”。當時的文學作品多數是臉譜化的，非黑即白，劉先生提出性格組合論，對小說創作極其重要。人不可能是全黑或全白的，一定是黑白混在一起，有的深灰，有的淺灰。所以“性格組合論”的提出很有意義。自 Freud（弗洛伊德）研究人的潛意識的理論提出後，對現代人物的研究都是去臉譜化的。所以說，劉先生的理論在當時非常先進，"敲醒"世人，雖然也同時飽受爭議，但畢竟近現代中國文學很大程度上是政治化、臉譜化的。

之後我讀了更多劉再復先生的文學理論。他雖然從八十年代末之後長期居住在海外，但他對中國文化、中國文學極其關心，也很"憂國憂民"。劉先生寫了很多關於中國古典"四大名著"的文章。他承認《水滸傳》和《三國演義》是中國藝術水平很高的小說，但他不喜歡這兩部作品。他認為《三國演義》的主題都是關於"權謀"、"心機"、"鬥爭"，藝術價值雖很高，但是影響不好。《水滸傳》的一百零八將，每個都栩栩如生，裡面的三個"淫婦"潘金蓮、閻婆惜、潘巧雲也刻畫得極好。但劉先生提出這部作品描摹的是一個"野蠻世界"，殺人如麻，武松對婦孺小孩也不放過，裡面的人甚至還要開"人肉包子店"，劉先生認為這部作品對暴力、殺戮沒有批判態度。劉再復先生的個人經歷、歷史認知讓他對這兩部作品有這樣的評價。

我想，劉再復先生之所以熱愛《紅樓夢》，一個重要的原因是這部作品寫出了最可貴的"人性的慈悲"。曹雪芹以大慈大悲之心來看芸芸眾生，以"天眼"俯瞰紅塵，這是作者的大心胸。我的一位朋友奚淞在甘肅張掖的一個古廟，看到一副楹聯，寫得很動人，我在講《紅樓夢》的結尾時引用了："天地同流，眼底群生皆赤子；千古一夢，人間幾度續黃粱。"曹雪芹筆下的人物，善與惡是混雜在一起的。像趙姨娘，在賈府地位非常卑微，自己的兒子賈環也不受重視，她心術不端，總是嫉妒寶玉而且時常想要害他，這是一個很難讓人同情的角色。但《紅樓夢》寫到她的死亡時，她的屍首被棄置在破廟裡無人理會，可就在此時此刻，另一個人物出現了——一個大家很少注意到的人物：周姨娘。周姨娘也是賈政的妾，很少露面，也很少講話。周姨娘去看趙姨娘的屍身，倒抽一口冷氣，她想到做妾的下場也不過如此，何況趙姨娘還有兒子，自己可能會比趙姨娘的結局更悲慘。就是這樣一個細節，讓人突然意識到趙姨娘、周姨娘這些人物的可憐。所以說，《紅樓夢》的悲憫心、同情心，是無限的。

劉再復先生將《紅樓夢》與其他世界名著相提並論，稱讚為"中國文學史上最偉大的小說"，我也這樣認為。我的《細說紅樓夢》其實是帶著學生細讀文本。

Close Reading（細讀），是我們二十世紀六十年代在學校學習的美國"新批評"派的文學理論，在當時的耶魯大學最為興盛，從文本的細讀中發掘意在言外的思想及小說各種的構成。夏濟安先生、夏志清先生都在這個傳統裡，我也受到這個傳統很深的影響。如今紅學、曹學等各種研究如此興盛，但我覺得正本清源、萬流歸宗，《紅樓夢》是一本偉大的小說，對這部偉大的小說做文本細讀，是我的解讀方法。在耄耋之年重新細讀和講授《紅樓夢》，我越發覺得這是一部真正的"天書"——有說不盡的玄機，說不盡的密碼，需要看一輩子。我看到晚年，可能才看懂了七八分，所以，我想大膽地宣稱：《紅樓夢》是"天下第一書"！

西方也有很多經典文學作品，像托爾斯泰的《戰爭與和平》、陀思妥耶夫斯基的《卡拉馬佐夫兄弟》等，尤其是到了十九、二十世紀，西方湧現了很多經典文學作品，像 Random House（蘭登書屋）選出了一百本偉大的作品，排名第一的是詹姆斯·喬伊斯的《尤利西斯》。我在課堂上也唸過《尤利西斯》，不停地揣摩文本，正襟危坐，看得非常吃力。相比之下，《紅樓夢》非常好看，隨便翻開一章，就會追下去。

## 一

**劉：**我和白先勇先生，對於《紅樓夢》有幾點相同的認識，這是我們對話的基礎。

共同的認識有三個：

一、我們都認為《紅樓夢》是中國文學無可置疑的高峰。我們都認為《紅樓夢》好得不得了，也都愛得不得了，好得無以復加，愛得無以復加。用理性語言表達，先勇兄說，《紅樓夢》是中國文學中最偉大的作品。請注意，他用了"最"字，不是"一般偉大"，而是"最偉大"。我則說，《紅樓夢》是中國文學的"經典極品"，它標誌著人類最高的精神水平。人類有史以來，創造了柏拉圖、亞里士多德直至康德、黑格爾等哲學，也創造了荷馬史詩、莎士比亞戲劇和塞萬提斯、巴爾扎克、雨果、歌德、托爾斯泰與陀思妥耶夫斯基的長篇文學巨著，這些都是人類最高智慧水平與精神水平的坐標。中國只有一部長篇小說，堪稱最高水平，這就是《紅樓夢》。人類自有文明史以來，創造了三座文化巔峰：一是西方哲學；二是大乘智慧；三是中國人文經典，後者的偉大結晶與呈現者就是曹雪芹的《紅樓夢》。總之，我們對《紅樓夢》都驚嘆！都給予最高禮讚！都感到讚美的詞窮句盡！語言不夠用。有人認為，《金瓶梅》比《紅樓夢》更偉大，這種論點恐怕難以成立。《金瓶梅》確實是中國偉大的寫實主義作品，中國男人何等粗糙粗鄙，看西門慶就明白；中國富裕舊家庭妻妾之間關係如何緊張，看《金瓶梅》也能明白。《金瓶梅》的寫實，不設政治法庭與道德法庭，這很了不起。但與《紅樓夢》相比，《金瓶梅》缺少一個形而上層面，一個神話世界層面，一個非寫實層面，這是很大的缺憾。

二、我和白先勇兄都認為，《紅樓夢》有兩種存在形態；一是擁有脂批的八十回的抄本形態；二是程偉元與高鶚整理印行的一百二十回印本形態。前者未完成；後者已完成。張愛玲說她人生三大恨事，一是鰣魚多刺；二是海棠無香；三是《紅樓夢》未完（參見《紅樓夢魘》）。我和先勇兄則認為，《紅樓夢》兩種形態，一是"未完"，一是"已完"。前八十回抄本《脂硯齋重評石頭記》可以說"未完"，而一百二十回本（程甲、乙本）即《紅樓夢》印刷本則"已完"。正如巴黎盧浮宮的兩大經典藝術品，一是斷臂維納斯，一是完整的蒙娜麗莎。後者已完成，不必遺憾！我們鑒賞的正是已完的《紅樓夢》，我們人生的樂事正是欣賞已完成"紅樓之樂"，這不是一般的"樂"，而是其樂無窮。白先勇說："一生最幸運的事之一，就是能讀到程偉元與高鶚整理出來的一百二十回全本《紅樓夢》，這部震古爍今的經典巨作。"

三、對於後四十回，我們都認為，後四十回寫得好！重要的不是"真"與"偽"，而是"好"或"壞"。或者說，重要的不是作者（出自誰的手筆），而是"文本"、"文心"能否站得住。我們倆都重欣賞，重鑒賞，即重審美。我們都認為程乙本即一百二十回本站得住腳，是完整的好作品。順便說一下，不同於張愛玲的"三恨"，白先勇晚年有三樂：一是喜為父親立傳；二是喜帶崑劇團周遊列國；三是重講《紅樓夢》。白先勇屬少年得志還是晚成大器，尚可討論。也就是說，今天如果在場的是張愛玲，那我們會與之吵架。但今天在場是白先勇，我們就有平心對話的可能與基礎了。

我們充分肯定後四十回，不是簡單的事，因為許多"紅學"學者都批評了後四十回，發現後四十回諸如"蘭桂齊芳"等敗筆。最困難的是，我們必須面對兩位紅學研究的天才，一個是兩百多年來，考證最有成就即考證巔峰的周汝昌先生；一個是文學創作天才張愛玲（儘管我稱她為"夭折的天才"）。他們兩人都不滿後四十回，張愛玲在給宋淇、鄺文美夫婦的信中，甚至說："高鶚續書——死有餘辜。"周先生也認為，高鶚續寫《紅樓夢》失敗了，不僅"無功"，而且有罪。

我和白先勇充分敬重這兩位天才，但抱著"吾愛吾師，但更愛真理"的態度表示，我們完全肯定後四十回。

白先勇不是一般地肯定，甚至認為後四十回好到他不得不懷疑後四十回是否可能出自另一個人的手筆，整篇小說，前後呼應，人物命運、作品思想一以貫之，不可能是另一個人的創作。所以稱高鶚續書，可懷疑。他認為，後四十回，高鶚頂多只能稱作整理者，不能算作者。這後四十回，肯定有大量的曹雪芹遺稿。他還認為，後四十回的兩大支柱，即黛玉之死與寶玉出家都寫得極好。有這兩大支柱在，後四十回就成功了。

我雖不如此描述，但對於一個死亡（黛玉），一個逃亡（寶玉），卻講兩個字：一是歸於"心"，一是歸於"空"，都屬形而上，很高明，很精彩。歸於"心"，是一百一十七回書寫寶玉再次丟掉胸前玉石，他通過紫鵑要把"玉"還給癩頭和尚，結果惹得寶釵與襲人驚慌護玉，此時此刻，賈寶玉講了兩句"一句頂一萬句"的話。一句是："我都有了心了，還要那玉何用？"另一句是"你們這些人原來都是重物不重人！"襲人等，只知道那塊玉是賈寶玉的命根子，不知道他的心才是他的命根子，生命本體，重中之重。寶玉這麼說，在哲學中點了題，把《紅樓夢》的心學之核點出來了。台灣第一哲學家牟宗三先生大讚這一節描寫。它真的是抓到"文心"與"文眼"，所謂"文心雕龍"，這正是。"心"便是《紅樓夢》這部偉大小說的"龍"。"龍"沒了，空了。寶玉出家，一切歸"空"，不僅寶玉出走，而是整個賈府倒塌，衰敗，斷後，"忽喇喇似大廈傾，昏慘慘似燈將盡"，整個世界"落得白茫茫大地真乾淨"。人也空，府也空，人皆散，府皆散，這個結局正是《紅樓夢》開端預示的結局，"好了歌"的結局，全

“散”，全“了”，全“空”，非常精彩。在中國歷史上，一個朝廷，一個家族，關鍵是“接班人”，一旦“斷後”，就走向崩潰。整部《紅樓夢》以寶玉出家為結局，就是以大悲劇為結局。賈府從此“斷後”，沒有後人。一百二十回的小說完整了，故事完整了。

出家為“空”，這是釋迦牟尼走出帝王家的結局，精彩的形而上。相比一九八六年《紅樓夢》電視劇結束於形而下就高明很多。一九八六年電視劇，從演出到音樂樣樣成功，唯獨劇本“形而下”是大敗筆。寶玉不是出家，而是下獄；史湘雲不是下嫁，而是被逼當了妓女；王熙鳳不是被休，而是死無葬身之地。唯有她與賈璉的女兒巧姐，得救於貧下中農劉姥姥，整個結尾太實太不給讀者留下審美想像空間。

下面請白先生先談談對《紅樓夢》後四十回的理解。張愛玲完全否定後四十回，甚至在給宋琪、鄺文美夫妻的信中說：“高鶚續書——死有餘辜”。您怎麼看這一點？

**白：**我談談我為何對《紅樓夢》的後四十回如此看重。張愛玲不喜歡《紅樓夢》的後四十回，她的影響太大了，以至於很多人因為她不願意讀下去。但我想張愛玲可能沒看懂後四十回。甚至可以說，沒有讀懂《紅樓夢》。程高本一百二十回，前後連貫，血脈相通，前八十回許多伏筆，後四十回都作了回應、回答，不是大手筆不可能如此完成。《紅樓夢》的前八十回講賈府之盛，文字當然要濃艷、華麗，後四十回講賈府之衰，文字當然會變得蕭疏。第八十回之後寫的是賈寶玉心境的變化，自晴雯去世後，賈寶玉的心境轉向了蒼涼。所以《紅樓夢》的第八十一回會寫到曹操的《短歌行》，一代梟雄也會感悟到“對酒當歌，人生幾何。譬如朝露，去日苦多”的“無常”，而“無常”這兩個字正是《紅樓夢》的主題。賈寶玉在後四十回裡也感受到了賈府的興衰、人世的無常。第八十一回，賈寶玉想到了去世很久的秦鍾，忽然意識到沒有知交、沒有可講話的人，所以他裝作看書，但心中實在難過。這就是寶玉的心境，一種很要緊的轉折。

後四十回還有很多亮點，黛玉之死和寶玉出家是全書的高峰，是兩大支柱。黛玉之死的段落，寫到寶玉送黛玉那兩塊手帕，那是寶玉的貼身之物，也是寶、黛二人的定情之物，是“情絲”的牽絆；黛玉燒掉手帕，等於是焚掉他們的愛情。寶玉出家的一回也寫得好，是極難得的。胡適用薄弱的證據說明《紅樓夢》後四十回是高鶚所"補"，但"補"可能是"修補"，可能是"續補"，不能作定論。我認為，後四十回原稿也是曹雪芹寫的，但是有殘缺，高鶚和程偉元是在原稿基礎上續寫或者說是整理的。而且我作為小說創作者，深知有些細節是不會有另外的人能想到的。簡言之，《紅樓夢》的後四十回，絕對不輸於前八十回。

**劉：**白先勇先生，你對後四十回的充分肯定，對我也深有啟發。中國文化很重"衰落"，中國文學常有的敗筆是不願意正視"悲劇"，如寫大團圓，即所謂"曲終奏雅"或"曲終奏凱"。但《紅樓夢》的後四十回卻寫寶玉出家，寫的是"曲終人散"，也是"曲終家落"，很深刻，很有力量。對後四十回，我也覺得它"大處站得住腳，小處可諒解"。不過，您不是發現前八十回也有許多誤筆、敗筆嗎？

**白：**一個大作家，寫作出經典，其中有些敗筆、俗筆，很難避免。這也是"金無足赤，人無完人"的道理。後四十回的"蘭桂齊芳"等敗筆是多數人認定的，但為什麼產生這些敗筆，則可研究。總的說來，後四十回是成功的。

**劉：**那您對我剛才提到的我們的共同點，還有什麼補充與修正嗎？

**白：**我想補充一點我們對賈寶玉這個主人公的共同的看法。我也認為，賈寶玉是最純粹、最慈悲的心靈，他實際上是個基督，釋迦牟尼，渾身全是佛性。他的心靈確實是佛心，童心。他從不傷害到人，任何一個人他都尊重。哪怕對趙姨娘，他也從不報復，從不說她的壞話，儘管趙姨娘常要加害他。

## 二

**劉：**我想用三個詞組，十二個字來概說白先勇兄的閱讀特點與傑出貢獻：這就是"文本細讀"、"版本較讀"、"善本品讀"。我說的三個"讀"，也可以用一個"文本細讀"來概說。細讀，本是日本學人的研究特點。日本人真是認真，仔細，後來美國人也學成了。從白先勇到余國藩，他們講解《紅樓夢》，都用細讀的方式。白先勇的法門與胡適的法門不同。胡適的法門是"大膽假設，小心求證"。白先勇的法門是"不作假設，小心讀證"。白先生無論是寫小說還是解說

《紅樓夢》，都不作任何政治預設與道德預設，不同於“索引派”，也不同於“考證派”的四大家族興衰史之論。他只管閱讀、細讀、較讀、品讀。

**白：**《紅樓夢》不僅是一本了不起的文學經典，也是一部文化的百科全書。《紅樓夢》到底偉大在哪裡？首先，它的架構非常偉大，塑造了二元世界。一個是現實世界，寫到了極致，把乾隆時代的貴族之家的點點滴滴，刻畫得淋漓盡致。我把曹雪芹的《紅樓夢》比作張擇端的《清明上河圖》，以類似工筆畫的筆致拓印了賈府的現實世界。另一個是神話世界，脫離了現實這一層面，如劉先生所言，比《金瓶梅》的形而下世界多出了一個形而上的世界。它的第一回就由女媧補天來起頭。《紅樓夢》其實是個“女兒國”，把女性的地位提到最高。其實按照人類學的研究，我們的原始社會是母系社會，之後被父系社會壓倒，母系社會實則滲透到了民間。《紅樓夢》裡最高一級的是賈母，接下來是一層一層有 hierachy（等級）的女孩子們。所以《紅樓夢》由女媧煉石開始，也就是由女神開始，有很大的象徵意義。女媧用了三萬六千五百塊石頭補天，剩下的一塊置於青埂峰下，變成靈石，也就是賈寶玉。這塊石頭因為沒有被女媧用來補天，自怨自艾，但原來它被女媧賦予了更大的任務，就是用來補“情天”。所以這部小說一開始又叫作《情僧錄》，是常被大家忽略的名字。《紅樓夢》之前的別名有《石頭記》、《金陵十二釵》、《風月寶鑒》，還有很重要的一個名字，就是《情僧錄》。《紅樓夢》開始時講“空空道人”，因空見色，最後變成“情僧”，但是請大家不要被曹雪芹瞞過，“情僧”，當然指的就是賈寶玉。所以寶玉愛所有的女孩子，希望她們的眼淚流成一條河，把他的屍首漂起來。曹雪芹提出了“情僧”的觀念，賈寶玉的宗教信仰，可以說就是一個“情”字。劉再復先生剛才引用了第五回的曲子“開闢鴻蒙，誰為情種”，賈寶玉就是《紅樓夢》裡的第一個“情種”。賈寶玉最後的出家，其實不只是因為林黛玉之死。而且寶玉出家時，不是穿的黑色袈裟，而是在雪地裡披了大紅色的斗篷。在“白茫茫大地真乾淨”的空間裡，獨獨寶玉有一抹鮮艷的紅色，“紅”實際代表了人世間的“情”，寶玉是帶著人世間的“情殤”而走，他擔負了人間所有為情所傷的重荷。王國維在《人間詞話》裡稱李後主的詞是“以血書者”，李後主亡國後的詞是以己之悲道出詩人之痛，因此境界廓大，儼然如釋迦和基督，擔負了人類的罪惡。我想王國維的這個形容，用在賈寶玉身上更加合適。曹雪芹在創作賈寶玉這個形象的時候，有意地把他寫成了像釋迦一樣的人物。悉達多太子曾享盡富貴榮華、嬌妻美色，後來他出四門，見到生老病死、體會種種人生之苦，出家成佛，為世人尋找痛苦的解脫，在這一點上，賈寶玉到最後也是像釋迦一樣。而他的大紅斗篷，正像基督擔負了"情殤"的十字架。

第二，《紅樓夢》必須產生在乾隆盛世，這是一個國勢和中華文明都由最高處雪崩式坍塌的轉折點，而《紅樓夢》的偉大在於把這個盛極的氣勢寫出來了。但藝術家的感性也至關重要，曹雪芹對時代又有一種超前的感觸、感覺。他寫的是賈府興衰，但他可能已經感受到文明的興衰，他唱出一曲對從唐詩到宋詞到元曲的這個大傳統的輓歌。所以曹雪芹不僅寫實寫到極點，同時《紅樓夢》的象徵性也極大。

正如劉先生提到的，《紅樓夢》寫到了儒、釋、道三家的哲學。不僅如此，《紅樓夢》是用最動人的故事、最鮮活的人物把這三種哲學具體地寫出來了。舉例來說，賈政和賈寶玉父子水火不容，賈寶玉一周歲"抓鬮"的時候抓的是胭脂水粉，令賈政非常氣惱，認為他長大了一定是個好色之徒，其實他們代表的是兩種哲學。賈政代表了儒家系統裡"經世濟民"、"修身、齊家、治國、平天下"的入世哲學，而寶玉代表了佛家和道家哲學中"鏡花水月"、"浮生若夢"的出世哲學。"大觀園"剛剛建好的時候，賈政帶了一批清客遊覽，走到"稻香村"的時候，認為能在這個有雞鴨、稻田的地方讀書便很好，但是寶玉的道家思想就在此時流露出來，他覺得這是人造的、不自然的，令賈政極為生氣，道家重歸返自然，儒家重社會秩序。所以說，《紅樓夢》將中國人的宗教、不同的處世方式，以文學的、小說的形式表現了出來。

## 三

**劉：**最後我講一下與白先勇的區別：我和白先生有共同點，也有相異點。從大的方面說，我們的異在於：文本與文心，文學與哲學，微觀與宏觀。

以閱讀方式而言，我和白先勇的區別在於，白先勇所講述的一切，均以閱讀文本為基本點。而我則是“文心感悟”。如果說，先勇兄是“文本雕龍”，我則是“文心雕龍”。無論重“文本”或重“文心”，當然都以“人”為依據。但“文本細讀”側重於文學欣賞，而“文心感悟”側重於哲學把握。前者更微觀，後者更宏觀。我一再說，文學少不了三大要素，即心靈，想像力和審美形式。先勇兄更重於審美形式，我更重於心靈。因為我側重於“文心”，所以我多年閱讀、寫作《紅樓夢》心得，便是側重於文心的發現。首先我發現《紅樓夢》全書的核心，如同太陽系中的太陽，是主人公賈寶玉的心靈。

我閱讀《紅樓夢》曾有一次類似王陽明“龍場徹悟”，這便是發現寶玉的心靈價值無量！這顆心靈美好無量！正與曹操相反（曹操為“寧教我負天下人，休教天下人負我”）。寶玉想的是我應當如何如何對待他人，而不是他人如何如何對待我。父親冤枉他，把他打得半死，他沒有一句怨言，照樣尊重敬愛父親，盡子弟之義。路過書房記得下馬鞠躬。這使我聯想起對待祖國，也應如同賈寶玉對待父親。父親冤枉他，那是父親的問題，而我如何對待父親，那是我的責任，我的人格（做人準則）。

這顆“心”是《紅樓夢》的主旨，《紅樓夢》的“核心”，所謂明心見性，讀《紅樓夢》最主要的是明這顆心。這顆心是童心，是佛心，是赤子之心，是菩薩之心，是釋迦牟尼之心，是基督之心。這顆心是人類文學史上最純粹、最美麗、最了不起的心靈，也是最偉大的心靈。

二〇〇〇年我在香港城市大學備課時，感悟到《紅樓夢》的文心，即寶玉之心，興奮得徹底不眠，如阮籍所云：“夜中不能寐，起坐彈鳴琴。薄帷鑒明月，清風吹我襟。孤鴻號外野，翔鳥鳴北林。徘徊將何見，憂思獨傷心。”這種文心感悟不僅使我更理解《紅樓夢》的偉大，而且影響了我的人生，我的基本抉擇，即影響我如何“做人”。賈寶玉的心靈，我概說了八個“無”：無敵，無爭（不爭名聲），無私，無我（處處想別人），無猜（沒有假人），無恨，無懼，無別。

（1）無敵：他沒有敵人，沒有仇人，從不攻擊他人，貶低他人，傷害他人。他尊重每一個人，連賈環、薛蟠也尊重。薛姨媽認定自己的兒子薛蟠是“廢人”，薛蟠也確實屢屢犯罪，但寶玉仍然認他為友，口口聲聲稱他為“薛大哥”。

（2）無爭：中國文化的不爭之德，寶玉呈現得最為徹底。他不爭權力，不爭財富，不爭功名，不爭賈府的“接班人”，只當“富貴閒人”。“閒”為“無事於心，無心於事”。爭名逐利是世俗人普遍的弱點，但他沒有。辦詩社，他很積極，但不計較名次，他嫂嫂當詩裁判，判定他（怡紅公子）為最後一名（壓尾）他不僅沒意見，還拍手稱讚嫂子評得好。名字放在眾女子之後，他也心甘情願。他寫詩沒有任何功利目的，真為寫詩而寫詩。寫了詩就高興，就快樂。

在學校裡，薛蟠等爭風吃醋，他從不沾此惡習。他本可以當“接班人”而榮華富貴，但他不屬於爭奪這種榮耀，寧可孤獨，寂寞。

（3）無猜：在他心目中，不僅沒有敵人，沒有壞人，也沒有假人，無論什麼人哄他，編故事騙他，他都相信，世界上還有人會說謊話，他沒想到。劉姥姥胡謅一個鄉村漂亮姑娘被凍死的故事，他信以為真，第二天就去廟裡尋找。襲人為了教訓他，哄他說哥哥嫂嫂要她回家，他也立即相信，並答應襲人提出不走條件。

（4）無恨：寶玉沒有世俗人的生命技能，例如仇恨、嫉妒、報復、算計等。趙姨媽母子（賈環）要加害他，賈環甚至把油火推向他的眼睛，想燒毀他的雙眼。結果沒毀掉眼睛，但燒傷了臉，王夫人為此非常生氣，要向賈母告狀，但賈寶玉立即阻止母親，說這是自己燒傷的。一個企圖燒毀自己眼睛的人都可以原諒，那還有什麼人不可原諒，不可寬恕呢？

寶玉之所以沒有世俗人的這些生命機能，乃是因為他“無私，無我”。

他心中沒有自己，只有他人。他處處著想的是他人，而不是自己。他被父親毒打之後，玉釧端著湯給他喝，不小心把湯潑了，此時，寶玉關心的是玉釧的手是否被湯燙傷，而自己被燙了反而不在意。下雨了，他在雨中被淋，卻關心那些雨中人，所以被老嬤嬤嘲笑說他是呆子傻子。他的呆傻，就是不懂得為自己著想，不懂得為自己撈取利益。

寶玉因為他無敵、無爭、無猜、無私、無我，所以“心實”，這又形成他的“無懼”性格。他什麼都不怕，什麼都很坦然。黛玉死後，傳說瀟湘館鬧鬼，王熙鳳嚇得魂飛魄散，但寶玉一點也不怕，而且想去看看瀟湘館。人們都說他“膽大”，唯有史湘雲說他是“心實”。心無任何罣礙，不怕鬼怪敲門。這是“無懼”。

（5）無別：最後我還要講一下賈寶玉心靈乃是佛心，佛心最重要的特徵，是無分別心。他是貴族子弟，但平等待人，無貴賤之別，無上下之別，無尊卑之別。人們把晴雯等視為“下人”，但在寶玉心中，沒有“下人”這種概念，也沒有“丫環”、“奴婢”、“奴隸”等概念，晴雯就是晴雯，鴛鴦就是鴛鴦，他看薛寶釵、史湘雲等貴族小姐，和看丫環、奴婢並無差別。所以祭奠晴雯的《芙蓉女兒誄》，才把晴雯這個丫環當作天使來歌頌，稱讚她：“其為質則金玉不足喻其貴，其為性則冰雪不足喻其潔，其為神則星日不足喻其精，其為貌則花月不足喻其色。”境界之高，無與倫比。賈寶玉不知現象學，卻天然地、自發地使用現象學，懸擱世俗世界的多種說法，直接擁抱對象，認識晴雯，真了不起。

寶玉之心，是人類文學所塑造的心靈中最純粹、最完美的心靈，這顆心靈光芒萬丈，如同太陽，這顆心靈價值無量，如同滄海。我的龍場徹悟，僅是感悟到這顆心靈的無量、無價內涵。我曾把這顆心比作創世紀第一個早晨的露珠。晶瑩剔透，未被世俗塵埃污染。

感悟賈寶玉的心靈內涵，這是我的文心悟證第一點。

第二點我與白先勇先生的區別是他重視對二十三回的解說，並發現了《西廂記》、《牡丹亭》、《紅樓夢》乃是中國浪漫文學三大高峰，一峰比一峰高，三者構成中國一大脈中國文學史。此回他不僅發現了文本，而且發現文學史不可遺漏湯顯祖。受白先勇影響，我帶到月球上的書單將改為：①《詩經》，②屈原，③陶淵明，④李白，⑤杜甫，⑥蘇東坡，⑦湯顯祖，⑧《西遊記》，⑨《金瓶梅》，⑩《紅樓夢》。

與白先勇不同，我重在二十二回。那是哲學回。我在此回中發現了莊子，發現“無立足境，是方乾淨”的重大哲學意義。這八個字，把莊子與列子都分別寫出來了，也把“有待”境界與“無待”境界的重大區別分清楚了。這也包含了林黛玉與賈寶玉的區別。寶玉以“是立足境”為至高點，其實，這還是有依賴、有依附的境界，即列子的境界。莊子在《逍遙遊》中針對列子而提出“無待”境界，這就是林黛玉捕捉到的“無立足境，是方乾淨”的至高境界。寶玉修的是愛的法門，所以泛愛，博愛，兼愛。而黛玉修的是智慧的法門，在智能層面上，黛玉是引導寶玉前行的女神，她不僅詩寫得比寶玉好，禪悟也比寶玉高出一籌。

第三點區別，是白先生文本細讀後發現了八十回本的重大錯誤，而我在“文心感悟”中則發現五大哲學要點：

一為“大觀視角”。《紅樓夢》有個大觀園，卻無人從《紅樓夢》中抽象出一個“大觀視角”、哲學視角。大觀視角，便不是用肉眼、俗眼看世界，而是用天眼、佛眼、法眼、慧眼看世界。於是，既可看出大悲劇，也可看出荒誕劇，《好了歌》就是大觀視角下的荒誕歌，賈府崩潰、諸芳流散也是天眼下的衰敗故事。

二為“心靈本體”。本體即根本、源頭、最後的實在。《紅樓夢》以心靈為本體，所以才寫出賈寶玉的純粹心靈，也才寫出五百人物的區別。我在〈《紅樓夢》的存在論閱讀〉中把紅樓人物分成兩大類，一類是“擁有自己”或“意識到自己”者；另一類是“沒有自己”或“從未意識到自己”者。人與人的差別，全是心靈境界的差別。

三為靈魂悖論。所謂悖論，便是矛盾，二律背反，即兩個相反的命題都符合充分理由律。《紅樓夢》中的賈政、薛寶釵等重倫理、重教化、重秩序；寶玉、黛玉等重個體，重自然，重自由。薛寶釵與林黛玉的對立，不是新舊對立，也不是封建主義與民主主義的對立，而是儒與莊禪的對立，是曹雪芹的靈魂悖論。

四為中道智慧。貫穿於《紅樓夢》的是中道智慧。《紅樓夢》的開端借賈雨村之口講述作者不把人劃分為“大仁”與“大惡”，即在思維方法上不落入“非黑即白”的舊套，《紅樓夢》全書寫的正是中間地帶的人物，從主人公賈寶玉到他父母，都生活在第三空間，即不是全黑也不是全白。用魯迅的話說，《紅樓夢》不把好人寫得絕對好，也不把壞人寫得絕對壞。寫的是“第三種活人”，打破傳統格局。

五是澄明境界。“澄明境界”是海德格爾哲學中的重要概念。它講的是“豁然開朗”、突然明了、“山重水復疑無路，柳暗花明又一村”的質變瞬間。佛教宣講從“不明”到“有明”到“澄明”，也是講突然飛升解脫的境界。寶玉出家，進入澄明，正是這種境界。其實黛玉之死，她把手帕製作的詩稿扔進火裡，也是由此進入澄明，再無罣礙。晴雯死亡之時也是進入了澄明之時。《紅樓夢》中有許多這種哲學片刻。秦可卿、鴛鴦死亡而進入太虛幻境的瞬間，都是澄明境界的瞬間。一個人如果活得渾渾噩噩、無所事事，不知思想可以飛躍，人生可以飛升，那他（她）就永遠無法了解澄明之境。因此，嚴格地說，唯有精神解脫，才能了解什麼是澄明境界。

（喬敏 / 整理，有刪減）

# 輯三　海內知己

# 不竭的思想者
## ——劉再復八十華誕之賀

謝冕

國之東南，東海與南海交匯處，那裡是一片丘陵。丘陵向外延伸，接上了浩瀚的大海洋。那裡的土地四季翠綠，那裡的海洋終年湛藍。劉再復的誕生地，就在泉州灣邊上的南安，高蓋山下的劉林村，此地背山，近海。閩南地區氣候溫濕，但可耕地不多。為了謀生，許多人漂洋過海，到我們稱之為的南洋尋求生計。這樣，整個的古刺桐港灣區，就是一個大僑鄉。這裡出現過著名的華僑領袖陳嘉庚，他不僅是是閩南人的驕傲，也是福建人和中國人的驕傲。陳嘉庚早年去南洋務工，勞動，種橡膠，省吃儉用，掙了錢回家鄉辦學。泉州、廈門一帶，從集美學村到廈門大學，都是陳先生的傑作。再復早年就學於廈門大學，學的不僅是知識，而且更是陳嘉庚的人格精神。

再復早年失父，母親帶著三個孩子，勞苦終生。再復自言，母教極嚴，上學之後，要求成績必須是“第一”，再復曾為只得“第二”而傷心落淚。慈母的一片愛心，今天看來有些嚴酷，卻硬是磨練了再復一生的堅定與勇毅。“人間慈母愛”，再復對母親充滿了敬意與感激。再復作為詩人，在他的散文詩中，時時可見大海的意象：讀滄海，深海的追尋，他是大海的兒子，心中總是波濤洶湧。再復作為平常農家子弟，他身上，帶著泥土的芳香，以及海水的鹹澀，奔湧著的是土地的深厚和大海的博大的情懷。與再復相處，時刻可以感受到他的那份質樸和純真。

再復生處災難的歲月。出生時，正是抗戰到了生死關頭的時節。離亂，飢餓，屈辱，無邊的淒苦。少年趕上了罕見的大饑荒，全民“瓜菜代”，鬧浮腫。再復記得他的小學階段日子的艱難，每日伴隨他的是一瓦罐鹹蘿蔔就飯，上學時帶上一罐，下學時帶回空罐，如此周而復始。飢餓，貧窮，伴隨他成長。他生於災難歲月，因而珍惜這難得的求學機會，再復感激新時代、新歲月的寵惠。在廈大，他閱讀，積累，而且思考，還不忘寫詩。他就此打下了而且擁有了後來學術發展的堅實根基。

在北京的初期，作為刊物的普通編輯，加上他為人一貫的低調，那時的再復鮮為人知。他默默地繼續閱讀和思考，他潛身於迎接偉大時代到臨的洪流之中。他以魯迅為師，讀魯迅的書，延伸魯迅對於中國社會和中國人的命運的思考。七十年代《橫眉集》、《語絲集》陸續問世，這些散章，留下了他思想的碎片和刻痕。八十年代初期，他寫《魯迅美學思想論稿》，系統地梳理了他心目中的魯迅美學精神。偉大的五四時代，博大精深的魯迅精神，融入劉再復的內心世界，他的生命也成為那個時代的一部分。他的一生，蒙受著魯迅的思想光輝的照耀。

當日商海波濤翻滾，再復目不旁視，堅守學人的純正立場。他無保留地置身變革開放的大潮之中。他義無反顧地投身於那個國門開放的偉大的時代，偉大的時代也以博大的胸懷選擇了他。那時再復思如泉湧，以文學為切口，他思考並迎接民族再生的新時代。他立論發揚文學的主體精神，寫《性格組合論》，他的這些思考，直抵二十世紀末的人論系列。他彰顯了文學作為人學的偉大精神，其大的背景是對於導致文化毀滅的動亂歲月的批判與反思。

再復的文字平易、溫馨而親切，他總是以樸素的語言表達他深沉的思想。那時他主持文學研究所的工作，他以他的深入思考和充滿銳氣的學術精神，極大地影響了整個中國學術界。“劉再復”幾乎成了一個時代的符號。在學界，他是這個時代早醒的靈魂，在文學界和思想界，他發出了改革創新的強音。一個從貧窮和困苦走出的農家子弟，因為他的勤奮和專注，也因為他的敏銳和堅定，他被偉大的時代所選中，他成為那個時代萬千知識者中的標誌性的人物。痛苦的、動蕩的、一個充滿破壞性的年代過去了，新時代把他置放在一個廣闊而悲涼的背景上，置放在一個方生未死的、光明與黑暗的搏鬥的瞬間，在當日，他的聲音代表了一個沉重的反思和決斷的告別。

我與再復有同鄉之誼，但我比他年長，而他勤奮而聰穎則為我所不及，我很為他的成就感到欣慰。整個的八十年代，再復重任在肩，少有閒暇。我和他多半只是在相關的會議上匆匆一見。難得的一次是我們應邀去了新疆，同行的還有何西來和陳駿濤。沿途，劉再復幾乎不看風景，吐魯番葡萄溝的清泉，高昌故郡和樓蘭遺址的悠遠，似乎未入他的眼簾。走了一路，思想了一路，想的都是世界和國家的大事，激情，還有深重的憂患。再復有一個不倦也不歇的大腦，他是一個永遠的思想者，也是一個永遠的愛國者。在新疆的旅途上，除了座談、作報告，他就是不停地思考，他沒有閒暇享受快樂。

作為朋友和鄉親，我與再復未有深談。在芝加哥，在台北，可能還有香港，我們總是匆匆。但我深知再復。畢其一生，他都在"讀滄海"，他的心，是一個浩瀚的大海，他是大海的兒子。漂流手記，遠游歲月，西尋故鄉，獨語天涯。這不是再復願望的人生，這是他的悲哀和無奈。再復去國久矣，我總是盼望著再一次與他相聚，聽他那帶著閩南鄉音的親切言說。所幸家園靜好，友念彌深，何期息旅回帆，與君把酒東籬，談魯迅，也談革命的告別或延續，也可借菽莊花園一角，閒看鼓浪嶼海上的鷗鷺騰喧！

二〇二〇年十二月三十一日，於北京大學

# 壽再復八十

董乃斌

再復兄八十壽辰，值得慶賀！

衷心祝賀再復兄登上人生的一個高台階，祝願他健康長壽，安享晚年，永葆青春！

在我心目中，再復兄確實是青春常在，而且幾乎可以說是我們這一代人青春的象徵。

再復兄比我年長一歲，同年大學畢業。一九六三年秋，分別從廈門大學和復旦大學來到哲學社會科學部，他在院刊《新建設》編輯部，我在文學所，兩個單位在一個大院裡。

我們一起去山東黃縣勞動實習。在那一年裡，我們熟悉起來，成為好友。也是從那時起，我就很佩服他。

在黃縣，學部派去勞動實習的大學生分散在北馬公社的好幾個大隊，起初我們並不在一起。但劉再復的名字，我已經注意到了。好像不止一次，在集體活動（開大會啦，聚餐啦）的時候，再復常會在那樣的場合主動要求朗誦詩歌，既有著名的老詩人的作品，也有他自己的創作。具體幾次，什麼內容不記得了，但留在我腦海永不會磨滅的，是再復在嘈雜鬧嚷並不安靜的環境中，感情投入地放聲朗誦，高舉手臂忘情地呼出"啊，延安的小米飯（福建音：患）"的浪漫情景。

再復是一個真正的詩人，不僅愛寫詩，善寫詩，而且整個人充滿詩性氣質，胸懷坦蕩，正直單純，敏感多情，容易激動，創作靈感總在胸中湧動，似欲噴溢而出，壓抑不住地有詩要寫。

他從很小就喜歡寫詩，而且有所積累，到大學時代，已經一發而不可收拾。我們相識的時候，我見他身邊總有個小本本，專抄他喜歡的詩，常常翻看。在黃縣鄉下，我們曾奉命參加一個創作組，為公社"四清"前期發動群眾而編劇本，供公社的呂劇團演出。就是在那個創作組裡，有好幾個月時間，我們朝夕相處。大部分時間討論劇本或分頭執筆編劇。但這消耗不完再復的青春活力，除了完成集體賦予他的任務之外——說實話，因為他善寫，故給他的任務總是最重的——他仍能繼續創作自己的詩篇。閒暇時，他同我談起在廈門大學唸書時的許多事情，老師，同學，美麗的校園，可愛的鷺島，溫暖的海灘，他的學習，他的詩篇，他為廈大寫的校歌，以及他的家鄉，家裡的老母親，乃至他的戀愛，他遙遠的思念。他也常給我看他的詩作，有舊作，也有新篇。我驚奇於他內心的豐富，精力的旺盛，才華的充沛，以及孜孜不倦工作和學習的精神。那時我們可以說無話不談，我雖沒有當面說什麼讚美的話，但開始打內心佩服他。

勞動實習歸來，再復在《新建設》很快脫穎而出受到重用。刊物器重他，很願把重擔交給他，沒多久就讓他獨立組稿和審稿了。"文革"中刊物停辦，後期學部按鄧小平指示擬籌建院刊《思想戰綫》，主事者多由外單位調來，再復是原在學部而參與核心的極少數成員之一。後來刊物沒辦成，他調到了文學所魯迅研究室。除積極撰文批判"四人幫"，參與文藝界的撥亂反正外，由於平時用功和有意識積累，他很快完成《魯迅美學思想論稿》一書，是年輕人中最早拿出專著來的，出版後頗得好評。在八十年代初的思想解放浪潮中，他又發表《性格組合論》、《論文學的主體性》等一系列觀點、方法有所革新的論著，在文藝理論界嶄露頭角，獨樹一幟，產生很大影響，在文學所青年研究人員中可謂一馬當先。

一九八五年，文學所遴選所長，搞民意測驗試點，再復雖到所時間不長，得票卻多，呼聲甚高，院裡也給予大力支持，他遂成為文學所首任、也是唯一一位真正根據民意而任命的所長，算來那時再復剛過不惑之年。任所長後，按例兼任《文學評論》主編。當時院裡試行體制改革，文學所實行所長負責制，機關黨委起監督保證作用。再復肩挑重擔，團結全所同志把文學所和《文學評論》辦得有聲有色，使其成為文學研究改革創新的前沿陣地，影響輻射很廣。在所內，再復自覺繼承文學所創始人鄭振鐸、何其芳的辦所經驗，堅持了文學所的優良傳統，充分尊重每一個人，充分發揮每一個研究人員的積極性，努力讓每一個人都能安心愉快地工作。那時正是"文革"結束、改革大潮興起之際，文學所人被壓抑多年的科研積極性噴薄而出，再復因應這種形勢，採取措施，讓老中青三代科研人員各得其所，各展所長。

那時候再復在所裡所外都很忙，後來又搬了家，我與他的接觸就不像同住八號樓時那麼方便了。有一天，他忽然找我，告訴我所裡原來有個文藝研究動態性質的內部刊物，現在想以其編輯部為基礎，設立一個文藝新學科研究室，用以追蹤國內外文藝研究的最新進展。當時國門初開，西方文論大量湧進，新方法新理論層出不窮，可謂新潮滾滾。再復說，我們必須關注學術前沿，文學所不但要跟上，而且應該走在前面。這些我當然都很贊成。

再復又說，所裡想讓我擔任文藝新學科研究室主任，和程廣林一起負責組建工作。對此，我很感意外。一點思想準備都沒有啊！我自到所後，一直在古代室，從未擔任過什麼職務，怎能一下子就當室主任呢？而且我的專業是唐代文學。當時全國唐代文學研究形勢熱火朝天，我也正搞得津津有味，突然離開去搞什麼新學科，雖說文學所對研究人員的具體研究範圍並不限得太死，人在新學科，仍可搞古代文學研究，但這種調動，畢竟有點改行的味道，對我說來變動似乎也大了點？何況我對新方法新理論並無研究，很多讀不懂，興趣也不大，文藝新學科究竟怎麼回事，可謂毫無概念。這個主任我當不了！我的第一個反應是推辭。

文學所從何其芳時代以來，有一個好傳統，就是非常尊重研究人員，很少勉強他們去幹什麼。所以，再復並沒有拿領導決定來壓我，只是再三說明搞新學科研究室的必要性，並告訴我所黨委討論過，並以老朋友的身份對我表示信任，懇切地希望我理解和支持，讓我考慮一下。再復的談話完全是商量式的。

第二天，時任副所長的何文軒（西來）又來找我。西來是個鼓動家，和我關係也好，他反覆陳說所裡辦文藝新學科研究室的意圖、具體設想和所裡對我的信任和希望，啟發我為文學所建設作貢獻和為再復分憂的激情。最關鍵的是答應我，在新學科只幹一屆，三年以後仍回古代室。就這樣，我同意了。一邊籌建新學科，一面繼續做原來在古代室未完成的業務工作。

新學科室成立後，再復、西來都很關心，工作既很放手，也不乏直接過問。八十年代有一段時間，文學所在再復領導下，搞了許多社會性的工作，如與各地同行聯合召開各種研討會，辦各種講習班、培訓班，出版各種反映新思潮的文藝理論著作等等。這些活動文藝新學科研究室都積極參與，有的甚至就是以新學科的名義搞起來的。再復除主持這些活動，自己還經常被邀請到外地去講學或參加會議，有些活動所裡也有個別同志同去。這樣就加強了文學所與全國同行的聯繫和交流。我在參與此類活動的過程中，擴大了眼界，學到不少東西，也親身感受到再復學術思想和學術能力的飛躍，和他在全國同行中的影響和聲望。

我們設計了一套名叫"文藝新學科建設工程"的叢書，想把當時一批學術先進和前沿的論著（包括譯著或編譯）儘量收羅到一起，推介給文藝界和廣大讀者，同時也是一種學術的積累。這項工作很受學界歡迎，也得到好幾個出版社大力支持，書稿陸續交來，叢書分頭陸續出版。再復是這套書的當然主編、總負責，我和廣林副之。幾年後，這套書竟出到了二十七種。當時出版業遠不像今天這樣繁榮發達，做到這一點也算不容易。

所裡本來就有的那個動態性內部刊物，後來改成《中外文學研究參考》（雙月刊）繼續出版，也頗受歡迎。後又辦起《文學研究年鑒》。這些都是再復當政時業績的一小部分。三年任期一滿，我按約回到古代室，新學科室交給程廣林，因為此室外語人才集中，後來就改成比較文學研究室。那是後話了。

再復身為文學所所長，與各單位、包括上級領導接觸頻繁，他個人也承擔了許多上面指派的寫作任務，如為大百科全書（第一版）《中國文學卷》寫總論條，或參與某些重要文章的起草等，往往是任務重、時間緊，而他一邊治所，一邊著述，都完成得很漂亮。據說胡喬木、周揚、胡繩等領導人都非常讚賞再復的才氣和學力。

再復有才學，能幹，肯幹，這當然是領導們欣賞他的重要原因。但我認為事不止此。

我覺得，更重要的還在於再復的為人。那些領導都是久經宦海浮沉的老幹部，閱人無數，經驗豐富，既愛才，也很能識人，能夠得到他們的信任倚重，單憑寫作才能恐怕是不行的。最根本的還需要人品好。再復為人作風正派，生性善良，有大志而無大欲，待人寬而律己嚴。特別是無論對上對下對領導對同事對朋友，都毫無機心，一視同仁，一片赤誠，總是以詩人的坦率和善意待人處事。所以，不但領導們喜歡他，敢於用他、提攜他、有事愛交給他——因為他靠得住；而且朋友同事也喜歡他，願意接近他——因為他平易近人，不會整人害人，而且總是熱心肯幫忙。

再復熱心幫助人的例子很多，但他從不宣揚，具體情況除受到幫助的人明白，外界並不了解。這裡舉一個我知道得比較詳細具體的例子。

八十年代，國家哲學社會科學基金工作剛剛開始，關於課題申請，很多人還不大了解。那時，申報的途徑須經由社科院，文學片由文學所管著，再復也就成了當然的負責人。他在這項工作中就曾經幫助了不少人。

那時，我的夫人程薔在文學所民間文學研究室工作。一次，她外出參加一個民間文學研究學術會議，在會上，上海社科院文學所所長姜彬同志介紹他們對吳越民俗和民間信仰的研究進展和計劃，也談到了經費的困難。程薔深感這個課題很有價值，應該得到國家支持，便建議他們申報國家社科基金資助。當時姜彬同志對此尚不太了解，也不知手續如何，便托程薔回京詢問，並把他們的研究計劃也給了程薔一份。程薔回京後，向再復作了彙報和推薦。再復很留心地聽完，同意程薔看法，認為上海社科院的這個研究計劃很有價值，立刻要程薔轉告他們，可以正式提出申報。很快，在再復主持下，在當年的基金評審中，姜彬同志的申報被批准立項，國家課題中民間文學的空白得以填補，上海課題的經費困難也獲得緩解。幾年後，他們的研究成果出版，姜彬同志在《後記》中特意對程薔表示感謝。其實，程薔不過盡了傳遞信息之責，真正起了作用、應該感謝的是再復。是再復重視此事，給予切實幫助，才使他們及時申報，並順利通過審批立了項。像這一類事，估計有不少，再復工作認真負責，從科研佈局考慮，熱心支持地方工作，非常主動，也非常自然。

當然，再復絕不是一個八面玲瓏鄉願式的老好人。他之為人好，與他之有風骨，有鋒芒，有個性，是非愛憎分明而強烈並不矛盾。就是在領導面前，他也敢於表達乃至堅持自己的觀點和立場。文學是人學，人需要獨立，需要精神的自由和解放。文學應該充分發揮人的主體性，並幫助更多的人獲得精神獨立和思想自由。這些都是再復經深思而樹立的信念。他既揭櫫這樣的理論，自己也身體力行之。至於擔任所長，乃為時勢所推。書生本色的再復兄，實難以獲得所有領導的歡心。固然有領導欣賞他，但也有領導不能容忍他，視之為眼中釘，總是找茬整治他。再復在所長任上，不止一次遇到麻煩，遭受過莫名的整肅和打擊，使他感到痛苦委屈甚至憤怒，我從旁觀察，深感同情和無奈。

古人云："觀其交遊，則其賢不肖可察也。"據我有限的了解，再復不但在學部上下人緣好，而且在文學所，社會上也是朋友多，人緣好。他的朋友縱貫老中青三代。老輩如鐵骨錚錚不畏迫害的聶紺弩先生，如深諳人情世故的武俠小說大師金庸先生，又如清高孤傲目無下塵的學術泰斗錢鍾書先生，他們在與再復接觸後，都對他青眼有加，成為忘年之交。聶紺弩臨終，把自己的藏書託付給再復，可見其信任。錢鍾書在再復任所長期間，經常回答他的請教或提出建議，對再復期望甚殷。古代文學專家、中華書局總編輯傅璇琮先生，與再復曾是樓上樓下的鄰居，他們也成了好朋友。傅先生與我談起再復，既深感親切，又讚不絕口。文學所現代文學專家樊駿先生、王信先生，年歲比再復長，為人嚴肅冷峻、不苟言笑，對於瞧不上眼的人，連話都懶得說，但卻願與再復長談。錢先生、樊駿、王信他們對再復好，可能與他們對文學所工作的關切扶持有關，但我想一定也與他們接觸了再復以後，對他這個人的品格印象不錯分不開。再復出自本性的善良正直、坦誠虛心和對文學事業的熱忱，是他博得諸位先生好感和傾力相助的根本原因。再復在所內外都有一批同心共事的中青年朋友，說明他這個人是有魅力和凝聚力的。

再復在出版界朋友眾多，許多屬同齡人，有的比他略微年輕。這些朋友為再復編書出書的熱情與主動，無論再復是當所長，還是他失職去國之後，都一以貫之，讓我感到，他們簡直有點兒願為其兩肋插刀的意味。這裡，再復作品能夠暢銷固然是個重要因素，但再復的人品人格使他們由衷敬佩，願意為他出力擔責，恐怕是更深層的原因。我與他們中的幾位有所交往，他們的談話和行動，給我這種深切的印象，常使我感動不已。

再復的朋友並不限於文學研究界，甚至也不限於文學界，他與哲學所的李澤厚先生處於亦師亦友之間，同輩友人則既有如"勁松三劉"的另兩位劉心武、劉湛秋，也有音樂家施光南和藝術界不少人。在文學理論和批評界，他的朋友就更多了。他成為全國青聯委員，可謂實至名歸，而那以後，他的青年朋友自然更多了。他的朋友也不全是名人或同行同事，許多是普通的工人、幹部或教師。據我所知，“文革”後有一段時間，因為他發表的文章產生影響，在社會上名聲鵲起，他在學部大樓的那間辦公室，晚上就經常有一些青年朋友——用現在的話說，很多是他的“粉絲”——前來訪問討教，男女都有。他一概熱情接待，一貫以誠待人，為此忙得不亦樂乎。如果說再復是從群眾中湧現和逐步形成的一個具有領袖氣質的人物，我覺得不算過分。

我這樣說再復，也許有人會認為這僅是我的個人之見。對此，我不能、也不想否認。在慶賀他八十壽辰的時候，不需要我去羅列他的學術成就和理論影響，會有很多人講得比我好。我也不想說一些無聊敷衍的客套話，而只想說一說我心中珍藏的再復印象，說一些心中多次想過，卻從未對再復當面講過的話——的確是我的個人之見——作為呈獻給他的一份菲薄賀禮。我認為，此時此刻來講，是當其時矣。此時不講，更待何時呢？

離鄉背井使再復痛苦。從再復去國初期發表的詩文看，在那些輾轉難眠的日日夜夜裡，他那顆熾烈忠忱的詩人之心曾經歷了非常強烈的惶惑和煎熬。然而，身心的痛苦可能正是詩人哲匠重要的精神營養劑。也許正是從這時開始，再復由天真單純走向成熟深刻。他從此有所擺脫，有所反思，有所超越，終至徹悟。近三十多年，再復用千百萬堅實有生命的文字鋪設了一頭連接以往、一頭通往未來的精神之路。這是一條再復用自己的生命和心血鋪設的路，也是他培育和展示他的第二個青春時代的路。他在新的環境中讀寫不輟。他的思考和探索一如既往，但眼界視野大大開闊，思想認識更加深刻精微，再復的寫作達到了新的高度。如今古稀早過，耄耋不遙，更到了從心所欲、信筆揮灑而不逾矩的境界。他的朋友更多了。他的女兒成長起來，成了他的學術同行，他們朋友般相處，合作，共同出書，令人稱羨。再復的新書，時常通過出版社寄送給我。我捧讀之下，總是深為感動，特別是他的散文、散文詩和與女兒劍梅合著的《紅樓夢悟》等系列著作。我最強最深的感受，是他的任何文章，無論是學術研究、文學批評，還是詩文創作，字裡行間無不浸透著他的人生感悟，無不顯示出他這個活生生的人——一個真正對人生和世界有所感悟的人——這樣的人無論寫什麼題材，研究什麼題目，用何種文學樣式，都能讓人感到其深邃厚重的內涵和力度，看到其中活躍著的作者本人的靈魂。而即使生理年齡垂垂老矣，再復所寫的文字仍然洋溢著飽滿的青春活力，這是我以為最值得寶貴，也是我祝願他要永遠保持下去的。

再復去國多年，我們見面機會極少，通訊聯繫也不多，但心中的思念從未停止。一九九七年冬，我和張炯訪美，走了不少地方，但沒有能去科羅拉多，只在一個晚上和再復通了電話，說得很長，仍未盡意。後來聽說他曾回國，不止一次到過香港、深圳、廣州等地，也到過北京，會見過老朋友。可是我已於二〇〇一年五月離開文學所到上海大學工作，沒有能夠參與此前的會晤。

直到二〇一一年六月某日，我忽然在網上看到再復將應邀來上海講學的信息，真是又驚又喜。再復那次是要在圖書館公開講演，題目是關於《紅樓夢》的問題。我早早去了會場，領了入場券，找了最前排的座位，等待再復。他由邀請他的朋友陪同登台，我凝視台上，覺得他雖略胖了一些，卻並不顯老。再復的演講和從前一樣聲音洪亮、熱情洋溢而又條分縷析、警語不斷，聽眾反映強烈。我邊聽邊想，腦海中翻騰著往事，翻騰著再復年輕時的形象。呵，不知不覺我們已經分別二十二年，當年還算年輕的人，如今都已年屆古稀了！講演後，朋友們請再復去休息室，我們在那裡見了面。再復沒有想到我會出現，當我叫著"再復，再復"走近他時，他忽然發現是我，一剎那的驚訝竟使他愣住了，竟脫口喊出老文學所人對我的習慣稱呼："小董！"我們都不禁熱淚盈眶了。

我也見到了菲亞。菲亞就在他身邊。再復出行，她總是陪同的。她以前身體不太好，現在明顯胖了，但身子骨還算硬朗。

多年不見，我和再復有多少話要說啊。上海的朋友們體諒我，合影之後，讓我一起晚餐。我才得與再復互訴別後。再復告訴我，他目前是在香港，香港城市大學給他一個客座教席，讓他經常可以回來，他便時常來往於中美之間。但到上海的機會不多，即使來了，日程也安排得很緊。這次與我相逢，真是意外的收穫。原來他雖知道我已回上海，可是具體在哪兒不清楚，也不好意思麻煩邀請他的朋友找我。

我在北京時，與再復的母親很熟。她是一個極其善良、勤勞的老人。再復在北京剛安家那陣子，她全身心投入幫他操持家務，帶孩子，包括燒茶、做飯招待再復的朋友們。大家都很尊敬這位手腳不停、少言寡語的老人。這次我問起再復，他告訴我老人家已經去世，由於他生活不穩定，老人晚年主要跟再復的弟弟在香港生活，還是比較安定的。我稍感安慰。

當時談起孩子們，他說，劍梅繼承了他的事業，在美國哥倫比亞大學畢業後，已是馬里蘭大學的中國文學教授，他們經常合作研究，寫書。小蓮也大學畢業工作了。我則告訴他在上海大學發揮餘熱的情況，他握著我的手，連連說好。看得出來，他是真心的為我高興。我們沒有來得及談起文學所的事和那裡的故友。晚餐時間有限，明天他們就要返港。我們只能依依惜別，寄望將來。從那時到今天，一晃又是十年。光陰似箭，真是不饒人啊！我和再復青年時代相識相知，有幸為二十五年同事，為終生好友同道，現在我們都年屆耄耋。在我們的有生之年，還有相見共話的機會嗎？我渴望，期待著！

在再復八十壽辰即將來臨的日子裡，我和程薔衷心祝福他和菲亞健康長壽！祝福他闔家幸福吉祥！祝願並盼望我們還有聚首暢敘的一天！紙短情長，書不盡意。小詩一首，聊作收尾：

論學締交五紀長，而今消息隔重洋。

文章知己心相許，歲月無端顏已蒼。

偶得閒情疏寂寥，每憑彩筆佈芬芳。

神清體健青春永，崛起騰飛待華章！

二〇二〇年中秋於滬上

# 輾轉寄給再復先生的兩首詩

劉登翰

再復先生八十壽誕，這是海內外景仰再復先生的學術界、文化界朋友們的一個共同的節日。人生八十，本就不易；何況再復先生，從故土到海外，披風瀝雨，漂泊半生！然而人生難料，福兮禍兮，誰能說得清？或許正是這次遠行，去國三十載，足跡遍五洲，才成就了再復先生博大的國際視野、民胞物與的人文情懷和世所難及的學術志業！

我一直不願用“去國”這兩個字來形容再復先生的遠行。再復先生人在海外，卻心懷故土。對於文化人而言，所謂故土，所謂祖國，都在綿延五千年的中華文化之中。再復先生的八十人生，都致力於對於中華文化的敬重、摯愛、詮釋、弘揚、傳播和發現之中。他等身的著作，字字句句都是他一顆丹心的證明。他展現了一個文化人對於祖國、對於故土忠誠與摯愛的典型。

我與再復同鄉，而且同宗。已經忘了是怎麼談起這個話題，好像是上世紀八十年代，我赴京開會，到再復先生家裡拜訪，他母親見我滿口閩南腔，姓劉，名字裡又有一個“翰”字，便問起我的原鄉。原來我和再復的祖家都在福建南安碼頭鄉的劉林村。只不過我從曾祖父那代起就漂洋過海謀生菲律賓，最後落足廈門，疏了與故土親人的聯繫，代代相傳銘記下來的只是南安、詩山、碼頭、劉林這幾個詞。在南安劉氏這一脈的字輩排序中，嵌有唐代宰相詩人張說的一聯古詩：東壁圖書府，西園翰墨林。我屬“翰”字輩，而再復先生屬“園”字輩。我雖癡長再復先生幾歲，但按族譜輩份排序，仍應視再復先生為長輩。當然，我對再復先生的敬重，不僅於此，首先更在於他的人品和學問。

由於這層關係，我親身感受到再復先生對家鄉的摯念和熱愛。二〇〇九年，再復先生在香港的弟弟劉賢賢先生牽頭發起成立旅外福建南安劉林劉侯宗親會，再復先生始終全力支持，親自擔任宗親會的名譽會長，凡有較大的宗親活動，他都寫信題詞祝賀，為宗親會題寫碑銘，宗親會在老家重修祖祠，捐建小學，舉辦盛典，他無法親臨，還特地讓他的女兒代表出席。劉氏宗親在海外開枝散葉，菲律賓、馬來西亞、新加坡、印度尼西亞以及澳門和台灣等地區，都有宗親會的組織，它們彼此互通聲息，相互串連，凝聚了百餘年來從南安劉林村走向世界的數萬劉侯子弟。在宗親們的心中，再復先生是宗親會的支柱，也是宗親們的驕傲。

再復先生遠行，在我心中百感交集。有思念，有牽掛，也有擔心。我寫過幾首詩，表達心中這種難以言說的感情。最初不知他的行址，無法寄達。上世紀九十年代初期，我多次訪問香港，常與閩籍的旅港文化人相聚。有一次和天地圖書公司的經理、同是南安宗親的劉文良先生喝茶，問起再復先生的情況，知道可以通過他與再復先生聯繫，便抄了兩首詩，輾轉請他寄給再復先生。詩雖淺陋，但做為一份曾經的牽掛，且錄於下。

一首題為《重陽》，用了唐代詩人王維的一句詩“遍插朱萸少一人”做題引：

此日
所有的鞋子都走進一句唐詩

山都被踏矮了，兩隻
相視的鳥默默飛去
漸升漸高的風箏
對雲說了些什麼
眼睛走不到的地方
心能走到
兄弟，你在哪裡兄弟

落雪在兩鬢 釀一場變局
每臨登高都會有些些悲慨
突然愛聽晚潮愛讀秋菊

愛做一點拼搭平仄的遊戲

愛咀嚼往事下酒

然後怦然心跳聽一聲秋啼

生命從此多思從此不僅絢麗

兩顆太陽也扛不動一句唐詩

兄弟

另一首題為《故鄉》：

崚嶒起伏在一片蒼茫裡

以駱駝的臥姿

一副嶙嶙的肩胛

撐高遠藍的天

這個叫做詩山的

故鄉吶

海在很遠的地方

藍給母親看

在母親

飛出去就回不來的眼睛裡

淚給兒子看

欲歸的心無處停泊

才把故鄉喚做

碼頭

只有垂下眼瞼的母親才這樣回答

你出產什麼

——遊子

我在詩中嵌進了家鄉的兩個地名：詩山，碼頭。一般人讀不懂，我想再復先生是讀得懂的。

二〇一一年廈門大學九十周年校慶，再復先生應邀回母校在建南大禮堂做學術演講。這是再復先生遠行後的第一次歸來，宗親會借機在廈門舉辦聯誼活動，數百人濟濟一堂。再復先生在講話中提到，當年初抵海外，在遠隔萬里的大洋彼岸，突然收到一位宗親由香港輾轉寄來的兩首詩，感覺到無比的親切和溫暖。

我想，當年拜託劉文良先生轉寄的兩首詩，他是收到了。

# 再復，也是一個“半農”

程麻

## 一

二十世紀七十年代末，我濫竽充數考進了中國社會科學院研究生院文學系，成了“文革”後首批研究生。陰差陽錯地從窮鄉僻壤到了北京，除了慶幸可圓早有的讀書之夢以外，另一個令人興奮的感覺是全國的文化學術動態彷彿就在眼皮底下似的，甚至有機會接觸到當事人。

就是在那時，我最早注意到了“劉再復”的名字。

當時，劉再復的文學批評剛剛起步，陸續在報刊上讀到他與人合寫的批判“四人幫”文藝謬論的長短文章。其中，“劉再復”的名字很引人注目，因為他不由得會讓人聯想起在“五四”轟動一時的文化名人“劉復”。我曾對人半開玩笑地猜解說，“再復”也許意味著又一個“劉復”再世。

我的研究生導師唐弢先生那年共招了十名中國現代文學專業學生。可能是文學研究所攬才心切而唐先生卻心有餘力不足，不久便決定將我們十人分為三組指導，我和另外兩名同學被分在王士菁和林非兩位先生名下。劉再復那時才從中國社會科學院的《新建設》雜誌編輯部調到王、林先生所在的文學研究所魯迅研究室，還是個年輕的助理研究員，他並沒有指導我們的高級職稱。但不知道是研究室裡分工指派還是劉再復熱心腸，他曾主動地過問我的功課和學業。當知道我來自山東省黃縣（後改稱龍口市）時，他說自己在六十年代去那裡參加過“四清”運動。於是，我們彷彿一見如故，覺得分外親切。彼此又相差不了幾歲，我便視之如同輩好友，直呼他“再復”。

再復的家屬包括母親葉錦芳、夫人陳菲亞、兩個女兒劉劍梅和劉蓮，那時才從福建老家進到北京。他在社科院老八號樓底層分的一間房子實在住不下全家，只好臨時借住朋友在東四五條胡同裡的一間小平房。當時我晚上去那平房時，經常碰上他夫人從社科院宿舍那邊提著飯盒老遠跑著來送，看到有客人就把飯盒放在火爐上熱著，大都在等我們走後的深夜再吃。他的第一部論著《魯迅美學思想論稿》，主要部分好像就是在那間小平房裡寫成的。

## 二

等再復把《魯迅美學思想論稿》全書打印稿拿給我看的時候，他在社科院八號樓底層又借住了另一間房子。

那時，因為小女兒劉蓮很小，奶奶帶著她難有餘力照顧全家，便從老家請來一位女眷幫忙，同時還帶來了他二弟的一個女孩。大家都擠住在那兩間小房子裡。當有客人來，局促得想插足坐下來都非常困難。而去再復家串門的客人又絡繹不絕，因為朋友們都願意找他聊天或商量事情。加上他母親炒得一手好福建菜，常常熱情地留客人一起吃飯。每到這時，最發愁的是擺不開飯桌。儘管如此，獨身在京讀書的我，還是盼著隔三差五能去品嚐他們家的飯菜，解解饞。

所謂"近水樓台先得月"，劉再復早就虔誠地視同院哲學研究所的李澤厚先生為學問師長，他的首部文學研究論著從魯迅美學思想切入，應該說受李先生的影響甚大。李澤厚是上世紀八十年代"美學熱"的領軍人物，他扎實、深厚的美學理論根底和那清新流暢的文筆，曾是當時包括自己在內的文學青年們的崇拜偶像。在當時的文化環境中，劉再復在八十年代初問世的《魯迅美學思想論稿》一書同時觸及"魯迅"和"美學"兩大熱門學科，使他的研究水準一下子從應時的批判文章縱身躍上了時代的制高點。書中新穎的眼光和富於詩意的論述風格，受到了學術界的普遍關注與好評。說劉再復是從美學視角拓展魯迅研究的大膽開拓者，似不為過。

在《魯迅美學思想論稿》出版後，劉再復又接連發表了一系列破立兼顧地提倡文學新觀念和新研究方法的文章，其反應之強烈與《魯迅美學思想論稿》相比，開始變得有點"轟動"味道了。那稱得上是一個人人厭惡並試圖掙脫舊的思想樊籠，時時都有新話題、新觀念迭現的時代。劉再復敏銳的感觸和勇敢無前的青春氣息，讓人覺得越來越像“五四”前後被人稱為“替新思想說話的健將之一”的劉復。他陸續提出的如“反思的文學”、“拓展文學研究思維的空間”、“精神界的生態平衡”和“培育建設性的文化性格”之類命題，儘管概念的界定未必都那麼嚴密、準確，分析或闡述也大都點到為止，但這些話題及時、準確地觸動了當時文學理論界的“脈搏”與“興奮點”，很快獲得了文學論壇特別是文學青年們的普遍共鳴。就像魯迅在回憶劉復時感嘆的差不多，“現在的二十左右的青年，大約很少知道三十年前”的事，在那時，“劉再復現象”曾是文壇上一種無人不曉和不談的引人矚目的話題。

## 三

就是在那前後，劉再復傾力操辦，把我從研究生畢業後工作的大學調進了文學研究所魯迅研究室。從此，我們變成了朋友加同事，接觸更加密切，大事小情無話不談。

直到這時，我才知道劉再復的父親去世很早，他兄弟三個是由母親葉錦芳含辛茹苦扶養成人的，母親在全家始終受到晚輩的敬仰。聽說劉再復的父親生前是一位文化人，如果“再復”的名字確是父親所起，若並非像我猜解的那樣取“劉復再世”的意思，則可能源自《論語・公冶長》中的話：“季文子三思而後行。子聞之，曰：‘再，斯可也。’”與“三思”相比較，“再復”也許還難稱得上“深思熟慮”，但這名字既寓示著勿淺薄、不草率，也警戒因瞻前顧後而陷入狡黠與油滑，不難看出父親對家中長子智力聰慧與坦誠人格的多重期待。

“五四”時代的青年劉復為人所熟知，更多是因為他的筆名“劉半農”。據說，他原寫作“半儂”，不管他改筆名為“半農”是出於什麼用意，後來人們大都覺得，這改後的筆名更能貼切反映劉復的性情。就像周作人在《苦茶隨筆・半農紀念》中說那樣：“其一是半農的真。他不裝假，肯說話，不投機，不怕罵，一方面卻是天真浪漫，對什麼人都無惡意。”為此，魯迅後來在紀念文章中，也說他讓人覺得非常“親近”。

誰都不能不承認劉半農絕對聰明，像蔡元培所說的“有兼人之才”。他興之所至便依據“他”字，進而仿造出了“她”和“它”兩個字來。最轟動的當數他和新派人物錢玄同演“雙簧”似地虛擬“王敬軒”的名字，一先一後在《新青年》雜誌上痛快淋漓地挑戰與駁斥陳舊的文化觀念，一時使劉半農名聲鵲起，使他博得了意味著既英姿勃發又讓人喜歡接近的“好青年”的名聲。

後來，隨著與劉再復交往日益增多，了解也深入了。我覺得無論從“半農”筆名的雙重含義，還是再復那令人耳目一新的文學觀念與有目共睹的研究成果，都使年輕的他很像“半農”，或者說確實有“劉復再世”的意味。在聊天中，再復也常常回憶起小時候在福建省南安老家上學與讀書時的艱辛。他一刻也沒有忘記和掩飾自己“農家子”的出身經歷，非常珍視從小所受的痛苦磨練，認為那是家鄉和長輩留給自己的難得精神財富。每當聽到這些，我甚至覺得劉再復的“半農”，已不再像劉復那樣只是一個筆名，在他成了中國當代文壇上的風雲人物以後，也始終是沒有改變自己那純真、勤苦的“半拉子農民”本色。

後來，劉再復作為新時期“好青年”的代表之一，被選為中華全國青年聯合會常務委員，正是順理成章和名至實歸的事。

## 四

在我進文學研究所的第二年，社科院改革所級領導任命制度，在包括文學所在內的幾個機構嘗試群眾選舉新領導人。當時，劉再復以絕對多數票當選並被任命為文學研究所所長。這反映了文學所的職工甚至全國文學研究界對他出眾的研究成果與良好人品的承認與期待。

當時，據我與劉再復的熟稔和對其心境的了解，覺得他對這選舉的結果與任命顯然毫無準備甚至感到有點意外，一時顯得猶豫不決，有些不知所措。為此，他曾向不少朋友詢問對此事的意見。我直截了當地表示，他鍾愛文學研究，近年來也成果卓著，但擔任文學所的領導工作卻未必合適。雖然文學所所長歷來多是學者，但主要還是做行政方面的工作。以前幾任文學研究所所長如鄭振鐸、何其芳、沙汀和陳荒煤等人的例子看，他們留給後人的深刻印象畢竟是政績而非傑出的學術成果。而且，我覺得他有些詩意的性情，就像魯迅在為《何典》題記說劉半農“士大夫氣似乎還太多”，不太適合在行政領導位子上處理與其他人的關係。說得更明白些，就是行政幹部之間人際關係非常複雜，他的心地過於純真與直率，恐怕好心未必能夠辦成好事。為了珍惜自己的研究潛力，保持學術生命長盛不衰，我建議他還是不要接受文學所所長的任命。

我當然知道，當時自己的這種看法與建議並非是從文學所與全國文學研究的發展著眼，主要是擔心再復擔任行政領導會影響他的學術前景。在他心目裡，也許我的意見顯得有些自私了。再復是從善從流的，他在那前後由人民文學出版社出版的論文集《文學的反思》，書名就採用了我的提議，但在接受文學所所長職務一事上，他最終沒能夠頂住多方面的勸誘，不得不擔起了文學所領導的擔子。

在擔任文學研究所所長的頭一二年裡，劉再復確實抱著虔誠的態度，盡力熟悉所裡的情況，並依據全國文學研究的形勢與自己的創意，推動全所爭取走在全國文學研究的前列。他改組了文學所的機構和格局，合併與新建了一些研究室。我就是在那時被調去《文學研究動態》編輯部，協助其他同志創建了文藝新學科研究室，後來改稱比較文學研究室，經過多年努力最終出版完了名為“文藝新學科建設工作”的大型理論研究叢書。

應該說，那幾年文學研究所青春煥發，步伐矯健，堪稱全國文學研究的排頭兵，劉再復也一直站在文學破舊立新的最前沿，其研究動向不僅為全國所矚目，也引起了各國學術界的關注。不過，在這似乎如魚得水的新局面中，文學所裡也難免有些無聊的干擾給他添亂，讓他煩躁，時而使他流露出專注於研究而不太情願陷入無謂雜事的苦惱。我覺得，這似乎也與再復那與生俱來的農民個性有些關係，正如沈從文在一篇短文中寫過的：

> 我實在是個鄉下人。說鄉下人我毫無驕傲，也不自貶。鄉下人照例有根深蒂固永遠是鄉巴佬的性情，愛憎和哀樂自有它獨特的式樣，與城市中人截然不同。他保守，頑固，愛土地，也不缺少機警，卻不懂詭詐。他對一切事照例十分認真，似乎太認真了，這認真處某一時就不免成為“傻頭傻腦”。（《習題》）

那時,除了抓自己研究室的事情之外，我不太過問所裡的其他事情，但因為經常碰頭，還是能夠時時感受到他心境逆順的種種徵兆與變化。我力所能及地為他幫點忙，有時則只能傾聽他訴苦卻無能為力。

## 五

在擔任文學研究所所長前後，再復除在中國文學理論界“獨領風騷”之外，他的散文詩創作也開始嶄露頭角。

那時，有人提出過“勁松三劉”的說法，就是指住在北京東南角勁松小區的三位劉姓作家：寫小說的劉心武、寫詩的劉湛秋和研究文學的劉再復。其中，劉湛秋時任《詩刊》主編，是新詩風推波助瀾的人物。那段時間他與再復接觸較多，不難感受到再復身上濃厚的詩人氣質。不好說是劉湛秋的誘導或激勵，但起碼通過他的耳濡目染，再復逐漸對當時詩壇的動向感同身受，不再對詩歌創作感到隔膜與神秘，心中積蓄多年的浪漫情意也逐漸甦醒，從而煥發出了強烈的創作欲望。他從散文詩這種曾被中國詩壇輕視的體裁入手，一發而不可收，使其在新時期文學呈現出空前燦爛的景象。就像以後回顧中國新時期文學研究時無論何人都無法迴避劉再復的理論創新成就一樣，他在新時期散文詩創作同樣留下了令人驚喜的豐碩成果。

再復也曾鼓勵我嘗試寫一點散文詩，自己何嘗不想藉此來激活個人刻板的思路與艱澀的文筆？可試寫了一些之後，我感覺人的詩意情懷似乎多半與天賦有關，所謂“強扭的瓜不甜”。再復的詩人本色與生俱來，看不出是在刻意追求詩情或者畫意，他也不願受詩歌形式的約束，但一下筆便向讀者坦露出真誠的心靈，文字則如行雲流水，十分富於感染力。發覺與其相形見絀之後，我只是寫出了一本薄薄的《中國現代散文詩小史》，既不好意思又心悅誠服地放棄了繼續寫作散文詩的念頭。

在劉再復之前，散文詩總被文壇視為支離破碎的“小玩意兒”，好像很難承擔博大深沉的思想內涵，也擺脫不掉吉光片羽式的短簡形式。再復也特意寫過一些凝練而又優美的散文詩短章，但他最讓人耳目一新的開創或獨創，還是那些字數眾多卻又不顯臃腫，思緒綿綿、極富內涵且引人留連記返的長篇或連續性散文詩。這些大型篇章史無前例地壯大與恢宏了散文詩體裁。如果把魯迅的《野草》看作中國現代散文詩園地的一塊豐碑，那劉再復的長篇散文詩也稱得上是前無古人的，不知道以後是否還會再有來者？

當然，在再復大量的散文詩中，風格前後也是有變化的。他早期的作品大都有清純的詩意與行雲流水似的順暢，可在他的"性格組合論"和"文學主體論"接二連三引起風波之後，這種文風卻因不斷的"淬火"而變得偏於沉鬱和凝重了。再復去國外後出版的散文詩集，也都一本不落地寄給我，其中多了深厚的滄桑感與冷峻的色調，但仍舊難以掩飾他那真摯而熱烈的心靈本色。我覺得，他還是那個深深依戀故土的農民之子，或者說依然像個"半農"。

## 六

回顧劉再復的"性格組合論"和"文學主體論"曾在全國引起的重重波瀾，如今已經恍然有隔世之感。時過境遷之後，再就此做什麼是非曲直的評判，好像已經有些多餘了。經過近三十年的沖刷淘洗，我覺得事實證明了自己當初在一篇短文中的看法大體不差，即這"兩論"所激起或遭到的種種"扣帽子"似的批評，無非預示著一種陳舊思維與文章模式的"迴光返照"或"終結"而已。我至今的感覺是：受時代慣性甚至是墮性的制約，步履一直匆匆的文學理論界至今未能細細剖析再復這"兩論"的真正學術宗旨和理論價值。它們當時固然為長期懣悶的文學思維大膽打開了一個釋放理論能量的閥門，但由於當時中國學術界的急躁，這兩個本來含有豐富與深刻哲學、文學與心理內涵的命題，未能深入挖掘便不得已而淺嘗輒止了，其最終幾乎淪為"大批判"的犧牲品。

我曾近在咫尺接觸甚至參與過劉再復醞釀這"兩論"的過程。我理解他的初衷，前一論是要徹底同長期統治中國現代文壇的人物性格單調、乾癟的通病告別與決裂；後一論則力倡恢復人以及文學自身的自主性地位，改變它們長期從屬甚至臣服於外在政治力量的卑微地位，進而發揮以心靈與精神的力量反作用於社會的積極作用。當然不好把後來文學觀念的與時俱進全都歸結為劉再復"兩論"的啟發或帶動，但今天回顧後來中國文學的種種演變，事實顯然已遠遠超越了他的期待。如今再想想那些欲置劉再復的理論探索於死地的那些狂言吠語，已不再覺得可惡而感到可笑了。當然，新的文學又有新的問題，譬如眼下文學被金錢牽著鼻子走，其實也是文學主體性的一種新失落。但可惜的是，儘管曾有個別旁觀的外國學者向中國文壇警示過這種新處境的危險與可怕，似乎中國文學研究界已整體喪失了劉再復曾有的理論勇氣，長期啞然無聲。這狀況很像眼下中國農村、農業和農民的艱難處境一樣，“半農”似的坦誠與執著顯得既可憐又可貴。

現在，偶爾會有人在回顧與檢點上世紀八九十年代中國的是是非非。我和劉再復一起，也可忝列為過來人。人們當然有權力也有自由去評價與爭議當時的人與事，但有一點我覺得不可歪嘴說瞎話，那就是八九十年代文壇上的強烈使命感是無可質疑的。那是一個不懂什麼叫做“炒作”或“做秀”的時代，無論作家或理論家都顧不得個人的利害得失，他們沒有想過為賺錢要把自己“包裝”成“名人”，時時處心積慮的是民族與民眾的前途。如果說人格與人品尚有高潔與低俗的區別，那麼像劉再復曾經走過的歷程，其中實在有值得後人思索與品味的價值。

記得聽過一個未必準確的消息，說中央某領導同志在提及劉再復時，認為他是“新中國培養起來的文學理論家”。這似乎與上世紀八十年代說劉再復是“好青年”的評價一脈相承。對那些難以割捨與劉再復的情義的朋友來說，這是一絲難得的心理慰藉，也讓人們不禁想起那“公道自在人心”的有名古訓。

殷切地盼望劉再復的學術青春再有復興的時機。

二〇〇七年暑中於京北

# 科羅拉多的晚霞

## ——洛基山下劉再復

張夢陽

## 晚霞

科羅拉多的晚霞美不勝收。浩瀚廣漠、蒼茫渾黃的高原上，漸漸變暗的藍天、白雲在頭上向後疾飛，正前方的西邊，黑森森的洛基山脈像橫臥在天宇盡處的一條起伏的獸脊，鐵色的脊梁中間背負著橘紅的雲朵。雲朵擁抱著一輪血紅的夕陽，放射出神秘而柔和的金紅的霞光，把雲層染成不同的顏色：玫紅、黃紅、紅黃、金黃、淡黃、黃白……

這就是我不遠萬里去看望再復時，在他的汽車上，從丹佛機場到他洛基山下家中的路上所看到的美景，簡直像一幅名貴的油畫，一處天堂邊上的仙境。

我和再復自一九八〇年代末在那難忘的廣場上分別十六年以後，二〇〇五年五月才在日本講學時相晤。兩年後，我到美國看望女兒、女婿。他們問這問那，想盡辦法盡孝心。我則說：什麼都不需要，就是請你們給我訂到丹佛的飛機票，我要去科羅拉多大學看你們的劉再復伯伯。

他們立即照辦了。二〇〇七年八月五日傍晚，我終於又和再復在丹佛機場擁抱在一起，和他的夫人菲亞一同坐進他的汽車。

## 書屋

再復已經能夠熟練地開車了。到高速公路關口又諳熟地用英語對話，他業已適應了美國的生活。但作為深知他性格和習性的老朋友，我心知他為此付出了怎樣的艱辛。

黃昏時分，進入社區。一座座精緻的洋房，地毯一樣的綠草坪，拐了幾個彎，開到一所坐西朝東的洋房邊上。用遙控器開了車庫門，進了車庫，下車一看，見三面都重重疊疊羅滿了書，成了一座書庫。左邊裡角下台階是門。再復和菲亞領我進門，開了燈，又見四壁圖書，滿滿當當，茶几上放著一尺多高的藍色綫裝《紅樓夢》。

再復指著書親切地說："這是李澤厚先生特地從大陸越洋帶給我的。送我時還說：'金粉送美人，寶劍贈壯士。'《紅樓夢》送給再復是再合適不過了。"

我肯定地說："《紅樓夢》之於再復，比金粉對美人、寶劍對壯士還重要！"

再復會心地笑了。

大沙發上還堆著看了半截、折了頁的《六祖壇經》和報紙。一見便知書房的主人，是在不停地讀書、思考、寫作，興趣集中在《紅樓夢》和禪宗上。大書房的左側是兩間臥室，各放著單人床、寫字台、靠背椅和大書架，其實也是書房。

順樓梯上樓，是生活區。兩間舒適的臥室，客廳裡是沙發和大電視。隔牆一邊是廚房和餐室。餐室一面牆上掛著《世界日報》周刊封面刊載的照片：再復一家四口與金庸夫婦的合影。兩個女兒小梅和小蓮都已成人，很漂亮，很有出息。小梅是馬里蘭大學亞洲與東歐語言文學系副教授，小蓮是東方航空公司香港分公司副總經理。兩人都是靠獎學金，自力更生苦學出來的。

這一切告訴我：再復夫婦在這座書屋裡生活得很踏實、愜意。

出國之前，朋友們對再復夫婦在海外的生活很擔憂，這回我可以向他們報平安了。

看著再復的美國居室，二十八年前，即一九七九年五一勞動節，我第一次到再復家做客的情景浮現在眼前——

那是在北京建國門內大街五號，老學部大院的八號樓裡。黑暗潮濕的樓道裡排滿了各家的煤爐和炊具，只能側身而過。再復家只有一間十二平米的房子。過去是單身宿舍，如今住了一家三代五口人：再復的媽媽、再復夫婦、再復的兩個女兒小梅和小蓮。屋裡擺著一張大床，旁邊放著小床，床對面的牆邊是一張小桌、幾把小凳。再復的媽媽，一位精幹而慈祥的老人，在樓道裡給我們幾位客人炸藕盒，一種福建小吃。老人炸好一盤後，悄悄端到小桌上，又默默地回到樓道裡繼續炸。藕盒很香。以後我再也沒有吃到這樣的小吃了。中間我去廁所，菲亞正在樓道裡抱著兩歲的小蓮站著。看見我，連忙躲開。我衝她點了點頭。到廁所裡，見尿池裡滿是很厚的棕黃色尿鹼，氣味難聞，而樓裡的人們卻要在旁邊惟一的水池裡洗碗。我真對中國最高學術機關的學者的生活困境感到驚愕！從廁所出來，聽到小蓮在哭，菲亞抱著她無所適從，我才恍然大悟：她們是為了給客人騰位子，躲到樓道裡來了。小梅則是跑到院子裡看書了。一時間，我不知道說什麼好，連忙回屋示意客人們告辭。再復還一再挽留。菲亞無奈地嘆道："嗨！連個退路都沒有。"

告辭後走在路上，我心裡很不是滋味，既為再復這些知識分子的困境感到難受，又深深體驗了這一家人的忠厚和善良：自己生活在如此的環境中，卻時時想著別人，不惜一切地幫助別人，接待別人。我不過是一個北京城裡人看不起的農村教師，由張琢先生推薦了一篇關於魯迅後期雜文辯證法問題的論文後，再復和我一見如故，竟然一見面就說希望我能到新成立的魯迅研究室工作，並和林非先生一起"拔猛將於卒伍"，不遺餘力地從廊坊調我來到中國的最高學術機構。最使我難忘的，是廊坊方面不願放我時，我到他後來借住的東四六條一間小屋裡求救。他一聽我說明情況，二話不講，立即放下正在緊張寫作的《魯迅美學思想論稿》，第二天一早就和我一起到廊坊反覆勸說。當調動又出現阻力時，他又據理力爭，排除一切阻礙，一定要把我調來。給予了這樣大的幫助，卻不僅未收過我分毫禮物，還總讓母親給我做飯吃。這是多麼大的恩德啊！而受過再復無私幫助的，並非我一人，而是許許多多的人。當然裡面也有負義的小人，再復也對這種人憤憤不已，但是總不改他的赤子之心，永遠對人一片赤誠。他真是有著一顆金子一樣的心，銀子一樣的心。二十八年以來，我之所以始終如一日地沉潛於魯迅研究，做出一系列成果，並將終生堅持下去，寫更大更好的書，其中一個重要的原因，就是要以實績證明林非先生和再復當初對我的一調，是非常有眼光，非常正確的。我沒有辜負他們的重望。

菲亞安排我住進樓下靠窗一間書房，再復就在隔壁。我走進書房，見床上被褥全是新換的。菲亞說早就準備好了，就等我來住了。牆邊一個書架上擺著再復到海外以後出版的新著：《漂流手記》九種、《書園思緒》、《告別革命》五版、《人論二十五種》、《現代文學諸子論》、《放逐諸神》、《高行健論》、《罪與文學》、《紅樓夢悟》、《思想者十八題》，以及和女兒劉劍梅合寫的《共悟人間》，等等，近二十種。一排書架已經放不下了。寫字台對面的牆上掛著一個鏡框，裡面鑲著他在香港城市大學做"高行健的文學狀態"的演講時的佈告，上面有他與高行健的合影，都很精神，很有朝氣。書架上還放著一張照片。拿過一看，見是我和他們夫婦在日本的合照。

我充滿感激地道謝，又走到大書房，見旁邊一個書架上放著一張老人的照片，尚未上牆。是再復的母親，五月份剛剛去世。我深深地懷念她。吃過多少次老人做的飯啊！她真是一位偉大的母親，再復七歲時，父親就去世了，留下兩個弟弟，三弟才兩個月，全靠母親的辛勞，把兄弟三人拉扯大。大兒子成為當代中國的大思想者和大文學家，三兒子成為東方航空公司香港分公司的執行董事，都這樣有才和漂亮。我知道再復心中是多麼思念母親，不願引起他的傷痛，有意心照不宣。只是眼望著他母親的相，卻談起我的父親，說道：

"我父親一九九六年去世前不久，還向我問起你。說滴水之恩，必湧泉相報。像再復和林非先生這樣在自己人生途程轉折關頭有過重大幫助的師友，是永遠不能忘懷的。為人最可恥的就是忘恩負義，恩將仇報。勢利小人最可鄙。我是在八寶山與父親遺體告別時，看到北京市政公司的老工程技術人員，凡是能走動的，都整整齊齊地在寒風中站著，才明白了自己父親的價值，他的告誡的分量。深悔自己大學期間為了表現進步，竟然批判父親。其實，父親的為人我比不了，那些要求我批判父親的人更沒有可比性。以後要再寫一篇懷念父親的散文。"

再復很感動，他見過我的老父親，也看過我追思父親的文章，說道："要寫，就著重寫你父親臨終前的叮囑：'做好人，寫好書。' 做人的真理比其他任何真理都重要。"

是的。首先要做一個好人。

菲亞叫我們吃飯。我們一邊吃著她精心準備的佳餚，喝著科羅拉多當地出產的極可口的啤酒，一邊開懷暢談。

再復興奮地說道："從功利的牢房，概念的牢房中掙脫出來，守持生命的本真，這才是詩意的存在。海德格爾晚年那麼崇尚老子，就因為老子告訴他，人應當怎樣詩意地棲居在人間大地之上。關於如何‘詩意棲居’這個大哉問，老子比海德格爾所喜愛的荷爾德林回答得更加清楚，而且早了整整兩千年。五十而知天命，對我來說，出國後的‘第二人生’，就是知道老子所說的‘返’字，返樸歸真，使我找到了生命的大方向，所以我把返回童心視為此生此世最大的凱旋。我已從沉重的階級債務和民族債務中解脫，完全回到個體獨立的狀態，孤獨的狀態。剛出國時，我害怕孤獨，現在則充滿佔有孤獨的快樂。這種獨立的、孤獨的狀態，與大眾沒有任何關係，甚至與社會也沒有太多關係。我覺得我與大自然的關係，已經超過了與社會的關係，幾乎是自然人，不是社會人。”

我知道再復是在做極端性的表述，他仍然關心社會，但是生命形態的確發生大變動了，的確得到了大自由。

我感慨地答道：“我真羨慕你的這種人生大自在。一進門，就感到了這種大自在。”

我們自由自在地暢談到深夜。

## 小城

黎明即起。天一亮，再復就起來了。我從窗口看見他在後院的綠草地上迎著曙光漫步、沉思，在掛椅上讀書。

我趕緊洗漱完畢，到後院與再復會合。他高興地讓我坐在對面的塑料靠背椅上。

後院的綠草地很大，中間、南邊和西邊有三處高大的樹木，垂下濃濃的綠蔭。蔭涼下面都有舒適的椅子和茶几。草地邊上放著割草機，再復說他經常在園子裡除草勞動，一幹就是一個下午。還在東北角種菜。自種的韭菜、茄子自家吃不完，常送給朋友吃。園子後方，可以看到黛青色的洛基山脈。從山那邊開來的汽車，由不遠的公路上疾駛而過。

一談話就直奔主題，再復又興致勃勃地談起他的讀書：“中國文化整體，具有兩大血脈，如同人體有動、靜兩脈。一脈重秩序、重人倫、重教化。這是以孔孟為靈魂的四書五經和之後的程朱理學，一直延伸到曾國藩、康有為等；另一脈則重自然、重自由、重個體生命，此脈以老子、莊禪為靈魂，上可追溯《山海經》，下可連接《紅樓夢》和五四新文化運動。這第二脈就是'我的六經'。包括《山海經》、《道德經》、《南華經》、《六祖壇經》、《金剛經》和我的文學聖經《紅樓夢》。中國的佛教著作雖多，但唯有慧能的《六祖壇經》被尊崇為'經'。抓住《壇經》則抓住構成中國大文化'儒、道、釋'三維中的釋家一維。"

我說："我體會，慧能禪宗的精髓就是'靜濾'，過濾人生的渣滓，'錘盡渣，煉盡灰'。向高境界昇華。"

再復說："是的。人總得有點精神積極性。總得不斷自救，不斷提升個體生命的質量。而要向上昇華，就要不斷衝破窒息生命的概念。慧能發現概念是人的一種終極地獄，人的智慧並非人們熟知的那些概念，其實，許多大概念都是大陷阱，都可能讓你產生語障、眼障、心障，讓你的慧根善根全然滅絕。'本來無一物'，是說生命本來是沒有概念的，有了概念，才有'法塵'，才有妄念。你我，正是在概念的包圍中迷失的一代，整個青年時代全在'繼續革命'、'階級鬥爭'、'全面專政'的概念地獄中穿行。如果不是經歷過這種刻骨銘心的迷失和地獄體驗，如果不是嚐盡概念的苦果苦汁，就不能理解《壇經》，也不會認識慧能這個主張'不立文字'的天才，也就不能跳出舊的思維框架。"說到這裡，他感慨道："我真為自己慶幸，慶幸能從概念網絡中跳出來，從二十世紀媚俗的思潮中走出來。"

聽他這麼一講，我便說："這是書本上讀不到的，主要還是得益於自己的經歷。"

他高興地回答："你說得太好了！我們這一代人，是穿越太上老君煉丹爐的一代，經歷太特殊，經驗太豐富，參照系太強大，西方學者沒有這種經驗。這正是我們的優勢，中國作家和中國學者的優勢。有這種優勢，我們才不僅有小悟，有大悟，還有徹悟。超乎尋常的經歷使我們大徹大悟。"

我說："這就是要不斷地悟，不斷地破障，破除心中許多虛構的東西。我在《中國魯迅學通史》代跋二〈大荒原上追"過客"〉中說：上世紀八〇年代末，我忽然覺得過去長期存於頭腦中、從未懷疑過的許多概念全都轟毀了，腦際一片空白。於是重新開始反思一切，逐漸悟出一些東西，領會出阿 Q 的精神啟悟意義，又寫了〈悟性與奴性——魯迅與中國知識分子的“國民性”〉，進一步談悟性問題。後來《中國魯迅學通史》理性反思篇的〈魯迅學與二十世紀中國的精神解放〉，也是大悟後的結晶。”

再復說：“是的。通過這種悟，你是大不一樣了。你敢於面對歷史悲劇，面對人文變遷的大背景，對奴性內涵進行了新的開掘與發現。”說到這裡，再復強調要敢於正視走過的路，敢於正視那種種奴性的變態，他講起在五七幹校時，一位很老的哲學家講過臭與香的辯證法。說起初覺得牛糞、豬糞和狗屎都很臭，後來經過貧下中農再教育和思想改造，想到大糞可以增產糧食支援世界革命，便覺得香了。說牛糞變香還有可能，因為裡面有草，乾了可以燒。燃燒的牛糞餅有一絲香味。豬糞和狗屎怎麼變香呢？

我們都不禁哈哈大笑，感到蜷縮在奴性窠臼中的被扭曲的中國知識分子實在可笑極了，對五七幹校這種奴役知識分子的錯誤政策無所覺悟，反倒要發掘出“美”來予以讚賞。而自己當初不也曾這樣可笑過嗎？不要光笑別人，還須懺悔自己。如再復所說：奴性不僅進入心理，還進入生理，進入潛意識。這是我們曾經共有的故事。

再復習慣地凝聚一下眉頭，深沉地說：“文化大革命，在一定意義上說，其實是王國維在《〈紅樓夢〉評論》中所揭示的共同關係的結果，也就是共同犯罪。是我們共同創造了一個荒誕的時代。”

菲亞叫我們吃早飯，只好暫停了這場極為有趣的談話。

早飯後，再復開車帶我去他所任教的科羅拉多大學東亞語言文學系參觀，整齊、敦實的樓房，清潔、靜謐的圖書館，和善、文雅的管理員，而且地處高原，溫度適中，不冷不熱，雖值盛夏，卻涼爽宜人，真是做學問的好去處。

然後，再復又開車上了山。在科羅拉多氣象研究所附近的山腰上俯瞰整個大學城。他說這個小城叫博爾德 (Boulder)，英語是石頭城的意思。小城共十萬人，科羅拉多大學就佔三萬五千。所以全城基本上就是大學裡的人和他們的家屬。市民都主張保持小城本真的古樸，反對建高樓。每年市政府徵求市民意見，問是否開發時，大家都回答：NO！塞林格 (J.D.Salinger) 寫過一部名著，叫做

《麥田裡的守望者》。再復則借題寫了《小城的守望者》，說博爾德居民保守而很有遠見，他們就是要守住小城的自然風貌，守住小城的人際溫馨，不讓浮囂吞沒，但又擁有全部現代化的成果。正是這種小城、小鎮，能夠有效地調節資本主義的人欲橫流。

我向山下望去，只見恢宏、曠遠的高原朝著天際間伸展開去，只是北邊的一小片綠樹叢中掩映著大學城的紅色樓房。真乃是天蒼蒼，野茫茫，風吹草低見牛羊。

我感嘆地說："這就是大自然的本真狀態。"

再復肯定地說："這也是一種復歸，復歸於樸，復歸於簡易，復歸於自然，揚棄浮華，揚棄摩天大樓的壓迫，揚棄機械財富對人的異化，在現代化俗氣泡沫中保持一點古典氣息，反而很有價值。走向後現代主義，不是現代化的必由之路，倒是'返回古典'的思路保留了社會的詩意。"然後，再復又由社會談到人，說："現代人也應有'復歸於樸'的意識，不僅是回歸於簡樸的生活，更重要的應是回歸於質樸的內心。也就是'詩意地棲居在大地上'。人有了權力、財富、名聲之後，回歸於質樸的內心很難，很難於'詩意地棲居'。人多半是風氣中人，潮流中人。"

我接著說："是的。人往往很容易做權力、財富、名聲這類虛構物的奴隸。尤其是文人，很在乎別人怎麼看自己，怎麼評論自己。有時則乾脆自我吹噓，或者找別人幫助吹噓。聽到好話就飄飄然，聽到批評就惱羞成怒，不是欲置批評者於死地，就是自己自暴自棄。這其實是為了別人的看法而活，活在他人的評說中，被虛構的幻象所奴役。實際上，你是怎麼樣，就是怎麼樣，不會因不虞之譽而增一分，也不會因求全之毀而減一厘。衝破功、名、利、祿、權、勢、尊、位的束縛，才能達到不受奴役的自由境界。"

再復說："對啊。這就是我所說的'完全回到個體獨立的狀態'，實現了人格獨立。"

我說："也就是你在《紅樓夢悟》中對林黛玉所說'無立足境，是方乾淨'這八個字的解讀：'一切都求諸自己那含有佛性的乾淨之心，一切都仰仗於自性的開掘'，'徹底的依靠自身力量攀登人格巔峰'。照我理解，熊十力所說的'無所依傍'、'孤冷到極處'，方能與世相合，也與此意相通。"

再復說："'無立足境，是方乾淨。' 這八個字才是《紅樓夢》的精神內核和最高哲學境界。曹雪芹把慧能的自性本體論推向極致。"

我說："是的。那麼，延伸到社會問題上，政府也應該只是進行管理，讓人民在民主與法制的規範中自由自主地生活。不僅生活上自由，精神上尤其需要自由。因為精神問題只能用精神解決，靠壓制和暴力是解決不了精神問題的。思想是壓制不了的。像中國'文革'時期那樣，實行全面專政，結果是適得其反。我記得，那時連街道老太太也要參加階級鬥爭，鬥私批修，挖防空洞。不服從就實行群眾專政，使人民不得安生。我的極其老實忠厚的老母親，就是這樣被折騰死的。……"

山風拂來，我們都陷入深深的沉思……

## 山中

山裡的風光更美。第二天陰雨待在家裡，第三天一放晴，再復和菲亞就開車帶我到山裡去。

路極平坦。汽車開在這樣的山路上舒服極了，沒有一絲顛簸，平穩地向前直進。青蒼的樹叢和赭黃的山石向後邊流去，平展的大路在藍天白雲下面朝著前邊的山峰延伸。不像在山中行駛，倒宛如在明鏡般的平湖上行船

再復說："就是半夜在這山路上開車也沒事的。"

菲亞提醒我："看，旁邊山澗下的溪流多清多美！"

我朝山路邊上望去，見山下一條清徹的溪水在向下奔流，激起翡翠般的青綠的水花。與山間青翠的松枝相映照，頗有情趣。

再復說："這是洛基山頂的千秋雪融化而成的。"

是的。因為是雪水，所以才那樣純潔、晶瑩。

再往前，溪流變成了一道瀑布，從一片湖泊邊上倒懸而下。湖面很平，碧綠如染。綠水與青山腰上的綠樹融為一片綠霧，籠罩著幾處紅磚洋房，好像是什麼人的別墅。

我嘆道：“如果能在這裡有座房子，悄然隱居，就太美了！”

再復和菲亞都笑了，以為我是癡人說夢。

駛過湖泊，來到一片平地，有幾排房子。再復說這是一個小鎮，可以停車看看，就在十字路口左前方的空場上停下來。

房子很簡易，卻很美觀，張貼著五顏六色的廣告，原來是旅遊商店。走進一家，見擺滿了琳琅滿目的各色石頭。再復說因為這裡是石頭城，所以生產各種各樣的石頭手工藝品。有磨製的盤、碗、煙碟、健身球，也有藕荷色的色彩斑斕的水晶石，還有珍貴的鳥化石。

從商店出來，重又上車，直奔這次山中行的目的地——賭城。

再復介紹說：“那裡原來是一座金礦，報廢後建了賭城。這是個小賭城，起注很低，主要是退休的老人來娛樂、休閒。這是美國典型的世俗自由文化，有必要了解一下。”

賭城到了。是峽谷中的一片童話世界般的樓房，我們走進一家。裡面滿是一排排的老虎機，五光十色，彩燈閃爍。菲亞在這裡玩，我和再復則走出去了。再復說，七八年前他還有“鬥老虎”的欲望，現在欲望消解了，只愛山色，不愛物色。蘇格拉底說過：人應當認識自己的欲望。在賭城山中，再復感到自己離欲望已經很遠了。我們都屬一種“精神中人”。總在精神煉獄的深層苦苦熬煉，煉得“只剩下了思想的快樂”，嚮往簡單的生活，對物質生活愈來愈失去感覺，離世俗世界越來越遙遠，對精神卻愈來愈敏感。我們之所以一見如故，以後數十年來，時間愈久，情誼愈深，就在於精神相通，思想相融相契。

我們來到一家賭城的陽台上，望著外面的大馬路和對面紅褐色的山體斷層，繼續我們的精神對話。再復又從欲望談到《金剛經》：“《金剛經》發現人的身體是人的終極地獄，身體產生欲望，有欲望，才有各種煩惱與妄念，才有‘我相’、‘人相’、‘眾生相’、‘壽者相’等媚俗之相。所謂‘空’，就是去掉欲望和它所派生的各種妄念俗相而回到生命的本真狀態。對空最大的誤解是以為空是空虛，不知‘空’恰恰是拒絕妄念遮蔽的內在智慧的充盈。有了‘空’，才有清明的意識。過去我們以為世界可以妄加改造，人可以作他人的救世主，其實這些都是妄念。清明的意識就是要放下這些妄念，真實地認知世界與認知自己，尤其是要認知人本身。人是一種非常脆弱，非常容易發瘋，也非常容易消沉的生物。而禪宗，尤其是慧能，最能幫助我們贏得清明的意識。”

我說：“我們實在是相融相契，不謀而合。二十世紀九〇年代，我開始大悟的時候，就想借鑒魯迅的〈病後雜談〉、〈“題未定”草〉寫幾篇較長的雜文。其中一篇題為〈“人定勝天”質疑〉，說的是人只是宇宙間一個很偶然、很渺小的存在，人是勝不了天的，只能順應自然規律科學，發展自己的生存天地，而不能將自己的意志強加於自然和社會。如果強加的話，必然會受到嚴厲的懲罰，後果不堪設想。”

再復欣喜地說：“對啊！人絕不可以把自己當成是什麼改造世界的救世主。”

我說：“這就要改變我們的哲學，不是改造世界，而是順應世界規律逐步改善人類的生活。一個好的哲學，能夠拯救一個民族；一個壞的哲學，也能毀滅一個民族。這就是哲學的價值。”

再復說：“所以我們要汲取六經中精華，融合出更加適應人類生存、發展的哲學。《金剛經》就是一個重要的參照系。”

我問：“《金剛經》不是產生於印度嗎？”

再復停了一下，接著說：“《金剛經》屬大乘般若體系中的佛典，產生於印度，但因為它早在公元四〇二年便由鳩摩羅什從梵文譯為中文，一千六百年來在中國廣泛流傳，不僅中國化，而且中國心靈化，完全成為中國精神文化系統的一部分血肉。而禪宗偉大的思想家慧能，則因聞他人誦讀《金剛經》‘應無所住而生其心’而豁然開悟，投奔弘忍後又以《金剛經》為精神基點，把禪的思想推向頂峰，也才有深刻影響中國世道人心的《壇經》。”

我接著說：“慧能的確是中國精神史上的偉人。”

再復欣然首肯：“慧能是個大思想家。他開創了沒有邏輯、沒有分析的思想的可能性。常人都說風動、幡動，他卻發現是‘心動’。此一發現，如同晴空雷霆，力透金剛。慧能的人格力度，不是表現在‘造反’，而是表現在力透金剛的拒絕。高行健的戲劇代表作之一《八月雪》，其主人公便是慧能。他是個宗教領袖，但拒絕任何偶像崇拜；他名滿天下之後，唐中宗、武則天請他入宮當‘大師’，更是拒絕。最後他甚至打碎傳宗接代的衣鉢。慧能很了不起，他拒絕進入任何政治框架，拒絕參與任何權力遊戲。他的清明意識告訴他，一旦進入就會失去人間最為寶貴的思想自由與表達自由。《八月雪》表現的正是人如何得大自由、大自在的真理。去年我在台灣中央大學、東海大學講《金剛經》、《六祖壇經》，就把這兩者視為個體生命得大自在之經。”

科羅拉多的賭城竟然成了我聽再復講禪的課堂。

晚上，菲亞與我們在餐廳會面。她竟贏了二百多美元，我玩笑道：“這是因為再復在賭城談禪帶來了好運。”

吃過有名的免費牛排，已近黃昏，我們坐進車，再復又重開上了山路。不久就出了山，進入荒漠的高原。再復情不自禁吟誦起陳子昂的《登幽州台歌》：

前不見古人，後不見來者。念天地之悠悠，獨愴然而涕下！

## 曠野

夜裡電話鈴響，我驚醒後，聽到隔壁再復起來接電話，就又睡去。

翌日早晨，他關心地對我說：“夢陽，半夜吵醒了吧？真抱歉。是《南方周末》來電話，要登《我的六經》，編輯也不知道美國的時間正是半夜。”

我知道再復的脾氣，總怕對不起朋友，總是責問自己，便說：“哪裡話，我睡覺很好，不怕吵的。”

我走進他的房間，恰好《南方周末》來了傳真，把清樣傳來了。他坐下仔細校核，又把另外一疊手稿交給我看，說：“這是《紅樓悟語》新作一百則的前二十則，《萬象》雜誌這一期登，將分五期登完。”

我為國內媒體紛紛刊登再復的文章由衷高興，連連說：“國內讀者會高興的！”

又看他的手稿，是再復獨特的筆跡，剛勁、清晰、整齊。我原來想催促他學電腦。但看到他已經習慣了手寫，進行得非常嫻熟，又有傳真機與媒體聯繫，就打消了這個念頭。吃早飯時，囑咐菲亞說：“一定要好好保存再復的手稿。將來會是寶貴的歷史文物。”

菲亞連聲答應。

我又嘆道：“一用電腦。反倒存不下手稿了。”

再復為李澤厚先生已回北京感到遺憾，我說看看李先生的房子也好。下午，再復就帶我去了僅隔一條街的李家，留影紀念。

我看著這條街，感嘆道：“科羅拉多，洛基山下，博爾德這個石頭小城的這條小街，這相距一分鐘的兩所房子，會成為歷史遺跡的。”

是的。我有這樣的信念：歷史是公平的，中國思想史上一定會留下這兩位大思想者的足跡。他們都在為中華民族，為全人類進行著歷史的反思。他們不是智力遊戲者，不是學術姿態表現者，而是有力量正視歷史和現實生存狀態，有力量跳出老思想框架，有力量誠實地認知時代的人。仁厚的天父地母賜給他們一個天緣地情，讓他們住在一城，簡化各種社會關係，得以沉浸於思索。

再復說他經常和李澤厚先生一起，從這裡出發，到前面的曠野散步對話。

我說：“那麼，你就帶我也走一遭吧！”

於是，我倆向曠野漫步而去。

這真是空曠的原野，先是一大片綠草坪。碧綠碧綠的，有好幾十公頃，像是把眾多人家的綠草坪搬到這裡，連在了一起。然後是一個小湖，南岸是一個公園，社區居民傍晚可以到這裡遛狗，在湖邊給狗洗澡；北岸是老年活動中心，裡面有游泳池、健身房和桑拿浴房。再過去就是廣漠的荒原，一直延伸到地平綫上。在荒草叢中有一條清冽澄碧的小溪，是雪山溪流的分支，在汩汩地流淌著。

再復走得很快，邊走邊說。說到興頭上時，肩頭輕輕地聳動，兩腿向前躍步，像孩子一樣天真無邪。

他見我有些跟不上，才放慢了腳步，說：“你還是走得少，我們幾乎是天天都這樣走的。”

我服氣地說：“看來你身體比我好。六十六歲不戴花鏡，牙齒也完整。我比你小四歲，今年六十二，眼睛卻早就花了，牙齒也缺了一大半。都是因為缺少這樣的環境，這樣的鍛練。”

再復笑笑，把前額已經稀疏的黑髮往腦後甩了一下，說道：“我不屬‘牙痛黨’（魯迅語），也不屬眼花黨，但屬散步黨。在這條路上，和李澤厚散步了無數回，也傾聽和討論了無數回的思想史和美學史。澤厚兄是個很有原創力的哲學家，與他相處十多年，我對中國思想史也嫻熟於心了。”他又說，“我和李澤厚對話的第一集是《告別革命》，第二集是《返回古典》，還沒有整理出來。《告別革命》書中早已說明，我們並不否定以往革命的歷史合理性，只是不贊成把暴力革命視為歷史必由之路，視為唯一聖物。”

是的。從言談中，我深切感到再復對魯迅充滿了敬意，對瞿秋白那樣的為中國革命慷慨赴義的革命家，從內心裡蘊含著深情。我們都認為：瞿秋白的《多餘的話》，是二十世紀中國最美最真的散文之一。他說自己成為共產黨的領袖，是“犬耕”。總結出一條重大的精神教訓：一個作家可以關心政治，但是不可以從政。一旦從政，就進入了“絞肉機”，不但改造不了世界，而且還絞殺了自己。我們應該銘記瞿秋白在最後一息時給我們這麼真摯的忠告。記住這種忠告，才可能有清明的意識。

我們還不約而同地堅定認為：魯迅不僅創造了全新的文體，而且他的思想與精神代表了一個大時代的深度。魯迅沒有過時，包括他對儒家文化的批判至今也沒有過時。他高舉的人的旗幟，反奴性的旗幟，科學和民主的旗幟，應該永遠在我們故國的天空中高高飄揚。

再復又說：“我們對中國近代史提出一種新的認識，認為近代史不僅僅是三大革命，太平天國、義和團、辛亥革命的歷史，還應當包括洋務運動、戊戌變法等改良運動的歷史。中國近代史是一條綫索的歷史，還是兩條綫索的歷史？近代史應當要講爭取民族獨立、民族革命的歷史，反對帝國主義和專制王朝統治的歷史，但能不講一百多年中國接受現代文明、不斷走向現代化的歷史嗎？評價歷史人物，應當超越黨派和意識形態，看其對中華民族的進步做了哪些實事，講的是‘實’，不是‘虛’，這恰恰不是虛無主義，而是求實精神。以往人類的歷史是否就是階級鬥爭的歷史、暴力革命的歷史？歷史的主要脈絡是生產力的發展，包括生產工具的變革，還是暴力革命？我和李澤厚認為，階級鬥爭、暴力革命在歷史長河中，只是一些瞬間，一些短暫時期，主要的脈絡應是生產力的發展。當社會出現階級利益衝突，包括世界秩序衝突時，現在仍有這種衝突，如貧富懸殊不均的衝突，那麼，面對矛盾衝突，應採取什麼解決辦法？是把階級鬥爭、暴力革命作為‘第一優先’的選擇，還是把階級協調、改良改革作為第一選擇。我們認為暴力革命是不得已的選擇，能通過協商、調和、妥協的辦法解決，總是比火與劍的大規模的流血辦法好。”他又說，“思想者與知識人注定是世界公民，天職是為人類服務，為最廣大的生命著想。《告別革命》是我們個人心靈的苦汁，但包含著對人類最深的摯愛，當然也包含著對故國同胞最真摯的愛。”

再復講得的很激動。停了一會兒，他又悠緩地說道：“現在我已經不大願意重複這些話題，更不願反駁有些人的所謂批判。因為我們的書已經說得很清楚了。有些人沒有看《告別革命》這本書，只是看了書皮，看了‘告別革命’四個字，心情就緊張起來，批判起來了。所以就請他們去看我們的書吧，我們還要研究進一步的課題。”

我說：“是的。我細讀了你的新著《紅樓夢悟》，感到你所提煉的‘大觀’二字就大有文章可做。”

再復興奮地說：“對啊！《紅樓夢》裡的大觀園的‘大觀’二字極有意思。有‘大觀’的視角，才有清明的眼睛，清醒的意識。黨派的、集團的視角都屬小觀的視角。爭論來爭論去，總也辯不清。但如果以‘大觀’的眼光去看，用《紅樓夢》裡的‘天眼’、‘佛眼’、‘慧眼’去看這個世界，就會有新思路、大思路。在西方校園裡流行的德里達等，也是小思路。沒有大觀的眼睛，只有智力遊戲。後現代主義，只講破壞，不講建樹，歸根結蒂，也是小觀、小知。”

我說：“是的。重要的是提升我們的眼界。我後面所要寫的三種版本的魯迅傳和《中國魯迅學百年史（一九一九——二〇一九）》，就是要以大觀的視角，清明的眼睛，清醒的意識，來反觀魯迅和他的時代以及百年來對魯迅的認知史。”

再復說：“當我們以大觀的眼睛看世界時，就會覺得一個人，不管是誰，都不過是茫茫宇宙中的一粒塵埃，是到地球上走一遭。因此，無論取得怎樣的成就，或者處在怎樣艱難的境遇中，都會報以平常心。”

這時，我不禁想起了再復《獨語天涯》中的一段振聾發聵的話：

> 既然死已確定，那麼生就該面對將死必死而選擇而思索而奮鬥，既然形

體化為灰燼已確定，那麼未成灰燼之前就該盡情燃燒盡情創造盡情放射光明，既然最後要永遠躺下永遠睡著永遠沉默在墳裡，那麼此時就該站著醒著坦然地歌哭著。見到暴虐就該抗爭，見到妖魔就該詛咒，可不能在死前就躺著睡著跪著和讓心性枯萎著。

## 又見晚霞

我們在曠野上漫步、暢談，談人生，說歷史，講《紅樓夢》，講如何走出老題目、老框架，無所不及。蒼穹在上，大地在下，我們體驗到了一種大曠野精神和大宇宙意識。

不遠處傳來了墨西哥人的唱歌聲，我們意識到已經走得很遠，天快黑了，連忙折身往回走。這時，西天邊洛基山脊上又出現了晚霞：橘紅的雲朵擁抱著一輪血紅的夕陽，放射出神秘而柔和的金紅的霞光，把雲層染成不同的顏色：玫紅、黃紅、紅黃、金黃、淡黃、黃白……像一幅名貴的油畫，一處天堂邊上的仙境。

晚霞之所以有比朝霞更美麗之處，就在於他成熟了，昇華了……

二〇〇七年八月二十八日初稿、九月八日修訂於美國聖路易斯女兒家中

# 終老難忘知遇恩

## ——獻給再復摯友八十壽辰

林興宅

近接劉劍梅教授寄來的再復八十大壽約稿函，令我心海激蕩！印象中年輕帥氣的再復學友如今竟入耄耋之年，頓感韶華易逝，使人感慨萬千。驀然回首，許多美好的記憶不絕如縷地湧現在腦海。我與再復從相識到相知，同窗之誼深篤，幾十年來他對我的學術探索悉心關注，厚愛有加，這種知遇之恩令我終身難忘。

我與再復相識在一九五九年秋天。那一年我們同時考入廈大中文系，而且編在同一個班，在第一次班會上他被任命為副班長。見他清秀俊逸，很有親和力，我們很快拉近了距離。後來恰好又在同一宿舍上下鋪睡覺，接觸便日漸多起來。第二學期再復被推選為班級團支部書記，而我擔任班級學習委員，我們之間的接觸逐漸深入。我們幾乎天天一起背著書包上課堂，課後一起到系資料室複習和閱讀書報，下課後一起到食堂吃飯。以至於如影隨形，彷彿有一種神秘的力量把我們兩人拴在一起，讓我們建立起手足情深般的同窗之誼。也許這是一種人性的諧振！

我與再復是系資料室的常客，當時系資料室有兩位右派教授的資料員，他們每天默默無聞地在那裡整理資料，我與再復常常要找一些問題請教他們，他們也都樂意耐心地指導我們，漸漸地他們就成了我倆課堂之外的導師。我倆很少運動，絕少上街，業餘興趣只有讀書和寫作，所以課餘時間都泡在系資料室裡，在這方面我們可說是志趣相投。但我倆也有相異之處，我是一個中規中矩的學生，上課聚精會神地聽課，認真記筆記；而再復則詩人氣質十足，上課時常會走神，神思飛揚地構思他的作品，所以基本不記筆記，期末複習常借我的課堂筆記複習。我們倆志趣相投而氣質相異卻能互補，所以四年同窗從未發生過爭執，情意融洽，在我腦海中沒有留下任何不愉快的記憶。

再復是班級的團支書，而我則是普通群眾。在那個政治掛帥的年代裡，這種身份的差距難免會在我們之間橫亘一道無形的心牆。但我們的交往並沒有為此所累，甚至沒有意識到社會身份的差異。這大概是因為再復是一個心性純淨氣質浪漫的詩人，而我則是不諳世事卻不乏淳樸的農村學子。他是團支部書記，卻經常會拉我參與班級的事務。大二那年，他策劃復辦二十年代廈大中文系學生在魯迅支持下創辦的刊物《鼓浪》，從欄目設計到編輯部的構建都找我商討。他任主編，讓我負責文藝評論版的組稿和編輯。復刊的第一、二期是以牆報的形式發表的，第三期開始改為油印刊物。他為辦刊的事操碎了心，跑了很多腿，向校系領導申請經費。到了大三，《鼓浪》終於升格為印刷廠印刷、有內部刊號的出版物。在再復領導下，編輯部隊伍吐故納新，越來越壯大，刊物也越辦越好，成為全校各系學生都喜歡投稿和閱讀的雜誌。《鼓浪》編輯部還經常舉辦活動，儼然成了中文系最富有活力的學生社團。我們畢業後，《鼓浪》一屆又一屆的傳承續辦，直至文革才停刊。

我是一個不善社交、自卑感比較強的農村學子，是再復在大學四年為我創造了不少參與課餘社會活動的機會。在那個年代，學校領導要求我們做又紅又專的青年，僅僅讀書好是不夠的，還要追求政治上的進步。所以再復就積極為我政治上的進步造橋鋪路，身為團支部書記的他親自做我的入團介紹人，使我順利地加入共青團。畢業時我與再復都獲得“三好生”的稱號。畢業後，再復分配到中國社科院院辦刊物《新建設》雜誌社工作，而我則留在廈大任教。離校前夕的晚上，我與再復等幾位同窗好友聚在一起，躺在廈大操場上的木頭長凳上仰望星空，相互暢談人生的理想。那天晚上，大家談興很濃，直到深夜都不願離開。四年的同窗歲月蘊含著多少美好的記憶，大學的生活都是令人難忘的，而最難忘的是我與再復手足情深般的交往歷程，無疑他是我淬煉政治和業務素質的引路人。

再復到北京工作後，我倆一直保持著密切的聯繫，彼此以心靈不設防的坦誠切磋學術，縱論人生。再復每年回福建探視時，我們還有機會在廈門相聚。直到七〇年代末中國開啟撥亂反正、改革開放的時代，我們才有了一張平靜的書桌，重返潛心讀書寫作的歲月。八〇年代初，我進入科研成果的高產期，有些論文會寄給再復，以求他的批評。他也經常寫信與我探討一些理論問題，並且鼓勵我多出成果。這期間最令我難忘的是再復對我的文藝批評新方法探索的支持和無私幫助。

七〇年代末至八〇年代初。我教學和科研的興奮點是文藝理論思維方式的變革和文藝批評新方法的探索。其中用力最多的是長篇論文〈論阿 Q 性格系統〉，這是我在文藝批評中引進系統科學方法的試驗田。這篇論文一九八一年底就完成了，因為研究的視角和思維方法比較獨特，能否獲得刊物編輯的認可自己心裡沒底，所以一直不敢冒昧投稿，壓在抽屜裡近一年。一九八二年底我把論文寄給再復，想聽聽他的意見。不料再復很快給我回信，信中表達了他看到我的論文後出乎意料的驚喜之情，認為這是一篇顛覆傳統思維模式，開拓魯迅研究新視野的論文。那時再復已調到社科院文研所，擔任魯迅研究室副主任。看到他對我論文的肯定性評價，我自然很高興，希望他能推薦到高規格的學術刊物上發表，但等了幾個月都沒有等到論文可能發表的消息。一九八三年七月下旬，我突然收到魯迅研究室的邀請函，邀請我參加八月一日至九日在煙台舉辦的魯迅研究學術座談會。我怯生生地如期赴會，會前再復告訴我準備會上發言，我大感意外，因為那時我還是學術界的新兵，又地處遠離政治文化中心的廈門，以為自己參加會議只是一個旁聽者，哪有勇氣在會上發言。所以我對再復婉拒說：參加會議的都是魯迅研究的大專家，我不夠格在會上發言。再復鼓勵我說：一定要講一講，這次會議的議程就有安排你的發言。我問：要講些什麼？再復說：就介紹一下你那篇〈論阿 Q 性格系統〉論文的觀點，大家都想聽聽你的系統論批評方法。我只好硬著頭皮準備會上的發言。第二天會上，當主持人王駿驥宣佈我發言後，我像是坐在審判席上戰戰兢兢地陳述我那篇論文的基本思路。記得當時坐在我面前的魯迅研究專家除了魯研室的林非、劉再復、王駿驥外，還有田仲濟、孫昌照、吳中傑、李福田、甘亮存、胡從經、呂俊華等著名學者。出乎預料的是我的發言獲得專家的掌聲和諸多鼓勵。我是一個自卑感很強的人，這時才開始有了一點自信心。會上，好幾位專家建議《魯迅研究》刊物儘快發表我的論文，並加編者按特別推薦。我在受到鼓舞的同時意識到，這是再復有意安排的一次對我的學術探索的扶持。一九八四年一月的《魯迅研究》全文刊載了我的長篇論文，雖然沒有加編者按予以推薦，但再復卻在一九八四年一月份的《讀書》雜誌上刊發專文，推介《論阿 Q 性格系統》。憑藉《讀書》的影響力，拙文很快受到學界的廣泛關注，這完全是再復鼎力推動的結果

那時再復已是魯迅研究的專家，他的專著《魯迅美學思想論稿》已受到魯迅研究的前輩學者的關注和好評。他力薦同窗好友的魯迅研究新作，不僅是出於對我的學術成長的提攜，更彰顯他對學術創新精神的執著追求。這次在煙台召開的魯迅研究小型座談會的主題就是如何開展創造性的魯迅研究。他對我的學術探索的支持，於私而言是對我的學術成長的無私幫助，於公而言則是助推八〇年代興起的那場思想解放運動。他給我激勵、給我自信、給在邊陲城市踽踽獨步在學術探索征程的我以勇氣和力量！

《論阿 Q 性格系統》發表後，再復更是加大對我的學術探索扶持力度。經他的力薦，社科院文學所邀請我作題為《系統科學方法論在文藝批評中的運用》的學術演講，演講稿在《文學評論》上發表。隨後，再復又問我還有沒有現成的書稿，我說我正在用系統論方法分析藝術作品永恆魅力的秘密，初稿已完成，命名為《藝術魅力的探尋》，只有十三萬字左右，不知是否達到出版的標準。隨即他帶我到《讀書》編輯部主任董秀玉的家，向她推薦我的書稿。那時董主任正在為《走向未來》叢書組稿，答應把我的書稿納入第二輯的組稿計劃裡，要我把書稿寄給她。我從北京返廈後立即把書稿寄給董主任。

一九八五年四月，《藝術魅力的探尋》作為《走向未來》叢書第二輯的一種正式出版發行，這是我的第一本專著。能成為當時引領時代潮流的《走向未來》叢書的一種出版自然深感榮幸。但這首先是再復的功勞，是他力薦的結果。

〈論阿 Q 性格系統〉一文的發表和《藝術魅力的探尋》一書的出版是我進入文藝理論界的入門券，在獲得入門券的過程中，再復都為我傾注了心血。在學術的征途中，再復對我而言既是先行者又是領路人。

再復具有菩薩心腸，對他人的幫助都是不遺餘力、不求回報的。據我所知，他對詩論家楊匡漢的幫助就是一種很典型的例子。八十年代初楊匡漢在內蒙古當老師，妻子在北京工作，夫妻兩地分居。他想調回北京工作，就拿著他的詩論書稿找到再復。再復看了書稿後發現楊是一個人才，就同意幫助楊調入社科院文學

所當代室。有一段時間，楊就住再復家裡，再復天天為他跑斷腿找關係，終於為楊辦好借調到文學所的手續，讓楊匡漢擺脫夫妻分居的困境。一九八四年底再復被推舉任命為文學所所長，楊終於正式調入文學所當代室。我聽到再復幫助楊匡漢的調動的事後深受感動。再復擔任文學所所長後，所裡很多同事上門求再復幫助解決住房問題、職稱問題、夫妻分居問題、孩子上學問題，甚至家庭糾紛問題等，再復都是有求必應，儘量想辦法幫助同事解決燃眉之急。尤其是住房問題解決難度很大，他都親自跑腿找關係解決問題。而他一家五口擠在勁松小區的兩居室小房子，從不向領導提調房的要求。所以他任所長口碑很好，公認為眾望所歸。我認為，如果我們僅僅用助人為樂的道德操守來稱讚再復是遠遠不夠的。據我了解，他的所有善舉蓋源於他的宗教情懷。他不是宗教徒，但他內心深植著普渡眾生、愛一切人的宗教情懷。他對托爾斯泰的人道主義的讚賞，對賈寶玉的基督精神的推崇，都可以視為再復靈魂的告白！

尤其令我感動的一件事是：有一次我出差到北京，下了飛機後徑直驅車去再復家。我敲他的門，他太太菲亞來開門，看到我就喊閉門寫作的再復：興宅來了！再復立即起身到門口熱情迎接我，並笑著說：老同學來了我很高興，再忙我都會放下工作來接你，別人可不那麼容易找到我。菲亞馬上補充說：找再復的人很多，當官的來找，能不見的我就推說再復不在家，要見的都要在客廳裡等一等。只有你來了，他才馬上放下手裡的工作見你。的確，再復總是潛心於讀書寫作，生活事務概由菲亞包攬，客人來訪也先由菲亞迎客再通報再復。我到北京出差經常住在他的家裡，而且經常邀我同睡一張床，對他的生活習性非常了解。比如清晨一覺醒來，他就立即拿起筆和紙，記下他的思考，連洗臉刷牙都顧不上，吃飯也要菲亞一再催促才能放下紙筆。他從不浪擲光陰於交遊，完全沉浸在思想中，遨游在知識的海洋裡，這是一個多麼純粹的學者！他幾十年累積起來的著作，就是他創造的世界，也是他樂在其中的世界！

還有兩件事至今記憶猶新：在一九八七年的反自由化運動中，我遭遇到一點小挫折。據說是我的同事中有人搜集我的所謂自由化言論的黑材料，向上級直至教育部告黑狀。傳聞教育部有一位司長特地打電話給廈大黨委書記施壓，要求暫停我的研究生導師資格。廈大黨政領導對我是持保護態度的，讓中文系的黨總支書記找我談話，說是學校領導有壓力，要我暫時迴避一下，研究生的教學照常進行，但對外公佈的研究生導師臨時換上鄭朝宗教授，等運動的風頭過後再改回來。但外界卻風傳林興宅犯自由化錯誤、被學校停止招收研究生的消息。再復聽到這一消息後很著急，但無力干預，他寫信鼓勵我堅持學術探索，不要因政治風向的變化而停步。我回信說：廈大領導對我是保護的，衝擊並不大，沒有像外界傳聞的那麼嚴重。這樣再復才放下心來。後來我又聽說，那時的福建省委宣傳部何少川部長到北京開會，抽空登門拜訪劉再復，談話中再復直指何部長說：你堂堂一個福建省委宣傳部長竟然保護不了一個學者林興宅。還當什麼官。幸好政治風向不久就發生變化，我的處境很快恢復正常。一九八七年十二月我參加福建省文代會，會議期間何部長專門安排時間單獨接見我，談了一個多小時。談話中何部長不忌諱地向我傾吐無法保護我的苦衷。我猜想這與那次再復對他的責怪有關。還有一件令我感動的記憶：大約在一九八八年的夏季，時任文化部長的著名作家王蒙同志到廈門出差。有一天傍晚，我突然接到王蒙部長的電話，他說最近來廈門，今晚市領導請我吃飯，你一起來參加。對這個邀請我大感意外，馬上回應說：那麼多當官的圍著你轉，我怎麼好意思參加。王部長馬上說：沒關係，我們談我們的，我們都是搞文學的，有共同語言。我猶豫了一會，最終還是沒有勇氣去赴宴。不久後，我到北京出差，見到再復時談起了這件事，再復批評我說：你太書生氣了，我給王蒙掛過電話，請他有機會到廈門時要關照一下我的老同學林興宅。這次他到廈門請你赴宴，就是要把你介紹給市領導，讓市領導關照你，讓你的學術探索的環境寬鬆一點。這兩件事讓我感覺到，再復對我的關心和幫助如此悉心周到，說明他對我的同窗之誼已經昇華為手足般生命相依的親情。

我與再復幾十年的交往，再復不僅對我的事業悉心幫扶，在我遭遇挫折時貼心關照，而且在我獲得成功後給予真誠的鼓勵和鞭策，每一次都給我留下永久的感動！記得八十年代中後期，正當我的事業發展最高峰的時候，再復來信說：你現在名氣很大，因為你成了一種時代的符號，但你的價值在於你的著作，在於你的理論和方法，你不要止步，要拿出更加厚實的著作，再創新輝煌！他的這些告誡正好講到我的心坎上。說實話，我在文藝批評中引進系統科學方法論而引起一時的轟動效應完全出乎我的意料，我也沒有感受到出名後受人追捧的得意和快樂，支配我的仍然是原有的平常心。所以我能靜下心來繼續我的創新衝動驅動下的學術探索。我試圖通過變革思維方式建立文藝學的新模式，或叫新的解釋模型。在再復好友的敦促下，我未敢懈怠，仍然潛心於學術研究，構思並寫作三十多萬字的書稿《象徵論文藝學導論》。書稿的主體部分納入再復主編的《文藝新學科建設叢書》，由人民文學出版社出版。九十年代再復移居美國後，仍然來信敦促我多出成果，再創輝煌。但在九十年代的學術氛圍下，我頓覺學術靈感銳減，自認很難有新的突破，便逐漸淡出學術界。曾經有過諸多研究計劃，終因學力不濟而虎頭蛇尾，兩部已納入出版計劃的書稿因中途擱筆而未能付梓，不免深感遺憾！

人生得一知己足矣！這是人們經歷無數人生風雨之後的領悟！真正的知己，是一份相知、一種共鳴。我與再復正是建立在品性相知、學術共鳴基礎上的學術知己。再復作為一個叱咤風雲、著作等身的文壇驍將，從不恃才自傲，長期以來對我厚愛有加，在我的學術探索征程中不斷給予關注、扶持、鼓勵和鞭策，使我受惠良多。人到晚年尤喜懷舊，拙文只是拾掇幾段記憶的片段，以抒寫知遇之恩重以及我的終老難忘之情。

林興宅

二〇二〇年十二月

於廈大白城

# 輯四 文學先生

# 先生文學，文學先生

丁帆

昨天晚上，不，確切地說是今天凌晨，接到再復先生給我發來的自擬墓誌銘，讓我徹夜未眠，兩行熱淚不禁默默長流……

“這裡躺著一個人。他為文學奮鬥一生，把崇尚文學真理作為第一品格。來亦文學，去亦文學；觀亦文學，止亦文學。他為文學的獨立權利和自由權利而付出全生命與全靈魂，直到生命全部被文學吸乾。”

我不知道他在八十大壽前夕寫墓誌銘的真實意圖是什麼，但是，從他給我的微信中得知，他去年五月查出了肺癌，並成功地做了手術，或許，作為一個唯物主義者，他意識到自己的生命遲早要被“文學吸乾”，便早早地為自己的一生做個了結吧。

回顧與再復先生時斷時續平淡交往的這三十五年，感慨萬千，他已經從當年那個叱咤文壇風雲的中青年步入了耄耋之年；我也從而立之年跨進了老年大軍。從中國八十年代知識分子的領軍人物，到成為一個去國三十餘年的“漂泊的思想者”，他的心路歷程既是艱辛複雜的，又是豐滿幸福的，因為他有文學陪伴，可以消弭和抵抗世界上一切孤獨的困擾，當生於文學，死於文學成為他來去觀止的靈魂信仰時，他就可以安詳地笑對這個世界了。和魯迅先生一樣，即便是“兩間餘一卒”，他也會扛著他那杆思想的長戟馳騁在文學的疆場上。

我與再復先生第一次相識是在一九八五年三四月份的北京昌平愛智山莊《文學評論》編輯部主辦的俗稱“黃埔一期”的文學評論進修班的講堂上，作為新上任的文學所所長，再復先生也來上課了，那一天大家都很激動，早早地佔據了有利的聽課位置，記得那天他從魯迅研究講到了性格組合，會後還給大家簽名送了書籍。我作為一九七九年就在《文學評論》發表論文的青年學者，有幸擔任了這一屆進修班的班長，所以才有了一些近距離接觸當時來講課老師的機會，記得那天我向他提了一些關於小說創作中人物創造的“複調”與“多重性格”的問題，他都做了詳細的解答。

次年的一九八六年，再復先生主持召開了“新時期文學十年研討會”，一開始的規模較小，僅八十人左右，江蘇有兩個名額，是已經作古的陳遼先生和我，哪知後來全國知情者不請自來，蜂擁而至闖進了國務院招待所（如今的國誼賓館）會堂，以致參會的人竟暴增至四百多人。初次辦這樣大的會議，再復先生和副所長何西來先生十分繁忙，甚至在會務事宜處理上還有些狼狽，但他們還是到每一個房間去看望代表，送上簽名書籍。那時贈書都是私人掏腰包，但是作為一種最高學術禮節的授受，無疑是作者與讀者心靈溝通的橋樑。當我拿到《性格組合論》這本簽名書的時候，就將先生引為人生的楷模和知己了。

一九八六年是文學方法論蓬勃興起的年份，在北京，在揚州，在許多會議上，我都與先生晤面了，雖然有時只是幾句寒暄，但也感到一種發自心底的愉悅。其實，那時由於許志英先生的緣故，北京的文學所的許多先生經常來南京，而再復先生並不是這個圈子裡的朋友，因此來往並不頻繁，倒是何西來、王保生、欒棟等先生經常來寧走動，在他們口中時常能夠得到再復先生的最新消息。

一九八八年歲末，我填寫了中國作家協會會員申請表，第一介紹人就是再復先生，待到一九九〇年初春那個第三六三四號會員證件發到我手上的時候，先生已經去國了，捧著這個小小的證件，我想了很多很多……

這三十多年來，我赴美幾次，總想去拜會先生，苦於公差規定的路綫不能隨意更改，所以錯過了幾次見面的機會。

好在二十一世紀進入了互聯網時代，微信通訊手段大大便利了人與人相隔千山萬水無法對話溝通的弊端，於是，一個偶然的機會，二〇一七年忽然收到了再復先生一則信息，我喜出望外，便與他開始了聊天，後來劉劍梅告訴我說再復先生不太會弄微信，還經常打錯字，但我卻在於他的交流中絲毫沒有感受到這種障礙，他有時也寫大段的文字，思路清晰，表達流暢，我看到的仍然是三十多年前的那個英姿勃勃、帶著福建口音的先生演說情境。二〇一八年七月我的手機因為故障更換了微信機號，與先生也就失聯了，九月十日六點三十七分時，我們又

"可以開始聊天了"。真好！世界上沒有再比尋找到失聯親友更加激動的事情了，先生說：現在又是讀魯迅的好時候！他說自己正在與澤厚先生聊天。聊天？去國老學者在一起，無非就是聊學問，最大的閒話莫過於家國情懷吧。可憐天下漂泊者，"悲歌可以當泣，遠望可以當歸。"他說澤厚先生比他大十一歲，他們很聊得來，我突然想到，再復先生正好也比我大十一歲，真是上蒼有眼，讓我成為他聊天的接力者。

二〇一九年下半年我們一行已經辦好了簽證，準備二〇二〇年四月去哈佛大學和耶魯大學進行學術研討和訪問，這次計劃順道去拜望一下先生，誰知上帝給人類開了這麼大的一個玩笑，讓我們此行成為永遠難以實現的一場春夢。

前幾年我們編輯"大家讀大家"叢書的時候，再復先生的書稿是最早就編好了的，可惜因為編程中的失誤而錯失了這本學術隨筆的面世，成為我一輩子的創痛。好在今年在他八十華誕的前夕，先生煌煌三十卷本的文集即將出版，本來是要開一個研討會的，可當下世界疫情不止，會議無法開了，於是獻上這一篇短短的文字來表達我對先生文學和文學先生的景仰。

先生有一句名言："文學的最高境界是超越現實功利、現實道德、現實視角，也超越時空的審美境界。"循著這樣一種邏輯思路，你就可以看清楚先生文學和文學先生的心路歷程了。

從三十長卷的著述來看，文集分為兩大部分：一部分是"學術文集"二十二卷，佔據了全部文集的近四分之三；另一部分是詩文集八卷，佔全部文集的四分之一強。而"學術文集"中又囊括了五個子集："文學理論部"、"人文思想部"、"古典文學批評部"、"現當代文學批評部"和"演講採訪部"。也許，這部恢弘的文集恐怕還沒有人全部閱讀過，但是看過每一個部分中精彩篇章，從中受益者肯定是數不勝數的。如我者，從青年時代就在他的學術影響下前行，這樣的讀者也是可以排列出一條長長隊伍的，也許他們如今也加入了老年學者的隊伍中，雖然認識先生的人不多，但傳播先生文學觀點和學術思想的人卻常在。

"文學理論部"裡的開山之作《性格組合論》對我學術觀點的形成起過很大的作用，那個年代在分析作家作品的評論中，陷於"平面分析"者甚多，而像福斯特在《小說面面觀》裡指出的人物創作中"扁形人物"和"圓形人物"的現象，並沒有在中國小說文學批評中得以甄別和梳理，於是，“性格組合論”作為指導當時文學評論和文學批評的理論引導，其歷史作用是功不可沒的。

其實，在此卷中最有歷史貢獻的論斷就是“論文學的主體性”的提出，對以往中國文藝“忽視人的本質的巨大創造性”，從而丟失了人的“主體性”做出了即時性地反駁，雖然後來有些學者持有不同的觀點，但是，主張文學“恢復人的主體性，以人為中心、為目的”的核心價值觀的提出，畢竟是中國文藝理論史上的一次大轉折，是擺脫機械反映論枷鎖的重要標誌，是賡續五四新文學啟蒙主義標舉“人的文學”大纛再復的“二次啟蒙”。從這個意義上來說，讓文學藝術回到它應有的位置上，雖然不是什麼原創性高深理論，但是作為一次理論的轉型，其文學史的意義是不容小覷的，也許它在這個時代的現實意義會更加凸顯出來。

談到一個“漂泊的思想者”的思想轉變，我們不能不提到先生的《告別革命》一書，當我一開始看到這本書的名字的時候，就本能地想知道他要告別的是什麼樣的“革命”，是英美式的“光榮革命”呢，還是暴風驟雨式的“法國大革命”呢？其實，先生與我們的思考是接近的，因為他觀點立論的形成始終是沒有離開過中國本土這個視綫的：“《告別革命》裡有一個主題：歷史的發展是悲劇性的，是歷史主義和倫理主義的二律背反。歷史主義講發展，改革開放把潘多拉魔盒打開，欲望成了歷史發展的動力。這是對的，但欲望向前發展會有代價，我們的倫理受到破壞，所以這時候我們應該注意到，在一定時期把歷史主義放在優先的地位，同時要把損失減少到最低程度。完全沒損失是不可能的，歷史是悲劇性前進的。我們就是講這麼一些道理，有人說我們這是兩邊不討好。接受也罷不接受也罷，我們不是要討好誰。”作為一個“會思想的蘆葦”，他無需去討好誰，因為他秉持的是內心崇尚文學真理的火炬。

在孤寂的漂泊日子裡，他有大把的時間來從事文學研究，其中古典文學名著的重讀給我們的啟迪尤甚，最讓人心動的則是他的紅樓夢研究成果，《紅樓夢悟》（包括和女兒合作的《共悟紅樓》）、《紅樓人三十種解讀》（包括《紅樓哲學筆記》）、《賈寶玉論》（包括《紅樓夢的三維閱讀》和《與白先勇對話》），與以往許多著名的紅學家的立論不同，它不僅滲透著先生深刻的哲學思考，同時融進了作者漂泊人生的大徹大悟，更突顯了作者靈動的才華和文學頓悟的才情。其實，這些藝術特徵在先生的許多散文隨筆的創作中早就彰顯出來了。

再復先生原本就是一介書生，他把自己的生命融化在中國文學之中，為文學而生，為文學而死，這是他畢生的信仰。

為文學再復，周而復始，反反復復，這就是再復先生的“再復精神”。

二〇二〇年七月二十六日草於南大和園

# 引領寫作向上向善的人

閻連科

在無盡的努力寫作中，身邊總是有比你才高德好的人，寫作便會變得輕鬆踏實些，人也自然活得輕鬆踏實些。或者在你一生的努力間，總是可以碰到比你走得快、又比你心氣平和的包容者，你就會既不停腳、又不至於累到氣喘吁吁著。總是朝前又不至於累，這才是寫作與人生的真正幸運吧。我是那種想前、想上而又無力受累的人，於是養成了善於在身邊窺找比自己好的人，找到了跟在他後邊，讓他們帶著自己走。如果人生處境是有訣竅的，這也就是我的訣竅了。

劉再復先生在我就是這樣一個人。他餵你氣血，帶你行走，卻又不讓你覺得你虧欠他什麼，而他只是你的一個同行者。一如在跋涉辛苦的途道上，你已經累得將要倒下了，他過來一把扶著你，遞你食物和飲品，然後帶你在錯綜的路上左拐右拐著。精疲力竭了，他告訴你哪兒有旅站；一片暗黑了，他告訴你哪個方向會有燈。然後就這麼相隨與同行，直到你發現他自己就是路標和燈時，他卻會在這個時侯過來對你說：謝謝你，你讓我相信了世間的前面是有路的，是有燈光的。

我總是在艱難的時候遇到好人在，一如在海中泅著無望時，會遇到船隻和島嶼。二〇〇三年《受活》出版後，三分之一是紛繁和熱鬧，三分之二是不解和冷疏，我也就在之後不久緣於《受活》的出版而被"勸離"軍營了。隨之而來的，是陰差陽錯和莽撞，以為離開了營院就沒圍牆了，放任著想像又寫了《為人民服務》那小而薄的書，這就讓一個站在崖邊的人，終於被人推下或被自己的蠻力所牽引，不得不離開崖石而朝著崖下裹風帶雨地跌下去，從此朝著無底的淵潭飄落著。沒有和人說過那時候的驚恐和不安，也沒有向任何人展示過跌落時經過了什麼又在跌落中看見了怎樣的物景和恐懼。但也就是這時候，接到了先生從美國寄來的毛筆小楷信，談了他對《受活》的理解和看法。那封信至今我還存留著。存留不是為了那信上他對《受活》的讚譽和美言，而是因為不能忘記冷寒時有人送了暖，黑夜裡有人給了光。這也就和先生時有聯繫了。想起青年時在每天準備打仗的軍營裡，把文學當成戰爭間隙的防空洞，或者戰場上槍聲停歇瞬間裡的飲水和餅乾。就這時，讀了先生的《性格組合論》，絲毫沒有"寫作原來要這樣"的領會和頓悟，而是"原來寫作這麼深奧自己怎麼配"。今天人們把那本理論著作當作"文學普及讀物"和超級暢銷書來談論時，大家已經不能理解從沙漠過來的人，是如何對一棵樹和森林的相遇認知了。一如劉先生將永遠不能理解一本書對一代人的影響和改變樣。

我是差點被那本書嚇得停筆不寫的，以至於因此深深記下了這個人。直到有一天，同鄉摯友劉震雲突然打電話說，從韓國來了位譯者叫金泰成，他無論如何要你出來見一下。也就從北京的海淀到了朝陽偏處的四元橋，和震雲、虹影及金泰成先生吃了飯，說好了由金先生在韓國介紹、翻譯《為人民服務》的事。到今天回憶這些時，我知道我是在中國作家中寫得不好的，然諸多原因讓我在翻譯出版上，似乎比別人更幸運，尤其在韓國，我可能是翻譯出版較多而不間斷的，至今已翻譯出版了十五六本，且還有幾本正在過程中。而這一切的到來均起於《為人民服務》那本小而薄的荒誕和故事。那本書是我走入韓國的第一步。而這第一步，恰是劉再復先生在台灣花蓮大學教授時，金先生從韓國飛往台灣去看望他，在淡洽翻譯先生的著作時，他向金先生力薦力推了這本書。"你寧可不譯我的也要譯他的！"幾年之後金泰成向我復述劉再復在台灣向他力薦中國文學和我的小說時，在韓國的一家咖啡館裡我們對坐著，日光從窗玻璃透過來，他臉上滿是孩子般燦爛明透的光，說完看著我。在我們的沉默和對一個人不知該怎樣盛讚評價時，他很神秘地告訴我說：

"連科兄，中國的好作家我大多見過或熟悉，可對我說'你不譯我的也要譯他的'這話的人，除了劉再復，再也沒人跟我說過這話了"。

這一年的漢城早就不叫漢城而叫首爾了。劉再復也已經去國將近二十年，回母國如同潑出去的水要回到盆裡樣。一道家門閉關了，路人可以時常進來做客坐一坐，但面對兒女要回時，那門卻總是落著鎖。然無論那鎖有多大，門外多熱多寒涼，遠行人的記憶從來沒有寒涼、從來沒淡疏過。我和金先生在首爾談論這些時，說完後彼此沉默著，都把咖啡杯舉在半空碰一下，如為相遇感嘆不能相遇的碰杯樣。

而真正和先生常面相處已是二〇一三年，緣於劉劍梅從美國調至香港科技大學去教授文學課，劉再復也被聘至那依山傍水的海灣去客座，他們父女在那兒的敬業傳授有了土壤、果實後，那一年我和余華被請去當駐校作家時，每天都和他一同到食堂去吃飯，傍晚同行到海邊去散步，這也才細微、具體地感受到他原來是這樣一個人——飽學、溫和、詩意而又一身孩子氣。想起張愛玲在哪篇文章中說，她認識胡蘭成後覺得胡總是在高空、半空飄浮著，直到有一天，聽說胡在外面和人吵了架，差點打架起，且罵人也相當粗魯和凌厲，她這才覺得胡從半空落在地上了，讓人踏實了。沒有料到對劉再復的踏實竟也類似這情況。我和余華在科大駐校那幾個月，先生已經在那兒給學生上了很多課，學生盼著聽他講文學，如同孩子們盼著過年樣。再或為聽眾等著"且聽下回分解"之後重新登場的說書人。而我們和他在一起，也自然多是傾情靜心地聽他條理清晰地談論美國、革命、《紅樓夢》和陀思妥耶夫斯基與古典俄羅斯，話題寬闊而平靜，一如科技大學擁抱的海面清水灣，整個過程有點類似陳丹青和阿城說的木心在美國給他們講世界文學那感覺。然而就在這種感覺和氛圍裡，你發現他在每次去食堂排隊買飯時，每天中午都會有些羞澀地要買一份肉多的菜，且吃完後又都忍不住要對食堂的廚藝和廚師給以誇讚和頌揚；而每天黃昏在海邊散步後，大家出了一身汗，回去時到科大似乎無休無止，又起於海邊、止於山頂的不知到底多少的某個電梯旁，他總是說"你們先走吧"，然後像他走累了需要休息樣，把自己留在大家身後邊，到電梯口的自動售貨機旁買一瓶冰鎮可樂邊走邊獨自愜意地喝著時，你才在這一瞬間，突然感受到了他的具體和實在，一如張愛玲說的"他落在地上了，讓人感到真切踏實了"。到這兒，你也才漸次、切實地發現了他那麼多的作品和論著，在這個時候變得格外的結實和牢靠。無論是當年文學界幾乎人手一冊的《性格組合論》，還是後來獨有卓見的《告別革命》和"紅樓研究"、"雙典批判"及給人深刻寫作啟示的《罪與文學》及他那"讀滄海"般寬闊、雄健的散文、隨筆和無數的短章、片斷式的寫作與思考——即便人們最終會把文學家、理論家、作家、詩人以及冥想者與流浪者和耶穌與理想主義者等一大堆閃光的帽子都扣在他頭上——而他也無愧這些勝於皇冠、玉璽之封的光環、光照時，也終是讓人覺得他雖已是七八十歲的老人了，而那周身瀰漫的孩子的童真和單純，才是他做為一個學者、一個獨有個體的最純粹的底色和根本。如果沒有這些孩子般的純粹、潔淨甚或說是聖潔，大約他不會把《紅樓夢》中賈寶玉和那些女兒們的純美視為文學的至高去認知；不會對"罪"在文學中的存在，認識得那麼細微和深邃；更不會對《三國演義》和《水許傳》中的"惡"，發出那麼獨有振耳的批判聲。

幾乎他所有的研究和學問，都是以"純"與"愛"做為底色和至高之境界，這和他的為人幾乎是完全的一致和統一，如同土壤必然與植物和樹木的特性、根性一致樣。我們無法想像在北方的土地上，能夠遍地都是一年四季的花開和草綠，也無法想像真正在海面、水面上會生出一片豐饒的莊稼和森林來。在今天，郭沫若、周揚是常常被人們當做另外的例子來談說，而劉再復又恰恰是郭沫若和周揚們的另一面，如一面銅鏡被人鑒定真偽時，只能從鏡子背面那些紋絡和古字去鑒別，而那鏡子光潔照人的另一面，才是真正對人有普遍價值和意義的。對於作家、文學和知識分子們，這兩面構成了整體與完整，只不過有的人是有紋絡與古字那一面，他的意義在確定真偽時才能顯出來；有的人是光潔照人的另一面，其意義就在永遠的光潔照人上。

我是自二〇一五年開始濫竽充數地每年都到科大教書的，也就始於這一年，之後年年都在香港科大和先生相遇和相處，這使我一邊在課堂上給那裡的孩子們說些什麼、掏出送些什麼時，同時也在課下不間斷地向先生聽取、拿走一些補充和填白。關於他的學識、學問、思考和文字，說今年香港天地出版社給他出的文集初編就是三十卷，我想那些書已經成為一個人和一個時代的里程牌，如同歷史與歷史之間的界標樣，連接在兩個時代和兩條地平綫的接壤處。那些寫透了一代知識分子命運的文字和一個理論家的大思考，讓人聯想到喬伊斯在寫完《尤利西斯》後，不無風趣地說："它可以讓幾代後人研究了。"劉再復當然不會如喬伊斯樣面對自己的著作去說這些，但那三十卷的文庫擺在那，實質的景況可能也是這樣吧。

面對龐大豐富的劉再復，一個小說家是無力去把握和言說的，一如一個好的理論家，可以理清一個好作家——比如巴赫金和陀思妥耶夫斯基樣。可若讓陀思妥耶夫斯基去談論巴赫金，這事就有些難人所難了。但若讓陀氏去描述巴赫金的日常、困境和內心之糾纏，我想對陀氏會相對簡單些。我知道自己沒有能力對劉先生的著作吃透和研究，但看到他在生活和寫作中那些最慣常、日常的所言和所為，還是忍不住想要寫這些。忍不住要把他作為一面銅鏡的正面和背面放在一起去想去咂摸。想他流亡或者流浪到美國生活最為艱難時，還千方百計擠出錢來每月接濟從國內到美國的訪問學者，而當年輕的學者有事要他去做而他沒有做，年輕學者便寫文冷言冷語著，這時有人要把年輕學者在美國的一些作為形成文字公諸於世時，劉先生不僅再三阻攔寫文的人，而且還不斷地說年輕學者這裡好和那裡好。想到在看港這些年，每每和他在一起談論國內的作家和文學，他都充滿著好奇和驚喜，尤其是看了一些他素不相識的年輕作家的作品和文章，他會如看到自己的子女有了作為一樣激動和興奮；而看到一些他所熟悉的充滿才華的同行和朋友，在某種權力和利益的場面上，說了、做了一些不得體的話和事，他便不言不語沉默著，甚至會沉默好多天，之後待他的心緒平復了，又會說“在那個環境人就只能這樣兒”，繼而想想他又接著道：“幸虧自己離開那兒了，不用那樣了。”

近幾年看到、聽到他和另外一些海外知識分子談論較多的一個詞彙是“世界公民”說，比如學者李歐梵。由此想到劉先生與李澤厚合著的《告別革命》那本書，也想到高行健形容中國作家與他面對中國歷史的寫作與不同，高行健說中國本土作家寫的多是“熱文學”，而他的寫作卻是“冷文學”。從文學角度講，這個“冷”和“熱”，“告別”和“世界公民說”，都充滿著“經歷的決定”。因此當李歐梵老人說自己是“世界公民”時，我們會想到了他自幼生長在台灣，求學、事業多在美國的大半生；而高行健可以寫出如《靈山》那樣所謂的“冷文學”，也因為他在法國的身世和經驗。然細讀李澤厚與劉再復的“告別”和劉先生其他的文字和表述，我們可以深味出先生“告別的疼痛”和潑出去的水不能回流潑盆而匯入他流河海的清醒和選擇。他不以“世界公民”去界論自己的方位和方向，也不以“冷熱”來左右自己的情感和靈魂，而是在“告別”中求索、回歸著一個人對——人——普遍的理解和愛。以“愛和理解所有的人”來超越“告別”、“冷熱”及國家和民族。從生活到寫作，“愛人”、“理解人”和“成為人”，似乎是他後半生的行為與思考。一盆潑出去的水不能回流盆裡時，而如何匯入大海可能才是先生的思想和寫作；一面鏡子必須有正負兩面時，背面的圖紋決定著對不同人的不同價格和價值，而光潔的一面僅僅是對人——對任何人都有一樣的意義時，他選擇了沒有價格的對任何人都有同樣意義的光潔、純粹這一面。

二〇二〇年，是人類史上被意外所糾纏的最普遍的災難與黑暗。這一年我沒有見到劉先生。二〇二一年，願我們可以見到並一同去吃飯和散步。因為有的人無論如何努力都離不開比他平和、開闊、智慧而至善至上的人，比如我。而我所離不開的人，比如劉先生——我和我的寫作太需要如他這樣向上、向善、向前的人的領帶了。

二〇二一年一月十一日

# 您的名字叫文學

林丹婭

前不久，無意間讀到丁帆老師發表在《南方周末》的文章《先生文學，文學先生》，這樣有著聲聲詠嘆與和聲效果的題目，呼喚出的主人公是如今遠在大洋彼岸的劉再復老師。讀了文章才知，那個在印象中似乎幾十年如一日，總是充盈著澎湃著生動的強大的文學生命力的老師，竟然將屆八十了耶！讀了丁帆先生轉述的劉先生因之而自擬之墓誌銘，我的眼前似也花花起來，隔著地域空間和歲月時光的流波細紋，我似也又一次被牽送到記憶中的現實場景裡——那個如癡如醉如切如磋的純文學時代。

大學校園總是有故事的，屬廈大校園的，尤其是中文系的故事，不能缺少的是他，他是我們一九六〇年前期畢業的學長。後來我自己也沾了文學的光，也當了講文學的老師，常常面對著也有著文學夢的一張張青春面孔，我總是情不自禁地沉醉其中，津津樂道我青春歲月恰逢其時的一九八〇年代文學的無限風光。而在那片風光中，有一道特別強勁的撥雲破霧之光，便就是他的文學生命帶來的。這道光，對於如我輩之際遇者來說，不啻為啟智之光。因為在我上小學的那一年，正是文化大革命爆發的那一年，我們都是以紅小兵的身份，在文化大革命的急風驟雨中嗶哩叭啦地長大。如果我們有文學素養的話，那麼這些素養也就是在"看"數不清的大字報、傳單、有數的小人書、樣板戲、《艷陽天》這樣的"作品"中被熏陶的。而最洗腦的是我們在一次又一次的五花八門的、持續不斷的、批這個批那個運動中所獲得的不斷被強化的文學基本原理，那就是"三突出"原則。我們的文學基本素養和概念都來自那裡，我們煉就了一雙火眼金睛，一顆赤膽忠心，一個鮮明立場，我們的審美是被文革文化和文革文學熏陶出來的，從來都是敵人擁護的我們就堅決反對，敵人反對的我們就堅決擁護，同理，敵人說美的那就是醜，敵人說醜的那就是美。這個世界是非分明，涇渭分明，黑白分明，至於誰是敵人，不管是真傳的還是假借的，不管今天不是明天又是了，反正聽最高指示的便是。認識這個世界與人類，就是這樣簡單粗暴，甚至我們追求這樣的簡單粗暴，因為越簡單越粗暴就是越革命，我們意識中的文學就是政治，政治就是文學。

所以，當文學與科學的春天一起來到時，對從小學到中學的十年間，頭頭尾尾最完整地接受了文革式教育的我們來說，不啻有改朝換代之感。雖然那時候開始撥亂反正、思想解放，新時期文學風起雲湧，動物兇猛，我們看到了與往日習得文學經驗太多不同之處，但在理論上卻還是非常懵懂的。文學為什麼變得更接近生活中或現實中或真實中的你我他，文學為什麼變得複雜與豐富起來，文學為什麼變得"好看"起來，文學為什麼變得有人性了或者說要講人性了？猶記得我上大二時，高年級學生發起了討論蘇聯小說《第四十一個》，這樣的小說到底想表現什麼？表達什麼？紅軍怎麼能與白軍發生愛情？紅軍姑娘斃了白軍小夥還抱著他痛哭是什麼意思？它是反動的還是革命的？同學們公說婆理，爭論不休，混戰一團，思維的教條僵化，理論資源的匱乏，理論視野的局限，誰也說不出一個所以然來，誰也不服誰，最後只好不了了之。正是在諸如此類的背景下，一九八四年，在中國起文學馬首作用的《文學評論》發表了劉老師的《關於人物性格的二重組合原理》。又年餘，系統闡述這個原理的論著《性格組合論》出版，這一文一著，如電似雷，從天而至中國文學的巨池中，炸起的能量，簡直可以改變整個池水的生態（觀念）。正如林崗教授所言："從文學實踐的角度看，人物性格的二重組合並不是新問題……但為什麼這樣一個話題經劉再復的闡述就獲得當時文學思想界那樣強烈的反應呢？這就必須回到中國現當代文學史，回到學術思想與時代社會氛圍的互動才能理解，才能看出一個理論命題的價值和意義。"而我們，完全可以我們年輕的生命與無知的"文學"經歷作證，老師闡述這個理論命題的價值和意義。他以其思想之光，啟迪我們對文學之所以為文學的認知，開啟我們對文學審美意識的真正覺醒，是我能對文學進行自主性探究與思辨的由始。《性格組合論》在那時是真正解決文學問題的著述，它不僅是理論的，更是實踐的。那時全國有千千萬萬如吾輩者之文學青年（當然還有那眾多的業師們），故此著一出即風行神州，索者如雲，說一時洛陽紙貴都不誇張，產生了巨大的轟動效應，成為該年度十大暢銷書，一舉斬獲“金鑰匙獎”。這個獎名起得實在精準，老師得這個獎可說是名符其實，很能體現獎事之精髓：在那個特殊的歷史時期，這部著作果然是以其“金鑰匙”之功能，起到了為人們打開一窺文學世界之門戶，開啟一探文學真諦之寶盒的功效。“正是這本風行的文藝理論著作奠定了劉再復學術思想界登高吶喊者的形象”（林崗），同時，也表徵了他作為中國新時期文學思想解放的精英，所散發出的充滿銳意改革滌舊創新之先鋒氣質。自此後，儘管星移斗轉，世事多變，但他似乎一直都是站在那登高點上，求索不止，思考不止，著述不止，他的文學生命與表達是如此新鮮蓬勃，好像我們都會隨歲月而老，而他永遠都在年富力強，思潮奔湧的那個年代裡。

大約在一九八五、一九八六年間，我得到一個上北京魯迅文學院作家班進修的機會。這是我平生第一次到北京，也是第一次見到老師。當時北京作為文學的中心深深地吸引著我們，而文學研究中心的中心當然是中國社科院文研所。彼時作為文研所所長兼《文學評論》主編的老師，無論從身份還是機構來說，都是站在中國文學的制高點上。作為來自千里之外天涯海角的我來說，京都的一切不僅新鮮，而且讓人充滿期待。不僅如此，還可以更進一步具體地說，作為一九二〇年代魯迅親自指導下創辦的廈大“鼓浪”文學社在一九八〇年代的編委，與在一九六〇年代擔任此刊主編的學長劉老師之間，隔著歲月與年代的河流，我們還是有著特殊的文學之緣可相通的。我讀過老師的散文詩，深感他本質上是個哲學詩人，這使他的理論思考與表述，他的情感抒發與表達都充滿哲思，這是當時年輕的我所肖像攀模的。終於有一天，鄉黨詩人林祁姐，徵得老師的同意，自告奮勇帶我去位於勁松小區的老師家裡拜訪他。勁松，這名字起得有多好，因為與老師聯在一起，當時就入腦了，乃至今日，老師雖已淡出京城去國多年，但他的形象直如勁松般，隨著日積月累越發在京城裡清晰並強韌著。話說那個注定不會忘卻的夜晚，雖開春了，卻還時不時地乍暖還寒，但進到老師那可稱得上斗室的客廳裡，卻已高朋滿座，人氣煦人。我靜靜呆在一個角落裡，感覺各種精妙無比的言語，馱著各式精湛的思緒，在斗室裡穿梭往來，熠熠飛揚。而在那下面，是八方而來又破壁而去的深流暗湧，充滿磅礴壯闊的滄海氣息，在春寒料峭的早春三月裡。也許可以忘掉許多細節，但永遠難忘的是那個氛圍。後來，為了那不能忘卻的早春之夜，我還寫了一組散文詩，取名“燈・客廳”，如今原文沒找到，只查到了日記，竟發表在當時《人民日報》的某個版面上。

自此之後，無論老師和師母在哪裡，我們都有時斷時續的音信往來。其實，即使沒有音信，但老師不斷出現在這世界上的、流淌在每個角落的充滿文學信仰、意念與意志的精彩著述，都在傳達著他的音信。記得剛好在將將二十一世紀到來之際，正在香港中文大學和浸會大學參加文學活動的我，從任職金庸先生秘書的學兄李以建處得知，劉老師正在香港城市大學講學，這是自老師去國後第一次可以面見老師的機遇，聞之不勝驚喜，於是擇日趕忙赴拜老師師母，見面時的種種悲歡離緒家國情思，在此暫且不表。此時要記下來的是，作為史上第一位獲諾貝爾文學獎的華裔作家高行健的伯樂，早在八九十年代，老師就以文學的卓見遠識，看到高氏作品的世界性文學價值，沒有老師高水準的鑒賞、扶持、推薦與傳揚，曾以漢語寫作為主要背景的高行健作品，想進入世界文學的最高殿堂，為世人矚目，可能還要更艱難。我的運氣好，與老師在香江相逢恰逢其時，這樣，我就得便從老師處得到了由高行健親筆簽名的、再由老師親筆簽署的贈送與我的高行健文集，而且還非常稀罕地得到了高行健當年出版的畫冊。而更稀罕的是，在我有生之年，大約也只能僅此一次可以親眼看到且親手撫摸到諾貝爾文學獎獎章，因之我也得知了此前並不知道的有關諾獎本身的相關事宜。如諾獎獎章得主會擁有一正二副。二副是讓得主分享其最感恩之人，這真是非常人性化的設計耶！高行健的二枚副章，一枚歸於誰那是他的隱私，而另一枚，當時就捧在我的手裡！因為他把這一枚贈予了他的知音，他的良師益友劉老師，因之我們這才沾光能一睹這枚舉世聞名的文學獎章之真面目。然後，然後，我真真切切地聽到，聽到老師那微不可聞的低語，他說，他並不敢獨享此章，他最盼望的是有一天，能把此章放進在北京的中國現代文學館裡，那也是屬中華兒女的一份驕傲。我一下心中酸楚難禁，熱淚盈眶。也許就在那時，我才真正領會了艾青的金句：為什麼我的眼裡常含淚水，因為我對這土地愛得深沉……

二〇一一年，是廈門大學校慶九十周年。校長朱崇實教授，雖出身於經濟法律學科，但特具人文情懷，愛校如家，禮賢下士，對著名校友更是珍惜如寶。彼時他順應籲情，特邀老師作為校慶嘉賓榮歸母校故里。老師的到來，無論文商理工，學子皆趨之若鶩，在校園內外掀起一波又一波久違的文學熱潮。此時周寧教授任職人文學院院長，我任職廈大中國語言文學所所長，因職務所便，我這次能夠亦公亦私地多次與老師師母相聚，叨陪左右。校慶期間，宜錄之事甚多，我要在此重點記下的是，一是廈大九十年校慶亦是同時誕生的中文系九十周年系慶，我乘機邀請老師在系慶大會上發言，以饗眾親。老師不辭辛勞，欣然與會，袒露心聲，發表"告慰老師"之演講。老師說他特別高興能在校慶、系慶時和母校老師、同學重逢，這是自己的光榮和幸福。四十八年來他常常回憶、想念在廈大時的學生生活，廈大為自己注入了"積極和高尚的思想形態"；廈大中文系給了自己文學的信仰。老師深情緬懷已經逝去的幾位恩師，稱"他們的名字，對於我都是永遠的明燈"；他要告慰老師的是，自己依然跳動著在廈大中文系搖籃中造就的一顆"非功利、非市場和非媚俗的心"。老師的即席發言，言由心聲，既精闢又精彩，當即引起在座者強烈共鳴，之後整理成文，流傳至今。二是借校慶之東風，學校舉辦"走近大師系列講座"，老師作為校慶特邀著名學者，一共舉行了三場講座，一場由朱校長主持，一場由周院長主持。而到漳州校區的那一場主持，很有幸地交給了我，這使我能更加親近地躬逢盛事，親歷著每一細節，從漳州校區學子們翹首盼望他的到來，到大禮堂內座無虛席，一座難求；從老師在講台上出現時的掌聲雷動到老師結束講座後學子們的依依不捨，文學啊文學，這時就分不清到底是文學的魅力還是老師的魅力，當然，最有可能的是二者合而為一的魅力，是"先生文學，文學先生"是也，是"您的名字叫文學"是也。老師對中華文學經典精闢而獨到的闡釋，讓學子們如沐文學甘霖，如入文學海洋，有學生事後特意郵件致我：聽劉先生一席語，醍醐灌頂，勝讀十年書。

又十年了，當年聽過"走近大師系列"的學子，絕大多數都走向社會的各行各業，如若憶起當年老師榮歸母校講座之盛況，恐怕亦如我這般猶有餘音繞樑、歷歷在目之感。更有意思的是，二〇二一年是廈大與中文系同時百年之慶，我受託在徵文編輯以"我與廈大中文系"為背景的紀念文集時，收到不少來自海內外系友的回憶文章，好巧不巧的，其中來稿最多的都集中在有老師在校的那幾屆上，因之，當他們憶起大學時代的諸多美好往事時，好像不約而同地都會涉及到一個大名，那就是“劉再復”。這使我作為晚生，能夠在時隔將近一個甲子的歲月後，看到老師當年那意氣風發才華橫溢的、按今天的話來說即為“中文一哥”的神采。如今，往大了說，正如林崗教授之論斷：“劉先生傳承了中國自古以來人文創造‘聖賢發憤’的傳統，他卷帙浩繁的著述既是他超過半個世紀思考文學的精神結晶，也是一筆中國文學的寶貴財富。”往小了說，明年是母校母系百年華誕，私心裡只盼屆時天時地利人和，疫情好轉，剛好八十壽的老師能偕師母，再雙雙榮歸母校故里，再讓我們一沾老師文學之光。老師十年前曾在系慶上以“告慰老師”以慰，而母校母系又何嘗不是以能得到老師這樣出類拔萃的文魁為幸啊——“文章千古事，漢道盛於斯”（集杜詩句）！

於廈大海濱一米齋

二〇二〇年歲末

# 永遠的編輯和作者

## ——劉再復先生與我

李昕

我與劉再復先生相識，大概是在一九八五年。他年長我十一歲，是一個極為親切友善的人，所以從一開始，我就視他為自己的兄長。我從未稱呼過他“劉先生”或“劉老師”，而一直沒大沒小地叫他“再復”。其實就知識背景而言，他是文革前的老大學生，而我是新時期才有機會考入大學，我們本該算是兩代人。他的學養和識見為我素來敬佩，我從他的著作和言談中獲益甚多，因而他與我的關係，實際是在師友之間。

### 一

那時，我在人民文學出版社（以下簡稱人文社）擔任理論編輯，而再復剛剛擔任中國社科院文學所所長。不久前，他發表了《論人物性格的二重組合原理》和《論文學的主體性》，重新思考“人與文學”的關係，從“人的解放”和“人的覺醒”的立場出發，呼喚文藝創作要重視“人在歷史運動中的能動性、自主性和創造性”，要求文學作品展示現實中人物性格的二重性和多重性，寫出人物的“極為豐富的內在世界”和“極為複雜的心理系統”。這些論點在當時的文壇上引起強烈的轟動效應，今天的讀者，恐怕已經很難想像，這樣的文學研究論文，曾經給學術文化界帶來多麼猛烈的衝擊，說是振聾發聵一點也不過分。須知那個時代，正是破除精神禁錮的思想啟蒙運動如火如荼之時，而文學及其理論，恰恰是啟蒙的急先鋒。毫無疑問，再復就是這場啟蒙思潮的領軍人物之一。

一九八四年底，我被指定為人文社文藝理論編輯組負責人，承擔策劃選題的責任。當時這家注重文化積累的出版社還在忙著整理和編輯周揚、胡風、馮雪峰、何其芳等老一代理論家的著作集，出版物的面貌顯得老氣橫秋，顯然跟不上時代的節奏。大家都感到了問題的存在。我的直接領導、出版社副總編黎之對我說，"啟用你這個年青人管理論編輯，就是希望你關注當前的理論動態，發現一些新作者。"於是我立刻向當時活躍的一些中青年學者組稿，第一批的三位就是王蒙、劉賓雁和劉再復。

我已經記不清第一次和再復見面是在哪裡了。總之他對人文社約稿很重視，痛快地答應編一本論文集給我，題為《文學的反思》，我自然當了這本書的責編。以後，我們漸漸熟悉起來，我成了他熱情的追隨者。那時，理論界和文藝界爭議頗多，在思想上激進的和保守的，在學術（藝術）上前衛的和落伍的，各種觀點交鋒論戰，令人眼花繚亂。再復在其中是堅持倡導理論創新的，鼓吹以新觀念、新方法建設文藝新學科。他的文藝觀念有強大的感召力和巨大的磁場，因而他儼然成了青年領袖，吸引了一大批青年學者聚攏在其周圍，我也自覺不自覺地成為其中一員。每有他出席的活動我必參與，每有他的新作發表我都如飢似渴地研讀，他開辦文學觀念更新研討班，我更是一堂課不落地聽講。一九八七年，他計劃組織出版一套大型的《文藝新學科建設叢書》，需要出版界支持，我當然義不容辭，作為人文社的代表忝列編委名單，其實我對所謂系統論、控制論和信息論以及那些正待開創的與文藝學相關的邊緣學科、交叉學科所知甚少，全情投入只是緣於對再復的信任。若干年後，再復自己回憶我們當初的這些交往與合作，他幽默地以堂吉訶德自況，說我是他當年"大戰風車團隊的兄弟"。這真是一點不假。

至於《文學的反思》，經過半年多時間的編輯製作，在一九八六年十一月出版。出於對再復的敬意，我特地給他做了一部分精裝本。這也算是破格之舉。因為人文社是個極為講究規格的出版機構，一切都要論資排輩，老一輩作家才可享受精裝的高規格，新銳學者是沒有資格得到的。但我不管那麼多，硬是給劉再復、王蒙、劉賓雁三人的著作都出了精裝本。再復的這本設計頗為用心，封面包封內，紫紅色精裝布面上只以燙金精印劉再復的手書簽名，三個字金光閃閃，顯得格外奪目耀眼，再復見此也非常喜歡。書前按慣例需要加一張作者照片和一幅作者手跡，我特地多加了一張劉再復和夫人陳菲亞的合影。這一做法曾引來人文社內部議論紛紛。有的老編輯問，這個劉再復是什麼人，為什麼給他這麼高規格，還印上夫妻合照？我也不理會，隨人說去。但陳菲亞高興之極，這大概是她第一次與再復一起現身在書中，以至於三十年後她仍然記得此事，還特地告訴我，竟然有日本讀者拿著這本書，請她在這張照片下簽名！

## 二

一九八〇年代末，再復離開中國，開始了漫長的海外漂泊生活。我注意到，他的著作在內地書店和圖書館裡消失了，他的名字不再被媒體提起。一個曾經叱咤風雲的人物，從此脫離了人們的視野。這期間，儘管我內心一直牽掛著他，但幾乎得不到一點有關他的消息。

一九九六年我被調往香港三聯書店工作。此後在香港和澳門舉辦的一些活動中，我與他重逢。見面敘舊仍然很高興，很親熱，但我並未提起重新出版他著作的建議。因為我知道在香港，他的文藝理論和散文作品已經統一交給天地圖書出版公司，根據出版界的遊戲規則，我不該去分這杯羹，而只能樂觀其成。我知道，要與他合作，除非重新策劃新書。

二〇〇四年，再復被香港城市大學聘為客座教授。一天，他開設了一個有關《紅樓夢》的講座，我跑去旁聽。這個講座很有新意，再復試圖用一種"悟"的方式體會《紅樓夢》的精神境界，他說自己既不是考據派也不是評論派，而是感悟派。講座極受歡迎。我當時心裡就想，可以建議他寫一本關於如何感悟《紅樓夢》的書。

後來有一次與再復閒談，他愁眉不展地和我談起他的著作在中國內地不能正常出版的情況。這是他的一塊心病。他說自己離開祖國多年，精神上一直在守望故土。他不肯加入美國國籍，每次中國護照到期，他都會立即申請更換新護照。李澤厚也如此。他和李澤厚同在美國科羅拉多，兩人境遇相似，但是九〇年代初，當兩人著作都不能在中國大陸出版時，他們的做法卻不同。那時台灣三民書局董事長劉振強找到他倆，願分別以十萬美金買斷他和李澤厚當時已出版的全部著作的版權。李同意了，而他沒有同意，原因就在於他堅持認為，他的讀者在中國大陸，他的書不能只給台灣人看。然而弔詭的是，李澤厚雖然把版權轉讓給台灣出版商，幾年以後，其著作卻殺回了中國大陸，《美的歷程》和“中國思想史三論”等著作依舊是內地市場上的暢銷書，而他的書在大陸卻一直不能被接受出版，十幾年中即使偶有出版，也旋即從書店下架。這事讓他苦惱萬分，百思不得其解。

我試圖從出版人的角度幫他分析，對中國內地出版社而言，他的書和李澤厚的著作是有區別的。李澤厚談美學和中國古典哲學、西方哲學思想，這些內容意識形態性不強，而他的當代文學理論和批評，直接涉及意識形態領域的諸多爭端，顯得更為敏感。所以我建議他另外開闢一塊天地，搞些古典文學研究，就從《紅樓夢》開始，寫一些“去政治化”的著作，這或許可以成為他在內地出版著作的突破口。

起初，再復對我的建議還有些猶豫，因為他原本是有自己一系列的研究計劃的。但是《紅樓夢》研究對他確有吸引力，他這輩子最喜歡的書就是《紅樓夢》了。想當年他離開中國，身邊攜帶的唯一一部書就是此書。讓他以講座為基礎，寫寫有關《紅樓夢》的隨筆，可謂駕輕就熟，全不費事。這樣，他便有了一本題為《紅樓夢悟》的作品。

書稿交給我時，是二〇〇五年初。我即將被調回北京三聯書店任職。我把此書列入出版計劃，委託給其他編輯處理，自己就回京了。這是再復在香港三聯出版的第一本書，他與香港三聯的長期合作也由此開始。

## 三

二〇〇六年元月，我到香港探親訪友，住進香港城市大學教職工宿舍。甫一到達，就有人告訴我，“劉再復就住在你的樓上”。當時已是晚上九點多鐘，我顧不得唐突，立即約再復下樓會面。

在教職工宿舍樓下的露天咖啡座上，我倆促膝而談。他帶來一本香港三聯剛剛出版的《紅樓夢悟》贈我，我正待表示祝賀，他卻告我一個令人沮喪的消息：這本書的內地版，他和廣西師大出版社簽了合同，但出版前選題審批沒有通過，夭折了。

再復滿臉焦慮，他恐怕是意識到，如果連這本和政治不沾邊的書都被封殺，那麼他在中國內地，將完全失去出版空間。

我說，“我回北京去試試，在三聯出版。”

他遲疑地問，“你真的能出嗎？”

我說，“我和上面打個招呼，在三聯出估計問題不大。”

他問，“你也要和上面打招呼？”神態顯得有些失望。

我知道，他可能是誤解為我要送審了。但是我沒有過多解釋，只說請他放心。因為這裡的運作，說起來太複雜。

當時，按照上級有關規定，出版劉再復這一類作者的書，如果出版社在政治上“拿不穩”，就是需要送審的。但我所說的“打招呼”，意思是預先彙報溝通，這恰恰是為了避免送審。因為大家都明白，一旦送審，書稿的命運就不再由出版社決定，“石沉大海”、有去無回的可能性很高。但是，出版社的選題，從來都需要申報，上級不可能不知，如果不事前取得認可，試圖瞞天過海，那麼申報時被上級機關某人發現（哪怕他只是一個科員），責問下來，再要求出版社送審，那就被動了。過去曾有一些出版社試圖出版劉再復作品而不成功，可能問題就出在這裡。這種意外，對我來說是不能不防的。

所以說，此事如何處理，我已有預案，信心十足，可是再復疑慮重重。

那天，我和再復在露天地裡談得很晚。後來起風了，天很冷，我怕他著涼，起身告辭，相約過兩天再見。

但是兩天以後一個清晨，我在城市大學校門口，看到再復和夫人陳菲亞正在等汽車。再復說，他要到弟弟家去過春節，這次不能請我吃飯了。

當時，再復穿一件風衣，戴鴨舌帽，立在寒風裡，顯得很憔悴。我注意到他的雙眼，透出一種淒苦和無助的神情。

此後，在我能夠再次為他出版作品之前，每每憶及再復，我都會定格在這個場景。心裡暗想，我一定要幫他，一定。

回北京以後，我安排三聯的編輯做好《紅樓夢悟》的發稿準備，然後約中國出版集團的主管領導見面。我帶著書稿目錄，給主管領導看，告訴他，這本書談論古典文學的書，與當代意識形態的爭論無關，我已經仔細審過，肯定沒有政治問題，所以我希望不要送審，由三聯直接出版。

集團那位主管領導是作家出身，曾擔任人民文學出版社社長。從過去的接觸中，我知道他是有文化情懷的。他對劉再復比較了解，對我也非常信任。他看了目錄，略微沉吟片刻，說：

“劉再復談《紅樓夢》？一般來說問題不大，但要注意不要有影射。如果被人發現借古諷今就不好了，你一定要嚴格把關。”

我懂他的意思，他沒有明說，實際就是同意我們不送審了。我頓時欣喜若狂。當然，這也是我事先預料的結果。畢竟，沒有什麼理由可以認為我們對一本紅學論著在政治上“拿不穩”。

二〇〇六年十月，《紅樓夢悟》由北京三聯書店正式出版，銷聲匿跡十年的文學評論家劉再復重新回到公眾視野。沒有引起任何質疑，沒有遭到任何干涉，沒有招致任何批評，一切都很正常。這種正常甚至引起人們好奇和不解：這本書為什麼廣西師大不能出，而三聯可以出？同樣是紅學研究，就在幾個月前，《紅樓夢學刊》因為刊發了劉再復一篇論文而被終止發行，不得不退回工廠更換文章，但三聯卻可以整本地出版，這是為什麼？眾人不知，三聯是在適合的出版環境下選擇了適合的品種並採用了適合的方式，才平靜地出版了這本書。

“零的突破”實現以後，後面的出版就如決堤之水。劉再復畢竟是有影響力的著名學者，願意與他合作的出版社很多，過去沒有合作，只是因為不願涉足“禁區”而已，現在發現他的著作原來並不在“禁區”裡，於是開始爭相向與他簽約。

再復本人受到《紅樓夢悟》出版的鼓舞，靈感一下被激發起來，創作也便一發而不可收，他又接連寫了《紅樓哲學筆記》、《紅樓人三十種解讀》，並和女兒劉劍梅合寫了《共悟紅樓》，由三聯分別出版以後，又合在一起出版《紅樓四書》。由此，他的學術研究，也開始由中國現當代文學向中國古典文學延伸。他重讀《三國演義》和《水滸傳》，從價值論的角度對這兩部文學名著加以評述，寫出了《雙典批判》。在我看來，這是一本不同凡響、石破天驚的著作，國人要深刻反思中國傳統文化，《雙典批判》不可不讀。果然，這本書出版後，獲得學術界的高度評價。

再復不僅是學者，也是散文作家，三聯出版了他一系列理論著作之後，便考慮整合出版他的散文作品。我們聘請文學評論家白燁協助編選，編成一個系列八種，合稱為《劉再復散文精編》。這些散文也甚獲好評，特別值得一提的是他回憶自己與學術文化界老一輩學者交往的《師友紀事》和他的散文詩結集《天涯悟語》。前者他的回憶文章情深意切，留下諸多珍貴史料，其中寫錢鍾書、周揚、胡繩等人文章為當代文壇堪稱範本的佳構；後者曾於二〇〇一年在上海文藝出版社以《獨語天涯》為書名出版，卻被莫名其妙地禁止發行。我們讀後，發現這本語錄體的作品，內容涉及作者對人生、文化、社會、藝術、文學的思考，一段段感悟性文字雖是吉光片羽，但卻富有深邃的哲理，處處閃現思想火光。這是一本不可多得的好書，在當代文學中是個獨特的存在，以我的閱歷所及，恐怕只有馬可·奧勒留的《沉思錄》可與之相比。三聯如果不出版這樣大手筆的著作，將會被歷史證明是一個錯誤。於是我們將它正常編入系列書。畢竟是"彼一時此一時"了，這本死書從此起死回生。

讀者都知道，三聯選書很嚴，輕易不會推出作家的作品系列。但是劉再復在三聯受到特別的重視，我在北京三聯工作期間，一共出版了他十九種著作。二〇〇六年以後，在三聯的影響下，整個中國大陸，多家出版社共同出版他的作品，總數達六十個品種之多。可以說，時至今日，劉再復的所有著作，除了個別品種之外都有了中國大陸版。他雖然人在海外，但在人們心目中，他仍然是一位腳踏實地的中國學者。

於今回想，我因編書與再復結緣，這簡直是一種不解之緣。我先後在人文社和港、京兩地的三聯書店工作，退休後又被商務印書館返聘，每到一處，我的作者名單裡都少不了"劉再復"這三個字。選題策劃，我總會想到他，而他也一如既往地支持我。或許可以這樣說，在我倆之間，我是他永遠的編輯，他是我永遠的作者。

二〇二〇年八月九日初稿

二〇二〇年八月十日定稿

# 劉再復在一九八〇年代
## ——有關我的私人記憶

魯樞元

文章的標題有些類似很早以前的一部蘇聯電影：《列寧在一九一八》。不過，列寧是全世界無產階級暴力革命的創始人，劉再復只是中國當代一位近乎柔弱無助的文化人。況且，後來他還提出了"告別革命"的主張。

然而，就是這個看似文弱的讀書人，卻在中國當代歷史中的一個"大時代"——一九八〇年代，產生了不小的影響，留下了歷史的印記，至今還在持續發酵。人類社會歷史的張力場中，似乎存在一種"恢弘的弱效應"，看似柔弱無力的東西，在歷史的長河中卻能夠綿延持久地發揮著影響。蘇州金雞湖畔樹有一尊老者塑像，張著大嘴讓人看他的口腔：原本堅硬的牙齒已經掉光，柔弱的舌頭還在。其尊容刻畫得有些醜陋，卻隱喻著"柔弱勝剛強"的深意，那顯然是中國古代首席哲學家老子在現身說法！

我與劉再復先生並無深交，上世紀八〇年代之後的許多年幾乎沒有什麼聯繫。談論劉再復，中國文學圈裡大有人在，即使謬託知己，我也不夠資格。之所以寫這篇文章，只是出於潛在心底的一絲懷念。在一九八〇年代，作為中國社會科學院文學研究所所長的劉再復先生曾經無私地幫助過我這個剛剛踏進學術界門檻的"外省青年"。再就是，年既老矣，作為一九八〇年代的過來人，我自然擁有關於那一時代的諸多記憶，儘管僅僅是私人一己的回憶。

所謂"八〇年代"，與"五四時代"、"三〇年代"一樣，已經成為中國現當代文學史上一個定格下來的時代。這是一個什麼時代呢？

"八〇年代"成名的傑出詩人北島說：八〇年代是中國二十世紀的文化高潮，讓人看到一個古老民族的生命力，究其未來的潛能，究其美學的意義，都是值得我們驕傲的。”[1]

“八〇年代”活躍的思想家金觀濤指出：“八〇年代是中國第二次偉大的啟蒙運動……它與體制內的思想解放運動相呼應，為中國的改革開放奠定了思想基礎。”[2]

作為文學理論家的劉再復自己曾說：“八〇年代乃是心靈解放的年代，是面對生命的困惑提出各種叩問的年代。”、“八〇年代也正是建國以後文藝批評的真正輝煌期。”、“八〇年代是有鈣質的時代，是有勇氣提出新思想的時代。”[3]

對於“八十年代”乃至改革開放“四十年”這段歷史，固然會存在分歧和異議。但無論何時、何人在撰寫這段歷史時，都不可忽略文學藝術的作用，也都避不開“劉再復”這個名字。

對於劉再復在“八十年代”的文學貢獻，評價並不一致。一些人認為他那時提出的兩個核心理論：“文學的主體性”、“人物性格組合論”，較之此後引進的許多新奇的文學理論，似乎“無甚高見”，不如他在散文創作方面的成就。對此，我想還是有必要做些歷史性的回顧。

簡言之，“文學的主體性”，即文學活動過程中涉及到的人——如文學家、文學作品中的人物、閱讀欣賞文學作品的讀者，都是擁有自己的獨立存在性的，都是具有“自洽性”的個體，而不是一味受他者規範、掌控的工具、傀儡。往深裡說，這些理論其實已經涉入心理批評、文本批評、接受批評理論的領域。但劉再復當年的著力點主要是在為作家個體存在的主動性張目、發聲，即：作家是一個有著自己的頭腦、思想、情感、意願、個性、風格的有血有肉的人，而不是可以隨意支使的工具，也不是機器上的零部件。所謂“性格組合論”，即：真實的人性是豐富的、複雜的，往往是善與惡、美與醜、堅強與軟弱、高大與平凡的有機複合，十分完美、絕對崇高、始終正確的人並不存在；反之，絕對醜陋、絕對險惡、一壞到底的人也是不可信的。文學創作對於人物形象的塑造，不能不在人性的多面性、豐富性、複雜性上下功夫。

---

1 查建英：《八十年代訪談錄》，北京：生活．讀書．新知三聯書店，2006 年，第 80–81 頁。

2 馬國川：《我與八十年代》，北京：生活．讀書．新知三聯書店，2011 年，第 173 頁。

3 馬國川：《我與八十年代》，第 124、135、136 頁。

這些理論，在今天的文學博士、博士後看來，或許過於簡單，或許已經成為常識（當然，即使在今天，常識也不見得都能夠得到尊重），然而在四十年前的中國社會生活中，劉再復在文壇上發出的這些聲音卻是振聾發聵的。長期以來，中國的文藝理論界只允許存在一種聲音：文學要為政治服務，文學要歌頌英雄人物。文革之中，這種左翼的文藝思想被集中概括成所謂“三結合”、“三突出”的文學創作法則。“三結合”是領導出思想、群眾出生活、作家出技巧，作家只能是一個類似顯微鏡、傳聲筒之類的工具，而且還必須是“馴服工具”。如果這個“工具”不能符合上級領導的意志，希望表達自己不同的意願，那就將大禍臨頭，輕者丟掉飯碗發配邊地，重者甚至會判以重罪、死於非命。文學作品，無論是小說還是戲劇，在所有人物中一定要突出“正面人物”，正面人物中又必須突出“無產階級的英雄人物”，英雄人物中則必須突出“主要英雄人物”，這個唯一的人物就成了“高大全”的完人、神人。這種創作方法實際上是在為“個人崇拜”、“領袖崇拜”營造輿論，在當時的社會政治生活中發揮了極為惡劣的作用。然而，這些現今看來十分可笑的東西，當時卻是神聖不可更移的鐵定法則，一旦有所冒犯，或者僅僅是不表恭敬，就會遭到“無產階級專政鐵拳”的致命打擊，“打翻在地再踏上一隻腳”！像老舍、傅雷、田漢、巴人、吳晗、鄧拓、楊朔、周瘦鵑、陳笑雨、李廣田、陳夢家、趙慧深、顧而已、馮雪峰、邵荃麟、侯金鏡、劉綬松這些著名文學家、文學理論家，就是因此獲罪慘遭批鬥，最終被逼自殺或瘐斃獄中的。

文革中，我在一所鐵路師範學校教書，講授文學理論，講“革命樣板戲”，課堂上宣講的也是“三結合”、“三突出”這套理論，而且竟然舉一反三、講得頭頭是道，贏得不少人的讚許！在政治的高壓下，我不是一個清醒者，更不是一個抗拒者。

文革結束，劉再復提出的“文學主體論”、“性格組合論”，實際上是在倡導文學家的自主與自由、在消解中國當代造神運動的遺毒。同時也在改變文學界的認知範式、拓展文學思維的新的空間。這些看似“無甚高見”的文學命題一經推出，便立即引發全國輿論的關注，劉再復也就成了一九八〇年代初期中國文壇上的一位旗手。

在這一時期，我幾乎是身不由己、誤打誤撞地走進文藝心理學的研究領域，參與了朱光潛先生之後的新時期文藝心理學學科重建，連續發表了一些相關文章，結果引起再復先生的關注。在他那篇名噪一時的《文學研究思維空間的拓展》的文章中曾談到我："近年來引人注目的，還有魯樞元的一系列文藝心理學研究論文。他在《上海文學》等刊物上發表了一些認真的而且有特色的文章。"文中用不小的篇幅對我的研究給予積極的評價。[4] 稍後，劉再復在其《文學的反思》一書的"前言"中再次講到我：

> 解剖自己比解剖別人還要艱難。因此，這種反思決不是那麼輕鬆的。然而，自我否定並不是自我撲滅，其實。也是一種自我更新。近日讀了《青年評論家》報介紹魯樞元同志的文章，就講了魯樞元經歷過一次精神的蛻變。他在給《上海文學》編輯部周介人同志的信中說："我想再來一次蛻變，但也可能打破我的繭，變不出一隻好看的蝴蝶。"而朋友給他鼓勵說，祝他變成"一隻美麗的孔雀"。我想，魯樞元同志正是超越了精神蛻變的痛苦，才進入新的精神境界的。這又使我想起郭老"鳳凰涅槃"的詩境，如果不經過一次痛苦的涅槃，鳳凰就不能再生而翱翔歡唱。[5]

這一時期的再復先生之所以會注意到我，我想是因為我關於文學創作心理研究的那些文章，曾講到作家的"有機天性"、"生氣灌注"、"情感積累"、"情緒記憶"、"創作心境"、"心理定勢"、"心理變形"等，我把文學創作視為一個包括文學家自己的需求、欲望、感覺、知覺、思維、情感、記憶、想像等心理功能在內的極其複雜的活動過程，這是一個同時包括了認識的高級形式和低級形式、心理的智力因素和非智力因素，意識的顯在成分與潛在成分，主體的定勢因素和動勢因素在內的心理活動過程，是一種基於文學家的氣質、人格、個性之上的立體的、流動的、完整的、有序的心理活動過程。這種文學心理觀，與再復正在倡導的"主體論"、"組合論"遙相呼應、聲息相通。正是在這種情勢下，開

---

4　劉再復：《文學研究思維空間的拓展》，載於《讀書》雜誌，1985 年第 2 期。

5　劉再復：《文學的反思》．前言，北京：人民文學出版社，1986 年。

始了我與再復的通信。

## 劉再復來信之一

樞元同志：

您好！

敬悉大函，十分高興。因常常拜讀您的文章，覺得和您已交流過許多思想，所以讀您的信，也感到特別親切。

這幾年來，您走入文藝心理學領域，取得了令人敬佩的研究實踐，並成為我國文藝心理學研究的代表人物之一。您的研究，是我所嚮往的。我們這一代人，在社會科學領域中，要做出些成績，實在太艱辛了。但我們的努力畢竟沒有白費氣力，我覺得，文學研究已處於新的轉機之中。經歷一個研究的動蕩時期，使各種思維模式互相競爭，這對於扭轉那種"天不變，道亦不變"的"數十年一貫制"的思維模式是極有好處的。您和興宅的追求的大方向不同，但我都喜愛，都學習。我處於這樣的研究院，深深感到在精神界也應當與自然界一樣，應各有一種整體性的生態平衡，所以我在我們所提出學術自由、學術個性、學術尊嚴、學術美德的方針，有些同志願意"為科學而科學"，我也支持。我現在主持所裡工作，決心把文學所變成開放型的研究機構，因此，很希望您以後能參與我所的一些課題，還要請您到我們所來講學。我相信您一定能支持我們的工作。

敬頌 撰安！

劉再復

（一九八五年）四月七日

這封信中講到的林興宅，是我的朋友，但我並不贊同他的文學理論科學化的主張。再復實踐了他倡導的"學術自由"，說我和興宅的學術追求他都喜愛，都尊重。

再復在這封信中說邀請我到中國社科院文學研究所"講學"，顯然不是一句客套話。此後我便被聘為文研所"高級研究班"的教師，受邀到京授課，參加由他主持的國家社科基金重大項目“文藝新學科建設”的課題組，[6]並擔任這套叢書的編委。這時，距離我調入高校才不過三五年的功夫。這對於我這個生在社會底層、學界剛剛起步的“外省人”來說，無疑是一種強大的激勵。而對於再復來說，“學術乃天下公器”，這樣做順理成章，完全是為了推進中國新時期學術的進展。

## 劉再復來信之二

樞元兄：

您好！因幾項很急的工作（包括大百科全書的“中國文學”條目），把我壓得很苦，完全打破我的生活的秩序，因此也未能及時給您寫信，請原諒。

目前文化氛圍又趨於緊張，我已經受到愈來愈大的壓力。《文學評論》在受到熱烈的讚美的同時，也被一些同志懷疑、攻擊。我幾乎每天都聽到一些善意的“勸告”和惡意的警告。慢慢地，心理開始傾斜，好端端的心理環境開始佈滿陰雲。我已覺得逐步失去研究的內心條件，因而時時感到苦惱。今日我院院長胡繩同志[7]作為朋友也批評了我的“主體性”等觀點。他最近被任命為中央理論領導小組副組長，另一位副組長是鄧力群同志，組長是胡喬木同志。

我們倆都被任命為作協評論組成員，這個組不知道有什麼使命。[8]我可能起不了什麼作用。很可能只能起“搗亂”作用。但又未徵求過我的意見，推辭也推辭不得。

---

6 這套“文藝新學科建設叢書”與上海文藝出版社出版的“文藝探索書系”，成為 1980 年代最有影響的兩部叢書，我的《超越語言》、《文藝心理闡釋》分別入選。

7 胡繩（1918–2000 年），哲學家、近代史專家，1982 年，胡出任中共黨史研究室主任，1985 年任中國社會科學院院長，1988 年起當選為全國政協副主席。被譽為久經考驗的忠誠的共產主義戰士，無產階級革命家，馬克思主義理論家。

8 1985 年中國作家協會第四屆三次會議決定成立首屆“理論批評委員會”。組長為馮牧，副組長是《文藝報》總編謝永旺。組員共八人：中國社科院文學所所長的劉再復、中國藝術研究院的李希凡、中國社科院外文所所長張羽、解放軍總政治部的范詠戈、中宣部文藝局的梁光弟、北京大學的謝冕、中國作家協會創作研究部副主任顧驤；鄭州大學文藝理論教研室講師魯樞元。

我所的多數同志倒覺得我這一年來的作為是對的，他們的心情與我差不多。因此，我在所裡的日子是比興宅同志要好的。他說他已開始被說成“資產階級思潮”，不得不忍辱負重了。

請多保重。

撰祺！

劉再復 一九八五年十二月二十五日

由“文化大革命”結束過渡到“新時期”，還是一個“初寒乍暖”的季節，多年積弊的極左思潮仍徘徊在中國社會空間的各個方面。一九八三年“清除精神污染”風起雲湧，一些人將學術問題上升為兩條路綫的鬥爭，並試圖以搞階級鬥爭與大批判的方式對待學者、藝術家，似乎要搞第二次“文化大革命”，結果引起了社會上的混亂與不安。隨後由於中共中央總書記胡耀邦的制止而偃旗息鼓，但這股左傾路綫的思潮並未罷休，仍在時時製造事端，為新時期文學事業的發展施加羈絆。再復信中說的“目前文化氛圍又趨於緊張，我已經受到愈來愈大的壓力”，蓋出於此。

## 劉再復來信之三

樞元兄：

您好！

我月初到上海去讀《性格組合論》的校樣（七月將出版），之後又被“抓”去參加文化戰略會，直到今晨才回到北京。

剛剛坐下來讀信，先是見到您的信，讀後十分欣慰。《紅旗》發了陳涌[9]的文章後，我想了不少事。從理智上說，我讀了他的文章後，倒感到可以放心了，我原以為必須經受一次理論上的艱苦應戰，看來不太需要了。另

9 陳涌（1919–2015 年），1938 年到延安，曾任《解放日報》副刊部副主任。建國後為中國科學院文學研究所研究員。1957 年劃為右派分子。復出後任中央書記處研究室文化組組長、顧問、《文藝報》主編，享受副部級待遇。他在 1986 年第 8 期《紅旗》雜誌上發表《文藝學方法論問題》，對劉再復的“主體性”進行批駁。陳涌一貫堅持左翼立場，但為人質樸、低調，不僅贏得了左翼圈的尊重，也贏得了左翼之外的人們的尊重。

外，也獲得一種信心，我想，一個舊的文學理論時代已經終結。但是，我在感性上有些悲傷。

您可能還不知道，我對陳涌同志是怎樣地尊敬和真摯地愛戴過他。他還沒有摘帽子時，我在研究院、在我所為他呼籲，在《魯迅研究》開闢“學人採訪”專欄時，我主張第一個採訪他，和兩位同志抱著錄音機到家裡採訪他。我並不是要他報償，但是沒想到他是這樣不懂得尊重我的感情。他如果在學術上批評我，再尖銳我也沒有意見；但是，沒想到，他竟然說我是以變革理念“為名”，連動機都懷疑，還有“數典忘祖”等那麼多侮辱性的話。這種事，使我對人生產生了一些消極的東西。此時，我很可憐這位老朋友，但對人生卻感到一種悲觀。連他這樣本來在我心目中是一個很仁厚的人，也可以馬上變得很兇，那麼，這個世界不是太不可靠了嗎？

此次全國的宣傳部長會議，還把我在政協的發言作為參閱件發給部長。朱厚澤同志[10]是個很善良、很有思想的部長，他和我們的心靈能相通。在這種氛圍下更有利於心靈的解放，可多做些事。但我卻不得不讀點詩歌和散文來療治心靈的創傷。

您寫的論述新時期文學的論文[11]，請給《文學評論》，直接寄給我，今

10 朱厚澤（1931–2010 年），出生於貴州省一個書香門第，歷任貴陽市委書記，省委第一書記。1985 年 7 月任中共中央宣傳部部長。1987 年後任國務院農村發展研究中心副主任，全國總工會副主席。1999 年 2 月離職休養。中共第十二屆中央委員。被民間譽為中國當代改革的思想先驅之一。主管中宣部時主張“文藝要有一種比較和諧融洽的氣氛，一種比較寬鬆的輿論環境，一種有利於藝術上不同風格流派的相互競賽，有利於藝術上的探索創新，有利於在探索創新中的互相批評討論的好空氣。”

11 此文即《論新時期文學的“向內轉”》，或許是因為字數不多，並未遵照再復囑咐交給《文學評論》。稍後發表於《文藝報》2016 年 10 月 18 日，並引發一場持續經年的文壇論爭。

年的“新時期文學十年”學術討論會[12]，我想是一定要開的，您參加嗎？

即頌 撰安！

劉再復 一九八六年五月十六日

這封信，再復寫得很傷感。這段時間，他在承受著來自兩個方面的挑戰，一是更年輕一些的學者對他的學術視野、理論水準提出異議，而且用語還十分尖刻，批評他的文化性格存有缺欠，不具備新的世界觀，他關於“主體論”、“組合論”的理論像一個“窘境中降生的嬰兒”；另一方面，像陳涌這樣的老一代文藝理論家，一生堅持文學藝術應該遵從革命需要反映時代生活，此時便認為劉再復的理論已經偏離了無產階級革命路綫的大方向，必須嚴加批判。當一些青年學者認定劉再復的理論已經顯得陳舊時，一些馬列老人卻認定他已經跑得太快、太遠！對於前者，再復尚可心態平和地對待，並且認為是好事，中國文藝理論界這盤棋將因此而盤和！對於後者，他的心理負擔卻很沉重。尤其是當他所敬重的陳涌先生竟懷疑他拓展文學思維空間的動機時，他就感到非常委屈，感情上難以自持。而在陳涌看來，事關馬克思列寧主義的純正性、事關無產階級革命文藝路綫的持續發展，必須迎頭痛擊。

在這封信之前，陳涌先生對我的文藝心理學研究基本上還是肯定的。一九八五年十月十八日，文化部文學藝術研究院外國文藝研究所、華中師範大學主辦的“文藝學研究方法論學術問題討論會”在武漢召開。時任中宣部副部長的賀敬之、中共中央書記處政策研究室顧問陳涌出席了大會。陳涌在會上講：“不應該把馬克思主義與文藝心理學研究對立起來，而是應該把馬克思主義和文藝心理學溝通、聯繫起來。用文藝心理學代替歷史唯物主義、認識論是不對的。但是

12 “新時期文學十年”學術討論會，1986 年，中國社科院文學所主辦了全國“新時期文學十年學術討論會”，會議的中心議題是“新時期文學觀念的變革及其流向”，但談論的話題卻很開闊。錢鍾書出席會議，張光年、陳荒煤、馮牧、王蒙、許覺民、朱寨都講了話。會議從 9 月 7 日到 12 日開了 5 天，李澤厚在會上談了對新時期文學十年的評價：新時期文學的 10 年是繼“五四”以來新文學歷史上最輝煌的 10 年，其成果無論從數量上還是質量上都超過了以前，在藝術上和思想上都達到了相當的深度和廣度。2016 年 9 月 7 日下午，劉再復在會上做主體發言，談人道主義、自審意識問題。繼之，許子東發言、魯樞元發言。《人民日報》、《光明日報》、《文匯報》20 多家報刊社、新聞社、電台和電視台向國內外報道了這次會議的消息。

文藝心理學的研究的確對形象思維問題、藝術地掌握世界的方式問題是需要的。魯樞元同志在這方面是有成就的。他並沒有說這是馬克思文藝規律的全部，他說他是在心理學範圍內的研究。他有一篇談藝術的心理定勢的文章，這文章基本內容亦是講創作的認識論，他說藝術感覺的特點是主觀性、情緒性、獨創性，這有道理，我也受到啟發。”[13] 這次會議我沒有參加，會後，華東師範大學王先霈先生將簡報寄我。一九九一年，我在鄭州組織舉辦“紀念魯迅先生誕辰一百一十周年學術研討會”，邀請了林默涵、周海嬰、陳涌諸位先生。見面後陳涌先生主動與我談起曾鎮南對我的一系列批評，他說我的文藝心理學研究前期是好的，後來有脫離歷史唯物主義的思想傾向，不好。他還對我說，曾鎮南也不真正懂得馬列。

從這封信可以看出，再復是善良的，總是以善意待人，也希望人人以善意相待；再復是真誠的，總希望真誠能夠換來真誠；但再復也是軟弱的，一旦善意被遺棄、真誠被蔑視，心靈就很受傷害，甚至要撤下陣來，“不得不讀點詩歌和散文來療治心靈的創傷”了。從這封信也可以看出當代中國的文化人即使被推上“旗手”的位置，在政治風浪面前也仍然顯得何等無助！

### 劉再復來信之四

樞元吾兄：您好！

大函已敬悉多時，因為所班子正在換屆，又有兩本集子正在發稿，忙亂得很，未能及時覆函，實在抱歉。

我讀了您的答辯文章，完全支持您，在文藝心理學與文藝理論上您是有建樹的，而且在中國作家爭取靈性的解放事業中，您是立下功勞，這是那些東倒西歪之輩所不能比擬的。某論客對您的責難如此尖酸，實出我意料之外，我對人總是從善處看去，因此常有上當之感。最近錢鍾書先生[14] 贈我一句阿拉伯諺語：旅行者走過美麗的村莊，狗總是在後面狂吠。您遇到的還不

13 摘自“文藝學研究方法論學術問題討論會”《會議簡報》第 3 期。

14 錢鍾書（1910–1998 年），江蘇無錫人，中國現代作家、文學研究家，曾任教清華大學、北京大學。1983 年，任中國社會科學院副院長，著作等身，被譽為“博學鴻儒”、“文化崑崙”，卻淡泊名利、潔身自守，在中國學界享有崇高聲望。

是狗，但這一諺語的精神，也可放在心上，以免影響您的思緒。我相信人世間還有三分公道，憑這一點我們就可以信用人生。

您對《劉再復現象批判》一文[15]的意見，我有同感。您畫的圖也很有意思。這兩位年青朋友的批評是善意的，我已請"文評"的王行之兄與您聯繫，如能寫點商討文章也可。

我就要到法國[16]，忙得連衣服還沒買。有許多話以後再說。

敬頌 文安！

劉再復（一九八八年）五月二十三日

我自己沒有想到，一九八六年發表的《論新時期文學的"向內轉"》一年後竟引發一場頗具規模的爭論。《文藝報》、《文論報》、《文藝爭鳴》等報刊持續發表文章，意見紛呈。有贊同，也有反對。有的文章用語尖酸，站在山上頻頻向我扔石頭，我那時年輕氣盛，忍不住便"以牙還牙"，同時向再復訴苦。再復這封來信說了許多勉勵我的話，並轉贈錢鍾書先生給他的那句贈言，即出於對我的撫慰。我說再復是脆弱的，其實我也堅強不到哪裡！

信中提到的陳燕谷、靳大成的那篇文章，我是看過的，話鋒犀利，口無遮攔，用心良善，富有灼見。至於我在寫給再復的信中說了些什麼，如今已經完全記不得了。但對於文中的某些觀點，即使現在說來我也並不完全同意。二位年輕人把"新"與"舊"、"傳統"與"革新"之間的關係看得太絕對了，而且其"學術進化論"的立場也是值得商榷的。況且，理論家的學術個性並不能框定在一個模式之內，"概念形而上"思維並不就是文學理論批評唯一的思維模式。再復的感悟式思維、古典型情懷對於他的文學理論研究而言或許還是優長之處。日後我為自己總結的治學經驗：堅信性情先於知識、觀念重於方法，學術姿態應是生命本色的展露，蓋本於此。

再復囑我撰寫的文章我沒有寫。相對於今日的學界，值得一說的倒是：那時

---

15 《劉再復現象批判——兼論當代中國文化思潮中的浮士德精神》，作者陳燕谷、靳大成，發表於《文學評論》1988 年第 2 期。

16 中國作家代表團訪問法國，1988 年 5 月 24 日啟程，團長陸文夫，成員有劉再復、白樺、張賢亮、劉心武、高行健、張抗抗、韓少功、阿城、張辛欣。

的陳、靳二位都是社科院文研所入職不久的新手，是“劉所長”的部下，然而他們竟能夠以萬字長文、在所長任主編的《文學評論》上直言頂頭上司的種種不是！年輕人如此真誠坦蕩的心地不能不讓人心儀；而“所長大人”光明磊落的胸襟不能不讓人欽佩！其實，那時的文研所以及文學界是沒有“劉所長”、“劉主編”的，而只有“再復”，無論老的、少的，熟識的、初識的，全都喊他“再復”。

二〇〇九年秋天，劉再復先生應江蘇常熟理工學院邀請，在剛剛揭幕的“東吳講堂”講演，這是我與再復闊別二十多年後的第一次見面，“歡笑情如舊，蕭疏鬢已斑”，歲月無情，我和再復都已年過花甲，多年來的海外漂泊並未消減再復依然燦爛的笑容。再復演講的題目是《李澤厚哲學體系的門外描述》，分別闡述了李澤厚哲學的六個方面：純粹哲學、歷史哲學、倫理哲學、政治哲學、文化哲學、美學哲學。再復與李澤厚先生的關係非同一般，既是學界知音，又是患難之交，再復自謂李澤厚先生亦師亦友，崇敬之意溢於言表。講演結束後，主持人丁曉原教授突然“發難”，要我評述再復的講演並代做這次盛會的“總結”。下邊是會後整理的我這次講話的內容。

今天，我在闊別二十多年後再次見到劉再復先生，很激動。我能夠走進中國學術界，是與早年再復先生對我的提攜分不開的。八十年代初，那時我剛從一個中專學校調進鄭州大學中文系，一個普通的青年教師，才寫了不幾篇文章就引起當時已經是中國社會科學院文學研究所研究員、所長劉再復先生的注意，給我寫信，幫我發表文章，並在《讀書》雜誌上對我加以表揚。不久，竟又邀請我到中國社科院講學，我還真的去講了。這在現在是不可想像的。那就是八〇年代，是那個時代人與人、學者與學者之間的真誠關係。再一個呢，當然就是再復先生的個人情懷與人格魅力，是由他的道德學問決定的。

再復先生離國後，不久我就自我流放到海南島，在海南待了很長的一段時間，最終到蘇州大學落腳謀生，這二十年多年雖然沒有和再復先生直接來往，但我時常地想念他。得知再復先生來到常熟，我就連夜整理了他在八〇年代給我的一些信函，其中短信有四、五頁，兩封毛筆寫的竟長達八、九頁。這些信函我按原件製作成圖片，今天送交再復先生，表明我始終在惦記著他。

分別二十年後，今天聽了再復的講座。我感覺他的知識更淵博，見地更深邃，而且悟性更高了，可以說已經達到了通靈的境界、圓融的境界。變化雖然很大，但是有些根本的問題他還是沒有變。比如，還是一位頑固的理想主義者，嚴苛的完美主義者，一位追求大善大愛的人文學者。這些始終都沒有變，而且他雖然是在海外漂流，但是根還是深深地扎在中華民族的土地上，甚至比我們始終駐守在國門之內的人還要牢固些。再復與李澤厚先生的"告別革命"的說法，一度在國內引起強烈震蕩。如今，靠革命起家的人怕也已經不再主張"鬧革命"了。

今天再復對李澤厚先生的哲學進行了精到的講解，將其概括為六個方面，可謂廣納周至、言簡意賅。不過，從我所關注的生態批評的角度看，似乎仍然缺少了一個方面的哲學，那就是"自然哲學"。這恐怕不是再復的疏漏，而是澤厚先生哲學中的欠缺。記得我在編纂《自然與人文——生態批評學術資源庫》時就隱約感到這一欠缺，這或許更是"實踐哲學"自身的局限。既然主持人說交流，那麼我也就奉上這一點疑問吧。

再次感謝常熟理工學院給我這樣一個機會，讓我見到了分別二十年的再復先生。

我的這個即興發言，真誠地表達了我對再復的思念與再次會見的喜悅，同時也對"告別革命"、"李澤厚哲學"提出了不同的（或曰"補充"）意見。記得南京作家兼畫家的蘇葉女士下來就對我說：你倒是直率！話裡不無讚賞的口氣。其實我是情不自禁的，正因為我自認與再復心靈相通，所以才百無禁忌地"信口開河"！

我們這代人是讀著李澤厚先生的書成長起來的，但我與李先生少有接觸。查一查我一九八〇年代的日記，僅一九八六年秋天在北京召開的新時期文學十年學術研討會上有過一次相遇："晚飯後，再復攜李澤厚先生來。再復曰：澤厚說讀了你的文章。澤厚曰：文章寫得好。余曰：不好，有些則是受了您的啟發。曰，多聯繫。”[17] 對於哲學，我一無根基，始終有些望而生畏，見了哲學家自然也就顯得局促不安，說的話也語無倫次。

今年四月底，我到美國西部參加“第十二屆生態文明國際論壇”，得知再復與李澤厚先生就住在科羅拉多州立大學附近，一時心血來潮很想趁機過訪，無奈旅程匆匆，加之與再復已經又是十年沒有通過音訊，竟錯過一次相見的機會。不知今生今世能否再見再復！

古人云：君子之交淡如水；較之現下學界的交往風氣，我與再復的交往比水還淡。然而，即使到我生命結束之際，我仍然不會忘記再復，不會忘記那個風起雲湧的一九八〇年代，不會忘記在那個年代再復給予我的真誠無私的鼓勵與栽培。

二〇一八年八月二十二日 紫荊山南

二〇二〇年五月十二日 訂於姑蘇暮雨樓

17 魯樞元：《夢裡潮音》，深圳：海天出版社，2013年，第152頁。

# 文學的守護人
## ——劉再復印象

林崗

### 一

屈指算來我與再復相識也已經有三十四五年了。還是上個世紀八十年代初的事情，那時他在學部即後來的社科院工作已有將近二十個年頭，我則是大學畢業分配到文學所的新丁。他從院部《新建設》回文學所落在魯迅研究室，我在近代室，正好斜對面。我寫了篇魯迅的論文刊在《魯迅研究》。他看到了，我們碰面的時候他誇我寫得不錯。那是我的初作，受到誇獎當然很高興。後來他又相約有空可以到他在勁松小區的家聊天。一來二往，我們就相熟了。他是我學問的前輩、師長，也是我完全信任、任情交流的好朋友。那時我們非常喜歡到他家談天說地，切磋學問。他的母親我叫奶奶，勤勞又慈祥，炒得一手極美味的福建年糕招待我們，每有聊天暢論古今東西的時候，都使我這樣的晚輩後生得到精神和物質的雙豐收。對我來說，這當然極其難得的再學習，再摸索的機緣，獲益良多。他後來當了文學所所長，我也從來沒有叫過他“劉所長”，估計叫出來他也覺得怪異，人前背後都是叫再復。他待我們這些晚輩，平易親切，毫無官樣子。就這樣，我們一起切磋，一起寫書，走過了有點兒激動人心的八十年代。

往大一點說，文革結束撥亂反正的歲月，中國當代文壇有劉再復一馬當先探索理論批評的新出路，也是中國當代文學的幸運。在我看來，文學由於它的性質和在社會的位置，它是很容易迷失的。有點像格林童話那個千叮囑萬叮囑還是行差踏錯的小紅帽，難免受外在的誘惑而迷失在本來的路上。她的美和光彩讓她天真爛漫，不識路途的艱難，不識世道的兇險，同時也令居心叵測的大灰狼垂涎三尺。小紅帽的天真天然地是需要守護的，文學也是如此。我們在歷史上看到，有時候是有意，有時候是無意；或者願望良好，又或者別有用心，各種社會力量都來插上一槓子，利用文學。於是文學的領域，一面是作家創作，一面也是批評。好的批評就是守護文學。批評雖然也做不到盡善盡美，但至少讓作家和讀者知曉文學本來的路在那裡。劉再復在我的心目中就是這樣一位為了文學勇敢而孜孜不倦的守護人。

他所做的事業濃縮成一句話就是守護文學。他看到文學在他生活時代有這樣那樣的迷失、偏差，他覺得自己有義務有責任說出真相，說出值得追求的文學理想是什麼。他的話有人聽的時候，發生巨大的社會影響，對當代文壇起了好的作用。有人聽的時候他固然站出來了，即有磨難也不在乎，但我想他不是為了那些社會影響而說的，他是出自對真知的領悟。後來眾所周知，他到了海外，他的話少人聽了，社會影響似若有若無之間。這時候他也沒有遁跡山林，從此沉默。這不是他的性格。他不在乎身在何處，不在乎似有若無，照說不誤。他針對文壇說的話前後有所不同，但那不是他的文學立場和文學理想的改變，而是社會的情形改變，是文學從政治的迷失走到市場的迷失，他守夜人的角色始終如一。文學熱鬧的時候他守護文學，文學冷清的時候他也守護文學，他是中國文壇過去數十年來最為重要而又最為本色的文學的守護人。

## 二

劉再復接受教育成長的文學氣氛，一面是創作的束縛和禁錮，另一面也是視野廣闊，可以飽讀古今中外的優秀文學。後者給他提供日後思想的源泉和養分，前者很自然成了他日夜思索，力圖突破的問題。在嚴重變質鈣化的文學傳統變本加厲進行各種“大批判”的文革時期，他恰在風暴漩渦的中心中國社科院。我曾經很多次聽他講文革中匪夷所思的耳聞目睹，有些傷慘而不那麼血腥的細節已經寫在他的散文和師友回憶紀事裡了，但還有一些血淋淋的真事他沒有寫，我在這裡也難以記述。我覺得，能從過去的血淚和教訓中汲取，是他對文學的思索邁前一步邁深一步邁早一步的關鍵。文革的荒謬，是非顛倒，看似與文學的思索沒有直接的關聯，但兩者隱秘而深刻的關係被他看到了。這也揭示多少是共通的現象，人都是從個人經驗通往更大的世界，然後又從更大的世界返回到內心的世界的。所以，在破除兩個凡是思想解放的大背景下，劉再復會比文壇當時普遍存在的"撥亂反正"走得更遠。他不但"撥亂"，還問反什麼"正"？教條主義的極左固然不是"正"，可登場之前早在現代革命中已經開始凝固的那一套是不是就是"正"，難道反正就是要反到那裡？其實很多不滿文革極左路綫的批評家對這些是沒有根本性思考的。劉再復與此不同，他不但厭棄文革的荒謬，更痛心沉思了文革禍害的久遠淵源以及它所加給文學造成災難的前因後果。這是再復的優勝處，也是再復八十年代中期受到批評和磨難的導火綫。但事實證明劉再復為新時期文學提出新的文學理想是站得住腳的。

在追求文學"有用"的背景下最終形成的文學觀念可以概括為"反映論"和"典型論"。細分來看，未嘗沒有幾分道理，但在作家都被組織起來而又在一錘定音的意識形態氛圍底下，這些文學觀念就只能是批評家手裡的一根一根棍子，隨著政治風向轉移，打在作家或作品上，那真是滿目瘡痍。劉再復參與到文學界的思想解放和新探索，他的針對性很強，先是寫出了《性格組合論》，主張人物性格不能等同於階級屬性。人性是一個複合體，內涵深廣而又經得住時間考驗的文學形象，一定是那些寫出了人性的複雜多面性的形象。他的新觀念拓寬了作家的視野，提升了文學的品味。後來他更進一步，發表了《論文學的主體性》，希望實現文學觀念的根本革新。他把作家的現實政治主體和作家寫作中的文學主體分開，認為兩者不能等同，本來也不一致。作家雖有政治觀念，但寫作中依然可以超越其政治觀念。他說，"作家超越了現實主體（世俗角色）而進入藝術主體（本真角色），才具有文學主體性。"而古今中外偉大的作家其實無不如此。"主體論"的用意，無非就是政治少干預而作家多獨立，還創作的本來面目。很明顯它是"補天"的。再復那時也認為自己屬"補天派"。補天難免要換掉那些粉化了的黴石，把漏洞堵上。可他的好意陰差陽錯卻被誤成"拆天"，受到干擾和批判，甚至有人為此要起訴他。真偽不辨的世道，人真是很容易蒙冤的。

## 三

自從他漂流到海外，頭銜沒有了，身上的光環沒有了，幾經輾轉，他定居在寂靜的洛基山下。巨大的人生落差並沒有消磨掉他對文學的喜愛，他還在思考和寫作。曾經參與現實那麼深，一旦去國遠行，似乎像一顆種子離開了土壤，還會不會長呢？許多認識他的朋友都曾有這樣的關切。可是再復就是再復，他不這樣認為。種子固然離不開土壤，可這並不等於人離不開故鄉和國土。文學本來就是跨越國界的，對創作和批評來說，至關重要的土壤不是具體的故鄉故國，而是語言。語言也是一個國度，一個形而上的國度。此後的再復就是背著"語言的祖國"繼續寫作，繼續守護文學。像布羅茨基說的，背著語言的祖國，浪跡天涯。

遠行異國漂流四方是滅頂之災還是另一種幸運，這要看是什麼人。對意志剛強的劉再復來說，沒有什麼打擊能夠讓他消沉，相反異國的生活經驗給他打開了另一扇認識西方文明，認識文學的窗口。勤奮的再復把他的所感所悟、所思所想都寫在他的一系列著作裡，去國近三十年寫下的著作已遠多於國內時期。讀者容易見到的簡體中文版有三聯書店版《紅樓四書》、《劉再復散文精編》十卷、《李澤厚美學概論》和《雙典批判》等。他的文學創作和批評視野比先前更為闊大，更為深入。

自二十世紀九十年代初起，中國步入了市場經濟的快車道，千呼萬呼的財富，白花花的銀子，終於在這曾經貧瘠的土地像泉湧般冒了出來。文學是不是從此就雲淡風清了呢？從市場獲得了自由是不是也意味著獲得心靈的自由？不見得。如果此前的當代文學迷失在意識形態的荊棘叢陣裡，那九十年代之後的文學就是迷失在市場的誘惑裡。儘管是在大洋彼岸，守護文學的再復不可能不發出自己的聲音。與八十年代的再復相比，這時候他更強調文學心靈的重要性。文學心靈是擺脫了所有世俗束縛之後的自由心靈。最近我還讀到他兩年前出版的新書《文學常識二十二講》。這是他皈依文學超過半個世紀感悟文學思考文學的成果，它簡約而全面，由他給香港科大學生講課的錄音整理而成。他把文學看成是"心靈、想像力和審美形式"三者的集合。心靈在文學三個基本要素中佔據首要的位置。我覺得，再復的感悟是從中國當代文學前半段迷失於政治意識形態後半段迷失於市場誘惑的兩面教訓中昇華出來的，它真正實現了對文學本然的回歸。因為世俗的束縛無處不在無時不在，與外在的枷鎖相比，心靈的枷鎖更關鍵。作家不能掙脫心靈的枷鎖，亦無從擺脫世俗的枷鎖，而文學的生命也就窒息了。再復點中了產生於巨變時代的中國當代文學的穴位。

可以說文學心靈的自由是劉再復文學理念的核心。它既針對政治掛帥年代的偏差，也針對利益掛帥年代的偏差。再復將八十年代對文學主體的論述推進到新世紀對文學狀態的論述。這些年他談論文學，常用文學狀態一詞。他說："文學狀態，也可以說是作家的存在狀態。從反面說，便是非功利、非市場、非集團的狀態。從正面說，是作家的獨立狀態、孤獨狀態、無目的甚至是無所求狀態。"在消費至上的商品時代，文學做不了政治掛帥年代的要角了，但裝點門面附庸風雅還是可以的。文學被利用起來，投東家所好，獲一點兒資本的殘羹，於是文學淪為了商品。再復非常清醒地意識到無論西方還是東方這種文學的迷失，他甚至呼籲作家重返"象牙之塔"。這個救亡年代的貶詞被再復賦予了新的含義。他的"象牙之塔"就是文學心靈、文學狀態。重返"象牙之塔"意味著"清貧"與"寂寞"，有誰會聽呢？至少他自己是說到做到，身體力行了，所以他看到了別人沒有看到的文學真知的光輝。

除了研討探索文學，海外時期再復另一個關注的重心是中外文化的比較觀察，尤其是中美文化的比較觀察。人在海外，不時行走，心中懷想著遙遠的故鄉故國，腳踏著的則是異國神奇的土地，這讓好奇深思的再復很難不比較一番，觀察分析，形成自己的心得。他的中外文化比較，多寫在散文集《世界遊思》裡，也寫在他的講演集裡。他給香港科大學生作的"關於人生倫理的十堂課"，結集出版成書取名《什麼是人生》就有不少中外比較倫理的悟解。劉再復的比較文化觀察與旅行家的遊記不同，他是從遊的風景、人物、事件引出自己的思索、領悟，重點不在所遊，而在所思。他的所思，又常因他的學養、閱歷而顯得與眾不同。

再復有篇散文《西部牛仔》，寫得極好，非常能體現他對美國社會入微的觀察。美國中西部流行牛仔表演（stock show），再復也與民同樂，一睹盛況。再復將牛仔表演看成是美國社會對西部拓荒時代的英雄主義的追憶。他從坐在他身邊的美國老太太感悟到牛仔精神在普通民眾中的力量。美國老太太告訴他每年都來看一次牛仔表演，至今看了五十七次。再復感嘆：“從她身上，我看到美國不僅不願意放掉牛仔英雄的記憶，而且也不會放掉他們所擁有的這孑身獨立獨行的精神。”再復還引用意大利記者採訪基辛格何以獲得政治上成功的答語——“單槍匹馬地行事”，來畫龍點睛地揭示牛仔精神的本來面目。美國的拓荒時代早已結束，但它遺落下的文化遺產各個階層的美國人，正以自己的方式繼承著這筆遺產，它成為美國社會繁榮的基石。由小見大，以滴水而觀滄海，這種筆法正是再復文化的比較觀察的一貫風格。

## 四

近日喜聞《劉再復文集》即將出版，這是他著作的結集，有三十卷之多。他的文學創作和學術著述，因為時空環境與人生都截然不同了，去國前後是一條清楚的分界綫。學界有兩個時期的說法，他自己的話是“兩度人生”。我算了一下他的“兩度人生”的創作和著述，去國之前編為七卷，去國之後三十六卷。光以卷數計，他的寫作量去國後是去國前的六倍有餘。我未能全部通讀過他的著作，但無論文學創作還是學術著述，無論去國前還是去國後，大部分是讀過的。比之前期的激情澎湃，他的散文創作進入了以冷靜觀察和反思見長的新境界，而學術著述的社會作用和反響固然不若上世紀的八十年代，但它們的長久價值和學術深度，我覺得要遠超過國內時期。尤其是他積數十年人生閱歷、體驗和感悟而傾心撰著的《紅樓四書》，開了超過一個世紀的紅學研究的新一脈，足成為與考據紅學、義理紅學而三足鼎立的紅學又一高峰——慧悟紅學。它是將詩與哲學無間融合匯通的紅學。再復海外時期的學術創造既是個人的成就，也是悠久的華夏人文傳統的現代延續。

劉再復前後兩個時期不同的成就，尤其是第二度人生的成就，或會引起一個假設性的問題：如果他不去國，他還會有這樣的成就嗎？回顧二十世紀以來的歷史，假設性的問題時或發生。最為人熟知的假設大概就是魯迅如果活到五十年代會怎樣。已經過去的事情是無法通過假設而出現的，之所以假設常常只是為了更好地進入和悟解歷史。對於上述假設來說，答案是不言而喻的。因為劉再復八十年代“登高一呼”，當社會氣氛改變之後必轉變成“樹大招風”。疾厲的橫風吹來，大樹無從招架，擬議中的寫作未必能進行下去，學術的生命將面臨不測的枯毀。五十年代以來，有無數醉心寫作創造的前輩所遭遇所經歷可以作為旁證，不必在此列數。以再復的事例觀察華夏人文傳統的延續，我們可以領悟到顯露出來的意味深長：中國文化的創造以及人文傳統的延續，常常是因為創造者因某種機緣“不在場”而實現的，它不是在一個常態的自由氛圍裡達成的。所謂“不在場”是指因為人生的各種挫敗，舉凡流放、貶謫、刑餘、追殺、衰病、失意、歸隱都引發了“不在場”的結果，由此而疏離了常態的社會環境，落入了不得已的與常態環境隔絕的狀態。對常態的社會環境來說，這些文化創造者即處於“不在場”的狀態。然而正是因此不得已的“不在場”狀態，他們從中收穫了心智的自由。換言之，文化創造性命攸關的前提——心智自由，不是因常態的社會環境提供的，而是“不在場”狀態下不期然而然的結果。或許這就是人生的因禍得福吧。不過比人生的福禍更重要的是，這事實昭示了歷史上中國文化創造以及人文傳統延續的隱秘所在。千百年來中國文化史上的事實幾乎無不如此，再復的故事只不過在現代條件下又重複了過去的故事而已。

司馬遷《太史公自序》最早揭出這個中國文明的文化創造的隱秘：“昔西伯拘羑里，演《周易》；孔子厄陳蔡，作《春秋》；屈原放逐，著《離騷》；左丘失明，厥有《國語》；孫子臏腳，而論兵法；不韋遷蜀，世傳《呂覽》；韓非囚秦，《說難》、《孤憤》;《詩》三百篇，大抵聖賢發憤之所為作也。此人皆意有所鬱結，不得通其道也，故述往事，思來者。”如果有人仿司馬遷的筆法接龍，這一長串的名單從古至今，幾將彪炳史冊的華夏文化的創造大家一網打盡，很少例外。文學史上不朽的大文學家如屈、陶、李、杜、蘇、曹，莫不如此；緊步其後的詩人如韓、柳、元、白、辛、陸、關，亦復如是。一部中國古代文學史簡直就是流放者、貶謫者、失意者書寫的歷史。西方或有相似的例子，但肯定不若中國這樣簡直可以視為通例。至少荷馬不是，維吉爾也不是；莎士比亞不是，歌德也不是；狄更斯不是，雨果也不是；托爾斯泰不是，陀思妥耶夫斯基也不是。最接近的詩人是但丁，他不放逐，大概是不會寫《神曲》的。歐洲傳統的哲學，更是從蘇格拉底、柏拉圖開始，就是養尊處優者的純粹思考，他們從來就是社會裡思想創造領域的在場者。與此相對，中國的傳統，文學固如上述，即史學與哲學思想，亦與文學相去不遠。千載以下，若捧讀中國史學的開山祖師司馬遷《報任安書》，尤使人長嘆太息；六祖惠能《壇經》思想的形成及其傳播，就跟他承接衣鉢之後被一路追殺而竄伏嶺南的經歷脫不了干係；王陽明"致良知"的大學問，得自貶謫龍場，在置身與夷蠻雜處的草莽中所悟得。中國古代的仁人志士也許就是有鑒於此，從孟子開始傳統教誨就讓有心成大事者自小"苦其心志，勞其筋骨，餓其體膚，空乏其身"，以便讓猝不及防的人生打擊來臨的時候，早做準備，不至於大難臨頭，身且不保，遑論思考與創作。

因"不在場"而實現文化創造的中國人文傳統固然有"聖賢發憤"的頑強不屈精神，值得後人保有發揚。然而用現代社會的眼光看，其缺陷是顯而易見的。一個現代社會是不能將它的文化精神的創造寄望在"聖賢發憤"的基礎之上的。"聖賢發憤"只是一個不期然而然的結果。與其教誨傳承頑強不屈的精神來寄望有朝一日聖賢的發憤，不如建設一個能保護心智自由的環境更能推動現代文化學術的進步與繁榮。在建設一個保護心智自由的文化環境方面，中國社會已經走過很長的路，但還有很長的路要走。正如劉再復最近接受採訪時談到他所理解的"中國夢"那樣，他說近代以來，中國人有兩個"中國夢"，一個是強國夢，一個是自由夢。強國夢與自由夢合在一起，才是完美的中國夢。他說得極好，我非常贊同。國家在變得強大的同時，人民也能享有更充分的自由，才是中國夢想的真正實現。司馬遷所說歷代聖賢所思的"來者"，其實就蘊含我們今天所說的自由夢。歷代聖賢在不自由不在場的環境下萌生的嚮往和追求自由的夢想，正照耀了後來者通往未來的道路。

# 再復先生和一九八〇年代的校園文化

黃心村

劉再復先生今年八十周歲了。海外漂流的三十餘年裡，他豐厚的文字建樹從文學研究和文藝理論拓展開去，涵蓋了思想史、文化研究、美學理論和知識分子心靈史的方方面面，但在我的心目中，他依然是我年少時候景仰的那位正當壯年的學者，以黃金的上世紀八十年代為背景，振臂一呼，應者雲集，從此開啟了文學研究新面向。近些年來在香港總是能見到再復先生，他的閩南音依然濃重，旋律般的抑揚頓挫，伴著和緩的手勢娓娓道來，韻味十足。他是好友劍梅的父親，是我們的父輩，更是我們這一代人真正的老師。

三十二年前再復先生開始海外漂流的時候，我們這些當年的孩子們也相繼出走了。從物理距離上講，我們都好像走得很遠；至於精神漫遊，那條綫索就拉得更加曲折和漫長。這些年裡，留在文學研究這塊領地裡的我們經歷了各路理論學派的洗禮。剛到北美學院的時候，新批評早被打掉了，結構主義也過氣了，後結構主義和解構理論納入了教科書，因此是正典，而後殖民和後現代則是炙手可熱的時髦。之後從西馬到精神分析到好幾波的女權主義和性別分析理論乃至酷兒理論，一直到近年來文化研究的幾度重生和再世，包括近二十年來視覺文化研究之成為學術主流，每一波都好像是脫胎換骨。說是脫胎換骨，強調的是在另一種語境中求學求職的艱辛，但其實骨子裡的精神沒有變。幾十年來我們關於文本的概念已經遠遠超越了文字的範疇，一舉囊括了各種媒介的影像和聲音，也包括日常生活的軌道和痕跡，但我們對於文字的信仰是一如既往的。這個信仰裡包括了對於文本的多層次和多面性的認識和尊重，對於個體聲音的堅守和維護，對於任何表面的極端不信任，對於形式的著迷，對於深度的追尋。這個信仰的開始可以追溯到八十年代中葉進入我們閱讀世界的那些開山之作，那些表面安靜內裡卻裹挾著風雲、蘊含著突變的文字。

再復先生當年的文字就是這樣的開山之作。假如說八〇年代的《讀書》雜誌是一代文藝少年、青年、中年的精神指南，那劉再復八〇年代的平地幾聲雷則是文學研究響亮的定音鼓。我最早看到再復先生的文字是在一九八五年的《讀書》雜誌上，當年的我用零花錢買下的刊物珍藏至今。再復先生的長文《文學研究思維空間的拓展》分兩期刊在二、三月號上。從他所在的高度，他看到當下的文學研究已開始從外在轉入內在，從單一走向多樣化，由舊有的封閉體系轉向開放。新的美學觀念的引進帶來對形式的尊重，因而形式不再被內容所挾持，而比較文學作為新興學科的興起，更是文學研究走向開放型和交叉型的表徵。他說西方理論是他山之玉，必須以開放的姿態迎接外來的話語，帶動更多觀念的更新。當年的我不太可能完全領會再復先生的長文，但即使暫時看不明白，被時代驅遣著的我們也依然要看下去，而且越看越多，越深入。徘徊在文學研究大門之外的我，順著再復先生的筆觸，窺到文學研究這塊園地裡是那樣的熱鬧、誘人，而文學研究在職業之外更能成為一種人生的追求。

那是一個瘋狂閱讀的時代。在七十年代末八十年代上半葉告別孩提，進入青春年少的我們活在一個多麼特殊的年代，我們每一個人都可以寫成一部個人閱讀史。如飢似渴是很恰當的形容，每一天潛意識裡慶祝的是叛逆，是對意識形態的遠離。我所在的北大校園裡，似乎風氣使然，熱情擁抱那個時代的同時也有足夠的空間可以允許我們與那個時代保持距離，甚至格格不入。中文系的老師們更是縱容了這種憤世嫉俗、離經叛道，年輕的學子有點異想天開不是什麼大毛病，偶爾的出軌和犯戒也是可以容忍的。那個時代的我們誰手上沒有一摞筆記本，有的是日記，記情事，記流水賬，但更多的是讀書札記，有的壓根兒就是長篇累牘的照抄，福克納，卡夫卡，薩特，阿赫瑪托娃，里爾克，“我只想當個麥田裡的守望者”……。抄下了就是徹底擁有，是精神上的有產者。即使是一知半解，也不妨礙繼續如飢似渴的汲取。我們的上一輩帶著對過往歲月的反思在各種出版渠道上推介舶來的經典，而我們的閱讀是直接把它們納入了課堂之外的知識體系。文化的啟蒙和知識結構的翻新同時帶來了精神和情感層面上的支撐，構成了八十年代中葉校園文化的一個整體的氛圍。

那時的再復先生不在大學校園裡，卻是這一校園氛圍的始作俑者之一。當年我的老師們說，你，你們，都要去讀劉再復，把他的文章都讀了。那是一九八五和一九八六年間，後來知道那是所謂的"方法年"。老師們在開創，他們把最新鮮的當年最具前沿性的內容最先帶到我們的講堂上，文學研究於是成了聯繫我們和那個廣闊的外來世界的橋樑。再復先生的振臂一呼是在大學校園外，但卻在校園裡的幾代人文學者那裡得到響亮的回應。新型的文學研究在八十年代中葉的爆發不是偶然的，那是一個文學就是時髦的年代，而時髦到來的時候往往讓人有點措手不及。

張愛玲當年的更衣到場就是這樣的讓我們措手不及。說到時髦，八十年代的文學時髦裡一定有張愛玲。一九八五年，對於很多人來說都是刻骨銘心的一年。祖師奶奶的作品在大陸的解凍也恰恰發生在那一年。柯靈的《遙寄張愛玲》二月發表在劉以鬯主編的《香港文學》上，那個當時我們是看不到的，我們看到的是四月發表在《讀書》上的那個版本。文壇元老一發話，上海書店領會迅速，搶在人民文學出版社的新版本之前拋出了《傳奇增訂本》的影印版，而我應該是第一時間買到手，如飢似渴的唸完。一九八五和一九八六年間的我們，最初讀到張愛玲的時候完全不知道這是何方人物，只覺得她是異數，從來沒有看過肌理如此細膩和稠密的現代漢語文學，也從來沒有見到這麼多小奸小壞的灰色系列人物，寫戰亂歲月，卻看不到炮火，寫社會變遷，卻不涉革命，寫愛情，卻又像是反羅曼史。我當年認為這樣的異數就是先鋒，因為除了先鋒之外根本沒有其他現成的批評模式來捕捉張愛玲閃爍不定的文字秩序。

再復先生的《性格組合論》和《論文學主體性》似乎就是針對我們這種措手不及來的。我在第一次閱讀張愛玲的同時也捧讀了這兩部當年文學研究的必讀之作。《論文學的主體性》於一九八五年底和一九八六年初發表於《文學評論》。一九八六年再復先生則寫出了洋洋四十萬字的《性格組合論》，前後印了六版，三十多萬冊，是當年的暢銷書。"主體性"和"性格組合論"放置在一起，對於舊有模式的顛覆是刻意的，強調的，徹底的。人性是豐富的，性格是複雜的，如今我們認為是老生常談的常識當年卻是需要用長篇累牘來論證，來重新建立對於人的文學的基本認知。用再復先生自己的話說是要“強調內在、內心、內宇宙，文學是心靈的東西，內宇宙跟外宇宙同樣廣闊，”從而直接把繁複奇妙的心靈空間帶入了文學研究的範疇。

於是張愛玲和劉再復在我的閱讀記憶裡相遇了。這場相遇肯定不是偶然的，必定是積蓄已久的。因為心靈進入了文學研究的空間，甚至成為文學研究的必須，文字與個人精神世界的關聯就成了我們切入文本的一條可行的路徑。張愛玲所說的參差的美學觀在能動的文學批評裡就有了分析的語彙。誰說我們的敘述裡就必須要有英雄，要有大起大落、悲壯雄偉？誰說猶疑不定的小人物的人生裡就不能有“心酸眼亮”的瞬間？對我來說那個時代最大的特徵就是它的模糊性和模稜兩可性。八十年代的底色是灰色，是晦澀，六七〇年代的色彩強烈對比漸漸隱沒，留下的是模稜兩可。生活在當年的燕園更是鼓勵了這種遊移不定、不著邊際的中間立場。從旗幟鮮明的年代走出，模稜兩可的氛圍是思想的溫床，而再復先生的文學則是思想者的文學。

八十年代啟蒙的媒介即是這思想者的文學。這不是一場浩浩蕩蕩的啟蒙；相反，它是安靜的、潛在的。關注方法，培養方法的自覺，增強理論的素養，釐清史的敘述，都是一種安靜的操作。比如八十年代中葉京派海派同時開始重寫文學史，就是一種安靜的、沉穩的學術實踐。說是安靜，並非沒有激情。當年所有對文學研究抱有志向的年輕學生，心裡都是悸動的，因為知道遲早有我們上場的一天。我們開始思考怎麼處理歷史的必然性和人文經驗的偶然性之間的關係。釐清現代文學必然性的輪廓，其中無法離開政治和大歷史的糾纏和挾持，裡面有太多的強權，太多的暴力。然而人文經驗卻是微妙的，多層次的，糾纏不清的。文學演變中有太多的偶然性，文字又往往是多重文化相遇的結果，這個相遇中有太多的邂逅，有時是素昧平生，有時是重逢，有時是深層的交融，更多的時候是不小心撞見，匆匆一瞥而已。文學史太多依賴歷史必然性的輪廓必然是一個遺漏眾多的敘述。因為有太多的偶然性，所以有不斷重寫的需要，不斷以各種角度詮釋的必要。而再復先生歷經多年海外漂泊後開始系統地、重新地闡釋文學經典即是對這些偶然性的深刻認知。

進入八十年代最後幾年，國門大開，到處是機會，年輕人有太多的可能性，而且周圍人心浮動。假如說我和我的同行們這麼多年能堅持在文學和文化研究的領域，仔細想來，跟八十年代中葉的那個黃金契機有直接關聯。在我們的前輩那裡，我們看到了文學研究的尊嚴，看到了它的遠景，看到了它足以支撐一生的魅力，是事業，也是精神寄託。不敢說當年的我就已經看到了這些，我們對於八十年代的回望更多是對於當年歷史情境的反思。放在八十年代的語境裡，看似安靜的細讀卻是對文學研究後勁十足的一個衝擊。原來文學研究自有它的尊嚴，文學研究者自有他的人格，文學研究訓練自有它的多元體系和路徑。再復先生從八十年代開始何嘗不是一貫地為我們展示如何沉下心來，潛心做人、為學，無論我們所處的年代是多麼的躁動，無論漂流生涯是多麼的不定，無論離開故園多久、多遠。他從文學的命題一直探討到與幾代知識分子休戚相關的大課題，並在輾轉之後又沉下心來重讀經典，再度進入文字的深層結構。文學和文學研究是怎樣練成的，正如一個學者是怎樣練成的。

在知識碎片化的今天看來，上世紀八〇年代那種無為而為的閱讀和寫作簡直就像是個當代烏托邦。但那不是烏托邦，因為確實發生過。我們這一代人是在八〇年代過去很久之後才猛然意識到經歷的那一場原來就是啟蒙。啟蒙時代已經過去，留給我們的是切入世界和文字的方法和自由度。原來書可以這樣讀，原來文章可以這樣寫，原來文學可以這樣隱晦，原來模棱兩可是需要努力達到的境界。整個八〇年代，再復先生都是這些閱讀和寫作實踐中或隱或現的中心人物，當年他為我們這些校園裡的孩子們開了一張通行證。三十餘年後的今天，這張通行證依然攥在手裡，這條路我們還在走。

二〇二一年一月於香港薄扶林

# 恭賀劉再復先生八十大壽

李輝

一九八二年初，我離開復旦大學，來到北京的《北京晚報》，作為記者和編輯，採訪許多老前輩。

劉再復先生一九四一年九月七日（公曆）生於泉州南安，一九六三年畢業於廈門大學中文系，後來成為中國當代著名人文學者、思想家、文學家、紅學家。

一次開會的場合，我結識了劉再復先生，彼此交往，由此開始。

劉再復先生才四十三歲，正值年富力強風華正茂之際，第二年，他出任中國社會科學院文學所所長兼《文學評論》主編。說來也是機緣巧合。我在《北京晚報》工作時，與《文學評論》的編輯王信先生常有聯繫，不時前去編輯部看望，也由此認識解駁珍老師。解老師是王朝聞先生的夫人，之前曾擔任《北京日報》文藝部副主任，之後，成為《文學評論》編輯部主任。去得多了，解老師和王信老師建議我不妨調到《文學評論》當編輯。我求之不得。大學三年級時，我與陳思和的第一篇研究巴金的論文，一九八〇年發表於《文學評論》，能夠來此工作當然不錯。我當即向晚報提出申請，未獲批准。現在想來，順其自然也許是最好的選擇。雖未去成，但與《文學評論》的好幾個編輯，都成了好朋友。

一九八四年七月，劉再復來信並附寄聶紺弩為他所寫律詩一首，另有虞愚先生的《步聶老原韻》一首：

李輝同志：

您好！

認識您感到很高興。剛剛讀了你發表在《文藝欣賞》上的大作，過些時候還要好好拜讀您在《文學評論》上的論文。

呈上聶老為我寫的律詩和虞愚老先生《步聶老原韻》的詩。虞愚是有名的書法家，古律詩人，原是佛學院教授，現為哲學新研究員，因明學的研究很有成績。如果能兩首一起發最好，如有困難，也不必勉強。聶老還給我寫了三首絕句，我想給別的報刊。

有空來我家玩，我傍晚極閒。

即頌

文祺！

劉再復

一九八四年七月三十一日

聶紺弩的詩，是為劉再復的散文詩集《深海的追尋》而寫，題為《新芽》，發表於八月十三日的“五色土”副刊：“春愁鬱鬱走龍蛇，一度沉思一朵花。天地古今失綿邈，雷霆風雨悔喧嘩。我詩長恨無佳句，君卷何言不作家。深海料難尋野草，彼誅陳腐此新芽。”可見聶紺弩對劉再復散文詩頗為欣賞，評價甚高。

我認識虞愚先生比較早。劉再復寫道，虞愚先生是著名書法家和古律詩人，原是佛學院教授，現為哲學新研究員，因明學的研究很有成績。記得虞愚先生在宣外西磚胡同三十七號寄給我一封信，至今，一直留存著。

李輝同志望惠：

獲讀十一月六日手畢，因忙稽復，所恃尚明，諒諒於形跡之外也。林則徐生平以抗英禁煙聞名於世，為我國近代偉大的愛國民族英雄，並為中國面向世界之第一人。今年八月卅日為其二百年誕辰，近寫五律一首隨函滕上，至希高評。徜有一些教育意義，請即轉北京晚報發表以饗讀者也。呈應邀將於今年十月初赴日講學，手邊準備講稿極忙，附聞。即頌

撰祺

虞愚

七月十日

於是，虞愚先生寫下這首詩：

**林則徐頌**

虞愚

沙角春雷動，豪情起擊強。

虎門銷烈炬，鴆毒斷蕃航。

報國頭俱白，投邊氣毒蒼。

煌煌雲左集，百禮吐光芒。

劉再復與聶紺弩先生都住在勁松小區，兩家相距很近。

晚年聶紺弩於一九八一年出版《中國古典小說論集》。其中，研究《紅樓夢》的系列文章，如《論探春》、《論小紅》等篇，令劉再復頗為欣賞。劉再復以研究魯迅起步，同樣酷愛《紅樓夢》。漂泊海外多年，他完成《紅樓四書》。時隔多年，重回故鄉閩南，他在廈門大學九十周年校慶論壇上他所做的演講，題目便是“《紅樓夢》的哲學意義”。因此之故，劉再復與聶紺弩一家來往密切。他曾告訴我，正在搜集聶紺弩資料，聶紺弩也把一些資料交給他整理，他準備為此寫一本書。此時的劉再復，精力旺盛，思想活躍，發表《文學研究思維空間的拓展》一文倡導文學批評方法的變革。《論文學的主體性》與理論專著《性格組合論》，更是引發一場文學理論的論爭。

難忘一九八五年胡風去世之際引發的風風雨雨，一直無法難忘。眼見熟悉的前輩相繼辭世，我忽然意識到，如果不抓緊時間請胡風的朋友們回憶往事，很可能諸多歷史場景與細節就會隨之消失。我請教恩師賈植芳先生、曾卓先生等，得到他們的支持，就在這一年，我開始四處尋訪胡風的朋友們。當時並沒有想到會寫一本書，只是覺得，以口述歷史的形式予以留存。一九八七年，走進三十歲的我，才意識到有必要將之寫出來，梳理盤根錯節的歷史冤案。歷時一年多，數易其稿，終於在一九八八年夏天完成《文壇悲歌——胡風集團冤案始末》一書，率先發表於第四期的《百花洲》雜誌。

此時，我正與劉再復做一次筆談訪問，寄回清樣時，他對《文壇悲歌》予以鼓勵：

李輝兄：

呈上清樣，有些地方不得不改，請您再克服一下困難，真抱歉。這種對話影響太大，不得不如此。

《歷史悲歌》，我讀後深為感動。您以正直的心靈唱出了一曲歷史的悲歌，這是您人生的一次重要完成的重要塑造，一切經歷過苦難的知識分子都會感謝您的。您的作品資料很豐富，分寸感掌握得很好，對歷史事件的駕馭是成功的。您的作品還有一點長處，就是通過胡風，您把一代知識分子的命運展示出來了。我希望今後會有出版社出版一套歷史文獻的紀實文學大系。

六十五題答問，我匆忙趕寫了一個初稿，請您再斧正，我還要加工。

敬頌

撰安

劉再復

一九八八年十月

人民日報出版社決定出版《文壇悲歌》拙著。誰來寫序？首先想到劉再復，沒有比他更合適的人選了。他研究魯迅，而胡風曾是魯迅晚年最信賴的年輕朋友。他對歷史有透徹的理解，對文壇錯綜複雜的關係、脈絡，也有自己獨特見解。歲末，他寄來序言，題為《歷史悲歌歌一曲》。序言中，他對我厚愛有加，令人感激。“這與其說是駕馭歷史的能力，不如說是履行歷史責任的正義感”，他的這句話對我觸動很大，也是這些年促使我繼續非虛構寫作的一種動力。

在序言中，劉再復用大量篇幅談胡風與魯迅的傳承關係：

我翻閱了這部書稿後，心情一直沉重。儘管我與胡風毫無瓜葛。胡風在一九三〇年代就投身左翼文藝運動，信奉馬克思主義，而且追隨魯迅（他對魯迅的追隨又是非常自覺的）。他作為魯迅的自覺的、堅定的追隨者，最早發現機械決定論將導致革命文學走入死胡同。照理，他走入新社會後是會很愉快的，但是他卻遭到空前的痛苦。這除了社會的原因外，還有他個人的原因，他太認真、太執著、太熱切了。他對革命文學總是那麼關注，那麼熱情，為了社會主義文學事業，竟然寫出了三十萬言的意見書。且不說內容如何，能寫出三十萬言的意見書，而且是充滿著建設性的意見，這要花費多少心思呵。既有敏銳的“革命文學”危機感，又有切實的建設革命文學的責任感，這是多麼可貴呵。但這種危機感與責任感，卻使他遭到不幸。胡風的人格是很特別的（其實正是很正常、很健康的）。無論是從知、還是從情、還是從意的角度來看，他的人格都很有光輝。從“知”上說，他提出“到處都有生活”的問題，可見他對文學藝術的真知灼見。這與某些鬧騰了一輩子文學而不知文學為何物的“文學理論家”相比，實在是高明很多。從“情”來看，他確信，他的“精神奴役創傷”的命題，包含著最深摯的愛和同情。從“意”來講，他的堅忍是不言而喻的，他的“主觀戰鬥精神”，正是一種意志力量所激發的韌性精神。他總是知其不可為而為之。他的心理構成顯得比我們正常、健康、成熟。

（《歷史悲歌歌一曲》）

將近三十年過去，這些論述，依然顯出其智慧，充滿對人的深刻同情，對歷史的透徹理解。

拙著於一九八九年春天出版，書名改為《胡風集團冤案始末》，特意請黃永玉先生題簽。拙著出版後，三月曾在中國社科院大樓的一間大會議室舉辦研討會，人民日報出版社社長姜德明、劉再復等不少人與會發言。這次見面，他贈送黑龍江教育出版社前不久出版的新著《劉再復集》，分別為如下幾輯：文學理論、文化研究、文學史研究、魯迅研究、文學批評、文學創作，可見他的領域之廣，視野之寬。從事理論研究之人，卻能讓人讀出詩人情懷。多年之後，再讀他寫的師友雜憶，可見他的情懷依舊。

劉再復為拙著寫序，題為《歷史悲歌歌一曲》，“歷史悲歌”顯然比“文壇悲歌”更有分量，故在香港、台灣分別出版時，更名為《歷史悲歌》。幾年後，日本岩波書店將之翻譯，分為上、下兩冊出版。在我而言，終於完成一段頗為艱難的歷史敘述，對所有幫助我的人，深為感激。

記得在一九八九年的清明時節，我第一次走進湘西鳳凰縣，見到了漢學家倪爾思先生，他帶領一些瑞典朋友，走沈從文走過的路。

後來，倪爾思來到瑞典大使館，請我去。一九九二年春天，我在瑞典將近兩個月時間，一邊在大學講課，一邊雲遊北歐，對瑞典漢學狀況大致有一些印象。正是從馬悅然和蓋瑪亞幾位漢學家那裡，知道劉再復的漂泊情形。劉再復早在一九八八年應邀訪問瑞典，出席諾貝爾文學獎的頒獎典禮，歸國後，我曾與他有過一次瑞典之行的對談。沒有想到，我的第一次出國，就是瑞典。我在瑞典期間，劉再復不久前剛剛離開，未能謀面，好在通了一次電話，了解他的大致狀況。

回到北京，年底期間蓋瑪亞訪問北京，她告訴我，劉再復又回到瑞典了。返回瑞典時，我請她帶去一信和一盒茶葉。很快，劉再復寄來自己印製的新年賀卡。照片上，背後一片金黃色樹葉，映襯剛剛五十出頭的劉再復，看上去他仍如過去一樣沉著而淡定。時隔三年多，再見熟悉筆跡："請蓋瑪亞帶來的信和茶葉收到了。謝謝你在我漂流海外的歲月中總是懷念著我。"

好在有文化相伴，有鄉愁相伴，有引為知己的學者、作家與之相伴。如他在《兩度人生》中與吳小攀兄的對話所言，與李澤厚先生的深入交往與對話，對高行健作品的深入研究，《紅樓四書》的寫作，他從來沒有寂寞。三十多年雖然沒有見面，他出版的書我搜集若干冊，《告別革命》（與李澤厚合作）、《魯迅論》、《人論二十種》⋯⋯讀書如讀人，曾有的友情依舊溫暖於心。

記得二〇一七年，來京的陳傑女士送給我一個好禮物：《兩度人生——劉再復自述》。這是柳鳴九先生策劃的一套"思想者自述文叢"，由河南文藝出版社推出。陳傑是出版社總編輯，後來成為社長，她送我這樣一個禮物，再好不過。沒有想到，漫讀《兩度人生》，蔓延出這些零零星星的往事記憶。

人在天涯漂泊，卻時在念中。令人高興的是，二〇一六年十月，陳志明前去參加香港書展與劉再復見面，特地請他代為轉交兩本拙著，另有一九八八年我與他的幾篇訪談錄。很快，收到他從香港發來的郵件，對我厚愛有加，令人感動：

> 李輝兄，託志明兄帶來的大著《巴金傳》等兩種已收到，謝謝。
>
> ⋯⋯在海外二十七年，倘若見到你的文章，我都拜讀。謝謝你還給我《人民日報》的相關材料尤其是你的採訪錄，我正苦於找不到。我到香港科技大學"客座"已兩個多月，一月底返美。在洛基山下，我已習慣孤絕的生

活，於象牙之塔中，讀書反而更有心得。七十五歲了，該說的話就說，不情願說的話就不說，這也算是得大自在了。

劉再復十一月十三日，香港清水灣。

不久，劉再復又託人帶來書信與一冊香港三聯書店新作《吾師與吾友》。信中特地提到，這本《吾師與吾友》與北京三聯的《師友紀事》，略有區別。捧讀來信，又見手跡。與劉再復認識是在一九八四年，算一算時間，日子如此飛快地過去。

二〇一七年聖誕節期間，我前往香港，終於與劉再復夫婦、女兒劉劍梅見面，並留下難得的合影。

劉再復先生八十大壽，一直留存心間……

北京看雲齋

# 赤子之心
## ——劉再復先生印象

梁鴻

二〇一四年十月底，在香港科技大學，我第一見到劉再復先生。之前和他在科技大任教的女兒劍梅聊天時得知，他看過我的書，兩本"梁莊"之外，竟然也還讀了我的博士論文《外省筆記》和一些零散發表的論文，這讓我很吃驚於他的閱讀量和關注範圍。他評價我的文章有"巫氣"，我非常喜歡，覺得是一個極高的評價，也暗暗得意於有人讀懂我尚未張揚的某種內在傾向。

先生比我在照片裡看到的要瘦很多，甚至有點憔悴，但眼睛卻充滿亮光，非常敏銳、熱情。香港科技大學聘他為訪問學者，在此期間，也給他一套居室，這居室臨著大海，安靜、遼闊。他和我們聊起閻連科、余華、莫言、賈平凹、畢飛宇等當代作家的作品，個個如數家珍，閱讀量一點不輸於我們這些年輕的當代文學研究者。沙發旁的小茶几上堆著遲子建的作品全集，他正在閱讀她的書。在劍梅的邀請下，遲子建十一月份要去科技大學做駐校作家。劉再復先生又把此作為自己的功課，要對這個作家有全部的了解。

在劍梅的組織下，香港科技大學召開一個"海外中國作家研討會"，高行健先生也從巴黎過來。那幾個晚上，兩位老人，坐在一張沙發上，親密相依，直聊到十一點多，還欲罷不能。高行健先生聊他從寫《現代小說技巧初探》和戲劇《車站》起的一系列經歷，如何寫作，如何被批評，如何有危險之感，最後，又如何買票去四川自然保護區，在這其中，他如何向巴金、丁玲、曹禺、夏衍等文壇宿老求救，每個人如何反應，性格如何，等等，一路說過去，簡直就是一部縮微版的現代文學史。劉再復先生則講起如何離國遠走他國，在美國的生活和感受，在歐洲遊歷的所思所想，和漢學家們的交往，及這中間所經歷的心理震蕩、人情冷暖和思想蛻變。

在高行健身上，似乎有略微的淡然和超脱，他說，自己是早已沒有故鄉的人了。因為沒有故鄉，也就無所謂鄉愁，無所謂"根"和"歸屬"，他是要特意保持一種世界主義的存在。而劉再復先生，卻完全是另外一個方向。在他身上，有一種強烈的"故鄉"情結，甚至，你可以想到，哪怕是大陸過來的一縷空氣，他會懷著極端的熱愛和溫柔去呼吸，去揣摸。他的"家"、"國"情懷是浸入骨子裡的，他所有思想和情感的核心點仍然圍繞著中國生活和中國問題，他必須以此為出發點，才能找到與世界發生聯繫的方式。

在聊天時，劉再復說了一句話，一個知識分子，要保持自己的獨立性，但不要輕易把自己置於遠走他鄉的地步，那裡有的只是無邊無際的時間。這讓我頗為震動。我想，他並非指的是生存本身，而是指被懸置的無根感和真空感，還有，就是在海外保持獨立性的艱難。一種姿態或許可以達到某種效果，但是，如何在漫長的生活中不讓這種姿態被自己或他者所利用，卻是很複雜的事情。這裡面既涉及到知識分子如何處理思想與故鄉、抗爭與寫作、文學與政治之間的關係，也涉及到作為個體的人和作為集體的族群、作為政治的國家之間的關係問題。一旦置身於某一外在狀態，自由、獨立、熱愛、憤怒，等等，這些詞語的內在涵義最容易被誤解，也容易被利用。

這句話應該也包含著劉再復對自身複雜人生經歷的感悟。離國之前，他已出版引起很大反響的學術著作《性格組合論》，是中國社會科學院文學所所長，《文學評論》主編，也積極參與各類社會公共活動，去國之後，劉再復不參與任何與政治有關的團體、活動。他說，這是他的基本準則。他不希望自己被任何力量利用。

在美國，劉再復定居在科羅拉多州，一個陽光充足卻也寂靜無邊的地方。院子裡種著四季蔬菜，他每天澆水種菜，割草砍樹，做一位"採菊東籬下"的田園農人，接待來自四方的認識不認識的故國人，和鄰居李澤厚先生聊天對談，讀書寫文，訪學交流，遊歷思考，儘可能做一個遠離政治與革命的自由者。但終究也還是有人情世故的糾纏與誤解，有剝皮敲骨式的憎惡與批評，對這些，他都淡然處之，或儘可能反省自身。他看到太多的陷阱和無奈，看到人的社會存在的悖論性，但他仍然願意以最大的寬容去理解。

在香港的幾天，和劉再復、高行健兩位先生一起操場散步、臨海聊天、寫字品評、談論文學掌故、分析作家文本，好像又穿越回某一古典時期，大家在知識的樂園裡，進行純粹的精神之旅。熱愛生活和食物，熱愛大海和植物，也有老莊的退隱和自我放逐之意，但卻並沒有把它們作為某種終極價值，而是超越為積極的入世，劉再復先生把自己的生活、生命和周邊的人帶入到一片精神的開闊地。在那裡，人徜徉在知識與美學的園地，自由且智慧，人對情感、文學和社會政治的關注是超功利的，甚至，對自己的命運也是超功利的。這是久違了的氛圍，他希望大家都在一起，儘可能創造一種思考和交流氛圍，以激發生命中最深沉和優美的情感智慧。

其實，從他的“紅樓四書”、《雙典批判》和一系列遊記、人性雜論中，可以清晰地看到劉再復對人性、自由及民族性的理解。他承認從文學上看《水滸傳》和《三國演義》有很高的價值，但從文化上看，兩者卻以殺戮和權術危害著中國人的心靈，並化作潛意識繼續塑造著中國的民族性格。他借用史賓格勒在《西方的沒落》中所提到的“原形文化”和“偽形文化”兩個概念對中國的原始文化精神進行分析。他認為，《山海經》是中華文化的形象性原形原典，是最本真、最本然的歷史，女媧、精衛、刑天都是極單純的、孤獨的、失敗的有著赤子之心的英雄。《紅樓夢》、《西遊記》所體現的正是《山海經》的質樸精神和赤子情懷，而《水滸傳》和《三國演義》則把《山海經》中的天真變質為粗暴與兇狠，耍盡心機、權術與陰謀，是“偽形文化”的表現，也展示了中國文化中最黑暗的一面。

他希望人類能保持這點童心和天真，它是文明深處的“幽光”，他在《高行健論》中寫道，“靈山原來就是心中的那點幽光。靈山大得如同宇宙，也小得如同心中的一點幽光，人的一切都是被這點不熄的幽光所決定的。人生最難的不是別的，恰恰是在無數艱難困苦的打擊中仍然守住這點幽光，這點不被世俗功利所玷污的良知的光明和生命的意識。有了這點幽光，就有了靈山。”的確，如果沒有這點“幽光”，沒有這微弱的光芒的照射，人類可能就無法穿越黑暗——由人類自身所造就的黑暗——達到或想望光明的彼岸。

在劉再復身上，有一種中國老派知識分子的天真和熱情。我所想像的“老派”是一種氣質和風度。溫柔、敦厚，有知識與智慧、時間與經歷的浸染，有山河在，也有自我在。而天真，不是不明世事，而是洞透複雜世事後的寬容，生命力更加旺盛。不要“退一步海闊天空”的世事哲學，而要一種自在開放的狀態，它源於內在的生命要求，源於一粒黑暗中的種子，它不為什麼目的而生長，是生命到了這樣一種形態的必然展示。

他的女兒劍梅曾經在美國馬里蘭大學任教，後回到香港科技大學人文學院。在短短兩年時間內，舉辦一系列中國當代文學研究活動，閻連科、高行健研討會，駐校作家項目等，每次來的作家、學者，都由劍梅全程安排和接待，如果劉再復先生及其夫人也在，就由全家來招待，問寒噓暖，吃飯遊覽，可謂無微不至。劍梅很辛苦，苦惱於孩子、家庭、科研幾重任務的巨大壓力，但同時，你看到她，精疲力盡又非常自然地做著一切。父親帶給她的天性如此，她把她看成她的義務和應該的責任。

這正是一種傳承。赤子之心，天真與質樸，從精衛填海始，一直在中國的文化時空中散發光芒，並最終形成隱秘的精神之流，在文明的荒寒中散發出一點溫暖的“幽光”。

# 關於《劉再復評傳》寫作及與再復先生交往二三事

古大勇

魯樞元先生在《劉再復在八〇年代——有關我的私人記憶》一文中說："我與劉再復先生並無深交，二十世紀八〇年代之後的許多年幾乎沒有什麼聯繫。談論劉再復，中國文學圈裡大有人在，即使謬託知己，我也不夠資格。之所以寫這篇文章，只是出於潛在心底的一絲懷念。" 魯樞元也算得上國內一位知名學者了，竟然說"不夠資格"之類的話，那麼如我這樣一個平庸的、作為後學身份的再復先生的忠實"粉絲"，就更沒有"資格"來談論與再復先生的交往了。但幸而我有寫作《劉再復評傳》的因緣，也就有了幾件和再復先生之間來往的事情。

應該說，和再復先生有幸認識、並寫作《劉再復評傳》是一件偶然的事件，如果我不是來泉州工作，如果不是遇到張夢陽先生，那麼也可能不會認識再復先生，也沒有《劉再復評傳》的寫作緣起。

我二〇〇九年從中山大學博士畢業，來到泉州師範學院工作。既來泉州，就要關注泉州本土文化，恰好再復先生就是泉州南安人，之前就讀過再復先生的《性格組合論》，來泉州後又有意識地系統閱讀他的其他著作，再復先生筆下妖嬈璀璨的文學世界和深邃曲折的思想迷宮，令我著迷不已。二〇一一年我申報福建省社會科學規劃課題"台港澳暨海外華人文化圈對於魯迅的接受研究"，獲批立項，該課題將再復先生海外後魯迅研究納入了研究範疇，後來我寫了一篇題為《理性反思、生命共鳴和"貫通型"研究傳統——劉再復"第二人生"的魯迅研究》的論文，為了應付課題的結題，我於二〇一一年底將此文投稿給《東南學術》，在總編楊健民先生的支持下，很快發表，這初步激發了我研究劉再復的興趣。

二〇一三年四月十五日，中國社會科學院張夢陽先生來泉州講學，會見了再復先生的表弟葉鴻基先生，幾人相談甚歡，席間談到了諸多再復先生的近況。夢陽先生和再復先生是中國社科院的昔日同事，兩人私誼甚好，他知道我近期關注劉再復研究，便鄭重地建議我撰寫《劉再復評傳》。回京之後，他親自給再復先生打了一個電話，向再復先生推薦我，要他支持我寫作《評傳》，由於夢陽先生的力薦，再復先生欣然同意我為他寫《評傳》，在給我的信中不無謙虛地說：

> 讀了你給我表弟（葉鴻基）的信，知道你打算寫《評傳》，這對我當然是一種“鼓勵”，但我也擔心這是你的“錯愛”，聽夢陽兄說，你風華正茂，剛有三部大作出版，每部都寫得渾厚。聽他介紹，我當然高興而且充滿信賴，只是生怕會消耗你的才華與時光。

再復先生的這段話，充分表現了他虛懷若谷、平易近人、溫潤如玉的長者風範，事實上，把《評傳》寫作這件重任交給我，我擔心是再復先生的“錯愛”。可以說，由於夢陽先生的“牽綫搭橋”，“玉成”了這件好事。我非常榮幸能得到這個寶貴的寫作機會，感謝再復先生的信任。後來，再復先生通過葉鴻基先生陸續發來許多珍貴的第一手資料、圖片和文獻。也感謝夢陽先生的推薦，如果沒有夢陽先生的主動推薦和聯繫，我壓根兒就沒有這個想法。

二〇一四年，我以“劉再復學術思想整體研究（一九七六—二〇一三）”為題申報“教育部人文社科規劃項目”，雖然在申報之前，有不少人對這個題目能否通過表示擔憂，但我“一意孤行”，後來卻意外“中標”，獲得十萬元經費資助。經過三年的研究，完成了二十萬字的研究專著，二〇一七年順利通過項目結題。十多篇課題階段性成果發表在《當代作家評論》、《魯迅研究月刊》、《華文文學》、《傳記文學》等刊物上，應該說，課題的結題成果為《評傳》的主體內容奠定了堅實基礎。

二〇一五年六月，我接到時任《傳記文學》主編郝慶軍先生的電話，說《傳記文學》要策劃一個當代文學批評家傳記系列，考慮到我在福建，能否寫一篇《孫紹振評傳》？我推辭說孫紹振先生我不熟悉，不好寫，如寫的話，能否寫同屬“閩派”批評群體、我相對熟悉一些的劉再復？郝慶軍先生欣然同意，我首先利用二〇一五年下半年在中國社科院訪學的時間，完成了四萬字左右的簡版《劉再復學術評傳》，期間再復先生將稿件來回修改了多次，每頁都有再復先生的批注和修改文字，每稿都修改得密密麻麻，稿子修改得猶如“地圖”和“八卦陣”，沒想到一個大學者竟然如此的認真！令我感到十分“吃驚”，也使我感到“汗顏”，因為在我寫作的生涯中，從來沒有這麼認真過。簡版《劉再復學術評傳》後來連載於《傳記文學》二〇一六年第一期和第二期。《傳記文學》乃中國藝術研究院主辦，國家文化部主管，能在官方色彩的刊物發表這篇傳記，也算是不易。

我清醒地知道，我雖然能幸運地擁有這個寫作機會，但我並非寫作《劉再復評傳》的最佳人選。劉再復最顯在的影響和價值，體現在上世紀八十年代，他橫空出世的時代宏論“論文學的主體性”、他的屢屢售罄的暢銷書《性格組合論》都誕生於八十年代，他是八十年代振臂一呼、應者雲集的“文壇盟主”（林崗語），他幾乎就是表徵八十年代最典型的文化符號。但如果沒有親身經歷過八十年代，是很難體會到當時的那種文化語境以及再復先生舉足輕重的地位。而我，出生於七十年代，雖經歷過八十年代，但彼時處於心智尚未成熟、懵懂的少年時期，難於完全理解體察八十年代。因此，我認為那些比我出生更早，如出生於五十年代或六十年代的人（如林崗先生），或者再復先生的同時代人，或者再復先生的同事，是撰寫《劉再復評傳》的更佳人選。但既然擁有了這個寫作機會，並且得到再復先生的鼓勵和支持，我只能認真地把它做好。

自從與再復先生認識之後，一共僅與他見面三次，再復先生前些年不用電腦，不玩微信，如果聯繫再復先生就要通過他的表弟葉鴻基先生轉達。近兩年再復先生也使用起微信，我們就在微信中交流，方便了很多。在寫作的過程中，我曾數次和再復先生通過書信、微信交流。記得最初的時候，我把《評傳》的寫作大綱通過葉鴻基先生轉交給再復先生審閱並希望他提出意見，再復先生手寫了一封四頁紙的書信，通過葉鴻基先生傳真過來，書信內容如下：

大勇兄：

《評傳》提綱與《故鄉》闡釋之文章早已拜讀，你如此認真，如此全身心地投入此項工作，文字又如此富於才氣，這對於我是一種鼓舞。

所以遲遲未能回信，是因為我未想清一個問題，該不該對《評傳》發表具體意見，今天想清了，覺得不應發表意見，因為這會束縛你的思想，你的寫作過程應是一個再發現、再提升的過程，我的一切意見都可能形成你的創造障礙。前兩三年我寫《李澤厚美學概論》，曾多次請澤厚兄先看初稿，他就在身邊，但他說現在不能看，待書出版後我會作為你的第一個讀者。現在看來，他這樣做有道理，這就使我能放開思想自由寫作。你的"三七"框架很好，就據此框架放開筆墨吧。

此時我在洛基山下心境極好，所以也讀出陶淵明與王維的區別，前者是池魚找到"故淵"的"至樂"，後者則有許多失落的憂鬱。我尋找"故鄉"也是尋找自由與"至樂"，最後還是覺得唯有自己的筆下才可以存放自己的心靈，世上真的是"無立足境"。

我有機會再通過電話和你聯繫，但不干預你的寫作。

此頌 夏安！

劉再復

二〇一三年七月十七日

由這封信，可以看出再復先生對筆者的鼓勵、支持和期待，也可以看出他虛懷若谷、平易近人的大家風範。

對於《評傳》中涉及到的一些存疑的史實材料，我拿不準，不時向再復先生請教求證。例如，我曾請教過再復先生如下一個問題："廈門大學中文系一九五九級共招一百五十人，分成甲、乙、丙三個班，您當時編入乙班還是丙班？您的記分冊上寫的是編入丙班，但是畢業照上寫的是乙班。兩者不一致。"或許是年代已久的原因，再復先生擔心自己記得不準確，隨後就請教了同班林興宅等幾位老同學，在老同學的共同回憶和確認下，才得出準確信息：廈門大學中文系一九五九級共招一百五十人，分成甲、乙、丙三個班，甲、乙兩個班是文學班，丙班是語言班；劉再復剛入學時被編在丙班，三年後分出一個語言班，變成四個班，劉再復又被編入乙班。我於是將這準確的信息寫入《評傳》。再復先生在完成《性格組合論》之後，就進入《論文學的主體性》的寫作，關於這篇名震八十年代的"宏文"的寫作靈感和緣由之一，在他的一些訪談錄中，說是因為好友程麻的提醒，程麻提醒他閱讀李澤厚剛剛發表在《中國社會科學院研究生院學報》上的一篇論文《康德哲學與主體性論綱》，他讀後非常激動，文中有關"主體性哲學"的內容令他尤感興趣，直接啟發了他的《論文學的主體性》的寫作靈感。但筆者後來看到廈門大學楊春時教授在一篇文章中說是他提醒再復先生閱讀李澤厚的《康德哲學與主體性論綱》，這令我感到不解，到底是程麻還是楊春時提醒劉再復閱讀李澤厚的論文？我帶著此點疑惑請教了再復先生。再復先生經過回憶，認為是程麻首先提醒的，楊春時之後也提醒了，兩個人都有貢獻，叮囑我不要漏掉楊春時的名字。由以上兩個細節可以看出再復先生尊重客觀事實、尊重歷史、一絲不苟、認真嚴謹的治學精神。

二〇一五年底，再復先生來到他小女兒劉蓮女士位於珠海的家中短暫停留，聽到這個消息，我便和葉鴻基先生奔赴珠海來看望再復先生，並擬對他做一次學術訪談。讓我倍受感動的是：到珠海時，再復先生交代劉蓮來車站接送我們，並委託一位珠海朋友，將我們安排在一家檔次極高的星級酒店安頓，三天的食宿全部免費，每餐他都和夫人陳菲亞女士來陪我們一道用餐。訪談整整進行了兩天，在這篇訪談的最後，我問他下一步的學術打算是什麼，再復先生回答說：目標之一是想寫一部《我的心靈史》之類的自傳。真是說到做到，再復先生晚年更加勤奮，充分利用有限的餘生時間，惜時如金，每天黎明即起，奮筆疾書，終於在二〇一九年完成了《五史自傳》（《我的寫作史》、《我的心靈史》、《我的思想史》、《我的錯誤史》、《我的拚搏史》），陸續由香港三聯書店出版。北京三聯書店總編鄭勇先生曾高度評價前"三史"，稱之為"先生的生命三書，民族的傳世三史"，此評價可謂恰中肯綮，實名所歸！離開珠海前，再復先生饋贈我一副墨寶，上面寫有"神瑛侍者"幾個遒勁的大字，並對我解釋說："你的職業是老師，老師就應該像'神瑛侍者'灌溉三生石畔的絳珠仙草那樣教育學生。"可以看出再復先生對《紅樓夢》一書和賈寶玉這一角色的偏愛，也表達了他對教師這一職業的理解以及對我的殷殷期待。目前，這幅字就掛在我書房書桌正前方的牆壁上，在我教書育人的生涯中，我會時時想到再復先生對我的教導和期待，不敢懈怠偷懶。

在與再復先生交往的過程中，我親身感受到他作為一代文學大師的人格和思想魅力，我發自內心地崇敬他。但我清醒地知道，不能把這種對傳主的崇拜之情帶到寫作中去，不能帶著“仰視”的姿態來寫他，而要保持一種適當的距離。因此，在寫作中，我既肯定再復先生重大的時代影響和傑出的學術貢獻，同時也指出他在部分學術命題與觀點上的時代局限性。我敢於這樣寫，是因為我知道再復先生是一位虛懷若谷、胸襟開闊的學者，當年夏中義先生毫不客氣地批評他的《性格組合論》，他不但不生氣，反而讚許對方的批評觀點，並說“儘管夏中義的批評相當尖銳，但我認為他的批評是很有水平的人文學術批評。所以我讀後立即寫了一則短文發表於香港《明報》，讚揚他的《新潮學案》”。後來還給夏中義的著作熱情地撰寫了序言。我很幸運地遇到了這樣的“傳主”。

二〇一七年初，四十多萬字的《劉再復評傳》順利完稿，中國社科院的張夢陽先生撰寫了序言和推薦語，哈佛大學王德威先生、香港嶺南大學許子東先生、北京大學陳曉明先生分別撰寫了推薦語。我先後聯繫了國內好幾家出版社，由於害怕承擔“風險”，都不願意出版，最後廈門大學出版社接受了此書，於二〇一八年底與我簽訂了圖書出版合同，能在再復先生的母校出版《評傳》，這令再復先生感到非常欣慰！出版合同簽訂之後，就進入了書號和 CIP 申請以及圖書內容審查的流程，據責任編輯曾妍妍說其間出現了一些意想不到的波折和不同意見，鑒於國內的特殊情況，《評傳》能否最終“面世”尚前途未卜。再復先生聽說之後，表示理解廈門大學出版社的困境和難處，建議我為了能順利出版，可以在內容等方面適當地作一些“妥協”，這體現了再復先生為他人著想、體諒他人的真誠態度，也折射出再復先生晚年的一些思想傾向。期待《評傳》能在再復先生八十華誕來臨之際出版，以之作為呈獻給再復先生一份薄薄的賀禮。

二〇二〇年八月於紹興

# 親炙劉再復先生的教誨

莊園

二〇二〇年五月，我成為劉再復先生的“記名弟子”。很榮幸可以在這裡為劉先生八十壽辰寫一點文字，感謝他對我的提攜與幫助。

## 兩篇書序

劉先生為我的兩部書寫過序言。第一部是二〇一二年八月由中山大學出版社出版的《女性主義專題研究》，書序的標題是《膽識兼備方為境界》。此篇序言，劉先生對我主編《華文文學》時製作的“高行健專輯”高度評價，認為是我“文學批評的大手筆”，他寫道：這一筆意味著膽魄，意味著見識，意味著正義感，意味著文學真誠，意味著拒絕隨波逐流的獨立人格與批評風格。這一筆是“選擇”，是“判斷”；是“良心”，是“見證”。它不僅見證高行健的部分才華，還見證了莊園的很了不起的心靈境界。

第二部是二〇一九年九月由台灣花木蘭出版的《高行健文學藝術年譜（一九四〇—二〇一七）》。此書序的標題為：《高行健研究的里程碑》，他在文中感嘆道：“收到莊園的長達七十萬字的《高行健文學藝術年譜》的稿子，我著實嚇了一跳。展開閱讀後則是欽佩不已，無論是規模之宏大，還是氣魄之雄偉。也無論是材料之詳實，還是記敘之嚴謹，都是前所未有的。難怪行健兄會如此肯定（行健兄從不隨和，要讓他滿意很難）。毫無疑問，這部‘總其成’性質的《年譜》，乃是莊園個人精神價值創造的新發展，也是高行健研究史上的崇高里程碑。當然也是中國當代文學研究的里程碑。”劉先生在此書序中不僅高度肯定我寫作高行健年譜的學術意義，還用另一半的篇幅勉勵學人和後輩繼續對高行健專題的深度研究，他指出："高行健沒有我們這一代人普遍的三種'病痛'——鄉愁、革命與啟蒙，從而創造了'世界公民'的輝煌人生。他為什麼能夠如此超越？如此覺悟？這正是值得我們研究的課題。"

## 幾次會面

認識劉先生十年（二〇一〇—二〇二〇年）了，我常常會想起我們見面時那些美好的瞬間。

第一次：汕頭大學，二〇一一年四月。

當時劉先生回國參加母校廈門大學隆重的校慶活動，我邀請他順道來汕頭大學講學。記得汕大圖書館五百座位的演講廳早早就擠滿了人，劉先生的講題是：《關於山海經、道德經、六祖壇經的領悟》。之後我寫了一篇報道——《劉再復：從批判中國文化到重返古典》，刊發在《羊城晚報》並引發熱議。

我結識劉先生是在二〇一〇年初，那時我剛擔任《華文文學》副主編，很想組到有分量的稿件，於是通過美國的朋友聯繫上劉先生。劉先生讓他的表弟葉鴻基先生與我聯絡，我很快就拜讀到他的大作與新作。他對中國文學的理性思考和深度表述讓我抑制不住激動與敬佩之情。應該是時差的緣故，我會在晚間收到稿件，並沉浸到他高遠壯闊的文字世界中，而"不知東方之既白"。

劉先生很慷慨，不僅發來他自己的文章，還推薦另外兩位大家——李澤厚先生和高行健先生的文章。二〇一〇年的下半年是《華文文學》"輝煌"的開端：二〇一〇年第四期的"劉再復專輯"推出五篇文章；二〇一〇年第五期的"李澤厚專輯"推出六篇文章；二〇一〇年第六期的"高行健專輯"推出九篇文章。接二連三的"重磅"在學界引發強烈的震動。即時反應最熱烈的是第四期的"劉再復專輯"，為了應對不斷有學人向編輯部索取雜誌，我們還不得不進行了加印。而後續影響更大的則是"李澤厚專輯"，二〇一八年七月，我對《華文文學》二〇一〇年以來的論文被下載情況做了一個調研，"李澤厚專輯"中的兩篇論文——《中日文化心理比較試說略稿》（李澤厚著）和《個人主義在中國的浮沉》（劉再復、李澤厚合著）名列前茅。而"高行健專輯"的影響力，則以《華文文學》

不斷遭遇各級保守勢力舉報的“麻煩”方式表現出來。

回望我擔任《華文文學》副主編的這十年，“二〇一〇”竟然是過去十年中國大陸思想文化領域最自由最有活力的一年。

第二次：香港科技大學，二〇一四年十月。

那時我在澳門大學讀博，畢業論文打算做“高行健研究”，於是趕去香港科技大學參加由劉劍梅教授召集的“高行健國際學術研討會”。會議的主題演講由劉先生和高先生對談《要怎樣的文學？》。

會後，劉先生熱情地拉著我和高行健先生合影，還提議我做“高行健的文學思想”這個論題。他誠懇地說：“你好好寫成一部書稿，我來幫你出版。”我心裡沒底，在此之前我雖然出版了幾本書，卻都是文章的合集，直接寫成一部二十萬字的書稿，太難了吧？看著我一臉青澀的傻模樣，劉先生說：“別著急，好好寫，寫作中你如果有難題可以給我打電話。”

二〇一五年上半年的開題報告會上，我的導師朱壽桐教授認為理論是我的弱項，可著重文本細讀，建議我將論文題目改為《論高行健小說的現代性》。論文二稿寫出來之後，劉先生幫我仔細看了，並提出了重要的修改意見。我跟朱老師提及此事，朱老師佯裝生氣地說：“你居然沒經我同意，就先給劉先生看！”

二〇一六年秋天，我申請博士論文答辯時，劉先生已經幫我聯繫好出版社，等待答辯通過就即刻推出。劉先生建議修改書名，因為高先生不喜歡“現代性”這個詞。二〇一七年初我的書在香港出版時，改名為《個人的存在與拯救——高行健小說論》，全文三十萬字。書出版之後，不僅得到高行健先生、劉再復先生、朱壽桐教授、劉劍梅教授等人的肯定，學界其他的師友也都認可我寫出了自己重要的代表作。我從小就喜歡寫作，但一直到出版這部博士論文，我才終於明確自己是一個可以做學問的人呢。

第三次：二〇一七年十二月，澳門大學。

朱壽桐教授一直對劉先生也充滿崇敬之情，二〇一三年秋天我到澳門大學時，他就希望我能幫他邀請劉先生到澳大講學。一直到二〇一七年底，我們終於有機會邀請劉先生和菲亞阿姨到澳大中國歷史文化中心參觀。

那天，作家盧新華、詩人傅天虹也來了。會後我整理了他們的講話稿《華文文學的啟蒙與漢語文化的重建——劉再復、朱壽桐、盧新華澳門三人談》刊發在《華文文學》二〇一八年第二期。

劉先生說："我在海外漂泊了幾十年，無論走到哪裡，中國的歷史文化都跟著我。中國文化是一個巨大的時空存在。"他特意重提"啟蒙"的話題：啟蒙運動就是人類脫離自己所加之於自己的不成熟狀態。不成熟狀態就是不經別人的引導，就對運用自己的理智無能為力。"要有勇氣運用自己的理智！"這就是啟蒙運動的口號。作為一個學者，要有充分的自由和內在的責任，把他深思熟慮的意見傳達給公眾……"

第四次：二〇一九年一月，在香港。

二〇一九年初，我得到賈晉華教授的邀請，到香港理工大學演講。當天下午，正在香港講學的劉先生攜菲亞阿姨一起來現場為我打氣。第二天，我又去港科大和他們一家聚會。

香港的餐廳讓我想起粵菜酒樓，總是人氣很旺，大家也習慣在大廳就坐，有一種家常隨意的氛圍。劍梅預定了位置，餐廳的主管跟她熟絡，我們一進門她就說：劉教授好！我緊隨著劉先生走，他笑著對我說："在這裡，劉教授是劉劍梅，不是我。"意思是：在科大，女兒的名氣比他更大，呵呵。

劍梅的博士生喬敏帶來了一份澳門雜誌的校樣，劉先生已經認真地在餐桌上開始工作，用隨身攜帶的筆又劃又勾的。劍梅說："我爸爸總是太認真，每次看校樣總免不了要修改。"菲亞阿姨忙著督促劉先生吃東西，在他面前堆了好些菜呀蛋呀包子呀什麼的，可劉先生的注意力還是在稿子上。

吃著聊著，話題講到前一段李澤厚先生為金庸寫的紀念文章，遭到網友的眾多非議與批評。劍梅說："李伯伯何必呢，他根本沒必要寫這東西。"我說："這就是李先生的個性呀，我倒覺得沒什麼不好。"這時候劉先生說，"當時金庸找到潘耀明，主動說要資助李澤厚，這樣李澤厚才經由潘耀明帶去金庸家裡，他沒想到金庸的資助額度只有六千美金，所以沒有接受。"

原來是這樣，有這個前語境，我更加理解李先生。他才華蓋世，不說六千美金太少，資助他六十萬美金也不多呀！我不僅喜歡讀李先生的文章，他這個人的個性，我也覺得極可愛的。劉先生跟李先生是摯友，劉先生光明磊落的人格魅力大家都喜歡，李先生則常常被褒貶不一，對待摯友，不管別人怎麼看，劉先生總是維護他們的。我能維護李先生的真性情，劉先生也很高興。

我們聊得好開心，並沒吃多少東西，桌上堆了好多點心、菜呀湯呀什麼的。菲亞阿姨招呼大家多吃，強調不要浪費。劍梅說，“我爸爸媽媽總是很節儉，我奶奶更加節省過度，這樣真的不好。”她對父母說：“我和妹妹經濟早可以自立，你們有錢都花自己身上，不要太節省！”我倒是很理解老一輩的消費習慣，他們過慣了苦日子，節儉讓他們更有安全感吧。

港科大坐落在一大片美麗的海灣邊，那時的天空十分高遠，也讓我們的笑聲更加清晰如昨……

## 不是結語

二〇一九年底，我被撤去《華文文學》副主編的職務，轉崗到汕大圖書館工作。這時，劉先生鼓勵我轉向對“魯迅一家”的研究。二〇二〇年四月底，我完成三十五萬字的書稿——《許廣平後半生年譜——兼及魯迅的家人與友人等（一九三六——一九六八）》。通過寫作，我疏解了之前的憤怒和痛苦，在動蕩的現實中恢復了淡然的心境。

回首往事，二〇一四年對我來說是一個重要的時間節點。這一年，我主編的《華文文學》在劉先生等人的大力支持下，連續幾年發表了一系列重要的學術文章，開始成為“中文核心期刊”；而我的寫作，因為得到劉先生和朱壽桐教授的鼓勵，在這一年確定了研究重心。當時我並不知道，這個研究重心的確立，能讓我在五年後的人生挫折中保持理性並重新奮起。

我會記住劉先生那些溫暖而充滿力量的話語，繼續在學術的道路上努力精進……

寫於二〇二〇年七月二十三——二十四日

二〇二〇年九月二日、五日修改

# 輯五 漂流歲月

# 劉再復的赤腳蘭花

董橋

## 一

我在《過客達達的馬蹄》裡引述一些前輩的經歷和觀點，說明老一輩中國人經過戰亂流離一心盼望國家安全，百姓無恙，風調雨順；新一代中國人長期順境，沒有苦難意識，相信民主，相信科技，不能接受任何維護民族主義的法律概念。一位來港定居九年的秦先生託我一位朋友傳話，說是讀了《過客》一文百感交集，既同意我的分析和顧慮，也不能不想到大陸上幾經政治風波的兩代知識分子的命運。秦先生說，他們的苦難感是"深刻的、不易磨滅的"。《過客》一文主要說香港回歸前新一代人的心態；我心中當然也想到大陸上二三十歲人的情況，他們也不會有太深沉的苦難感，文革時期畢竟還是些娃娃。秦先生說的當是四十歲以上的人。聽了朋友轉述秦先生的話，我心裡很難過，格外懷念大陸上我認識的所有中年、老年師友。

## 二

我在《明報》副刊上讀劉再復的文章，感觸常常也很深，覺得他寫得真好。他過去是中國科學院研究員，文學研究所所長，現在是美國科羅拉多大學東亞語言文學系研究教授。我不久前才讀；到余英時先生給他的散文集《西尋故鄉》寫的序文。余先生引經據典，闡釋"西尋"和"故鄉"的歷史源流，描繪出當代中國知識分子蒼涼的旅程，給劉再復的命運下了深刻的腳注。最近，《中國時報·人間副刊》請劉再復加入《三少四壯集》筆陣，第一篇寫的是《努力做一個人》。

他說他心中淤積的苦難記憶實在太多太重，那是“本世紀下半葉故國土地上集體性的經驗”，所以“還有話要說”。文章裡有一段話我印象很深：“我兩次到台灣，留心過同齡的作家學者，這才發現，他們具有許多大陸作家學者所沒有的長處，例如，他們一般外文的水平都比較高，國際資訊的掌握都比較豐富，言論舉止都比較平和平實，然而，他們都有一個共同的天生不足，這就是缺少苦難記憶，與此相關，也就缺乏大陸作家所普遍經歷到的心靈大震蕩、大分裂和大痛苦，於是，也難有大愛大憎大悲傷與大歡樂。想到這裡，便覺得苦難記憶乃是一種精神寶藏，不妨把它挖掘出來。”香港成長的作家學者跟台灣的作家學者也很相近，只是外文水平容或更高，中文水平容或稍弱。

## 三

劉再復有今日的成就，也許真是來自苦難記憶的精神寶藏。瀏覽他的著述，我感佩之餘，往往覺得不忍：一個政權憑什麼要把自己的子民折磨得憂患重重、過早成熟？如果真的是這樣才能孕育出偉大的人物、偉大的發明、偉大的作品，我寧願不要這些偉大。看到西方千萬客居異鄉的猶太人出類拔萃，我常常為他們高興，也為他們悲哀。劉再復的文集題為《漂流手記》、《遠遊歲月》、《西尋故鄉》，閃閃發光的才情學養背後，畢竟蘊藏著多少“赤腳蘭花”之志！吳冠中先生寫中國早期旅法畫家常玉，說常玉的作品教人想到八大山人之高傲、孤僻、落寞、哭之笑之；說鄭所南忠於宋，元入主後畫赤腳蘭花，即帶根的蘭花，因已無土地可種植，寓首陽山採薇之志。“大愛大憎大悲傷與大歡樂”，代價實在很大。我不認識劉再復，讀他的文章卻往往掛念不已。

《明報》一九九七年六月二十七日

# 漂泊的真誠

鄭培凱

## 一

我知道劉再復，讀到他的著作，大概是在八十年代初期，他寫了魯迅研究的時候，算起來快四十年了。真正認識他的時間卻不長，只有二十來年，是他離開中國大陸，在海外漂泊之後。我自己一生漂泊，一九七〇年從台灣到美國，二十一世紀又從美國移居到香港，見過各色人等，有的是為了免於恐懼而長居海外，有的為了追求自我發展而遠走他鄉，有的為了政治信念而自我流放，有的為了子女幸福而背井離鄉。漂泊的原因各異，境遇卻都差不多，要面對陌生的生活環境，重新調整自我的人生定位，以適應異鄉文化與習俗的隔閡。再復稍有不同，他在世界各地漂泊，表面上看來是流放，實際卻生活在精神的旅途之上，重新認識自我，重建文化信念，是追尋人生理想的心路歷程。我喜歡再復，因為他真誠，對人真誠，對自己更真誠，是個當今少見的正派知識人，對中國文化的未來充滿願景，尊重個體的生命尊嚴，對人類文明有著類似宗教信仰的虔誠。

一般人評論劉再復，經常給他冠上“人文學者、思想家、文學家、紅學家、自由主義者”等等一大堆頭銜，雖然都有其道理，未免有點思想偷懶，概念先行，給他戴幾頂高帽子，就算定性了。稱他為“自由主義者”，聽起來最不順耳，因為這麼說的人經常是從政治立場出發，而再復心底最想迴避的就是政治干預文化，最不希望看到的就是文學研究與評論的泛政治化。有人指出，中國人生活在政治籠罩的環境，一切都政治化，只是現實的反映，怎麼可能不關心政治，不把一切生活言行與思維意識納入政治場域呢？還有人振振有詞，提出福柯與德里達（又譯作德里達）的理論，說後現代理論明確展示了權力包羅萬有，無孔不入，一切文化認知的傳統都必須解構，所以，研究文化的第一要務就是批判，文化人有打倒與推翻現有知識結構的義務。我看，再復未必同意，他和李澤厚共同出版《告別革命》，就明白表示了，不是為了介入政治，恰恰相反，是為了超脫政治，讓思想文化的發展有其獨立自主的開放空間。

劉再復是福建南安縣人，出生在抗戰期間的農村地區，從小經歷戰爭與動亂，七歲的時候父親去世，由寡母養大家裡三個兄弟，生活情況十分艱苦。他是個聰明好學的孩子，當地的小學實行一種獎勵辦法，全班考第一名就免除學費。他後來在美國接受訪問時說，“我讀第二名都不行，讀第二名我都會哭的，期中考我第二名我就會哭，我一定要期末得第一名，否則我下個學期沒法讀了。”回想他小時候讀書苦學，再復最怕的是失學，而不考到第一名就會失學的恐懼，激勵他用功讀書，絕不懈怠。他這個發憤讀書的習慣，已經成了第二天性，一直到今天仍是如此，頗似古人說的，“一日不讀書，便覺面目可憎。”

因為自己成長的過程，受到寡母無限的關懷，得到社會與學校獎助的培養，終於能夠出人頭地，他對家庭、社會、政府的認識，有一種傳統儒家忠孝的孺慕感激之情，由親親擴展到社會國家。在意識的底層，再復對國家政權的態度，有點像稚兒依戀父母，即使在理性上強烈反對，抗議的聲調還是和緩而收斂，希望錯誤不再發生。這不禁讓我想到《論語・里仁》記孔子的話：“事父母，幾諫，見志不從，又敬不違，勞而不怨。”有人覺得再復受到不公正的待遇，以至於流亡海外，應該對不公義的強權做出有力的打擊才是。其實，每個人成長的環境不同，對世上現實與公義的概念有不同層次的理解與認識，應對的方式也不盡相同。再復在美國流亡的時候，曾說到自己青少年時代，大家一起經歷的是飢餓。因此，對自己的國家民族，充滿了親情的憐憫，不忍做出無情的抨擊。他說，“我的良心是對底層工農的記憶跟對童年的記憶，因為我在童年這個記憶裡邊，包含著很多良心的內涵，你看父老鄉親那麼艱難，那麼困難，那麼艱苦，自己的母親那麼艱難，那麼困苦。所以我到美國，我從來不覺得苦。因為我小時候太苦了。”

再復一九八九年流亡海外，那時西方的物質生活條件不會比中國差，他真正感受的苦，是精神上的孤獨與漂泊，是孤臣孽子“不見九州島同”那種幾近絕望的心態。支撐他的力量是“良心的內涵”，是母親對他的期望，是父老鄉親跟他一同度過的飢餓，是要永遠發憤自強，回饋鄉梓家邦恩情的信念。文革以後他最大的醒悟是：“一要說真話，二要維護我們人的尊嚴，人的價值，為這最基本的東西而奮鬥。”我覺得他在漂泊的生活中，體現了內心的醒悟，回歸到童年時期母親與鄉親給他不求回報的“良心的內涵”，從此展現了真誠的追求，寫出一本接一本真誠的思想告白，讓我們看到了真正的“不忘初心”。

## 二

我和再復成為知交，是在二〇〇〇年左右。當時我負責香港城市大學的中國文化科目，提供全校六個學分的共同必修科，邀請他與李澤厚來中國文化中心，擔任客座教授，講授中國文化傳統。課程設計是中國文化通識教程，以多元視角呈現中國歷史文化，範圍從上古一直到清朝覆滅，內容可以是哲學、文學、歷史、藝術，甚至傳統醫學方術、音樂舞蹈，但是，為了符合政府專業教育的要求，不能包括近現代部分。李澤厚是舊識，他在一九八〇年代初期，和社科院哲學所幾位先生，如汝信、邢賁思都曾來過哈佛訪問。由於張光直、傅高義、孔飛力、杜維明等教授的組織安排，大陸的中年學者雲集，記得湯一介、樂黛雲、韋慶遠等人都有齊聚一堂的日子，風生水起。那時我正好在費正清中心做博士後研究，適逢其會，與他們過往十分密切，朝夕相處，探討中國傳統思想文化與社會結構，如何在現代轉型，如何發展出開放性的文化空間。李澤厚對中國哲學傳統有一整套看法，對中國傳統美學也有脈絡明晰的解釋，我認為他籠統歸納明清美學，忽視了晚明審美境界的發展，和他論辯過幾次，意見不同，不過承他不棄，算是忘年之交。請他到香港講中國文化傳統，是他的老本行，當然沒有問題。再復則不同，我過去與他交往不多，倒是讀過他的著作，非常佩服他文學批評的犀利觀點，特別欣賞他研究文學所展露的人文關懷。不過，他本來的研究範疇是近現代文學，按照香港政府大學撥款委員會的規章制度，我們這個教學單位成立的宗旨，是講授中國文化傳統，到清代為止。從他的專業領域而言，只能就古典文學與文獻來發揮，怎麼辦呢？

我跟他商量教學內容，解釋香港的大學聘用合約一板一眼，一個蘿蔔一個坑，而且還設置了嚴格的審查辦法。大學撥款委員會的最高領導，都是香港大公司老闆或金融投資與銀行總裁，對待大學教育的態度一如公司的管理經營，視一切教授為“打工仔”。他們以為，撥款支持大學運作，讓我們在講堂上自由講課，是政府恩賜的德政，得依從他們理解的經濟效益進行，一切都得符合契約條款。因此，再復的講課教材也只能限於古典文學。再復心胸寬廣，了解我必須遵守政府教學規定的苦衷，並非是限制學術自由，而是為了避免學術官僚的干預，怕他們打著法律契約的名目，取消我們整個教學科目，實現有些人“學文化是浪費時間”的呼籲。再復聰明絕頂，提出重新詮釋古典的構想，發揮他追求人文關懷的理想，就說，保守派講儒家正統的《六經》，我也講“六經”，講“我的六經”，就講授《山海經》、《道德經》、《南華經》(《莊子》)、《六祖壇經》、《金剛經》、《紅樓夢》吧。我聽了大為贊同，就讓他在課堂上去自由發揮了。到了後來，他乾脆跟同學說，“《紅樓夢》是我的聖經！”

再復女兒劍梅來到科技大學任教之前，他幾乎每年都來香港與我相聚，或是擔任客座教授，或是負責香港城市文學節的評審，為香港的文化界增添了一抹亮麗的色彩。他總是說，我是他的知音，讓他在漂泊之中，有個可以安身的港灣。其實，是他自己對學術文化的熱誠，以及待人接物的坦誠相見，給香港帶來了新鮮的空氣，讓這個急功近利的城市少了些市儈的習氣，也讓我感到自己不再漂泊，盡力經營與維持一區平靜的港灣，接納流落天涯的文化歸客。用再復的話來說，文化是有深度、有厚度、有寬度、有廣度、有熱度的文明追求，需要我們盡畢生之力投入，而且要帶著“三情”，感情、熱情、激情，一步步加深，奮鬥終身，自強不息。

再復是個生龍活虎的人，講起課來十分生動，可以媲美他寫的文章，讓我想到梁啟超的一支健筆，經常帶有深厚的感情。他有著濃重的閩南口音，說人生的理想，說世事的艱難，說人情的險惡，說《紅樓夢》的感悟，都讓人聯想起濃得化不開的文化鄉情，來自福建的山鄉，來自世世代代靠貧瘠土壤滋養的鄉親。他雖然離開了撫育成長的大地，卻在文化漂泊之中，永遠探索中國文化的理想天地，從過去，到現在，到將來。

# 我的朋友劉再復

羅多弼（Torbjörn Lodén）

一九八九年五月我應劉再復教授的邀請去北京參加他組織的一屆紀念五四運動與文學的學術研討會。那時我已經讀過他的一些文章，但這還是我第一次有機會跟他深入交談。雖然他一九八八年曾經到訪過瑞典，但是那次我們幾乎沒有機會談話。在北京見面的時候，他跟我談了一些關於中國文學和意識形態的想法。很明顯，他看中國文學的現狀和未來，就很樂觀。令他高興樂觀的是，他認為走上改革開放的路以後，中國的作家和學者可以比較自由地寫作，可以真實地描寫社會現象，包括陰暗面，也可以表現他們的內心和自我。道路雖然很曲折，挫折不少，但是發展的方向明確；文壇，學術界很活躍，也日益多元化。

聽再復兄講這些，我發現有很多內容我可以認同。一九七〇年代，就有三年（一九七三——一九七六年）我在瑞典駐華使館當過外交官（文化專員）。我在北京期間，就逐漸發現中國大陸的社會和文化的確處在一個很不健全的階段。我對中國的這種理解，改革開放以後就變得越來越具體了。在改革開放帶來的相對來講比較自由的條件下，中國不少知識分子提出了一些分析和想法能幫助我深入一點理解中國社會和文化的困境。擺脫極權主義，擴大個人的空間，重視人權和個人的尊嚴，追求更多的自由，走向民主——這些我認為都是改革開放初期一些優秀知識分子所追求的理念和理想，也是很熱門的話題。

一個例子就是李澤厚一九七九年出版的書《批判哲學的批判》。他用康德的人生觀來說明需要把人看成目的；在國外是這樣，在國內也是這樣。我一看就覺得李澤厚的這種思想和分析很敏銳。馬列主義毛澤東思想的人生觀把人完全當作手段，當作革命和社會主義建設中的螺絲釘。這是一種違背了人文主義，違背了啟蒙思想的人生觀。特別值得注意的是這種人生觀也違背了中國傳統思想中的人文主義，比如“君子不器”的觀點。同樣，李澤厚和劉再復提出的“主體性”這個概念也是強調每個人的獨立和尊嚴，反對把人性完全歸納為階級性。

擺脫極權主義，恢復所謂啟蒙思想和理想，我認為是一條很重要的途徑。在這一方面我受過王元化先生很深的影響。我感到很幸運的是從八十年代一直到他晚年，我都有許多機會深入地跟他交談，跟他請教。他編的一個雜誌叫《新啟蒙》我覺得很重要。王元化先生主張要回到五四時期跟當時的啟蒙思想關聯。這就意味著回到賽先生和德先生的年代，讓自由、民主、理性、尊嚴等概念成為基本價值。同時，他也很重視早在明清時期就有一些學者——他特別重視戴震——表現出的一種啟蒙思想。他也認為十九世紀主張改革的幾位學者——比如龔自珍（一七九二——一八四一年）的思想既有啟蒙的因素，也有現代化和現代性的因素。

總之，一九八九年五月初跟再復兄談話，就讓我很受啟發，感到很興奮。五月十四日離開北京回瑞典的時候，我心目中的中國空前開放，我對未來的自由化和民主化充滿信心。但是僅僅過了兩個多禮拜，完全出乎我意料，劉再復不能留在中國，成為了一位流亡的知識分子。他先去了法國，然後到美國了。很長時間以來，很多瑞典人對中國和中國文化感興趣，毛時代之後去中國的瑞典遊客增加了很多，大部分人對中國的印象很深。一方面他們很羨慕中國很豐富的文化遺產，另一方面他們發現中國正在進行很了不起的現代化，包括文化和學術的多元化。在這樣的背景下，我們失望的感覺特別強。

一九九〇年馬悅然教授從斯德哥爾摩大學退休了。他當時到了退休的年齡，並且他這樣做就可以把他的精力全部放在翻譯中國文學以及他在瑞典學院所擔任務之上。一九九〇年夏天我接替馬悅然在斯大擔任教授。上任以後，我覺得應該想辦法邀請一位很出色的，在西方流亡的中國知識分子來瑞典，在斯大當一年的客座教授。因為馬悅然，還有不少學生搞的是文學，所以我覺得再復兄是一個很理想的選擇。馬悅然很支持這個建議。因此，我就跟再復聯繫，跟他提了這個想法。他馬上回答說，只要能安排，他就願意來瑞典。所以我很高興可以給瑞典政府的一個部門介紹這個項目，並且申請經費。政府部門的反應很好，馬上批了我申請的經費。這個也證明瑞典政府那時很關心中國文化。

結果一九九二年秋天再復、他的夫人菲亞女士以及小女兒劉蓮就來到瑞典。從一九九二年秋到一九九三年夏之間，再復兄在斯大擔當客座教授。

中國走上改革開放這條路以後，我覺得當時總的方向就是擺脫極權主義，支持多元化，建立一個比較獨立的法制體系，搞法治，尊重人權，促進跨文化交流，逐漸走向民主制。我那個時候基本上能夠認同劉再復和李澤厚兩位教授在他們一九九五年發表的《告別革命》這一本書裡的分析和觀點。我一九九〇年代初跟再復教授一樣，以為總的方向還是走向一個更自由，更多元化的社會，甚至一個民主社會。今天回顧起來，只能承認當時這種想法過度樂觀。很可惜不能說，中國最近幾年是在走向一個更開放，更多元化，更民主的社會。後來，張志揚教授在他一九九六年出的書《缺席的權利》說到改革開放至少帶來了人們可以沉默的自由，不需要喊官方的口號。這個變化也許可以說標誌從極權主義到權威主義的轉變。張教授這個說法似乎非常切確。

再復兄在瑞典期間，有很多講座，講中國文學以及他關於文學的想法。除此以外，我自己也有很多機會跟他面談。今天回想起我當年聽再復講的話，在我的意識中就出現一些命題，比如"主體性"，"跟現實和政權拉開距離"，"超越"，"懺悔意識"等。

再復兄常用"超越"和"拉開距離"這兩個概念。他說一個作家需要"超越現實"，也需要"跟國家，跟政權拉開距離"。他認為中國的作家和學者很難"超越"，很難跟政權"拉開距離"，從古代到現代這都是中國文化的一個問題。古代有"文以載道"這個準則在限制創作和創新，當代有"為革命"，"為人民"，"為黨"的要求同樣在限制創作和創新。再復兄跟很多中國知識分子一樣認為這是需要打破的一個框架。更具體來講，文學和國家之間的關係應該顛倒過來：與其說學術、文學和藝術要為國家做出貢獻不如說國家應該為學術、文學和藝術提供好的條件。

後來有幾次我有機會跟高行健交談，發現他也很強調說，如果要追求文學的創新和獨特，那麼就應該到邊緣，不應該呆在中心。因此，他覺得生活在法國對他的文學創作很有好處。當然他這個觀點也表現出他希望儘量擺脫極權主義的壓力。我想再復和行健二位在文藝觀這一點上很相似。

看文化和國家的關係，就必須採取一個歷史的視角來分析。鴉片戰爭以後，中國進入了一個轉型時期。以天命為思想基礎的天朝帝國要變成國際體系中的一個成員國。從那個時候起，追求國家富強就成為了中國政治和文化的要點。文化被視為國家富強的手段，這意味著文化被視為次於國家。有幾千年歷史的中國今天還沒有完全走出這個階段。要理解當代的一些開明的學者和作家，比如理解劉再復和高行健，主張文學和學術需要跟政權拉開距離，就必須將他們的觀點放在這個歷史背景下。

主體性這個概念，再復兄用來表達他的人文主義（當時用的詞更多是“人文精神”）。他願意參與恢復一個健全的人生觀，把人視為主體，不是客體。講主體性，再復經常提到李澤厚教授，他非常重視李澤厚關於主體性，人文主義等理念的解釋。

具有諷刺意味的是，就在像劉再復和李澤厚等中國的知識分子剛擺脫幾十年的壓抑，開始恢復人文主義，突出每個人的價值和個人的主體性的時候，在西方出現了一股思潮把“自我”，“作家”等概念解構了。可能是因為我自己對中國歷史有點理解，所以我對這種思想有點反感。

再復兄深信文學和學術需要獨立，需要自己的空間（這也是他當時經常用的概念）。這一方面他的思想不但是時代精神的體現，再復自己也參與形成時代的精神。文學和學術的獨立在他的思想中是很基本的價值，所以並不奇怪他的不少想法和主張就圍繞“獨立”這個理念。比如說他很喜歡講的一個命題是“超越”的重要性。他認為無論是一個作家、一個藝術家，還是一個思想家都需要超越，需要“跟現實拉開距離”（這也是他很喜歡的用語）。一方面這個想法很實際，他覺得只要是能夠超越，拉開距離，就能夠真正創作有價值的東西。但是我想，他對超越的重視也導致他開始懷疑哲學的一元論不是絕對的真理。我猜測他感到二元論，甚至一種唯心主義，比如基督教有一定的吸引力。

劉再復是繼承五四精神的學者。他的思想充滿批判性。他的批判針對現代，也針對古代。他嚮往的是一個允許每個人發揮他 / 她的才華的社會，一個生活充滿豐富多彩的文學和藝術的社會。但是當代和古代社會都有很多壓迫，各種制度和思想限制人們的發展。在批判中國文化的時候，再復兄在瑞典常說中國文化缺之"懺悔意識"，他提出的例子來自古代，也來自現代。跟很多同齡的人一樣，他在不斷地思考文革的災難，思考大躍進的災難，反思這兩次災難的責任問題。我想他覺得為了進行像德國人第二次世界大戰以後的那種"克服過去"的歷史反思（Vergangenheitsbewältigung），就需要表現出誠實的懺悔意識。他覺得談論這兩次災難的中國人很善於批判，但是缺乏懺悔意識。

再復兄當年在瑞典的一個非常大的貢獻就是給瑞典漢學界介紹了不少很優秀的中國學者、作家和藝術家。再復來瑞典的時候，陳邁平兄已在斯德哥爾摩大學教書，搞研究，各方面給我們幫很大的忙。還有搞美學的高建平兄和他的夫人，搞語言學的李明女士當時也在瑞典。這幾位都幫忙給我們瑞典漢學家介紹中國當代學術和文學。

在這種情況下，我願意趁著機會邀請一些優秀的學者和作家來瑞典討論中國文化和社會面臨的重要問題。馬悅然也非常支持這個建議。因此，我們就決定開一個研討會，題目叫"國家、社會、個人"。多虧再復兄的幫助，我們可以邀請到好多位來自中國大陸、台灣、香港、美國和歐洲非常優秀的中國知識分子一九九三年六月來斯德哥爾摩討論有關國家、社會和個人的問題。其中有王元化、北島、朱維錚、李陀、李歐梵、李澤厚、杜維明、汪輝、余英時、林毓生、甘陽、金觀濤、高行健、孫長江、陳方正、張灝、張志揚、劉紹銘、劉禾、劉青峰、劉小楓和蘇紹智。還有不少西方人，比如美國的葛浩文教授和瑞典、丹麥的幾位學者來參加。在研討會上，再復兄當然親自參加發言，還有陳邁平、高建平二兄也參加了。

開會的發言和討論都很有意思，有分量。尤其是這些很優秀的華人知識分子來瑞典跟瑞典的學者交談，對我們的學術以及對中國的了解有非常大的意義。假如當時再復沒有在瑞典的話，我們就根本沒有辦法組織這個會。

回顧起來，我很幸運有機會認識這麼多很優秀的中國學者、文學家和藝術家。一九九三年的會在這一方面對我特別重要。

我跟許多中國朋友的交流（其中不少是再復兄給我介紹的）幫助我深入一點理解改革開放給中國的學者，作家和藝術家帶來了新的自由。在這種新自由的情況下，不少學者、作家、藝術家等知識分子選擇儘量跟政治拉開距離。他們不但拒絕為政權服務，拒絕當御用學者或作家，他們甚至迴避有政治色彩的題材。他們追求一個更高級的，高於政治的境界，願意在那邊搞“純學術”或“純文學”。他們之所以選擇這條路的原因不難理解。不用說以前的中國的學術和文藝確實是過度政治化了，從一九四九年一直到一九七六年，高級的純學術和純文學在中國太少。因此，有人搞純學術，純文學，這是很好的事情。但是這樣說並不就意味著學者、作家、藝術家等人應該迴避社會和政治的題材。我想問題不在於學術和文藝要不要對待社會和政治題材，而在於學者、作家和藝術家對於政權獨立不獨立，以及官方是否只允許寫社會和政治的題材，不允許搞純學術，寫純文學，純藝術。

再復兄在瑞典期間，有一次我們一起去訪問拉脫維亞的美麗首都里加，在拉脫維亞大學進行了幾次演講。我給再復當翻譯。他的演講很有魅力，講的內容也很有分量。我知道拉脫維亞的朋友們對他的印象非常深刻。我們在拉脫維亞玩得很愉快，是我難忘的經歷。

一九九三年再復離開瑞典以後，我一直跟他保持聯繫，但是可惜見面的機會太少。有幾次在香港能碰面，每次都特別愉快。在香港他給我介紹了他的好友潘耀明先生。多虧再復兄，潘先生也成為了我的好朋友。劉再復教授是華人，但是他超越國家和文學的界綫，他的主要歸宿是文學和學術。他是一位非常出色的，有良心的學者和知識分子。

# 童稚之心和悲憫之情

## ——我印象中的劉老師

宋永毅

我和劉再復先生並沒有過正式的師生關係，但我一直把他視為我的兄長和老師。這不僅是因為生理年齡和學界輩分的差別，更因為我們之間交往數十年的難得因緣和真摯情誼。

二十世紀八十年代中葉，中國大陸的文學理論界在改革的大旗下，衝破了建國以來種種極"左"的思想牢籠，大有橫掃千軍之勢。其領軍人物，便是當時大陸唯一民選出來的中國社科院文學研究所所長劉再復老師。我那時尚在上海的一座冷僻的區級業餘大學任教，卻也不甘寂寞，積極地給劉再復任主編的《文學評論》雜誌撰稿。該編輯部堅持以文稿質量為第一標準，竟連續錄用了我這個遠離學術主流圈的、名不見經傳的年輕人的五六篇投稿，使我一時榮幸地成為這個"國家級"文學理論雜誌的經常作者。大約是一九八七年，我被推薦到北京參加中國現當代文學研究新生代學者的一個學術會議，劉老師在會上作了他在當年風靡一時的"性格組合論"的演說。因為聽眾有數百人之多，我在會後甚至也沒有和他個別聊幾句的機會。

大約在一九八八年間，我決心改變自己的處境，到美國留學。但這需要強有力的推薦人，才有可能獲得獎學金。當時的中國學界，可以為美國認可的國內的文學理論的學者，大概也只有劉再復、樂黛雲等寥寥數人而已。我當時非常冒昧地給《文學評論》編輯部主任王信老師寫信，詢問是否有可能請主編劉老師為我寫一封推薦信，並附上了兩封英文信的樣稿。我並不抱太大希望，因為我甚至都沒有過與劉老師的任何個別交談。不料一個月後，我驚喜地收到來自該編輯部厚厚的掛號信件。打開一看，劉再復的大名已經簽在我寄去的英文推薦信上了。因為聽說我會同時申請五所美國大學，還附有三份空白信箋，都簽上了劉再復的中英文名字。據王信老師轉告：我可以根據專業的需要和申請學校的不同，自由地填上英文內容。他還說："這是再復的原意，你不必有任何拘謹。"我看信時，滿心充溢著被信任的溫馨。但同時，我又不免有一點小小的疑惑：劉老師作為在中國大陸已經成名的領軍人物，對我這樣一個素昧平生的人是否太輕信了一點——當然我是絕不會用他的空白簽名信去亂寫一點什麼的。

這一疑惑，一直到我到美國留學後才有了完整的答案。一九九〇年間，我在美國科羅拉多大學博爾德分校讀東亞研究的碩士。正巧劉老師也被請到同一所學校任訪問教授，我們便有了很多的面對面的交流。記得有一次我跟他談起他當年為我寫推薦信的事，順便還問他為何如此輕信地就寄了我好幾份空白簽名信箋。他告訴我他當然記得寫推薦信的事，因為他讀過我在《文學評論》上的文章。說到那些空白簽名信的"輕信"，他似乎深不以為然，只是輕輕地說了一句："那不是對被推薦的朋友方便嗎？"我看他的眼神閃爍著無比真誠的光，全無一點世故的社會經驗。

在越來越深入的交往中，我才深知這位聞名海內外的大學者其實有著一顆真摯的童稚之心。常常純真到幼稚的程度，有時真令人忍俊不禁。在博爾德留學期間，我們都是些窮學生。我本人的獎學金交了學費後，生活費就全部要靠打工了。和我們相比，劉老師是有月薪（其實也很微薄）的訪問教授。因此，他常常請我們近十個文學專業的留學生和家屬一起去外面餐館吃飯。我們這些"貧下中農們"也就常常厚著臉皮去吃劉老師的"大戶"了。有一次，我們找了一家博爾德城郊外的洋人新開的自助餐廳由劉老師請客。菜過數道、飲過三巡，不覺一個多小時過去了。因為沉迷於談天說地。劉老師竟一直忘了去添菜加飯，顯然沒有吃飽。他忽而站起來，十分靦覥地問眾人道："我是不是還可以去加一點？"眾人突然爆發一陣大笑。因為對我們這些留學生中的"老油子"而言，來自助餐館吃飯，本來就是要輪番轟炸、酒醉飯飽才會罷休的。劉老師是今夜聚餐的"金主"，竟不好意思再去添加一點……

然而、社會複雜、人心險惡。劉老師以童稚之心對他人、對社會，他從不設防的謙卑、真誠、慷慨和輕信有時未必帶來應有的回報。例如，大陸某個自命不凡的“才子”，在國內受了迫害。因劉老師的幫助來到美國避難，還一直接受了他個人的經濟資助。但此人非但從沒有一絲的感恩之情，反而在我面前抱怨：劉再復的幫助只是為了把他蓄意保持在一個“吃不飽但也死不了的狀態”。那人甚至還說：“劉再復明明可以幫他在美國高校搞到一個終身教授的教職，卻從來不做”。我忍不住當場反駁他：劉再復自己在美國高校也只是一個“訪問教授”，如何幫你搞到“終身教授”的教職呢？更何況，你非但沒有美國的任何學位，連基本的英語都說不清楚，如何到美國大學的課堂上去講課呢？從此以後，我就斷絕了與此人的任何往來。但據說劉老師經歷的此類居心叵測、恩將仇報事例，還絕不不止一個。

劉老師是研究魯迅的，他的書面研究在大陸至今還是一流的學術成果。上述事例說明他在現實生活中對魯迅筆下的陰暗狡詐的中國國民性缺乏足夠的領悟。但另一方面，他卻充分感染了魯迅自願扛起黑暗的閘門以救天下蒼生的悲憫之情。我記得我們一起在博爾德生活的時候，我太太因為在中餐館打工太累，得了尿路感染的毛病。而我們當年因為拮据，又沒有購買美國的留學生醫療保險，主要是靠國內的親友寄一點藥來自治。劉老師自小在農村長大，他聽人說有幾種草藥可以治這種病，有一次竟和他夫人行走了好幾英里的小路，為我們採集了滿滿的一籃子草藥來。

最能說明他繼承了這一魯迅式的對天下蒼生悲憫的，是他在一九九九到二〇〇〇年間對我的營救。一九九九年夏我回大陸收集文革材料，在北京等地的地攤上購買了一些紅衛兵小報，為我們建立《中國文化大革命數據庫》做準備。不料，這竟被北京安全局的某些人視為“為境外非法收買提供情報”，結果被囚禁了半年。因為這一指控來自官方機構，海外不少華人盡然都相信我大約是真的法力無邊地盜竊了中央檔案館裡的機密文件。打破這些迷思的，是劉老師拍案而起的系列雜文〈救救宋永毅〉、〈給同胞兄弟以安全感〉、〈宋永毅事案的教訓〉等。這些振聾發聵的文章發表在北美發行量最廣的華人報紙《世界日報》和香港的《明報》上，起了非常大的正本清源的作用。

從〈救救宋永毅〉的標題顧名思義，便不難聽到當年魯迅先生的“救救孩子”的世紀吶喊的回音。劉老師在文中尖銳地指出：“發生在二十世紀的文化大革命是中國空前的歷史災難…… 中國內外，能認真研究文革的人卻寥寥無幾。宋永毅不顧重病在身和各種困難而獻身這一研究事業，其精神是何等寶貴。但是，北京市的安全機關卻選擇宋永毅作為打擊對象…… 這完全是顛倒功罪、顛倒是非、顛到正義和邪惡的荒唐行為。" 在〈給同胞兄弟以安全感〉一文中，劉老師又把我的案子推及到所有海外同胞的安全感："我想到，一個好的政府恐怕至少得給它的同胞兄弟兩種起碼的需求，一是溫飽的需求，一是安全的需求。……釋放宋永毅，這不僅是給宋永毅一種解放，而且會給回國尋找研究的海外學人一種心理解脫，獲得一種安全感。有安全感，才會有親近感與信賴感。" 在海內外輿論和美國政府的強大壓力下，我終於二〇〇〇年二月一日被無罪釋放。但劉老師又寫了〈宋永毅事案的教訓〉一文，告誡有關部門："雖說放了就好，但要引為教訓。…… 一個嚴肅的政府，一定要教會自己的部屬，應當無條件地尊重每一個人的尊嚴和基本權利。"

在他的海外流亡生涯裡，劉老師一直保持著中國公民的身份。因而，他還需要去中國使館延續他的簽證或替換護照。每一次去，使館人員都會轉彎抹角地告誡他不要參與海外政治。我清楚地知道：他其實對政治毫無興趣，也從不是一個"表態黨"。但在上述的大是大非問題上，以他對友人的真摯和友情的忠誠，是一定會義無反顧地站出來說話的——這是他的童稚之心和悲憫之情的自然流露而已。

# 劉再復印象記

盧新華

我之認識劉再復先生，始於二十世紀八十年代初。

那是一個夏日的傍晚，天氣格外炎熱，下班後我和一起新分到上海文匯報文藝部工作的徐啟華先生，從報社食堂買了一個西瓜，汗流浹背地攀爬到文匯報原址圓明園路一百四十九號頂層的屋頂，坐在屋脊的一塊條石上，一邊啃著西瓜消暑，一邊遠眺浦東沿江的一大片空地大發感慨：“唉，社會主義真要有優越性，就應該將浦東建設得比浦西還要漂亮，還要繁華才有說服力……”浦東如今竟真地高樓林立，燈紅酒綠，非常繁華了，可我卻沒有了自信去重溫當年的感慨。

當然，這已是題外的話了。更何況，徐啟華先生也早已辭世十幾年了，不能再與我就這個話題展開討論。

然而，我記得那感慨發過之後，他忽然就說起劉再復了。

徐先生畢業於北京大學中文系，當時分在《文藝百家》欄目任編輯，常常以能組到一些來自北京的大家們的好稿而覺得很有成就感。記得他當時兩眼有些狡黠地瞇起來，胖嘟嘟的臉上冒出汗津津的光，很有得意之色說起劉再復新給他一篇文章，接著又向我大力推崇起劉先生的新作《論文學的主體性》和《性格組合論》，並口若懸河地聲稱這兩部作品不僅厘清了文學主體性與時代和歷史之間的辯證關係，質疑並否定了長期以來統治文壇的簡單化的公式教條，也見證了文學與革命的千絲萬縷的複雜關係。

我就這樣初識劉再復先生，儘管其時不過是僅聞其名而已。

我那時剛剛經歷了八十年初期“春天裡的一股冷風”，被一些喜歡寫歌功頌德文字的人們目為“缺德”派的代表人物之一，因此對那些仍被文藝界一些人視為金科玉律並被官方肯定的所謂社會主義文藝理論甚為厭惡，覺得文藝為政治服務，為工農兵服務，謳歌社會主義，做黨的喉舌等等，所有這些都是障礙中國文藝事業發展的絆腳石。我和趙丹先生曾經因擬拍電影《傷痕》而結識，記得他曾在病中彌留之際感慨地說："管得太具體，文藝沒希望。"他是用一種很委婉的方式來說這話的，可就這樣還是有相關部門的領導人指責他是"臨死還放了一個屁！"其實，誰都心知肚明："只要管，文藝就沒希望。"一個優秀的作家對他所處的時代和社會必定是有自己獨立的見解和思想的，怎麼能讓他人云亦云，始終看領導的眼色行事，按領導的意圖去詮釋生活和創造人物呢？

所以，當時雖還未看到劉先生的《性格組合論》和《論文學的主體性》，光聽聽這題目，就覺得是眼前一亮，覺得是說到心裡去，可以引為同道了。

然而，能真正結識劉先生，並當面就教，對於我卻是三十多年以後的事了。

二〇一八年，受朱壽桐先生的邀請，我和劉先生一起參加了澳門大學歷史文化研究中心一個活動，終於有機緣促膝長談，嗣後又經常有微信往來。

雖然這之前從未與劉先生謀面，但他的一些情況和他的一些著作，我還是很熟悉的。我身邊有些熟人是他的熟人，他有些朋友也是我的朋友。他和李澤厚先生合著的那本《告別革命》也曾經給我很深的印象。說實情話，年齒見長後因為見到的多了，知道書上、報紙上的說教，多半都是蠱惑和忽悠人的。對一個國家，一個民族真正的進步和發展而言，重要的不是革命，而是要通過漸進式的改良來改變人自身。而提高人的素質，改變人的精神面貌，這是需要幾代人在文化和教育諸方面扎扎實實、持之以恆的努力才能達成的。一俟民智開啟，人的素質提高了，不好的制度可以被揚棄，好的制度也才能建立並鞏固下去。

然而，有時不免又很悲觀："天地不仁，以萬物為芻狗"。儘管我們大聲疾呼"告別革命"，可革命的發生大約也是一種宿命，常常是不以人的意志為轉移的，——譬如只要是女子，就會有月經，就一定會流血。但"告別革命"這樣的口號畢竟還是閃爍著人道主義的偉大理想和光輝的。而且，我們不僅要告別革命，還要告別革命者以革命的名義所行的惡政，告別一切假革命的名義撈取好處並欺世盜名的虛偽、狂妄和言而無信。

再復先生羈旅海外期間，雖然時常顛沛流離，過著不安定的生活，但另一方面，用他自己的話來說，卻"贏得了自由時間和自由空間，贏得了做人的尊嚴與驕傲。”這些自由的時間和自由的空間是無價的，也促使他生產出一部又一部很有影響力的著作，比如《漂流手記》、《遠遊歲月》、《西尋故鄉》、《獨語天涯》、《漫步高原》等等。同時，漂泊和流亡，也助他重生；異鄉，則成為他心靈追尋的另一個起點。他的生命因為自由的空間和自由的表達而煥發出昂揚的鬥志和蓬勃的激情，在“告別革命”的思索中，他對生命有了一種總體的超驗的把握，生命不再是一個簡單的生和死的過程，而是一個生生滅滅，永無休止的各種維面的無限伸展和收縮的“空”的狀態……

但作為一種思想的成果和實踐，再復先生最讓我感動的還是他能一縷縷，一絲絲，一片片地，由點到面，由淺入深地在自設的手術台上“剖心自抉”，清理歷史積聚在自己經歷、靈魂深處的塵埃所膠結出來的那些硬殼，一點點的打碎，鞣煉，淬火，拼接，重塑……這是一個漫長而痛苦的自我叩問、自我拯救的過程。它幾乎觸及了個體生命的方方面面：對生命，對自然，對信仰，對家庭，對“偶像”的質疑，與諸神告別……

而這也讓我覺著是與先生“心有靈犀一點通”。

這些年來，我不斷地寫文章，出書，並在高校等多種場合演講我的思想成果“三本書主義”或“人生要讀三本書”。二〇一八年，浙江的高考題也曾以我的“人生要讀三本書”為題要考生寫作文。何謂“三本書”？一本是有字之書，一本是無字之書，一本是心靈之書。換一種說法則是：一本是書本知識，一本是自然和社會，一本是自己的心靈。古人強調“讀萬卷書行萬里路”，竊以為還不夠，還需加上“剖萬遍心”才算完整。而所謂書本知識，其實都是前人或別人觀照他們所處的時代和社會的生命體驗的文字呈現，因眼界和悟性的差異，見解遂有高有低，有對有錯，而見識即便再高明也還是自然和社會的摹本。故讀了摹本還必須努力讀原本，要去“行萬里路”。人生的每一段行程，都是一頁頁的書，一張張的書，不僅要用腳去丈量，用眼睛去觀察，還要用心去體悟，最後你會發覺“此中有真意，欲辨已忘言”。釋迦牟尼曾經讀過許多婆羅門教的經書，又通過在叢林中苦行和社會上托鉢化緣，走過很多很多的路，但他並沒有能成道，它真正的覺悟還是在大覺寺的菩提樹下靜觀自己的內心而得到的。那時候，他才真正發現，佛性不在外部的世界，而在自己的內心，本自具足，本自圓滿，無需外求，重在內省。而心外無物，心包太虛，個人有個人的心，家族的有家族的心，民族有民族的心，時代有時代的心，對於一個真正的知識分子而言，在讀萬卷書，行萬里路的同時，再認真地解剖好自己和民族的心靈，時代和社會的心靈，才能將人生的一切責任和追求落實到實處，才能心如一輪明月，內外通透，若圓還缺，光照萬里而又不離方寸之間。

魯迅先生在〈寫在《墳》後面〉一文中曾說："我的確時時解剖別人，然而更多的是更無情面地解剖我自己。"曾子也說："吾日三省吾身。"老子則說："知人者智，自知者明。"現在見到劉先生也在"剖心"上下功夫，倍感"讀萬卷書，行萬里路，剖萬遍心"的必要。低窪之地方能蓄水，低調之人才能集智。能夠經常與自己較勁的人，能夠經常反省自己，經常剖心自問的國家和民族，方才能夠慎終行遠，真正體現出自己文化和制度的優越性。

在和再復先生的交流過程中，我也發覺他無論在談《紅樓夢》還是《西遊記》時，都表現出對佛學十分濃厚的興趣，這無意間讓他的言談舉止也都有了一些出家人看破放下清靜自在，慈悲忍辱平等正覺的氣象。他肯定是經常喜歡靜觀外物和自己的內心的，這種觀察有俯視仰視，外視和內視，也有環視，有時用肉眼，有時用心眼，有時用慧眼，有時用佛眼。因此他會說："現在我發現又有一個陰影和地獄，這就是我自己。而且最難逃出的地獄就是自我的地獄。很奇怪，人從小就喜歡照鏡子欣賞自己。鏡子裡的自我，便慢慢地成了自己的偶像。這個自我的偶像正是最後的偶像。這個偶像現在有了著作，有了桂冠和名聲，還有被論敵稱為'體系'的理論建築。然而，這種建築恰恰是自己的高牆。"

再復先生這些話是說他自己的，但我總覺得他還是說給歷史的，說給哲學的，同時也是說給每一個看似穩固的王朝，每一種似乎永興不衰的政治和經濟的勢力，每一種好像永不會被人們擯棄的思想、理論和學說的。它們一定難逃成為自己高牆的宿命。

再復先生身材魁梧，面闊口方，儀表堂堂，用世俗的話來說，是一個很帥的男子，但他又很儒雅，兼有學者和禪者的風範，他的堅定的目光與謙卑、和善、慈藹的神情交相呼應，形於外而慧於中。但他在我的心目中更是一個正直的與歷史和現實水乳交融著的真正知識分子的化身，高官厚祿誘惑不了，名繮利鎖鎖不住，而且少見的隨意和率性，樂觀，放達，幽默……

他在我眼中又始終是一個漂泊者，——不僅在現實中漂泊，更在思想中漂泊。

他的名字也是蘊藉深厚，頗有禪機的。

再復。循環往復，以至無窮。

我常常想，人生其實就是不斷地 U-Turn，從生到死是一個 U-Turn，從外出到回家又是一個 U-Turn，從辛辛苦苦掙了很多錢再到一貧如洗又是一個 U-Turn……總之，一切所由出的均為所由入的。

而 U-Turn 翻譯成中文，也就是"回頭"的意思。

再復先生馬上就要步入八十歲的耄耋之年了，我卻感覺著他是在"回頭"，回到他在"童心說"中所追求的嬰兒狀態去。那也是老子在《道德經》中所追求的一種狀態——"專氣致柔，能嬰兒乎？"

別人也許不能，但再復先生是能的。他是一個污濁的世界裡少見的一顆童心。

二〇二〇年十一月六日於洛杉磯

# 永遠年輕的劉再復老師

孔海立

疫情期間，自己把自己關閉在房屋裡面，面對著計算機屏幕發呆。突然那上面跳出了王德威先生的文章："山頂獨立，海底自行"，這是他為劉再復老師的新作《五史自傳》（二〇一九）所撰寫的序文。屈指一算，大吃一驚，劉老師已經步入八十高齡了。一時間我完全無法把"耄耋之年"和劉老師之間畫上一個等號。在我眼睛裡，他明明還是一個年青人。

回想起第一次見到劉老師的時候，還是一九八四年的春天，在揚州舉辦的全國文學方法論的研討會。他是第一位通過普選當上了中國社會科學院文學研究所所長的新人。在改革初期，普選也只是處於嘗試階段，其中的艱難可想而知。記得當時在揚州師範學院召開會議，劉老師極為活躍，讓我們看到了一個意氣風發，前途無量的新長官。當時中國社會科學院的文學所把方法論定為會議主題，很有些別出心裁，在內容決定一切的時代，方法只是形式而已。會上會後，劉老師總是被眾人簇擁著，討論著各類有關話題，例如：如何打破學科界限，其中以文學，哲學，甚至科學來進行文學批評。初次見面，劉老師沒有權威學者那種墨守成規、居高臨下的傲慢，而是絕對包容，特別歡迎新思想新方法，充滿了青年人的朝氣，勇於開創、無所畏懼。

一年後，我便離開中國大陸，踏上了留美學習的歷程。沒有料到的是，再次和劉老師相遇，他已經是一位漂流學者了。一九九〇年劉老師來到科州的博爾德，成為科大的訪問學者。這以後大概是我們接觸最為頻繁的日子了，相互之間你來我往，甚至變成了家庭常客。那時候劉老師常常邀請我們到他家裡吃飯聊天，他的家變成了我們來美國留學生的聚會場所。劉老師夫婦好客大方，平等待人，從來沒有架子。後來在我們離開以後，他在博爾德購買了房產，聽上去他的家幾乎變成了留學生們的俱樂部，圖書館，甚至學術諮詢處。

一九九一年初秋在博爾德召開的台灣文學研討會，這讓我們大陸來的學生們大開眼界，特別是第一次面對面的接觸到了台灣作家白先勇、張繫國及港台及歐美海外台灣文學的知名學者，如李歐梵、鄭樹森、劉紹銘、齊邦媛等近三十餘人。近兩天會議，有如一堂開放性大課，研究生們興奮至極，大家都感到受益匪淺。會議是由科大葛浩文教授主持，劉老師作為當地學者，與這些老朋友見面，並舉辦了一整個下午的資深學者座談，深入探討了台灣文學在國際文壇上的地位及貢獻，特別是把台灣的輓歌文學和大陸的謳歌文學做了生動比較。劉老師還把白先勇和王蒙文學作品在運用語言方面做了比較，白的語言沉穩規範，王的語言則生動賦有時代氣息。的確，海峽兩岸的語言，同為漢語，語言的運用卻各有特點，這一方面以後也越來越被認同。

一九九二年，我進入了博士資格考試，那是連續三天，每天考三小時。那是最艱難的日子，文學理論，法文翻譯，現代文學。最讓我難忘的是，三個考試結束以後，我精疲力盡，劉老師夫婦打電話讓我去他們家。我去了以後，發現他們一直在等我，並準備了一桌子的好飯好菜，說是大考之後，一定要好好吃一頓，補補才行。讀書的孤獨行程當中，能得劉老師的關懷，讓我非常感動。在當時，我立刻想起了遠在北京的父母，這是只有他們才會給我的關愛。

一九九八年，我已經離開博爾德三年有餘，來到美國東部任教。劉老師在博爾德主持了金庸武俠小說國際研討會。金庸是五十年代開始創作武俠小說的巨匠，他的寫作貫穿了唐宋元明清的背景，吸引了幾代人，特別是八十年改革開始，代表了香港文學進入大陸視野的典範。本人出國前沒來得及領略金庸的風采，但從劉老師來博爾德科大以後，五歲的兒子帶上我一同迷上了金庸的作品。當時劉老師的小女兒蓮蓮正在上初中，每次得到好成績，作為獎賞便是可以在周末去丹佛中國城租一套金庸故事的電視連續劇，有《鹿鼎記》、《天龍八部》、《倚天屠龍記》、《笑傲江湖》等等。我兒子便跟蓮蓮輪流觀賞。輪到我們家時，我常常溜出寫論文的書房，和兒子一同看金庸的故事，一直看到天昏地暗。很快我就看遍了差不多金庸全部的武俠片，又找出原著閱讀，變成為金庸迷。劉老師知道我的愛好，早在他要開會之前許久，就邀請我去參加研討會，一九九七—

一九九八年正值我學術休假，我欣然接受。

還記得那時候我從美國東部提前趕到博爾德，又提早去丹佛國際機場，迎接金庸夫妻的到來。當他們走出機艙時，我就自然就聯想到金庸和“小龍女”的浪漫故事，想起《神鵰俠侶》中不苟言笑的小龍女，還有王家衛的《花樣年華》中躲在旅館寫武俠小說的梁朝偉和張曼玉。隨後幾天，在休會的日子裡，細心的劉老師特地安排兩位從香港來的學弟、妹陪我一同帶金庸夫婦進洛基山看看雪山湖泊。大家發現小龍女一臉嚴肅，幾乎不說話。有了香港同鄉的伴隨，小龍女頓時換了一個人，談笑風生。可見語言和鄉音的力量。

研討會最大成就是把金庸對二十世紀中國文學作出的獨特貢獻突出來，即“他真正繼承並光大了文學劇變時代的本土文學傳統；在一個僵硬的意識形態教條無孔不入的時代保持了文學的自由精神；在民族語文被歐化傾向嚴重侵蝕的情形下創造了不失時代韻味又深具中國風格和氣派的白話文；從而將源遠流長的武俠小說傳統帶進了一個全新的境界。”這種“全新”就是，金庸把浪漫俠義的主題和中國歷史的大背景密切有機地糅合在一起，在歷史的朝代更換期，突出體現個人在國、家及個人歸屬問題上的抉擇。從而，金庸不再是大眾文學的一種，而是現代文學的重要組成部分。更有價值的是，金庸去香港之初，生活坎坷不平。他的武俠小說的最大意義在於：他把自己對中國歷史的心得及政治倫理觀，都淋漓盡致地在小說中折射出來，如正邪、內外之對立，歷史的荒誕性和偶然性。特別是對人性和人情，恩仇關係。幫派林立，一統天下，成為各派最終目標。然而，陰謀得勝，大有人在，如岳不群。因而，笑傲江湖，唱響了毅然放棄，離開幫派，贏得個體的精神解放和自由。其實，這種個體精神的解放或解脫，也正好符合劉老師的漂流異國他鄉的心態以及告別革命的決心。這樣一聯想，也就更能領悟劉老師推崇金庸小說的另一層含義。

一九九八年以後，和劉老師的接觸就少了許多，主要我們地域間隔。但是我們卻常常在馬里蘭劍梅家聚會。劍梅是劉老師的大女兒，她自然地繼承了劉老師以家為平台，成為當地華人作家和學者的沙龍。我們常常周末開車前往，也就結識了不少能人志士。偶爾訪問還能恰逢劉老師過來探望女兒，便能得到劉老師對當今世界乃至華語文壇變遷的指點，受益匪淺。

大家都知道劉老師是個知識淵博，著作等身，涉獵不同領域，有如百科全書式的學者，同時他又是散文家、詩人、紅學家。如上所述，他極為虛心真摯，還是個性情中人。有意思的是，他常常隨身攜帶一個小小的記事本，無論聽到什麼有意義的話語，無論是誰（成人或孩子），他都會記下來，真是道聽隨記，極為好學。當我的兒子從牛津獲生物醫學博士後在馬里蘭見到他時，他們非常認真嚴肅地討論起文學，談起他這一代對中國文學的看法。兒子覺得現代文學只有一座山（靈山）和一條河（呼蘭河）給他留下深刻印象。他們的討論一直持續到晚餐。

劉老師經歷過風浪運動，但始終保留著農民的質樸愛勞動的本色。他非常愛土地，愛草地。親自割草種瓜果蔬菜，他每天寫作一段時間，必得去後院勞動一下。不是負擔，不是鍛煉健身，就是因為熱愛勞動。劉老師一再告訴我，不勞動，他就會渾身不適。

劉老師稱不上“美食家”，但他絕對是喜歡與朋友們分享的“美食”的人，只要他覺得好吃的，他一定省下，與大家共享。記得一九九四年，我去溫哥華開會，正好在溫哥華訪學的劉老師聽說我要去，就專門到那兒的華人點心店買了閩南特產的麻糍。他特別興奮地要我一定嚐嚐他家鄉的甜點。我當然非常樂意接受。每次去劉老師家，總會嚐到他拿出最新鮮的蔬菜西紅柿，或明前綠茶，或普洱老茶，而且他還親自品嚐之後，才讓我們動口。看著他那滿臉誠懇待人充滿愛心，誰又能拒絕呢？

記得早年作家賈平凹來博爾德訪問，賈歷來具有男巫之稱。他看著劉老師說：你有個愛哭的習慣，大家都笑了，沒人相信。不料站在一旁的劉師母很認真地點了點頭說：這是真的。師母和劉老師從小就是同班同學，同村長大的髮小，師母說，當時他們班上有兩個男生愛哭，其中一個就是劉老師。男生愛哭，不是所謂男子漢所為，但恰恰說明劉老師重感情，重人性。

很早以前讀過劉老師的一篇短文，大約是漂流生涯的體會，標題已經記不清了，但裡面的極其細膩的筆觸，描寫無論是天涯海角，天寒地凍，只要和相依為命的老伴坐在家裡的壁爐邊，那就是家庭所在，家庭的溫馨和親情所在。——也就是我們永遠年輕的劉再復老師。

（寫於美國費城近郊，二〇二一年一月八日）

# 本真和自在

## ——我所認識的劉再復先生

賈晉華

真實誠信和自由自在是中國各思想傳統共同的價值追求，也是世界各文明傳統的普世價值。然而在當今中國乃至世界，本真自在的人已經難以尋覓，本真自在的靈魂正在異化消散。在混濁的茫茫塵世中，我有幸遇到一位完滿地實現和保持本真自在的師長，這就是劉再復先生。

大家都知道儒學傳統重視仁義誠信，但實際上古典儒學也強調個體的自主選擇和自在存有，甚至將之視為最高價值。例如，孔子“少也賤”，“多能鄙事”，但通過“十五志學”，自主選擇人生道路，從而改變了自己的命運。至“三十而立”時，孔子已經“立於禮”，精通和實踐禮文化的倫理規範。但是孔子“成人”的最高境界不是倫理道德，而是“七十而從心所欲不逾矩”，心靈既自由自在又自覺道德律令，可以說涵括了康德的道德主體和存在主義的本真自在。老莊追求返回嬰兒的本真狀態和“無所待”的絕對自由；莊子和道教的理想人格“真人”，西方漢學普遍譯為“完滿實現之人”（realized person/ perfected person）。然而在道家道教看來，完滿實現的人就是返本歸真的人，因此仍然可以依照字面將“真人”譯為“本真之人”（authentic person）。佛教的理想人格觀音菩薩，鳩摩羅什譯為“觀世音”，玄奘譯為“觀自在”。關於此兩種譯法孰是孰非，學者們追溯梵文字源，做出各種解說。我喜愛的一種說法是兩種譯法都是正確的，分別體現大乘佛教悲智雙運的一個方面：“觀世音”體現慈悲濟世的精神，“觀自在”體現看透塵世“色即是空，空即是色”的般若智慧，從而達到“無罣礙”的解脫自在。

作為中華文化的優秀傳人和“世界公民”的傑出代表，再復先生充分發揚儒道釋傳統及其他世界文明的普世價值觀念，完滿地實現“成人”的本真和自在，全方位地體現在其生活實踐、心靈思想、文學創作、學術研究諸方面。

在日常生活中，再復先生真誠熱情地對待和幫助所有認識的人，不分老少親疏，是一位朋友滿天下的仁者。記得二十世紀九十年代，我收到科羅拉多大學的博士錄取通知後，就聽說再復先生和李澤厚先生定居於學校所在地博爾德市，心中既興奮又不安，一方面希望有機會得到兩位名師的指教，另一方面擔心我這樣的普通留學生未必能接近名家。但去了之後，這一疑慮很快就消除了。再復先生真切地關懷我們這些遠離家國的留學生，逢年過節或有國內作家學人來訪，都會邀請東語系所有中國留學生和家人到他的家中聚會，而夫人陳菲亞女士總是忙碌一整天，為我們準備美味豐盛的晚餐。這些聚會澤厚先生也都會參加，兩位名師毫無架子，談笑風生，與我們暢論天下之事，細談思想學術，往往直至夜深才戀戀不捨地散去。有時，再復先生和我們共攀洛基山高峰，和我們一起驅車到科州的賭城中心市小娛性情。那些夜晚和白日，是我們這些留學生和家人最為快樂的時光，驅趕了留學他鄉的艱辛孤寂，留下了人生中的美好記憶。我兒子那時自學中文，中英並用地造句：“每逢節日劉伯伯家中就有快樂的 party！”

再復先生對於留學生們的關懷友愛，蘊含著縈繞其心魂的對於鄉園故國的眷念牽掛。由於我和再復先生伉儷是閩南同鄉，和先生還是廈門大學中文系的校友，因此有幸受到他們格外的真切關照，在學問和人品兩方面都獲得重要的教誨熏陶。我畢業後找工作及其他各種申請，都得到再復先生的真誠幫助，費心費時為我撰寫有力的推薦信。當我在學術上稍有成績時，先生總是不吝溢美言辭，對別人稱讚介紹。而當我受到香港某位“學術權威”的無理壓制時，先生無懼對方的權勢背景及可能影響個人利益，依憑事實為我據理力爭。我兒子冰瑜去美國時九歲，剛看過、讀過《三國演義》電視劇和小說，對三國史產生濃厚的興趣。再復先生喜愛他的好奇和好學，經常和他討論三國人物史事；其後又將《曾國藩》等書贈送他，並常在一起長時間地討論晚清人物史事，與他結成忘年之交，逢人就稱讚他。這些都體現出先生的童真童心和引導晚輩的熱情。一位聞名世界的大學者的諄諄教導和鼓勵，對於幼小兒童的影響無疑是深遠的。冰瑜由此而增添自信，立志研究歷史，最終獲得普林斯頓的歷史學博士。

再復先生在其眾多著作中，真實地剖析自己的心路歷程。他坦誠地反思和審查自己受拘束的第一人生，“從生命深處放下第一人生的種種精神負累”。他真實地敘寫朝向本真自在邁進的第二人生，既痛苦地揭示初到異域的絕望和困惑，也暢快地抒寫裂變之後大徹大悟、回歸童心的歡樂。他將“詩意的棲居”作為第二人生的目標，“遠離仇恨、遠離貪婪、遠離傲慢，遠離權力、財富、功名的追逐”，既超越社會政治又關懷人文民生，既逍遙自在又滿懷慈悲仁愛。他最終成為不知算計、不知功過、不知得失、不知恩怨的人，回到莊子所說的不開竅的“混沌”，天地之初、人生之初的本真本然。第二人生使再復先生成為“漂泊的思想者”，自由地思考個體存在的意義價值尊嚴，人性的真偽善惡美醜，人類的過去現在未來，傳統和現代的社會體制文化，宗教和思想的諸多源流派系等，並做出獨立的理性判斷，提出大量獨到的深刻見解，“不迎合任何人和任何團體，不迎合當權者也不迎合反對派”。他將這種獨立之精神、自由之思想視為人生的快樂之源和維持正直誠實人格的保證。

再復先生的大量散文和散文詩作品，所表現的都是對於人生經歷、親情友誼、文學文化、歷史時代、鄉國世界、宇宙自然的真實感受，從心靈自由流出，閃爍著生命的本真光輝，交織著深情至理，出之以優美自然的文筆，因此能夠吸引和打動千萬讀者。再復先生自述：“我是一個心靈報告的作者，我擁有一種永恆的源泉”；“每寫一首散文詩，便是一次自己對自己的呼喚。呼喚自己不要忘記自己的本真角色，不要忘記自己是來自窮鄉僻壤的赤條條的農家子。”在第一人生時，再復先生的散文作品主要描寫故鄉的山水草木，追尋童年的足跡，表達對母親和鄉土的特殊情感，洋溢著青春激情，充盈著童心童趣。進入第二人生，先生以厚厚十卷《漂流手記》，抒寫海外漂流的真實感受和心靈的裂變昇華，觀察和體會異域的社會人文風情，情感變得深沉，思想更為深邃，但童真的心靈保持不變。先生的其他眾多散文作品，也都無一例外地體現天真天籟，始終以真誠的筆觸抒寫“一個真實的自己，一個本真的自我”。

作為傑出的文學理論家和批評家，再復先生近二十年來的一個重要貢獻是突出強調文學的真實性，將之稱為“文學的第一天性”和“終極判斷”。在文學理論方面，再復先生一再指出，文學天生真實，它以真實立足，以真實打動人，以真實獲得價值起點，以真實獲得境界；而文學的真實性最重要的是切入人的心靈，見證和呈現人性的真實性和生存環境的真實性，並表現在作家主體寫作態度的真誠性。他指出，“文學一旦脫離心靈與人性的深淵，就注定是低級的文學”；“拒絕世故，守持人性的本真本然，對於作家是頭等要事。”在文學批評方面，再復先生既以真實性作為主要標準評析中外作家作品，也以自己的真實生命和心靈與作家和作品中的人物相互感悟。例如，再復先生對《紅樓夢》的研究，主要集中於對曹雪芹創作的真誠態度及小說中人物的真實人性的深刻剖析，並以自己的心靈與這些人物的心靈直接感應、交流和悟證，“不把《紅樓夢》作為研究對象，而是生命體認對象”，從而開闢出自己獨到的紅學之路。其中最為突出之處，是再復先生關於《紅樓夢》的文心即賈寶玉之心的感悟。他指出寶玉之心是人類文學史上所塑造的一顆最為純粹的心靈，是佛心、童心、赤子之心，並將此心靈的內涵描述為“無敵、無爭、無待、無染、無私、無猜、無恨、無嫉、無謀、無懼”的十無。這既是對賈寶玉這一不朽的文學形象的再創造，也是再復先生的本真自在心靈的自我寫照。

經歷過八十載的歲月滄桑和人生磨礪，再復先生已經達成儒者“從心所欲不逾矩”的自由自律，道者“無所待”的本真逍遙，釋者“無罣礙”的解脫自在。值此慶賀再復先生八十華誕之際，我們讚賞和仿效先生本真自在的心靈和人格，也期望中華民族乃至全人類復歸本真自在的靈魂和天性。

# 回憶華盛頓郊外的一個寧靜的秋日午後
## ——也談劉再復先生與韓國的緣分

朴宰雨

### 一

先來講講我和劉再復先生之間的軼事吧。

二〇〇八年十月下旬，我應美國聖路易華盛頓大學陳陵琪教授之邀參加國際學術會議，十一月初經由耶魯大學去了位於波士頓的哈佛大學，受到了王德威教授和張鳳女士的熱情接待，也做了一次講學。之後從波士頓又飛到了首都華盛頓的一個機場，暫時逗留在華盛頓的劉再復教授坐著女兒的車來接我和妻子，他的女兒劉劍梅是馬里蘭大學的教授。這位國際著名大學者、思想家親自來機場接我，這讓我感到惶恐，也深受感動。不由得使我想起了在香港和劉先生的初次見面，以及短暫的幾天相逢後又依依不捨分別時的情景。

當時我就讀於台灣大學時的恩師吳宏一教授正在香港城市大學擔任講座教授。學校給他提供的房子很大，有好幾個房間。他常常跟我說：你來香港，歡迎在我家住幾天。吳宏一教授知道我對中國現代文學感興趣，勸我研究金庸，特地為我引見了《明報月刊》的總編輯潘耀明先生。我看準機會邀請潘先生來韓國參加一個高規格的學術會議，當時他作為金庸的朋友對金庸武俠小說在韓國的出版情況等掌握著不少信息。他早就跟我提到過劉再復先生，當然我也早就聽說過劉先生在國際學界的聲望與影響力。後來我再來香港時，當時住在城市大學的劉先生為了見我親自來到了我所在的吳教授的居所。我們談得很開心，聽他一席話獲益匪淺。離開香港的那一天，劉先生特地來送行，看我在香港買了那麼多的書，兩個皮箱很笨重，他要幫我提一個厚重皮箱並搬運到的士站，這讓我很過意不去。我說自己兩個都可以拿，但是他堅持幫我拿一個。這樣國際上大名鼎鼎的學者，年紀也長我十幾歲，雖然看起來很有力氣，卻為比自己年輕的外國後輩學者出這樣大的力氣，談何容易？依我當時的經驗，一般“聰明”的香港人是不會這麼做的。因此，那時他幫我搬運出大力氣的一幕，那胸懷寬大的長者形象就此刻在心裡。我心裡想：啊，這就是我在中國經典裡學過的有仁有德的中國人的典型吧。後來只要有人提起劉先生，我腦海中總會回想起這件事。

據我所知，劉教授居住在美國中部科羅拉多州李澤厚先生家的附近，兩人經常來往，常進行對話，共同著作有《告別革命》等不少作品。當時他們夫妻特地前往在馬里蘭大學任教的女兒劉劍梅教授家小住一段時間，因此我也有幸能見到劉教授。劉劍梅教授開車先把我們接到馬里蘭大學，邀請我們去她的辦公室喝茶，也簡單介紹了這所大學的歷史特色。之後劉再復教授陪我們欣賞了馬里蘭大學校園舒適而美麗的秋景，也見識了自由來往著的身著各種特色衣服的年輕學生，呼吸了美國東部新鮮的空氣，又照了幾張合影。

稍後，劉劍梅教授請我們上車前往自己家中，大概不到一個小時就到了。她的二層樓房在華盛頓郊外的一個寧靜的村莊裡，路寬，草坪也多，感覺很舒服。家裡氣氛很溫馨，客廳裡有很多孩子的玩具，牆上掛著孩子畫的畫，可知劉先生的外孫女還很幼小，家裡當然也有濃厚的學術氣息。在家等候著的劉先生的夫人和孫女歡迎了我們，夫人很樸素、和藹可親，在我眼中是位地道賢淑的中國女性。記得當時三四歲的孫女用朗朗的聲音背誦了很多的古詩詞，真讓人驚嘆不已，感覺這是劉再復先生三代的家庭傳統吧。對我來說，這是我第一次訪問在美中國人的家庭的經歷。從劉劍梅教授家中離開時已經是傍晚，天空已經掛著迷人的晚霞了。

劉先生請我們到一家中餐廳吃晚餐，風味已經當地化了，味道也很不錯。記得我們當時談了今後在韓國舉辦第三屆首爾國際文學論壇的事情，以及同時舉辦的高行健文學研討會等事。其實我們二〇〇五年在香港認識的時候，已經初步交換過意見，有機會就把諾貝爾文學獎得主高行健先生邀請到韓國，舉辦“從魯迅到高行健”的研討會，因此這次談話非常的順利和愉快。

晚飯後，劉先生讓女婿專門開車把我們送到華盛頓市區裡的一家飯店休息。他也是在美國工作的經營方面的中國年輕才俊，已經很好地融入了美國社會。雖然不過是從中午到晚上半天多的短短時間，但是和劉再復先生一家人在一起體會頗多，心裡也很溫暖。

## 二

我對劉先生的思想與人品有更深一層次的了解是從二〇〇八年作為回應嘉賓參加“高行健、劉再復對談——走出二十世紀”開始的。後來通過在課堂上對他的漂流手記中的《讀滄海》等文章的講解，也慢慢深入了解了他的精神世界。另外，還有請他來韓國參加兩次高層次國際會議時（二〇一一年五月 / 二〇一三年十月），我翻譯了他的演講稿，聽了他的演講，進行了“高行健—劉再復—朴宰雨”的三人對談等活動，後來又閱讀了他的幾本韓文版著作如《雙典》等，才對劉先生的了解“更深一層次”、“更上一層樓”了。

二〇〇八年五月，我受《明報月刊》潘耀明先生的邀請，參加“高行健、劉再復對談——走出二十世紀”演講會，擔任了回應嘉賓的角色，聽眾有幾百人，座無虛席。通過這次演講會，我也和高行健先生相識。一見到高先生，我就感覺他是又誠懇又樸實的中國人的典型，一點架子都沒有。聽了他獲諾獎後特別送給劉再復先生一幅字，上面寫道：“人生得一知己足矣”，就知他是有心人，也由此可知高劉兩位先生的友情深度。這次對談的著重點是作家、藝術家如何走出二十世紀藝術創作的習慣性思路，重新認知當下世界的人類困境，以及作家、藝術家本來的位置與角色的問題，強調要努力守護文學的自覺性和藝術的自覺性。記得當我討論的時候，我對魯迅和高行健的文學觀提出了意見，對此當時參加演講會的美國華文作家尹浩繆先生做了幾句評述：“朴宰雨是魯迅的崇拜者，他說本來對高的所謂冷文學不以為然，在聽了高劉對話之後，感到高與魯迅之間其實並無矛盾之處，他們都深具悲天憫人的高尚情懷，都是了不起的人物。”不過，一個人長期堅持的觀點不容易變，說句心裡話，我雖然能理解高行健的文學觀與其所以然，但是在韓國知識分子的立場上還是更認同於魯迅的“熱的”文學觀。無論如何，這次和高行健也結下了緣分。二〇一〇年八月去歐洲參加了在拉脫維亞舉辦的歐洲漢學會議之後，我訪問了歐洲好幾個國家的城市，也經過巴黎，在高行健家中也暢敘了一番。他的房間裡掛著不少他親自畫的後現代風格的水墨畫，很有氛圍。這次訪問他收穫也不少，並跟他約定了二〇一一年五月和劉再復先生一起來韓國參加“第三屆首爾國際文學論壇”、“高行健文學國際研討會”等一系列文學、學術活動。

我在大學課堂上長期開一門“中國現代散文”課，而為了這門課，我曾經主編過一本教材《二十世紀以來中國現代散文精選》，總共選定了魯迅等五十二位散文家的共五十六篇作品，其中就包括劉再復先生的一篇《讀滄海》。第一年給學生講讀的時候急於解釋這篇散文詩文字表層上的意思，而從第二年上課開始漸漸被其奔放的想像與辯證的邏輯、淵博的知識與深奧的思想、倔強的氣魄與巧妙的藝術所吸引住。恰巧到了二〇一一年五月劉先生來韓國的時候，還帶來了一幅親自寫的“滄海情懷”書法送給我，書法上面明示“朴宰雨教授”。我感動之餘，後來更“貪婪地讀著”“滄海情懷”，而其深意就在《讀滄海》中找到了。

依我看，劉先生“滄海情懷”書法有三層意思。第一，要開敞胸襟，帶著千里奔波的飢渴，堅持讀滄海的情懷，而且要領略其洶湧的內容、澎拜的情思、偉大而深奧的哲理。而這個滄海就是“展示在天與地之間的書籍，遠古與今天的啟示錄，不朽的大自然的經典”；第二，要學習滄海“雙重結構的生命，兼收並蓄的胸懷”的包容性，與“自我克服”、“自我戰勝”的偉大情懷。這個滄海經過無所不包的古老歷史，以相反現象的衝突交織著的，但總是“不被污染的偉大的篇章，不會衰朽的雄文奇才”；第三，要體會到滄海“終古長新”、“永遠不會消失的氣魄”，而追隨滄海，學習滄海，去充實生命，去沉澱塵埃，去更新靈魂。這個滄海，要“從淺海讀到深海，從海面讀到海底——我神往的世界”，才可以理解，也要謙虛認可“有我讀不懂的大神奧”，繼續“發出一串串的海問”，才有一天會解開海的迷。

去年三月在首爾瑞草洞開樹人齋研究所的時候，我裝裱了這幅書法掛在客廳裡，當我惰怠的時候，時常凝視它而激勵我自己以“滄海情懷”、“上下而求索”，尋找“地上的希望之路”。

## 三

一九八〇年代改革開放後，中國思想界裡提倡啟蒙思想的估計不少，不過真正的獨立思想者為數不多。最引起大家關注的首先可以舉出五位，就是金觀濤、劉再復、李澤厚、甘陽、汪輝。不過對我個人來說主要關注的是李澤厚、劉再復、汪輝等幾位。還有因為我的專業是中國現當代文學研究，所以對嚴家炎、錢理群、王富仁、陳思和、陳平原等學者的新的學術觀點也持續關注著。

二〇一一年五月劉再復先生終於和高行健先生一起來到了韓國，參加韓國文化藝術委員會和大山文化財團共同舉辦的“第三屆首爾國際文學論壇”和由韓國中文學界的代表性學會韓國中語中文學會（當時我擔任會長）在高麗大學負責舉辦的“高行健：韓國與海外視角的交叉與溝通”國際學術研討會以及韓國外大、檀國大學、漢陽大學等一系列活動，當時韓少功先生也應邀參加了。因為高行健是第一位以中文創作的諾獎獲獎者，所以韓國文壇和媒體首先更多報道高行健先生，劉再復先生和韓少功先生是第一次訪韓的，也相當受到關注。劉先生在高行健研討會上做了以《高行健思想綱要》為題的大會主題演講，對高行健思想的脈絡和特點講得很系統。這一系列活動，後來在香港《明報月刊》七月號裡做了詳細得報道，在此不做重述。對我來說，值得一提的是對劉先生的發言稿〈多元社會中的“群”、“己”權利界限〉的韓譯過程中的體會和《韓民族》報社組織的“高行健、劉再復、朴宰雨”三人對談。

劉先生的文章我翻譯過兩篇，即劉先生二〇一一年和二〇一三年來韓國時的演講稿，第一篇是〈多元社會中的“群”、“己”權利界限〉，第二篇是〈期待時代大思路的轉變〉。兩篇都反映著劉先生寬闊的心胸、高深的思想與淵博的知識，所以翻譯得相當吃力。不過，我在反覆斟酌過程中體會到了他問題意識的核心和看似複雜但實則澄澈的邏輯，所以最後能以明瞭的韓文翻譯出來。第一篇論文（二〇一一年五月發表）算是應付主辦方“多元社會的自我和他者”單元要求的命題作文，不過也很靈活地發揮了劉先生的觀點和邏輯，主要談多元社會裡的

“己（個體）”與“群（集體）”的關係問題。

眾所周知，劉先生在八十年代發表的《論文學主體性》強調“個人在社會精神活動中的獨立地位和個人自由在精神價值創造（尤其是文學藝術創造）中的基本權利”，就是強調個人的主體性。他在韓國發表的第一篇論文進而探討多元社會中發生的主體與主體、自我和他者之間的關係問題，就是探討主體間性（主體際性）的課題。他首先著力批判西方哲學史提出的兩大命題——薩特的“他者乃自我的地獄”和列維納斯的“自我為他者犧牲即人道主義”（劉先生便稱“他者乃自我的上帝”）的命題，都很極端，不能很好地處理多元社會中自我與他者的關係。他進而按照維柯的歷史三階段發展論說：現在的“第三個時代是人的時代，即平民的以自由、平等、民主為主要精神的時代，也是一個以欲望控制人的時代”。他認為中國五四後的九十多年的社會思想依然不夠成熟，沒能從“在‘自我喪失——他者神聖’和‘自我膨脹——他者喪失’的循環”框架中走出來。他的觀點很明確：一個民族到了最危險的時候，都應該團結起來面對兇惡的敵人，不可強調個體自由和自我獨立，不過在和平的語境下，在國家公民處於正常的生活時間，必須尊重每個生命個體（自我）的個性和不同選擇。

“高行健、劉再復、朴宰雨”對談（二〇一一年六月初）是由為韓國民主運動市民籌款而創立並出名的《韓民族》報社所組織的，由我主持。因此以“由朴提問，高、劉兩位回答”的方式進行，《韓民族》從對話裡抽出兩個題目“中國需要新的靈魂”、“要走出民族國家”來報道。當然是韓文，且因為紙面有限，所以報道不全面，後來香港的《文學評論》（二〇一一年七月）登載了中文全文。在這個對談中，劉先生主要把魯迅和高行健的文學觀進行比較，展示他對中國的獨自發展模式的看法，也強調中國在價值觀的混亂中要建立新的靈魂、而知識分子應該多警惕民族主義的危害性等論點。

在韓國檀國大學舉辦的“世界詩人慶典”活動中發表的第二篇論文〈期待時代大思路的轉變〉（二〇一三年十月初）是從宏觀視角反省二十世紀與當下地球和人類所面臨的危機，劉先生說：“人類神經正在被金錢和消費主義、享樂主義所抓住，地球變成一個繞著‘財富太陽’轉動的消費體。消費取代生產而成了世界的原動力，人類成了愈來愈浮華的消費群落。……而且在消費文化、消費自然，甚至消費上帝，即把文化、自然、神明也當作商品，而最為可怕的是把人本身也當作商品，……學校變成產業，文化變成'經濟軟實力'，一切都是交易。人在全球化的商業狂熱中失去自身的價值與尊嚴。"而且面對地球傾斜與人類集體變質的大現象，面對"人類未來"這一基本問題，他主張要反思既往的人文思想，應該擺脫思維老路，才能提出一些"真問題"，找到"轉機"的可能。劉先生以此來呼籲人們應轉變時代的大思路，他的發言引起了在場嘉賓很大的共鳴。

上面幾個例子僅為對我親身翻譯演講稿和對談感受的整理而已，而劉再復在韓國的接受，估計已經可以成為一個領域、一個課題了。以下按照初版出版的次序，對他著作的韓譯出版情況做一個梳理：

1. 李澤厚、劉再復，金泰成譯，《告別革命》，首爾：書之路（Book Road），二〇〇三年。

2. 劉再復，李基勉、文成子（音譯）譯，《人論二十五種》，藝文書院，二〇〇四年。

3. 劉再復，盧承顯（音譯）譯，《面壁沉思錄》，首爾：海出版社，二〇〇七年。

4. 劉再復、林崗，吳潤淑（音譯）譯，《傳統與中國人》，首爾，行星（Planet），二〇〇七年。

5. 劉再復等，朴宰雨等譯，〈多元社會中的"群"、"己"權利界限〉，載於《世界化裡的生活與寫作》，民音社，二〇一一年。

6. 劉再復、劉劍梅，李有鎮譯，《共悟人間》，波州：文缸出版社，二〇一二年。

7. 劉再復，林泰弘、韓順子（音譯）譯，《雙典》，波州：文缸出版社，二〇一二年。

8. 劉再復，宋鍾書譯，《人性諸相》，波州：文缸出版社，二〇一四年。

到目前為止已經出版了劉先生的四種獨著和四種合著的韓譯本，每一本著作都有相當的讀者反響。不過引起爭議最大的還是那本《雙典》的韓文版，從朝鮮時代起韓國的《三國志演義》讀者群歷代不絕，編寫本也不可勝數，韓國人民都很喜歡看，算是在韓國影響最大的中國文學作品。因此有關這本書的正面批判對於韓國的讀者的衝擊相當大。不過也有一些評者能了解劉先生以“文化批判”的方式批判《雙典》來反思中國傳統文化、反思中國文革等當代史的問題意識，其具體情況在此從略。

## 四

最後，我介紹一下另外一則軼事，這是跟第二次邀請劉先生來韓國參加“二〇一三世界作家慶典”有關的。

二〇一三年二月底檀國大學國際文藝創作中心的詩人李時英院長聯絡我，希望我能邀請劉再復先生來韓國參加十月初舉辦的以“世界詩人們夢想時代的大轉變”為主題的“二〇一三世界作家慶典”，做大會主題演講。詩人北島也曾經應邀參加過這個慶典。我當然樂意，馬上跟劉先生的網上聯絡代理人葉鴻基先生和劉劍梅教授聯絡傳達檀國大學校長的邀請之意。其實，劉先生當時已經是該校的榮譽教授了。劉先生接到檀國大學的邀請意向之後，在稿紙上親筆寫答信，通過葉先生發來掃描本：“我已經接受香港科技大學高等研究院的聘請，將於今年九月一號到那裡擔任‘客座教授’（每年五個月），但因為必須承擔‘課程’，無法離開，也不能到韓國，所以您和高銀先生不必發來邀請信了。”我向檀國大學傳達了劉先生不能參加的意思，看來他們也非常失望，這件事就這樣不了了之了。

但是不屈的韓國人是不會那麼容易放棄的。過了三個月餘，檀國大學又跟我聯絡，誠懇地拜託我再儘量想辦法邀請劉先生來。主辦方已經約好澳大利亞詩人巴里・希爾 (Barry Hill)、美國詩人簡・赫斯菲爾德（Jane Hirshfield）、英國詩人戴維德・哈森特（David A.S.Harsent）、巴黎第八大學教授米歇爾・得基 (Michel Deguy) 等幾位西方的著名詩人、教授參加，但是與之相稱的東方的大詩人、大作家還沒能請到，所以看來他們很著急。我想來想去，用什麼方法才能打動劉先生呢？熟慮之後，還是沒有其他方法，只是強調了三點：第一，再一次強調大會主席高銀先生和檀國大學張淏星校長以及李時英院長真誠以禮邀請的懇切心願；第二，提醒不必參加會議五天全程，只參加中國國慶日假日十月一日一天，可以十月二日早一點回香港，這樣就不會影響到“課程”；第三，誠懇地說明，在西方幾個國家的著名詩人答應參加而還沒能請到東方大詩人、大作家的情況之下，劉先生的參加對他們來說，絕不是“錦上添花”，而是“雪中送炭”。這個“錦上添花”與“雪中送炭”成語，我年輕時在翻譯毛澤東的《延安文藝講話》中學到的。果然，劉先生稍後也親筆寫回信說：“想了兩天，覺得盛情難卻。”終於成功了，我很感動，檀國大學也表示謝意。劉先生果然在十月一日來到了韓國，在大會前夜晚會裡做了那受到“引起了不少人靈魂深處的震撼”之評的名演講《期待時代大思路的轉變》，晚上為水原市寫了幾張書法，第二天就回香港了。

後來，潘耀明先生在香港組織的幾次學術文化活動，如“巴金《隨想錄》三十周年紀念國際學術研討會”（二〇一六年）、“慶祝香港回歸二十周年，絲綢之旅—第六屆世界華文旅遊文學國際學術研討會”（二〇一七年）等，我每次應邀參加報告和討論，也都見到了劉先生，每每都暢敘一番。

有一次，我順便問他：劉先生要不要再一次來韓國做演講等文學活動？他回應說：我快要八十了，身體不如以前啊。我才恍悟劉先生也已經到了這樣的年紀了，但是我相信他心態還是很年輕的。

今年是他的八十歲高壽之年，可以稱他為劉老吧，但願劉老的心態跟以前一樣永葆青春，祝健康長壽！

二〇二一年元旦寫於韓國首爾樹人齋

# 與再復先生為鄰的日子

王瑋

一九九一年夏天，我到科州大學博爾德分校留學。再復夫婦也差不多同時搬來定居。我和再復一家鄰居八年，度過了無數難忘的時光。再復高風亮節，博大精深，既超凡脫俗，又平易近人。他的為人和思想深深影響了我的人生。我常想，我生何幸，有再復做我的老師和摯友！

## 從時代的弄潮兒到時代的思考者

一九八六年我到文學研究所工作，再復是我的所長，初進所工作，曾在他的辦公室有一個簡短的會面，記住了他和藹可親的微笑。八十年代社會思潮風起雲湧，再復與李澤厚齊名，是我們那一代人的精神領袖。那一年我參加再復主持的新時期文學十年討論會，看他滿面春風接待各路才俊，聽他慷慨激昂的演講，感受他的熱情與赤誠，和一呼百應的影響力。那是新中國思想啟蒙的浪漫時期，標誌著中國歷史上罕見的開放社會，短暫而美好，成為今天戀舊的話題。一九八〇年代末期，再復帶領我們所裡的年輕人上街遊行，曾在遊行中制止我們喊過激的口號，表現出理性精神和政治智慧。時勢造英雄，英雄造時勢，八十年代的劉再復，對中國思想解放的貢獻，添加了明亮的一筆。

我到科州大學，認識了劍梅。知道再復夫婦要過來定居，激動得難以言表。想不到在美國與他重逢。當時劍梅為再復租了一套公寓，我初到美國無處居住，就在那裡蹭了兩個星期的免費住房。

博爾德是洛基山腳下的大學城，風景壯麗，風氣淳樸，是美國最適於居住的城市之一。再復一到，就愛上了這座美麗的小城，他在城邊買了一座二層別墅，典型的西部洋房，精緻典雅。有一個碩大的後院，足以打整場籃球。幾棵老榆樹參天聳立。菲亞老師在院子一角開了一塊菜地，每次去，她會請我們品嚐新鮮採摘的果蔬。再復戴個大草帽，開著除草車轉圈給園子除草。深呼吸，享受滿園飄溢的草香。我們常常坐在二樓陽台上，品茶聊天。草叢中有野兔松鼠出沒，遠處是雲端隱現的皚皚雪山，也能看見著名的 Boulder 紅岩，刀劈斧刻般垂直矗立，俯視全城，構成一幅立體的雄偉圖畫。這是一個全新的世界，遠離塵囂，遠離政治，如世外桃源，生機勃勃充滿詩意。他很快從流亡初期的苦悶孤獨中解脫出來，開始用新的眼光和胸懷審視自己審視世界，創作熱情空前激發。我在 Boulder 的幾年裡，他每年都有新書問世，成為他寫作最高產的時期。他曾對我說，Boulder 是他的再生之地，他在這裡找到了新故鄉。將來有人寫再復傳記，博爾德時期肯定是他的人生和創作的轉折點。我們在他身上看到了一個從學者向思想家，從文人向聖人的飛越。大智慧，大悲憫，大胸懷，大境界，流亡美國的生活成就出一位時代大師。

## 小城故事多

科羅拉多大學博爾德分校是美國著名的大學，有一流的東亞系，十餘個東亞研究的教授 , 包括著名的中國文學翻譯大師葛浩文和唐詩研究大師柯保羅。這裡也有一個出色的東亞圖書館。天時地利人和，為再復提供了良好的學術環境。再復在這裡作客座教授，每年給我們研究生做一兩次講座。雖然沒有了社科院時期那種一呼百應的轟動效應，但他獲得的是精神的解放和思想的自由。

再復到 Boulder, 小城不寂寞。每年都有各色人物慕名來訪。通常是東亞系邀請作家來做講座，講座結束大家就到再復家裡聚餐派對。我常常奉命去機場接送客人，先後認識了作家阿城、韓少功、蘇童、劉索拉、北島、賈平凹、劉心武、朱天文、虹影、李陀、馮驥才、徐小斌等。我也有幸與文學所的老朋友們重逢，包括林崗、汪輝、蘇煒、靳大成、徐公持、孟悅、幺書儀、李以建。當代學者包括洪子誠、錢理群、陳平原、劉禾、趙毅衡、蔡厚示等。來來往往，好不熱鬧。後來李澤厚也搬來 Boulder, 與再復隔著幾條街購屋做了近鄰。劉李關係親密無間，是當代學術史上一段佳話，學界引為美談。李澤厚曾當著我們的面說，“我一生只有劉再復一個朋友。這一個朋友這就夠了”。李先生性格孤傲，唯獨對再復青眼相看，兩位學術大師在 Boulder 互相切磋砥礪，其學術成果影響了遙遠的中國學術界。一九九八年五月再復在 Boulder 主持召開了金庸小說國際研討會。隆重請來金庸老先生和四十餘位專家學者，高朋滿座，極一時之盛，也在當地颳起一股金庸旋風。多少人遠道前來一睹金庸風采。據說這是金庸封筆後唯一一次出國參加學術會議。再復的胸懷人品和學術地位讓他有武林教主一樣的地位，也讓 Boulder 小城成為當代文人學者的薈萃之地。

再復在旁邊，留學生活變得多彩。我最喜歡做的事就是周末去找再復串門。出入他的書房客廳廚房後院，如在自己家裡一樣。那時劍梅在哥大讀博，再復家裡有事，常常找我解決，我隨叫隨到，樂此不疲。買汽車，買房子，學開車，考駕照，搬家，買家具。有時候隨他去附近的山中小鎮逛街，挑選科羅拉多特產的奇石。我們也去山裡的印第安人賭城賭博。再復自己不賭，但給同行的人每人一百美元，讓我們盡情去玩。輸了算他的，贏了歸自己。玩完以後帶大家去吃自助餐。我們也去洛基山國家公園爬山。那個公園一年只夏天開放幾個月，山下穿 T 恤，山頂羽絨服。有一次再復邀李澤厚一家同去。李先生在半山就停下了，而再復一直前行。接近山頂最陡峭的一段。我們勸他停止，他堅持走到極頂。我們在雪地裡散步，看遠處崇山峻嶺，和山下渺小的城市，心曠神怡。每年的美國獨立日我們會和再復一家從山下走到山上大學的足球場看煙花。有一年汪輝來訪同去，看日本大鼓的雄壯表演，令人難忘。還有一次去再復家，趕上芝加哥公牛隊，就一起看喬丹打球。他像孩子一樣跳起來大喊大叫，完全沒有了平時的溫文爾雅。與再復交往，完全沒有隔閡拘束。他的平易近人親切和藹，兒童一樣的澄明心境，聖人一樣的慈悲胸懷，都成為我日後做人的楷模。

## 人品學問文章

一個人的人品決定了他的境界可能達到的高度和思想可能觸及的深度。我從來沒有見過像再復一樣如此純潔善良仁厚的長者，一個如此勤於思考不斷挑戰自己的學者，一個真正以寫作為樂筆耕不輟的作家，一個超脫了任何庸俗任何名利以追求真理為生的哲人。九十年代的美國，經濟危機，政黨更替，大選醜聞，股市泡沫，熙熙攘攘，變幻莫測，多少人在紅塵之中殫精竭慮追名逐利，而再復簞食瓢飲，清心寡欲，一張書桌，一枝筆，一屋子書，足矣。一介書生，胸懷世界。古人所言的聲聲入耳事事關心，在再復身上得到極致的發揮。

每次去再復家，他會拿出他的新書新文章讓我看，跟我講他的新思考新發現。講賈寶玉的赤子之心，講三國水滸文化對中國民族的毒害，講高行健對人性的追問，講金庸對漢語的貢獻，講美中關係，台灣局勢，“文革”的懺悔，改革的失誤。這些都是他喜歡的話題。再復說話，神情投入，帶福建腔的普通話一句一頓，用手勢加強語氣，眼睛直視聽者，富有感染力。有時候我會跟他辯論。記得有一次談革命，我說到革命的正義性和不可避免，他激動地反駁我，講革命的血腥和殘暴，舉了中外各種例子，說中國再不能進入暴力的循環。他懷疑中國民主條件不成熟，說政客會利用百姓的愚昧來獲取權力導致動亂，而一旦動亂就是導致四分五裂人頭落地。那時李澤厚已經搬來，兩個人一起暢談中國的前途和命運。後來就有了那本轟動一時的告別革命的對話錄，引起了中國知識界綿延多年至今不停的大討論。

再復淡泊名利，從不言錢。有一件事讓我印象深刻。一九九八年台灣一家出版社出資十萬美元買斷了李澤厚的著作版權。十萬美元在當時是大數字，但是代價是他的書在大陸再也不能出版了。再復說起來就搖頭嘆息。他把李澤厚當師長看待，多麼希望中國大陸的讀者仍然能夠讀到李先生的書！再復在香港出版了幾十本書，但是堅決不賣斷版權。他的目標是在有生之年在大陸出版一套劉再復全集，用自己的學說影響中國。拳拳赤子之心，真切感人。

還有一件事印象深刻。一九九〇年代中，國內政治形勢趨於和緩。再復收到廣東老作家秦牧的來信，轉達江澤民的問候，希望再復回國，許諾過去的事既往不咎。再復是有很強烈報國之心的人。一九八九年去國離鄉亡命天涯，而故鄉一直縈繞在他的心中。但是回國一事，他堅決不考慮。他的理由是，即使不追究過去的事，以後來了新的運動，讓我表態，怎麼辦？違心說假話嗎？不可能。再復已經把美國看成他的第二故鄉，在這裡找到了安身立命之本。不再與中國當權者合作是他的原則。有一年去香港，他去深圳小停，算是了卻了一樁回故鄉的心事。

再復是風雲人物，人生大起大浮，經歷了各次政治運動，與各種人打過交道。我看他的文章，內省獨白反躬自責的時候多，批評責難的時候少，不免會遺憾他作為很多重要事件的當事人，沒有披露更多的史料。這與他寬厚的心胸有關。但是有時候他也會在閒談中披露一些不為人知的細節。有一次他講到，他流亡海外，留下老母親和年幼的小女兒在北京。同樓居住的一個文學所研究員，平時踩破門檻，各種親密。這時候反眼若不相識。小女兒在電梯裡叫叔叔，他在一尺之內別過頭去假裝沒聽見。還有一個上海的年輕學者，再復百般提攜，千辛萬苦弄到美國。後來突然反目成仇，寫文章謾罵再復，備極誣陷之能事。這兩個人我也認識。再復不說，我絕對想不到這兩個外表光鮮高談闊論的學者人品如此低劣。

## 恩如父親

再復對我的生活和思想都產生了巨大的影響，我一直把他看成我的慈父，對我的人生指路。我初到美國的時候，一對美國夫婦是我的 host family，給了我無私的照顧。他們是虔誠的基督徒，每周開車來帶我去教堂，希望我受洗入教。我對他們心存感激，一直不忍心對他們說不。但是我又實在不能接受基督教。是再復幫助我走出了這一步。再復是名人，親友中多有基督徒，都勸他入教。當時一個著名的民運人士遠志明信主成了牧師，到處演講見證，在華人中名盛一時。他曾經要求跟再復公開辯論神創論 / 無神論。再復婉言拒絕，不為所動。他對我說，誰信教我都不反對，但是我不信。我注定是唯物主義者。一九九〇年代的美國，無神論者是極少數。那時候的民運人士紛紛變成了基督徒。再復不肯從俗，堅持自己的信念，在當時的環境中可謂鳳毛麟角。這也是他與民運人士的一個重大區別。特立獨行，跟隨自己的內心。再復的話給了我信心，我對我的 host family 說，我沒有準備好加入基督教，漸漸疏遠了他們。這是我人生的重要一步。我感謝再復給了我指導。現在看看基督教教會和教徒在美國政治中的種種極端行為，我慶幸我走對了。

我在美國上學期間，與一個美國同學合開了一個進口中文書的生意，就是受了再復的指點和啟發。再復給了我一個幾百本書的長長的訂單，成為我的第一個客戶，還把他的車庫讓出一塊地方讓我存放圖書。從此開啟了我的另一條人生之路。我從一九九四年開始做這個生意，到現在已經二十六年，成為在美國唯一一家專門為美國大學圖書館提供中文學術書服務的供應商。

我在上學期間，還接受再復的建議開始申請綠卡。再復為我寫了長長的推薦信。再復的推薦信很有分量，讓我順利得到綠卡，成為罕見的在讀研究生獲得綠卡的人。這是我人生的另一件大事，決定了我後半生的走向。這些都得感謝再復先生的指引。沒有再復，就沒有我的今天。

一九九九年我在密歇根大學找到教職，離開了 Boulder。走前與再復和菲亞告別。再復親筆為我寫了兩幅字，又送給我一幅他珍藏的范曾的字。我與再復擁抱作別，忍不住流了眼淚。

前幾天的新年之夜我做夢，夢見在 Boulder 的家裡與再復和菲亞吃飯，再復笑意盈盈，菲亞忙前忙後，宛如昔日情景再現，清晰如在眼前。我一邊回味夢境，一邊給劍梅寫信，讓她轉告二老，說王瑋想他們了。

二〇二一年一月十日美國聖地亞哥

# 洛基山下的白雪和綠草

陳偉強

美國科羅拉多大學博爾德校區（University of Colorado at Boulder）所在的小城，位於洛基山脈上，氣候宜人，風光明媚。下雪的季節從每年九月底到翌年五月初，看似很漫長，但每當彤雲密佈，預示白雪紛飛，而最後下個漫天蓋地，總使我這個來自中國南方的遊子格外激動和興奮。常想起陶淵明的名句："淒淒歲暮風，翳翳經日雪。傾耳無希聲，在目皓已潔。"這每年如約到來的雪景歷久常新，引發著期待、遐想、思考和啟迪。

博爾德的雪晶瑩潔白，非北京的煤灰熏染的黑雪可比。那雪有時一下便是兩三天，漫天紛紛揚揚之後，便是晶瑩晰白的琉璃世界，地上堆積著厚厚的有時及膝的白雪。偶爾與同學一起堆雪人和打雪戰，更多的是獨自一人四出拍照。至今還能感受著在嚴寒大雪中出外騎車、跑步、遛彎兒的情景。每周六跟中國同學和本地球友的踢足球活動，風雪不改：在雪地上拖著沉重的步伐奔跑，腳下沙沙作響，鞋裡早已濕透。舉步維艱，大汗淋漓，身上冒著白煙；當累得半死，兩腿發抖之際，索性往軟綿綿的白褥子裡一躺，何等痛快！當年的那種傻氣，早已消失淨盡了。

博爾德的雪讓人憐愛之處，是它從不久戀塵世。雪下過後，當微暖的陽光灑照大地，很快便融化。不像北京的持續低溫，把雪片久久地留住，積成了冰，在街上，馬路上，混和著城市灰塵，白雪變成了黑冰，不但影響市容，也為人們造成不便。這種兩種觀感當然帶著個人的情感印記。

博爾德的那些雪景，映照出無數的回憶。除了一九九五年那次與劉再復、李澤厚兩位老師到中央城（Central City）的高山小鎮出遊，獲益良多，[1] 在博爾德的歲月裡與兩位前輩的交往是那幾年生活中的寶貴情誼和經驗。

再復老師自一九八九年去國，遊歷過歐美各地，最終還是回到博爾德這座小城。他對小城情有獨鍾，當時這樣說："這些年在不同城市居住過，經歷過、感受過，始終最愛這裡的山明水秀，清幽宜人，簡直是人間仙境。"他與師母菲亞老師帶著幼女小蓮約於一九九三年卜居於此；那時劍梅已從科羅拉多大學碩士畢業，正在哥倫比亞大學攻讀博士學位。三人起初租了一個小區中的公寓，沒多久就買下了一座獨立的房子，帶車庫、後院和草坪。此後，劉府上下及其宅院便再次成為我們這些中國留學生的一個活動中心。

那時，再復老師是我校東亞語言文學系的訪問學人。雖然沒有給我們開課，但對我們的啟導比起課堂的授業更具意義。那幾年間，除了是他創作《漂流手記》系列散文集和其他重要評論文章的高峰之外，由他籌辦、協助和參與的學術活動，為這個小小的大學城注入了無比的活力，為它在那些年進入極盛時期作出了巨大的貢獻。當年有過不少名作家和大學者到訪，我仍能記得的訪客包括北島、蘇童、馮驥才、徐公持和蔡厚示等先生們。他們大都以訪問科州大學為官方行程，多由再復老師好友葛浩文（Howard Goldblatt）教授處理那些官方手續，而再復老師的坐鎮此地，也是這些俊採星馳照耀小城的重要誘因。葛教授是研究蕭紅的先驅，再復老師以"老葛"呼之，二人是無話不談的好友，為這小城吸引了不少作家和學人。

每當有學人作家來訪，都少不了愉快的聚會。聚會的地點，偶有在葛府，大多數還是在劉府。那次當再復老師的老師蔡厚示教授來訪時，我們組織了一次洛基山國家公園（Rocky Mountain National Park）之旅。那是又一次一行十多人的出遊活動。從博爾德開車只需一個多小時就到，但入山後一路向上，山路盤旋，百步九折，好不容易才登上了那終年積雪，海拔一萬二千多呎的主峰。放目遠眺，群山盡在其下，頗有一覽眾山小的氣勢，令人遙襟甫暢，逸興遄飛。我奉蔡

1　見拙文：〈文學家與哲學家〉，載於《香港浸會大學中文系系慶紀念文集．創作卷》，香港：中華書局（香港）有限公司，2017 年，第 211–213 頁。

教授之命苦吟了一首，當中一聯勉強還可以獻曝：“不有萬仞峰，何來千年雪？”後來收到蔡教授賜我的答詩是這樣寫的：

莽莽洛基山，驅車往復還。雪光瑩盛暑，雲影沐蒼顏。目以川原廣，心同禽鳥閒。元龍欣見贈，高詠化冥頑。

那是何等胸襟，何等境界。科州的高山流水，古杉巨石，清幽中帶著蒼勁，引發無限哲思，開闊裡透露強頑，砥礪不屈志節。這永遠是再復老師心中的靈山，它與老師的文筆融合，造就了一座文學的靈山。

除了學者作家的個別來訪，再復老師在博爾德主辦的最大型的學術活動是一九九八年的“金庸小說與二十世紀中國文學國際研討會”。那次盛會除了有來自世界各地的著名學者們到訪，在這洛基山論劍之外，最矚目的是金庸（查良鏞）先生伉儷的親臨。學術會議上的討論之精彩自不待言，對於我這個負責雜務的小輩來說，由於沒功夫一一聆聽發言，最有意義的倒是一些會議的花絮。再復老師這位主帥指揮若定，早已分配好研究生們的工作，我負責開車接送與會學者們，佈置會場、場地雜務以及攝影等工作。但有一項任務事前並沒有分配，那就是作為會議後宴會場地的劉府宅邸的基本佈置，我有幸臨時被分配這項具有特殊意義的工作，當然義不容辭，立馬開車前往開工。

老師平日最愛開著他那輛略帶古典風格的割草車，在那綠油油的草浪中穿梭。但那次他實在忙不過來，一整天都在研討會上舌戰唇槍的刀光劍影中，觀看和評述學者們的弓矢連發，短兵相接，但又必須確保點到即止，以防擦槍走火，責任十分重大；於是只好放棄攢了兩周，搖蕩春風中等著他招呼的那片綠草。所謂物過盛而當殺，何況眼看就要徵用草地招待客人。然而平日家中這台割草機只有老師一人會操作，於是最後只好割愛，把這項心愛的割草工作交由我來享用了。

我這幸運兒第一次開動這嘈嘈切切的小機車，異常興奮。在這片綠波中奔馳，上下顛簸，左右穿插，十分過癮。開著它向前，身後的草實時變短，像理髮，也像刷油漆，很神奇，也很好玩。我可以自由地通過改變移動方式來畫出不同的紋理，發揮創意。沉醉之間，我忽然聯想到再復老師在散文中寫到的那頭耕牛在地裡的犁田工作：它回頭看著自己犁好的泥土，欣賞著那些美麗的花紋；自然也想像到老師的筆耕情態，似乎明白了老師為何如此熱愛割草。不管這揣摩是否老師的原意，那次割草割出了這份體驗和感悟，彌足珍貴。

有一次在劉宅偶然見到老師的手稿，感受頗深，裨益尤多。那每一個漢字以流麗不羈的書法寫成，在稿紙上起舞著，與格子天然諧合，我所讀到的豈止是"帶著枷鎖跳舞"的文字妙趣，而是自由奔放的感情起伏和思路縝密的滔滔雄辯。這不就是耕牛犁田的漂亮紋理嗎？我好奇地問："好久沒見過中國的稿紙了，從哪裡來？為什麼是複印的？"再復老師不經意地回答："大陸帶來的早已用光了；託朋友寄來，遲遲未到，只好複印。"如此不經意的回答，卻讓我對老師與格子的深厚情誼肅然起敬，更驚嘆他一直堅持用毛筆起稿。老師向來不愛用鍵盤輸入漢字，於是我們建議他用手寫板，他還是那樣從容地說："我買過一個，嘗試用了一兩次，很快便放棄了。用它寫稿根本不行，思路會斷。"回想自己寫中文稿，多少年來也還是用紙和筆打底稿，然後再緩慢地輸入計算機，怕的也是打斷思路。心與筆相連的微妙結合，我完全能體會到；但格子和毛筆默契而來的著手成春，就望塵莫及了。

老師在與大陸友人談話時提及割草之事，津津樂道。友人們都疑惑：割草這瑣碎事也能讓人這麼興奮嗎？老師說："家裡的草地有兩個籃球場那麼大，割草頗花功夫，但沉醉其事，樂在其中。"友人們一直以為老師誇大其詞，問："私宅的草坪哪有這麼大？"沒錯，在那時的北京城裡，那是不可思議的事。直到宴會那天，這些友人們中的幾位來到了這實地，才驚嘆道："果真如此，還不止兩個籃球場的面積呢！"這些友人早就熟讀了老師的"耕牛"，大概馬上就能生出我那"犁田與割草"的關聯，因此也很理解且羨慕老師那麼沉緬割草這瑣事。我回想，這是偉大的思想者成就其偉大的一個事例，這些思想者的靈感往往來自看似瑣事的生活細節。

對我來說，這片草地蘊含著另一種回憶。那冬天鋪著白雪的碧綠的一角，散發著農家氣息：再復老師和師母菲亞老師在草地入口處旁邊特意開闢了一小片農地，種植了各種作物，有茄子、西紅柿、各種瓜果、豆類、青菜，還有韭菜。那可不是"草盛豆苗稀"，而是"摘我園中蔬"，"時還讀我書"的田園生活。而這農耕生活的“副產品”是兩位老師在小城的學術活動外，培植出來與我們這些小輩們的友情。我們除了到劉府把酒談天、品茶說地、吃飯打牌之外，老師和師母還經常把他們家農地出產的瓜果菜豆送給我們，這些充滿愛心的饋贈中，最珍貴的是韭菜，因為當時在小城裡根本就買不到。洋人也許嫌棄它特有的氣味，我卻杜撰出“臭味相投”之寓意。有了它，我們可以做餃子、炒雞蛋、韭菜盒子等美食，時不常也在劉府中一起做，一起吃，一起聊。那是何等快樂的日子。

古人云：“年年歲歲花相似，歲歲年年人不同。”那些快樂的日子很快便過完了。博爾德的雪不會久留於人間，但它每年必定重來，而人呢？我們這一批中國留學生畢業後，一一都離開了小城；葛浩文、唐小兵老師也先後離開了，此後極少回去，只剩下再復老師和李澤厚老師兩家。我後來在香港再見再復老師時，已是時移世易，人非物非，而我們的話題總離不開緬懷博爾德歡樂的場景，他每次都向我感慨：“那些年與你們相處，是我們最開心的時光，自從你們這一批好友陸續離去後，我和李澤厚都覺得孤寂起來；時間越長，就越覺得孤單。之後到來的中國留學生都不認識，也就再也沒有昔日的繁華盛景和熱鬧氣氛了。”他們幾位留守仙境，雖然仍然吃著韭菜和茄子，但總有些不吃人間煙火的味道。

博爾德的白雪依舊紛飛著。那裡仍是經歷著春和景明，燕語鶯歌，夏日酷熱後的驟雨，秋季漫山紅黃樹葉。何等宜人的氣候，美麗的山水。在那人間的仙境中，與再復老師閒聊中的啟迪，跟他和他家人交往中和情誼，永遠在記憶中活現著，回蕩著。

二〇二〇年十二月三十日於香港沙田

# 輯六 心靈本體

# 人生的感悟 思想的結晶
## ——劉再復先生的"人生悟語"或"碎片寫作"

萬之

開卷有益。

最近通讀了香港城市大學出版社新出版的《人生悟語：劉再復新文體沉思錄》系列五卷，包括卷一《三書悟語》、卷二《紅樓悟語》、卷三《獨語天涯》、卷四《面壁詩思》和卷五《共悟人間》（與劉劍梅合著），獲益良多。

再復先生年屆八旬，筆耕不輟，已出版的書達一百二十多部，包括文藝理論、文學批評、文學史論和隨筆散文等多個方面，可謂著作等身，而《人生悟語》系列則是他一生著作中比較獨特的部分，可另歸一類。

這幾卷著作裡，除了最後一卷是先生與女兒劉劍梅書信來往的書信體形式。其餘四卷基本都是"片言隻語"的文體形式。這是此類著作的第一個重要特點：一段一段或一則一則相對獨立的文字，可短可長，可以條理有序，編號排列，也可以隨心所欲信手拈來，總計有兩千多條。讀時不必從頭讀起，而是可以隨意翻開任何一頁來讀，也可以隨時放下。

在文學史上，這類文體並非鮮見。《人生悟語》可以讓我聯想到中國古代聖賢的語錄式文體，如孔子的《論語》，魏晉南北朝時期的《世說新語》，晚明的小品文、直到近代的格言體作品如清末張潮的《幽夢影》。也有論者將其和歐洲文學史上的古羅馬大帝馬爾克斯·奧列里烏斯（Marcus Aurelius，內地譯作馬可·奧勒留）的《沉思錄》、十八世紀德國作家利希滕貝格的《格言集》、法國作家儒貝爾的《隨思錄》、尼采的《查拉圖斯特拉如是說》及貝克特的《無所謂的文本》等作品相提並論。

而我更願意將《人生悟語》和法國作家羅蘭·巴特爾的《戀人絮語》（中文

版譯名）比較。該書的法語原文是“Fragments d'un discours amoureux”，其中的“fragments”就是“碎片”的意思，書名直譯是“愛情話語的碎片”，有人認為這是“一種發散性行文”，也可以說是一個坐標體系為零度而沒有特定方向性的“碎片寫作”。

人類文明的各個時代都有各自比較獨特的文學形式或文體，比如在文字初產生但還不流行和紙張印刷還沒有大量產生的遠古時代，口頭文學形式比較突出。中國古代有《詩經》，記錄的都是民間或廟堂的歌曲，而《論語》其實也是口述形式而經後人整理才成文記錄下來。古希臘荷馬時代最流行的也是行吟詩人傳唱的史詩和神話。在宗教興起的時代，如古希臘，最重要的戲劇形式就是由酒神祭祀儀式轉化而來，而文藝復興和莎士比亞時代最突出的形式也是戲劇或劇詩。長篇小說被稱為是資本主義時代的“史詩”。“碎片寫作”在歷史上並不是主要的文學形式或文體，只是記錄瑣碎的事件和思想觀點的合適形式，但是在人類進入了當代所謂碎片化社會的時候，它卻能成為一種最流行的形式。事實上，現在的很多手機短信或微博微信推文等等其實都可以看作是一種“碎片寫作”。

我認為再復先生的《人生悟語》即是這樣的適應時代的“碎片寫作”，在眼下時代的運用具有特別的意義。當然，它不是羅蘭·巴特爾筆下的戀人們有關愛情話語的碎片，而是一個思想者的語言碎片。這些片段都是表達作者點點滴滴的感想、觀念、見解，甚至只是一點常識。作者並不追求系統性完整性的立論，沒有繁瑣論證過程，更不建立宏大結構做宏大敘事，往往還是直達某種結論，或者對某個問題直陳答案。而這種結論或答案是基於作者豐富坎坷的人生體驗，大量的閱讀和思考，因此不乏真知灼見，讓人深感信服。有些片段文字甚至可以成為某種值得讀者牢記的格言、警句或座右銘。

再復先生曾在《獨語天涯》中引法國思想家帕斯卡爾的名言：

> 思想——人的全部的尊嚴就在於思想。

《人生悟語》這類著作的第二個顯著特點就是高度的思想性。中國作家多如牛毛，但是有思想的作家卻寥若晨星。再復先生就是這樣一個難得的有思想的作家，並以此成為一個有尊嚴的人。

所以，《人生悟語》中“悟”的精髓在於思想。再復先生這一生，配得上詩人屈原的名言“路漫漫其修遠兮，吾將上下而求索”。他一直走在求學求真的道路上，甚至不懼遠遊他鄉，漂泊海外。一九九二年他曾經來瑞典，受聘到斯德哥爾摩大學東亞學院出任客座教授一年。這個客座教授職位是為紀念一九八六年被刺身亡的瑞典首相烏拉夫・帕爾梅而設立，故稱為帕爾梅客座教授。當時我也在東亞學院中文系任教，和先生有過密切接觸，時常有機會和他懇談討教。我不僅親眼看到再復先生寫作的勤奮，每天都有文字如流水源源不斷，也親身體會到他思維的活躍，就好像他的大腦是一架不會停轉的思想機器，不斷會提出屈原那樣的“天問”，而他一直在求索這些人生和宇宙問題的答案，也因此才會有源源不斷的文字流出筆下。

當你有了追問，有了人生的答案，你才會恍然大“悟”。所以，《人生悟語》的重點是在那個“悟”字上。這是大夢初覺而“醒悟”的“悟”，是達摩面壁十年苦思冥想而豁然開朗的“頓悟”的“悟”，是經歷了人生坎坷而“感悟”的“悟”。

“悟”是思想的結晶，也代表光明。所以我們可以看到在這一段段文字裡，每段都有一兩個思想的“亮點”（highlight）。這種亮點可能很小，不是熊熊篝火耀人眼目照亮夜空，也不是旭日東升照亮整個世界，而只是黑暗中為你照路的一枝燭火，可以讓你“秉燭夜遊”。這種光亮甚至可能更小，只是夏夜裡的螢火，忽明忽滅星星點點，但讓你看到了黝黑中的萬物。

中國人常把再復先生這樣的知識分子，叫做“讀書人”，因為他們的知識積累基本是靠大量的閱讀。《人生悟語》系列多半是讀書心得，比如卷一《三書悟語》是讀了《西遊記》、《三國演義》和《水滸傳》之後的感悟，而卷二《紅樓悟語》自然是讀《紅樓夢》之後的感悟，卷三《獨語天涯》和卷四《面壁詩思》則包括了閱讀眾多古今中外名著的感悟，不僅是文學書籍，也涉獵大量中西方哲學、美學、宗教、歷史和其他社會科學。再復先生確實稱得上博覽群書。

讀書當然也有不同的讀法。有的人讀死書，永遠不會開竅，所謂“執迷不悟”。所以“悟”需要讀者本身的悟性，其實也是一種天分，“悟”者本人的智慧才思，對於“悟”起著關鍵的作用。再復先生是心有靈犀的思想家，常常是一讀就懂，一點就通，且能舉一而反三。

需要強調的是，《人生悟語》系列雖然是“碎片寫作”，但是碎片後面的展示的思想、人格和美學觀其實是相當完整和系統的，是建立在普世性的人文主義的價值觀之上的。再復先生總把人的善良、高貴和童心作為正面的價值，比如從童心出發而肯定《紅樓夢》和《西遊記》的價值觀，而不同意《三國演義》和《水滸傳》那種計謀權術的價值觀。他肯定的是托爾斯泰、高爾斯華綏、陀思妥耶夫斯基、卡夫卡等西方人文主義作家，並強調了作家作為個體生命發出聲音，發出了“拒絕合唱”的呼喊！

三十年前，再復先生寫下過這樣一段“碎片”：

“雖然年過五十，但總覺得還在生長，還在成長。少年時代在生長，青年時代在生長，中年時代還在生長，特別是那些看不見的生命部分，更是在生長。彷彿沒有不惑之年。四十之後的人生堆滿困惑，化解了一個困惑總是陷入更難解的困惑之中。彷彿沒有成熟之年。看看過去幼稚的自己，彷彿是成熟了，但面對明天和廣漠無際的天宇蒼穹，卻只感到太多的無知和永遠的幼稚。這不是長不大，而是抵達不了那個落幕般的終點。”（《獨語天涯》第二十二頁）

三十年後，再復先生年屆八十，我看到再復先生還在生長。他的生命之樹是常青的，因為他一直是個具有童心的人，也總在發問，總在求索，總在思考。

完稿於二〇二〇年十二月一日斯德哥爾摩

# “伴我遠遊的早晨”

黃子平

那個早晨奪走了許多生命，也改變了許多生命。生命的“改變”不是可以隨便說說的，許多人只是改變了生活的軌跡，生命和靈魂卻依然故我。但是，讀一讀再復的漂流散文，你會深切感受到他的反覆描述的情形是何等真實：生命被那個早晨的槍聲擊碎了，碎片落地有聲；一顆子彈穿過我的心，將我的人生劈成了兩半；曾被彎折的靈魂在一片新的土地上重新站立起來；斷裂的生命，一部分消逝在心底，另一部分卻如野百合般從廢墟中倔強地生長⋯⋯那個早晨慘烈的火光和陰影，一年又一年地儲在再復的生命深處，靜夜時分一再響起無盡的歌吟。

## 苦難記憶

這是一個致力於遺忘苦難的世代。遺忘的方法因現代媒介之助而不斷進化：不單有水龍的沖洗和鮮花焰火的裝飾，更用新災難的光影來驅散舊災難的光影。試問在波西尼亞和盧旺達之後，還有誰會像再復初到彼岸時那樣，一聽說你是中國人就失聲驚叫：Tian'an men Square！再復的散文，會不會像魯迅小說《祝福》中被狼叼走了小兒子的祥林嫂，重複說“真的、我真傻”而令鎮上的眾人厭煩？在這本書中，你讀不到民主鬥士的驚心動魄戲劇性回憶，也讀不到自詡獨具（第n？）隻眼的冷血政治觀察家的形勢分析。你讀到的只是，一個在三千學子快餓斃時，說了句“救救孩子”的讀書人的良心話。你讀到的只是，李歐梵在序中所說的一個中國知識分子的“心靈的自傳”。再復因了那個早晨而大徹大悟，他說：

> 我已拒絕了一切自我標榜的偽愛和一切外在的誘惑，而重新領悟真正的

愛義。我這些年喜歡寫些散文，就是因為我的心思已脫樊籠，所有的文字都出自己身的天性情思和再生的愛義。我覺得必須把自己煉獄後的灰燼，心靈中的苦汁掏出來給今人與後人看。我在冥冥之中感到有一種力量指示我這樣做，我不該拒絕這個絕對的命令。

肺腑之言，正可以讀作這本散文集的“綱”。

因此，書中相當多的篇幅，是對過往歲月的回憶和反省。從祖母的墳塋到母親的目光，文革中自殺的中學老師和大學老師，幹校生活的片斷，出獄後瘦骨嶙峋仍寫作不止的聶紺弩，社科院中放膽直言的吳世昌先生……幾年前，在芝加哥大學的一個研究計劃中我曾有幸與再復同事，談天時常聽他一再提及這些往事。如今讀到這些文字，仍與當初一樣感動。我記得再復在回憶時總是一次次停下來長長地嘆氣，眼角潮濕。他永遠學不會的兩個字就是“麻木”，更不用說書中提到的那個成語“心如古井”了。

## 心境描寫

因此，散文集中那些寫“心境”的篇章最令人動容。如《難過》：

在漫長的冬季，瑞典到處是燭光。瑞典的蠟蠋不流淚，我的屋裡也有不流淚的光明。蠟蠋雖不流淚，而我卻常獨自難過，為失落了時間而難過，為失去了朋友而難過。

“難過”這詞平實得無可替代，別的詞在這裡都顯得太修飾。“……此時此刻，我更喜歡會落淚的蠟燭。”這些大概都屬李歐梵的，應編入“大中學校的中文教材”去的句子了。又如“心倦”：

太疲倦了，疲倦到忘記時間與空間，忘記是春眠還是冬眠。好幾十年了，心老是睡不著。連夢裡也漫著紅旗硝煙，尋找一張平靜的小床，與尋找一張平靜的書桌同樣艱難。今夜可以放心睡了，唯有倦旅者知道心睡是多麼甜美。

還有《想念》:“往年的春節想念故人，今年的春節還想念故人。”重複的句子重複了無盡的想念，“往年想念的故人，有的已經死亡，正在青草下的墳沉睡，但我的想念沒有死亡”。這些句子仍屬平常；對再復來說，下列句子就非同小可：

“往年想念的故人，有的今年已不再想念。往年想念錯了，以為想念的值得想念，以為愛的值得愛。”

## 歐美探遊

在歐洲和美加各地的遊記，是集子中另一些值得一讀再讀的文字。再復的好奇心是使他的遊記動人的根本原因，他總是像“十八歲出門遠行”的鄉下小夥子一樣興致勃勃地東張西望。再復不喜歡紐約而喜歡溫哥華，這一點不會令讀者吃驚。甚至到拉斯韋加斯賭城的一日遊也很平常。有關巴黎的德尼爾大街、東京的十番街和阿姆斯特丹的不知名的紅燈區的描寫就不簡單了。那些導遊的朋友顯然心懷惡意搞“精神污染”，再復卻仍是那樣一臉的憨厚:“我只聽過十年的《紅燈記》，真不知道什麼‘紅燈區’呢。”他最感興趣的卻是海牙的紅燈區立著一尊斯大林元帥的塑像，給奔向肉欲世界的人們指路和站崗。對像再復這樣背景的遠行人來，某些景物是具有敏感的觸動性的。因此，與李澤厚、北島等結伴同遊彼得堡，去“尋找舊的碎片”的文字，就更是深含感慨了。是次旅行的高潮是在阿芙樂爾號炮艦前：

> 對著炮艦大家都很激動，是高興？是悲哀？是驕傲？是懊喪？是歷史壯劇的開始？是歷史悲劇的起點？我一下子全模糊了。

## 為這解脫的一天而祝禱

背著那個早晨去遠遊的行人，放不下的還是故土的歷史和歷史中的故土。再復說:“唯有這個早晨從歷史的深處獲得解脫。我的良心才能獲得解脫。”《遠游歲月》散文集裡拳拳的心，無一不是為這解脫的一天而祝禱吧……

偶然在最近一期的一家新聞周刊上看到，再復的這本散文集持續地排在星馬兩地的華文暢銷書的前十名中。我不禁長吁一口氣，心中暗道，看來再復的境遇仍離"祥林嫂"遠著哩。

**附記：**

再復兄和我有雙重的緣分。八十年代中，我在北大中文系任教的時候，劉劍梅修過我的課，再復兄算是名正言順的"學生家長"。不過那時候教師和家長之間並沒有多少交集（不像現在，家長送子女來上學，幫著在宿舍掛蚊帳的時節，就跟系裡教師混熟了），我只在某個"新時期文學十年研討會"，聽過文學所所長在台上做長篇報告。

真正跟再復兄有密集的交往（幾乎可以說是朝夕相處）是在芝加哥大學，共同參加了李歐梵先生主持的魯思研究計劃。日間的理論工作坊（由歐梵和湛滑兩位李教授高強度講授"現代性和後現代性"），雪天的圍爐夜話和電影觀賞（有影評家李陀和導演張暖昕專業導賞），夏日的湖邊燒烤（好大的一個密歇根湖）……天地悠悠，前路茫茫。在各自生命極其艱難的時日，留下的是銘刻五內、多麼美好的記憶。

《伴我遠遊的早晨》是我為再復兄散文集《遠遊歲月》（天地圖書有限公司，一九九四年）寫的一篇書評，曾經收入我的牛津版《邊緣閱讀》一書（遼教簡體版未能收入）。如今翻看二十多年前的舊文，重溫了當年的心境，逝者如斯，不免感慨良多。遂以此謭陋之作，為再復兄壽！

庚子年仲秋於香港北角

# 劉再復論魯迅的悲劇美學

王斑

十多年前研究歷史與記憶的課題時，我曾拜讀劉再復先生的《魯迅美學思想論稿》。[1] 最近重讀此作，發現這部博大精深的論著有諸多成就。它把魯迅的美學思想放在西方的美學傳統脈絡中對比，嵌入中國古典美學遺產，與同時代的思想家互相佐證、對話。這部六百多頁的皇皇巨著，一九八一年出版，不僅限於魯迅研究，可稱為第一個研究中國現代美學思想的里程碑。八十年代初美學熱正在興起，出了不少美學論著。相較於當時的著述，劉再復的著作不僅理論厚重，歷史視野寬廣，而且分析的實例具體生動，來自文學作品和歷史敘述，比如，他用《祝福》中祥林嫂身世來分析魯迅悲劇。此書可讀性很強，論點發人深省。這次重讀發現我過去不過淺嘗輒止，並沒有真正領略廬山真面目。

這篇短文無法描述這部書的價值。我只想通過劉再復對魯迅悲劇美學的闡釋，來理解文學形式和內容的分野。形式和內容的問題，在美學裡，就是美感之於真實的問題。美學，本是研究人的身體感官和情感如何在與社會環境和他人互動中，如何形成某種聯繫，生發出某種思想情感、意象系統和敘述方式。這些情感和思想，可以昇華為文學藝術的形式，但並不限於藝術。美學更多涉及日常生活中人的身體感官與外物、與他人的接觸互動。年深日久，文化積澱，歷史傳承，漸漸形成一種審美的文化心理和行為禮儀模式。這文化心理和行為範式，就是意義、想像、經驗、情感結構和美感的源泉。但如果審美經驗脫離日常生活，用所謂純審美或"唯美"來取代現實社會和人生，高屋建瓴為七寶樓台，就產生

1　劉再復：《魯迅美學思想論稿》，北京：中國社會科學出版社，1981 年。此書引文的頁碼將在本文的括弧中。

真實和虛偽的問題。

劉再復對魯迅悲劇的分析，放在“真實論”的標題下，聚焦於美感和真實之間的鴻溝。在今天的社交媒體信息爆炸的文化生態中，這個洞見有極大的批判力度。各種追求感官皮毛效應、吸引眼球的精巧製作，聳人聽聞的意象和段子，如山崩海嘯，似乎把生活世界的實存，人生的真諦，文化理性和智慧都沖刷一空。海量的信息，無盡的推文跟帖，片言隻語、奇談怪論、彌天大謊，釀成當今假作真時真亦假的後真實時代（post-truth），“文化”、“藝術”、“美”的意象和形式雖然日新月異，但與現實日常生活、身心感官體驗脫節，漸行漸遠，越來越虛無縹緲，越來越歸屬資本牟利、商業炒作，消費行為。藝術和審美，往往是標榜風雅的資本，成為高大上的傲人特權，知識權威的一統天下。美學已經成為時裝秀、時尚媚俗的代名詞。重新思考魯迅悲劇美學，可以理解這個當今文化領域、文化產業中形式和內容，審美和現實的巨大落差。

劉再復對魯迅的解讀，指出中國文化缺乏悲劇意識。這個弊病的症候在於用一種自欺欺人的敘述套路和心理習慣去遮掩、屏蔽人生社會中的悲催殘酷的真實狀況，用曲終奏雅的手法化解嚴酷的矛盾。不少東西方學者認為中國人不懂悲劇，稱中國文化傳統中沒有悲劇因子，是有道理的。魯迅認為悲劇意識匱乏，表現在一個很糟糕的心理習慣和文化痼疾。這就是用一套套虛文偽禮迴避現實。面對殘酷現實，傳統文人總是把頭埋在沙裡，閉著眼睛編造大團圓的美好和諧結局。

劉再復引用魯迅著名的悲劇定義：“悲劇將人生有價值的東西毀滅給人看”。什麼是有價值的東西呢，魯迅沒有直接闡明，劉再復也沒說。但劉再復根據魯迅的說法，暗示理解悲劇就要學會觸摸現實人生的底綫，必須了解最起碼的“人的價格”[2]，這就是魯迅的“立人”說提出的“被壓抑的人性”[3]。悲劇意味著摧毀人的身心的完整性、圓滿性，剝奪人生的權益。劉再復分析重心放在主流文化傳統如何排除，粉飾，迴避，“救贖”悲劇的社會現實，以虛文掩蓋真實。

魯迅評杭州西湖名勝雷峰塔的倒塌可為一例。不少文人墨客哀嘆如此美妙的

---

2　劉再復：《魯迅美學思想論稿》，第 100 頁。

3　劉再復：《魯迅美學思想論稿》，第 101 頁。

景致居然一夜間喪失了。魯迅不以此為悲哀，卻倡導在毀滅和災禍降臨時毫不退卻、不求慰籍的堅韌態度。他拿“偽士”開刀：文人身患一種“十景病”，一鄉一縣總要搞十個八個景點，所謂“古池好水”，“遠村明月”之類。菜有“十樣錦”，藥有“十全大補”。[4] 面對災禍缺陷，“雅人和信士和傳統大家，定要苦心孤詣巧語花言的再來補足了十景而後已”[5]。劉再復解釋道，悲劇事件和衝突是人生常態，是真實的底綫，人生社會本有缺陷。悲劇美，“必須穿透這些美麗圓滿的假像，正視缺陷的真實，然後反映佈滿缺陷和陷阱的真實”。悲劇真實，是虛偽欺瞞的“十景病的仇敵”[6]。悲劇拒絕這種自我安慰、自欺欺人的審美趣味，拒斥對災難置若罔聞的懦弱心態。在雷峰塔倒塌中，魯迅看到歷史浩劫的震撼，抨擊文人和史家醉心於重寫災難的過去或史跡，使之可觀賞可忍受。他們粉飾災難，“在瓦礫場上修補老例”[7]。

“在瓦礫上修補老例”精闢地概括了傳統歷史書寫中自我欺騙的文化心理，這也是一種審美形態和心態。魯迅不僅批評廉價的情感滿足，抨擊迴避現實的十景病，還用悲劇美學透視中國悠久歷史和悲慘事件。歷史不僅僅用文字記載過往，也不僅僅是對過去事件從事社會學的敘述和分析。歷史也是一個審美體驗和判斷，在創痛、感官、肉身和情感的層面，悲劇的眼光可凸顯出歷史對人的完整、健康的生命體施暴，對一個有尊嚴的人格進行摧殘。這悲劇視角，審視歷史浩劫如何傷害人的肉體感官靈魂，考察個人在歷史紛繁複雜中無所適從的存在窘境。了解歷史，就是體驗和理解被遮蔽掩蓋的悲劇觸覺。

魯迅在〈病後雜談〉和〈病後雜談之餘〉兩篇雜文中列舉了幾個歷史上的悲慘事件。要在官方歷史中尋找直言不諱的記錄是很難的。但悲劇觀察者就要為創傷的身體，為創痛的體驗作真切的記錄。〈狂人日記〉中的狂人就具備這種穿透力，劉再復引用魯迅的話，稱身患十景病的文人，文過飾非、粉飾現實，“盧梭

4 魯迅：《魯迅全集》，卷一，北京：人民文學出版社，1980 年，第 201 頁。

5 《魯迅全集》，卷一，第 201 頁。

6 劉再復：《魯迅美學思想論稿》，第 101 頁。

7 《魯迅全集》，卷一，第 193 頁。

他們似的瘋子絕不產生”[8]。狂人就是這樣的瘋子。引哈姆雷特的話：Though it be madness, there is method in it（雖為癲狂，卻含理性）。狂人不僅讀解出歷史中的夢魘，而且他本人的經驗就是悲劇見證。他見證殘酷，病態，瘋狂的歷史，親身體驗舊制度舊倫理日日施加的暴力。他的眼光，在經典的字裡行間窺探出歷史家忌諱之事。狂人有如偵探對待血案，探索歷史的隱密。這就是本雅明所說的逆歷史的常規而行。魯迅也以懷疑和偵探的態度讀解過去，取證來源於野史中的零散記載，可怖的傳聞和個人的小傳，這些都被官方主流歷史所貶抑所摒棄。魯迅用這些在野的證據對證官方主流歷史，指出文史中“公認”事實十分可疑。這種眼光，直接切入人的身心肉體與主流文字記載間的鴻溝。

悲劇的意識，拒絕接受歷史學家、文化遺產規範的現成意義。魯迅的〈病後雜談〉和〈病後雜談之餘〉，很精闢地體現切入創傷而痛中思痛的讀史方法。魯迅提到《蜀龜鑒》，書中記錄明代四川的叛匪張獻忠的非人暴行，描寫他怎樣屠戮，折磨人的身體。有一種死刑，剝罪犯的皮然後將皮鋪展在地上示眾。受刑者或有即刻死去，或半死不活奄奄一息，連續數天在大庭廣眾前忍受難以想像的痛苦。魯迅學過醫，了解人體解剖，這種刑罰的精確，剝皮的專業化使他萬分震驚。精準的殺人術和傳統文獻中粗糙的人體解剖圖形成鮮明對照：“醫術和虐刑，是都要生理學和解剖學智識的。中國卻怪得很，固有的醫書上的人身五臟圖，真是草率錯誤到見不得人，但虐刑的方法，則好像古人早懂得了現代科學”[9]。無數的殘忍的殺人虐刑在歷史上早已不是新聞了，但對魯迅來說，重要的不是虐刑曾經或仍然存在，而是文人墨客如何記錄和重塑歷史上的殘酷。

文人偽士可能會接觸到這些匪夷所思的事件，但立即編造華麗轉身的故事。經典的例子是明朝永樂皇帝如何處置忠臣景清和鐵鉉。皇帝詔令將景清剝皮，將鐵鉉油炸。鐵鉉的兩個女兒被發送妓院，淪為娼妓。這些殘忍舊事眾人皆知，但更令人作嘔的是文人和史家想方設法重寫這些殘酷的事件。鐵玄的兩個名門閨媛貶為娼妓，而文人卻在兩人的遭遇上編了一個動人圓滿的故事。落難女子秉有仕

---

8　劉再復：《魯迅美學思想論稿》，第 101 頁。

9　《魯迅全集》，卷六，第 165–166 頁。

女才情，抒寫了艷麗淒慘的詩章，呈報到判官的手中。永樂皇帝居然耳聞，愛才如命，立刻下令釋放才女，並讓她們與官宦仕人完婚。姐妹的淒艷詩詞也公諸於世。有人懷疑這些詩詞是否真的出自落難女子之手。魯迅查閱了各方材料證明這淒美故事和詩詞是偽造。他說，那個時代的教坊（妓院），“是什麼樣的處所？罪人的妻女在那裡是並非靜候嫖客的，據永樂定法，還要她們‘轉營’，這就是每座兵營裡都去幾天，目的是在使她們為多數男性所凌辱”。在這樣的地獄般的情形下，“作一首詩就能超生麼”[10]。

這樣巧編故事洗刷血痕，再一次證明了魯迅所說的士大夫書文筆“曲終奏雅”的嗜好。文人雅士和史家，用自欺欺人、自我安慰的虛文，掩蓋歷史中匪夷所思的殘暴和血腥。相比之下，不入流的散逸野史，卻充斥了悲劇的痛苦和災難，這種野史的記載，是讓心智濡弱者難以下嚥的：

> 真也無怪有些慈悲心腸人不願意看野史，聽故事；有些事情，真也不象人世，要令人毛骨悚然，心裡受傷，永不痊癒的。殘酷的事實盡有，最好莫如不聞，這才可以保全性靈，也是“是以君子遠庖廚也”的意思……不過是一種心地晶瑩的雅致……[11]

這種雅趣標誌著“知書達理”之輩自欺欺人的慣常心態，他們不是想“從血泊中裡尋出閒適來”，就是“在瓦礫場上修補老例”：

> 不過中國的有一些士大夫，總愛無中生有，移花接木的造出故事來，
>
> 他們不但歌頌升平，還粉飾黑暗。關於鐵氏二女的撒謊，尚其小焉者耳，大至胡元殺掠，滿清焚屠之際，也還會有人單單捧出什麼烈女絕命，難婦題壁的詩詞來，這個艷傳，那個步韻，比對於華屋丘墟，生民塗炭之慘的大事情還起勁。[12]

針對這種自欺欺人，充滿審美幻象和心滿意足的歷史呈現，魯迅的悲劇反其

10 《魯迅全集》，卷六，第 170－172 頁。

11 《魯迅全集》，卷六，第 167 頁。

12 《魯迅全集》，卷六，第 172 頁。

道而行之，執意滯留在痛苦和受難的體驗和記錄中，眼光投向舊中國歷史和生存狀況，對歷史浩劫毫不退避，毫不眨眼地直面相對，拒絕編織宣泄情感的拯救圖景。悲劇思考，指向歷史反思與另類的歷史想像。魯迅凝視歷史暴力對人身體和心靈的摧殘，思索個人在歷史漩渦中的無助的命運，在廢墟和血痕中長久的停留，彷徨於無地。

劉再復把胡適也加入悲劇的討論中。胡適抨擊傳統戲劇和小說，認為其老舊範式不能讓中國人直面現實、面對危機。雖然傳統戲劇小說不乏死亡和受難的描述，但作品中最典型段落是自欺欺人的意願圓滿。受苦受難，冤屈不平，血腥殘忍在情節發展中似乎觸摸到現實社會中的悲劇。然而，悲慘事件卻在情節的轉折和收尾中淡化清洗了血痕，每每形成"曲終奏雅"的大團圓。胡適借鑒的西方現代悲劇拒斥這種以情感宣泄、意願滿足的審美心態，斥之為"團圓主義"，概括了舊戲劇小說的情節中命運的扭轉、結局圓滿、皆大歡喜的套路。

胡適以《新青年》為平台主持討論悲劇議題。一九一八年十月號的《新青年》的第四期聚焦戲劇改革，編輯"戲劇改良"專號。與陳獨秀、錢玄同、傅斯年、歐陽予倩等人一道，胡適對傳統戲劇提出挑戰。論者認為，西方戲劇，尤其是悲劇，應該是中國人借鑒的對象，可以用來振興復活苟延殘喘的傳統戲劇藝術。專號還附錄了宋春舫選編的"近世名戲百種目"，收一百種西方名劇，"預備作為我們譯作中國新戲的模範本"。[13]

胡適在〈文學進化觀念與戲劇改良〉一文中，把戲劇藝術放在更廣闊的歷史進化中觀察。他批駁了文學史教本中關於傳統審美形式仍然可以古為今用，重振衰微的中國文化倫理的論點。歷史和社會的進化是與文學形式的變革並駕齊驅的。皇權制度已成過去，而傳統的歌劇戲曲也隨之消亡。新的現代社會要求新的戲劇，應借鑒西方戲劇，特別是吸收悲劇的審美[14]。

胡適文學進化論呼應了魯迅的悲劇觀。傳統戲劇的弱點恰恰在於缺乏"悲劇意識"，反映了中國人對完美幸福根深蒂固的期待，是"團圓迷信"，"團圓

13　胡適：《文學改良芻議》，香港：遠流出版社，1986 年，第 155–156 頁。

14　胡適：《文學改良芻議》，第 155－156 頁。

主義”。傳統戲劇節目中充斥著這種“幸福和諧”的場景。最僵化、死板的是唱完戲後，總有一男一女出來一拜，叫做“團圓”，不這樣觀眾不能心情舒暢地回家。小說和詩詞也充滿了這樣感情圓滿、闔家團圓的情景。胡適把《紅樓夢》作為挑戰團圓主義的悲劇典範。這部書是審美中的異數，為一般文人所不容，於是有各樣的以團圓套路來續寫《紅樓夢》，《後石頭記》、《紅樓圓夢》等書相繼問世，硬是要“把林黛玉從棺材裡掘起來好同賈寶玉團圓”。另一例是改寫白居易的〈琵琶行〉，詩中哀嘆詩人自己和琵琶歌女同是天涯淪落人。但是，元代好事者卻作〈青衫淚〉，“偏要叫那琵琶娼婦跳過船，跟白司馬同去團圓！”從美學文化角度看，團圓迷信不僅在文藝中有影響，而且更是籠罩了中國文人對歷史中悲慘事件總體的看法。比如，岳飛被秦檜害死這個歷史事實，是千古的冤屈。但後世的文人有出來作《說岳傳》的，“偏要說岳雷掛帥打平金兀朮，封王團圓！”在胡適眼中，這種團圓迷信“乃是中國人思想薄弱的鐵證”：

> 作書的人明知世上的真事都是不如意的居大部分，他明知世上的事不是顛倒黑白，便是生死離別，他偏要使“天下有情人終成眷屬”，偏要說善惡分明，報應昭彰。他閉著眼睛不肯看天下的悲劇慘劇，不肯老老實實寫天工的顛倒殘酷，他只圖說一個紙上的大快人心。這便是說謊的文學。[15]

胡適拒絕洗刷歷史血腥的態度，接近現代主義的悲劇視角。他借用希臘古典悲劇來談現代中國歷史，提到希臘悲劇家埃斯契勒斯（Aeschylus），索弗克里斯（Sophocles）和尤里比迪斯（Euripides），闡釋了悲劇的主要特點。悲劇在一方面必須有形式上的力量，使觀眾對受苦受難的故事人物產生同情。但另一方面，悲劇是對充滿災難，危機四伏的當代現實的直面和理解。現實的災難，不能憑著什麼仁慈的上天意願，或宣泄情感的審美手段來救贖。相反，蒼天，所謂清平世界、朗朗乾坤，無視人的意願、人的追求和生存。天地不仁，萬物為芻狗。在現代社會，悲劇來源於社會內部的邪惡和矛盾。現代西方悲劇的摧毀性和非理性因素，來自第一次世界大戰浩劫，對歷史進步、人類理性和文明進程的幻滅。

---

15 胡適：《文學改良芻議》，第 164 頁。

中國現代性，不論是五四新文化，還是各種當代科技進步的觀念，都伴隨高歌猛進、一往無前高調。當代文化復興的氛圍中，當文化成為資本附庸，成為文化企業的商品時，發展、富裕、繁榮的夢想，也在蛻變為一種新型的團圓主義，新的曲終奏雅。文化審美一味以追求情感滿足，宣泄鬱悶，編造現代黃金夢，不顧時代的矛盾，無視發展中的困境，創傷，以及種種對人的身心和自然環境造成的災難。悲劇意識不僅淡薄，而且被抛出窗外。悲劇似乎想像生存境況和歷史的活動混沌無序，逆人意而行，社會人群似乎是廢墟，個人彷徨於無地。魯迅的悲劇觀是否引向這個死胡同呢？回答是否定的。魯迅的悲劇觀並不否定歷史的進步，仍含救贖希望，這個希望在於認識上的升級，而不是立即付諸行為。凝神注目悲劇的歷史廢墟和荒原，毫不退卻毫不眨眼，這意味著憧憬有價值的東西，祈求真實的人生，嚮往"立人"和"人國"。魯迅論述致力意識的清醒，低徊的警覺，要求"睜開眼睛看"。

胡適倡導"睜開眼睛看"的現實主義。現實主義戲劇模擬活生生的現實生活場景，呈現自然的動作、言語、姿態和氛圍。這種現實主義審美形式已經在民間地方戲劇中萌芽。現實主義對抗傳統戲劇中風格化、程式化。挑戰審美形式僵化的表演、唱腔、對白和舞台背景。這些老框框轉移了觀眾的認知力，讓他們玩賞那種虛飾的，僵死的形式和風格。悲劇和現實主義都睜開眼就看悲慘現實，可相得益彰。戲劇改良必須進化到現實加悲劇的結合，成為為"悲劇現實主義"。

悲劇現實主義，使我豁然理解為什麼劉再復在"真實論"的框架下來討論魯迅的悲劇和喜劇美學。因為粉飾現實或嬉笑的虛文，之所以虛，在於缺乏真實性，在於迴避社會人生的真切的現實、人的真摯感情。劉再復用魯迅的話來解釋脫離現實的做法。傳統文人，雖然描寫、譴責社會醜惡，但他們"本身絕不在譴責之中"。倘若"作者置身局內，則大抵為善士或救贖的英雄"。若置身敘事之外，則"為旁觀者，更與所敘弊惡不相涉，於是'嬉笑怒罵'之情多，而共同懺悔之心少，文章不真摯，感人之力亦遂微矣"[16]。共同懺悔，就是審美主體在心靈肉體上的靈犀相通，書寫主體和描述客體之間同呼吸、共命運的同情，交流，對視。這是魯迅悲劇審美的真髓。

---

16　劉再復：《魯迅美學思想論稿》，第 130 頁。

# 精神的分野

張煒

物質主義時代的文學，在一部分人那裡，許多時候會厭煩談論“精神”這兩個字。但文學因為最終屬心靈的產物，所以終究還是繞不開“精神”。自二十世紀八〇年代中期開始閱讀劉再復先生的文學論著，最感動的部分仍舊是關於這方面的論說。

出版於一九八六年的《性格組合論》，是對一個時期文學實踐的強烈精神回應。這是一部周備細緻的詩學著作，卻有著非同一般的意義。在窒息了很長時間的藝術創造之域，在已經相當適應某種“常識”和“理論”的時候，這部厚重的文字像磚塊一樣在牆壁上敲擊。它談文學作品形成的方法、規律、特徵，從一般到個別，有大量令人信服的個案分析，視野開闊，涵蓋古今中外。文學的簡單化工具化導致貧瘠拙劣和畸形，並且讓閱讀者和創作者麻木和習慣下來，這時候最需要的當然是理論的喚醒。此作之功在於綜合歸納和條分縷析中，結論出類型化概念化文學的虛假和浮淺，以及斷不可以延續下去的全部理由。

這種精神對應性超越了寫作學的意義。

就文學形象的塑造而言，從個體創造的經驗出發，有人會將“二重組合”理解為多重的、渾然真實的、極為複雜的生命現象，屬並不晦澀的自然而然的梳理。但困難在於面對具體而廣瀚的標本，做出深入的科學的探究，並在既定的學術空間裡展開和完成這一工程。就此來說，它在當時的語境下是一次出色的構築；時至今日，也仍然具有深刻的社會和詩學的雙重意義。

《四大名著的精神分野》，可能是進入二十一世紀後，再復先生最重要最動人的論說。這是延續下來的一條理路，同樣清晰、熱情而有力。“精神分野”四個字說的是四部傳統古典名著，其實也可以推及整個的文學；文學是文化的主要載體，所以實質上談的是中國傳統文化。這一支理性之筆的力度，又一次在論說中得到充分呈現。

這裡從三個方面論述“四大名著”的精神分野：“機心兇心與童心佛心”、“權力意志與自由意志”、“功利境界與天地境界”，指出“《紅樓夢》和《西遊記》裡，它們的心靈就是童心和佛心”，“《三國演義》充滿機心，它是中國機心、心術、計謀的大全”，“《水滸傳》則充滿兇心”；《三國演義》、《水滸傳》是“權力意志”，《紅樓夢》、《西遊記》是“自由意志”；《三國演義》、《水滸傳》是“功利境界”，《紅樓夢》、《西遊記》則是“天地境界”。文中引用魯迅當年的話：中國人為什麼那麼喜歡《三國演義》和《水滸傳》？因為中國本身就是一個“三國氣”、“水滸氣”很重的國家。真是簡明扼要，鑿說分明，指證確鑿，力透紙背。

讀這些文字，常常讓人有醍醐灌頂酣暢淋漓之感。中國傳統文化之卓越之劣質，從兩個方面都可以言說不盡，但如果討論極具腐蝕性的所謂“醬缸文化”，不剖析“四大名著”是不行的，這已經無法迴避。這種文化的形成，起碼是由三個方面組合演化的結果：一是被專制統治閹割改造過的儒學，即以廟堂為本位的“偽儒學”；二是以《三國演義》、《水滸傳》為代表的民間和通俗文學；再就是浮淺與畸形化的黃老之學。三個方面互為因果，糾扯不清。與“偽儒”對立的是“正儒”，即本來的儒學，也許最能體現其本質的是這三句話：“仁者愛人”；“民為貴，君為輕，社稷次之”；“道不行，乘桴浮於海”。這三個點撐起了一個整體和立體的儒學，抽離一點則會造成殘缺。第一句說的是儒學的核心即最高原則，第二句說的是“仁”的具體的基本的內容，第三句說的是恪守和追求“道”（真理）的意義高於一切。“偽儒”製造了一個冷酷而殘忍的、封閉的官本位社會，它通俗化的過程，即孕育了《三國演義》、《水滸傳》這一類小說，它們對於國民精神的培育力是十分強大的。“權力意志”和“功利境界”，通向的當然是皇權專制，它們當然“不仁”，也毫無“道義”。“義”離開了“道”，常常會變成最壞的東西。所謂的“義”，往往和“民族主義”一樣，是真正的藏污納垢之所，多少黑暗卑鄙皆藉此而生，而棲身，卻總是振振有詞和冠冕堂皇。至於普及化和淺表化的黃老之學，摻雜以同樣被扭曲過的佛學，完全從原有的哲學與智慧的深邃層面退脫，變為低級庸俗的東西，成為投機怯懦、圓滑依附、犬儒主義、逃避和詭辯、畏懼真理的理論和託辭。

無論古代還是現代，人類基本上是生活在一個“叢林”世界中，一直受制於“叢林法則”。人類在這片“叢林”中面臨的最大敵人，其實就是暴力加流氓無產者，是這二者的集團化和體制化。這必然是一種封建專制統治。一些幼稚的善良人士痛恨這種體制，卻會在不同程度上接受這種文化，誤以為流氓和暴力的文化與集團體制，這二者可以是對立的。這種文化的產物比如文學，許多時候是以“造反”、“反叛”、“解構”為旗幟的，所以讀來會有一種“排頭砍去”的快感。於是我們也容易被其迷惑，為它一直言稱的“目標”（反叛）而首肯，不去計較具體實現的步驟與手段，無論怎樣粗俗殘忍和血腥、怎樣無底綫，也都會在一定程度上容忍。其實“過程”即“目的”具體化，“目的”無一不是由“過程”堆積而成的。

事實上即便是當代文學，這種暴力和流氓習氣（痞氣）也仍舊得到了傳承，這也就是魯迅先生所說的“三國氣”、“水滸氣”，它們一直是相當濃重的。它們不僅不是“真勇”，反而如同魯迅先生所說，是“幫兇”，是“二醜”，內裡與流氓專制體制是一回事，可以說互為表裡。在這方面，那些天真或不明就裡或性情急切的人，即會在恍惚中遷就和認同這一類文學。這是一種理性上的迷失和軟弱，也是一種文化綏靖主義和不徹底性。

魯迅是清晰和理性的，更是毫不遊移的暴力專制的死敵。他的批判力始終是頑韌和持續的。如果荒唐到混淆魯迅戰鬥精神與流氓無產者“排頭砍去”、不講底綫、不擇手段的狂歡，無視和模糊這種嚴格的水火不容的界限，那將是一種現代的荒誕。可惜這種亂象在世界範圍內的當代文學批評中，我們一點都不陌生。

當代文學的產生與鑒定兩個方面，都亟需一支理性之筆。這需要勇氣，真勇。擺脫和遠離流氓暴力習氣的文學書寫，將是一個民族走向科學與理性的開始，其意義遠遠超出了文學本身。再復先生關於“精神分野”的論說，其珍貴性和格外的重量，也恰恰在這裡。在當代文學實踐中，從頭到尾貫徹清晰的理性精神是困難的，但唯其艱難，才有更大的意義。

在《西遊記悟語三百則》、《雙典批判》以及《紅樓夢悟》、《賈寶玉論》等著作中，再復先生有過十分細緻的、鞭辟入裡的分析和解讀。他並無否認“雙典”藝術的卓越，卻在指認其價值觀嚴重缺陷的同時，熱情地讚揚另兩部傑作，說《西遊記》為“中國最大的自由書”;《紅樓夢》中的賈寶玉是“心靈純粹的人”；痛切地指出：“絕對不能培養‘三國中人’和‘水滸中人’”。誠如斯言：這四部古典名著的影響，已經遠遠超過了舊的“四書”，也超過一些當代學術經典，因為人們閱讀這“四大名著”不需要中介，能夠在耳濡目染中不知不覺接受下來，可以說真正是潛移默化，深入人心。可見它們對於國民性格的改造力，實在是無與倫比地強大。

現代主義先鋒文學的路徑，在沒有經歷完整的工業化的中國，與西方是大為不同的。作為現代“解構主義”的文學，“三國氣”、“水滸氣”的融入，將是一種致命的殘疾。這其中，我們無論如何繞不開“分野”的問題，於是也就不得不直面它的尖銳存在。在一種劣質文化中，“髒亂差”的文學，也許會在一個特別的時空中廣受接納。這將是一個族群的不幸。

從二十世紀八十年代至今，再復先生這支健筆一直沒有停息。他的行文熱情而善良，慈悲和憐惜，更有遊子的痛楚，都有著相當充盈的表達。還記得二十世紀八十年代的文壇激越之象，那時的各種聲音裡，先生之言說是最為激動人心者之一。這種心力一直堅持下來，殊為不易。世事和風尚一變再變，更有數字網絡時代文化潮流中眼花繚亂的不測，學人的立場和專注決定一切。先生的這種熱情和悲憫是不該辜負的，寬容和鼓勵就更是如此。

欣聞再復先生三十卷文集即將出版，這讓我們有機會從頭系統地閱讀和領會。當代文學特別需要這樣的沉思者，需要這文字，這聲音。

二〇二〇年十一月六日

# 一個人和一個文學時代

## ——八十年代的劉再復小記

白燁

收到友人經由郵箱發來的《劉再復八十大壽紀念文集》的約稿郵件，我才陡然意識到，印象中一直風華正茂的亦師亦友的劉再復，不知不覺間年事已高，已近杖朝之年了。

認識劉再復是在一九七九年間，於今已有四十多年了。那時，我到剛成立不久的中國社會科學出版社工作，與文學研究所一同在建國門外的日壇路六號辦公。後來社科出版社和文學研究所都相繼搬離了日壇路六號，但他任文學所所長之後，我也先後擔任了出版社文學編輯室和社的負責人。或因公有事相商，或因私去家串門，經常要碰頭見面，或談天說地，或談文論藝。四十年來，我們彼此的交道，相互的往來，都太多太多，難以勝數。這些經年累月的記憶與印象，也不是一篇文章能夠承載和盡述的。

思來想去，選定了在我看來至為重要的"一個人和一個文學時代"的話題，以此為主來談談我對他在八十年代的文學研究與理論探討方面的貢獻與建樹的一些認識與感受。

回顧中國當代文學七十年的發展，人們會特別看重改革開放背景下的新時期以來四十年文學的歷史演進與巨大進步。而這種歷史進程如果要從理論批評的角度來看，劉再復就自然而然地顯豁出來，成為觀察這一時期文學發展的一個不可或缺的重要坐標。他的文學思考與理論探討，既是他自己在那一時期走向理論求索制高點的代表性成果，也是那個時期文學理論創新性探求所能達到高度的一個標誌。

七十年代後期，在清算"四人幫"文藝路綫及其極左文藝流毒的撥亂反正鬥爭中，劉再復就是衝在最前綫的先鋒群體中的"弄潮兒"。但當別人還沉浸在文藝與政治關係問題的激烈鏖戰中尚未自拔之時，劉再復卻在文學研究領域裡悄然前行了。他先是以《魯迅美學思想研究》（中國社會科學出版社一九八〇年版）、《魯迅傳》（與林非合作，中國社會科學出版社一九八一年版）兩作，拿出了他在魯迅研究方面深耕細作的最新成果；接著，先以《性格組合論》的系列論文，在文學創作中如何依循人之本來情性塑造複雜性格的問題上，結結實實地挖掘了一口理論深井；隨即又以〈論文學的主體性〉的重磅論文，深入闡述了確立人在文學活動中的主體性地位的內涵與要義，聯繫實際批判了當代文學中對於人的消解，作家主體性地位的失守與失落，在文壇內外引起巨大的反響，其情狀不啻為“一石激起千層浪”。

劉再復在八十年代的理論探求，從具體的演進過程來看，大致是由“人物性格的二重組合原理”的探討，到“文學的反思”與“思維的拓展”思索，再到“文學主體性”理論的提出，三步走層層遞進，形成了大的跨越，實現了文學觀念的大幅度超越與理論研究的總體性突破。“人物性格的二重組合原理”，由現實中人的矛盾性與文學中人的複雜性，層層遞進地洞悉文學作品中具有較高審美價值的典型形象的性格系統的內部機制，提出了人物性格理論上的全新模式。“文學的反思”與“思維的拓展”，旨在對於文學理論批評自身進行自省與反思，倡導理論批評家要適應時代發展和現實需要，“超越自我局限”，“超越思維定勢”，要培養“開放性眼光和建設性的文化性格”。“文學主體性”理論，由“實踐主體”（把實踐的人看成是歷史運動的軸心，把人看成是目的）和“精神主體”（要特別注意人的精神世界的能動性、自主性和創造性）立足，從“對象主體”、“創造主體”和“接受主體”的角度，詳切論述了文學活動中人的精神世界的能動性，自主性與創造性，在極大地衝擊著舊有的文學觀念的同時，也促使人們深入思考文學怎樣對待人和人怎樣對待文學。這樣的一個觀念拓展與理論拓進，既表現出了對於傳統的社會學思路和反映論觀念的堅定超越，又表現了在美學與人學的內在融合的全新路徑上的大膽探求。經由他在探索與研究中的不斷深化和在論爭與辯難中的不斷完善，“以人為中心”的“文學主體性”理論體系化地呈現在人們面前，成為八十年代文學研究與理論批評中拔新領異的“一家”與“一幟”。可以說，他以他的方式方法，把“文學是人學”的本初原理，作了更為具體的闡發和更為充分的揭示，或者說簡潔而精到地回答了文學是怎樣的人學的根本問題。我曾在一篇文章中說，讀了〈論文學的主體性〉的文章，"你會感到，信而不疑的被動搖了，習以為常的被更新了，若有所思的被挑明了，所見略同的被強化了。"這不是我個人的一己感受，而是一種文壇實情的忠實描述。

也許把一切還原到上個世紀的八十年代的歷史現場，我們更能清楚地認識到劉再復理論探求的重大意義。上個世紀七十年代後期，在揭批和清算"四人幫"文藝路綫及其極左文藝流毒的同時，一系列文學論爭紛至沓來，尤其是人性、人道主義問題，文藝與政治關係問題的激烈論爭與深入探討，使人們看到長期以來在文學思想觀念上的僵化與滯後。但文藝與政治的關係問題在理論層面上基本解決之後，一直與政治關聯密切的當代文學，到底往哪裡走？又在哪裡立足？這是一個亟待解決的理論問題，也是關乎文學實際發展的現實問題。正是在這樣一個歷史語境下和這樣一個文學需要返回自身的關節點上，劉再復適時提出了"文學主體性"理論，向人們提出了他的全新的理論構想。他的"文學主體性"理論，以區分作家的現實主體（世俗角色）與藝術主體（本真角色）為前提基點，呼喚作家以藝術主體的身份進入創作，以超越現實角色的局限（局限於黨派性、紀律性等）而充分展示文學的本性，即人性、個性和他人不可替代的原創性。這一理念，為中國當代文學展示了新的可能，使文學在藝術本性與作家主體的內在結合上，找到了新的立足點。正是由於這一理論在文學領域的落地生根和開花結果，才有在八十年代中期開始的一系列文學創作的不斷新變和理論批評的根本轉型。

"文學主體性"理論在八十年代中期之後引起的震動之烈，反響之大，影響之深，是其他任何理論問題所難以與之相比的。有關文學主體性問題論爭，從一九八五年起持續了好多年，並相繼引發出"主體性與藝術形式"，"我評論的就是我"等文學論爭與批評反思。可以說，牽一髮而動全身，從批評到創作，從理論到研究，主體性理論所蘊含的理念不斷延展，不斷深入人心，幾乎不同程度地影響到當時的所有文學從業者。約從一九八五年開始，文學領域裡，在理論探討上對現實主義觀念展開反思，在創作上出現實主義寫法的多元發展。此外，"尋根文學"、"先鋒寫作"、"新歷史小說"等新的創作傾向風起雲湧，這些新的現象與傾向，其實就是作家主體意識覺醒之後在文學創作上的藝術投射與具體呈現。與此同時，在文學批評領域，批評家們開始自我反省，凸顯主體意識，使得“主體意識”成為觀察文學創作走勢與變動的重要角度。批評家們也由此顯揚起漸次蘇醒了主體性，為作家們的主體意識強化之後的文學新變搖旗吶喊，擂鼓助威。在這個意義上，完全可以說劉再復的文學主體性理論，是新時期中最為重要的文學理論建樹，也是整個當代文學理論建設中由外部向內部挺進，由解構向建構過渡的一個突出路標。由此，他的理論探討與主要成果，與整個八十年代及當代時期的後四十年文學就水乳交融，密不可分，並作為其重要的成果和鮮明的標誌，相互印證和彼此輝耀。因此，可以毫不誇張地說，文學主體性理論作為這一時期最具創新性和前沿性的理論成果，主導了新時期以來的文學從創作到評論的新潮演進，對於當代文學四十年的更變與發展所起的推動作用，是無與倫比的，難以估量的。

這些年，無論是在作有關回溯中國當代文學四十年、七十年的著述選編與歷程綜述，還是與一些作家、評論家朋友的交流與交談，大家都會特別提到劉再復和他的主體性理論對於當代文學的重要貢獻與深遠影響。二〇一八年去世的評論家雷達，在彼此交談中曾多次表示，從劉再復的理論探討中受益最大，尤其是“文學主體性”理論，給人的幾乎是醍醐灌頂般的撞擊與啟示。回顧自己的經歷與感受，新時期在各種文學論爭與理論探討中都有不同程度的觀念撞擊和理論收穫，但受益最多，影響最大的，還是當屬劉再復的“文學主體性”理論，以及貫注於其中的創新性思維和建設性創新。這個理論最為重要的意義在於，它既在理論上具有很強的衝擊力，又在現實中具有很強的感召力，會不斷引導人們反省自我狀況，喚起自我意識，增強主體能力。也就從這個時候開始，“有我”逐漸成為一種自覺意識，才有所謂的個性逐漸在文學批評實踐中顯現出來。我想，無論對於文學家個人，還是對於整體文壇，劉再復的“主體性”理論的震撼與影響，都無疑是革命性的。

綜觀劉再復新時期的文學理論批評研究，我以為其主要貢獻在於：在反思中創新，為建設而開拓，從文學觀念以及相應的人文觀念給我們帶來了許多新異而切實的東西，推動了文學在理論原點上的正本清源，以及適時地向整體建設階段過渡的進程。而其主要的特徵，則是突出的宏觀意識，強烈的超越意識和灼熱的創造意識。他是站在我們時代的峰巔上看文化建設，又從文化建設的整體看文學事業，又從文學事業的全域看理論批評。因此，他在微觀透視的深度中總是帶有宏觀雄視的廣度。他從不安於現狀，不滿於自己，時時作者超越整體無意識的“思維定勢”和自己既定的思維習慣的艱辛努力，不懈地追求新的自我，不斷地刷新已有的創造，以開墾文學“處女地”為樂，以開拓理論新空間為榮。在他的身上，人們會明顯地看到那種與時代精神相適應，，與時代脈搏相共振的使命感，看到那種以追求真理和張揚真理為己任的責任感。他的那種鍥而不捨的探索精神，不斷開放的思想境界和異常活躍的思維方式，這些正是他履行時代使命和實現自我所依託的堅實力量。他是我們這個時代的產兒，他沒有辜負這個時代。

再復在構思和撰寫“性格組合論”、“文學主體性”等系列論文時，還住在位於朝陽區勁松小區的住所，那時他剛當上文學研究所所長，還兼任《文學評論》主編，有繁重的事務要忙，登門拜訪的也絡繹不絕。為集中時間和精力進行論文寫作，減少一些不必要的干擾，他在他家附近的小區借了一位出國的友人的兩居室住房，沒黑沒明地埋頭於寫作，無暇顧及其他。由於過於專注於寫作，他忘記了時間，忽略了吃飯，乃至妻子陳菲亞按照常規來叫他吃飯或給他送飯，常常會遭到沉浸於忘我寫作中的他的拒絕與責斥，說剛剛吃過怎麼又吃，別總是打擾我。菲亞只好忍住性子好言相勸，說已到吃飯時間，吃了再寫。這樣近乎戲劇情節的故事，在他們夫婦的那個時期經常上演。由此也可以說，劉再復在文學理論上不斷求索的成就與建樹，主要是他自己苦心鑽研、醉心投入的結果，但其中分明也凝結了家人的心力與付出，尤其是妻子陳菲亞鼎力輔佐的一份功勞的。

一個時代有一個時代的標記，一個時代有一個時代的代表。風雲際會的八十年代文壇，“文學主體性”是一個鮮明的標記；高歌猛進的八十年代文學，劉再復是一個突出的代表。而且我相信，“文學主體性”的因子還會不斷發酵，影響仍會繼續延宕。劉再復因而也仍然繼續活躍在我們當下的文學理論批評建設中，不管他身居何處，人在哪裡。

恩格斯當年在評說“德國自由的旗手”路德維希·白爾尼時，曾說過這樣一段話：“他的理論是從實踐中奮鬥出來的並作為實踐的一朵奇葩而盛開怒放”。對於劉再復的理論批評，亦可作如是觀。

二〇二〇年十二月三十日於北京朝內

# 捧著一顆心
## ——讀劉再復“漂流手記”系列

蘇煒

寫下這個題目，有很多感觸。劉再復客居海外以後寫的散文“漂流手記”系列已經出到第七卷（編按：現已出至十卷）。每書、每文一出即讀，每讀即思即感即嘆；每思每嘆，即想形諸於文，卻每每舉筆，無以終篇。按“行規”說來，弄批評的，評述的文字需要與作者與文本都保持距離感。我常常無法保持這種“距離感”。一書在手，我有時不敢一口氣讀下去，怕讀得太投入，太沉重，太痛苦。不是“角色代入”，簡直是無以“角色抽離”。這裡面有命運相繫、感同身受的原因，更為著其間那些不阻隔、不避諱的直白文字，不期然地觸著了種種樣樣的歷史傷痛、家國傷痛，尤其是，拷問靈魂的傷痛。“出國後九年，我通過‘漂流手記’敘述自己的心靈故事。愈是敘述，愈是覺得以往的歲月在我的生命中投下的陰影太重，不管怎麼寫、寫什麼，都難以擺脫過去那些苦難記憶，那些惡夢，那些沒有尊嚴的白天與黑夜。這才明白：歷史，歷史已深深進入了自己的生命，並化作靈魂和潛意識的一部分，想拽掉是不可能的。所以我決定，既然昨天的歷史已進入生命，今天不如主動讓生命返回歷史和投入歷史，重新觀照過去，記下一點親自目睹的歷史瘢痕與血痕。”（劉再復《從懺悔意識談起．漫步高原》）魯迅先生曾有捧著故人遺稿，有如“捏著一團火”之言；捧讀劉再復的“漂流手記”文字，卻是真真切切地“捧著一顆心”。我知道，人們或許會對劉文的思維向度、行文風格等等存有各種看法（我自己也並不完全同意他的每一種看法、欣賞他的每一種表述），但這顆向你直然袒露的心靈對於任何閱讀者都是那樣可觸可感，卻是毋庸置疑的。——想想看，果真捧著這樣一顆熱辣辣、滾燙燙甚至是血淋淋的心，能不悚然？這是一部真正的“心靈的孤本”（劉語）。

作者是“捧心之寫”，讀者是“捧心之讀”，讀罷便每每總有“捧心之慨”，不時就忍不住想“捧心一哭”——這就是劉再復的散文。這就是劉再復近年的散文創作給漢語世界讀者留下的相當不易言述的閱讀經驗。這就是劉再復的“漂流”系列散文，提供給世紀之交的華文閱讀和書寫版圖的一道無法迴避也無以忽略的獨特景觀。對於我，這也正是劉文的難能難得、而又難言難評之處。

## “第二人生”

“第二人生”，是貫穿劉再復以“漂流手記”命名的諸本散文集的一個母題。一個串連“一千零一夜不連貫的思索”之間各種理路邏輯、情感經緯的總的意象，一個出現頻率最高、撞擊讀者視網最密、反覆再現、變奏的“主旋律”。“人可以有數度童年，可以有多次誕生。每一次誕生都會給生命帶來新的晨曦與朝霞，新的生命廣度與厚度。每一次內心的裂變都給人帶來兩種方向，一種是走向衰老，一種是走向年輕。能夠把裂變變成童年的源泉，是幸福的人。他在裂變中揚棄過去，告別主體中的黑暗，及時地推出一個初生的宇宙。每一次誕生，都會剪斷一次臍帶，從而贏得更大的自由。”（《童心說・西尋故鄉》）這一段中性言述，毋寧說是作者的夫子自道。它提供給我們進入劉再復在“漂流”系列裡鋪展的那道黑暗而綿長的思考隧道的一個豁亮的入口，我們可以踱進去看看：劉再復從精神到實體的“第二人生”，是怎麼發生的？它究竟“揚棄”了什麼？又“誕生”了什麼？什麼東西在走向“衰老”？又是什麼東西變得“年輕”？他的第二生命裡新增加的“廣度”和“厚度”，又在哪裡？

按一般的理解，以一九八九劃綫，外在的社會事件強力改變了一個人的生活軌跡，即是劉再復“第二人生”之謂也。這是把命題表面化也狹窄化了。只要想想，經歷如此重大的歷史變故（在當代中國史上，“重大的歷史變故”不是所在多有麼？），許多人的具體生命軌跡或許同樣改變了，其精神足印，卻仍然徘徊躑躅在“第一人生”；甚至依舊迷戀著、極力揪扯著“第一人生”的種種世俗牽掛，就應該對劉再復提出的“第二人生論”，投以別樣的注視目光了。借用老友周國平君一語，劉再復的“第二人生”，首先是“靈魂在場”之旅，而不是時時

“靈魂缺席”的“第一人生”的時序性延續。並且這個“靈魂在場”，始終是伴隨著方死方生的靈魂拷問、精神蛻變與生命復旦的過程的。應該說，在當代中國知識分子中，雖然同樣歷經劫難，還很少有人像劉再復那樣（當然，絕大部分人也沒有劉再復在有所放棄以後所贏得的思考表述空間，包括時間），把自己的靈魂置放在歷史的天平上分分寸寸重新加以掂量，而達到那樣一種觸及外在社會癥結與內在精神內核的深度與廣度的。

從經歷上看，劉再復是真正屬“新中國培養的一代人”。用他自己的話說：“我譴責我生活過的時代，不是因為這個時代虧待了我，其實，我恰恰被時代所寵愛，並差點被養育成這個時代的號筒。”（《獨語天涯之二八三》）福建山區農家孩子出身，文革前夕在廈門大學畢業，直接進入當時的中國科學院哲學社會科學部（即社科院前身）擔任《新建設》雜誌編輯，由於才氣出眾，一直倍受培養重用；文革中沒有受到大的衝擊，粉碎四人幫後立即進入新時期最高層的文化重組重建工作——參與接管《紅旗》雜誌，擔任全國青聯常委和全國政協委員，與周揚共同署名撰寫大百科全書中國文學卷總論，成為當時最高文化當局的“代言筆桿子”角色（見《周揚的傷感·西尋故鄉》）。並且以四十出頭的“稚齡”，劉再復高票當選、連任地位超拔、備受尊崇的社科院文學所所長一職（前任所長為何其芳、鄭振鐸等“國鼎”級人物），同時，更由於思想新銳，眾多著述影響廣泛，和李澤厚齊名，整個八十年代的中國大陸文化思想界，可說是“李（澤厚）劉（再復）時代”。魯迅研究新論、“性格組合論”、“文學主體論”，全新的理論框架，全新的文學視界，使得劉再復成為當時中國文學理論批評界眾望所歸的“祭酒”級人物，各種官式的桂冠、頭銜不說，在那樣的環境氛圍下，劉再復的一舉手一投足，都可說是人潮簇擁而蜚聲遐邇的。無論從傳統中國士人的“立德、立言、立功”方面，或是從現存體制的既得利益方面，劉再復都是成功者，都達到了多少人窮一生之力也無以達到的高度。這樣隆厚的世俗功利壓在任何一個人身上，難道不都是“生命意義”本身、“存在本體”本身嗎？環望二十世紀一部中國知識人史，“在良心和榮耀同時放在歷史桌面上的時候”（《秋天安魂曲·西尋故鄉》），究竟有多少人，敢於、捨得和甘願，選擇前者而不是後者呢？又有多少人，敢於把自己人生的全部重量，置於這樣一個歷史“瞬間”（見

《瞬間・漂流手記》）的良知抉擇之上呢？寥寥可數，真的是寥寥可數啊。所以，劉再復當然可以"在乎"。他把這一抉擇稱之為"接近死亡的體驗"，他以陀思妥耶夫斯基的經驗自喻，"此次死亡體驗使他實現了一次偉大的超越"。（《接近死亡的體驗・漂流手記》）"人的生命也如大自然的生命一樣，常在瞬間完成了精彩的超越。"（《瞬間・漂流手記》）然而這一"精彩"，是要付出巨大無比的世俗代價的。這一腳邁出去，昔日的一切，隆隆倒塌了，淪為虛空寂默了；往日備受鐘鳴鼎食之寵的那個淒淒惶惶的身軀，忽然被扔到晦暗無明的人生谷底了。可以說，不管劉再復的"不在乎"或"太在乎"，都是在他以他突出的"行為語言"（見〈第二生命三部曲・閱讀美國〉）對歷史作出決絕表態之後，邁出的人生最吃重的一步。此處一小步，可是中國知識人整體心路歷程上的一大步。——放下。為了良知的召喚，把一切放下。再復對我說過，出來後他時時記住他的忘年之交、弘一法師李叔同最後的入室弟子愚廣曾經告訴他的一句話：佛學一如人生，有三個要點應該記取——第一是放下，第二是放下，第三還是放下。劉再復這"放下"的一步，真可謂"震動三世十方"了。

中國的傳統思想是忌諱談論死亡的。在這裡，我倒想著重討論一下劉再復"第二人生"中強調的"死亡體驗"。孔夫子有云："未知生，焉知死？"傳統儒家思想裡所重視強調的現世行為準則和道德規範，也只是為"生"而知，為"生"而重的。但是，人，只有面對"死亡"，面對人生存在的一切價值行將毀滅的威脅，其對世界的思考，才能從"生"的世俗事務中超脫出來，引向超越性的視界所拓寬的無垠疆域，為新的生命重新尋找高於"死亡"以前的生命狀態的根據和意義。自二十世紀八十年代以來，中國知識人並不是沒有談論過"死亡"的。"上帝死了。"一般中國知識分子喜歡引用尼采的這一名言，來劃分時代與自我的今昔區別。"上帝死了"，意味著以往的偶像死了，意味著維繫"第一人生"的外在價值框架與系統死了。但知識者的思考，往往走到這一步就停住了。很少有人關注和正視：外在的偶像與價值系統的死亡，並不等於由外在系統所衍生出來的內在精神個體業已死亡。如果每一個精神個體在內裡沒有發生真正的質變，沒有經驗涅槃式的"死亡體驗"，外在"偶像"的死亡，就有可能以"基因轉移"與"遺傳突變"的方式，轉而成為延續在個體精神生命中似新若舊、"新"得亮眼而實際“舊”入骨髓的東西。

可以說，外在社會在“硬件”上換了一張皮，作為社會“軟件”的人的精神內核、靈魂內涵以及心理積澱、集體無意識等等，卻仍舊無以擺脫舊體制、舊價值的“第一人生”的陰影留存，二者之牴牾扭曲，恐怕已成為當今妨礙中國社會獲得更大發展一個癥結性的大問題。從這一角度看，劉再復在“第二人生”中的“死亡體驗”，就具有一種“未知死，焉知生”獨特意義了；就對所謂“中華精神文明”的現實重建、重現我們民族精神真正的“第二個春天”，提供了一個珍貴的“心靈的善本”了。客觀地說，劉再復所言的“死亡體驗”，是在人生處於生命臨界點上的某種“極限體驗”。並不是所有人都有機會、也有合適的空間去經歷這樣的“極限體驗”，從而生發出同樣或相近的思考的。用劉再復的話說，這種瀕臨死亡的“極限體驗”，幫助他生長出了“第二種視力”——超越自我和勢利、世俗的第二種視力。他有時也把它稱之為“極境眼光”。

這些日子，把“漂流手記”數卷置於案頭床前，對於我是一種“驚心動魄”的閱讀經驗。讀著讀著，我時有一種臨影自驚之感，像是觸動了自己心靈深處的某一處“死相”，聽得見自己身上凝結的某些硬殼、皮屑在瑟瑟剝落的聲音。翻看“漂流手記”諸集，每一篇每一頁，你會像看靈魂解剖圖一樣，看劉再復一縷縷，一絲絲，一片片地，由點到面，由淺入深，在自設的手術台上“剖心自抉”，清理歷史積聚在自己經歷、靈魂深處的塵埃所膠結出來的那些硬殼，一點點的打碎，鞣煉，淬火，拼接，重塑……。這是一個漫長而痛苦的自我叩問、自我拯救的過程。它幾乎觸及了個體生命的方方面面：對生命，對自然，對信仰，對家庭；對“偶像”的質疑，告別諸神；對“故鄉”的質疑，再造“故鄉”；在回憶中質疑“我是誰”的主體性疑惑，在痛悼中拷問“誰之罪”的自嘲式懺悔；以重讀經典去重新攀越先哲的肩頭以開拓新遠的視界，又在獨行獨語中梳理四海為家的浩渺思緒，放言坦論各種人性陰暗與社會禁忌……。這一切，其核心命題，就是對個體生命的重塑與再造——從打碎外在的偶像（“上帝死了”），一直到粉碎自我的偶像（“‘我’也死了”）；從批評專制，到發現自己也是被專制污染的“帶菌者”（《帶菌者・西尋故鄉》）。

# “童心童言”

“童心說”，是“漂流手記”中由“第二人生”的母題生發出來的“主題複調”，也是被劉再復反覆吟唱得草木清華水天澄明的一個極為動人的主題。打開《漂流手記》諸書，書頁間你到處都可以看見孩童清亮亮的身影，聽到孩童金子樣脆亮亮的聲音。可以說，自冰心及其翻譯的泰戈爾之後，在現、當代漢語文學中的“童心”主題，要麼孱弱無力湮滅在各種高調喧囂之中，要麼只成為虛假世故中的曼妙點綴，還沒有哪一位作家的哪一部作品，能夠達到劉再復的“漂流手記”系列所表現的力度和深度的。

根據作者的說法，“童心說”的直接來源，是他受到他的福建同鄉、明末異端思想家李卓吾的《童心說》的啟迪。劉再復是把“童心”置放在一種形而上的“終極關懷”的層面去作觀照的，“童心”，在劉再復言說中有著一種至高無上的本體性、超越性的位置——童心即為真，即為道，即為大，即為自然。所以，作者從“第一人生”中呼籲“救救孩子”的立場，轉進到“第二人生”中呼籲尋找童心童言，“讓孩子救救自己”的立場。從“拯救者”一變而為“被拯救者”和“自救者”，這“童心童言”的視角，一下子就拓出了另一個觀照世界和觀照自我的全新視界，鋪陳出另一個元氣混沌充沛、人性自然本真的世界。

做一個真實的人，用真實的目光去看世界，是“童心說”的核心。把“嬰兒階段”視為人生必經的第三階段的尼采（見《獨語天涯之三六五》）就說過：“哲學家不僅是一個大思想家，而且也是一個真實的人。”隨著文明的進化，披掛在本真人性身上的許多外衣——知識、技術；政治、人事；概念，術語；形式，包裝等等等等，常常掩蓋了人性本身，或者變成了人性本身。幾千年文明的積澱和數十年僵化體制的遺傳，更容易把“偏見”與“積習”幻化為一種“真理的目光”，於是，“文明”會藉著“真理”的名義演化為“蒙昧”，人性和社會的真實，就蛻變為各個時期、不同樣式的假象當道、面具陳列。其實，文明的這種失真、異化的困境，無論中西，概莫能外。劉再復在“漂流手記”中一再這樣自我提醒：該說的話就說，不情願說的話就不說，這樣才能保持天真天籟。

“假作真時真亦假”。可以說，“以假作真”與“弄假成真”以至“真假莫辨”，多少年來早就成為我們中國讀書人自身知識人格中最真實的一部分。應該特別指出的是，所有意識形態化的理論中所特有的崇高感、道德感，那種“解放全人類”式的至高無上的理想光環，最容易讓人生發出一種道德化的“正義矯情”，一種涕淚橫流式的“真理假惺惺”，而令得虛假本身，看起來愈加“情真意切”。如果說，一切壟斷和專制的政治，都是被謊言和恐懼宰制的政治。真實，就是消解專制和恐懼的最大利器。對此，劉再復描述得異常痛切：“應當救救自己。全部感覺都被改造過了，連眼睛也麻木。全部性情都被歪曲過了，連哭泣都有點走樣。全部理念都被污染過了，連反教條的文字也帶有教條的尾巴。我知道我是我自己最後的地獄，黑暗聚集在這地獄裡。帶著這沉重的地獄，我怎麼去救救孩子，難道要擁抱孩子一起滾入地獄，難道要裹挾孩子走進那無所不在的黑暗。我已經被摧殘孩子的時代剝奪了救救孩子的資格。我不可能是拯救者。我只想救救自己，只想孩子幫助我救救我。”（《獨語天涯之三六六》）

應該如何自救呢？劉再復在“漂流手記”中所弘揚的“童心說”，是由這樣三個不同的層次的台階構建的：回到童年，珍視童年，再造童年。回到童年，是劉再復在遭逢“瀕臨死亡的體驗”之後的第一種自救方式。作者把一己目光從當下的血火亂離、世俗塵煙中抽離出來，像鱖魚一樣，為再造新生而洄游千里萬里回到出生地。劉再復用了無數篇幅回溯童年，回訪故鄉的草地森林、老井榕樹，在鄉間的山嵐水氣中憶記曠野的虎嘯、師長的足印、祖母的懷抱，重新找回自己剛剛離開繈褓、降生大地時那種環望世界的真澈目光。“當往昔的田疇碧野重新進入我的心胸，當母親給我的簡單的瞳仁重新進入我的眼眶，當人間的黑白不在我面前繼續顛倒，我便意識到人性的勝利。”（《獨語天涯》）同時，他又從自己漂流生涯中的親人朋友，歐美街頭、院校教壇以及經典文庫中，去找尋、去迎捧、去發現、去謳歌這種真澈的目光。這就是他的珍視每一種童年、童真、童言的努力。從山那邊的小鹿眼中，從終生保持金子一樣的胸懷天趣的美國大詩人保羅·安格爾的眼中，從備受幾十年冤獄摧殘、晚年只能躺坐著寫作卻依舊風骨嶙峋、風采勃發的聶紺弩的眼中，當然，更從《山海經》的天啟天籟、《紅樓夢》的寶玉黛玉、《戰爭與和平》的娜塔莎等等這些經典形象中，也包括，從自己一對冰雪聰明、未脫稚氣的女兒小梅小蓮的眼中……，劉再復可以說是竭盡全力的，在四方搜尋這種真澈的目光，把這種飽蘊人類天性良知的目光，當作漂流獨行中最好的支柱和倚傍。可以想見，設若沒有這樣澄澈的童真目光的支撐，沒有輝映著這樣溫潤空靈的童趣的文字華彩，作者的“遠遊歲月”連同他的“漂流手記”，將會顯得多麼蒼白、無趣！

這裡，我想特別提請讀者注意“漂流手記”系列中“人物篇”。劉再復在作品中表現的“童心說”是充滿浪漫情趣的。然而作者對“童心、童真、童言”的思考，卻並沒有流於理想化和浪漫化，更不是故作“小兒態”（見《“小兒態”種種．漂流手記》）；毋寧說，那是建基在悲沉痛切的歷史記憶和現實批判之上生發出來的獨特思考——回溯童年，是為了追溯：人性的童真、知識的童真，究竟是從哪裡丟失的？自什麼時候開始、又在哪些方面丟失的？“漂流手記”裡寫了很多不同類型人物素描：音樂家馬思聰、施光南、日本友人丸山和伊藤、作家冰心、趙樹理、老舍、聶紺弩、傅雷、巴金，學者孫冶方、錢鍾書、吳世昌，華僑陳嘉庚，以至高層文化人物周揚、胡喬木等等。這些不同類型的人物，是浮雕在作者筆下鋪陳的獨特歷史氛圍之中的——那裡有“革命神話”中泄露的荒誕不經，有“革命世故”下打造的大小面具，有“靈魂革命”裡留下的真假涕淚，還有“革命專政”的鐵板縫中溢出的人性掙扎……總之，直面歷史種種的真面真相，從中追溯出荒謬之成為荒謬、風範之成為風範的具體脈絡。讀聶紺弩的“文章信口雌黃易，思想錐心坦白難”，讀周揚臨終前的傷感眼神，讀胡喬木的陰陽兩難委曲，真真讀得人錯愕，讀得人汗顏，讀得人心痛。作者親歷親炙著中國當代文化史中許多重要人物的許多重要關節和重大時刻，讀人一如讀史，也讓人看到歷史的慘酷面相下的絲絲溫情暖意，與人性的複雜多面後面崛然挺立的爽亮骨節；同時更加珍惜，在社會的污濁和世道人心的扭曲中，任何閃現童心童言的人性之光的彌足寶重。

“人類童心不知權力的邏輯，它在權力森嚴的圍牆外笑著，跳著，歌吟著。所謂天使，就是在權力的大門外自由飛翔的童心。天使就是未被權力污染和俘虜的孩子，所有畫家想像中的天使都是孩子。”（《獨語天涯之三五五》）所以，“再造童年”，就成了劉再復在他的“第二人生”中非常真實具體的自我救贖之路。扔掉名利得失的外在包裝、扔掉意識形態的積習包袱，也包括扔掉各種有形無形的忌諱和牽掛，劉再復首先恢復了一個真實的自我，然後再在這個自我上重新開拓、挖掘出以往沒有的或業已丟失的真率的本真本性。這樣，所謂人生的大自由，思考的大自在才算真正出現了，所謂"第二人生"，才算具備了形式的質感和血肉的形態而真正落到了實處。值得注意的是，如果不小心，這個"第二人生"，很容易混淆於另一個極權主義話語的熟悉字眼——"新生"。在那樣的語境中，所謂"新生"、"新人"等等，是以"脫胎換骨"改造人性，把"自我"矮化為負值，最終以扭曲人性成為權力機器的構件（所謂"螺絲釘"）為依歸的。劉再復的"第二人生"不是"改造"，不是以"崇高"扭曲"正常"；而是"回歸"，從人性長期扭曲為負值的"常態"，回復到無包裝、無虛飾的正常本真之態；重拾"皇帝的新衣"後面丟失的那個孩童的目光，去重新審視人生、重塑"新我"的樣貌。

坦白地說，我們這些熟悉了解再復的人，從"漂流"生涯一開始，就把他當作一個"需要特殊保護的動物"看待。因為像他這樣一個敏感善感、又被體制嬌寵了多少年的"乖孩子"，陡然失去一切外在保護又被扔到異國異域的生存大漩渦裡，作為個人，從精神到體魄，應該都是相當孱弱無助的。萬萬沒想到，幾年下來，再復竟然讓所有關心他的老朋友們"摔碎了一地眼鏡"：他不但依然用溫厚從容的為人行事、敏銳的談吐、豐厚的著述，證明自己是一個精神上的強者；而且，從眉眼氣色到動作身手，"剎那之間"煥然一新，從一個"笨手笨腳"的文弱書生，變成盎然昂然的一個"孩子樣的壯漢"或"壯漢樣的孩子"！翻開"漂流手記"諸集，看看再復喜歡"走出去"的好玩貪玩（《走出去・西尋故鄉》）、學開車的闖禍驚險（《學開車・西尋故鄉》）、沉迷粉刷裝修新居、修整草地上癮的故事（《玩屋喪志・西尋故鄉》），真不禁讓人莞爾。特別是讀到其中充盈的反諷、自嘲和幽默（此乃中國士人的"稀有之物"），讀到他剖白自己在拉斯維加斯的"賭徒心態"（《欲望之城・閱讀美國》），把美國的"減肥去脂"風潮比喻為中國文革時期的"以階級鬥爭為綱"與"年年講，月月講、天天講"、"一不怕苦，二不怕死"（《富人喜劇・閱讀美國》），禁不住要捧腹大笑。這真是一個回復了赤子童心、心理生理充實健康的人，才可能寫得出來的瀟灑文字！前人論王陽明晚年思想的化境，有"知是知非，無是無非"一語："居越以後，所操益化，時時知是知非，時時無是無非，開口即是本心，更無假借湊泊，如赤日當空而萬象畢照……[1] 再復在"第二人生"的蛻變，也讓所有熟悉他的人有"開口即是本心，更無假借湊泊，如赤日當空而萬象畢照"之感，真的為"士別三日，當刮目相看"這一古訓，注入了全新的意蘊。難怪，再復要說："回復童心，這是我人生最大的凱旋。……我的凱旋是對生命之真和世界的重新擁有。"（《獨語天涯》）

## "再造故鄉"

文字逶迤到這一節，我不由得打了個頓——這才進入"漂流手記"系列最吃重的一個主題，一座最難逾越卻無路可遁的雄山大嶽了。套用作家韓少功的一個語式，他曾說過：如果一九九〇年沒有任何優秀小說，只要有史鐵生的《我與地壇》，也可以算是一個豐收年了。在這裡則不妨這麼說：哪怕劉再復的"漂流手記"系列的大部分篇什都不足為訓，僅僅只是因為它提供了"再造故鄉"的全新思考，亦適足以為世紀之鳴，驚世警世、屹立滄海了。

確實，這個話題太舉足輕重了。

在中國現代語境的話語框架裡，怎樣把"國家"（"祖國"、"故鄉"、"故土"，以至"中國"、"民族"、"愛國"等等都是它的同義、近義詞），變成真正的精神家園和心靈情感的源頭活水，而不是一套枷鎖、一個陷阱、一個包袱、一種束縛，這始終是二十世紀迄今，中國知識分子面對的最大問題之一、最大困境之一。可以這麼說，從二十世紀初年一直到進入二十一世紀伊始的今天，中國知識者所面對的整個精神氛圍和文化語境，都是籠罩在"強國夢"的國家意識與民族意識之中的。這當然無須厚非。從二十世紀初由外族入侵、列強瓜分所激起而席捲神州幾十年的"救亡"熱潮，一直到世紀末期植根於"落後挨打"、"被開除球籍"的憂患意識而大步推進的改革開放與現代化、市場化熱潮，以民族意識、國家意識為內核的"強國夢"，都是其中最大、最根本的驅動力。這一驅動

1　明人王畿語，引自陳來《有無之境．王陽明哲學的精神》，北京：人民出版社，1991 年。

力不但造就了今天一個逐步邁入“小康”、進入世界強國之林的現實中國，也造就了一代、幾代人業已固定成型、成為文化積澱和集體無意識的一種涵蓋廣大的意識形態：“祖國高於一切”。

時至今日，以傳統名義所曲釋、所強化的“祖國”意識，被充分意識形態化與道德化的“祖國”意識，在改革中尚未真正觸及的陳舊建制之下，在許多地方和許多條件下，常常仍舊變成以群體名義剝奪個人權利、以血緣情感替代自由權益與獨立思考空間的一種堂皇的理由。值得特別指出的是，在當今“全球化”背景之下，在“強國夢”似乎已經、或者將要“好夢成真”的現實語境中，我們需要警惕，那個“不言自明”的“祖國意識”，與意識形態化的狹隘民族主義狂熱相結盟，同時附著在各種外來學理和現成概念的“包裝”之下，又重新成為當今在神州大陸上勃發的一種“知識背景”。筆者對它的曖昧意涵與前景，是深懷憂慮的。

在這樣一種認知之下，把劉再復在“漂流手記”中提出的“再造故鄉”的命題，不光置放在作者中年被迫離鄉背井的“漂流”境況之中，同時置放在二十世紀中國的知識話語裡關於“祖國意識”的弔詭辨難之中，就顯得深意獨具了。劉再復的“再造故鄉”為世紀之交的漢語世界所提供的，就不僅僅只是個人“漂流”異國的心情故事，而是關乎面對新世紀中國知識者的知識立場、知識視野、知識人格、知識言說等等方面的重大課題了。

劉再復的“再造故鄉”之旅，其實並不是一蹴而就的，而是貫穿了他的“第二人生”中整個靈魂重建、自我救贖的全過程的。每一步都走得有思有得、實實在在。從“背負著黃土地漂流”開始，有形的故鄉的失落，曾經使得作者“好像不是生活在陸地上，而是生活在深海裡，時時都有一種窒息感。”（《漂流的故鄉．漂流手記自序》）但是，漂泊的生涯也為他贏得了一雙漂動的眼睛，使他“不再把生命固定在地圖的一個點上”去認識自己和世界，能夠重新去叩問故鄉的意義和生命存在的意義（《漂泊六年．西尋故鄉》）。漂流伊始，作者從托馬斯．曼的“祖國文化就在我的身上”中悟到：血脈中的故鄉文化，象形文字構築的書籍，都是自己靈魂可以寄託的家園，“到處有漂泊的母親，到處都有靈魂的家園。”（《漂流手記自序》）同時，又從《紅樓夢》中黛玉給寶玉加的禪語“無立足境，是方乾淨”一語中，領悟到漂流正是“無立足境”，漂流者正是揚棄“主人心態”，不佔有財產權力，以天地為境的過客。（參見《夢裡已知身是客·閱讀美國》）這是一種“距離感的美學”，“不流動的處所如死水泥沼，如果常住著，自然會被弄得滿身污濁滿身瘴氣。”（《漂泊六年·西尋故鄉》）拉開了地域的距離，反而容易把握故鄉的實在。這是劉再復的“故鄉”思考，跨出了地域、血緣邊界的第一步。站在巴黎羅丹博物館的“思想者”雕塑面前，劉再復曾經感動得落淚，在驟然襲來情感潮水中突然找到一種全新的自我身份認同：“思想者種族”。“它散佈在世界的各個角落，這支種族沒有國家，沒有偏見，但有故鄉和見解，他們的故鄉就在書本中，就在稿紙上，就在所有會思索的人類心靈裡。（《思想者種族·西尋故鄉》）”在這裡，劉再復作為具有獨立知識人格的“思想者種族”，已經把自己的“故鄉觀”拓展到人性與人文的自覺選擇之上了。當年馬克思提出的“工人沒有祖國”的命題，其實指的是在一種壟斷性的權力結構之中，弱勢者是被排除在權力之外的。“思想者種族”的“沒有祖國”，卻是從根本上蔑視權力、挑戰權力同時超越權力的。“真理大於權力，文化大於國家，生命語境大於歷史語境”的認知，由此進一步確立了。

走上這一步以後，劉再復的“再造故鄉”思考，便呈現出一種別樣的開闊和深邃。無論《紅樓夢》、《山海經》、《人間詞話》、《六祖壇經》、尼采、陀思妥耶夫斯基等等經典的再闡釋，或是獨享孤獨、閱讀美國、感悟巴黎、西尋故鄉，你幾乎在“漂流手記”的每一篇、每一節中，都可以見出由它引燃的靈動而飄逸的思想光焰。“富蘭克林說：‘何處有自由，何處是我家。’/ 佩恩回答說：‘何處無自由，何處是我在’。/ 這一對話與佩恩在這一對話所達到的人生境界，近幾年一直參與我的思考，並對我產生很深的影響。”一方面，作者確認：“……哪裡有自由，哪裡就是家鄉，故鄉的意義本來就聯結著人的生命意義。……故鄉，應當是賦予自己的兒女生命力量的母親，她的懷抱與搖籃，天生就被命名為溫暖與自由。”另一方面，作者又進一步質疑：“……我憎惡一切鐵籠特別是心靈的鐵籠。我正是在反叛心靈的鐵籠中才感到存在的意義。因此，我不能滿足自己已經獲得一個自由抒寫的精神家園。……佩恩的卓越之處在於他不是沉湎於自由，而是感悟到爭取自由的責任。”（《何處是我在·西尋故鄉》）

在這裡，劉再復對自由的超越性思考，已經把“自由”和“對自由的責任”，從“故鄉”的地域血緣層面，昇華到“我在”的本體論層面。筆者想特別指出，在現、當代中國文化思想史上，這是具有的獨特意義的跨越。在中國士大夫強調“經世致用”的傳統世界觀中，是沒有“自由”的位置的。在西潮東漸的二十世紀中國學界包括政界，“個人自由”本身，從來就沒有被當作終極的價值和目的，而是僅僅被看作實現某種目標（比如“強國夢”）的手段。這就如同不加省思的“祖國觀”已然成為一種“集體無意識”一樣，這種“永恆的權宜”之“自由觀”，已經成為對於自由權利的一種集體無意識的漠視。所以，才會有西方洋洋大觀的“自由主義”概念內涵，竟至於淪落成“事不關己，高高掛起”、“明哲保身”、“背後說閒話”等等之類的狹隘可笑的定義。

站在這樣的認識平台之上，劉再復提出的“放逐國家”——“文學對國家的放逐”一說，就不但是石破天驚之言，同時也為海涵踏實之見了。

> 中國的流亡文學，如果以屈原為開端並以他為第一個成功的代表，那麼，它的心態正是“被國家放逐”的心態。“自我放逐”則是擱置國家，開闢精神性的“自己的園地”（周作人），游思於自己創造的心靈空間。但“自我放逐”只是迴避國家的否定性自由（negative freedom），而“放逐國家”則是主動地駕馭國家和超越國家種族觀念的積極性自由（positive freedom），在此自由狀態中，作家與國家發生主體移位：國家可以放逐作家，作家也可以“放逐國家”。作家不再把國家視為偶像，而是視為靜觀對象。……作家既不是被國家放逐的歷史受難者的角色，也不是躲進小樓的心靈避難者的角色，而是恢復作家本來應有的日神精神，自由地、冷靜地觀照一切，包括觀照國家。[2]

在文中，劉再覆沒有對他所借用的西方“日神精神”概念做出中國式的定義。其實，所謂“日神精神”，“中”而化之，也不妨說，亦即是錢穆先生所言的超越國家界限的“天下觀念”、“天下情懷”吧。有意思的是，劉再復不喜歡

2　劉再復：《文學對國家的放逐．放逐諸神》，香港天地圖書公司，1994 年，第 284 頁。

“被國家放逐”後哭哭啼啼、呼天搶地的屈原、賈誼類型的知識分子；錢穆先生在他的史論中，也對一心忠於楚懷王、“戰國時代唯一始終堅抱狹義國家觀念”的“有名智識分子”屈原，表示大不以為然[3]。不幸的是，屈、賈式的“狹義國家觀念”及其君臣父子結構的道德人格，卻幾乎成了兩千年來中國士人立身行事的基本範式。對於一般中國讀書人，“天下”二字本來是爛熟於心的。可惜，在許多人眼裡，“天下”即“皇土”，從“家天下”、“黨天下”、“國天下”一直到“××× 甲天下”，這個“天下”，不是無垠而多元的真實世界，反而在在都是有“邊兒”的，有藩籬、有溝塹、有阻隔的。這千年之阻隔，固有其不同朝代的不同內涵；當國家的權力意志以“祖國高於一切”之類的現代表述，成為一種可以加以各式包裝的時行口號時，中國讀書人馬上就容易變得沸沸然而昏昏然，困厄其中而久不自知了。劉劍梅在給父親劉再復的信中所引用的泰戈爾的話，值得在此重述一遍：“愛國主義不能成為我們最後的避難所；我的避難所是人道。我不會以寶石的價值來買玻璃，而且在我的有生之年，我也不會允許愛國主義勝過人道。”[4] 所以，當世紀之交，劉再復昂然喊出“放逐國家”——“文學對於國家的放逐”之言，無疑是一聲振聾發聵的黃鐘大呂。這一命題，至今引起過那麼多的瞠目結舌與竊竊私語（卻又沒引起足夠的重視和討論），也就不足為奇了。

在和女兒小梅的通信《論天下襟懷》中，劉再復進一步梳理了自己“再造故鄉”的心路歷程：

> 海外十年，我不斷地領悟王國維的《人間詞話》，也不斷地領悟他的“不隔”之境。於是，我先是打破教條之隔而直面事實與真理，之後又打破名利之隔而面對良心和贏得心靈的平靜，最後又打破國界種族之隔而尋找情感的故鄉。我所說的放逐諸神與放逐國家，便是掃除心中設置的城垣，不再被各種狹隘的妄念所隔，儘可能地擴大自己胸襟的廣度。心靈的自由度與胸襟的廣度關係最為密切，幸福度也與心靈自由度、胸襟廣度成正比。[5]

---

3 見《中國文化史導論》，第 49 頁。

4 《論天下襟懷・共悟人間》。

5 《論天下襟懷・共悟人間》。

劉再復對《人間詞話》這個“不隔”的重新解讀，可謂深意大焉。已故宗白華先生的美學概念中喜歡用“宇宙性”一類概念去表述中國古典藝術中的“天人合一”境界的廣袤博大；近人則喜歡用“共同人性”或“國際性”、“世界性”、“人類性”一類字眼去表述跨越國界疆域的人類共同情感精神與普泛的價值原則。用劉式表述，這就是“天下襟懷”，這就是“不隔”吧。對於知識分子或者作家、藝術家，其實它們統統指涉的都是一個東西：在認識世界、表現（表述）世界時，知識者所表現的心智、精神的超越能力。中國儒家傳統文化太注重現世功利了。過於注重人際倫理和道德秩序的結果，使中國士人往往缺乏個體生命意識和超越性的精神追求，無論進退、顯隱，往往仍舊繞著“狹義的國家觀念”（廊廟、社稷、皇恩、“感謝 ×× 給了我第二次生命”等等）打轉。“被國家放逐”者，頂多走到“自我放逐”（所謂“獨善其身”）的一步就停住了。靈魂馳騁的疆域，在“國家”面前就要勒馬徘徊。多少年來，人們常常喜歡泛泛感慨：中國的知識分子包括作家、藝術家，缺乏俯瞰歷史、穿越時空的“大氣”——大眼光、大視界，二十世紀的中國文學缺乏表現“人類共同精神”（“人類性”）的大作品等等。其實，在本文的語境中，所謂“大氣”，第一步就是要具備劉再復上述所言的“不隔”的超越精神。所謂“大氣”的、具備“人類性”的思想、藝術成果，其實來自作者精神人格、觀照世界的視界及其和作品本身的價值內涵，卻與夾雜多少“現代”、“後現代”、“全球化”之類的時髦話語無關。因此，“放逐國家”並不僅僅是一個“流亡文學”的觀念，它首先是一個精神的坐標，一個關乎終極關懷的價值尺度。它建構在這樣兩個基點之上：生命的意義與尊嚴，自由的價值與目的，才是人之成為人的真正歸宿，才是一個人真正的精神家園和心靈故鄉。

可以這麼說，劉再復的“再造故鄉”之旅，為世紀之交的中國思想史，拓開了一片有別於上一世紀籠罩於“強國夢”之下的思想版圖。它的啟迪，既是具體的也是當下的：一個知識者，無論身在域內域外，是安居是“漂流”，不但應該用行動、用身心去愛自己的故鄉、家園，更應該將這種土地之愛、血緣之愛昇華為一種人性人道的大愛，在更廣大的價值層面去重新確定自己精神家園的坐標，去重造、重塑自己心靈情感的“故鄉”。只有走到這一步，“故鄉”和“家園”才真正和“人類的共同精神”打通了，精神的阻隔罣礙才可以最大限度地減輕減少了，才可能出現一種“大氣”渾然的尊嚴和自信；一種健全的精神人格，才算完成它的重塑過程了。這種“打通”的視界，即是“不隔”，也即是劉再復所言的“極境眼光”。“極境眼光會給作家帶來一種大愛大慈大悲。佛家追求的‘空境’，乃是放下一切世俗妄念而包容萬物萬法的無限心胸之境”。[6]

6　《論審美眼睛‧共悟人生》。

# 劉再復的“悟法”批評話語
## ——文學批評和文化思想研究的一種範例

李以建

“以悟法讀悟書”，這是劉再復《紅樓夢悟》一書“自序”的篇名。它既是貫穿劉再復紅樓夢研究始終的主旨，也是構成其作為文學批評和文化思想研究的批評話語的最顯著特點。

“悟”源於佛教，尤其是禪宗。提出《紅樓夢》是“悟書”，或許並非首創。紅學研究的著述，汗牛充棟，選擇以佛學的視角來評論《紅樓夢》，或引經據典、條分縷析《紅樓夢》的佛學寓意和主題內涵，或即興書寫、詩意闡發研究者契合佛理的所悟所得，自古以來不乏其人。但是，旗幟鮮明高張“以悟法讀悟書”，且身體力行付諸於批評實踐，將《紅樓夢》的閱讀視為“不是頭腦的閱讀，而是生命的閱讀與靈魂的閱讀”，[1] 將自己的研究和寫作視為“不是身外的點綴品，而是生命生存的必需品”，[2] 從而形成獨特的“悟法”批評話語，劉再復可謂第一人。

劉再復以文化人類學的方式把整個文化作為研究的對象，他不僅僅是在闡釋一個作為世界名著《紅樓夢》的本文，而是刻意將過去和現在、本文和自我聯繫起來，打通文史哲的界限，以不同的本文組織成一個完整的“系統”，構成一個“大本文”，由此揭示出本文之間的相互交涉性，從而在錯綜複雜的不同語境中，去探究本文的深厚內蘊以及互為本文的微妙關係，同時又藉此表明自己批評話語的立場。劉再復的“悟法”批評話語，無疑為文學批評、文化和思想研究提供了

1 劉再復：〈自序（二）嘗試《紅樓夢》閱讀的第三種形態〉：《紅樓夢悟（增訂本）》，北京：生活·讀書·新知三聯書店，2009 年，第 3 頁。

2 劉再復：〈不為點綴而為自救的講述——“紅樓四書”總序〉：《紅樓夢悟（增訂本）》，第 1 頁。

一個新範例。

## 一

“悟法”，因“悟書”而起。縱觀中國的文化思想發展史，劉再復指出，佛教，尤其是中國的禪宗，對中國的文學、哲學、思想等領域都產生了巨大的影響。

“從嚴羽的《滄浪詩話》到曹雪芹的《紅樓夢》都是悟的文學成果”；[3]“我相信他（指慧能）從根本上啟發了曹雪芹。《紅樓夢》整個文本佛光普照，是一部偉大的悟書”。[4]

“悟法”，也來自“悟讀”的啟迪，即以生命與靈魂的閱讀方式引發的靈感。劉再復將閱讀《紅樓夢》視為自己作為個體的生命需求，他說：“讀《紅樓夢》完全是出自心靈生活的需要”，“兩百多則隨想錄，只是閱讀時隨手記下的‘頓悟’，並不是‘做文章’”。[5]“質言之，我不是把《紅樓夢》作為學問對象，而是作為審美對象，特別是作為生命感悟和精神開掘的對象。”[6]

悟書的悟讀，令劉再復獲得“悟法”。劉再復體會到，“‘悟’是一種大方法，又不僅僅是大方法。‘悟’能產生思想，產生哲學”，“不僅是方法，而且是本體”。[7]劉再復總結二百多年來《紅樓夢》的研究，分為三種狀態：論、辨、悟。他選擇“自覺地通過領悟和分析《紅樓夢》而更深地認知文學的本性”，“揚棄建構理論體系的學術姿態，把自己對文學的真切見解，熔鑄在‘悟語’中，‘談話’中，自由書寫中”。[8]

---

3 劉再復：〈紅樓夢閱讀法門〉：《共悟紅樓》第一輯，北京：生活．讀書．新知三聯書店，2009 年，第 5 頁。

4 劉再復：〈紅樓夢閱讀法門〉：《共悟紅樓》第一輯，第 7 頁。

5 劉再復：〈自序（一）以悟法讀悟書〉：《紅樓夢悟（增訂本）》，北京：生活．讀書．新知三聯書店，2009 年，第 1 頁。

6 劉再復：〈自序（一）以悟法讀悟書〉：《紅樓夢悟（增訂本）》，第 2 頁。

7 劉再復：〈紅樓夢閱讀法門〉：《共悟紅樓》第一輯，第 5 頁。

8 劉再復：〈天上的星辰　地上的女兒〉，劉再復、劉劍梅《共悟紅樓》，北京：生活．讀書．新知三聯書店，2009 年，第 3 頁。

毋庸贅言，劉再復的“悟法”源於佛教的禪宗。“悟”為佛學用語，以禪宗之悟而言，通常有頓漸之分，其代表是五祖弘忍門下的慧能和神秀所形成的南北宗，前者倡導頓悟，後者推崇漸悟。顯然，劉再復的“悟法”也包含了頓漸兩方面，換句話說，即既有引經據典式的證悟，也有直探文心詩心的解悟。恰如禪宗堅持參和修，二者不可偏廢，既要潛心參悟佛法，又要通過身體力行的了證，才能走上覺的唯一正道；同樣，劉再復從禪宗獲得悟的大智慧，而“悟法”批評話語就是他參悟過程的實踐。

一方面，劉再復的“悟法”屬“悟證”。雖然，劉再復的悟，可謂天馬行空的悟、獨到精深的悟，但決非是無病呻吟的悟，或者無的放矢的悟。畢竟他不僅僅是一位苦行僧式的讀者，更是一位文學批評家，一位研究文化思想史的學者，尤其是一位憂國憂民的智者。他參透的是家國、歷史的文化之悟，具有宇宙意識的生命本體之悟。因此，他在“‘悟’中加上證，即不是憑虛而悟，而是閱讀而悟，參悟時有對小說文本閱讀的基礎，悟證過程雖與‘學’不同，卻又有‘學’的底蘊和根據”。[9]

另一方面，劉再復的“悟法”始終不離“人”，一切的批評都是從人的基點出發，緊緊抓住“情”做文章，而且不是從“生存”層面，而是從“存在”層面來探討《紅樓夢》。他曾多次將曹雪芹和宋儒王陽明作比，談到“王陽明的心學，其基本哲學語言是概念，《紅樓夢》的心靈學，其基本哲學語言是意象”，[10] 因為“《紅樓夢》的哲學是藝術家的哲學，其特點，是意象而非邏輯，直陳而非推導，感悟而非演繹，明斷而非分析”。[11] 要真正解讀和把握《紅樓夢》意象的深刻內蘊，要以審美的眼光從哲學層面去揭示《紅樓夢》的“人”和“情”的無窮奧秘，禪宗的反邏輯、反分析、反實證的悟無疑提供了開啟《紅樓夢》這座迷宮的金鑰匙。正是這種契合，劉再復提出“對於曹雪芹，卻只能以悟去把握，非有無盡之情難以進入無盡之海”，只有意會和神通，才能步入曹雪芹之文心和詩心，而不

---

9　劉再復：《不為點綴而為自救的講述——“紅樓四書”總序》：《紅樓夢悟（增訂本）》，第 3 頁。

10　劉再復：《紅樓哲學筆記》，[ 七 ]，北京：生活・讀書・新知三聯書店，2009 年，第 7 頁。

11　劉再復：《紅樓哲學筆記》，[ 五十七 ]，第 36 頁。

是靠理性的分析，“以悟法讀悟書”就成了探究《紅樓夢》的不二法門。[12]

## 二

劉再復的“悟法”批評話語，具體表現在四本著作中：《紅樓夢悟（增訂本）》，《紅樓夢哲學筆記》，《紅樓人三十種解讀》和《共悟紅樓》。與當代文壇和學術領域流行的洋洋灑灑的大塊文章不同，也與那些致力於構建理論體系的煌煌巨著不同，劉再復採用的批評文體樣式是以“札記體”為主，也收入了部分長篇論文、短論、對話和隨筆，其中以“札記體”尤顯突出和重要。數百則“札記”的集成，更近於清代著名作家蒲鬆齡所謂“集腋成裘”，予人耳目一新。

採用札記作為批評的文體樣式，實際上是中國古代文人的傳統。中國傳統的詩話、詞話，或語錄體著作（如《論語》、《老子》等）均是採用札記體。札記體的文體樣式無固定的模式，行文自由，結構散漫，內容雜駁，可以是一則考據、一則注疏、一則短論、一則釋義，一則掌故，等等。更確切而言，札記即讀書心得筆記。梁啟超在《清代學術概論》中曾談到：“大抵當時好學之士，每人必置一‘札記冊子’，每讀書有心得則記焉”，“推原札記之性質，本非著書，不過儲著書之資料，然清儒最戒輕率著書，非得有極滿意之資料，不肯樂為定本，故往往有終其身在預備資料中者。又當時第一流學者所著書，恆不欲有一字餘於己所心得之外。”[13] 以現代規範性的學術眼光來看，札記體屬隨筆雜談之列，獨立成則，相互之間似乎缺乏內在的邏輯性和系統性，難以構成理論的體系。尤其是以往的札記體均採用文言文寫作，言簡意賅，雖不乏精闢見解和論斷，卻惜墨如金，往往點到即止，且以引經據典的考據見長，以藝術的鑒賞和評判為主。自五四以後，札記體逐漸式微，這跟新文化運動大量引進和推崇西學有關，也和寫作中摒棄文言文提倡白話文密切相關。

相較而言，劉再復採用的也屬札記體，但細究之下，卻自有獨特的神貌。確

12　劉再復：《紅樓哲學筆記》，[ 二十五 ]，第 18 頁。

13　梁啟超：《清代學術概論》，朱維錚校注：《梁啟超論清學史二種》，上海：復旦大學出版社，1986 年，第 51 頁。

切而言，這是現代的札記體。他採用現代的白話文來寫作，徹底掙脫了那些學術八股規制的束縛，打破了固有批評模式的藩籬，更跳出傳統思維方式和特定的意識形態的窠臼，獲得一種創新的飛躍。尤為重要的是，這種現代札記體又和那些長篇論文、短論、對話、隨筆，以及散文詩、警言點評等共冶一爐，兼容並蓄顯出雜多的統一，共同構成劉再復的"悟法"批評話語。以下舉其犖犖大者，借一斑窺其全豹。

其一，它承繼了札記體的特點，徹底打通了文史哲的界限，從不同領域選取不同的視角，以多方位的解讀形成集束式的透視，立體地凸現出所悟所論的主旨。劉再復以《紅樓夢》為研究對象，隨意拈出其一，議論縱橫，不受拘束，或宗教哲學、或文化思想、或文學藝術，或人生哲理，或情感直抒，不再拘泥於學術論文著作既定的清規戒律，也拋開邏輯內在關聯性的框架。換句話說，以悟法讀悟書，使劉再復獲得一種批評的自由，而自由的批評又達到"橫看成嶺側成峰"的學術境界。

舉一大一小為例。大者，指就《紅樓夢》整體所論。從原型文化的大視野看，劉再復追根溯源，將《紅樓夢》同《山海經》並提，認為二者都"保持著中國文化的原生態"，"屬中國的原型文化"，[14] 揭示了《紅樓夢》的文化源頭。從儒家文化看，他從"儒家人文精神的哲學基點"——天、地、人來對照《紅樓夢》，指出"《紅樓夢》作為異端之書，它的異端性在於只承認前兩者，不承認第三者"，因為"對於立人之道，曹雪芹強調的不是'仁與義'，而是'情與愛'"，所以"《紅樓夢》正是一部重構立人之道的大書"。[15] 從西方的哲學看，他提出"《石頭記》是一部自然人化的大書"，"從石到人，這是外自然的人化；從欲到情，從情到靈，這是內自然的人化"。[16] 並以此進一步解析賈寶玉的生命歷程，"第一步是由石化為玉——通靈而幻化入世；第二步是由玉化為心"，"《紅樓夢》的開端是降落——石的降落；而結局是升起——心的升起。石與心的中

---

14 劉再復：《紅樓夢悟（增訂本）》，[ 九 ]，北京：生活・讀書・新知三聯書店，2009 年，第 7 頁。

15 劉再復：《紅樓哲學筆記》，[ 六 ]，第 6 頁。

16 劉再復：《紅樓哲學筆記》，[ 二 ]，第 4 頁。

介是玉”。[17] 除以上所舉之外，劉再復還從佛教的禪宗、叔本華的悲觀主義哲學、尼采的貴族主義、斯賓諾莎的泛神論、馬克思的歷史唯物論、海德格爾的死亡哲學和“澄明之境”，以及荷爾德林的詩意棲居等諸多視角和層面透視《紅樓夢》，所悟所論，廣徵博引，無不道出啟蒙解惑的精湛見解。

小者，則是《紅樓夢》中似乎不起眼的小細節，如賈環為賭輸了錢而哭，寶玉說出的一番話。在《紅樓夢悟》中，劉再復由此看到“寶玉開導賈環，一席平常話，卻是至深的佛理禪理”，即人須有自明，“煩惱都是自尋的”。[18] 而在《紅樓哲學筆記》中則從人與物的關係來看，指出“人是中心，人是主體。物應當人化，為人所用，而人卻不可物化，為物所役”。[19] 在另一則中仍以此為例，卻表明賈寶玉“揚棄一切人生策略”，“尊重自己的自然，也尊重他者的自然”，“是個自然人或大化中的人”。[20] 此三則著眼因殊，指同而旨則異。

## 三

其二，以多樣化的文體樣式，進行跨學科的批評和研究，而且將本文和自我聯繫起來，既揭示了互為本文指涉的微妙關係，又藉此表明自己批評話語的立場。

《紅樓夢悟》雖以札記體為主，然同為札記，卻風姿各呈。有的近乎散文詩，語句優美，詩意雋永。如《紅樓夢悟（增訂本）》[ 小引 ] 中前幾則的 [ 一 ]、[ 二 ]、[ 三 ]、[ 四 ]、[ 五 ]，[21] 故國故鄉的深情眷戀，良知情感的濃濃鄉愁，和文化哺育生命的感恩，都化為詩意的具象而躍然紙上。這種文風和敘述同固有的學術論述大相徑庭。有的則如雜文，筆鋒犀利。如 [ 九十三 ] 對男權社

17 劉再復：《紅樓哲學筆記》，[ 七 ]，第 7 頁。

18 劉再復：《紅樓夢悟（增訂本）》，[ 二三五 ]，第 126 頁。

19 劉再復：《紅樓哲學筆記》，[ 四十九 ]，第 32 頁。

20 劉再復：《紅樓哲學筆記》，[ 一五〇 ]，第 86 頁。

21 劉再復：《紅樓夢悟（增訂本）》，[ 一 ] 至 [ 五 ]，北京：生活・讀書・新知三聯書店，2009 年，第 3–5 頁。

會的批判；[22][一〇二]從顧炎武讚賞“清議”，反對“清談”引發思考，提出應當“既尊重清議者，也尊重清談者”，因為真正的自由需要這種“雙重結構”。[23]也有的是人生哲理的啟悟感嘆，深蘊哲理。如[一〇三]指出王國維這種“呆魚”是無法生存在一片渾水的中國，因為在這種社會中，能“活得好的，也只有兩種人：一種是像泥鰍一樣油滑的聰明人、伶俐人、流氓；一種則是長著尖嘴利牙的惡棍和惡霸”。[24]還有的是融入自我憶述的片斷，如《紅樓夢哲學筆記》的[一七五]，作者憶述二十年前虞愚老先生引領自己進入佛學的方法和題贈。[25]更有的是理論闡釋，直抒己見。如他談到“歷史變成一種原則之後，後人很難感受到歷史傷痕的疼痛，即使歷史化為記憶，這記憶也被抽象化了，很難讓人覺得痛。唯有文學能使人心疼，使人從情感深處感到傷痛”。[26]寥寥數語，就道出歷史本文和文學本文的根本差別。

從表面上看，這似乎是閱讀《紅樓夢》所引發出的富有人生哲理的“悟”，事實上更是作者借《紅樓夢》來直抒胸臆，對周遭世界的一種感喟和議論。有的言詞尖銳，毫不遮掩，直指痛處。如談到鴛鴦所體現出的“不自由毋寧死”的精神，不禁有感而發：“中國當代知識人千百萬，不知能有幾個人能及這個小丫環”。[27]又如，從妙玉的清高孤傲，聯想到“許多獨立的知識人被權貴所不容，被社會所不容，被身處的時代所不容，犯的正是妙玉似的莫須有之罪”。[28]作者對當代世界的洞察和批判，都體現出具有良知的知識分子的憂患意識。

頗有意味的是，這些極為個人化的詩意抒發、針對時弊的縱論橫議、人生哲理的感悟，又都與那些具體細微的文學剖析、宏觀抽象的文化研究揉雜在一起，既成為“紅樓四書”不可或缺的部分，又共同構成了一個完整的“悟法”批評話語。也正是在這點上，讓人看到劉再復的現代札記體，並非純粹模仿古典，也不

22 劉再復：《紅樓夢悟（增訂本）》，[九十三]，第54頁。
23 劉再復：《紅樓夢悟（增訂本）》，[一〇二]，第58頁。
24 劉再復：《紅樓夢悟（增訂本）》，[一〇三]，第59頁。
25 劉再復：《紅樓夢悟（增訂本）》，[一七五]，第95頁。
26 劉再復：《紅樓夢悟（增訂本）》，[一四八]，第83頁。
27 劉再復：《紅樓夢悟（增訂本）》，[五十三]，第32頁。
28 劉再復：《紅樓夢悟（增訂本）》，[二六三]，第141頁。

是隨意的雜亂拼湊，而是富有後現代主義色彩的嘗試。一方面，沒有放棄具體的本文分析，“去找尋本文諸如‘蹤跡’、‘邊緣’、‘未被言語道出的意義’一類的泄漏隱情的符號”，另一方面，又“毫不掩飾地宣稱，批評者與本文的關係是相互影響的‘同謀者’關係”。[29]

其三，《紅樓夢》既是研究批評的具體對象，也是評判世界的起點和契機。由此可見“悟法”批評話語的批評策略。

劉再復將《紅樓夢》作為一個坐標，置於不同的參照系中，橫比中外古今作品，縱觀文學發展歷史，每每所指之處，多有創獲，道出前人所未道。如他從《紅樓夢》體現出“存在”的哲學層面，指出“中國文學多數作品的精神內涵屬‘生存’層面，而非‘存在’層面”，“中國文學的基調則是‘仕或隱’、‘聚或散’以及國家‘興與亡’的二重變奏”。[30] 又如，他將中國的放逐文學分為三類：“被國家放逐（如屈原、韓愈、柳宗元、蘇東坡）、自我放逐（如陶淵明）、放逐國家。第三種的代表是曹雪芹”。[31] 再如，他說“中國小說有輕重之分，‘重’的源於《史記》，‘輕’的源於《世說新語》”，而“《紅樓夢》則輕重並舉，而且以輕馭重”。[32] 就個別作家而言，如通過寶玉和黛玉的禪心相逢，充滿機鋒的對話和詩句，同唐代詩人王維作比，他指出“王維雖然說禪，卻未能悟到空的真諦”，“所作的禪詩也有‘為賦新詩強說禪’的味道”。[33] 因為王維“所寫的‘空’，只是感官的空，而內心則充塞失落感與淒清感”。[34]

## 四

其四，充分發揮札記體的自由度，既有宏觀把握，總體觀照，也有微觀透

29 張京媛：《前言》，張京媛主編：《新歷史主義與文學批評》，北京：北京大學出版社，1993 年，第 2 頁。

30 劉再復：《紅樓夢悟（增訂本）》，[ 一六四 ]，第 90 頁。

31 劉再復：《紅樓夢悟（增訂本）》，[ 一八四 ]，第 99 頁。

32 劉再復：《紅樓夢悟（增訂本）》，[ 一八七 ]，第 101 頁。

33 劉再復：《紅樓哲學筆記》，[ 一四七 ]，北京：生活 · 讀書 · 新知三聯書店，2009 年，第 85 頁。

34 劉再復：《紅樓哲學筆記》，[ 一八一 ]，第 107 頁。

析，研幾察微；既有嚴謹慎密的哲理探索，也有生動精闢的審美鑒賞，乃至作者自己的心悟妙想（如林黛玉身上飄散的香味，是"靈魂的芳香"，是其前世"絳珠仙草"的仙草味[35]）。從某種意義上說，劉再復是以文化人類學的方式把整個文化作為研究的對象，其目的在於獲得學術研究的自由和活力，令自己超越一般的理論層面和固有的約束，觸及到探討人類和生命存在的終極價值和意義。正是以此作為出發點，因此他的所悟所論，精彩紛呈，新意迭出。

先看論及禪宗對曹雪芹的影響和《紅樓夢》體現出佛學的內涵。

劉再復認為"禪文化帶給中國歷史的大變動是真正的大變動"，因為禪文化"是一種大文化、大世界觀、大方法論"。[36] 劉再復慧眼獨具，借用《紅樓夢》"大觀園"一詞提出"大觀眼睛"和"大觀視角"，即"宇宙之眼"。他指出："大觀，這正是曹雪芹看世界的方式"，"不是世俗的視角，而是宇宙的超越視角"，以此觀照人間，"不僅看出大悲劇，還看出大鬧劇"。[37] 當然，劉再復並沒有完全陷入宗教的闡釋，而是緊緊抓住"情"字做文章，在他的眼中，"無論是由色入空，還是由空見色，中間都有一個'情'字"，因為"情不是抽象物，它是人的本體即人的最後實在"。這實際上是深受李澤厚的哲學影響。[38]

禪宗的悟賦予劉再復解讀《紅樓夢》的不二法門，他不僅將自己的紅樓夢研究名為"以悟法讀悟書"，而且也將禪宗的"悟"境作為一種評判的準繩來辨析《紅樓夢》中的諸多人物，匠心獨運，見解新鮮。例如，他認為，"《紅樓夢》中的人物數百人，屬大徹大悟的，只有黛玉、寶玉二人"，[39] 寶玉的最後出走，"是富有大詩意的行為語言"，是"一種真實的行為語言，沒有標點，沒有文采，沒有鋪設，卻否定了一個權力帝國與金錢帝國"；"他的出走是總告別，又是大悲憫"。[40] 而"林黛玉的還淚中有傷感，也有傷感到極處的大快樂。'還淚'是美，

35 劉再復：《不為點綴而為自救的講述——"紅樓四書"總序》：《紅樓夢悟（增訂本）》，第 1 頁，第 3 頁。

36 劉再復：《紅樓夢悟（增訂本）》，[ 二七九 ]，第 149 頁。

37 劉再復：《紅樓夢悟（增訂本）》，[ 四十 ]，第 24 頁。

38 參見劉再復：《李澤厚美學概論》，北京：生活 · 讀書 · 新知三聯書店，2009 年。

39 劉再復：《紅樓夢悟（增訂本）》，[ 二十六 ]，第 17 頁。

40 劉再復：《紅樓夢悟（增訂本）》，[ 十九 ]，第 13 頁。

不是苦難。'淚盡'是個悲劇，又是一個人解脫。'人向廣寒奔'，林黛玉最後走出被權力意志戲弄的人間，得到的是大自由，可惜《紅樓夢》後四十回未寫出這一層"。[41] 顯然，從辨析人物的悟境，再推究二者的最終結局，這種研究已遠遠超越了通常的社會、歷史和現實意義的探討，進入了哲學、宗教和文化的層面，更觸及生命本體的終極價值和意義的探討。如果說，在《紅樓夢悟》中更多是從總體把握上，以禪宗的"明心見性"和"悟"來觀照《紅樓夢》；那麼，在《紅樓哲學筆記》和《共悟紅樓》中，則有更多佛教禪宗經典的具體引述和闡釋，其目的都是為了更深入地探究《紅樓夢》。

次看，對文學創作及其規律的闡發。

在《紅樓夢悟》中，每每涉及文學批評之處，表微舉仄，均能知微見著，不僅體現出文學鑒賞的敏銳和品位，而且常常道出文學創作的新見。如劉再復以薛寶釵和賈寶玉為例，指出："大作品中，其人物都是一座命運交叉的城堡，其命運總是有多重的暗示"。[42] 又如，從黛玉的葬花、賦詞、焚詩和死，聯想到偉大的詩人屈原，指出"大詩人總是提供雙重文本：書寫語言的文本和行為語言的文本"，他們既是詩人，也是"人詩"，"詩人的書寫語言給人詩作注，人詩的行為語言又給詩人之詩說解"。[43] 這類精闢的創作經驗總結，在現有的文學創作理論的書籍中是難以尋覓到的。

尤顯新意的創見是，劉再復用形象化的字眼提出"宇宙境界"來表述其從生命本體的哲學層面對文學中的人的思考，並指出宇宙境界遠遠大於家國、歷史，乃至政治的境界。從某種程度上來說，"宇宙境界"即指從更深層的人本角度，從更廣闊的哲學高度去看待人生，去真正認識和表現人之存在的價值和意義。他認為"文學中的普世性理念是'生命—宇宙'語境大於家國—歷史語境的理念"，"普世性的寫作離不開家國、歷史題材，但立足之境則一定是生命—宇宙語境"。[44] 劉再復將文學創作分為三類，用"頭腦"、"心靈"和"全生命"的寫

---

41 劉再復：《紅樓夢悟（增訂本）》，[ 二十八 ]，第 18 頁。

42 劉再復：《紅樓夢悟（增訂本）》，[ 六十二 ]，第 38 頁。

43 劉再復：《紅樓哲學筆記》，[ 一二九 ]，第 77 頁。

44 劉再復：《紅樓夢悟（增訂本）》，[ 一八九 ]，第 101 頁。

作，他認為唯有用全生命寫作的作家，才能創作出具有普世性價值和意義的不朽篇章，如曹雪芹和托爾斯泰。[45] 以此看《紅樓夢》，“曹雪芹的偉大，恰恰是他不僅用人間的角度看人間，還用宇宙角度看人間，也只有這種高遠的角度才看到人間生命不僅演出大悲劇，而且也不斷地演出大鬧劇、大荒誕劇”。[46] 其筆下的人物林黛玉，則“是能在生命宇宙境界中飛馳的詩魂，才是大詩魂”。[47]

## 五

不難看到，如果時光倒退到二十餘年前，可以肯定劉再復無法寫出《紅樓夢悟》。一九八〇年代，是中國文藝再度復興的熱火喧囂年代，無論是創作還是批評，不僅湧現出眾多的人才，而且成果豐富，更由於當時依然深受五四思潮的影響，將文學置於一個引領時代思潮的不恰當的地位，以致出現空前的繁榮和喧鬧。當其時，劉再復脫穎而出，作為國內最高的文學研究結構的負責人，也作為一名大膽突破而有所建樹的理論工作者，他始終處於文化思潮的風口浪尖，也扮演了引領者、弄潮兒的重要角色。從一九七〇年代末，他發表了魯迅研究系列文章，繼之則是一九八〇年代轟動文壇的《人物性格二種組合原理》、《性格組合論》、《新時期文學論》、《論文學的主體性》，以及諸多倡導引進科學方法論的文章。時勢的需求是因應迅速變幻的文學和文化現象，以及蜂擁而來的外國理論思潮，因而動輒都要以大塊文章，方能彰顯大手筆的氣勢，仿若這樣才有一呼百應的效果。至於報刊隨筆雜談式的小文章是不入時人之眼的，更遑論將古典文學作為研究對象。出於這種文化生存環境和自覺肩負的使命感，迫使劉再復總是有意或無意地將自己置於領軍者的位置上，這從他當時的文章風格、字裡行間的語句，直至文類樣式的選擇，處處可見。誠如她的女兒所指出的：“父親在國內，人生狀態和寫作狀態總的說來，過於沉重，他的方式是以重對重，使得我們一家

45 劉再復：《紅樓夢悟（增訂本）》，[十一]，第8頁。
46 劉再復：《紅樓夢悟（增訂本）》，[一五一]，第84頁。
47 劉再復：《紅樓夢悟（增訂本）》，[三十一]，第20頁。

人也跟著沉重。出國後能悟到應當‘以輕馭重’是他的一大變化和一大進步”。[48]

歷史風雲突變，人生際遇的瞬間起落，令劉再復的生存狀態發生了巨大的變化，更確切地說，他經歷了真正的心靈超越的洗禮。雖然他一刻都沒有離開閱讀和寫作，也一刻都沒有離開學術研究的氛圍，但從他踏上漂流之旅後，他真正接觸到西方的文化和知識，打開了視野，從而能以冷靜客觀的態度來審視中國文化那些俗務和虛銜，更不必被外力推到身不由己的地位，儼然成為一位孤寂的學術苦行僧。正是這種安靜的生活和寧靜的學術環境，使他獲得心靈上的自由，獲得閱讀和寫作的自由。

此時此地，劉再復的閱讀和寫作，既不必為“稻粱謀”、“為五斗米折腰”，更不必為了迎合外界的需求，乃至某種政治的壓力，也擺脫了固有意識形態束縛自我心靈壓抑而造成的寫作自我約束，那種來自意識深處的無形自律。恰如劉再復的自我表白：“愛上《紅樓夢》之後，總的感覺是人生輕鬆了很多，不是不努力的輕鬆，而是放下許多負累的輕鬆。妄念之累、分別之累，執迷之累，所有的負累都匯成心累。偉大的小說讓我放心，便是讓我放下心累。”[49] 而“《紅樓夢》給我最大的幫助，是它以意象語言力量，幫助我破一切‘執’：在破我執、法執的總題下，又破功名執、概念執、方法執。此刻我如此輕鬆地談論《紅樓夢》，也是破執的結果。”[50]

如果說，二十年前我見到的劉再復，充滿理想和激情，滿懷人道主義的情懷，但那更多建立在一種外界的刺激和理論的追求，部分還得歸功於那些當年極力維護殘餘極左思潮的論敵，以及現存意識形態的衛道士，才激發起他不斷的閱讀追求和寫作探尋。也就是說，他的閱讀和寫作，仍屬“不平則鳴”，是被動的，而不是主動的，不是源於內心的生命需求。誠如他自己所言：“筆者從八〇年代開始，就熱心於對‘人’的研究和思索”，“二十多年前，我曾作人道主義的呼喚，此時則覺得，如果人道主義不‘落實’於個體生命，呼喚也屬空喊”，

---

48 劉劍梅：《青春共和國的領悟》，劉再復、劉劍梅《共悟紅樓》，第 7 頁。

49 劉再復：《紅樓哲學筆記》，[ 二五四 ]，第 146 頁。

50 劉再復：《紅樓哲學筆記》，[ 二五三 ]，第 146 頁。

“過去那種把某一生命視為某一意識形態之載體的時代應該結束了”。[51] 二十年後我見到的劉再復，他依然充滿理想和激情，然而這理想和激情不再帶有絲毫的怨憎，而是發自他幾近湛然靜寂的心靈自由。他不再以一個人類文化拯救者的姿態現身文壇，甚至不再以自己作為一名知識分子自詡，而是以一個平常讀書人的身份，以“慈悲”的心懷關注文化思想的發展。這種學術研究上的“慈悲”，來自他的“大愛”和“超越”。從某種程度上看，這“慈悲”和“大愛”似乎同他當年致力提倡人道主義有吻合之處。不過，當年的劉再復，為人道主義奔走和吶喊，更多的是從社會大眾和文化建設的角度作理性的思考，希冀文化和社會達到的一種近於烏托邦的理想境界，他的努力更像一種夸父逐日式的苦苦追求，一種西西弗斯式的“知其不可為而為”的追夢。而在《紅樓夢悟》所表現出的文化“慈悲”和“大愛”，不再是一種嚮往和追求，而是切切實實的閱讀和寫作的狀態，一種心靈獲得真正的自由和生命處於自在的表露，一種對人生和宇宙最透徹的體悟。

劉再復“悟法”批評話語，不僅僅是他個人學術研究上的一種新嘗試，也不僅僅是為研究界提供了一種範例，更深刻地說，這是一種心靈真正解放的產物，既為後繼的文學批評、文化和思想史的研究開闢了一條嶄新的路子，從某種意義上說，更是為當代的中國知識分子確立了榜樣。

---

51 劉再復：〈自序：人性的孤本〉，《紅樓人三十種解毒》，北京：生活．讀書．新知三聯書店，2009 年，第 5–6 頁。

# 劉再復文學心靈本體論概要

何靜恆　張靜河

很多年前，北歐一個憂鬱的冬夜，燈光下，我們攤開再復老師贈送的新作《漂流手記》和《人論二十五種》，充滿生命激情與深刻思想的文字讓我們血液沸騰、心靈震撼。靜恆不禁嘆道："這本書能拯救多少人的靈魂啊！"再復老師在紀念聶紺弩先生的文章中說，"文學很美妙，但文學也很殘酷，它會把一個人的生命全部吸乾。"明知這個可能的結局，再復老師卻矢志不移，以畢生之力，維護文學的良知。再復老師本人，象徵文學的良知。

再復老師八秩華誕將近，靜恆是再復老師的記名弟子，有心要準備一份別致的禮物。商討之後，決定由靜河執筆對再復老師在過去半個世紀中以生命鑄就的文學思想作一探討，於是就有了這些討論"劉再復文學心靈本體論"的文字。

二十世紀八〇年代末，劉再復重建"人的文學"的努力為時代變局所中斷，被命運帶到美國西部的洛基山下。他面壁十年，終日與草地、蒼岩、兀鷹為伴，在孤寂、堅毅和銘心刻骨的靈魂自省中浴火重生，以生命繼續譜寫精彩的文學寓言，擲地有聲地提出：

> 文學的事業，就是心靈的事業，
> 心靈狀態決定一切。[1]

這一提法，成為劉再復文學心靈本體思想的核心。他強調，文學的本義、文學的最後實在，就是人類的心靈情感。他把禪宗心性說和陽明心學引入文學領域，同時從西方現代主義哲學關於人性本質的論述中汲取思想資源，探索和分析

1　劉再復：《中國貴族精神的命運》，鳳凰衛視：鳳凰大講堂，2009 年 4 月 1 日。

心靈情感在創作、批評和審美鑒賞等文學領域的決定性作用，由此形成了他的文學理論體系——文學心靈本體論，疏通了文學直抵人類內心深處的通道。

## 一

文學心靈本體論，見之於劉再復以心學原理闡發文學本義、文學內在規律的多種評論著述。與各種體系龐大、邏輯縝密的文學理論相比，它最大的特色，是明心見性，直抵問題核心，對於理論界長期爭論、莫衷一是的文學定義，它簡單地概括為：

> 文學是自由心靈的審美存在形式，由心靈、想像力和審美形式三要素構成。[2]

這個界說的特點，在於它只確立文學的心靈原則，不作繁瑣論證：文學是心靈情感的呈現，心靈是文學的本體。心靈本體的確立，彰顯文學的三個基本特徵：生命性、超越性和審美性，否定了曾經強加給文學的各種人為屬性如階級性、工具性和功利性。劉再復與訪談者的一次談話，可以看作是這個定義的注腳："文學回歸文學的本義，即文學是什麼，也即文學的自性，來自於佛，即自悟自救，到海外，以自性代替主體性，打破主客二分，融化在場與不在場，認定文學就是心靈的事業。與功利無關，即心靈性、生命性、審美性。"[3]

這段談話顯示，文學心靈本體論的哲學基礎，是禪宗的心性本體論。劉再復參透禪宗心性說，發現佛教神學教義在禪宗的形成過程中，已悄然轉換成佛教哲學，只是在表層保留了宗教色彩：

> 佛教傳入中國，特別是到了中國的禪宗第六代宗師慧能，全部教義已簡化為一個"心"字。不是風動，不是幡動，而是心動，一切都由心生。佛就是心，心就是佛。佛不在廟裡，而在人的心靈裡。講的是徹底的心性本體

2　劉再復：《什麼是文學》，香港：三聯書店（香港）有限公司，2015 年，第 30 頁。

3　敘述者劉再復、訪問者吳小攀《走向人生深處》，北京：中信出版社，2011 年，第 202 頁。

論。慧能的《六祖壇經》，其實就講“悟即佛，迷即眾”，所謂悟，就是心靈在瞬間抵達“真理”的某一境界，在心中與佛相逢並與佛同一合一。[4]

劉再復將心學理論引入文學研究，是方法論上的一大創新。創新的起點，是對文學思維方式本質特徵的重新認識。過去的文學理論籠統地講文學是形象思維，劉再復更正這一說法，提出要拋棄“形象思維概念的含混性”。形象思維，是藝術思考的表層現象，“心悟，才是文學的基本思維方式”。[5] 因為文學“除了把握客觀世界之外還要把握主觀宇宙、內心宇宙，抵達科學不能抵達的人性深淵。”[6] 心悟，是抵達啟迪性真理的一種基本思維方法，文學對人心的洞察，通常是直覺式的，依靠慧悟獲得洞見，不同於哲學依靠邏輯論證獲得結論，也不像自然科學依靠實證求取成果。

劉再復這一思想認識的形成，始於一九八五年，他說，“我寫《性格組合論》受到王陽明的影響，用了‘內宇宙’這個詞，就是受到‘吾心即宇宙’的啟發。”[7] 二〇〇〇年，他在為香港城市中文大學的講學備課時，“彷彿聽到有人提示我，他說，‘賈寶玉，賈寶玉，那不是‘物’，也不是‘人’，那是一顆‘心’……。”他感受到，“有一種永遠難忘的生命體驗，這也許就是馬斯洛所說的‘高峰體驗’。後來我明白了，這正是王陽明‘龍場徹悟’似的大徹大悟。”[8] 這是一種靈魂震撼的徹悟，從接受陸九淵“吾心即宇宙”的概念，到參透禪宗明心見性的心性說，劉再復打通了文學與心學這兩大精神領域之間的血脈，把握住文學本義的命門：無論文學的精神世界如何深邃複雜，文學的審美形式如何千變萬化，其靈魂所系，便是心靈。

劉再復以禪宗的心性本體論作為文學心靈本體思想的哲學基礎，“把‘性’解釋為自然生命，這樣，情就是性的直接現實性，是性的具體展示”。[9] 他闡釋禪

4 劉再復：《人生十倫》，PDF 電子版圖書，2017 年。第 35 頁。

5 劉再復：《李澤厚美學概論》，北京：生活 · 讀書 · 新知三聯書店，2009 年，第 108 頁。

6 劉再復：《隨心集》，北京：生活 · 讀書 · 新知三聯書店，2012 年，第 124 頁。

7 劉再復：《文學四十講》，PDF 電子版圖書，2018 年。第 180 頁。

8 劉再復：《紅樓夢悟：對賈寶玉心靈的大徹大悟》，劉再復新浪博客，2019 年 2 月 22 日。

9 劉再復：《李澤厚美學概論》，第 102 頁。

宗所講的"心性"，"實際上是'空'，是去掉後天遮蔽層的'心'"，[10] 由此揭示心性具有"物"——自然生命與"精神"的雙重屬性。不過，劉再復在文學批評中多用"心靈"這一概念置換"心性"，這個置換，未改變心性的本義，卻擴大了文學的心學內涵。心性是哲學概念，重在揭示"心"的自然本質與後天心性修養兩方面內容，"'心靈'是個'情理結構'，'情'是情感，'理'是思想，是對世界、社會、人生的認知。"[11] 劉再復在文學語境中將"心性"置換為"心靈"，將心性本體轉換為心靈本體，是對禪宗心性哲學的創造性吸收，將形而上的心性哲思轉化為具有情理結構的心靈情感，心性成為心靈情感的天然基礎，心靈情感則以豐富自由的表現形態呈現真實的心性。

劉再復說，"我把文學定義為'自由心靈的審美存在形式'，把文學事業界定為心靈的事業，並確認心靈為文學的第一要素，正是把心靈視為文學的本體（根本）。"[12] 文學心靈本體論的提出，為文學表述和審美鑒賞提供了無限自由的寬廣天地。

## 二

文學心靈本體論，包括心靈本體思想和悟證方法兩方面基本內容。心靈本體的核心是心靈內宇宙思想，包括心靈的獨特性、豐富複雜性和無限超越性。心靈內宇宙思想主導作品的走向，由作者和人物的心靈情感所體現，最終化為作品中具體的精神內涵和審美形式。悟證方法表現為想像力的發生、頓悟的實現、調動各種關聯因素檢驗所悟結果是否成立這樣一個過程。心靈本體與悟證方法合成一個相對完整的文學心靈本體論理論體系，揭示了文學活動的內在規律。

文學心靈本體論，既呈現現實生活層面的心靈情感，亦涵括深層精神現象的人性探討。劉再復與林崗合著的《罪與文學》、劉再復的《高行健論》、"紅樓四書"及《文學四十講》等學術成果，分別呈現文學心靈本體論在文學活動中的三

---

10 劉再復：《李澤厚美學概論》，第 102 頁。

11 劉再復：《文學四十講》，PDF 電子版圖書，2018 年，第 147 頁。

12 劉再復：《什麼是文學》，第 84 頁。

個層面：第一個層面，是心靈的情理結構內涵及創作對豐富複雜心靈狀態的呈現和闡發，體現創作者、作品對象及讀者等不同主體各自的主體性及不同主體與文學的關係，重心在創作主體；第二個層面，是從形而上角度通過對作品中對象主體"我"的本質——性質、構成、作用的發掘，及其對創作主體內部世界的折射，闡發文學的主體內部際性，重心在對象主體；第三個層面，是從超越的大觀視角對心靈世界和文學審美對象之間關係的審視，由此抵達慧悟的境界，重心在欣賞主體。三個層面的詳細闡述，充分展示了這個理論體系的構成因素及其在文學活動中的實踐運用過程。這個理論，大體上從以下幾個方面展示其基本思想：

一、文學是心靈的事業，心靈狀態決定文學的品格，凡是不能切入心靈的文學都不是一流的文學。心靈對生命的神性具有一種宗教性情感，從而使文學的審美拒絕平庸，不僅具有啟蒙價值，而且具有生命救贖的意義。

二、超越性體現精神追求的無止境，是文學存在的理由。文學的超越性主要包括三個層次，一是超越表象，進入現實深層；二是藉助藝術之夢，實現審美理想對於現實世界的超越，三是超越經驗世界進入超驗世界，獲得特殊的生命啟示。

三、審美是創作與欣賞的基本屬性。禪是一種審美狀態，作家的禪性，就是能夠直覺感悟生命與世界的美，並在對美的直覺感悟融化在對生命及其存在方式的呈現過程中，展示獨特的審美理想。

四、悟證方式是進入心靈迷宮的捷徑。悟證，是對啟迪性真理的瞬間感悟和把握，它實現的基礎是批評者日常積累的生命體驗、藝術感受和意識積澱。

五、人性的復歸，以心靈復歸為導向。心靈的復歸，是文學審美的方向，就是復歸於樸、心存敬畏，守持平常心。

## 三

自從禪宗心性說問世，中國思想文化史上出現過兩個心學高峰。第一個是明代王陽明開創的儒家心學，王陽明發展了孟子"仁"的思想，以"致良知"、"知行合一"和"心外無理"為其理論核心，以此掙脫宋明理學的思想束縛，喚醒個人內心和良知意識的覺醒。第二個心學高峰，是劉再復提出並闡發的曹雪芹的詩意心學。曹雪芹借文學意象叩問生命的價值，確信心靈是世界的本體，心明是人生的終極意義，通過呈現大觀園中的詩意生命狀態，不僅謳歌純真純美的心靈世界，而且表現出尊重女性、尊重兒童、尊重人自身的超前思想意識。劉再復的文學心靈本體論，是綜合汲取傳統心學與現代人本思想資源構築的一種文藝美學理論體系，旨在探索文學呈現精神世界和心靈內宇宙的審美規律，為文學回歸文學和人文理想的復興，開闢一條切實可行的路徑。這個理論更從心靈本質和心靈修養的角度探討當代人性復歸，涉及到現代倫理建設的根本性內容，不僅是文學的心靈學，而且成為思想文化史上第三個心學理論高峰。

文學心靈本體論，既是一種新的文藝美學綱領，也是劉再復二十世紀八十年代所提出的"文學主體性"理論的升級版。一九八〇年，劉再復著《魯迅美學思想論稿》，力避階級論，視真善美為魯迅美學思想的內核，開始建設與左傾文藝理論背道而馳的文藝美學構架。一九八五年底，劉再復發表長篇論文《論文學的主體性》，集中闡發文學的主體性原則。他強調人的主體性包括實踐主體和精神主體兩個方面，在實踐層面上，要"把人看作是目的，而不是手段"；在文學活動中，要確定作家是創作主體，通過精神創造獲得自我價值實現。楊春時評價"主體性"引起的文學論爭，其歷史意義在於"這場論爭結束了從前蘇聯傳入的反映論文學理論的統治，建立了主體性文學理論。這是中國文學理論發展的一個里程碑。"[13] 主體性理論的論爭，尚未完全展開就因為形勢的變化而中止，其理論建設留有不完善的遺憾。

與主體性理論相比，文學心靈本體思想在向外、向內和向上三個向度上都實現了超越：向外，充分考慮到文學自性與他性的複雜關係，修繕了對主體間性考慮不足的缺陷；向內，通過批判尼采自我膨脹的超人意識而確立平常心，通過解剖自我內部本我與超我的不同性質及其衝突而展示人性和思想的多變特徵，深化了對主體內在複雜性的思考。向上，以大觀視角觀察心靈，觀察人生，觀察生命的複雜現象，以此獲得一個通過文學呈現心靈狀態的澄明境界。這種超越，體現

---

13　劉再復、楊春時：〈關於文學的主體間性的對話〉，載於《南方文壇》，2006 年第 6 期。

了劉再復“自然的人化”的美學觀由外向內、由身向心、由文學向倫理領域不斷深化的趨向。

## 四

高行健曾和劉再復相約，要“把中國禪變為世界禪，即把佛家慧能視為普世思想家。把禪的思想看作世界的一種精神出路和新的思維方式。”[14] 文學心靈本體論以禪宗心性說和傳統文化精髓為基礎，融合西方人文精神，構成一個現代文藝美學體系，這是劉再復在學理上打通中西，把具有東方傳統特色的文學理論推向世界的一個嘗試。不過，他並未刻意提出一個概念或建構一個理論體系，他受禪宗慧能不立語言、明心見性的啟示，認識到“概念是人的終極地獄”。[15] 他說，“這一認識，使我不再迷信體系，並對體系有所警惕。……基於這一看法，我的學術思考便不再被體系所牽制，也不再被構築體系的概念所覆蓋，而是直接地進入真問題。”[16]

老子說，“大制無割”（《道德經》），不把完整的思想分解成零碎的概念術語，就是無割。劉再復傾向於擱置概念，避免建構理論體系，以免人們只關注概念術語而忽略文學本身豐富自由的生命形態，但他的文學心靈本體思想實際已經形成了一個內涵深厚而體系開放的文藝美學論綱。筆者尊重劉再復“大制無割”的初衷，不糾纏於概念術語，而是把他近年來著述中的文學心靈本體思想的脈絡，做一個比較系統的梳理闡發，為學界進一步研究、豐富這個理論提供初步的學術探討。

劉再復是當代人文領域傑出的學者與思想者，半個世紀以來，他在文藝理論與思想文化研究領域，多次以其學術成果引起巨大震撼。他的思想者散文《漂流手記》十卷，體現了“在第三層次上的徹悟”；（余英時語）他歷時十年以個人之力完成對四大名著的系統解讀，既徹底清算“雙典”中腐蝕世道人心的暴力文化

14 劉再復：《五史自傳．我的寫作史》，PDF 電子版圖書，2018 年，第 220 頁。

15 劉再復：《思想者十八題》，香港：《明報》出版社有限公司，2007 年，第 7 頁。

16 劉再復著、楊春時編：《書園思緒．劉再復自序》，香港：天地圖書有限公司，2002 年。

和權術文化，亦把《紅樓夢》、《西遊記》的文學批評和審美鑒賞提升了一個層次，並且形成文學批評的“悟證”方法；從論“文學的主體性”到文學心靈本體思想的形成，不僅是批評范式的創新，更是其文學思想不斷深化與超越的體現。“他的文學心靈，晶瑩圓潤，和三十年前一樣，仍然未見歲月風塵的浸染，葉嘉瑩的詩‘卅載光陰彈指過，未應磨染是初心’正好送給他。”[17]

劉再復的文學成就，是一個巨人的成就；他的人生追求，卻是回歸質樸、回歸嬰兒、守持平常心。再復老師，是我們身邊的文化巨人。

---

17　陳志明：〈藝文雜誌 · 引言〉，載於澳門《藝文雜誌》，2019 年第 1 期。

# “新文體寫作”的意義

劉劍梅

我父親（劉再復）非常勤奮，數十年如一日地堅持“黎明即起”，每天早晨五點便進入寫作，從五點到九點，這是他的黃金時段，創造時刻。數十年的“一以貫之”，使他著作等身，僅中文書籍就出版了一百二十五種（五十多種原著，七十多種選本、增訂本、再版本）。我從讀北大開始，就喜歡他的片斷性思想札記，那時札記發表的並不多，但因我是“近水樓台”，所以還是讀了一些，比如《雨絲集》。出國之後，他思如泉湧，一發而不可收，竟然寫下了兩千五百段悟語（《獨語天涯》一千零一段，《面壁沉思錄》五百段，《紅樓夢》悟語六百段，《西遊記》悟語三百段，雙典悟語一百段，各類人生悟語近一百段）。這些悟語，精粹凝練，語短意長，每一段都有一個文眼，即思想之核。兩千五百則，可以“悟語庫”觀之了。

我稱父親的悟語寫作為“新文體寫作”。所謂新文體，乃是指它不同於當下流行的雜文、散文詩，也不同於隨想錄等文體。雜文較長，有思想有敘事有議論，而悟語則只有思想而沒有敘事與感慨。與散文詩相比，它又沒有抒情與節奏。與隨想錄相比，它顯得更為明心見性，完全沒有思辯過程，也可以說沒有邏輯過程。這種文體很適合於生活節奏快速的現代社會。我相信，那些忙碌又喜歡閱讀的智者與識者，肯定最歡迎這種文體，他們在工作的空隙中，在旅途的勞頓中，都可以選擇一些段落加以欣賞和思索，享受其中一些對世界、人類、歷史的詩意認知，達到事倍功半的效果。

我稱這些悟語為“新文體”是否恰當？可以討論。說它是“新”，乃是相對於流行的文體即論文、散文、雜文等，但如果放眼數千年的文學藝術史，我們還是可以發現，這種“思想片斷”的寫作，曾經出現過。例如古羅馬著名的帝王哲學家馬可·奧勒留（Marcus Aurelius）所寫的《沉思錄》（中文版係何懷宏先生所譯），便是他在軍旅勞頓中的哲學感悟，一段一段都是精彩的悟語。此書影響巨大，千年不衰，早已成為西方思想史上公認的名著。我覺得他寫的正是"悟語"。每一則都有思想，但沒有思辯過程。尼采和羅蘭·巴特也喜歡採用這種片斷式寫作來表述他們靈動的思想。諾貝爾文學獎評委霍拉斯·恩格道爾在他的著作《風格與幸福》（中文版係陳邁平先生所譯）中，有一章題為"有關碎片寫作的筆記"，專門論述"悟語"這一革命性文體，談到歷代西方文學家各式各樣的"碎片寫作"。他認為"碎片寫作"是對立於體系的一種寫作。它不求邏輯建構，而是像精靈一樣四處遊蕩，這些表面無序的不連續的文字，"是在無數個體的中心生出來的"。恩格道爾有一段精彩的定義："碎片寫作的決定可以讓不同思想區域之間的自由移動成為可能。諾瓦利斯談到過'精神的旅行藝術'，在他的筆記裡這種藝術採用永遠處在回到一切涉及精神的事物的返鄉形式。這是一部飛翔著的百科全書。"[1]

儘管悟語寫作、片斷寫作已有前例，但我父親能寫出這麼多的感悟之語，卻也不容易。況且他又有新的創造，例如評述中國四大名著的悟語，便有許多新的眼光和新的思路，無論是對《紅樓夢》、《西遊記》的禮讚，還是對《水滸傳》、《三國演義》的批判，都可謂入木三分，不同一般。文學評論、文化批判也可通過悟語進行，而且可以超越文本和擊中要害，這的確是一種有意思的實驗。可以說，父親對碎片寫作的思維空間進行了先鋒性的拓展。他認為，在人文科學中，文學只代表廣度，歷史呈現深度，哲學則可代表高度，而碎片寫作也可以在此三維度上加以發展。從廣度上說，以往的碎片寫作多半著眼於人生遭際中的感受，倫理色彩較濃。從孔子的《論語》到奧勒留的《沉思錄》以至尼采，皆是如此。但他加以擴展，把碎片寫作運用到文學批評、文化批評、國民性批評和人類性批評。文學批評如對《紅樓夢》中的人物分析；文化批評如《西遊記三百悟》講"禪而不相"、"禪而不宗"、"禪而不佛"等；國民性批評，如《西遊記

---

1　（瑞典）霍拉斯·恩格道爾著，（瑞典）萬之譯：《風格與幸福》，上海：復旦大學出版社，2017年，第76－77頁。

三百悟》中的二百九十八則和二百九十九則尖銳地批判了中國的國民性問題；人類性批評，如《童心百題》涉及的是普遍的人性問題。從深度上說，悟語的深度來自他對歷史的認知與對世界的認知。歷史有表層結構，也有深層結構。深度主要是呈現於對深層歷史的認知和深層文學的認知。如《雙典閱讀筆記一百則》的第五十六則，揭露《三國演義》維護正統的旗號，實際上漢王朝已日薄西山，奄奄一息，美化劉備與抹黑曹操全是權術（騙人的把戲）。還有《紅樓夢悟》悟語二百零五則，寫的並非歷史，但把文學的深度揭示出來了。至於他把碎片寫作如何推向哲學，看看《紅樓哲學筆記》中的三百悟語就明白了，其中每段都有一個小標題——無相哲學、自然的人化、情壓抑而生大夢、叩問人生究竟、色透空也透、立人之道、意象心學、棄表存深、通脫主體論、隨心哲學等——每一題都有哲學感悟，每一段均有所妙悟。在中國寫作史上，如此大規模地通過片斷寫作展示密集豐富的哲學思想，以前還沒有見過。

父親晚年近莊子和禪宗，他對自己在海外近三十年漂泊生活的領悟，以及對中國四大名著的重新闡釋，都採取“片斷悟語”的寫作形式，其實如同一段段“禪悟”，以心讀心，與古典名著裡的一個個靈魂對話，也同時與自己的多重主體對話，捕捉思想的精彩瞬間。他曾經這樣描述自己的悟語寫作：

> 在我心目中，‘悟語’類似‘隨想錄’與‘散文詩’，有些‘悟語’其實就是散文詩和隨想錄，但多數‘悟語’還是不同於這兩者。隨想錄寫的是隨感，‘悟語’寫的是悟感。所以每則悟語，一定會有所悟，有所‘明心見性’之‘覺’。隨想錄更接近《傳習錄》（王陽明），悟語更近《六祖壇經》（慧能）。與散文詩相比，‘悟語’並不刻意追求文采和內在情韻，只追求思想見識，但某種情思較濃的‘悟語’也有些文采，只是必須嚴格地掌握分寸，不可‘以文勝質’，只剩下漂亮的空殼。[2]

我個人認為，父親的這種“新文體寫作”，跟他自一九八九年選擇海外漂流的“第二人生”有緊密的關係。這第二人生，讓他得到的最大收穫，就是獲得了

---

2　劉再復：《天涯悟語》，北京：生活·讀書·新知三聯書店，2013年，第404－405頁。

內心的大自由，身心均得大自在。這種不再被政治權力、國家界限、世俗利益約束的內心大自由，不可能再用學院派的重體系、重邏輯、重理論的文學批評語言來表述，而必須找到實驗性更強、自由度更大的文體來承載他自由的心靈書寫，“悟語”或“碎片寫作”這種文體，給了他一種解放性的形式，便於闡發一種屬他自己的內心真實，而且他在瞬間感悟的真實都是他自身的多重個體的折射，於是，這種“新文體寫作”成了呈現他選擇的徹底的“心性本體性”的載體，如同他所說的：“佛就是心，心就是佛。佛不在寺廟裡，而在人的心靈裡。講的是徹底的心性本體論。慧能的《六祖壇經》說‘自性迷，即是眾生；自性覺，即是佛’，所謂‘覺’，就是心靈在瞬間抵達‘真理’的某一境界，在心中與佛相逢，並與佛同一、合一。”[3] 這種“新文體”寫作——碎片寫作、悟語寫作，是對個體“瞬間領悟”、“瞬間覺悟”的記錄，是飛翔的思緒，是流動的靈光，是精神的自由旅行。

這套四卷本的“劉再復新文體寫作”有兩大部分內容。第一部分體現了父親在海外漂泊的歲月裡不停地尋找“家園”以及尋找精神皈依的旅程。從前的地理意義上的故鄉消失了，他需要重新定義自己心目中的家園，於是他在碎片寫作中，一邊叩問歷史和家國，一邊叩問“我是誰”；一隻眼睛看世界、看歷史，另一隻眼睛看自我——看被粗暴的時代分割成碎片的自我；他一邊讀生命，另一邊讀死亡；他一邊讀東方，另一邊讀西方；他一方面重新找尋中西方文化相通的精神家園，另一方面又重新組合起的一個多重的自我，有矛盾掙扎的自我，有回歸童心的自我，也有的不斷超越的自我。這套新文體寫作的第二部分內容是重讀文學經典，也就是重讀中國四大古典名著：《紅樓夢》、《西遊記》、《三國演義》、《水滸傳》。用“片斷悟語書寫”闡釋中國四大古典名著的學者，恐怕父親是第一位，這種讀法既是一種文學批評，又帶有啟迪性的再創造。無論是討論小說人物，還是討論小說主題、文化內涵，父親其實最重視的還是這些小說塑造的“心靈世界”，以及這一心靈世界對中國國民性的深刻影響。我在閱讀父親的這四卷

---

3　劉再復：《什麼是人生——關於人生倫理的十堂課》，香港：三聯書店（香港）有限公司，2017年，第106頁。

本“新文體寫作”時，認為父親用“片斷寫作”打破了傳統文學形式的界限，放下散文詩、文學評論、哲學思緒等形式阻隔，融合不同學科領域的特長和內涵，使得不同的表述形式和感悟處於一種自由的不規則、不系統的狀態，讓他的語言在稠密的思想中，撲扇著翅膀在空中滑翔，傳達了他聞的道、悟的道，傳達著普世哲學，也承載著中國當下幾乎喪失的人文精神。

帝王哲學家馬可·奧勒留所寫的《沉思錄》已過去近兩千年了，他大約沒想到，今日的世界，人類的生活更為緊張，節奏更為快速，人們更需要這種言簡意繁的文字。我父親的這一新文體寫作，居然在不經意間與現在的微博、微信寫作有了一些外在的聯繫，就像他寫的：“老子所講的‘大音稀聲’，乃是對語言的終極性叩問。真正卓越的聲音是謙卑的、低調的，甚至是無言的。中國的詩句‘此時無聲勝有聲’，乃是真理。最美的音樂往往是在兩個音符之間的過渡，此時沉靜的瞬間刻意聽到萬籟的共鳴。”[4] 雖然父親的新文體寫作彷彿是“微言”，可是它讓我們以微見大，感悟生命的終極意義。它既是感性的，又是理性的；既是文學評論，又是文學創作；既是哲學的，又是文學的。它是對概念的放逐，是一種解放了的語言和文學實踐，是一種“心生命”。

城市大學出版社的社長朱國斌先生、副社長陳家揚先生，慧眼獨具，深知悟語的價值，支持我父親的寫作試驗，這不僅鼓勵了父親，也鼓勵了我。我一直認為，文章與書籍是人寫的，人性極為豐富，文章也可有千種萬種，不必拘於幾種樣式。碎片式的寫作，悟語的嘗試，肯定也是一種路子。城市大學出版社的決定與支持，使我的思想更為開放，視野更加拓展，為此，我和父親一樣，都心存感激。

二〇一八年寫於香港清水灣

4　劉再復：《天涯悟語》，北京：生活·讀書·新知三聯書店，2013年，第352頁。

# 時代罅隙之間，一個“講台上的教授”

## ——莊園《劉再復年譜》序

朱壽桐

迄今為止的前一個世紀，充滿著各種各樣的文化運動，新文化運動，左翼文化運動，文化大革命運動，伴隨著或者夾雜著戰爭的腥風血雨，鬥爭的慘痛酷烈，甚至還有饑荒、疫情和自然災害的步步緊逼。這對於冒險者、盜火者、啟蒙者、革命者、英雄、義士來說，也許意味著時代的機遇，意味著嚴峻的挑戰和無限的可能性，但對於劉再復先生這樣一入世就想進入文學的殿堂，做一個思想者、評論者和創作者的文化人而言，未免過於喧囂，動蕩，顛沛，躁亂，他們需要寧靜的圖書館，安謐的博物館，先鋒的畫廊，整飭的書桌，在那裡焚膏繼晷，兀兀窮年，懸樑刺股，皓首窮經，從而做成不世的學問，寫成曠世的著作。這屬讀書人的夢想，那個匆忙而動蕩的時代卻從不鼓勵。

當然，這個匆忙而動蕩的歲月不鼓勵某種夢想，可不會缺少勝利的高歌和輝煌的歡呼，各種各樣的成就，各式各等的里程碑，自然很難歸屬於愛夢想的文人學士名下，那應該屬怒濤中的漁夫，戰壕中的兵士，摩托車中的貴人，洋場上的投機家，深山密林中的豪傑，昏夜的運動者和深夜的偷兒……。沒錯，我在背誦魯迅《傷逝》裡的段落，而且在劉再復先生這樣資深的魯迅研究者面前，我一定露餡了：怎麼少了“講台上的教授”？

不過我這是有意的。我覺得從上一個世紀走來的教授，當然包括我自己在內，雖然早有了教授的職銜，而且幾乎每天都在講台上，但多不屬於魯迅所說的“講台上的教授”。試問，我們有幾人能與怒濤中的捕魚人，戰壕中的衝鋒者，摩托車上的飆車族，洋場上的投機家，深山密林中明火執仗的強梁或風高月黑間雞鳴狗盜的偷竊者，以及在運動場上創紀錄的運動健將相提並論？這些人都是些勇者和忍者，都是用生命去奮鬥，將所有的積累才華聰明智慧都兌換成無限的勇氣與魄力，然後幾乎每天每日每時每刻都敢進入到孤注一擲狀態的冒險家和決鬥士。我們有這樣的勇氣和魄力嗎，哪怕像一個拚盡所有膽氣奮力一搏的深夜的偷兒，哪怕是在每個人都覺得長袖善舞的文學領域和文化場域？

劉再復先生是這個世紀能夠推出的少數在文學領域和文化場域具有學術冒險精神和文學創造氣概的"講台上的教授"，當然更是少數幾個能夠收穫高歌歡呼的成就，能夠載入歷史里程碑的學者、詩人、作家和思想者。他在改革開放的第一波浪潮中就穩穩地立定於潮頭的位置，以魯迅美學思想研究，性格組合論和文學的主體性理論一領文壇風騷。他的理論建樹在當時無疑具有一定的冒險性，這冒險性並不完全體現在學術創新，還可能牽涉到對意識形態現行秩序的某種冒犯，要知道性格組合論對於歷來大有來頭的典型人物論似乎天然地存有一種挑戰性甚至顛覆性。另外，劉再復式的理論創新還使得整個理論界"從一家'專政'式的獨語，轉變為'百家爭鳴'式的對話；從政治話語轉變為學科的學術話語；從非常態的中心話語轉變為自主發展的常態話語"。[1] 那是一個可以用劉再復的名字命名的文學理論時代，是一個令所有銳意創新的思想者都可以躊躇滿志的時代。

弄潮兒的冒險有時候可能收穫豐碑式的輝煌，也可能付出慘痛的代價。劉再復在那波令人追懷的潮汛中成為凱歌高奏的文化英雄，不久也因另一波令人難忘的潮汛捲入漩渦的渦心。他是幸運的，沒有被強大的渦流吸進海床的深谷而溺斃，而是被一股巨大的離心力甩出了渦旋的危谷，然後進入另一個星球的軌道，並不孤獨地享受著從容的自由。他自由地走萬里路，酣暢地讀萬卷書，頻繁地寫萬字文，終於沉浸在"學問、思想、文采三者融合的人生"，盡享其中的豪邁、精彩、華美與芬芳，表達自己的歡欣、快樂、甜美與法悅。十幾年功夫他走遍了美國並遊歷了近三十個國家，真正讀到了並且讀懂了"世界"這部大書。作為國

1　童慶炳：〈新時期文學理論轉型概說〉，載於《中外文化與文論》，2006 年第 2 期。

際漢語文學作家，他陸續出版了十幾部散文、隨筆集，如《漂流手記》、《遠遊歲月》、《西尋故鄉》、《獨語天涯》、《漫步高原》、《共悟人間》（與劉劍梅合作）、《閱讀美國》、《滄桑百感》、《面壁沉思錄》、《大觀心得》、《人論二十五種》等等，俱產生了相當廣泛的文學影響。

他的創作和研究不屬任何一個國家和地區，而是屬漢語文學世界的當代建樹。他是那樣專注地摹寫世界的藝術、思想、文學的輝煌結晶：在巴黎盧浮宮兩萬件藝術珍品面前，在達芬奇、米開朗基羅、拉斐爾的輝煌藝術面前，在牛頓、達爾文、狄更斯、莎士比亞等偉大靈魂安埋的教堂，他所想到的仍然是吾國吾民的精神空間，仍然是自己所屬的漢語新文化所承載的思想的來路與源頭。走路讀書與思想並行，人生的旅者與遊歷的詩魂相伴，他終於能夠沉浸在精神的深谷之中，在此與古今中外的偉大靈魂相逢，與他們進行哲學、文學、歷史的對話。由此"我更深地理解了中國和西方的許多文化、文學經典，也逐步打通兩者的血脈。"[2] 打通中西文化的血脈其實是為中華文化尋證卓越的觸點與共性的價值，這正是深通中國文化和文化傳統的劉再復先生所擅長的："就在回歸故國精神本源而與老子、慧能、賈寶玉等偉大靈魂的相逢中，我發現他們也有和基督一樣的身影和血液。老子誕生得比基督早暫且不說，而慧能、賈寶玉，簡直可以說是東方的基督，他們的大愛之心與慈悲之心哪一點比基督遜色？慧能雖是宗教領袖，但他並不迷信教門偶像，更不嚮往宮廷桂冠和大師名號，連傳宗接代的衣缽也不在乎。賈寶玉則愛一切人容納一切人，連'劣種'兄弟賈環和欲望的化身薛蟠也不視為'異類'，偉大靈魂的深淵，流淌著同樣清澈的泉水，其靈犀本就相通。"[3] 這不是做學術，無關乎考據或者"影響研究"，這是在進行偉大靈魂的解讀，穿越時空跨越國境的文化心靈的解讀，得出的結論可能是宗教家或者考據家所懷疑的，但從中國傳統文化的密室穿行到西方文化的深淵，然後再折返，自由地進出一種文學的境界，文化的境界，思想的境界，精神的境界，不需要簽證，不需要安檢，只需要支付熱忱和悟性，還有膽識與智慧。

---

2　劉再復、吳小攀：《走向人生深處》，第 43–44 頁。

3　劉再復、吳小攀：《走向人生深處》，第 149 頁。

於是，劉再復先生像卡岡都亞所鼓勵的那樣，暢飲知識，暢飲情感，暢飲詩與美，暢飲思與真，徜徉於美洲與歐洲，東亞與南亞，港台與內地之間，浸淫於文學與思想，古典與今典，創作與學術之間，漫步於圖書館與博物館，畫廊與教堂，講台與禮堂之間，他迎來了文學生命的一個真正的高峰期，無論是研究還是創作，無論是思想還是批評，赴外後的產出是那樣的驚人，涉及的領域是那樣的寬廣，思想的質地是那樣的嚴密，創造的熱情是那樣的高漲，井噴式的力量是那樣的強勁而持久，而且，以文學，以思想，以學術與包括故國在內的漢語文化界進行對話並相互影響的勢頭從未消減，包括"告別革命"、"思想者"、"原罪懺悔"等關鍵詞已經成為漢語文化界的共享話題甚至是批評母題。

曾經，他在文學上影響了一個偉大的理論時代，他已經擁有了時間的佔領。現在，他在創作與學術上影響了國際漢語文學，他與白先勇對話，與高行健對話，與李澤厚對話，與國際漢語文學界的幾乎所有重要文學家對話，有理由說他實際上實現了國際漢語文學的空間的佔領。

這是一個真正意義上的"講台上的教授"，一個在思想界、知識界、文學界充滿創造力的冒險者，一個用生命的熱忱和靈魂的天才去博取對於時代和空間佔領權的精神界的戰士，一個不聲不響卻動靜異常的文化珠峰的攀登者。這樣的成就，這樣的冒險，這樣的創造力和這樣的影響力，在劉再復所處的那個世紀中並不意味著一種必然，更多的文學家、思想者和學者、教授都會囿於時代的局限，條件的限制，以及種種不期然然而又無法逃避的束縛與禁忌，消歇了精神冒險的膽氣與魄力，藏匿了藝術越界的才情與可能，最終成不了思想的締造者，文學的原創人以及生命和天才的揮灑主體。同樣是從那個動蕩的世紀、運動的時代、躁動的環境走來的劉再復先生，為何能夠成為少數精神的冒險者和自己靈魂的耕耘者，引領時代的理論風騷，影響國際漢語文化的神聖空域？這種隱含著某種玄機的答案在通覽莊園編撰的《劉再復年譜》之後可以部分地得到，當然需經過相對縝密的思考和微妙的比對，然後進行大膽的假設與概略的總結。

為什麼動蕩年代可以成就劉再復，或者在不能還讀書人以寧靜的書桌的環境中會將劉再復錘煉成一個思想和精神的冒險者？

原來，劉再復走過來的那個時代並不是完整的鐵板一塊，而是留有相當的罅隙。劉再復是一個懂得並且能夠充分利用那個時代的罅隙積累自己的學識，淬煉自己的才情，完善自己的人格與靈魂的思想者和文學家。他的精神冒險的底蘊和靈魂耕耘的能力實際上來自於嚴峻時代所留下的罅隙。讀這部《劉再復年譜》，你會驚奇地發現，從一九五〇年代走出來的劉再復一點也沒耽誤他如飢似渴般的經典閱讀，以及海綿吸水般的學術接受，他抓住了時代留下的哪怕一星點的罅隙惡補他的學術文化，這使他成為他那個年代讀書最多最健全的一類人。嚴酷的大革命仍然給了他作為讀書人的時代罅隙，他不僅沒有在這場觸及靈魂的大動蕩中遭受滅頂之災，而且還有機會以旁觀者的姿態閱讀許多傳奇人物的變故與謝世，儘管帶著難以表述的靈魂傷痛和情感折磨，但這些無一不成為他體嘗和叩問人生苦難的資源。眼看著一個大時代的變故會將他捲入人生的谷底，可這時代又為他露出了一點罅隙，讓他有機會逃出生天，反而進入到一個可以自由揮灑的文學和思想的樂土和勝境。這些時代的罅隙都成了他在不同時期取得輝煌的思想成就、學術成就和文學成就的必具條件，甚至成了他的優勢。

如果他早生四五年，他像海綿一樣接受文學、學術知識的最佳時間就不可能正處在向科學進軍的年代，就不可能正處在竭力擺脫蘇聯文化體制影響的時代，就不可能是那個時代與西方文學文化經典最方便接觸的一九五〇年代末和一九六〇年代初。正是這個時代由政局變故、社會結構變故給了一個宏觀意義上文化結構調整的罅隙，劉再復在青年時代有條件接受了幾乎相對完整的中西方文化教育，這是稍此之前或者稍此之後都不可能具有的條件與環境。國家的改革開放浪潮迎面衝擊的正是年富力強的劉再復，正是不惑之年充滿旺盛創造力的年齡，這也是他比其他同時代人更富於創造精神和創新熱情的緣故。那個時代對於所有的參與者都是平等的，但對於四十歲上下的成熟的青年學者來說無疑露出了更大更寬闊的罅隙，讓這樣年齡的有志學者在冒險與創造面前更顯得從容不迫而游刃有餘。

當然，他的去國帶有某種偶然，不過那不全是命運之神給他投來的一種神秘的笑靨，也是那個時代女神給他留露的一息生機與生命的罅隙，關鍵是劉再復緊緊地抓住了這樣的罅隙，然後充分享用這罅隙間的自由，宇宙洪荒般地創造，天地玄黃般地思想，海闊天空般地讀書、遊歷，駿馬奔騰般地構思、寫作，明明是命運的顛沛，他卻視為神啟的眷顧，於是他從不怨天尤人，於是他珍惜每一絲自由的光陰，他的創作與寫作幾乎都帶著宗教般的虔愨以及世俗化的感恩，於是他在精神冒險和靈魂放飛的平台上健步如飛，獨立特行，然後遙遙領先。

年譜是更加條分縷析的傳記，也是高度壓縮了的人生，年譜的閱讀可以讓我們從有條理的羅列和高強度的濃縮中看清主人公的命運和時代的關係。從《劉再復年譜》能夠總結出劉再復傳奇的綫索，理清楚劉再復成功與輝煌的因由，那就是時代往往給了他留下某種罅隙，而他每每能充分利用這樣的罅隙並讓它發揮到極致。時代留給的罅隙往往並不寬闊，但對於有準備、有靈性的個體生命來說，它就可以是廣袤的天地，自由的勝境。

# 文學與懺悔

涂航

一九八九年之後，隨著冷戰的終結，西方學界關於懺悔文化（the culture of contrition）的公眾和學術辯論層出不窮。有關懺悔的論述可以遠溯至基督教義的原罪一說。人雖由上帝所創生，卻是背負罪惡和墮落的凡塵之物，因此人性的去惡為善離不開懺悔與自省。二戰之後的西方世界經歷納粹暴行和種族清洗，懺悔意識和轉型正義（transitional justice）主導了歐洲思想論述。前有雅思貝爾斯（Karl Jaspers）、漢娜・阿倫特（Hannah Arendt）等德國知識分子痛陳納粹主義的百般迷障，以德意志民族之罪叩問人性之淵藪，後有列維納斯（Emmanuel Levinas）、德里達（Jacques Derrida）等法國學者以他者的倫理重塑存有的本質，以友誼的政治學追尋正義的可能性。更不必說有關奧斯維辛的故事已成家喻戶曉的道德訓誡，揭示極權主義的悲劇以儆效尤。在特朗普治下的美國，有關印第安人大屠殺、奴隸制、和麥卡錫主義的歷史記憶隨著政治的極化和身份政治的愈演愈烈再度紛湧而出，牽動著億萬人心。[1]

相形之下，當代中國的懺悔論述則與文革的歷史記憶息息相連。新時期以來，國內知識界圍繞著紅衛兵武鬥、抄家和批鬥的歷史進行了激烈的爭辯。在自由主義者看來，對極左暴力的沉默與遺忘是不啻於一種共謀，而唯有懺悔方能真正告別革命的傷痛與陰影。作為八十年代啟蒙的先行者，巴金因其在《隨想錄》

1　關於戰後懺悔文化的系統論述，見 Thomas U. Berger, *War Guilt and World Politics after World War II* (Cambridge, UK: Cambridge University Press, 2012)；關於德國政府以及知識界對納粹主義的反思，見 Dirk Moses: *German Intellectuals and the Nazi Past* (Cambridge, UK: Cambridge University Press, 2007); Jeffrey K. Olick, *The Sins of the Fathers: Germany, Memory, Method* (Chicago, IL: University of Chicago Press, 2016)；關於當代美國記憶政治與公眾辯論，見 Erika Doss, *Memorial Mania: Public Feeling in America* (Chicago, IL: University of Chicago Press, 2012)。

中對自己"卑鄙齷齪"的真誠反思，贏得了巨大的名聲，被譽為"二十世紀中國文學的良心"。[2] 新千年伊始，隨著新左派與自由主義的激變，道歉則被賦予新的政治含義。例如，汪輝便以"顛倒"為題痛斥懺悔文化對革命的污名化。在汪輝看來，人道主義的敘事以一種"去政治化"的道德姿態否定毛時代的革命倫理，遮蔽了文革實踐所體現的深刻歷史複雜性。[3] 近年來，由紅衛兵的象徵人物宋彬彬的道歉所引發的輿論風潮，也彰顯了歷史的晦暗不明與正義的懸而未決。

我以為，劉再復先生有關罪與文學的反思，是對當下蔚為風潮的懺悔一題的重要貢獻。受到巴金影響，劉再復自八十年代後期便開始對懺悔倫理進行思考。在其《性格組合論》第一版於一九八六年發行之時，劉再復便提醒讀者"懺悔乃是民族新生的第一步"，而個體雖然對文革的悲劇沒有法律責任，但仍然背負良知責任。[4] 在與林崗合著的《罪與文學》中，劉再復再度以"懺悔"與"審判"為綫索反思中國文學中罪感的缺失。劉著將現代二十世紀中國知識分子對世俗政治的屈從歸咎於超越意識的缺失。由此，他希望另闢蹊徑，思考文學如何對證歷史，悼亡死者，追尋一種詩學的正義。罪感文學實質上是一種懺悔的倫理行為，通過勾勒靈魂深處的掙扎和彷徨來反思劫後餘生之後生者的職責。

值得一提的是，劉再復的懺悔意識，雖然受到基督教原罪文化的影響，但卻不為其所限，不斷從中國人文主義傳統中汲取思想資源。在其成名作《性格組合論》中，劉再復試圖構築一套以"人"為思考中心的文學批評理論體系。他的論斷是：革命文學的人物塑造囿於"階級性"、"革命鬥爭"和"政治實踐"等機械的馬克思主義理論，將"人"闡釋為被社會政治力量支配的附屬品，消解了人的主體性和能動性。劉之學說內含複雜的脈絡和知識譜系。在馬克思的宏觀圖景裡，唯有將個人消融在社會性的主體之中，人類的自我解放才得以達成。相反，劉以"性格"為切入點重新確證個體尊嚴和人格之複雜性，不僅和當時中國政治問題形成錯綜複雜的交匯，而且在思想史層面上通過反寫馬克思回歸德國古典哲

2 巴金：《隨想錄》，北京：作家出版社，2005 年。

3 汪輝：〈紀念碑的限度、或真知的開始〉，載於《顛倒》，香港：中文大學出版社，2015 年，第 370 頁。

4 劉再復：《五史自傳》，香港：三聯書店（香港）有限公司，2020 年，第 188 頁。

學的人格論，頗具“截斷眾流”的魄力和勇氣。針對毛時代形形色色的壯美革命神話，劉再復極力推崇人格的“內宇宙”一說：人的性格並非僅僅是外在元素的機械反映，而是一個博大精深的動態環境；感性、欲望、潛意識等形形色色的元素相互衝撞，不斷地生成新的人格。文學的任務不是以預設的社會屬性描寫人物性格，而是通過萬花筒式的性格組合將人性的複雜性淋漓盡致地展現出來。[5]

對於人的內在深度之發掘固然打開了新的文學批判空間，可是“內宇宙”將社會性消融於個體之中，極易導致個人主體的無限膨脹。由此形成的二律背反關係，未必能夠真正賦予人格以深度和尊嚴。性格組合論的核心觀念——理性主體和個人能動性——和馬克思主義終歸是同宗同源，未必不會帶來一種新的宰治關係。[6] 以人性論為內核的傷痕書寫在八十年代蔚為風潮，究竟是對文革暴力的控訴和反思，還是毛文體式“訴苦文學”的陰魂不散？[7] 在這個意義上，八九十年代中文學界對於基督教的原罪說的討論給劉的文化反思提供了一個嶄新的宗教維度。與儒學成聖論相反，基督教神學中的凡人雖由上帝創造，卻墮入凡間，因此注定背負罪與罰。宗教改革繼而將人的內在世界交付上帝，賦予其彼岸命運，將個體的內在自由從世俗統治者手裡解放出來，使得人的內在自由與救贖息息相關，非塵世力量可以左右。[8] 在不少學人看來，唯有基督教的罪感文化方可超越蒼白無力的人道主義情感，賦予劫後餘生的個體徹底和深刻的尊嚴。例如，思想史家張灝在《幽暗意識與民主傳統》一文中，將近代自由主義的萌發歸因於基督教的性惡論：正是由於基督教傳統正視人性中的種種罪惡，才得以發展

---

5 劉再復：〈論文學的主體性〉，載於《文學評論》，1985 年第 6 期，第 11–26 頁。

6 陳燕谷、靳大成：〈劉再復現象批判——兼論當代中國文化思潮中的浮士德精神〉，載於《文學評論》，1988 年第 2 期，第 16–30 頁。

7 關於社會主義“訴苦文體”的研究，見 Gail Hershatter, *The Gender of Memory: Rural Women and China's Collective Past* (Berkeley: University of California Press, 2011)；關於訴苦文體與新時期文學的關聯，見 Ann Anagnost, *National Past-Times: Narrative, Representation, and Power in Modern China* (Durham, Duke University Press, 2012); Lisa Rofel, *Other Modernities: Gendered Yearnings in China after Socialism* (Berkeley: University of California Press, 1999).

8 中文學界有關近代自由主義個人觀念和基督教之內在聯繫的論述，見叢日雲：《在上帝與西澤之間：基督教二元政治觀與近代自由主義》，北京：生活．讀書．新知三聯書店，2003 年。

出一套限制個人權力的政治架構和文化價值觀。[9] 與此同時，不少學者認為儒家哲學的"性善說"缺乏對世間之惡的深刻認知，由此生出的內聖外王之道未免顯得一廂情願，其至善主義的傾向往往助長帝王成德之學。[10] 與張灝所推崇的世俗理性（secular reason）不同的是，許多八九十年代的大陸文化基督徒看重的是罪感文化的宗教信仰維度。這一立場最為激烈的表達者無疑是劉小楓。劉將共產主義的神話稱為"偽造的奇跡"，而革命暴力促使他不斷追尋"真正的神跡"。在拒斥了屈原式的自我放逐和道家的消極遁世之後，劉小楓在罪感宗教中找到了救贖之道。在劉看來，罪感並非意味著自我淪喪，而暗含走向超越的微弱可能：唯有使人意識到自然狀態之欠然，方可迸發追尋上帝的精神意向。[11]

劉小楓從罪感中悟得生命之缺憾，繼而放棄現世的一切政治和道德的約束，將自身全部人性所在交付上帝，以求得神之救恩。相形之下，劉再復從罪感中發掘人對現世的道德職責。劉小楓的原罪徹底消解了人之主體，將個體投擲於神的面前渴求聖恩垂憐；劉再復的原罪將個體靈魂從外在的社會 - 國家意志中解放出來，回歸內在性，將靈魂置於良知的法庭上審判，從而反思個體的倫理職責。[12] 值得玩味的是，與劉小楓的認信行為不同，劉再復僅僅把原罪當做一種認知假設，對"罪"之確認並非導向宗教情感，而在於迫使個體進行理性自省。道德自省雖以現世職責為導向，卻必須繞開世俗政治，尋找一個具有超越性的原點。因此，劉再復區分了"有限的法律責任"和"無限的道德責任"：與強迫性的法律不同，承擔道德職責是懺悔主體自發、自覺的行為，而其出發點是良善的意

---

9　張灝：《幽暗意識與民主傳統》，北京：新星出版社，2006 年，第 23–43 頁。

10　見韋政通：《儒家與現代化》，台北：水牛圖書出版事業公司，1978 年，第 3 頁；殷海光：《中國文化的展望》，台北：桂冠圖書公司，1988 年，下冊，第 682–83 頁；值得一提的是，近來不少學者反其道而行之，試圖以儒家致善主義解決西方自由民主制中的價值虛無問題，見 Joseph Chan, *Confucian Perfectionism: A Political Philosophy for Modern Times* (Princeton, NJ: Princeton University Press, 2016)。

11　劉小楓：《拯救與逍遙》（修訂版），上海：華東師範大學出版社，2011 年，第 158 頁。

12　例如，劉小楓如此表達對"基督之外無救恩"的確信："我能夠排除一切'這個世界'的政治、經濟、社會的約束，純粹地緊緊拽住耶穌基督的手，從這雙被鐵釘釘得傷痕纍纍的手上接過生命的充實實質和上帝之愛的無量豐沛，從而在這一認信基督的決斷中承擔其我在自身全部人性的欠然。"劉小楓：《聖靈降臨的敘事》（增訂本），北京：華夏出版社，2017 年，第 266 頁。

志。[13] 換言之，罪感是一種靈魂維度的懺悔意識，試圖賦予道德一種內在的、原生的、自發性的存在，罪與責任因而相形相依，為人之存有特質。早先的主體論述經由罪感文化的"自我坎陷"，獲得了一種新的倫理—政治維度。從這個角度出發，劉再復叩問中國文學傳統中的罪感缺失：文學對惡之控訴往往導向外在的社會與政治議程，而無法激發內在的心靈懺悔。相反，五四文學之伊始便通過自我懺悔來審視傳統與野蠻的糾纏，而魯迅則無愧於這種罪感意識的激烈表達者。從《狂人日記》以吃人為隱喻來審判封建傳統，到自我剖析靈魂裡的"毒氣與鬼氣"，魯迅的懺悔意識將宗教式的"回心"轉化為一種自覺的道德意識。這種自省雖無上帝作為絕對參照物，卻以反芻歷史傳統之罪為其坐標，使文學獲得了一種靈魂的深度。以人本主義的罪感文學為視角八十年代的文化反思之局限，劉再復的論述無疑超越了之前主體論的局限，展現出新的思想深度。透著世俗人道主義（secular humanism）的色彩。

值得玩味的是，劉再復的分析與雅思貝爾斯對德國民族的罪責問題的討論頗有相似之處。鑒於戰後初期西德民眾對盟軍所施加"納粹罪行"與"集體罪責"（collective guilt）的質控有著普遍的抵觸情緒，雅思貝爾斯試圖證明對納粹主義的清算並非"勝利者的正義"（victor's justice），而旨在喚醒德國人的懺悔意識與道德良知。作為戰敗國的一員，德國不得不接受盟軍所施加的"政治罪責"（political guilt）：自我清算，審判戰犯，經濟賠償，以換取鄰國的寬恕。然而雅思貝爾斯認為更深一層的懺悔必須深入到道德和形而上層面的的層面 (moral and metaphysical guilt)。逝者已歿，生者何堪，五百萬猶太人已化為灰燼，在此滔天罪行面前，無論個人參與與否，活著本身便是一種罪惡。因此，德意志民族的每一員都已背負道德原罪，而承擔戰爭責任，肅清納粹往昔，則是直面形而上罪責以求得救贖的唯一路徑。[14] 由此可見，雅思貝爾斯與劉再復都把內生道德良知看

---

13 劉再復、林崗：《罪與文學》，北京：中信出版社，2011 年，第 5 頁。

14 Karls Jaspers, *The Question of German Guilt*, trans. E. B. Ashton (New York, NY: Fordham University Press, 2001)；關於 metaphysical guilt 的分析，見 Alan Norrie, "Justice on the Slaughter-Bench: The Problem of War Guilt in Arendt and Jaspers," *New Criminal Law Review*, vol. 11, no. 2 (Spring 2008): 187–231。

作是超越法律、政治層面的存在。然而不同的是，雅思貝爾斯最終還是回到了基督教傳統，聲稱形而上罪責的最終裁判者是是上帝本身（jurisdiction rests with God alone）。而在劉再復看來，唯有"放逐諸神"——國家，領袖，革命，乃至自我——方能求得自由和解脫。

華語世界，有關革命的罪與罰仍然是一個揮之不去的話題。正如陳丹青所言，我們"迄今尚未獲致追究文革的堂堂共識"，且"尤難找到準確的語言"來對證歷史，銘記創傷。[15] 當革命的解放與殘暴並存，懷舊與控訴的聲音此消彼長，懺悔與辯解的分界綫變得格外模糊。在上帝已死、革命已逝的曖昧不明的當下，劉再復仍然執著地搜尋、捕獲和闡明人與歷史和解的微弱的可能。正因為人性的善惡不明、歷史的矛盾反覆，我們才更有必要不斷質問人性的幽暗與善的難能可貴。從八十年代的啟蒙領袖到流亡海外的思考者，劉再復對文學與懺悔的深度審視和檢討向我們揭示了文學的超越性和正義的可能性。

---

15 陳丹青：〈幸虧年輕——回想七十年代〉，北島、李陀主編《七十年代》，北京：生活·讀書·新知三聯書店，2009 年。

# "超越"啟蒙
## ——劉再復的"文學主體性三論"

喬敏

## 一、前言

一九八五年，劉再復的《性格組合論》脫稿，"性格論"一反五十年代以來流行的蘇聯反映論，力圖重新確證文學以書寫人性的駁雜矛盾為第一要義[1]，於次年出版後，旋即引起文學評論界的轟動。緊隨"性格論"之後，劉再復先後發表關於"文學主體論"與"國魂自省論"的論述，構建出其八十年代以"人"為思索起點與核心的人文批評體系，並對"五四"以來的啟蒙議題進行了再思與討論："主體論"將"性格論"展示的人性模式提煉為哲學尺度，把主體視為人的本體存在，重提五四時期的人文主義對個體、個性的珍視與發揚，強調文學自性對政治、黨派等他性的超越意義；"國魂論"則從文化史角度剖析民族性格和心理結構，承續"五四"知識分子憂國憂民的思路，為主體的人格尊嚴提供價值標尺，同時反芻"五四"啟蒙性思索的短促與歧路。[2]

值得注意的是，"國魂論"在文化性格上要求堅守整個民族的主體性，正視自身傳統的缺陷，但是，它也同時反證、映照出"主體論"的局限乃至幽暗性格：在"傳統吃人"這一命題的遮蔽下，更容易忽略的實則是主體的"人格自食"

1　劉再復：《性格組合論》，上海：上海文藝出版社，1986 年。

2　劉再復：〈論文學的主體性〉，載於《文學評論》，1985 年第 6 期，第 11–26 頁，1986 年第 1 期，第 3–20 頁；劉再復、林崗：《傳統與中國人》，北京：生活・讀書・新知三聯書店，1988 年。本文參考了夏中義對"劉氏三論"的命名與總結，即"性格論"、"主體論"與"國魂論"。對"劉氏三論"之間的關係，夏進行了卓有洞見的分析闡釋。見夏中義：〈價值尺度的非歷史闡釋——評《傳統與中國人》〉，載於《二十一世紀》，1991 年 10 月第 7 期，第 65–71 頁。

與"共謀犯罪"，而這種幽暗暗存的人格"自食"和"我亦吃人"正揭示了人的有限本體的存在。這是來自魯迅的遺產與啟迪。正是這種二律背反暗示了，八十年代中後期劉再復以主體論重啟"五四啟蒙"論述的嘗試，雖意義非凡卻尚未成熟。直至八十年代末，劉再復去國離鄉，此後在遠離故土的西方語境中，他接續和補充對"主體論"的探索，以"主體間性"和"內在主體間性"的思考和闡釋，終於搭建出"主體性三論"的理論框架。

本文嘗試以劉再復的主體性三論為切入點，探索"五四"時代未完成的啟蒙議題在後五四時期的一種面向。"啟蒙"在現代中國持續與"革命"、"政黨"等話語糾纏互動，並不斷在分岔路上行進，它的異質性究竟源自何方？而回顧渺遠的歷史，這一尚未完成的宏闊啟蒙企劃又該如何被重啟與糾偏？本文試圖通過重構劉再復從回歸啟蒙、渴望"諸神歸位"，到超越啟蒙、"放逐諸神"的思想歷程，來說明他的主體性哲學框架的形上學意義，及其提供的文化反思與現實價值。

在展開本文的論述前，值得厘清的問題是，何謂"啟蒙"？在康德的闡釋中，啟蒙即脫離自我招致的不成熟，並勇於求知和運用理性。[3] 但在後世學人對此源源不斷的論述和反思中，以理性觀念為核心的啟蒙方案，常被認為是挫敗的、暗含幽暗性格，乃至可能發展成為一種"宰治"（domination）。以霍克海默和阿多諾的《啟蒙辯證法》為例，他們反省了"啟蒙"的自我毀滅——它從神話學中汲取原料，以打破神話的絕對權威、宣揚科學和理性為己任，卻終於作為價值的審判者和全知全能的權威者又倒退為神話，喪失了自省和追求真理的能力。易言之，啟蒙本身就包含著神話邏輯，這是其內蘊的矛盾。因而，霍克海默和阿多諾一方面反對文化工業，認為類屬 (category) 的範疇正在以無差別的人和藝術使"靈韻"(aura) 消弭；一方面警惕政治領域的集權主義，拒斥啟蒙神話讓渡個人自由以成全群體和組織的利益。[4]

3　伊曼努埃·康德：〈答"何謂啟蒙？"之問題〉，收於《康德歷史哲學論文集》，李明輝譯，台北：聯經出版公司，2002 年。

4　Max Horkheimer and Theodor W. Adorno, *Dialectic of Enlightenment*, translated by John Cumming（New York: Continuum, 1990）.

但回到中國"五四"以降的語境中，啟蒙話語內部難以調和的矛盾雖然同樣存在，但其所面臨的外部環境卻更為複雜和險峻。[5] 李澤厚和劉再復適時地指出了"五四"啟蒙重要的特徵和價值在於對個人和人性的挖掘，而非西方式對理性的高揚。二十世紀三十年代，"新啟蒙運動"如火如荼地開展，但"啟蒙"卻從此蒙上過深的政治烙印，個人意志為"救亡"獻祭，群體的激情情緒壓倒甚至淹沒了個人的理性，現代中國的文化啟蒙逐漸步入政治歧途。[6] 因此，當李、劉二人在八十年代於哲學領域和文學領域呼喚自主自為的主體，他們的思考仍大致延續了"五四"時代的啟蒙議題。在八十年代的歷史語境下，重返啟蒙乃是當務之急，因而劉再復以鮮明的高揚人格尊嚴的立場、渴望諸神歸位的姿態，被視為啟蒙理念最重要的倡導者和踐行者之一。雖然彼時他已然重拾魯迅對國民集體靈魂的審判，傾向於進行"回心"的討論，並開始逸出"啟蒙"與"救亡"對峙的兩大範式，但詳盡闡述、理論化"共犯—懺悔"的內在主體結構，則仍要延至十數年後其身處西方語境時傾力所著的《罪與文學》。

## 二、"主體間性"的思索：告別革命與放逐諸神

八十年代末，劉再復開始了漂泊異國的"第二人生"旅程，在國內並未留有充足空間和時間供其擴充主體論的情形下，流亡後的語境反而為他提供了接續的機會。[7] 適逢其時，西方思想世界已在反省康德式個體自由對於"他者"（the other）的忽視及由此導致的自我主體的霸權，並產生了紛繁的主體間性理論。劉再復受到哈貝馬斯交往理論的啟示，把對於主體間性的形上思考創造性地運用

5 已成為學界共識的是，現代中國的啟蒙在經歷了十餘年後，面對內亂外患，服從於國家和民族的政治需要，使得自身深陷情緒化之中。西方啟蒙的根本目的在於人類理性的解放，相形之下，中國的啟蒙卻一直帶有以國家繁榮和民族強大為主要目標的陰影。見黃萬盛：〈啟蒙的反思和儒學的復興〉，載於《開放時代》，2007 年第 5 期，第 64 頁。

6 李澤厚：〈啟蒙的走向："五四"七十周年紀念會上發言提綱〉，收於《雜著集》，北京：生活·讀書·新知三聯書店，2008 年，第 221–226 頁；劉再復：《共鑒五四——與李澤厚、李歐梵等共論"五四"》，香港：三聯書店（香港）有限公司，2009 年，第 3–20 頁。

7 劉再復：《我的寫作史》，香港：三聯書店（香港）有限公司，2017 年，第 70–82 頁。

於對中國文學的重審。在劉的概述中，哈貝馬斯的交往原則正視“自我”和“他我”的關係，賦予他者同樣的主體地位與權利，從而為多元社會的共獲自由和不同主體間的對話提供了可能。[8] 他由此將哈貝馬斯的理論引入思想和文學領域，思考擺脫鬥爭哲學、革命、主義的全面控制從而使中國哲學思想、文學作品恢復多元共生和多維度的對話關係。

主體性理論的提出是為了張揚不同個體多姿多彩的個性，但與此同時，人還是關係社會中的人，從誕生起就被關係制約，因而“人的主體性是有限的主體性，而不是無限的主體性”，“他者”包含了限定主體的關係特徵——基於這一觀點，劉再復坦陳包含了主體間性論述的主體理論，才是相對完整的。[9] 在此哲學思考的基礎上，劉檢討了二十世紀從創造社伊始，涵括一九三〇年代“左翼文學”、一九四〇年代延安文學以及一九五〇年代後的社會主義現實主義文學的“中國現代廣義革命文學”系統，並將“主義”問題上溯至胡適與李大釗的相關論爭，拒斥“主義”作為霸權和唯一模式規約文學創作，同時質疑唯物史觀“進步論”影響下的單一敘事模式和締造出的歷史神話。[10] 在劉看來，廣義的革命文學的罪責正是以無限膨脹的革命主體擠壓了“他者”的主體權利，使多聲部的對話喪失了存在空間。因此，他同時引入了巴赫金的複調理論，來評議八十年代在中國文壇湧現的尋根小說、文化小說及先鋒小說，將這些文本實踐視作解構“革命”敘事、萌動著複調文學雛形的珍貴嘗試。[11]

但是劉再復並未滿足於此，借用馬爾庫塞和劉小楓關於審美與文學“維度”的視角，他批判中國現當代文學缺乏與“存在自身”、“神”、“自然”對話的三個維度，缺少審美之維和超越“歷史、國家、社會”等現實層面的形上思維與永恆意義。[12] 換言之，相較於世界文學，劉氏惋惜中國現當代文學作品在叩問人類存在意義的本體之維、叩問宗教和超驗世界的本真之維、叩問生命野性的本然之

8 劉再復、楊春時：〈關於文學的主體間性的對話〉，載於《南方文壇》，2002 年第 6 期，第 16 頁。

9 劉再復、楊春時：〈關於文學的主體間性的對話〉，第 15–16 頁。

10 見劉再復：〈二十世紀中國廣義革命文學的終結〉，《放逐諸神——文論提綱和文學史重評》，香港：天地圖書有限公司，1994 年，第 142–190 頁。

11 劉再復：〈從獨白的時代到複調的時代——大陸文學四十年發展輪廓〉，《放逐諸神》，第 3–24 頁。

12 劉再復、林崗：《罪與文學》，北京：中信出版社，2011 年，第 242–296 頁。

維上，處於失落的狀態。劉再復希冀文學寫作回到康德的“二律背反”，使筆下的寫作對象也擁有自己的主體性，以突破作家主體的先驗安排，而按照一種難以規定甚至神秘莫測的情感邏輯生發變化和意外。[1]

值得一提的是，在追問中國現當代文學“維度”缺失的同時，劉的文學批評論述已經在不斷重提“回心”的轉向——在他看來，中國現代文學未能從西方獲取的一項重要資源正是對內心的開掘。在“啟蒙”和“救亡”範式主導之下的中國作品背上一種感時憂國、情迷故土的包袱[2]，這甚至發展成為一種宰治性的理念，阻礙了文學向全人類的或極端隱私的靈魂深處的探秘。西方後啟蒙時代湧現出諸多探求在科學與理性是尚的世界裡，不斷體驗到生存荒誕感和異化感的心靈世界的文學作品；而擁有宗教信仰和超驗世界維度的影響，西方文學也不缺少對人心善惡、人世罪罰以及對生命或自然神秘體驗的辯證的、細緻的描摹。相形之下，中國現代的文學作品在“回心”的這條路上則行進得步履坎坷，以受到陀思妥耶夫斯基深遠影響的魯迅來論，在劉再復的分析中他們審核罪感的標尺和邏輯差異分明：魯迅尋找到文明和歷史的傳統來承擔人的罪責，“我”由於因循了父輩文化的歷史罪惡因而同屬“吃人”的陣營；但陀式則將一切罪惡放在人類靈魂世界內部進行辯證討論，其懺悔意識帶有明顯的宗教性質。[3] 易言之，當基督教的此岸世界和彼岸世界的共存賦予了陀思妥耶夫斯基筆下人物“靈魂衝突的雙音與呼號，在他所設立的靈魂審判所裡也總是聽到審判官與犯人同為一體的論辯”時，魯迅的絕望卻一直屬“此岸世界的絕望”，[4] 他放棄走向形而上的世界而一心肩住現世黑暗的閘門，試圖以反傳統的啟蒙救贖，為中國現實社會注入一劑能使其覺醒和新生的強心針。可惜的是，在魯迅之後的數十年裡，勠力開掘人之罪責、反省參與“吃人”的中國文學作品則更加罕有，反思啟蒙也成為一項未

1 同上。

2 在這一點上，劉再復對“救亡”和“啟蒙”話語的反思也與夏志清批評中國多數作家有過於沉重的“感時憂國”的情意結（obsession with China），有異曲同工之處。劉再復、林崗：《罪與文學》，第 XV 頁；C.T.Hsia, *A History of Modern Chinese Fiction* (New Haven: Yale University Press, 1971), pp.533–534。

3 劉再復、林崗：《罪與文學》，第 234–241 頁。

4 同上。

竟的批評史議題。而當劉細緻地辨析著魯迅與陀思妥耶夫斯基在書寫“靈魂”的相異時，他關於內在主體間性的哲學思考和理論建設已然呼之欲出。

## 三、“內在主體間性”的思索：懺悔意識與放逐自我

在對魯迅的探討中，“國魂論”的相關論述開啟了劉再復對人心和靈魂的關注，而直到他闡釋“內在主體間性”的哲學，並發展了文學“共犯結構”和“懺悔意識”的理論體系，其主體性三論的框架方搭建完整。

在劉再復的論述中，主體間性可以分為外在和內在兩部分。如果說“外在主體間性”是將客體主體化，來展開自我主體與他我主體間的對話行動；那麼劉式所謂的“內在主體間性”或者“主體際性”則是指自我主體的分裂與矛盾辯證：“在主體內部分解出多元主體，使主體之間形成關係⋯⋯主體間性關係中有一主體充當法官的角色，另一主體則充當被拷問的角色，這便形成主體之間的對話，也正是靈魂之間的論辯”。[5] 這一思想的闡發受到高行健小說《靈山》的啟發，其中“你、我、他”三個人稱的敘述，即是同一主體在分裂之後的相互詰難與辯駁，蘊含著自審與自省的意味。在發現了自我內部多重主體的廣闊闡釋空間之後，劉再復提出文學在探討“人與上帝”、“人與自然”、“人與社會”、“人與他人”之外，還有一重追究“自我和自我”關係的可能，並將之視為薩特“他人即地獄”的反命題加以宣揚：“自我乃是自我的地獄”。[6]

從這一角度出發，劉再復企圖開掘與西方懺悔文學有所區別的中國文學的“回心”之路。簡言之，劉將西方文學中的懺悔意識與贖罪意識歸為書寫宗教維度上的存在之罪，這種心靈性感悟面對的是上帝作為參照和標尺，其渴望得到的乃是一種彼岸性的救贖；而與此同時，劉設想的文學“懺悔意識”的另一形態，是將上帝、法官、犯人乃至整個精神法庭徹底移入主體精神內部，建立“無宗教、無外在理念參照系、無中介的自審形態”，將人類的道德自省和懺悔意識視

---

5　劉再復、林崗：《罪與文學》，第 438 頁。

6　劉再復、林崗：《罪與文學》，第 419 頁。

為一種可以限制理性的狂妄、乃至糾正理性偏差的內在良知能事，一種文學的超功利的本性。[7] 在某種程度上，這可以視作劉氏延續其國魂論述對內心維度的開掘，但他也同時逸出了魯迅之開掘歷史之罪、陀思妥耶夫斯基承擔宗教之罪的模式，而直接面對良知道德上的共犯之罪。

正是在建築內在主體間性的道路上，劉再復認為中國文學和哲學有可能做出自己的貢獻，開闢獨特的超越性道路，以對自我主體的靈魂探究為最深刻的書寫主題。具體來論，在文學批評實踐中，劉將《紅樓夢》視作中國寫“心”和具有“共犯結構”的最重要作品。在他的闡釋裡，林黛玉的死亡正是“共犯結構”的結果，這絕非幾個世俗定義下的“壞人”或“好人”造成的悲劇，而是與林黛玉相關的眾多“無罪的罪人”共謀犯罪的悲劇：“《紅樓夢》的偉大之處，正是它超越了人際關係中的是非究竟，因果報應，揚善懲惡等世俗尺度，而達到通而為一的無是無非、無真無假、無善無惡、無因無果的至高美學境界”。[8] 而在文學創作方面，劉則將禪宗的“明心見性”、“感悟”等方式運用於自己的片斷寫作，在其中追問自我靈魂的黑暗與脆弱，書寫著眼於“自救”而非啟蒙他人的文學。舉例來說，劉在其寫作的逾兩千段散文碎片中，一再回溯莊、禪的精神，將自己去國離鄉後的生命經驗和感悟熔鑄於其寫作之中，他將莊子內在精神的逍遙喻為比現實流浪更深刻的漂流：“作家詩人在本質上都是流浪漢。即使沒有身軀的流浪，也會有心靈的流浪。莊子作逍遙遊，便是靈魂的大流浪。”[9] 當本雅明筆下的漫遊者（flâneur）在都市街道間尋覓靈韻之時，劉再復理想的漂流者是具有形而上的逍遙意味的、和捨棄“我執”之念，這種境界被描摹為一種空寂感，一種

---

7　在劉再復看來，良知是一種自發性的存在，是人類現實主體的另一種可能。造物的神秘性來源於悖論本身的存在，人類的理性可以接近心靈和自然界的神秘，但卻永遠無法企及和窮盡它們的神秘。換言之，在劉看來，人類的良知居於至高地位，裁決和糾偏著啟蒙主體的“理性”。但對於良知究竟通過什麼形式形成，其來自何，劉氏深受禪宗及陽明心學影響，傾向於將其含混地視為一種生而為能的本性存在。劉再復、林崗：《罪與文學》，第 87–89，421 頁。

8　劉再復、林崗：《罪與文學》，第 188–191 頁。

9　劉再復：《面壁沉思錄》，香港：天地圖書有限公司，2004 年，第 14 頁。

大於家國、歷史語境的"生命宇宙語境"[10]，同時也充滿一種自我懺悔、自我拯救的意識：將過去浪漫的、啟蒙的、概念的自我徹底"放逐"，而試圖使文學恢復描寫有缺點、弱點卻更加彰顯出人性尊嚴的"脆弱的人"。在這一層面上，劉的"放逐諸神"所包含的最深一層意味，即放逐自我神化的個體，以自發的罪感意識和道德懺悔進行不息的靈魂叩問，以恢復文學對書寫特殊的個人及多樣的生命體驗永恆的熱忱。

## 四、結語

九十年代，離開故國的劉再復，面對東西方對"啟蒙"思索的時間差，補充了自己的文學主體論，將主體間性和內部主體間性的哲學進行了詳細闡發，搭建了主體性三論的框架，進而完成了從"回歸啟蒙"到"超越啟蒙"的精神旅程。

在後一階段的哲學思考中，劉再復希望告別的不僅是二元對立的哲學、革命文學，同時也呼籲告別各種"主義"之神乃至浪漫的自我，使文學不僅僅是面對家國、歷史、宗教等，也不再只是充當社會良心的角色，而能回歸對自我良心的體認，以及書寫超越空間與時間局限的形而上的精神維度。當尼采的"超人"徹底暴露了無限膨脹的主體帶來的威脅，後現代主義中形形色色的玩世不恭者也無法提供"自救"的可能，劉再復則一再提倡禪宗、老莊和陽明心學的路徑，以向內的自審和懺悔意識，追尋具有無功利的、超越意識的審美主體和文學創造，開闢出後"五四"時期再思中國啟蒙文化遺產的一種面向。

---

10 劉再復：《紅樓夢悟》，香港：三聯書店（香港）有限公司，2008 年，第 24 頁。有關劉再復片段寫作及其詩學與其"第二人生"關係的討論，見拙文〈劉再復"片段寫作"詩學論略〉，載於《華文文學》，2018 年第 6 期，第 36–41 頁。

# 輯七 文心空間

# 清代女性詩詞中的行旅書寫

張宏生

生活空間與創作空間有著密切的關係。明清時期，人們常常探討女子的詩歌創作怎樣才能做出成就。嚴辰從三個方面指出，閨秀若想“生以詩名，沒以詩傳”，必須是“天授詩學”、“人結詩緣”、“地歷詩境”[1]，也就是說，既要有天分，又要有機遇，同時還要開闊境界。所謂開闊境界，主要指“地歷”，也就是劉勰所提出的“江山之助”[2]。所以，袁克家為其姊袁鏡蓉《月蕖軒詩草》作序，談到姊姊的創作成就，就有這樣的總結：“歸會稽吳梅梁少司空，隨任宦遊，一至楚，再至蜀。道經數萬里，奔走二十年。凡名山大川，以及蟲魚草木，風雲鳥獸之狀類，人情喜怒哀樂之變態，無不蘊於中而發於詩。”[3]

行旅途中，雖能開闊眼界，領略美景，但並不一定都是歲月靜好，一帆風順，這些都會在作品中打下深刻的烙印。如席佩蘭《上太行》：

> 聞說人間險，人人畏太行。千尋窮鳥道，九曲入羊腸。況以深閨質，偏衝十月霜。登高非孝子，輕易別家鄉。[4]

鳥道有千尋之高，山路彎曲蜿蜒，行走不便，所以一般人都畏懼行走太行，

---

1 嚴辰：〈紉蘭室詩鈔序〉，嚴永華《紉蘭室詩鈔》，胡曉明、彭國忠主編《江南女性別集》第三編下冊，合肥：黃山書社，2012 年，第 786–787 頁。

2 《文心雕龍・物色》，劉勰著、戚良德注《文心雕龍》，開封：河南大學出版社，2008 年，第 322 頁。

3 袁鏡蓉：《月蕖軒詩草》，胡曉明、彭國忠主編《江南女性別集》第二編下冊，合肥：黃山書社，2010 年，第 904 頁。

4 席佩蘭：《長真閣集》卷一，胡曉明、彭國忠主編《江南女性別集》初編上冊，合肥：黃山書社，2008 年，第 443 頁。

更不要說深閨之質，本就不耐風波江湖。在這個特定的情境中，就對道途的困苦有了更深刻的體會。

行旅所開闊的視野，不僅是認識山川，也有認識民情。尤其是對於閨秀來說，畢竟她們中的很多人有著一定的社會地位，對於下層生活，所知較少，因此，有些所見所聞不免引起很大的心靈震撼，而這種震撼，往往也會加深她們對旅途艱難的理解。如陳蘊蓮《長清道中》：

> 驅車適千里，陂陀少平陸。倏如鳶墮溪，又若猱升木。仰觀接青冥，俯視駭心目。去地已千尺，路轉幾百曲。怪樹生龍鱗，空巖轉羊角。無令塵污人，其奈風翻撲。黃沙集成嶺，亂石疊作屋。居民半瘤癭，村姬更粗俗。無由辨頸腮，闊領裁衣服。言語盡侏儷，形骸間磽禿。不知彼蒼意，賦此一何酷。行行長清道，輒作數日惡。茅店薄暮投，留客少饘粥。堆盤具葱薤，裹飯進藜藿。云此歲欠收，山家少旨蓄。卻之勿復進，所至因休沐。在山泉水清，渴飲意已足。明發新泰郊，好與清景逐。[5]

長清在濟南西，南接泰安，地處泰山隆起邊緣。這首詩主要寫了三個方面的內容：一是自然景觀，二是山民長相，三是當地飲食。對於一個江陰閨秀來說，自小生活在江南，嫁給武進左晨後，隨之宦遊，如今穿行在山東的山裡，感受就太不一樣。山路的崎嶇暫且不提，她碰到的山民，可能患有由於缺碘而導致的甲狀腺疾病，看起來頸子和臉一樣粗，所以衣服的領口都很粗大。這真是驚心動魄的觀察，讓她不禁發出"不知彼蒼意，賦此一何酷"的慨嘆。飲食也無法習慣，飯菜當然是粗劣，印象更深的恐怕還是堆在盤子裡的大葱，嬌小姐當然吃不下去。這些，雖然可能只是行旅中的一些花絮，卻也讓她更進一步體會到人生之苦。

雖然女子的閱讀在中國已經有了漫長的歷史，但以詩歌的形式來展示歷史感，則是到了明清時期才更為突出。發源於魏晉南北朝，並在唐代如胡曾等人手裡得到極大發展的詠史詩，也為明清女詩人所喜愛，並在行旅詩中有所體現。

---

5　陳蘊蓮：《信芳閣詩草》卷三，胡曉明、彭國忠主編《江南女性別集》第三編上冊，第 446 頁。

對於女詩人而言，如果說，由於歷史感的增強，使得她們通過書本開闊了心靈空間的話，則在行旅之中，將經行之地與歷史記載加以印證，不僅能夠增強現地的感受，而且也能增強對歷史的認識。從這個角度說，行旅和懷古就往往能夠結合在一起。如包蘭瑛《江行望燕子磯》："秣陵城下買輕航，鼓枻中流感慨長。江上猘兒經百戰，磯頭燕子自千霜。翩翩遠勢疑飛動，滾滾歸心接混茫。可惜便風不能泊，開窗無語對斜陽。"[6] 詩人經過南京燕子磯，想到當年東吳在此的一番事業，心中充滿感慨。《三國志・孫策傳》"曹公力未能逞，且欲撫之"句下南朝宋裴松之注："吳歷曰：'曹公聞策平定江南，意甚難之，常呼猘兒難與爭鋒也。"'[7] 燕子磯矗立長江畔，沾滿歷史風霜，看盡人間滄桑。雖然只是江行，匆匆一瞥，以往的閱讀體驗不可能不浮現出來，所以就會"感慨長"。

行旅中，固然可以感受帝王大業，朝代興衰，但由於女詩人的文人屬性，她們往往也會對文人的命運特別感興趣。著名詩人汪端是杭州人，她的詩中對和杭州有關的歷代著名文人多有表現，而離開杭州後，來到蘇州，她寫了《石湖別墅弔范致能》；來到紹興，她寫了《寄題陸放翁快閣》；來到無錫，她寫了《梁溪謁倪元鎮祠》；來到丹陽，她寫了《過丹陽丁卯橋弔許渾》；來到揚州，她寫了《竹西亭弔杜樊川》。對於陸游，她特別指出"世人漫諷南園記，久以閒心狎白鷗"[8]。這二句所說是陸游為韓侂胄撰《南園記》，被後人譏為諛詞事。但在汪端看來，不僅《南園記》中並無諛詞，而且陸游已經退隱山林，不問世事，更不可能以此記而想獲取什麼。汪端嫻於史事，她抉出這一段故事，說出了對陸游的理解，也是一種文人之間的惺惺相惜。

還應該提及的是，行旅之中，也會經過與歷史上的著名女性相關的地方，這方面比較多的作品是寫西施、昭君、二喬等。如陶安生《過小喬墓作短歌以弔之》：

> 姊從君，妹從臣，英雄兒女俱絕倫。曲同顧，醪同注，豪氣柔情兩相

6 包蘭瑛：《錦霞閣詩詞集》，胡曉明、彭國忠主編《江南女性別集》初編下冊，第 1466 頁。

7 陳壽著，裴松之注《三國志》卷四十六，北京：中華書局，1964 年，第 1104、1109 頁。

8 汪端：〈寄題陸放翁快閣〉，《自然好學齋詩鈔》卷四，胡曉明、彭國忠主編《江南女性別集》第二編上冊，第 403 頁。

慕。玉帳留連歷幾春，阿瞞銅雀願徒殷。風流已蓋三分國，玉樹瓊花盡後塵。可惜奇緣天也忌，周郎竟繼孫郎逝。佳兒雖締兩家姻，後死尚違同穴誓。惟欣香冢近城隈，公瑾相望土一堆。想見月明荒野夜，英靈猶得共徘徊。[9]

記載中的小喬墓不止一處，此詩所言應是在廬江者。小喬是周瑜的夫人，周瑜病逝後，葬於廬江東門，小喬住守廬江，撫養遺孤，十三年後病卒，享年四十七歲，葬於縣城西郊。詩中描寫了小喬與孫權的遇合，英雄兒女，豪氣柔情，兩心相悅，令人羨慕。當然，關於赤壁之戰前，曹操號稱要建銅雀台，欲得二喬以享樂，不符合歷史，因為赤壁之戰發生在建安十三年，而銅雀台之建造則是在建安十五年。陶安生所寫，是從《三國演義》而來。詩中諷刺曹操願望落空，正是為了強調周瑜的神勇，為此，甚至推許其"風流已蓋三分國"，將杜甫《八陣圖》[10] 中對諸葛亮的描寫移了過來，可見詩人對這一對伉儷的仰慕。

創作的激情來自新鮮事物的激發，走出家門的行旅，使得生活發生了重要改變，正能夠提供這種刺激，從而引起內心的強烈反應。像歸懋儀就明確指出，江上的行旅，滿足了自己的"好奇心"。在《江行》四首之二中，她寫到："江流激奔騰，山勢助雄壯。橫青夾兩岸，湧翠疊千嶂。合沓勢如引，巉巖力不讓。引領緬來奇，回首失往狀。平生好奇心，茲焉一舒暢。"[11] 寫行船江上，山和水之間的互動。由於是在江南，所以特別點出"橫青"和"湧翠"，一個"橫"字，寫出江狹樹茂；一個"湧"字，寫出江流曲折。而水流之急，水石相激的力量之大，也都非常形象生動。詩人明言自己平生有著強烈的好奇心，所以看到神奇的大自然，才能心神俱醉。

女詩人的創作得"江山之助"，固然可以開拓視野，擴大空間，但是，有時候，她們所直接面對的就是"江山"。尤其是在戰亂頻仍，或者社會危機嚴重的情況下，在外行旅，更加能夠感受社會的氛圍，因而使得作品也帶有更為厚重的歷史感，創作境界也得到進一步的提升。

---

9 陶安生：《清綺軒詩剩》，胡曉明、彭國忠主編《江南女性別集》初編下冊，第 1359 頁。

10 杜甫：〈八陣圖〉，《杜甫全集》，上海：上海古籍出版社，1996 年，第 218 頁。

11 歸懋儀：〈繡餘小草〉，胡曉明、彭國忠主編《江南女性別集》第二編下冊，第 819 頁。

明清之際的社會大動蕩給當時人的詩歌創作打上了深刻的時代烙印，不少女性被拋到時代的洪流中，雖然隨波浮沉，卻也有自己的堅持。和李清照詞名相埒的徐燦，嫁陳之遴為繼室，夫妻琴瑟和諧，多有唱和，有盛名於時。不過，他們生在亂世，陳之遴的仕途多有起伏。崇禎十一年（一六三八年），他受父親的牽連，被判以“永不錄用”。明亡後，陳之遴很快就降清，雖然一度頗受重用，仕至弘文院大學士，但仕途險惡，也迭經挫折，於順治十三年（一六五六年）和順治十五年（一六五八年），兩次“流徙盛京”。徐燦作為妻子，也一並“流徙”。

徐燦有《秋感八首》，寫自己在遼陽的生活。對於一個出生於姑蘇的江南女子，邊塞之行無疑令她印象深刻，更何況丈夫還是待罪之身。“弦上曾聞出塞歌，征輪誰意此生過。”（其一）開宗明義，說出了生活的落差。這個落差，表現在風景物候上，就有“霜侵簾影催寒早，風遞笳聲入夢多”（其一），就有“風來四野宵偏厲，天入三秋晝易陰”（其二）。於是，在這樣的情形中，更加思念“家山明月”（其一），而且，“瑤琴猶自理南音”（其二）。這個“南音”是什麼呢？就是以往生涯中幾個令她難忘的地方。一是北京，住在西山，“朝回弄筆題秋葉，妝罷開簾見曉峰”（其三）；二是南京，徜徉在秦淮河畔，“朱雀桁開延夜月，烏衣巷冷積秋煙”（其五）；三是蘇州，這是她的家鄉，“幾曲橫塘水亂流，幽棲曾傍百花洲。採蓮月下初回棹，插菊霜前獨倚樓”（其六）；四是杭州，這裡也是他們夫婦曾經居住之處，地理是“天塹瀠回環兩越，風流嫻雅接三吳”，而他們在西湖，則有“宛轉行雕輪，搖曳度蘭舫。隨波窮勝遊，隔煙發清唱”[12]的回憶。清初被貶東北的流人，對於“遊”往往都有非常的敏感。徐燦北遊至此，心念所繫，都是南遊情事，將兩種遊對寫，立意很深，也是其民族觀念的一個側面的表現。

漂流在外，最深切的感覺就是沒有了家的感覺。從歷來女性書寫來看，她們對社會變動的反映，往往都是和自己生活的變化聯繫在一起的，很少直接寫。如吳茝《秋窗夜課，風雨鳴簷，百端交集，淒然成詠》：“竟夕吟未已，翛然對短

12　徐燦：《西湖》，《拙政園詩集》卷上，胡曉明、彭國忠主編《江南女性別集》第五編上冊，第222頁。

槳。無家成濩落，有夢未分明。秋老江湖色，風高鼙鼓聲。殘篇空自檢，幽恨總難平。”[13] 她在江湖之中，聽著滿耳的鼙鼓聲，深切地感到“無家成濩落”。袁綬《赴晉就養，迂道至滬上省母，示六弟》四首之四：“國破家何在，途長就養難。干戈猶未戢，行旅幾時安。親老尤愁別，家貧卻耐寒。還期復位省，同奉板輿歡。”也是寫由於“國破”，而深感“家何在”，而“無家”，有時真的就意味著家人的生離死別。

到了清代末年，和民族革命、社會改良結合在一起，女性詩人的行旅詩又有了新的內容。她們中的少數人能夠跨出國門，感受天下的風雲激蕩，因此增強了對於國家和民族的使命感。其中最有代表性的是秋瑾。

在秋瑾的生命歷程中，赴日本留學是非常重要的轉折點。在旅途中，在異鄉時，她的思想發生了很大的變化，也一定程度上反映在詩裡面。如《黃海舟中日人索句並見日俄戰爭地圖》：

> 萬里乘風去復來，隻身東海挾春雷。忍看圖畫移顏色，肯使江山付劫灰。濁酒不銷憂國淚，救時應仗出群才。拚將十萬頭顱血，須把乾坤力挽回。[14]

這首詩寫於一九〇四年夏，當時赴日留學，在黃海上航行，或有往返之事。詩人就像“乘長風，破萬里浪”的宗慤一樣，豪情滿懷，雖然孤身一人，但求真理於異域，帶回故國的，將如同滾滾春雷。因為國家已經災難深重，內憂外患，紛至沓來，面對這種情形，心中的塊壘，濁酒難銷，痛感神州大地，缺少人才。於是希望用自己之所學，帶領志士，力挽狂瀾，喚醒民眾，進行革命，重整乾坤。這首詩可以和此前沈善寶《滿江紅・渡揚子江》對讀：“滾滾銀濤，寫不盡、心頭熱血。問當年、金山戰鼓，紅顏勳業。肘後難懸蘇季印，囊中剩有江淹筆。算古來、巾幗幾英雄，愁難說。望北固，秋煙碧。指浮玉，秋陽出。把篷窗倚遍，唾壺敲缺。遊子征衫攙淚雨，高堂短鬢飛霜雪。問蒼蒼、生我欲何為，生

---

13　吳茝：《佩秋閣詩稿》卷上，胡曉明、彭國忠主編《江南女性別集》第三編下冊，第 1195 頁。

14　秋瑾：《秋瑾集》，上海：上海古籍出版社，1991 年，北京：中華書局，2015 年，第 81 頁。

磨折。”[15] 如果說，沈善寶在渡揚子江時，想到南宋的巾幗英雄梁紅玉大戰金兵的故事，感慨自己身為女子，不能一展抱負，因而怨恨蒼天的話，秋瑾則感到女子迎來了一個新時代，自信滿滿，充滿豪情勝概。這是時代之別，當然也有個性之別。

**附記：**

二〇〇五年秋，與再復先生相識於台灣中央大學，此後十五年間，常有見面，每見則必談“漫遊”文化。再復先生有《漂流手記》十卷，抒漂流情愫，記漂流情事，敘所歷情境，談人生感悟，既豐富多彩，又複雜深刻，堪稱一部獨特的心靈史。而再復先生在漂流之中，又有夫人陳菲亞女士陪伴在旁，相濡以沫，甘苦與共。庚子宅居，撰有此文，凡二萬五千言，以本書體例故，多有刪削。謹此恭賀再復先生八十華誕，並向劉夫人菲亞女士致敬！

15　沈善寶：《鴻雪樓詩草》，李雷主編《清代閨閣詩集萃編》第8卷，北京：中華書局，2015年，第4549頁。

# 歲寒濡呴慰勞生
## ——庚子詩詞中的滄桑書寫與家國之喻

吳盛青

庚子之變是近代中國創傷性經驗的歷史關捩點，也引發了悲情書寫的機制，成就大量韻文詩章。[1] 晚清民國的詩壇巨擘，如王鵬運、朱祖謀、陳三立、鄭孝胥等，庚子及其隨後數年均代表了他們寫作生涯中的分水嶺。井噴式的產量以及技藝的精進，顯示了集體的喪亂經驗為審美的收穫提供契機。趙翼有名句："國家不幸詩家幸，賦到滄桑句便工。" [2] 這種直接了當的因果鏈結，所言固然鑿鑿，而我試圖在此強調文學對重大歷史事件的回應、映現，必要經過複雜的美學與心理機制的過濾、變形、重塑或轉移。在一個不同的語境裡，阿多諾的這句話廣為徵引，"奧斯維辛之後寫詩是野蠻的。" 他指出語言與野蠻歷史的參與甚至共謀關係，強調面對浩劫創傷，詩歌創作的不可能性。阿多諾在此並不是在提倡沉默，而是將道德與倫理的省思帶入詩歌寫作中，質疑將災難通過審美行為而將之風格化的合理性。一位詩人，如何面對人為的大難承擔責任，而不是將詩歌淪為共謀的工具或是救命的稻草。後期, 他作了讓步，修正了自己的這個絕對說法，強調要從痛苦的經驗出發，詩歌可以用來表達痛苦。[3] 那些災難親歷者面臨的嚴峻命題即是，如何阻遏悲傷喑啞了表達的能力，如何將不可理喻的災難轉化

1 據統計至少有 5000 首以上的詩詞處理庚子事件。Ying-ho Chiang [ 蔣英豪 ], "Literary Reactions to the Keng-Tzu Incident (1900)," Ph.D. diss., University of California, Los Angeles, 1982, p.18。阿英編纂的三卷本《庚子事變文學集》收錄 85 位詩人 900 餘首詩作。中華書局 1959 年版。

2 趙翼《題元遺山集》，見胡憶尚箋注《趙翼詩選》，鄭州：中州書局，1985 年，第 162 頁。

3 Theodor Adorno, *Negative Dialectics*, trans. E.B. Ashton (New York: Seabury, 1973), p.362.

成可以觸摸的寫作形態，如何用藝術"以自然和人類不能言說的方式在言說。"[4] 阿多諾詩學理念中的雙重軌跡——詩學既回應滄桑巨變，賦形野蠻時代的同時，又要在藝術創作中有主體性的參予，並揚棄特定的歷史經驗——與本文想探討的詩學事件有共通之處。

王鵬運在給鄭叔問的信中，描繪自己深陷圍城"如在萬丈深井中"的痛苦，經歷的是"橫今振古未有之奇變，與極人生不忍見不忍問不忍言之事。"他明確表達了詩歌成為自我紓解與拯救的唯一的手段，尋求發泄，才能免遭生入棺材之災。[5] 辛丑年初，在經歷了近半年的困守圍城後，王鵬運在《浪淘沙‧自題庚子秋詞後》中寫道：

> 華髮對山青，客夢零星，歲寒濡呴慰勞生。斷盡愁腸誰會得？哀雁聲聲。
>
> 心事共疏檠，歌斷誰聽？墨痕和淚漬清冰。留得悲秋殘影在，分付旗亭。[6]

"歲寒濡呴慰勞生"，引用了《莊子‧大宗師》中的相呴以濕、相濡以沫的典故。詩歌，就像唾液，相濡以沫，讓泉涸的魚兒得以苟延殘喘。本文著眼於一九〇〇年秋冬與一九〇一年春王鵬運、朱祖謀與劉福姚等人的篝燈酬唱共同成就的兩部詞集（以小令為主的《庚子秋詞》以及長調作品《春蟄吟》），探討抒情與歷史的纏縛互動的辯證關係。徐定超在《庚子秋詞序》描寫說："三子者同處危城，生逢厄運，非族逼處，同類晨星。滄海瀾積，長安日遠。從之不得，去之不能。忠義憂憤之氣，纏綿悱惻之憂。動於中而不能以自已。"點明當時士人需要一個"有情的共同體"(affective community)，相互砥礪，共度時艱，此集中所呈現的"忠義憂憤之氣"與"纏綿悱惻之憂"亦是引譬聯類的抒情模式。兩

---

4 阿多諾著，王柯平譯：《美學理論》，成都：四川人民出版社，1998 年，第 7 頁。他前後自我矛盾的立場也體現了傷痕與文學再現間的錯綜複雜的關係。

5 戴正誠：《鄭叔問先生年譜》，載於《同聲月刊》卷 2 第 1 期，第 88–90 頁。黃浚認為此信"可見爾時圍城中士大夫之心理。"黃濬：《花隨人聖庵摭憶》(中)，北京：中華書局，2008 年（初版，1943 年），第 440 頁。

6 王鵬運等：《庚子秋詞》，台北：學生書局，1972 年，第 255 頁。

部詞集都以比興見深致，喻家國喪亂，為我們提供了一個研究創傷、隱喻、女性符號與家國想像這些交相糾結的命題的絕佳的考察案例。難以表達的各種幽微曲折的心思，託喻性的整體風格，鑲嵌繁複的典故與修辭，共同成就了那一時期的詞學風貌。同時，這種集體的唱酬進一步劃分或強化了知識群體，為有共同文化信念的文人團體提供表達的場域與機緣，在分崩離析的身心感受中，這些持續性為他們提供了一個堅實的立足點。

**臨江仙（朱祖謀）**

花底相思無處說，香殘燭燼依依。春寒分付與單棲。比愁量錦瑟，和恨捲羅衣。

誰信謝娘香閣畔，天涯錦字淒迷。柳花風起亂鶯啼。莫將孤枕淚，尋夢月西時。[7]

這首簡短優美的小令裡，有個類型化的愁腸滿腹的女性形象。“比愁量錦瑟，和恨捲羅衣”一句化用並改寫《秦王捲衣曲》，用來描繪一個心懷憂憤的孤身女子捲起羅衣。下片續寫閨房女子在失眠與焦慮中的等待與愛的淒迷。書寫女子癡情執著不可自抑的情感，及其最後不甘願的姿勢，最終傳達的是孤臣孽子的心緒。

比興寄託，曲折見意，是清末民初詞的核心修辭結構，也成為我們今人詮釋那一時期士人的文化心態的鎖鑰之一。深陷危城，這些詩人戴上“怨婦”的文化面具，一而再，再而三地欲語還休，對著遠游的“浪子”、“征人”傾訴衷腸，要為男子殉情，為君王效忠，為文化獻祭。王鵬運寫道：“人不見，征塵遠，夢難成”；劉福姚云：“是當時，照離人，斷腸處”；朱祖謀形容說：“夢裡憑欄人換”。[8] 這裡的“人”，在世紀初也成了意義詭秘的指稱，是遠游的遊子，不歸的蕩子，西狩的君王。空蕩蕩的畫樓宮殿，人不見的絕望，未完成的情的許諾，寓

---

7 朱孝臧著、白敦仁箋注：《彊村語業箋注》，成都：巴蜀書店，2002 年，第 52 頁。

8 見《庚子秋詞》，第 26、48、49、65 頁。參見陳正平：《庚子秋詞研究》，東海大學中國文學研究所碩士論文，1995 年，第 151–152 頁；卓清芬：〈王鵬運等《庚子秋詞》在“詞史”上的意義〉，載於《河南大學學報》，2010 年第 3 期，18–25 頁。

言化地成為世紀之初，那一代士大夫階層在亂世裡委曲掙扎前路茫茫的心態寫照，以及意義在塌陷的惶恐與悲戚。也正是在這個意義上，我們將這些表面精緻雕潤的情詞，套路化的情感表達，理解為是在輾轉回應國家的傾危之狀，以“詞”見證“史”，實踐詞體新的道德倫理的有效性。

從意象到形式，《庚子秋詞》詞作似乎並沒有為我們帶來新的審美感受，那該從何種角度來談他們書寫的意義？首先，這是一封封等待投遞的“情書”。這種託喻行為在二十世紀，受到標榜進步的學者的口誅筆伐，認為用文化邊緣的女性作詩人自我的譬喻，有自我奴役化的傾向。這顯然是將審美的技巧與格式作了字面意義上的理解。此類修辭手段，強調女子被動等待的角色，確實是基於一種對女性特徵的本質主義化理解之上。女性特徵不是天然的賦予，而是通過語言與展演 (performance) 來形塑的。而在此更為重要的是，詞中的“面具”區分了詞人與詞中主體之間的距離，讓男性詞人獲取詩意迴旋的彈性空間。“面具”以及虛構特徵也為詞體增加了抒情聲音的身份不確定、意義的歧義性。士人利用“欲露不露，反覆纏綿，終不許一語道破”的抒情表達的傳統格式，[9] 來最終展現其隱約委婉的政治心曲。主動的女性化位置，“匱缺”的姿態，成為一代士人飽受精神創傷，在政治生活層面的壓迫與無能感的群體症狀的體現。

其次，詞集中輪番使用香草美人的譬喻，複製熟悉的詩歌意象、典故與修辭路數，又該如何理解此“重複性”的特徵。將佛洛伊德小外孫玩 fort-da 著名的遊戲用於傷痕研究，學者進一步闡發這個重複性遊戲中積極意義。多明尼克·拉卡普拉指出，經歷過創傷絕望之後的重複性的悲傷書寫，會幫助寫作者產生一種批評的距離，重新定位自己在社會生活、倫理中的責任。[10] 摻和著一次次痛苦以及享受缺失的受虐式的快感，詩人以主動的方式、積極態度面對創傷，實行哀悼之責，獲取對創傷情境的駕馭乃至最終的克服。我們或許可以這樣聯想，寫詞，在世紀之初，就像這個小男孩手中的捲軸遊戲，往復衝動的吟哦中，抵抗深刻的

9 陳廷焯“沉鬱含意”條：《白雨齋詞話》卷 1，收入唐圭璋編《詞話叢編》卷 4，北京：中華書局，1986 年，第 3777 頁。

10 Dominick LaCapra, *Writing History, Writing Trauma* (Baltimore: Johns Hopkins University Press, 2001), p. 66. Sigmund Freud, *Beyond the Pleasure Principle*, pp. 32–38.

缺失留下的大空洞（即消失的皇妃，逃亡中的帝王，還有崩潰剝離中的帝國）。

熟爛的審美格式、龐大的語義系統及其負載的集體記憶，為個體詩人提供的是穩定親密的情感與文化的暖房。“興”的修辭、詞牌、韻腳，顧盼歌吟中，在形式上回環往復，同聲相應，感而應之。彼得·薩克斯用精神分析理論研究英語輓歌時認為，重複，作為輓歌的重要特徵，創造了一種連續性的感覺，不間斷的模式或可抵抗死亡所代表的極端的斷裂。同時，重複性的詞語段落，產生一種悲傷的韻律，讓悲傷的表達處於一個進行時的狀態，從而可以阻遏或是減輕災難帶來的破壞性的震驚。[11] 重複、迴旋、應和、贈答，從文學形式、到聲音、身體的經驗、意義的傳播，構築起一個審美感受互相聯結、互為感應的網路與氣場，從那裡獲取自我與群體的理解，甚至成為自我存續的強大支援。此類“重複”對詩人小眾群體來說，毫無疑問，意義重大，成了他們交流情感、安頓身心的憑依；而放入歷史的大語境中，託喻的寫作範式，酬唱的詩歌生產形式，都體現了文化以慣性的形式在頑強地自我複製，是寫作個體訴諸集體經驗的呈現。

最後，本文以一組與《春蟄吟》中與烏鴉有關的詞作結。

**齊天樂·鴉（朱祖謀）**

半天寒色黃昏後，平林漸添愁點。倦影偎煙，酸聲喋月，城北城南塵滿。長安歲晏。又啼入延秋，故家啄遍。問幾斜陽，玉顏悽訴舊團扇。

南飛虛羨越鳥，亂烽明似炬，空外驚散。壞陣秋盤，虛舟瞑踏，何處衰楊堪戀。江關夢短。怕頭白年年，舊巢輕換。獨鶴歸無，後棲休恨晚。

**齊天樂·鴉（王鵬運）**

城南城北雲如墨，紛紛颭空凌亂。落日呼群，驚風墜翼，極目平林恨滿。蕭條歲晚。是幾度朝昏，玉顏輕換？露泣宮槐，夜寒相與訴幽怨。

新巢安否漫省，繞枝棲未定，珍重霜霰。壞堞軍聲，長天月色，誰識歸飛羽倦？江湖夢遠。記噪影檣竿，舵樓風轉。意緒何堪，白頭搔更短。

---

11 Peter Sacks, *The English Elegy: Studies in the Genre from Spenser to Yeats* (Baltimore: Johns Hopkins University, 1985), p. 23.

朱祖謀與王鵬運的這兩首《齊天樂》為人稱道，劉福姚、曾習經、劉恩黻、於齊慶與賈璜亦有同題同調之作。[12] 這幾首詠物詩，圍繞中心意象——鴉，用統一韻腳，形成一個更大帶有敘事性的託寓架構。兩首詩都描寫了一個類似的場景：黃昏降臨到浩劫過的城市，鴉群為烽火與戰爭所驚懼不安，凌空飛號。兩首詩都有杜甫《哀王孫》與王昌齡《長信冤》影響，重複運用的典故與意象產生類似音樂的迴響。作為中心意象的烏鴉，有數重隱喻的意涵。烏鴉是"斜陽身世"自我之喻。"倦影偎煙，酸聲噤月"中，倦、偎、酸、噤，形象傳達了驚懼猥瑣的感受。烏鴉成了惶惶不安的主體的投影，焦慮詩人的替身，飽滿的身心飽受震懾後的戰戰兢兢。頭白烏鴉的意象，既有催人頭白老去的意味，更是世事不不祥的徵兆。再者，昏鴉滿群，遮天蔽日的胡騎塵埃，既可以是大眾流離失所無處哀告的縮影，亦是淪陷的京城以及抽象的破壞性的歷史力量的象徵。但有個例外，王鵬運詞中，用了《夷堅志》的典故，謂李子永遇見神鴉，桅船轉危為順，化險為夷，復歸太平，是詞中唯一希望的亮點。聯想神鴉在清廷與滿族中特殊的吉祥與權利喻示，烏鴉的象徵意義進一步複雜化。

《春蟄吟》中有六十五首詠物詞，用的詞牌五調全部取自《樂府補題》。孫康宜在研究《樂府補題》時指出，西方意義上的託喻是"故事敘述進程交纏連接，"她將其五組詞回應同一歷史事件聯貫起來闡釋，將之稱為"託喻詞集"，認為它具有託喻意義的"敘述連續性"。通過同一主題的變奏，重複的意象而形成敘述的整體。[13] 而我也是在此意義上將這幾首同調同時寫就的詠物詞放在一起讀，互相應和的主題與重複的意象群凝聚成一個共通的視野與歷史想像。昏鴉蔽日，殺戮暴力遷徙避難中敗壞的市景是歷史的實景，同時又是鬼影幢幢的幽暗的心靈的內景，抒情主體深陷風暴內部的無所適從。形式上，同題同調的寫作，調動類似的集體的文化記憶，強化他們心理與認知的相似性。林立對民國遺民的詩詞唱和中的互文現象在維繫與強化群體的記憶與身份中的作用有過深入精彩的論述。他採用音樂中"和音終止"與"同音"等獲得和諧效果，來解釋同

12 王鵬運等著：《春蟄吟》，浙江圖書館藏本，1901 年，第 13–15 頁。

13 孫康宜著，錢南秀譯：〈《樂府補題》中的象徵與託喻〉，載於《詞學》第 10 輯，第 17–39 頁；引文見第 37–39 頁。

調同題的唱和詞中節奏、韻步與辭意的一致性與互文性。[14] 這種協調的形式特徵不僅確保了在處理憂生憫亂的主題上的意識形態與立場的一致性，通過“敘述的連續性”，一個集體的視野亦得到更強有力的表達。這些詠物詞又與南宋末年的《樂府補題》形成一個巨大的回音壁。世紀初，王鵬運、朱祖謀與劉福姚的結社酬唱，與南宋末年遺民集會可以說情境聯類，都有幽憂憤悱之情要書寫。[15] 王沂孫、周密等以龍涎香、白蓮、蟬、蟹等為題，書寫亡國之痛。晚清詞人以秋雁、落葉、烏鴉，以微言喻其忠愛之志。誠如顏昆陽指出的，“託喻”是古老的“詩用”的文化行為一種，“社會上某一階層普遍地反覆在操作而又自覺其價值的模式化行為。”[16] 託喻及其闡釋提供了一種有用心的闡述，強調群體中的目標一致，聲息相通，同時設置種種迷障，加深群體的界限與社會分層。南宋與晚清的群體寫作意涵隱晦，但這些指涉含義對寫作與“闡釋群體”來說卻是心有靈犀，有共同的詩文教養與趣味以及相同的切入文本方式，也許能更接近作者的意圖。從這個意義上說，託喻及其闡釋成為精英群體的劃分的標誌，提供的是小圈子裡情感與意義的交流，抒情詩歌寫作與流傳幫助他們表達共同的視野，彰顯自我的文化身份與道德立場，加深他們集體身份政治與文化特徵的同一性。

龐樹柏的這首《惜紅衣》，是讀了《庚子秋詞》後留下的感賦，濃縮了《庚子秋詞》與《春蟄吟》的主旨。寂寥的京華詞客，斷腸楚地的蘭蕙，懷念去國的“夫君”。詞中寫道：

> 秋風九陌。落葉哀蟬，深宮亂蕪碧。霓旌翠輦去國。指西北。往事怕談天寶，多少鬢絲經歷。剩墨華和淚，難辨舊時顏色。[17]

---

14 林立：《滄海遺音：民國時期清遺民詞研究》，香港：香港中文大學出版社，2002 年，第 295 頁。

15 龍榆生：〈與吳則虞論碧山詞書〉，收入《龍榆生詞學論文集》，上海：上海古籍出版社，1997 年，第 374 頁。葉嘉瑩：〈碧山詞析論〉，收入《嘉陵論詞叢稿》，上海：上海古籍出版社，1980 年，第 245 頁。

16 昆陽：〈論詩歌文化中的“託喻”觀念——以《文心雕龍．比興篇》為討論起點〉，收入《魏晉南北朝文學與思想學術研討會論文集》（第三輯），台北：文津出版社，1997 年，第 225 頁。

17 龐樹柏：《惜紅衣》一，收入胡樸安編：《南社詞選》，上海：上海中國文化服務印社，1936 年，第 106 頁。

# 文學觀念與話語的解放

## ——略論改革開放四十年的文學理論與批評

陳曉明

一九七八年十二月，中共十一屆三中全會勝利召開，極大地鼓舞了文學界和理論界展開思想探索和理論創新，也由此表明中國文學進入“新時期”。中國社會以歷史反思為思想文化的宗旨，文學當仁不讓在這樣的歷史反思中充當了前驅的角色。一批勇於走在歷史前面的文藝界的領導人率先撰文對六十年代的極“左”文藝路綫展開批評，張光年、周揚、馮牧等人都多次撰文，或在大會上的報告中展開對一段歷史進行反思，文藝界渴求新的更為開放和寬鬆的文藝創作環境。周揚在紀念五四運動六十周年會議上的報告《三次偉大的思想解放運動》（《人民日報》一九七九年五月七日），把五四運動、延安整風運動、文革後的思想解放運動並列為三次思想解放運動。標舉新時期的“思想解放”旗幟，這為改革開放時代的文藝探索和進一步的繁榮清理出了一條路徑。

中國的現代以來的文藝實踐就與民族國家的政治想像結合在一起，它必然具有很強的意識形態性質。顯然，五六十年代這種文藝的單一化達到了極致，以至於出現“概念化”、“公式化”和“三突出”這種公式。激進性的歷史實踐就帶有超強的觀念性，現代文藝就是它的直接的和超前的表達。探討並梳理清晰文學與政治的關係，構成了新時期文學理論批評自覺的起點。中國文學理論和批評與創作一道，可以從文學自身的本質規律出發來確立文學的思想、標準和方法。文學的意義和價值不再只是為政治鳴鑼開道，不再是當下政策的直接詮釋，而是把時代精神融合在全部的藝術形象中。事實上，新時期的文學與改革開放實現四個現代化的時代精神緊密聯繫在一起，正是改革改開的時代的思想解放運動促進了文學每一階段的繁榮發展。

顯然，在激進現代性的這一路徑中，一九八〇年代上半期的中國選擇了轉向，轉向五四的啟蒙傳統。它並未在歷史反思中選擇重建思想文化的整體性的方案，也並未去認真總結五六十年代文化實踐的經驗教訓，而是採取斷裂和跳躍的形式，試圖回到現代起源之初去重新補課。因為前者依然是一項理念性的設想，或者它從來只有觀念的意義，其情感和形象的建構都不牢靠。

從對文學自身的性質規律出發，“文革”結束伊始，當代中國文藝理論承續一九五〇年代“百花時期”的文學觀念，再次提出人性論與人道主義，重建“文學是人文學”的理念，這也是重建“新時期”的文學觀念，從而給予“新時期”的現實主義文藝理論以富有歷史感的內涵。這樣的命題直接來自對歷史的反思，這樣它也獲得了切實的現實意義。因為同樣的出於清算歷史的任務，新時期的文藝及其理論批評也是應對緊急的現實任務才得以迅速發展，其實並未在學理的深度與厚實方面有切實的開掘。中國的現代史總是在急劇的變化中流轉，在新時期反思文革與實現四個現代化構成了一九八〇年代的總體性的時代精神，所有的一切變革都圍繞著這樣的時代要求進行。

朱光潛率先發表〈關於人性、人道主義、人情味和共同美問題〉，這就開啟了人性論禁區之門。顧驤的《人性與階級性》以及諸多的關於“人道主義”的討論，把討論一步步引向尖銳和深入。由此建構起八〇年代中國文藝理論的基本理論根基。新時期的文藝理論與批評在展開歷史反思的同時，也在尋求現實主義文學的藝術本真性，也就是說現實主義文學如何能回到文學自身的規律來反映生活。因為人道主義、人性論作為思想基礎，那就是回到人本身，進入人的情感世界和心靈世界，這是新時期現實主義文學轉向的基本目標。但這一轉向僅僅依靠資產階級人道主義的理論奠基遠遠不夠，只有以馬克思《一八四四年哲學經濟學手稿》做後盾，人道主義才有更為踏實的根基。一九八〇年代初，文藝理論與批評展開的最為熱烈最具有理論性的討論就是關於馬克思的《一八四四年哲學經濟學手稿》的論爭。這一討論還是帶有很強的政治性的判斷，表現為馬克思主義與人道主義的關係究竟如何依然是論爭雙方正確與否的關鍵點。論爭雙方的分歧幾乎依然還是政治性的：改革派試圖發現馬克思主義的人道主義意義；“正統派”則要保持與五六十年代的馬克思主義一脈相承的解釋，因為對於現實的正統性話語權的維護，需要一個更具有歷史延續性的馬克思主義作為後盾。最終是以胡喬木發表的《關於人道主義和異化問題》的講話為解釋標準[1]，這就給討論劃上階段性的句號。

真正的思想解放有賴於文學藝術方面的創新，有賴於更加多樣的當代世界文學思潮帶來的衝擊。儘管一九八〇年代的思想論爭風起雲湧，崛起的新思潮也只能另闢蹊徑，呼嘯而去。時代的潮流畢竟在洶湧澎湃，特別是年輕一代的詩人、作家批評家們更是勇往直前，披荊斬棘，十分活躍。新思想、新文藝的到來變得不可遏止，朦朧詩就是這樣的時代前行號角。關於朦朧詩的討論，推進了中國當代的詩歌評論，也深化了對文學的審美本質的認識，打開了作家、詩人的自主空間。正是朦朧詩把詩人的個體敏感性與時代精神融合一體，表達出了深入人心的時代情緒。

一九八〇年，由謝冕、孫紹振、徐敬亞標誌的"三個崛起"，為新時期的新詩開拓了寬廣的道路，也為新詩清理出激動人心的目標。朦朧詩的崛起被理解為是中國詩人第一次以個人的聲音表達思想和情感，表達對社會歷史的獨特思考，它有力地衝破了那些不合理的陳規舊範。詩不再是時代精神的簡單傳聲筒，不再是為當時政策服務的直接工具。新詩的自我、形式和情感都獲得正當性。"三個崛起"表達了時代新的文學觀念，正是這種開放的文學觀念，使中國當代新詩展開富有時代激情的探索和表達，由此也迎來中國文學新的話語表達方式。

一九八〇年代，中國的文學理論與批評得以活躍，得力於國外的思想文化進入中國，尤其是在西方思想文化的衝擊和示範之下中國的現代主義文藝運動的興起。西方現代主義思潮通過期刊和翻譯圖書傳播，中國的思想文化這才有實質性的豐富。一九八〇年，上海文藝出版社，推出由袁可嘉主編的多卷本的《外國現代派作品選》，短期內銷量逾數萬冊。另有陳焜著《西方現代派文學研究》評論集。當然，八〇年代中國的現代主義不是一個有綱領的文學運動，它是文學創作界自發的對西方現代派進行有限借鑒的藝術探索和嘗試，例如"朦朧詩"和"意識流小說"。關於現代派的"四隻小風箏"，可以看到八〇年代中期中國文學對

---

1　胡喬木 1984 年 1 月 3 日在中共中央黨校發表該講話，原載《理論月刊》，1984 年第 2 期。

現代主義的熱切追蹤。“八五新潮”可以說是中國文學對現代主義回應的一個小高潮，但也是中國文學解決自身回歸文學本體的有效行動。“尋根派”和現代派一樣表明中國文學在這個時期回到文學本身的時機已經初露端倪，這當然不是什麼了不起的行動，但對於中國文學來說，則是期待已久的前行。不管是魯樞元提出“文學向內轉”，還是王蒙發表“文學失卻轟動效應”，都表明八〇年代後期以來的文學趨勢已然形成，文學理論和批評也在形成新的話語及表達方式。

八〇年代初的文學理論與批評的核心思想立足於“文學是人學”的綱領，因此也必然向西方現代派開放。老一輩的理論家批評家，如周揚、馮牧、荒煤、朱寨，以及當時稍年輕一些的王春元、錢中文、顧驤、謝冕、劉再復、張炯、洪子誠、何西來、孫紹振、蔣守謙、蔡葵、何振邦、張韌等人，都對“新時期”的文學作出不同的批評與闡釋。然而，批判文革和倡導人道主義，強調思想解放與改革開放則是他們共同的主張。文學批評實則成為改革開放的先導。在批評分化的同時，理論也趨於變革之中，一方面是正統派的林默涵、程代熙、陸梅林、侯敏澤、董學文、鄭伯農、嚴昭柱等人，他們堅持馬克思主義經典理論的唯一性解釋，對偏離馬克思主義的各種理論批評與創作現象給予尖銳批評。另一方面則是傾向於尋求理論改革與創新——有所突破，有所更新的陣營。如錢中文、樂黛雲、童慶炳、杜書瀛、曾繁仁、許明……等等，他們著眼於吸取更為豐富的理論資源，兼收歐美文學理論，修正來自俄蘇傳統的現實主義理論，致力於充實和打開中國現實主義文藝理論的內涵，中國的現實主義理論此時呈現出真正的開放勢態。

與此同時，報刊雜誌上評介西方現代派的文章也多了起來，對早期西方的現代主義作家如伍爾芙、喬伊斯、卡夫卡、布萊希特以及拉美魔幻現實主義作家如馬爾克斯等等，後期現代主義（實際上就是後現代主義）作家如荒誕派戲劇家尤奈斯庫、後現代小說家巴斯、巴塞爾姆、卡爾維諾等人的作品和言論都有所評介，雖然不成系統，但對文學界產生的衝擊力則是足夠大的。

八〇年代西方現代主義在中國的傳播，其直接成果就是：先是“朦朧詩”和前衛藝術運動的勃興，隨後是“新潮小說”的雨後春筍般地湧現。八〇年代上半期的“現代派”思潮極大地推動了當代理論批評的變革，促使現實主義理論體系及美學規範走向開放。當代西方文學理論流派紛至沓來，有新思想欲求的理論家和批評家以及青年學人，沉浸於新理論的探討中，開始重建中國當代文學理論批評的基礎。它是九〇年代理論話語轉型的預演。在八十年代，袁可嘉先生對西方文論的引介影響面最廣，樂黛雲先生對比較文學的引介則直接引發了中國比較文學學科的創建，其功莫大焉。

“新批評”、“結構主義”、“符號學”、“闡釋學”、“存在主義”、“後結構主義”、弗洛伊德的精神分析學、乃至德里達的解構主義都在引介之列，一時間蔚為大觀。很顯然，我們是在短短幾年時間，瀏覽了西方半個多世紀的理論成果。作為一次知識普及或許足矣，但要轉化為文學批評的成果則還要有一段時期的磨礪和沉澱。實際上，理論始終具有本土的歷史延續性，中國的現實主義理論與批評無論如何也難以從根本上動搖，外來的理論資源只能選擇與之對話才能找到自身互動更新的途徑。因此，可以理解，八〇年代的文學理論與批評總體上始終是與其時的思想解放運動聯繫在一起的，文學理論與批評也是貼著新時期文學的文學創作實踐而展開，如傷痕文學、改革文學、知青文學、現代派……等等，無不是中國大地上的中國文學，對其闡釋和解讀的理論與批評資源無論多麼借鑒西方，根本上的前提還是這些借自西方的理論資源要能夠與中國文學的現實接通和共鳴。新時期文學的核心理論就是人道主義與人性論，由此往前走一步——通過論爭《一八四四年哲學經濟學手稿》而拓展出人道主義深化問題，於是出現主體性論域。

新時期的思想解放運動在思想上開啟的餘地其實是有限度的，“思想解放運動”以推翻“兩個凡是”為出發點，然而它不可避免開啟了那些活躍的開闊地帶，開啟了一部分人的理論想像力。如果沒有這一思想解放，中國的改革開放將是不可想像的。但思想解放運動在理論層面上的展開主要限於討論“實踐是檢驗真理的唯一標準”，進一步向人道主義和人性論延伸之後，出現了主體性論述。來自康德的命題“人是主體”經由李澤厚闡發而具有了新的內容。李澤厚顯然是從康德那裡獲取思想以豐富和調整馬克思主義。其學理維度的開掘，試圖探究馬克思主義的中國化和世界化——馬克思主義也可以與德國古典哲學建立起內在聯繫，努力突破五六十年代的由蘇聯主導的馬克思主義理論體系，這適應了改革開放時期中國人尋求自我、尋求主體意識的時代精神，因此，“主體論”哲學具有改革開放時代的實踐意義。

在理論上，西方現代派文論還只是理論引介，在當代思想文化中起建構作用的觀念，還是來自於從現實主義內部開闢出來的論域。例如，經過李澤厚和劉再復的闡釋而成為一個時期的主導理論的“主體論”。八〇年代初有過一段時期的美學熱，這個時期的美學綱領——對美的本質最令人信服的命題是“人的本質力量的對象化”，而這個命題直接來自馬克思的《一八四四年哲學經濟學手稿》。這個美學綱領之所以受到青年人的歡迎，一方面是與歷史反思的人道主義立場相聯繫，有助於張揚人的主體性價值；另一方面則是與時代精神相關，實現四個現代化的歷史境遇下，時代呼喚有個性有自我的青年人。李澤厚之作為八〇年代一代青年的思想導師，他的思想扣緊了本土的理論傳統和現實境遇，重構了馬克思主義哲學，彰顯了時代意識。因而才倍受歡迎。

也是在李澤厚的“主體論”綱領下，劉再復的文學理論的關鍵詞就是“主體性”與“性格二重組合論”。一九八四年，劉再復發表《論人物性格的二重組合原理》[2]，這是對現實主義文學理論進行批判性改造的最有力的論說。論文提出要把握“文學是人學”這樣的經典命題，要寫出人物性格的矛盾性和複雜性，這就是要破除被政治概念教條化和僵化的現實主義模式。八〇年代，劉再復在文學理論與批評方面的影響力甚大，他張揚“主體論”，把新時期“文學是人學”推向一個具有理論高度的階段。劉再復在八〇年代是思想和理論的頑強的前驅，他和李澤厚相呼應，使中國的文學理論批評既具有偉大的現實主義精神，又有現代主義的前衛性。劉再復的文學理論的影響在一九八五年舉行的“新時期文學十年”達到高峰，並且延續至今。文學在那個時期，在中國社會現實中影響甚大，文學佔據著社會思潮的最前沿地帶，聚集了時代所有的情緒、態度和願望。這是以後人們回望八十年代時依然眷戀不已的原因所在。

與此同時，錢中文、童慶炳、曾繁仁、何西來等人，他們力圖在馬克思主義的開放體系中來拓展現實主義理論體系的開放性，尋求馬克思主義思想與中國改

2 原載《文學評論》，1984 年第 4 期。

革開放的現實更加協調的理論契合。錢中文尋求新理性精神，以及巴赫金的對話理論，這些都給馬克思主義和現實主義理論體系提示了活躍的向度，也具有當代的適應性和建設性。

從八〇年代上半期直至末期，有一批年輕批評家嶄露頭腳，他們的批評不只是反思文革，表達新時期的時代願望，而是能夠深入到作家作品內部進行文本細讀。他們的努力使現實主義原本的批判性和控訴性的政治話語，轉向更具有文學性的審美批評話語。中國當代的理論批評話語迎來了嶄新的風貌，在這個意義上，他們的批評是中國現實主義的復歸。雷達、曾鎮南、錢理群、陳平原、黃子平、丁帆、孟繁華、潘凱雄、賀紹俊、季紅真、程光煒、王鴻生、李潔非、張陵、王幹……等人，他們或者有更為寬廣的文學史視野，或者對文學作品的藝術性有著更為敏銳的感覺、對最新的文學創作能夠做出更為精當的理論提煉。很顯然，八〇年代的上海青年批評家群體是一個風格鮮明的集體，吳亮、陳思和、王曉明、南帆、許子東、李劼、蔡翔、程德培、李慶西……等人。他們的批評頗具新潮風範，語詞清俊流麗，給人耳目一新的感覺。這些與過去的現實主義文學批評的八股語氣和格式都大相徑庭，他們的批評已經無所謂遵循現實主義的主流規範，他們可以直接而鮮明地表達個人的藝術感受和對文學的態度。新理論批評話語的建構有賴於對西方現代理論批評的引介，這是引來思想啟迪的火種，張隆溪、申丹、郭宏安、王寧、趙一凡、王逢振、盛寧、陳眾議、許金龍等人對歐美、南美、日本等國理論與批評的引介，給中國輸入了多樣化的理論資源。在那個時代，有時隻言片語就可點燃理論的想像力。那是一個渴望理論突破和創新的時代。

西方的新理論批評給予中國年青學子的思想以啟式性的引導，一批著眼於中國文學創作實踐的青年學者，把西方理論與中國的實踐相結合，正是這一行動有效地重構了中國當代的理論批評話語，這種理論思維和批評方法，由此引發的新的話語方式，直接影響了中國當代的文學研究範式。尤其是一批在北京的高校和研究機構的青年學人開始嶄露頭角，例如，王寧、王一川、程文超、羅鋼、王嶽川、戴錦華、張頤武、張法、佘虹、陶東風、陳曉明、張清華、陳福民、張志忠等人，他們廣泛涉獵西方當代的文論，總體上稱之為“後現代主義”（或簡稱

"後學"），如結構主義、解釋學、精神分析學、解構主義、女權主義、後殖民主義等。他們的理論批評創制新調，從知識到話語方式，從問題的提出和價值的選擇，都與此前的"現實主義"的文學理論批評頗不相同。個性化的問題和表達方式，揭示了當代文學最新的潮流。尤其是介入當代中國的先鋒派文學、或者介入大眾文化研究，闡釋中國當代文化與文學正在發生的深刻的變革。中國當代的理論批評空間最大可能性地得到釋放，

歷經九〇年代及二十一世紀初的思想與知識的轉型，當代中國的文學理論與批評也在發生深刻的變化。六〇代以後出生的一代文學研究者和批評家體現著這樣的時代趨勢，也正在成為文學研究的主導力量，如李敬澤、郜元寶、吳義勤、張清華、施戰軍、閻晶明、吳俊、何向陽、王彬彬、張新穎、李建軍、韓毓海、李楊、張學昕、張檸、謝有順、洪治綱、賀桂梅、邵燕君等，他們各自以不同的方式切入當代文學研究領域，攜帶著西方現代理論的不同知識背景，進入當代文學現場；他們將文學史研究與批評有機結合在一起，並使之成為當代文學理論與批評的顯著特徵。然而，當今時代，我們身處的卻是一個理論終結的時代，西方如此，中國也不能例外。對於西方也許這不是什麼過於悲痛的事情，對於中國的理論與批評的自我開創來說卻是生不逢時。九〇年代正當中國的理論與批評廣泛吸收西方現代理論與批評，有可能著手建構中國的理論與批評時，整個文學理論與批評卻走上了衰退的道路（這是世界性的問題），難掩頹勢。理論不再有所作為，理論向批評轉化是必然趨勢，也是不得不選擇的可行的道路。或許失去了理論宰制的批評，可以從中國當代文學創作中獲得創新的互動資源，這對於中國當代的文學批評尋求中國品格，未嘗不能提供一種可能性。

縱觀二十世紀中國文學理論與批評，我們可以強烈地感受到，現實主義成為中國現代理論與批評的圭臬，直到九〇年代，隨著西方現代理論與批評資源大量湧入中國，現實主義才遇到多元文化的挑戰。九〇年代以後的中國理論與批評，處於規範體系和主導理論解體的趨勢中。主導理論與規範體系的終結勢不可擋，以個體敏感性為本位建立起來的批評話語和理論體系雖然不再有統攝一切的"原理"作為真理性的依據，但其闡釋空間和包蘊的可能性確實更為強大。這樣一種變遷，放到二十世紀的文學理論與批評語境中，放到西方現代理論與批評建構起

來的文化背景中來考察，我們與其把它描述為分崩離析、雜亂無章的文化潰敗，不如去發掘困境中蘊含的創造活力。中國的文學理論批評經歷過較長時期的積澱，經歷過幾代學人面向中國文學實踐的努力，一定能創建出具有中國特色和中國風格的理論批評。

二〇一八年十一月改定

# 反思中國改革開放後文化威權與主體性建構的技術

（美）陳綾琪 著

胡疆峰 譯

中國在三十多年的市場經濟以及隨之而來的經濟高度增長和社會的開放期間，中國作家們如何在這樣的新環境下探索文化身份？他們又如何在傳統的負荷與變革的需求之間尋求平衡？本文將回到改革開放的初段，也就是自上世紀八〇年代末以及整個九〇年代，來探討這個問題。

二十世紀八〇年代興起、九〇年代興盛的民族主義，有一個突出的特徵，就是它與來自中央政府的經濟政策的消費市場相結合，創造了一種具有社會主義特色的資本主義和全球資本主義正在滲透的勢力。戴錦華指出，經常表現在商業主義中的民族主義的興起，如《中國可以說不》等出版物的熱潮，以及一系列具有相似標題和主題的書籍，不應該被視為具有穩定效益的話語，反而應當將之詮釋為對中國新興社會文化秩序中潛藏的種種問題和情緒的一種反應。按照戴錦華的觀點，正因為中國社會在追求經濟的成功過程中失去了固有對國家及文化底蘊的集體認同感，再加上中央政府對集體意識形態控制相當性的減弱，中央政府為了維持人民對國家的認同感，民族主義就成為了人民繼續支持國家政府最有效的辦法。但是，一個潛伏的危機是，一旦民族主義情緒開始退潮，"中國"作為政治一致性和文化霸權的符號標誌，將可能引起人們對集體文化身份與國家認同之正統性的焦慮[1]。

---

1　參看戴錦華：《鏡城地形圖——當代文化書寫與研究》，台北：聯合文學出版社，1999年，"救贖與消費"章節。

如果我們視民族主義情緒為一種強化秩序的男性衝動，那麼對逝去的民族英雄—領袖的集體懷舊的感情，則體現了意圖重新恢復失落的秩序的女性欲望。然而，這兩種看起來截然相反的情緒實際上揭示了一種對身份認同喪失的共同執著。果不其然，二十世紀八〇年代和九十年代的中國社會表現出的正是這兩種情感傾向。伴隨著這一時期的民族主義興起的是毛澤東的文化熱潮——以毛澤東為主題設計的商品風靡一時。消費大眾通過將“毛澤東”形象商品化並進而塑造一個不可侵犯的“毛澤東”符號，藉此來滿足他們對物質的控制與欲望，儘管人們新近獲得的錢財並不能真正賦予他們民主自由。也許毛澤東熱可以被看作是消費大眾或廣大人民對中央政府持續堅持建立一個社會主義式的資本主義的集體焦慮。事實上，中國的社會主義式的資本主義意味著國家將允許人民積累儘可能多的資本，用它來購買任何他們想要的東西，於此同時人民卻無法獲得足夠的公民權利，政治自由和民主。

但這並不表示中國人民渴望西方式的民主政治制度。從最近的各種文化趨勢來看，我們可以看出，越來越多的人認識到，他們需要一個更加寬容的政府和一個更開放、更自由的社會，讓人們能夠表達不同的觀點。目前，中國人共同分享的目標是繼續爭取經濟上的成功。但這也將不可避免地把中國人置於一種政治困惑之中：一方面，他們意識到極權主義是破壞性的，應該被拋棄；另一方面，他們不能完全放棄這個過去的、破舊的“安全毯”。換句話說，這是一個兩難困境，究竟是期盼那個熟悉的建設不足、破壞有餘的舊系統，還是追求一個能給予充分物質滿足但卻仍無民主自由的新未來。中國人對過去和未來的矛盾感覺，不僅體現在民族主義和毛澤東熱的雙重話語中，同時也顯現在二十世紀八〇年代和九〇年代文化辯論中對復甦儒家思想的渴望和西方知識與技術的激情。

二十世紀八〇年代中期的文化爭論是為了重建和再生在文化大革命中“傷痕累累”的中國文化。這種爭論很明顯是鄧小平為建設新體制而發起的政治運動的先聲——在鄧小平對新思想表達的鼓勵下，這場全國性的文化爭論最終沿著兩個方向展開。一個方向是中國社會科學院和北京大學等這些官方機構的學者和文化領袖們，如劉再復（其關於主體性和審美自律的理論）和李澤厚（其合併了馬克思主義、新儒學、康德主義和科學主義的中國啟蒙運動項目的新構想）提出了社會文化改革的新的宏大模式。他們相信中國社會非常需要這些社會文化改革，需要努力嘗試通過這些模式將積極的價值觀和信仰融入到社會中去。但也有一些謹慎多疑的知識分子，他們拒絕超越歷史和記憶，拒絕為如今邁向現代化的中國想像一個美好的未來。在半官方機構，如中國文化研究院和《讀書》、《鍾山》、《當代文藝思潮》、《文藝理論研究》和《文學評論》等雜誌和學術期刊社，人們努力從國外引入關於表達和創作的不同模式的新觀點和實驗。每次嘗試的規模都不大，零零星星的，但在呈現出太多宏觀的改革模式和充斥著太多領導權的意識形態的社會裡，它們也許正是一個社會真正需要的。

在此背景下，讓我們回過頭來談談中國近來復甦的民族主義的文化層面。基本上民族主義的大眾情感本身就是一種對民族和文化身份危機的表現症候。從二十世紀七〇年代中期"四人幫"倒台至二十世紀八〇年代創作的文學作品（傷痕文學、反思文學和尋根文學）來看，人們已經對社會主義價值觀的信奉、民族歷史的合理性、人生的意義和"集體"的優勢心存懷疑，並因此開始懷疑個體的位置等問題。圍繞真理、信念、人、歷史、文化、知識等概念展開的一系列爭論和探索幾乎都揭示了社會價值體系根本性崩潰的開始。

一九八五年在時任中共中央總書記支持下，中國文化研究院組織開展了著名的"文化討論"。黨中央的介入表明中國知識分子直接參與現代化和啟蒙工程、探索新知識及新觀念中"官方的"開始。同時也開展了其他"非官方"的文化活動，如會議、論壇、期刊報紙的創刊，文化機構也紛紛成立。學者們一般將一九八五年看作是中國當代文學的轉型：從過去十年的反思文學、尋根文學和自我反省的文學中轉向新的技巧和審美觀念的實驗，以及重新審視五四文學的反傳統、五四文學和西方文學的關係以及人們的文化意識上的歷史重負。這個新時代的文學思潮可大致分為兩類：先鋒派文學和新寫實主義文學。前者藉助敘述技巧來探討人類狀況的荒謬性，試圖解決在中國當時文化狀況下經歷的本體論危機；後者則回歸到現實主義，探求世俗生活的意義，尋求解決日常生活中的認識論危機。此外，對西方和其他非西方國家的理論、美學、高度現代主義（high modernism）文學、後現代主義以及後殖民主義文學的大量翻譯和介紹，也使得一九八五年後創作的文學作品顯得複雜而有趣。

反映藝術的實驗主義（experimentalism）潮流的小說有殘雪、馬原、格非、蘇童、余華和莫言等作家的作品。殘雪以其超現實的荒誕性和心理的複雜性著稱，她的寫作風格依然是中國當代文學中最具原創性的作品之一。在完全私密的夢幻般的領域裡，自我的主體性往往通過怪誕的物體或人物投射出來，就像是影子藉助搖曳的燭光投在牆壁上 —— 燭火很多時候似乎比影子更加真實。在她情感強烈和誇張的精神世界裡，自我不斷受到一種不可言傳的恐懼的威脅，這種恐懼通常通過身體的入侵、侵犯或畸形表現出來。自我完全與世隔絕，徹底禁閉在自我的精神世界裡。雖然殘雪的主體意識非常強烈，但她對自我與他者之間的關聯性卻一直固執地不予關注，甚至是拒絕關注。相對的，如和阿城筆下的個體人物形象進行比較，殘雪作品裡不僅沒有創作過那樣的人物形象，她甚至毀滅那種人物形象存在的可能性。王瑾將實驗主義者描繪的自我看成是"既非文化的，也非歷史的"；它甚至不能被視為是人類，而只是一種"敘事者的話語效應"[2]。換言之，二十世紀八〇年代末期實驗小說中的自我是一種語言的自我。

這的確是對毛文體風格的重大背離。然而，就後結構主義或是後現代主義的意義而言，這個主體 / 自我在多大程度上真正是語言上的主體 / 自我仍然是備受質疑。我認為，實驗小說中真正透露的是作家意欲展現他們對於語言和敘述方式所形成的新認識。這些作家不是試圖確定實驗主義者盡力構想出的自我及其主體性的種類，更有可能的是他們僅僅在試圖以有別於傳統的新的敘述策略來接合（articulate）自我及其主體性。作家們更多的思考是問題的表達，而不是對問題本身的哲學或理論探討。同樣，根據王瑾的觀點，可以想像而知的是實驗主義者已經成功地消除了"革命英雄"的影響，王瑾將問題恰如其分地安置於其所處的歷史語境裡，在該語境中，後現代主義理論已經開始獲得年輕的中國理論家和作家的認可。雖然王瑾對一些熱情的理論家，包括認為中國作家最終能夠創作出獨立主體的張旭東和唐小兵[3]，提出了批評和懷疑，但她自己並不懷疑主體的

2 Wang, Jing. *High Culture Fever: Politics, Aesthetics, and Ideology in Deng's China* (Berkeley: University of California Press, 1996), p. 224.

3 *Politics, Ideology, and Literary Discourse in Modern China*, ed. by Liu Kang and Xiaobing Tang (Durham & London: Duke University Press, 1993).

本質，如她所評述的那樣，主體正在面臨著被實驗主義作家如格非、孫甘露、余華、殘雪和莫言等毀損（mutilation）的命運[4]。其實，這裡最根本的問題應該是：這個主體是如何建構的？這個主體是獨立的個體，還是整體意義上的個體？如果不能完全回答出這個問題，那麼無論對主體做了什麼——毀損、抹除、去中心化或是被疏離——都真的是無所謂了。只要主體仍然是模糊的構想，不清楚主體到底是獨立的還是仍然是基於集體的，那麼任何概念上的、實踐上的、理論上的或是美學上的“進步”充其量只是偽進步。

很顯然的，主體 / 主體性和身份認同的（再）建立是中國作家極其熱衷探討的問題。認為主體被“毀損”的這種結論可能下的太倉促了。反之，更合理的說法是，借著不斷與歷史、記憶和過去的文化進行持續協商和對話，企圖從而產生出新的主體。這種探索可見於殘雪、蘇童、莫言、余華、格非等人的作品。顯然在實驗小說中，對於缺失主體的搜尋還沒有得到解決。另一方面，尋根小說中搜尋的不是主體，而是主體建構所依靠的基礎。例如，在韓少功的小說裡，須解決的問題不是個體的主體性，而是個體的過去及其被質疑的記憶。尋根小說採用了現實主義的敘述方式，回到既陌生又熟悉的昔日文化中尋找迷失的自我的身份。韓少功的敘事者主人公往往展現了個體對自我身份與日俱增的不確定感。隨著敘事者主人公對當下的認識變得越來越模糊，對過去的記憶越來越不清晰，最終他失去了自我意識。韓少功的小說總瀰漫著對將必然失去的自我，以及自我將被永久取代的恐懼。雖說為了尋找家族或文化的根，個體首先必須要有強烈的自我核心意識，但是，作為尋根文學的最佳代表的韓少功的小說卻旨在揭示一種可能性：這個核心或許只是非真實存在物的模擬。殘雪和韓少功的作品似乎都無視一些中國的後現代主義評論家有關“主體危機”的話語。作家們提出不同的觀點，認為真正處於危機的不是主體，而是主體從未真正存在過，因此無處可尋。新時期的當代中國作家面臨的任務確實就是尋找自我，建構後毛時代的文化和歷史的主體性。

---

4 *High Culture Fever: Politics, Aesthetics, and Ideology in Deng's China*, Wang, Jing (Berkeley: University of California Press, 1996), pp. 224–249.

顯然，自二十世紀八〇年代後期以來，中國作家更傾向於顛覆，甚至是漠視正統的文化意識形態。他們探究的是歷史文化資源是如何被用來將身份概念化，民族話語是如何影響自我的想像，以及如何通過語言來建構這種自我的表徵。每種身份都有其界定；很顯然，中國人身份的界定現在已經轉移了。韓少功和阿城的尋根小說、蘇童的新歷史小說、莫言的物質性荒誕現實作品、余華迷宮式的敘事風格、格非的自我反思小說、王朔的調侃式寫作，以及王安憶敘述歷史和傳統的細膩筆調，幾乎都出現了質疑"中國人"集體身份的趨勢，企圖解構這一千百年已經深深扎根在中國文化裡的集體身份。

但在二十世紀末我們能看到的是中國人的身份概念已經開始多樣化了。其中的一個基本因素是中國的經濟改革對當代中國文化狀況以及後來對佔主導地位的中國人的文化身份的看法所產生的影響。在中國當代作家中，王安憶最能捕捉到面對新的身份話語出現時所表現出的集體矛盾和焦慮。王安憶對反抗和順從的矛盾心理，源於中國知識分子傳統對歷史和道德義務雙重的責任感，也同時源於在過去的二十年裡知識分子在中國的社會、文化、政治變革中的參和窘境。今天的中國知識分子熱烈投身於正在興起的民族主義，源始於儒家文化的熏陶。在中國悠久的儒家文化傳統裡，士（學者或知識分子）對於君王統治的社會（或者現代的民族國家）和君王（或中央政府）一直肩負著社會和道德責任。從傳統看，他們是一個特殊的社會階層，界定他們的社會地位並不是通過經濟而是通過一種共享的精神和道德動力。中國知識分子的"感時憂國"（obsession with China）並沒有隨著五四現代化 / 西化運動的結束而消失，也沒有因為文革的經歷而減弱。將中國的知識分子和祖國始終緊緊相連的是一種歷史傳承和社會道德權利。當改革開放後政府似乎將知識分子的歷史責任還給他們時，他們立即毫無保留地欣然接受。自一九七八年和一九七九年十一屆三中全會提出"實踐是檢驗真理的唯一標準"和"解放思想"的號召以來，文學創作的熱情和評論的風氣一直是勢不可擋。即使是一九八九年之後，政治氣氛再次變得緊張，中國的知識分子也沒有卻步。無論發生了什麼，他們對中國的"關愛"也沒有消失。顯然，這種關愛的核心是始終在作用發酵的民族主義。王瑾認為當代中國知識分子的心態和他們的前輩沒有什麼不同："民族主義情結決定了精英知識分子看待中國歷史的方式，也決定了他們對未來展開的歷史想像的深層結構。” 從本質上講，他們自始至終表現出的道德上的“感時憂國”，是渴望著憑藉國家的繁榮來實現中國霸權[5]。

但是在中國知識分子自我承擔的，或所謂歷史賦予的“社會一文化一道德的光環”裡，有一種內在的巨大危險。雖然各個流派的作家——反思文學、尋根文學、人文主義或新寫實主義——都以探究主體性的本質作為他們關注的首要問題，但那種探究存在著很大的矛盾，原因很簡單，就是因為主體仍然被局限在原有的舊意識形態和社會主義共產主義的政治邏輯中。可能出現思想的解放，但如果該思想解放仍然由威權政府（authoritarian government）來控制，那麼對自我進行的任何探究又怎麼能帶來任何意義呢？此外，如果社會結構、政治環境和文化秩序沒有發生根本改變，那麼任何對自我進行的探究將永遠不會有任何積極成果。二十世紀八〇年代的個體仍然是和集體相對立的一個分類；這樣的個體不是“真正的”私人個體，而僅僅是集體（民族、人民和社會）的鏡像。這種“個體” 總是很容易被納入到社會主義的政治邏輯中去。

弔詭的是，由於中國經濟在國內外的成功，商業化已逐漸成為中國人當今生活的主導模式，充滿活力的大眾文化在文化領域裡佔據著主流地位。隨之而來的是精英知識分子受人尊敬的社會文化地位也正因為開放的市場和資本主義的商業主義而受到了嚴重的削弱。隨著物質文化的興起，精英知識分子感覺到自己的優勢地位受到前所未有的威脅。不過，我們也可以將這種威脅視為是一種建設性力量，因為它能夠迫使精英知識分子變得更具備自我批判性和自我反思性。知性主義（intellectualism）使得二十世紀八〇年代成為烏托邦式的十年，但這個烏托邦只是極少數人眼中的願景。廣大群眾並沒有參與其中。二十世紀八〇年代的社會和文化的復興運動所缺失的，除了和知性主義相向的反作用力，還有就是缺少和精英階層不同和異於於少數人觀點的普羅大眾的聲音。這種缺失也正是導致這場復興運動如此迅速失敗的原因。長期以來，中國知識分子的改革或是啟蒙運動一直缺失的就是對社會上流行的充滿活力的物質文化進行提升。現在中國的知

---

5 *High Culture Fever: Politics, Aesthetics, and Ideology in Deng's China*, Wang, Jing (Berkeley: University of California Press, 1996), pp. 224–249.

識分子終於能夠認識到：他們也是廣人群眾中的一員，他們的願景和聲音只是社會上眾多不同願景和聲音中的一種。但是讓中國的知識分子擺脫他們的“感時憂國”並接受新的社會文化擔當，又談何容易呢？

# 女性華文作家中的跨國性愛和主體性構建

魯曉鵬

全球華文文學包括中國境內的中文文學和在海外用中文寫作的作品。當一個作品在中國境內產生和流傳，華文文學和中國文學是相同而重疊的。然而，海外的華文作品則不等同與中國文學。海外的華文文學與傳統的中國國籍存在著不對稱性。國家、疆界、語言、身份認同不再是同型和同質的。應當說，全球華文文學或海外中文文學對民族、國家、身份、歷史、和中華性的刻畫有了更多的途徑和方法。在全球化時代，一個作家的身份認同，一件作品的國籍變得更加模糊。多元性、跨區域性、跨國性是當今華文文學愈加明顯的特徵。[1]

許多海外華人作家不是中國公民。華文作家不等同於中國作家，甚至華裔作家。華文作家包括在世界各地任何用中文寫作的作家。語言——中文、華文，是全球華文文學的最大公約數。作家的國籍、族裔是次要的。全球華文文學所構造的身份認同是超越國家疆界的泛中華性。它不僅僅構建中華主體性(subjectivity)，而是打造融括中國大陸、台灣、香港、澳門和海外的主體間性(intersubjectivity)。在世界華文文學裡，中華主體性可以更恰當地理解為泛中華主體間性。這類作品的內涵溢出了現代“民族國家”的疆界和範圍。

本文旨在探討跨國語境中的女性華文作家對於性別、性愛和主體性的建構。華裔女作家經常大膽探索性愛的尺度，描述跨國、跨族性愛，強化女性意識。她

1　在這方面，華文文學的概念和華語電影的概念有相同之處。見魯曉鵬、葉月瑜：〈華語電影之概念：一個理論探索〉，載於劉翠麗譯：《文化研究》，2005 年第 5 期，第 181–192 頁。魯曉鵬：〈華語電影概念探微〉，載於《電影新作》，2014 年第 5 期，第 4–9 頁。

們作品裡的女性是“大女人”，是生活中的主體。相比之下，她們小說裡的亞裔男性有時被弱化，變成少有作為、羞澀的小男人。相比之下，似乎華人男性作家少有涉及跨國語境的題材，缺乏對全球化時代的華人男性的主體性的刻畫。本文將談論以下作品：周勵的《曼哈頓的中國女人》(一九九二年)，衛慧《上海寶貝》(一九九九年)，虹影的小說《英國情人》(二〇〇三年)，呂紅的《美國情人》(二〇〇六年)，貝拉的《魔咒鋼琴》(二〇〇七年)。女性作家通過描述跨國戀情來勾勒亞洲女性在多元文化環境下的艱難取捨。描述華裔女主人翁與白人男性“他者”的愛情經歷是這類小說建構女性主體的一個重要策略。東方文化和西方文化之間二元邏輯被化解、演繹、包裝為東方女子和西方男性之間的跨國戀情。

這些作品都涉及到跨國愛情並描寫亞洲女主人翁與歐美男性情人的關係：《曼哈頓的中國女人》裡的歐洲情人，《上海寶貝》裡的德國情人，《英國情人》中的“英國情人”，《美國情人》顧名思義，《魔咒鋼琴》裡的東歐猶太情人。所有這些小說都講述一女兩男的三角愛情關係。華裔女子是這個三角的中心和主導。一方面，她有一位中國丈夫，或前夫，或未婚華裔戀人；另一方面，她遇到一位歐美情人。隨著故事的發展，女主人翁做出一個抉擇。在和歐美戀人交往過程中，華裔女主人翁意識到她現在或以前的中國戀人的多種不足：缺乏紳士風度、乏味、性無能，等等。而歐美男性恰恰擁有中國男人缺少的品格和氣質。其中幾部小說用浪漫乃至誇大的筆調美化白人男性。女主人公的婚外情或多角戀愛增添了小說內容的刺激和浪漫。

呂紅的《美國情人》似乎用反思的筆調講述華人女性與“美國情人”的微妙關係，揭露“美國情人”的雙面性和不可靠，從而質疑“美國夢”的完美性。《美國情人》代表新一波更成熟的華文文學。這類作品不再一廂情願地塑造成功的移民經歷，不再把作為“他者”的歐美男性單純地浪漫化，理想化，而是多維地探索文化差異和身份認同。《美國情人》，或“舊金山的中國女人”，更貼切地表述了美國社會的廣闊內容，其多面性和矛盾性。新移民的身份認同也變成一個更複雜的過程，而不是簡單地接受和擁抱歐美男性所代表的文化、文明、權利、和政治。

周勵的《曼哈頓的中國女人》是早期轟動一時的華文小說。[2] 它講述一個中國大陸女留學生在美國紐約的奮鬥經歷。小說的敘事者——女主人翁——周勵反覆強調她找到了一個藍眼睛的、善良的歐洲情人。她用近乎拜物狂式的語言讚美她的白人情人和未來的丈夫：麥克。"他給了我一種真正男性氣質的剛柔相濟的溫暖。"（周勵：《曼哈頓的中國女人》，第 350 頁）小說露骨地描寫白種戀人的完美身體。與麥克做愛以後，女主人翁說："為什麼直到三十五歲，我才第一次感覺到這樣強烈的性的衝動？"（第 351 頁）她帶麥克去中國大陸旅行。小說寫到："在我的可愛的祖國的上空，處處都有麥克那豪放動人、無憂無慮的笑聲。"（第 372 頁）"伏爾泰說：上帝賜給人類兩樣東西：希望和夢想。麥克——我的藍眼睛的歐洲小夥子，你的心地像水晶般的透明善良！"（第 372 頁）。歐美情人給了華裔女性從她的前夫那裡得不到的快樂。傳統的中國父權文化的缺失顯而易見。

衛慧的《上海寶貝》雖然不是海外華人文學，但是跨國戀愛是小說的一條主要發展綫索。小說裡的女主人翁 Nikki，也叫 Coco，有兩個情人：中國情人天天和德國情人馬克。天天因為吸毒而陽痿。而德國情人馬克被描寫為健康、性功超強的男人。小說裡有一段他們瘋狂做愛的描寫。德國情人有"大得嚇人的器官。"[3] 他使女人得到了中國男人無法給予的興奮和滿足。

貝拉的小說《魔咒鋼琴》講述一個中國女人和猶太鋼琴演奏家的跨國戀情。[4] 在書的後記中，貝拉寫到："我是一個白日夢者，一個愛情至上主義哲學的信奉者，正是通過編織各種烏托邦式的夢境，把一個中國女人'愛的宗教'傳遞出來。"、"我會一如既往地遠離文學圈，卻與聖潔的文學天使越來越近。是的，高貴，不僅是心靈和氣質，也是我堅守的文學品質。"（貝拉：《魔咒鋼琴》，第 298 頁）顯然，貝拉旨在刻畫"高貴"的人物。她的筆下的人物，一個是紅軍後代、新四軍女戰士李梅，另一個是歷經磨難的波蘭裔猶太鋼琴師亞當。當李梅和亞當一起墜入愛河的那一時刻，李梅有個中國未婚夫、亦為紅軍後代的趙克強，

---

2 周勵：《曼哈頓的中國女人》，北京：北京出版社，1992 年。

3 衛慧：《上海寶貝》，《衛慧作品全編》，桂林：灕江出版社，2000 年。726 頁。

4 貝拉：《魔咒鋼琴》，上海：上海人民出版社，2007 年。

而亞當是已婚之夫，妻子是薇拉。小說這樣寫到：

> “梅，你是上帝派來的東方女神，我愛你；薇拉曾使我獲得神聖的救贖，而你給了我愛的激情，激情，知道嗎？……你讓我無法控制自己，梅，我的寶貝，讓我擁有你……”亞當把李梅摟在懷中，然後雙雙又滾落在琴旁的厚地毯上。
>
> 雖然李梅在那剎那的瞬間，眼前閃過她的未婚夫趙克強的影子，但很快就被淹沒在愛的熱烈之中了。[5]

異國戀人之間的吸引力短暫地超越了道德規範和婚姻約束。以上三位來自上海的女作家（“海派女作家”？）—— 周勵、衛慧、貝拉似乎有一個共同特點：以東方女性和西方男性之間的異國戀情展示東方與西方的各自文化特徵、價值觀點、社會風貌。她們小說中的東方女性對白人男性的愛慕情結似乎也暗示了一定的價值取向。

《魔咒鋼琴》裡的跨國戀情後面有一個更大的歷史背景。二戰時期，上海成為兩萬猶太人的避難所。上海的宣傳部門和上海電影集團有限公司正在與美國影人合作，把這部小說搬上銀幕，拍成電影。他們說，把這個上海的故事拍成電影是他們的“歷史使命”。全世界都應當知道上海曾經為猶太人提供避難，使他們免遭納粹德國的迫害。這部小說被官方看好，成為一部光亮的“主旋律”作品。它講述一個浪漫的、美好的跨國戀愛故事，並引發一輪全球化時代的中西方文化合作。紅軍、新四軍、上海、中國現代史、世界反法西斯戰爭、西方古典音樂、歐洲、美國，被這部洋洋大作巧妙地連貫在一起。

旅英華裔女作家虹影的小說《英國情人》（二〇〇三年）敘述一個在中國發生的跨國戀愛故事。著名英國作家弗吉尼亞・伍爾芙（Virginia Woolf）的侄子裘利安・貝爾（Julian Bell）來到中國的工作。他認識了青島大學系主任夫人閔。閔是有夫之婦，但是機會到來時，她與“英國情人”裘利安相戀，產生婚外情。小

5　貝拉：《魔咒鋼琴》，第 47 頁。

說把中國女人自我東方化。閔在與英國情人做愛時幾乎像個神秘的巫師。[6] 她掌握東方做愛的秘訣，使得英國情人滿足。小說原名《K》，取材於凌叔華的故事。為此，凌叔華和她丈夫陳西瀅的女兒陳小瀅與虹影打官司，抗議小說中露骨的性愛描寫，“侵犯先人榮譽”。

呂紅的《美國情人》（二〇〇六）與上述小說的筆法有很大不同。[7] 女主人翁芯與她的中國丈夫劉衛東的關係緊張，以至最後離婚。她與美國男人皮特相識、相愛。但是小說並沒有把這段跨國姻緣理想化。皮特最後離開芯。這段戀情無果而終。作為他者和西方文化化身的皮特，最初對東方女人芯具有一定的“差異性”和吸引力。小說如此描寫他們的第一次交往：

> 臨到公寓樓前，皮特敏捷地跳下車，為芯拉車門，溫柔地牽扯她的手，呵護她下車，送她到門口。你的頭髮真美！他輕聲讚嘆。
>
> 西方男人天生的幽默感，自然流露的溫情細膩，給她留下最初的印象。[8]

顯然，西方男性的紳士風度給了從中國大陸來的女性一個好印象。小說中的人物和事件也不斷發展。臨近小說結尾，芯對她從前的美國情人皮特有這樣的全面思考和評價：

> 從前他似乎擁有的很多，卻又空落。對人生，他認真過也遊戲過；對女人，他迷戀又迷失；儘管他是女人最體貼溫馨，浪漫無比的情人。但面對各種誘惑，就像愛吃巧克力的，被甜蜜優裕寵壞了的男人；不，是男孩！心理學家說：男人或多或少都會有的心理，害怕成長，沉溺於自我，不願面對矛盾的現實。有時候就好像無知男孩一般，逃避女人的認真和執著。責任感似乎另他承受不了，有畏懼感。[9]

---

6　虹影：《英國情人》，瀋陽：春風文藝出版社，2003 年。

7　呂紅：《美國情人》，北京：中國華僑出版社，2006 年。

8　呂紅：《美國情人》，第 66 頁。

9　呂紅：《美國情人》，第 258 頁。

呂紅似乎沒有重複東方女性與西方男性之間的二元對立的老程式。小說沒有把白人男性描寫為過分"高尚"，性功能超強，特別善良。小說並不過度地將白人男性作為"他者"理想化、浪漫化。"美國情人"和任何國家的情人一樣，有他的弱點、不可靠性，不是完美無缺的人。

女主人公"芯"的名字寓意深刻。小說講述一位華裔女性移民美國的心路過程，既"心"的故事。給女主人翁取名"芯"再恰當不過。《美國情人》氣勢恢宏，社會內涵豐富，大千世界，林林總總，盡在筆下一一描繪出。同時文筆細膩而優美，心理描寫惟妙惟肖，娓娓動人。它是這類海外華人文學的典範和力作，也是當代華文女性小說創作的一個鮮明例證。

小說裡有大量的景物描寫，而外在景物與小說人物的內心活動緊密關聯。舊金山是一個煙霧迷蒙、千姿百態、充滿魅力的海濱城市。作者常常能以其特有的性感而生動的筆調勾勒出這座城市的風貌和人物的心理。作者如此描述女主人公路過舊金山市區的跨美金字塔的感受。那時她剛到舊金山。

> 記不清多少個夜晚，芯下班路過金融區，踏著星空下閃著細小光澤的路面，便會回憶初次走過金字塔的情景。幽暗路燈下踩著自己身影踽踽獨行，茫然而又果決，去尋覓不可知未來的那個寒冷的深秋。
>
> 那年 Halloween（鬼節），芯懷著一點兒隱隱約約的興奮和初識的幾位朋友一起去舊金山廣場，看五顏六色奇形怪狀的男男女女，裝鬼弄神，或唱或跳，群魔亂舞。那是剛來舊金山尋夢的第二天。她根本不知道自己的腳，會落在何處；心，會落在何處，就這麼大大咧咧硬著頭皮來了⋯⋯怎麼說呢？撿好聽一點講，是闖蕩；說穿了，就是漂泊。[10]

這是一位華裔女子初到美國打拚的感受。她滿懷個人奮鬥的志向，但是具體的生存狀況卻是漂泊不定。臨近小說結尾，經過多年的努力和磨練，主人公芯終於在美國拿到"身份"（綠卡，永久居留證）。她的喜悅之情可想而知。也是在小說的這一節的開始，作者再次通過描寫舊金山的風土人情來分析芯的心路歷

10　呂紅：《美國情人》，第 12 頁。

程。呂紅的文筆還是那麼引人入勝。

> 煙火是從海濱的愚人碼頭發向夜空的。
>
> 伴隨著一串巨響，五光十色的煙花在深藍的背景中綻開時分，芯在小屋裡敲電腦。探身從二樓窗口看去，西天上螢光閃閃。璀璨光斑及人潮的喧鬧隱隱波動心弦，芯隨意披件外套出門，朝海濱方向而去。絢麗奪目的煙火在舊金山北岸哥倫布大道兩側，成雙成對地升起，綻開。越來越密集，熱烈。人群在歡呼，有夫妻結伴觀看的，有父子或母女同行的。此情此景再次觸動她心中那最柔軟最感傷的一處，真不敢想像，當一個模樣個頭聲音都認不出來的孩子來到身邊，是什麼感覺？
>
> 夢想到底還有多遠？[11]

作為母親，芯很久沒有見到留在國內的女兒。她感嘆人生的遺憾和悲歡離合。伴隨著移民海外的成功是一縷憂傷。海外遊子有著與中國割不斷的親情、母女情。這種情感上的聯繫永遠不可能消失，而且會與日俱增。在芯追尋美國夢時，她在情感上付出了不小的代價。在熱鬧的節日期間，看到別人結伴出遊、萬家團圓的時候，更感到漂泊他鄉的孤獨。

11 呂紅：《美國情人》，第236頁。

# “五四新文學”，到底“新”在哪裡？
## ——重讀魯迅的三篇小說（節選）

許子東

如果我們將“五四新文學”的特點，簡單概括成：一、白話文創作；二、相信科學民主，批判禮教吃人；三、憂國憂民，啟蒙救亡；四、接受進化論等西方思潮，那麼接下來的問題自然是，“五四”與晚清文學的關鍵性區別在哪裡？

第一白話文創作，除了鴛鴦蝴蝶派的《玉梨魂》外，大部分晚清重要的小說都已經在使用白話文，李伯元、劉鶚等人的文學語言，和“五四”小說沒有本質區別。第三啟蒙救世，梁啟超從理論到實踐，早就開始了“五四”憂國憂民之路。李伯元想教官場的人怎麼做官，老殘路見不平、拔刀相助，這些文俠姿態，和“五四”以後的啟蒙救世精神直接相連。第四晚清文人也接受西學和“進化論”。《孽海花》狀元主角相信聲光化電能使中國開放進步，老殘想救大船上國人，也需要外國羅盤。所以在白話文、啟蒙救國與西學影響這三方面，人們很有理由說“沒有晚清，何來五四”？

好像只有對待傳統禮教的態度，有些差異。譴責小說要“現形”的“怪現狀”大都違背儒家禮教人倫，鴛鴦蝴蝶派“癡乎情，止乎禮”，和“五四”激烈批判禮教吃人，有所不同。除此之外，從四大譴責小說，還有早期鴛鴦蝴蝶派，再到魯迅和“五四新文學”，還有什麼重要的不同之處呢？

順時序重讀世紀初的重要小說，我們會注意到一個顯而易見（但是少有學者專論）的文學現象：梁啟超和晚清譴責小說不約而同地把官場（“官本位”）視為中國社會問題的焦點。李伯元冷嘲“上上下下，無官不貪”，不要錢的官員，說書人說實話一個都沒見過。吳趼人熱諷社會各界怪現狀，各種欺騙無奇不有，最荒唐的也是苟才、葉伯芬等官員。曾樸寫即使考出來的文官，有心救國，卻也好心辦蠢事（重金購買假地圖）。劉鶚筆下的貪官不好，清官更壞。如果不是批判，梁啟超幻想中國他日富強，關鍵要素也還是依靠一個黨、一個領袖，說到底還是期盼官場救國，並以治國之法來治黨，改造官場。《新中國未來記》兩個主角長篇爭議改良或者革命方案，爭議點就是：可不可能有好官？民眾能不能依靠好官？所以李伯元的《官場現形記》中有段話，可以代表晚清政治小說的集體的聲音："中國一向是專制政體，普天下的百姓都是怕官的，只要官怎麼，百姓就怎麼，所謂上行下效。……中國的官，大大小小，何止幾千百個；至於他們的壞處，很像是一個先生教出來的。因此就悟出一個新法子來：……編幾本教科書教導他們。……等到到了高等卒業之後，然後再放他們出去做官，自然都是好官。"[1]

現在可以重新討論晚清和"五四"的不同了：魯迅關心的重點不只是"官"，也不只是"民"（把"人民"作為中心是一九五〇年代以後的事情）要點就是"人"。文學的焦點從"官本位"轉向"國民性"，這就是"五四"的意義。

"人的文學"和晚清"官場文學"有邏輯發展關係。如果李伯元講得有理，無官不貪，甚至買官是一種"剛需"，那是不是說官員之貪，背後也有人性理由？如果老殘說得有理，貪官不好，清官亦壞，那即使把所有的官都撤了，換一批民眾百姓上去，但也還會有貪腐、專制？

魯迅關於"立人"的想法，是在留學時期接受歐洲人文主義還有日本明治維新影響而逐漸形成。魯迅和晚清作家們一樣覺得中國病了。但他已不認為只是官場病了，只是政治危機導致民族危機。按照錢理群的概括，"民族危機在於文化危機，文化危機在於'人心'的危機，民族'精神'的危機：……亡國先亡人，亡人先亡心，救國必先救人，救人必先救心，'第一要著'在'改變'人與民族的'精神'"[2]。魯迅在辛亥革命前後冷眼旁觀，對於新官舊政現象深感失

---

1 李伯元：《官場現形記》，《海上文學百家文庫・李伯元卷下》，上海：上海文藝出版社，2010 年，第 839 頁。

2 錢理群：《與魯迅相遇——北大演講錄之二》，北京：生活・讀書・新知三聯書店，2003 年，第 70 頁。

望，“革命以前，我是做奴隸，革命以後不多久，就受了奴隸的騙，變成他們的奴隸了。”[3]眼看官場換了新人，社會並沒有進步，導致魯迅與他的同時代作家，同樣批判社會，卻不再（或很少）將官員作為主要的文學人物，也不再把暴露官場黑暗作為喚醒民眾的主要方式，而是正視他們覺得是更複雜的問題：到底是貪腐專制官場導致了百姓愚昧奴性，還是百姓愚昧奴性造就了官場的貪腐專制？於是，魯迅以及以他為方向為旗幟的“五四”新文學，仍然像《老殘遊記》那樣以文俠姿態批判社會現實，還是像梁啟超這樣感時憂國、啟蒙救亡，但是他們關心的焦點已不再是中國的官場，而是中國的人，具體說就是人的文學，就是解剖國民性。

當時，人們都覺得“五四”是對晚清的超越，一九五〇年代再從“人的文學”發展到“人民文學”又好像是對“五四”的超越。可是今天再想，第一，文學是否一定要解答中國的問題？第二，中國的問題，關鍵到底是在官場，還是在民眾，還是在“人”呢？“五四”百年，我們必須肯定魯迅他們的突破意義。但是，魯迅那一代又是否過於樂觀了呢？晚清文學處理的“官本位”問題在中國果然已經不再重要了嗎？

晚清作家譴責中國官場，其實有個安全距離。李伯元在租界，梁啟超在橫濱，老殘行醫也要和器重他的昏官搞好關係，才能路見不平。魯迅設身處地想像他的小說人物——本來有仕途，可是生病看破禮教，不僅鄙視官場質疑庸眾，更看出官民相通之處即國民劣根性。不僅罵主子，也怨奴才，要挑戰整個主奴關係秩序。但是這個主人公既不能躲在租界，也不認識大官，那麼，具體結果會是怎樣？顯然，結果就是周圍的人都過來圍觀、嘲笑，連小孩也表示鄙視，甚至他的家人也要可憐、禁錮這個病人——於是《狂人日記》就出現了。

你說大家都病了，不僅官場病了，民眾也病了，結果大家就說你病了，而且最後真的把你醫好了，也就是說你必須跟大家一起病下去。魯迅的深刻，就像下棋比其他人多想了好幾步、好幾個層次。

《狂人日記》寫於一九一八年四月，初次發表在五月十五號第四卷第五號的

---

3　《忽然想到·三》，《魯迅全集》第三卷，北京：人民文學出版社，1981 年，第 216 頁。

《新青年》月刊，後來收入小說集《吶喊》。《中國現代文學三十年》當中解讀魯迅的關鍵詞組之一就是“看”與“被看”[4]。小說正文長短十三段，長的有一至兩頁，短的一至兩行。主要寫主人公“我”看到自己被別人看。“趙家的狗，何以看我兩眼呢…… 早上小心出門，趙貴翁的眼色便怪：似乎怕我，似乎想害我。還有七八個人，交頭接耳的議論我，張著嘴，對我笑了一笑；我便從頭直冷到腳根……前面一夥小孩子，也在那裡議論我……教我納罕而且傷心。”[5] 看到自己被看，有兩種可能，一是神經過敏，被迫害妄想，這是小說的寫實層面，醫生角度解剖病人。二是思維敏捷，看穿別人的好奇、關心、照顧後面，其實是窺探、干涉與管制。“看”與“被看”，可以引申到另一組關鍵詞，“獨異”與“庸眾”。很多人圍觀一個人，這是魯迅小說後來反覆出現的基本格局。這是魯迅與很多其他作家不同的地方，也是“五四”文學與晚清小說以及後來“人民文學”不同的地方。

晚清小說假設多數民眾（租界讀者）對少數貪官的道德批判優勢。一九五〇年代以後寫革命戰爭農村土改，也代表窮人聲討地主反動派。二十世紀中國小說只有“五四”這個時期，只有在魯迅等少數作家這裡，才會出現以少數甚至個別對抗多數的場面。

“‘個人的自大’，就是獨異，是對庸眾宣戰。……而‘合群的自大’，‘愛國的自大’，是黨同伐異，是對少數的天才宣戰……這種自大的人，大抵有幾分天才，也可說就是幾分狂氣，他們必定自己覺得思想見識高出庸眾之上，又為庸眾所不懂，所以憤世疾俗……但一切新思想，多從他們出來，政治上宗教上道德上的改革，也從他們發端。所以多有這‘個人的自大’的國民，真是多福氣！多幸運！”[6]

魯迅為什麼支持個人獨異，來批判庸眾（今天叫“吃瓜群眾”）？一是強調“個人的自大”、“少數的天才”憤世疾俗的價值，二是狂人也知道圍觀他的眾

---

4 錢理群、溫儒敏、吳福輝：《中國現代文學三十年》，北京：北京大學出版社，1998 年，第 40–41 頁。

5 魯迅：《狂人日記》，《魯迅全集》第一卷，北京：人民文學出版社，1981 年，第 444–445 頁。

6 魯迅：《隨感錄 · 三十八》，《魯迅全集》第一卷，北京：人民文學出版社，2005 年，第 327 頁。

人，並不是官府爪牙，“他們——也有給知縣打枷過的，也有給紳士掌過嘴的，也有衙役佔了他妻子的，也有老子娘被債主逼死的……”換言之，這些包圍他迫害他的人們，本身也是被侮辱、被損害者，他們不是主子，也是奴隸，可他們卻幫著官場迫害精神獨異者，這使魯迅十分困惑。只是批判官場，庸眾怎麼辦？

從“看與被看”的情節，“獨異與庸眾”的格局，自然引出更嚴重的主題：“吃人與被吃”。吃人可以象徵某種物理生理傷害，比如說裹小腳，女人守節，包括魯迅自己和朱安的無性婚姻等等。小說中的吃人，又有更寫實的所指：“狼子村不是荒年，怎麼會吃人？”意思是歷史上確有饑荒食人現象。還有爹娘或君主生病，兒臣割肉煮食，也是中國道德傳統。甚至於食敵心肝、胎盤養生等等。

從《狂人日記》開始，魯迅的小說總有象徵/寫實兩個層面並行。吃人主題更深一步，就是狂人懷疑自己是否也吃過人，被吃的人也參與吃人。這是二十世紀中國小說中的一種比較深刻的懺悔意識，之前少見，之後也不多。

看到社會環境腐敗官場在危害百姓，導致民不聊生，這是晚清四大名著的共識。看到不僅官府富人，而且自身被欺的庸眾看客，也是這黑暗中國的一個有機部分，這是“五四”文學的發現。看到肉體壓迫吃人，禮教牢籠也吃人，鴛鴦蝴蝶派也會抗議。但是看到害怕被吃的人們，甚至大膽反抗的狂人，可能自己也曾有意、無意參與過吃人，這是魯迅獨特的懺悔意識。

一個短篇這麼多不同層次，這麼複雜的容量，一起步，就把現代新文學提高到很高的水平，難怪後來幾乎成為魯迅創作的大綱，在某種意義上，《狂人日記》也是整個現代中國文學的總綱。

如果說《狂人日記》是魯迅全部作品的總提綱，那麼《藥》幾乎可以說是二十世紀全部中國小說的總標題（直到一九九〇年代，另一部暢銷的嚴肅小說《活著》標誌後半個世紀的中國故事）。以文學診斷社會的病，希望提供某種藥物使中國富強，這是魯迅小說的願望，某種程度上，也是二十世紀中國小說的集體願望。

魯迅的創作，當然跟他的衰落家境、少年經歷、留學日本，還有後來做教育部官員等個人經驗有關，這些經驗中的關鍵詞就是屈辱。這些屈辱又常常和醫和藥有關。周家祖上原是大戶望族，祖父因為科舉作弊被判死緩，每年秋天都要等待宣佈是否處死。父親生病，魯迅後來一直記得當鋪、藥鋪的櫃檯和他身體一樣高，藥引要原配的蟋蟀。魯迅最早的白話文章《我之節烈觀》，就是批判對女性身體的管理。"原配蟋蟀"極為諷刺——可以想像十來歲的周樹人和周作人，兩個日後的文豪，在百草園裡翻石頭並且分頭追逐各奔東西的蟋蟀，誰知道它們到底是正宗夫妻，還是小三，或者一夜情？

給父親買藥，是說得出的屈辱；被親戚鄉鄰污衊，說買藥時偷家裡錢，則是說不出的侮辱，連母親都無法幫他洗清。因為這些流言和屈辱，魯迅早早離鄉背井，到江南水師學堂艱苦寄宿攻讀新學。沒想到接下來的屈辱又和醫 / 藥有關。在幻燈片裡發現了日俄戰爭中華人麻木不仁地圍觀華人被當作俄軍間諜砍頭，於是覺得醫身體不如醫精神，這是一個說得出的刺激和轉折點。但在仙台學醫成績中上，被日本同學污衊說是藤野先生特別照顧，這又是一個說不清楚的屈辱。碰到這種事情，周樹人不吵，而是忍，但絕不忘卻。國事私事都不忘，持久的反省，持久的恨。後來顧頡剛、陳西瀅議論《中國小說史略》是否抄襲鹽谷溫的《支那文學概論講話》，一九二〇年代後期又同時遭到郭沫若和梁實秋左右兩翼的批判等等，魯迅都是先忍，之後就一直不忘，時時反擊。

更加需要忍耐的是他遵奉母命的與朱安的婚姻，明知不合道德，仍然服從成親，這是一忍。結婚後堅決不同房，只當朱安為母親媳婦，而不是自己妻子，這又是一忍。這何嘗不是在被人吃的情況下也參與吃人呢？魯迅常常說，他沒有對讀者說出他全部的真話。竹內好說，"他確實吐露過誑騙的話，只是由於吐露誑騙的話，保住了一個真實。因此，這才把從他吐露了很多真實的平庸文學家中區別的出來。"[7] 魯迅的真誠就在於他承認自己不真誠。是不是在處理與朱安關係方面，也有這種說不出來的真誠的不真誠呢？至少早期，魯迅人生有很多關鍵選擇，確實和"醫"和"藥"直接有關。即使棄醫從文，他以自己創作來診斷醫治中國社會的病，希望有某種"藥物"使中國富強。

一九〇二年梁啟超的政治幻想就是一個理想藥方。李伯元冷眼感嘆官場到處是病，命意也還是匡世，是一種反面的藥方。最典型的例子是老殘，真是一個搖

---

7　竹內好：《魯迅》，杭州：浙江文藝出版社，1986 年，第 11 頁。

鈴的江湖郎中。在山東看好了一個大戶人家的怪病，獲得了十兩銀子報酬，家鄉存八百，身邊帶二百，這是以後老殘可以謝絕做官，繼續浪跡鄉鎮、行醫救人的本錢。後來老殘又替不同的人看了不同的病。小說中省裡來的白老爺，偵破賈魏氏涉嫌下毒謀殺賈家十三人，關鍵橋段也是判斷害死人命的藥的性質來源。老殘的藥大都靈驗，特別神奇是最後一章，到泰山找到返魂香，居然一下子把棺材裡挖出來十三具無辜的屍首一一救活。後來在金庸、梁羽生等人的新派武俠小說當中，神奇藥方不僅治病，而且是推動劇情、改變歷史的迷幻藥。

為什麼《老殘遊記》裡的藥這麼靈？因為老殘眼裡世間的病，病因比較清楚，就是貪官、清官壓迫民眾。所以江湖郎中路見不平，見的都是冤案——貪官亂判，清官不收錢就殘酷亂刑。受害群體中有僕人農民，也有財主妓女，在老殘眼裡沒有區別，都是受害人。老殘的抒情文字十分美麗，老殘的文俠勇氣值得欽佩，老殘看社會，官民陣綫分明，所以老殘的藥十分靈驗。

可魯迅寫的人血饅頭就不同了，在一個短篇《藥》裡，也是官場欺壓民眾，中間卻至少有五個不同階層。第一是官府，縣老爺不必出場；第二是幫兇康大叔，紅眼睛的（此人如在晚清小說就是沒有面貌的衙役了）；第三是茶館眾人，花白鬍子、駝背五少爺，還有一個二十多歲的人等等，議論紛紛；第四是華老栓、華大媽、華小栓——普通被害者；第五就是造反派革命黨夏瑜，以及他的家人夏四奶奶。

作家作為醫生替社會看病，眼前官民之間有了至少五個階層，病症就複雜了。第一層基本病因，官府鎮壓革命黨，大家都知道。第二層併發症，二次災情是幫兇賣烈士鮮血給民眾，反而送了小栓的命。這個次生災難二、三、四層的人們都看不見，施害者與受害者都不知道救命藥變成了殺人兇器。更弔詭的是，兇器既是舊社會藥方，也直接來自革命者身體。客觀上，如果二、三、四階層的人繼續愚昧，第五類人的革命，反而加重病情。再神奇的藥也是毒藥。

當時人們想，針對晚清的病，需要“五四”的藥。百年之後人們又要反思，如果晚清的病一直不能斷根，是因為“五四”的方子也不行，還是因為沒有始終堅持用“五四”的藥？

魯迅和“五四文學”不是不寫官民矛盾，而是不以各級官員為主要人物，不以各種官場為主要場景。魯迅小說裡當然也有“官場”的背景，但不是正面寫高官醜行，而是第一突出官員的爪牙幫兇（康大叔等）來襯托官場兇殘。第二視知識分子“仕途”為失敗墮落，比如《孤獨者》中魏連殳做了將軍秘書以後的尷尬處境，比如“狂人”最後“赴某地候補”[8]

最典型的解剖“官民共享”國民性的代表作，當然是《阿Q正傳》。《阿Q正傳》的評論史，也是二十世紀中國文學批評史的一個縮影。一九五〇年代中期，錢谷融先生在著名論文〈論“文學是人學”〉中，引述了當時理論界關於阿Q的爭論：“何其芳同志一語中的地道出了這個問題的癥結所在：‘困難和矛盾主要在這裡：阿Q是一個農民，但阿Q精神卻是一個消極的可恥的現象。’許多理論家都想來解釋這個矛盾，結果卻都失敗了。……”[9] 因為阿Q是農民，因此是好的。阿Q精神卻是壞的，應該屬當時官員和官場。馮雪峰說阿Q和阿Q精神要剝離。阿Q主義是封建統治階級的東西，它寄居在阿Q身上。[10] 李希凡進一步認為魯迅小說就是要控訴封建統治階級怎麼在阿Q身上造成這種精神病態。[11] 何其芳因為不大相信阿Q精神像病菌一樣在轉移，說阿Q的精神勝利法，不同階級的人也都可能有，結果這種“超階級的人性論”就受到了批判。[12]

其實阿Q精神的生命力，既屬民間，也屬官場。之前晚清作家李伯元、吳趼人、劉鶚描述官場，重點是官欺壓民。後來延安、五十年代“人民文藝”，希望民反抗官。但魯迅一代作家，卻更關注了官民之間的複雜關係和主奴之間的心理關係。今天是弱勢民眾，萬一明天做官，會不會重犯官場毛病？那毛病就是“阿Q精神”，既是官病，又是民疾。最佳注釋就是阿Q的“土穀祠之夢”……

……

全文見拙著《重讀二十世紀中國小說》，節選祝賀劉再復先生八十壽辰。

---

8 《狂人日記》：《魯迅全集》第一卷，北京：人民文學出版社，2005年，第278–283頁，444頁

9 錢谷融：〈論“文學是人學”〉，原載《文藝月報》（上海）1957年第5期。引文摘自上海新文藝出版社編：《論“文學是人學”的批判集（第1集）》，上海：上海新文藝出版社，1958年。

10 轉引自錢谷融：〈論“文學是人學”〉。

11 轉引自錢谷融：〈論“文學是人學”〉。

12 轉引自錢谷融：〈論“文學是人學”〉。

# 邊界、越界和邊界書寫

## ——冷戰與華語文學

王曉玨

一九四九年，中國經歷了重大的地緣政治變化，這一年也是全球冷戰格局形成的一個關鍵點。如何在文學、文化意義上處理一九四九年？一九四九是一個轉折點，無論是斷裂、延續、轉折，它是危機也是契機。一九四九是時間的，其歷史意義和象徵意義自然毋庸置疑，同時更具有空間意義，文化地理上的重要性。作為冷戰形成的關鍵點，一九四九創造了自己的地理學，生成了新的邊緣、新的焦點地帶，新的勢力集結點，促成多元的中國文學主體。全球冷戰的地緣政治不僅是美蘇兩個超級大國挾持普世話語與意識形態的二元對立，更包括了全球範圍內風起雲湧的新帝國主義、移民與難民大潮、解殖民主義、民族獨立運動、發展主義和不結盟運動。

近年來冷戰文化研究經歷了非常重要的全球轉向，其研究重點不再只是集中於美蘇兩國之間的軍備與文化競爭，關注的主題也不再只是傳統的遏制與對立，崇共反共，核威懾和核恐懼等等。新型的冷戰文化研究轉向研究全球不同區域的具體政治、文化、經濟等環境中出現的文化問題。文化冷戰研究學者 Adam Piette 指出，在英語世界中，冷戰文化研究僅僅關注歐美地區的文化現象，是一種缺陷，這種以美蘇為框架的研究模式急需打破。[1] Andrew Hammond 則進一步提出全球冷戰文學這一新的批評範疇，強調"對冷戰時期文化創作研究的關鍵點在於，必須承認冷戰的影響力波及全球範圍。"[2] 在近期的美國冷戰文化研究領

---

1 Adam Piette, *The Literary Cold War: 1945 to Vietnam* (Edinburgh: Edinburgh University Press, 2009).

2 Andrew Hammond, *Global Cold War Literature* (London and New York: Routledge, 2012), p.2.

域，美國和亞洲的關係和亞美研究問題成為熱點。幾部重要學術專著著力論述美國作為冷戰時期太平洋地區新霸主，如何在環太平洋地區通過文化途徑，以各類方式和策略聯合、收編亞洲在地資源。《冷戰東方主義》一書討論美國冷戰時期的中產階級文化是如何想像亞洲的，[3] 作者 Klein 認為，冷戰時期美國在亞洲的擴張過程中，一種新型的殖民主義和東方主義是齊頭並進的。《帝國的終點》則試圖定義冷戰整合這個新概念（Cold War integration），以挑戰傳統的對立與分野的研究範疇，強調美國冷戰時期對亞洲的策略以文化整合為主，其目的在於建立美國在太平洋地區新帝國霸主的地位。[4] 陳光興的《作為方法的亞洲》和筆者的《冷戰面孔下的現代性》則嘗試在全球冷戰框架中重新思考二十世紀中葉以來的華語文學。[5] 亞洲的文化生產在全球冷戰文化研究中的重要性逐漸凸顯出來。

這樣的冷戰視野能為我們重新審視處於冷戰亞洲與世界新格局的華語文學帶來什麼樣的新的視角、範疇和時空架構呢？一九四九年之後，華語文學版圖呈現出多元的、跨地緣政治疆界的特點。中國文學、新文學、現代文學——國族文學這些範疇是否依然有效？如何在國族文學的傳統分野之外，尋求新的研究視角？處於冷戰的亞洲與世界的格局之中，如何重新尋求中國文學或者華語文學在興起的世界文學中的定位？冷戰開啟的地理學，在政治、文化、語言層面上生成了新的邊界、中心、路徑、網絡與交叉點。這個新的坐標系可以啟發我們對華語書寫的文本進行新的比較與對照解讀的可能性。這樣的比較文學的實驗，可以為思考語言文學和文化主體性等一系列問題打開更多的維度。本文在這裡做一個嘗試：通過解讀路翎的〈窪地上的"戰役"〉，張愛玲的《赤地之戀》，和鄧克保（柏楊）的《異域》，來考察冷戰時期華語文學中的邊界敘事，進而探討邊界、越界以及異質空間等議題。

---

3 Christina Klein, *Cold War Orientalism: Asia in the Middlebrow Imagination, 1945–1961* (Berkeley, Los Angeles, London: University of California Press, 2003).

4 Jodi Kim，*Ends of Empire:* Asian American Critique and the Cold War (Minneapolis: University of Minnesota Press, 2010).

5 Chen Kuan-Hsing, *Asia as Method: Toward Deimperialization* (Durham: Duke University Press, 2010). Wang Xiaojue, *Modernity with a Cold War Face: Reimagining the Nation in Chinese Literature across the 1949 Divide* (Cambridge, MA: Harvard University Asian Center, 2013).

路翎的〈窪地上的"戰役"〉和張愛玲的《赤地之戀》在抗美援朝的歷史背景下，從欲望、愛情的角度，書寫中朝關係。儘管政治理念大相徑庭，路、張均視"戰場"如"情場"，將生死戰場轉化為個人情感危機的場所，將東亞異邦轉寫為與主流意識形態相抵牾的異質空間。柏楊的《異域》講述國民黨政府撤退台灣後，一隻殘餘軍隊輾轉西南邊陲，在中、緬、泰、寮邊境地帶，與各色共產勢力以及當地土著孤軍作戰。《異域》的政治色彩固然呼之欲出，但更值得關注的，卻是其中文學想像與民族志記錄、戰爭報告與跨文化體驗，越界之旅與拓荒墾殖之間的重重糾結。三部作品探究國族、文化以及生存意義上的越界經驗，使得中國這一概念以及身份認同的界綫，變得錯綜複雜。三位作家致力於剖析文化認同的複雜性，同時也對他者文化進行了考量，觸及到滇緬少數民族、朝鮮半島、以及東南亞地區。這些跨越邊界的書寫，揭示了冷戰二元對立格局之外亞洲不同文化和地域之間的互動，並形塑了溢出民族國家之外的主體位置。

我把這些作品稱為冷戰的邊界書寫（borderland narratives）。邊界書寫關注各種意義上的分界綫和臨界經驗。這裡所涉及的不僅是地理政治意義上的分割綫，諸如中國在東北亞的邊界、西南邊陲、台灣海峽和南中國海。這些地圖上可以標示的空間地域的綫條，在一九四九前後東亞冷戰態勢穩定過程中取得新的地緣政治意義。這些地理分界絕非固若金湯、穩定不變，它們或虛或實，犬牙交錯，在在揭示了民族國家或是新舊帝國等政治體的變化無常。相關的冷戰邊界書寫使原本變動不居的界綫更複雜化，從而質疑中國這個概念的穩定性，觸及中國文學主體性之不確定性。邊界書寫更經營了文學和哲學意義上的界綫和越界，這些綫條沿著性別、族裔、語言、情感或者生存體驗蜿蜒鋪陳開來。在現有的文學研究中，這些作品往往被放置在不同的框架中，諸如民族主義、反共抗俄或反帝反封建等範疇。如果把它們放入全球冷戰的坐標體系中，做比較分析，彼此對話，我們可以另闢蹊徑、考察新的連結方式的形成，從中可窺探一九四九年以來華語文學爆發出的驚人的創造力和想像力，豐富多彩，眾聲喧嘩。

在 Borderlands/La Frontera 一書中，Gloria Anzaldúa 為邊界和邊緣地帶正名。她提出，邊界之所以存在，是為了分隔安全地帶和非安全地帶，分隔我們與他們。邊界是一條分割綫，窄窄的陡峭的崚。而邊緣地帶是指由於非自然的疆界的情感剩餘而促生的模糊的、尚未被定義和定形的空間。[6] Anzaldúa 的研究對象集中於美國與墨西哥邊界與跨界的文化經驗與文化實踐，與我們所關注的跨越一九四九的中國與亞洲自然有許多不同的地方。但是，她有關邊緣地帶的論述中思索的這種臨界、殘餘狀態與體驗，對我們研究冷戰華文文學頗有啟發性。在我對冷戰華文邊界書寫的討論中，這種邊緣狀態和體驗同時具有時間和空間的維度。這樣的邊緣經驗促成了新的、動態的身份認同與主體性，與非自然的地緣政治疆界息息相關，卻並非為之所定義和局囿。

一九五四年，路翎的短篇小說〈窪地上的"戰役"〉發表於《人民文學》；同年，流寓香港的張愛玲在香港美國新聞處的資助下完成長篇小說《赤地之戀》的中文稿。兩部作品都以剛剛結束的朝鮮戰爭為歷史背景。這場發生在朝鮮半島的戰爭是冷戰開始以後的第一場大規模"熱戰"，也是新中國的立國之戰。其經過和結果直接導致了朝鮮半島以及東亞冷戰對立版圖的形成和台海局勢的走向。兩部作品的主人公越過鴨綠江，投入朝鮮前綫的戰火之中。他們的邊界經歷不僅僅指向了國際政治的波譎雲詭，更揭示了被抑制或扭曲的主體情感欲望，個人身份與國際政治相互糾纏角力。這樣的越界經驗表明，這些任性多變的疆界，所指的何止是地圖上可標示的蜿蜒的河道或是人為切分的北緯三十八度綫，同時也是個人情感、文化和身份認同界綫的遊移和形成（becoming）。

〈窪地上的"戰役"〉講述的是志願軍戰士王應洪在他參加的第一次偵查行動中犧牲的故事，小說的另一條主綫是他與駐紮地朝鮮姑娘金聖姬之間的一場無法實現的愛情。小說發表後吸引了許多讀者，但卻遭到了當時文藝界的圍剿。爭論點在於志願軍戰士與朝鮮女孩之間不應有的愛情糾葛，以及如何書寫"抗美援朝"。這是新成立的社會主義中國第一次以中華人民共和國主權國家參與戰爭，但不論是中共、美國還是蘇聯，他們打的是一場代理戰爭 (proxy war)，正面戰場上相抗的是金日成的朝鮮人民軍和李承晚的大韓民國國軍。

對中華人民共和國來說，面對剛剛從連年戰火中獲得喘息、依然滿目瘡痍的

---

6 Gloria Anzaldúa, *Borderlands/La Frontera: The New Mestiza* (San Francisco: Spinsters/Aunt Lute, 1987), p.7.

國家，如何在政治、道德等修辭意義上為這場戰爭正名，至關重要。如何解釋戰爭的正義性與合理性？如何界定戰爭雙方或多方，誰是我方、敵人、友軍、幫兇？如果說這是一場代理戰爭，那麼，如何維護代理和代理人之間的微妙關係？抗美援朝所大力宣傳的無產階級國際團結、國際主義與愛國主義精神，其中不可或缺的基礎是中朝軍民魚水之情、兄弟之情。

在抗美援朝的語境中，這些個人情感與愛國主義和社會主義國際主義密不可分，換言之，社會主義國際主義意識形態是以儒家的家庭倫理書寫出來的。一九五〇和一九六〇年代中國描述抗美援朝的文學和電影作品，其主旨在於推廣社會主義國際大團結，在愛國主義的基礎上建構一個齊心協力的亞洲聯盟概念，用以對抗美國為主的西方霸權。儘管路翎的小說受到了主流批評界的批評，〈窪地上的"戰役"〉所書寫的自我犧牲，保家衛國的強烈意志依循的是抗美援朝的主導政治意識形態。

如何在文學作品中傳達中朝兄弟之情，以表達社會主義國際團結的精神呢？當時的作品中常常出現志願軍戰士不畏嚴寒、捨生忘死救助朝鮮平民、婦孺的場景，而穿著傳統服飾的朝鮮人民則歡欣鼓舞地幫助志願軍運輸物資，搶修道路橋樑，挑水洗衣，或與文工團一起表演宣傳。鮮有作品涉及男女情愛的話題，尤其是志願軍戰士與朝鮮女子之間的戀情。中朝友誼是書寫在一種純潔的家庭倫理親情的關係之上。男女之情不但觸犯了軍隊紀律，削弱了戰鬥精神，更損害了中朝人民情同一家的友誼。書寫兩國之間的純潔之情，依據同樣到過朝鮮戰場的巴金所言，應該是如同兄妹，或者，母子之情。[7]

儘管路翎的敘事主題並沒有意圖逾越於主流意識形態的框架，但他所觸及的卻是幾重意義上的邊界心理和經驗。路翎筆下的戰士所經歷的一面是對第一次實戰經歷的期待與震撼，另一面是懵懂初戀的悸動與猛烈的情感衝擊，"不熟悉的模糊而強大的感情。"[8] 這兩場"戰役"相生相鬥，缺一不可，共同構成了小戰士王應洪的成人過程中的重要考驗，主體形成過程中險峻的臨界經驗。以男女之

---

7 巴金：〈談《窪地上的"戰役"》的反動性〉，載於《人民文學》，1955年第8期，第1–7頁。

8 路翎：〈窪地上的"戰役"〉，載於《人民文學》，1954年第3期，第10頁。

情來書寫戰爭經驗，以愛情置換了手足之誼、母子之情，不僅與抗美援朝的家庭倫理修辭相互齟齬，更是幹冒社會主義國際大家庭的血肉親情之大不韙。在窪地上，美軍的包圍之下，已身負重傷的王應洪決定犧牲自己來掩護偵查小分隊成功完成任務，"他現在要代表母親，也代表那個姑娘……為祖國，為世界和平而戰。"決戰之前，他有一刻的昏迷，彷彿看到金聖姬在舞蹈，"她不是在別的地方舞蹈，而是在北京，天安門前舞蹈，跳給毛主席看。母親和毛主席站在一起。舞蹈完了，金聖姬撲到母親跟前，貼著母親的臉，說：'媽媽，我是你的女兒呀！'毛主席看著微笑了。"[9] 在他生命的最後一刻，金聖姬旋轉的身影激發了他最強的自我犧牲、保家衛國的勇氣和力量，浪漫愛情鼓舞了戰鬥士氣，個人欲望成就了政治激情，成為這部小說敘事中文本與政治之間的模糊越界之處，凸顯了文本政治的多義性。

由此，巴金在批判文章中現出的義憤可想而知。巴金斥責道，因為戰士王應洪和朝鮮姑娘金聖姬之間的"桃色事件"，"路翎筆下的王應洪的性格裡並沒有無產階級的'崇高'、'寬闊'、'樸實'、'忠誠'，而是相反，他有的是反動的資產階級所讚美的'崇高'和'忠誠'。"[10] 對比一下巴金本人的取材朝鮮戰爭的《團圓》。《團圓》講述的是文工團員王芳在朝鮮前綫積極工作，鼓勵志願軍的士氣，最後與生父王政委相認。小說致力於描述父女親情如何轉化提升為民族情感，以及中朝人民乃至世界革命的情懷，用以塑造無堅不摧的政治主體。一九六四年《團圓》被改變拍成電影《英雄兒女》，成為共和國戰爭電影的經典之作。電影版本中加入了王芳的哥哥王成一綫，為了保護陣地，戰鬥到最後一人，面對敵人的炮火，高呼"向我開炮"。王成犧牲後，王芳在王政委的諄諄教導下克制了個人哀慟，為王成譜寫戰歌，並親自演唱，來激勵千千萬萬的志願軍戰士，"為了祖國，為了朝鮮人民"，發揚王成精神，奮勇殺敵，保家衛國。僅僅沉溺於個人情感，包括父女親情，兄妹之情會瓦解鬥志，只有壓制個人的痛苦，昇華為全民族，全世界革命兄弟之聯盟，此類情感方才獲得存在的可能性和意義。

9 路翎：〈窪地上的"戰役"〉：《人民文學》，1954年第3期，第12頁。

10 巴金：〈談《窪地上的"戰役"》的反動性〉，第1–7頁。

在路翎的筆下，窪地不僅是探測敵方虛實，獲取情報的場所，也成為個人情感欲望的角鬥場。此處有意思的是，作者並未簡單地用個人欲望偷換政治激情，愛情力量鼓舞了政治激情，革命浪漫主義是以飽滿的個人浪漫情感寫就的，政治和個人並非相互牴牾，而是相互支撐印證、互通款曲。在張愛玲同年完成的《赤地之戀》中，我們可以看到相似的政治與個人關係的書寫。把這兩部作品放在一起來讀，形成了很有意思的對話。兩位作者均以個人情感欲望來書寫政治和政治的激情和毀滅力，從而在有意無意之間逾越了冷戰政治的壁壘森嚴。將政治與私人情感互為表裡，朝鮮戰場成為小說人物困惑心理的展現場所和借喻，成為越界主流話語、政治或情感規範的異質空間。雄赳赳，氣昂昂，跨過鴨綠江，在異國浮現和經營的異質空間恰恰構成了政治、欲望和倫理的邊緣地帶。

《赤地之戀》講述的是一對年輕戀人，劉荃和黃娟，初出大學校園，經歷了共和國從土改開始的一系列政治運動，或分或合。劉荃效力於上海抗美援朝華東分會，成為政治暗鬥的犧牲品，身陷囹圄。黃娟為了解救劉荃，委身於政治權貴。出獄後的劉荃心灰意冷，自願報名加入抗美援朝志願軍，踏上了朝鮮戰場："他僅只是覺得他在中國大陸上實在活不下去了，氣都透不過來。他只想走得越遠越好。他也不怕在戰場上吃苦，或是受傷、殘廢、死亡。他心裡的痛苦似乎只有一種更大的痛苦才能淹沒它。"[11] 然而，劉荃一心求死，卻在經歷了種種戰爭的殘酷和戰俘營的兇險之後，僥幸活了下來。停戰協定之後，戰俘們面臨何去何從的選擇，紅色中國、自由世界還是第三方中立國家。從生不如死到向死而生，劉荃放棄了投奔自由中國的機會，又一次自告奮勇地重返中國大陸，以間諜的方式潛伏，顛覆紅色政權。如此在政治與個人、情人與背叛者、戰士和俘虜、擁共反共之間反覆越界，移行換位，恰恰嘲弄了所謂界限的非自然和任意的本質。張愛玲筆下的間諜，路翎文中的偵察兵，兩者都是情報人員，具有偽裝者、多重身份、隱形人的特點，其中所揭示的是主體身份認同的遊移邊界和不確定性。在朝鮮半島這場代理人戰爭中，兩位主人公都在扮演代理人的角色。越界經驗釋放了另類身份認同的可能性，同時也揭示了臨界體驗的兇險和不可預知性。

---

11　張愛玲：《赤地之戀》，台北：皇冠出版社，第 222 頁。

路、張二人在東北亞的朝鮮半島憑藉情愛與政治的重重糾葛來勘測主體認同界限的模糊和可變性。柏楊的《異域》則關注大陸西南邊陲，透析的不僅是戰爭的殘酷與人類生命的脆弱，也是家、國、土地與生存意義的種種弔詭與極限。一九六〇年開始在台灣《自立晚報》連載的《血戰異域十一年》，作者是化名鄧克保的柏楊。一九六一年，以《異域》為題獨立成書。《異域》講述國民黨政府撤退台灣後，李彌率領的第八軍殘部輾轉中國西南邊界，穿行於中、緬、泰、寮的邊境地帶，與共產勢力、在地政府與土著部落孤軍作戰、苟存延喘。在綿延無盡的叢林裡，這支裝備簡陋的孤軍所要面臨的不僅是各色武裝力量，更是嚴峻的生存挑戰：熱帶山岳叢林瘴癘彌漫、毒蟲肆虐、野獸出沒，更不要說暴雨、沼澤、飢餓、疾病與隨時降臨的死亡。數次戰役之後，孤軍在緬北暫做安頓。大陸已淪陷，台灣國府並不在乎這支所謂的反共復國軍的生死，返回台灣的將士被閒置，撤入曼谷的軍官們依舊歌舞昇平。何處是家？何處為國？在聯合國的調停下，國府下令孤軍撤回台灣。鄧克保和其他一批將士們拒絕離開，決定留在叢林之中："去了台灣，又能怎樣"？[12] 柏楊以不加雕飾的寫實文字，描述了孤軍的執著、恐懼、背棄、迷茫與決絕。

一九四九之後，大陸和台灣均生產了大量的書寫戰爭經驗的文字，許多學者已經做了精彩的批評，此處無須多言。[13] 柏楊的《異域》卻無法簡單地歸類為反共政治小說。二十世紀五十年代，在反共抗俄主旨之下，台灣文藝界出版了大量的反共文學作品。陳紀瀅的《荻村傳》，王藍的《藍與黑》，姜貴的《旋風》和潘人木的《蓮漪表妹》均為其中翹楚。一直到朝鮮戰場結束，東亞冷戰格局漸趨明朗和穩定，兩岸隔海而治的局勢成為定局後，官方主流話語仍在經營一場"被宣稱不斷延續的內戰，"不願正視國民黨幾近亡國的挫敗。而柏楊的《異域》第一次直面這場退敗所造成的創傷，書寫了由於拒絕承認缺失而導致的病態憂鬱，由於延宕所產生的存在主義的焦慮與荒謬感。

《異域》的反共復國政治色彩固然呼之欲出，但同時也包含了其它維度的互

---

12　柏楊：《異域》。

13　例如，王德威：《一九四九：傷痕書寫與國家文學》，香港：三聯書店（香港）有限公司，2018 年。

文性，如文學想像與民族志記錄、戰爭報告與跨文化體驗，越界之旅與拓荒墾殖之間的重重糾結。《異域》中有不少文字書寫西南少數民族獨特的文化和習性，延續了明清以來大量的有關西南邊陲的地方志、遊記、邸報等文字。[14]《異域》有關叢林作戰與肉體極限的赤裸裸的殘酷描述，呼應了一九四〇年代以來一系列有關中國遠征軍入緬的幸存者的寫作，如，穆旦的詩作《森林之魅——祭胡康河上的白骨》："歡迎你來，把血肉脫盡"。

在這些不同的文學脈絡中，《異域》更進一步思考了家國之變 / 辯，生死之限，國界、國土與意識形態之虛實難辨，身份認同之撲朔迷離。當孤軍拒絕"返回"台灣，是因為執著於從東南亞建立包圍圈的國府反共事業，還是不願踏上一個陌生的島嶼？拒赴台灣，他們也就失去了中華民國的國籍與身份，那麼，他們的復國事業又為哪一個國而戰呢？中國在何種意義上存在呢？立足西南莽莽叢林，側身諸國的疆界之間，胼手胝足，闢土而生，孤軍所為，不同於明清帝國的以漢化為主旨的開疆闢土，也不同於託庇海外的新儒家，如唐君毅先生所言的"花果飄零，靈根自植"。求生於國之外，邊界之未實之處，是為了血脈的延續？生存的尊嚴？那麼，夷夏之辯，國族之分，正統之定，國界與疆土之勘測，似乎不再是非黑即白的分野了。

本文討論的三部作品，探究國族、文化以及生存意義上的邊界與越界經驗，使得中國這一概念以及身份認同的界綫，變得錯綜複雜。三部作品考察了不同形式的空間，地或者域，可以是國土、疆界、土地，意識形態領域，也可以是這些話語縫隙中的異質空間。由於界限的遊移，空間的不確定，新的主體位置得以出現，新的遊走路徑成為可能。通過解讀邊界書寫，我們可以看到一九四九之後冷戰華語文學的多樣性和活力，揭示了冷戰二元對立格局之外亞洲不同文化和地域之間的互動，並形塑了民族國家之外的主體位置。

---

14 Charles Patterson Giersch, *Asian Borderlands: The Transformation of Qing China's Yunnan Frontier* (Cambridge, MA: Harvard University Asia Center, 2006); See also, *Chinese Circulations: Capital, Commodities, and Networks in Southeast Asia*, ed. Eric Tagliacozzo and Wen-chin Chang, with a forward by Wang Gungwu (Durham: Duke University Press, 2011).

# 回到未來
## ——五四與科幻

宋明煒

《狂人日記》發表於一九一八年五月《新青年》第四卷第五期。整整一百年後的五月，科幻作家韓松發表了他最新的長篇小說《亡靈》。《亡靈》標誌著韓松以"醫院"為主題的三部曲完成，這是繼劉慈欣《地球往事》三部曲（也常被人稱為《三體》三部曲）以及韓松自己的《軌道》三部曲之後，中國當代科幻最重要的小說。韓松在當代科幻新浪潮中被認為對魯迅最有自覺的繼承，他的作品往往有意識地回應魯迅的一些主題。《醫院》三部曲也猶如一部《狂人日記》式的作品。韓松關於疾病和社會、現實與真相、醫學與文學的思考，整個三部曲描寫全中國人都被醫院控制，世界進入藥時代，人工智能司命把所有人當作病人，直到人類的亡靈在火星重生，仍繼續延續醫院文明。這不可思議的故事，看似異世界的奇境，卻比文學寫實主義更犀利地切入中國人日常生活肌理和生命體驗。語言的迷宮，意象的折疊，多維的幻覺，透露出現實中不可言說的真相。

韓松曾經把許多熟悉的魯迅文學符號與標誌語句，挪用到科幻小說中。末班地鐵上唯一清醒的乘客，猶如狂人一般看到了世界的真相，卻無法喚醒沉沉睡去的其他乘客；走到世界末日的人物小武，面對新宇宙的誕生，大呼"孩子們，救救我吧。"但他沒有獲救，"虛空中暴發出嬰兒的一片恥笑，撞在看不見的岸上，激起淫猥的回聲。"短篇小說《乘客與創造者》將鐵屋子的經驗具像化為波音飛機的經濟艙，人們在那裡渾渾噩噩生不如死，卻不知道由經濟艙構成的這個有限世界之外還有天地。劉慈欣也曾在短篇小說《鄉村教師》中寫一位病重的老師，用盡生命最後力氣對學生講說魯迅關於鐵屋子的比喻，與韓松不同的是，劉慈欣恰好用這個比喻來鋪墊了天文尺度上宇宙神曲的演出：渺小的地球在銀河系荒涼的外緣，星系中心延綿億萬年的戰爭來到太陽系，那個鐵屋子之外的世界終究是善意的，救救孩子的主題最後落在有希望的未來上。

韓松比劉慈欣更進一層，他對於魯迅的繼承無所謂希望還是絕望，絕望之為虛妄，正如希望相同。然而，韓松更多還在科幻中延續了魯迅文學中的“虛無一物”。地鐵、高鐵、軌道所鋪演的未來史，醫院、驅魔、亡靈描述的人類無窮無盡的痛苦，都終於抵達一個境界，即其實種種繁華物像，文明盛事，頹靡廢墟，窮盡宇宙的上下求索，猶如魯迅《墓碣文》所寫：“於天上看見深淵。於一切眼中看見無所有。”這樣一種深淵的虛無體驗，韓松寫進未來人類的退化、蛻變，宇宙和人心無邊無際的黑暗，與魯迅文學息息相關，於是至少有一個知識分子的思考，在《地鐵》、《醫院》幽暗無邊的宇宙中仍殘存著，即使未來的人類或後人類已經不知道這意味著什麼。

韓松的科幻想像是對當代中國日常生活現實表像下的大膽窺視。他所揭示的“真實”，或現實的深度真實，放在傳統寫實文學語境中顯得不可思議、無法表達，但在科幻小說的語境中韓松透過現實幻象達到的真實可以獲得技術性解釋。技術既具有一種政治含義，又被當作一種文本策略來使用。在韓松的很多長短篇小說中，不可見的技術操控著人們的思想、支配著人們的夢境，但同時，正是因為如夢似幻、超現實的科幻想象中的技術，使故意被隱匿的現實得以被再現出來。

在韓松發表於二〇〇二年的短篇小說《看的恐懼》中，小說提供了兩種世界的景象。一種是人們在現實中看到的，另一種卻是透過技術揭示的真實世界，它像一場大霧，沒有形狀，是虛幻的、混混沌沌的。人們感到看的恐懼：我們看見的都是世界的虛假影像，難道這才是“現實”嗎？那新買的公寓、家具、工作和生活——它們都是幻覺嗎？那麼是誰製造了我們信以為是現實的“日常景象”呢？這個故事同樣暴露了韓松科幻所具有的令人不安的真實：現實中不可見的真相。這個文本本身，正如它承載的科幻故事，建立在將“科幻小說”的文本設定為“發現真理”工具的假想之上。

就在《看的恐懼》發表於《科幻世界》的同一年，韓松寫了另一個迄今未發表過的小說《我的祖國不做夢》。這篇小說展示了中國經濟蓬勃發展的噩夢般的另外一面：所有中國人一到了晚上都在夢遊，無意識地參與創造國家的經濟奇跡，幫助實現國家的富強之夢。韓松使用“夢遊”這個詞語，側重點在“夢”的意義上。在韓松的描寫中，參與創造中國巨大經濟成就的每個公民，在早晨夢遊醒來之後都不記得曾經做過任何夢：他們從未“看到”自己真實的夜間生活，整個夢遊的國民都盲目地生活著。

現實生活中不可見的真相原來是中國政府已經發明了一種神奇的技術，即通過新聞聯播節目給居民暗中發送“社區微波”，從而操控人們的睡眠和夢遊。夢遊被證明是一種維持中國經濟高速增長的有效方式。它使睡夢中的市民可以更好地組織起來工作、消費，更和諧地進行社交，創造了由遵守紀律、有奉獻精神的公民組成的全新的國家。

中國的要人驕傲地說：“夢遊，使十三億中國人覺醒了。”這話似乎是對魯迅曾經在一個世紀前的吶喊所做的嘲諷般的學舌。魯迅那一代啟蒙知識分子試圖去喚醒中國沉睡著的人們，而如今整個國民又回去睡覺了，甚至更糟糕，夢遊；他們沒有停歇、沒有知覺、沒有夢想的夢遊，剝奪了他們看見現實、甚至做自己的夢的權利，更不要說做別樣的夢。這個小說的寫作時間，是在中國政府開始宣傳全民集體一個夢想的“中國夢”十年之前。在韓松的小說中，夢遊者將“中國夢”不可思議的潛意識上演出來，而這場大夢正是由所謂的“黑暗委員會”中少數幾位無眠的國家領導人來左右的。夢遊的國民將中國夢變成他們自己看不見的現實，生活在不屬他們的夢境中。

通過再現“不可見”的事物，韓松為科幻詩學打開了一個新的空間。正如上文所舉的兩篇小說表現的那樣，科幻小說獨特的文學再現形式，將日常生活重新編碼，通過創造某種陌生化效果，闡明了現實中“不可見”的方面。《看的恐懼》和《我的祖國不做夢》都可以被解讀為展示新浪潮風格的文類超文本。一方面，它們明確地指向了權力的技術機制，這種機制管理和控制中國人的日常生活和他們對現實的感知，這使得科幻小說成為一種寓言，照亮了中國現實中更深層的“真實”。小說中看到世界真相的恐懼，以及“夢遊”或“做夢”的秘密技術，都可以參照中國目前的政治文化解讀為現實的隱喻。另一方面，作為如夢的幻想或是對現實故意扭曲的再現，敘事本身包含了一種自我反思的策略，這一策略展示出它自身的造夢術。由此，夢的技術既可以指向控制著人們思想的陰謀，也可以指向一種解釋手段，這種手段使得陰謀在科幻小說夢一般的文本中得到解說並被揭穿。通過這種方式，韓松在科幻小說的敘事中，將其文本技術與文本有關社會現實的隱含信息有意識地聯繫起來。

就韓松的科幻風格而言，科幻小說作為一種摹仿性話語（mimetic discourse），它再現的對象是非想像性的，與通常將科幻小說作為現實主義對立面的觀念正相反，科幻小說的語言系統，是以一種高密度的摹仿（high-intensity mimesis），它將所有隱喻、象徵、詩性的事物都當作“真實”的事物來處理，從而進入到更有深度的寫實層面中。（這個觀點的發展，受到美國韓裔文學理論家朱瑞瑛的啟發）

韓松常說：“中國的現實比科幻還要科幻”。這樣說的時候，韓松也可能是指出科幻只不過是再現中國的“現實”。這表明他所寫的並不是隱喻、象徵或詩性的事物，相反，它清晰揭露出冷酷的現實。而反過來說，也只有科幻小說才能再現現實的真相。通過韓松的寫作，科幻文本和中國現實之間不僅建立了隱喻性的關係，而且也有著轉喻的關聯，對中國現實的描寫被編織為承載科學奇想的文本，後者替代了在寫實層面不可見的現實。在這種情況下，科幻小說比任何寫實主義方法所容許的寫作更具有真實感。在主流寫實文學中缺失的有關現實的真相，只有在科幻小說話語中才能得到再現，這決定了科幻成為一種顛覆性的文類，它抗拒“看的恐懼”。

韓松預測國家與科幻小說之間命運的交集：“二〇一一年，中國成為了世界第二大經濟體，這很大程度上是靠廉價勞動力換來的。我們沒有霍金，也沒有喬布斯。這些，是否與科幻有一些關係？”他實際上是在嘆息大眾讀者對科幻缺乏興趣，指出了中國人想像力的缺失。他在科幻中看到一種魔力，就像梁啟超在一百多年前看到的那樣，它可以開啟國民的想像力：“科幻讓人無從預測，它們在文學上的新穎性特別值得珍惜。科幻是一個做夢的文學，是一種烏托邦。它不是亂想，而是基於一定現實的想像力。……能夠在這麼一個特別的時代邂逅科幻，是一種幸運，因為我能夢到更多的世界。”

換言之，科幻小說代表了一種超越現實提供的可能性邊界的想像。在韓松的科幻小說中，想像和夢想逾越了被設定了特定夢想的時代中大眾想像和理性思考的邊界。《我的祖國不做夢》或許最明顯地表達了科幻小說與整個時代的“夢”或“非夢”之間的聯繫，它本身對於“中國夢”的官方話語（甚至在這個概念產生之前），既是提前召喚又是自省的顛覆。在韓松的其他作品中，尤其在他的長篇小說中，再現現實的文本本身經常會蛻變為一個謎。謎面上有著多層次的寓言和象徵，將對現實的“認知陌生化”轉變成對另類想像的晦澀難懂的暗示，這種想像神秘莫測、不可企及、如同超驗一般地虛無飄渺，這正如他在《地鐵》和《醫院》中所體現出的那樣——這也正如《狂人日記》所體現的那樣。

作為中國現代文學創始人的魯迅，在《狂人日記》問世一百年來，一直還是無法安定的文學靈魂。他處在各種爭論的焦點。僅僅在文學上來說，魯迅文學是怎樣的文學？究竟是否寫實主義的文學？他主張為人生的文學，借用西方寫實文學的方法，學者們從隱喻的角度來理解《狂人日記》，把它作為對現實的批判。然而如果不帶有任何成見去閱讀《狂人日記》，我們是否可以把《狂人日記》看作韓松小說的先驅。最聳人聽聞的說法，即《狂人日記》也可以作為科幻小說來閱讀，這個文本中包含一個醫學案例，猶如《醫院》裡寫的那樣，這裡面有關何為真實的醫學之爭，而醫學知識決定了文學的性質。這個說法注定會受到爭議。

但即便作為（假裝）第一次閱讀《狂人日記》的讀者，即如同在一九一八年五月翻看《新青年》雜誌的讀者那樣，我們在這個文本中感受到的，或許仍然和《醫院》、《地鐵》給我們的感受有些相似。現實是不對的。何為真實？狂人在字縫裡讀出了吃人——這是一個重建現實感的文化隱喻？還是一個永遠讓人不安的真實語彙？一百年後，韓松小說中北京地鐵裡蛻化的人在吃人；劉慈欣太空史詩中的星艦文明在倫理上爭論吃人的必要性。吃人是病理的體現，文明的病症，文學的隱喻，真實的話語？重要的是，魯迅藉此寫出一個讓人不安的世界，顛覆了我們對於日常生活的感受。中國科幻新浪潮在一百年後的今天，也正是做到了這一點。回到未來，我們發現世界不對了。

寫作《狂人日記》十六年前，周樹人在日本響應梁任公的號召，開始譯介科學小說，為的是開啟民智。除了兩篇著名的凡爾納小說譯文之外，近年來備受學者關注的魯迅的第三篇科學小說譯文《造人術》，這篇小說的翻譯過程曲折離奇，原作中魯迅沒有翻譯的部分（第二個日文譯文則翻譯過了），包含了兩個重要的魯迅主題：吃人、救救孩子。沒有證據表明，魯迅看過原作的後半部分，雖然第二個日文譯文在《狂人日記》發表前七年即出版了。這可能只是一個不應該過度闡釋的巧合。

但我們還有一個有趣的問題需要回答：作為科學小說家的魯迅，和作為寫實文學家的魯迅，有何種關聯？後者完全取代了前者嗎？學者們常常說，民國之後，科學小說消隱，寫實文學興起。這是一種便利的文學史論述。但《狂人日記》不是一篇便利的文本。科學小說的消隱，也終於變成一個文學史上的難題。提倡賽先生的年代，科學小說卻失去了讀者的青睞。直到中國文學經歷過許多次運動，二十世紀末，中國科幻小說再次經歷創世紀，建立了前所未有的輝煌。

一九一八年四月，在補樹書屋寫作《狂人日記》的魯迅，他寫的是一篇無可名狀的小說，異象幻覺重重疊疊，透露出的真實情景驚心動魄。這篇小說引起的革命，成為五四的重要面向。此後，魯迅等了整整一年，發表《孔乙己》，中國寫實文學的可以模仿的範本出現，但此時《狂人日記》文本中密密麻麻不可見的黑暗，已經充斥在剛剛誕生的中國現代文學中了。

# 跨文化語境下的"革命文學"概念

馬筱璐

"革命文學"作為中國左翼文學運動中最振聾發聵的口號之一，長期受到中國現代文學學界的關注。一般認為中國"革命文學"口號的建立與日俄有著密不可分的關係。然而事實上，"革命文學"這一概念在其他國家從未擁有如在中國一般的重要地位。要了解"革命文學"概念在中國的原發性，要求我們對"革命文學"一詞追本溯源，考察日俄知識分子對"革命文學"的理解。篇幅所限，本文無法窮盡兩國對"革命文學"的所有闡釋，僅選取與中國息息相關的部分進行觀察。

## 一、托洛茨基對"革命文學 / 藝術"的構想

十月革命之後關於"革命文學"的討論並非不存在，然而"革命文學"在無產階級文學發源地的蘇聯並未成為一個旗幟性的口號。在大多數情況下，蘇俄語境下的"革命"與"文學"是兩個獨立的概念，它們也許互相影響、互相激勵、互相排斥，但是"革命"並非是定義"文學"的標準答案。

在中國和日本，將革命和文學串聯起來分析且影響力最大的蘇聯書籍莫過於托洛茨基的《文學與革命》(*Литература и революция*)。這本書在一九二三年出版之後，於一九二五年被茂森唯士直接從俄語翻譯成日文，並在日本引起了巨大反響。許多中國在日留學生以及以日語見長的中國知識分子，最早都是通過這本日語翻譯了解到托洛茨基的理論。長堀佑造在其《魯迅與托洛茨基》一書中已經展現了托洛茨基對魯迅理解革命與文學關係的重要性。從文字表達層面來看，雖然書名為《文學與革命》，托洛茨基在書中並沒有把"革命文學"作為一種口

號大肆宣揚。全文極少出現"革命文學"（революционная литература）這樣的表述，更多用的還是"無產階級文學"（普羅文學 пролетарская литература）這樣的字眼。筆者翻閱了《文學與革命》被翻譯成中文部分的俄文原文，只找到了一處托洛茨基使用"革命文學"（революционная литература）的表述。而韋素園和李霽野把這個詞組翻譯成了"革命的文學"，彷彿是有意和中國國內風行一時的"革命文學"的口號進行區分。

托洛茨基書中另一種與"革命文學"接近的提法乃是"革命的藝術"（искусство революции）——出現在書的第八章的題目中——〈革命的藝術和社會主義藝術〉（Искусство революции и социалистическое искусство）。表達上的區別仍在其次，更值得注意的是，托洛茨基對"革命"的想像完全基於俄國十月革命之上："十月革命開始主導文學，對文學進行重新的篩選和洗牌—這並不僅僅是領導層面的，而是更加深層次的。"十月革命推翻了資產階級，也讓曾經風光無限的許多俄羅斯作家無所適從。在他看來，前十月革命的藝術已經喪失了其創造性，在蘇聯留存下來的有生命力的藝術必須是"革命的藝術"。托洛茨基認為"革命的藝術"是過渡時代的產物，因為社會主義還未曾實現，所以在通往社會主義的道路上所產生的藝術就應該被稱作"革命的藝術"。

托洛茨基的書寫成於一九二三年，距十月革命的勝利也已經有六年的時間，"革命的人"（революционный человек）已經出現，召喚著革命藝術的到來，不過擁有些許跡象和嘗試的藝術作品還不是"革命的藝術"的代表作。也就是說，不僅革命尚未成功，反映這種革命過度狀態中的藝術作品也尚未產生。在托洛茨基所構想的社會發展綫性時間表上，目前的蘇俄僅僅處於無產階級革命的初級階段，而他也沒有給出這一過渡階段的時限。至於在這一階段之內何時會誕生與之相匹配的藝術，他也並未說明。

用托洛茨基所樹立的"革命"條件來反觀中國，就會發現，中國的情況與蘇俄大相徑庭。在中國，推翻資產階級改變中國現狀的革命尚未到來，即托洛茨基所認為的推動"革命的藝術"的產生的前提並不存在。自辛亥革命以來，中國革命的腳步似乎未曾停歇，但是到了一九二〇年末仍未發生如十月革命一般徹底改變國家狀態、建立新政權的革命。所以在中國不是不可以提"革命的藝術"或

“革命文學”，但是因為革命的內涵不同，革命和文學之間的互動必然將不同於蘇俄，而由此所產生的“革命藝術”或“革命文學”也勢必不同。

托洛茨基的“革命”與同時代中國語境中的“革命”不同，而托洛茨基對於“文學”的想像也完全基於現存的俄羅斯文學之上。當他提出要回歸十九世紀俄羅斯經典現實主義文學時，他的參照物是現存的俄羅斯現代主義的各種派別，是“白銀時代”輝煌的詩人傳統。所以他需要花大量的篇幅來分析同路人，為了不割斷他所設想的新文學與舊文學之間的聯繫。所以托洛茨基所謂的回歸現實主義是基於俄羅斯現存的現代主義文學、形式主義文學基礎之上的，而非單純而完全地回歸傳統現實主義。

中國現代文學在短時期內將西方從浪漫主義開始的一切文學傳統包括新時期的象徵主義等同時進行吸收消化，無法完全了解不同流派主義之間的歷時性差別，也遑論完全理解俄羅斯文學不同藝術形式對美學的追求。中國文壇對俄羅斯十九世紀現實主義的輝煌還處在仰望的階段，且在很長一段時間內對俄羅斯“白銀時代”的現代文學缺乏系統性的了解。當中國拾起現實主義旗幟的時候，很少有人能兼顧蘇俄文學中新型的現實主義與十九世紀經典文學之間的區別。對於托洛茨基而言，革命時代的現實主義應有別於十九世紀經典現實主義，也有別於革命前的象徵主義。但是中國在提倡“革命文學”之時，很容易忽略種種區別而將現實主義文學作為文學的一種潮流進行簡化的解讀。

在戰爭頻仍的一九二〇年代，信息傳遞的滯後更加導致了理解偏差的加劇。二十世紀初俄蘇政局的動蕩又直接體現在了俄羅斯文化論爭之上。在一個等待經典出現的時代，截然相反的文學理論層出不窮。即使身在蘇俄當地，都不一定可以完全緊跟理論更新的步伐，更別說遠在千里之外的中國。再加上中國當時精通俄語的人才仍屬匱乏，獲取蘇俄第一手資料又非易事，在中國並沒有太多人直接通過俄語接觸無產階級文學的新動向。即使接觸，也很可能無法完全掌握蘇俄文學的風雲動向。而依靠第二手數據，尤其是日文數據的中國人，則需要受到別國傳遞過程中訊息過濾的影響，這又加劇了訊息的變異。落實到“革命文學”這一概念，這種訊息變異又將如何呈現？

## 二、日本的“革命文學”及“革命”的隱去

與中國早期將無產階級文學等同於“革命文學”不同，日本的普羅文學出版物中很少出現“革命文學”一詞。在這些出版物中常見的詞彙有“普羅列塔利亞文學”（日文：プロレタリア文學）或“左翼文學”。“文學”二字有時被“藝術”（日文：芸術）或“戲劇”（日文：演劇 ）取代，而“普羅列塔利亞”有時則縮寫為“普羅”（日文：プロ），有時則會被意譯成“無產階級”（日文：無產階級）或者縮寫的“無產”（日文：無產）。不過這樣的意譯並不如“普羅列塔利亞”這個音譯使用得普遍。甚至在討論蘇俄文學的時候，日本人也更加傾向於使用普羅文學這樣的字眼，而幾乎很少把同時期的蘇俄文學稱為“革命文學”。日本左翼文學的領軍人物藏原惟人在評價蘇俄文學的時候，用了“文學革命”來形容十月革命後蘇俄文學的變革，但是並未將此後產生的文學稱為“革命文學”。

筆者查閱了多本日文核心的普羅文學刊物，發現“革命文學”這樣的表述出現得少之又少。甚至“革命”一詞也不像在蘇俄文學界被經常提及。唯一一篇將“革命文學”作為核心概念提出的文章是佐佐木孝丸在一九二四年在《文藝戰綫》（日文：文芸戦綫）雜誌發表的一篇短文〈文學革命與革命文學——現代文學與社會意識〉（日文：文學革命と革命文學——現代文學と社會意識）。《文藝戰綫》是日本繼《播種人》（日文：種蒔く人）之後左翼的核心期刊，也是在中國擁有重要影響的日本理論家平林初之輔、青野季吉等的重要論戰場所。以《文藝戰綫》為核心，日本左翼還成立了統一戰綫組織“日本普羅列塔利亞文藝聯盟”（日文：日本プロレタリア文芸連盟）以及以此基礎上發展而來的“日本普羅列塔利亞藝術聯盟”（日文：日本プロレタリア芸術連盟）。青野季吉一篇在中國影響力巨大的〈自然生長和目的意識〉，以及其後續的討論就是在這本雜誌上率先發表的。作為一九二四年至一九二八年日本左翼文學的核心期刊，《文藝戰綫》受到中國當時留日的晚期創造社成員的關注並不令人感到意外。但是這些留日學生是否注意到佐佐木孝丸這篇僅僅兩頁的小文，並且由此闡發出關於“革命文學”的宏論就不得而知了。

佐佐木的文章不僅短小，而且僅僅在文末的總結句中才提出了“革命文學”

這個概念："無產階級解放運動的戰綫上的文學運動是一種文學革命的運動，其所產生的也必定是革命文學"。佐佐木的文章只為"革命文學"下了一個簡單的定義，並未就此做詳盡的解釋。而這篇文章也沒有在日本左翼文壇掀起任何水花。在後來發表於《文藝戰綫》的文章中，沒有一篇就其提出的"革命文學"進行進一步的討論。雖然在同時代的文章中，偶爾有用"革命"定義某種藝術形式的，如水野正次的文章就用到了"革命劇"一詞。袋一平在講到日本電影業要像蘇聯電影學習的時候，也用到了"革命映畫"的說法。不過這種將"革命"作為某種藝術形式的修飾出現的情況少之又少，相對於中國對"革命文學"的狂熱，日本對"革命"一詞的使用非常克制。

日文中對"革命"一詞謹小慎微的引用於當時日本的政治大環境息息相關。強有力的日本政府根本無法容忍左翼人士向日本民眾推廣"革命"一詞。自一九二二年以推翻天皇制政府為己任的日本共產黨正式成立以來，日本天皇政府對其進行了殘酷鎮壓，成立一年多就被迫解散。此後日共幾度重建，又幾度在政府壓迫之下解體，直到二戰結束之後才終於宣告合法。在日本左翼文學興盛的一九二〇年代也是日本工人運動高潮的年代。但至始至終，不同於其他文學流派，日本的無產階級文學是在日本政府的審查制度之下在夾縫中求生存的。

雖然魯迅在文章中時常抱怨中國的政治環境對左翼人士及左翼文學的壓迫，不過中國的情形和日本相比似乎還是寬鬆一些。為了雜誌能夠順利出版，日本左翼作者和編輯必須進行嚴格的自我審查。在很多的情況下"革命"成為了一個在日本秘而不宣的詞語。雖然可以直接討論法國革命和俄國革命，但是涉及到日本之時，"革命"一詞就需要特殊處理。譬如在青野季吉的文章中，"革命"就只能用 XX 來代替。有時，甚至在討論別國，譬如中國的現狀時，"革命"也成了一個敏感詞彙。在刊登魯迅的文章〈中國的無產階級革命文學和前驅的血〉的時候，《納普》雜誌也必須把標題換成〈中國無產階級 XX 文學と前 の血〉。魯迅的這篇文章在中國的《前哨》雜誌發表的時候，雖然姓名也被隱去，由 L · S 代替，但是標題中的"革命"還是被保留下來的。總而言之，由於"革命"成為一個敏感詞彙，日本和"革命"的組合尤其成為禁區，這就導致了日本的左翼人士很難把"革命文學"當做一種公開的宣傳口號。

雖然日本的左翼文學先與中國的左翼文學得到積極的開展，但是在“革命文學”的探討方面能直接給中國文壇提供的理論資源是匱乏的。且不說日本本身的政體沒有給革命提供社會實踐的舞台，在日本的出版業界，“革命”的討論都成為一種禁忌。這與中國一九二七年至一九二八年關於“革命文學”的論爭如火如荼地展開的情勢大相徑庭。也許一九二〇年代中國留日學生在日本校園內感受到了一些日本知識分子對“革命”的激情，並把它帶回了中國，但是從正式的理論論述角度，無論是言論控制嚴格的日本還是十月革命後開始嚮往新生活的蘇俄，都沒有給予中國知識分子關於“革命文學”嚴格的理論框架。所以即使“革命文學”是一個舶來的概念，在對中國“革命文學”的建構中，中國的知識分子必須大量填充自己的想像。

觀察蘇俄和日本對無產階級文學的論述，我們就會發現，無論是對“革命”的態度還是對“文學”的認識，日俄兩國和中國都有許多不同之處。這也就導致了所謂“革命文學”的傳播並非是直接的傳承關係。可以說，在蘇俄——日本——中國這一“跨語際實踐”的過程中，當“革命文學”變成中國左翼文學旗幟性的口號之時，“革命文學”這個極具舶來品特徵的概念事實上已具有了中國巨大的原發性。

# 輯八 多維對話

# 全球化時代的“大學之道”

陳平原

國人都說，都全球化時代了，我們不能再沉默，一定要發出中國人自己的聲音；否則，會被日漸邊緣化。面對如此宏論，我“欣然同意”。只是如何落實，實在心裡沒底。比如，什麼是中國人“自己”的聲音，如何“發出”，還有這“聲音”是否美妙，都沒把握。不提別的，單說“全球化時代的‘大學之道’”，感覺上便是危機四伏。

在西方，大學已經定型了，路該怎麼走，大致已經確定；作為個體的知識分子，你可以發言，但說了基本上等於白說。而在中國不一樣。你會發現，那麼多讀書人都願意暫時擱置自己的專業，爭相談論大學問題，那是因為他們相信，大學問題還在自己努力的範圍內，今天的“百家爭鳴”，也許會影響到日後中國大學的發展方向。

至於我個人，既研究過去百年的“大學史”，也關注“當代中國大學”。我心目中的“當代中國大學”，是著眼於鄧小平南行講話以後，一九九三年中共中央、國務院頒佈《中國教育改革和發展綱要》之後，這十五年中國大學所走過的路。我曾用了十個“關鍵詞”，來觀察、描述、闡釋這十五年的中國大學。那就是：大學百年、大學排名、大學合併、大學分等、大學擴招、大學城、大學私立、北大改革、大學評估和大學故事。具體的我不想多說，就說一句：此前一千年，大學作為一種組織形式，為人類文明作出了巨大貢獻；以後一千年，大學將繼續展現其非凡魅力，只是表現形式可能會有很大變化。至於中國大學，仍在轉型過程中，更是有很多問題需要我們勇敢面對。

# 一、“世界一流”的焦慮

在科技及文化領域，中國人有好幾個夢，比如，奧運金牌第一，獲得諾貝爾獎，還有創建世界一流大學。通過傾全國之力，在北京舉辦一次“無與倫比”的奧運會，第一個夢想已經實現了；第二個呢，不管是文學還是物理、化學、經濟學，還沒有一個持中國護照的學者或文人獲得過諾貝爾獎[1]。不過，這是遲早的事；而且，我以為不會太遙遠。相對來說，體現一國學術文化整體水平的“世界一流大學”，在我看來，反而有點“懸”。

當今中國，各行各業，最時尚的詞，莫過於“世界一流”，可見國人的視野和胸襟確實大有長進。提及“中國大學”，不能繞開兩個數字，一是二一一，一是九八五，而且都叫“工程”。在二十一世紀，培育一百所世界著名的中國大學，這自然是大好事；可中國畢竟財力有限，這目標也太宏大了點。於是，政府做了調整，轉而重點支持北大、清華等“九八五”工程大學。何謂“九八五”？就是一九九八年五月，江澤民主席在北大百年校慶時講話，提出創建世界一流大學。請記得，此前我們的口號是“世界一流的社會主義大學”。很多學者提意見，說加了這麼個意識形態的限制，扭曲了奮鬥目標。社會主義國家本來就不多，可比性不強。再說，整天追問姓“社”還是姓“資”，怎麼有可能辦好大學。終於，刪去了“社會主義”四個字，中國大學明確了發展方向。此後，我們開始以歐美的一流大學為追趕目標。

其實，從晚清開始，中國人辦現代大學，就是從模仿起步的。一開始學的是日本和德國，二十年代轉而學美國，五十年代學蘇聯，八十年代以後，又回過頭來學美國。現在，談大學制度及大學理念的，幾乎言必稱哈佛、耶魯。連牛津、劍橋都懶得提了，更不要說別的名校。儼然，大學辦得好不好，就看與哈佛、耶魯的差距有多大。在我看來，這已經成為一種新的“迷思”。過去，強調東西方大學性質不同，拒絕比較，必定趨於固步自封；現在，反過來，一切惟哈佛、耶魯馬首是瞻，忽略養育你的這一方水土，這同樣有問題。我常說，中國大學不是

1　文章寫於二〇〇九年，二〇一二年中國作家莫言獲得諾貝爾文學獎。

"辦在中國"，而是"長在中國"。各國大學的差異，很大程度上是歷史形成的，不是想改就能改，你只能在歷史提供的舞台上表演。而就目前中國大學的現狀而言，首先是明白自己腳下的歷史舞台，尋找適合自己發展的道路，而不是忙著制訂進入"世界一流"的時間表。

再說，"大學"是否"世界一流"，除了可見的數字（科研經費、獲獎數目、名家大師、校園面積、師生比例等）外，還得看其對本國社會進程的影響及貢獻。北大百年校慶時，我說了好多話，有的被嚴厲批判，有的則得到廣泛讚許，下面這一句，因符合學校利益，被不斷"傳抄"——"就教學及科研水平而言，北大現在不是、短時間內也不可能是'世界一流'；但若論北大對於人類文明的貢獻，很可能是不少世界一流大學所無法比擬的。因為，在一個東方古國崛起的關鍵時刻，一所大學竟然曾發揮如此巨大的作用，這樣的機遇，其實是千載難求的。"我這麼說，並非否認中國大學——尤其是我所在的北京大學，在教學、科研、管理方面有很多缺陷；只是不喜歡人家整天拿"世界一流"說事，要求你按"排行榜"的指標來辦學。

我在好多文章中批評如今熱鬧非凡的"大學排名"，認定其對於中國大學的發展，弊大於利。排名只能依靠數字，而數字是很容易造假的；以為讀書人都講"仁義禮智信"，那是低估了造假的巨大收益，而高估了道德的約束力。即便是老實人，拒絕弄虛作假，可你潛意識裡，著力於生產"有效的"數目字，必定扭曲辦學方向。大學排行榜的權威一旦建立，很容易形成巨大的利益鏈條，環環相扣，不容你置身事外。在我看來，此舉將泯滅上下求索、特立獨行的可能性。好大學必須有個性，而你那些"與眾不同"的部分，恰好無法納入評價體系。"趨利避害"是人的天性，大學也不例外。久而久之，大學將日益趨同。差的大學可能得到提升，可好大學將因此而下降。這就好像辯論比賽，裁判稱，按照規則，去掉一個最高分，去掉一個最低分，其餘的平均。這被抹去的"最高分"，可能是偏見，也可能是創見。當你一次次被宣佈"工作無效"，不計入總成績，自然而然的，你就會轉向，變得日漸隨和起來。當然，你也可以固執己見，可那就成為"烈士"了。

所謂爭創"世界一流"，這麼一種內在兼外在的壓力，正使得中國大學普遍變得躁動不安、焦慮異常。好處是舉國上下，全都努力求新求變；缺點則是不夠自信，難得有發自內心的保守與堅持。其實，所有理想型的論述，在實際操作中，都必須打折扣。所謂“非此即彼”或“不全寧無”，只適合於紙上談兵。今天中國，不僅僅是“開放”與“保守”之爭，在“接軌”與“閉關”之外，應該還有第三、第四條路可供選擇。

全球化時代的大學，並非“自古華山一條路”，而很可能是“條條大路通羅馬”。外有排行壓力，內有政府管理，中國大學自由發展的空間正日趨縮小。對此，我們必須保持必要的警惕。如果連標榜“獨立”與“創新”的大學，都缺乏深刻的自我反省能力，那就太可怕了。

## 二、“教學優先”的失落

我之所以對各式排行榜心存忌憚，很大程度基於我對大學功能的理解。在我看來，大學不同於研究院，即便是研究型大學，“教書育人”依舊是我們最重要的任務。學校辦得好不好，除了可以量化的論文、專利、獲獎等，還得看這所大學教師及學生的精神狀態。好大學培養出來的學生，有明顯的精神印記。不管你是培養“英國紳士”，還是所謂的“共產主義新人”，都是把人的精神面貌放在第一位，關注的是心智，而非專業技能。而所謂“心智”或“精神”，都是以人為中心，注重長時段的影響，而非一朝一夕、一時一地的表現，故無法落實在各種硬指標上。

自從有了“世界一流”的奮鬥目標，加上各種“排行榜”的誘惑與催逼，大學校長及教授們明顯地重科研而輕教學。理由很簡單，教學（尤其是本科教學）的好壞，無法量化，不直接牽涉排名。不管是對教師的鑒定，還是對大學的評估，都是“科研”很實，而“教學”則很虛。其實，當老師的都知道，在大學裡教好書，獲得學生們的衷心擁戴，很不容易。我說的，主要不是指課堂效果，因為，那取決於專業、課程、聽眾以及教師的口才等；更重要的是用心教書，對學生負責，以及真正落實教學目標。今天中國大學，教授們普遍不願在學生身上花太多的時間；原因是，這在各種評鑒中都很難體現出來。這是一個很糟的結果。

我甚至認為，高懸“世界一流”目標，對那些實力不夠的大學來說，有時不啻是個災難。這很可能使得學校好高騖遠，挪用那些本該屬學生（尤其是本科生）的資源，投向那個有如肥皂泡般五光十色的幻境。結果呢，連原本可以做好的本科教學都搞砸了。

這讓我想起西南聯大的故事。今天，大家都在懷念炮火紛飛中聯大師生的“笳吹弦誦”。毫無疑問，這個生存在戰爭年代的大學，“生產”了很多著名人物，包括諾貝爾獎得主楊振寧、李政道，還有眾多兩彈一星的元勳。但請大家注意，聯大校友中，理科方面的著名人物，絕大多數都留過洋。事實上，西南聯大最大的“學術成就”，是成功的本科教育。

現在大家談西南聯大，有點過高估計了他們的學術水平。楊振寧、何炳棣都再三說，西南聯大的學生到美國唸研究院，比美國最好的大學一點都不差。這話有道理，但必須加注。當年西南聯大的學術水平，和美國著名大學之間，是有較大落差的；問題在於，培養出來的學生，差距並不大。原因是什麼？第一、大學經費有限，無力發展研究院，西南聯大九年，培養出來的研究生，總數不超過一百，還沒有今天一個院系一年培養的多。第二、因實驗設備等實在太差，教授們沒有能力從事專深研究——我說的是理工科。因此，無論校方和教授們，全都專注於本科教學。我翻查了很多史料，包括當年的各種教材、教師薪水表、圖書館資料、儀器設備，還有當事人的日記和回憶錄等，確認西南聯大的學術環境實在很糟糕。具體的我不說，大家都能理解。可另一方面，當一所大學的所有著名教授，都把主要精力投入到本科教學裡面，這個大學培養出來的本科生，水平一定高。

回過頭來，看日漸成為神話的西南聯大，確實有很多感人的故事。包括吳大猷教授如何發現李政道，扶上馬再送一程。根據楊振寧回憶：“當時，西南聯大老師中有學問的人很多，而同時他們對於教書的態度非常認真”；李政道則稱：“他們看見有一個優秀的學生，都是全副精神要培養的。”為什麼會這樣？我的理解是，除了教書育人的共同理念，還有就是剛才提到的，沒能力大規模發展研究生教育，沒條件強調學術成果，這一缺陷，反而成全了西南聯大的本科教學。

而今天，所有的中國大學，稍微有點樣子的，全都拚命發展研究院，不願意把主要精力放在本科生身上。說好聽點，是努力邁向“研究型大學”；再透點底，那就是教授們都在拚自己的業績。本科教學不受重視，是今天中國大學一個很嚴重的問題。很多著名教授不願意給本科生上課，這其中存在制度方面的原因。比如，在大學裡教書，只有論文或著作才能體現你的學術水平，至於教學方面的要求，那是很虛很虛的。每次晉升職稱，因教學好而被評上、或因教學不好而被卡住的，極少極少。加上很多不太自信的大學，會把每年發表多少論文作為一個硬槓桿，那就更促使老師們不願意在本科教學上用心了。

所謂“教學”與“科研”可以互相扶持，且相得益彰，我認為，那是一種“理想狀態”，缺乏實驗數據的支持。確實有既長講課又擅科研的，但即便是如此完美的教授，其備課、講課及輔導學生，同樣會影響科研工作——畢竟，我們一天都只有二十四小時。而更多的教師則是學有偏勝，或長於教學，或長於著述。假如我們認定，大學的核心任務是“教書育人”，那麼，如何讓長於教學的教師發揮更大的作用，而不是硬逼著他 / 她們去寫那些不太管用的論文，是個亟需解決的難題。在我看來，大學教師的“育人”，不僅是義務，也是一種成果——只不過因其難以量化，不被今天的各種評估體系承認。

## 三、“提獎學術”的困境

我的基本判斷是：中國大學——尤其是“九八五”工程大學，可利用的資源會越來越多；可隨之而來的是，工作壓力也會越來越大。上世紀八十年代，我們很窮，但有很多可自由支配的閒暇時間，供你潛心讀書做學問——那是最近三十年中國學術得以迅速崛起的重要因素。現在不一樣了，誘惑很多，要求大家都“安貧樂道”，很不現實。以後呢，收入還會逐漸增加，但工作會越來越忙，忙得你四腳朝天。我們必須適應這個變化了的世界，但不一定非“隨風起舞”不可。對於大學教師來說，單說“支持”而不講“責任”，那不公平；我只是希望這種壓力，不是具體的論文指標，而是一種“氛圍”，以及無言的督促。現在都主張“獎勵學術”，可如果缺乏合適的評價標準，獎勵不當，反而徒增許多困擾。必須逐步摸索，建立一套相對合理的考核與評價體系。

年初，我在《人民日報》上撰文，提及中國的學術著作出版那麼多，但絕大部分都是半成品。說“半成品”，意思就是，立意好，作者也下了工夫，但火候未到，還沒打磨好，就急匆匆出來了。之所以“精品不精”，主要原因是打磨不夠，背後因素則是市場的誘惑，以及教育部的評獎機制，剝奪了學者們本該有的從容、淡定和自信。以我的觀察，最近三十年，好的人文學方面的著作，大體上有三個特徵，第一，個人撰寫；第二，長期經營；第三，基本上沒有資助。我對人文學領域的大兵團作戰，不太以為然。動輒四五十人，真的能“強強聯合”嗎？我懷疑其實際效果。強大的經費支持，對人文學者來說，不是最關鍵的，有時甚至還壞事。為什麼？因為拿人家的錢，就得急著出成果，不允許你慢工出細活。目前的這套項目管理機制，是從理工科延伸到社會科學，再拷貝到人文學。延伸到社會科學，還有道理；最不適應這套管理機制的，是人文學。

現在提“獎勵學術”，都說要以課題為主，尤其是有關國計民生、人多勢眾的“重大課題”。我不太同意這一思路。如果是獎勵人文學，我主張“以人為本”，而不以工程、計劃為管理目標。原因是，人文學的研究，大都靠學者的學術感覺以及長期積累，逐漸摸索，最後才走出來的。還沒開工，就得拿出一個完整的研究計劃，你只能瞎編。如此一來，培養出一批擅長填表的專家，學問做不好，表卻填得很漂亮。而且，我們還以項目多少作為評價人才的標準。我建議政府改變現有的這套評價體制。可是，我提建議的這段話，《人民日報》給刪掉了，大概覺得不現實。

外面傳說，北大有一個規定，兩個人同樣評教授，一個人有課題，一個人沒課題，如果成果一樣，那就應該給那沒課題的。因為，沒有政府的經費支持，還和你做得一樣好，可見他的學術水平更高。這屬美好的誤會，北大其實沒那麼“另類”。最近學校開會，還在提醒我們儘量爭取課題。只不過，北大的教授們，確實不太願意申請各種各樣的課題，越有名的教授越是如此。我覺得，管理部門應該反省一下，為什麼會有那麼多好學者不願意做課題。我的建議是，允許學者不做課題，但出了成果，擺在那裡，請專家鑒定，真好的話，你說吧，值多少錢，十萬、二十萬、五十萬，你給我，我繼續做研究，至於怎麼做，我自己決定。在國外，也有這種情況，獎勵你科研經費，後面的活，你自己做。這樣的話，什麼時候發論文，什麼時候出書，我來把握。現在的狀況是：按工程進度，一年或三年，必須結項。做不出來，你也必須硬撐，送上一堆夾生飯。對人文學者來說，每天忙著填表，不是好事情。恕我直言，今天的中國大學，有錢，但學術環境及整體氛圍不如八〇年代。

在〈當代中國人文學之"內外兼修"〉(《學術月刊》二〇〇七年十一期)中，我曾談及，當代中國人文學的最大危機，很可能還不是在社會上被邊緣化，在大學中地位急劇下降，而是被教育主管部門按照工科或社會科學的模樣進行"卓有成效"的改造。經過這麼一番"積極扶持"，大學裡的人文學者，錢多了，氣順了，路也好走了。可沒有悠閒，沒有沉思，沒有詩意與想像力，別的專業我不知道，對於人文學來說，這絕對是致命的。原本強調獨立思考、注重個人品味、擅長沉潛把玩的"人文學"，如今變得平淡、僵硬、了無趣味，實在有點可惜。在我心目中，所謂"人文學"，必須是學問中有"人"，學問中有"文"，學問中有"精神"、有"趣味"。但在一個生機勃勃而又顯得粗糙平庸的時代，談論"精神超越"或"壓在紙背的心情"，似乎有點奢侈。

初刊二〇〇九年三月十四日《文匯報》

# 香港電影的中心離位動態

張英進

## 序言：香港電影的中心離位動態

香港電影在世界電影中營造了獨特的香港特色，其中關鍵之一是香港電影的中心離位動態。本文從香港地理文化入手，探討香港的港口文化傳統，然後進入香港電影史，簡述一九五〇——一九六〇年代香港國語電影營造的國際主義品牌與中國傳統文化的再現，分析一九八〇——一九九〇年代香港新浪潮電影的突破和傳承，進而展示香港懷舊電影的機制和後懷舊的香港電影文化重構。

"香港" 作為中文地名，去其 "香" 字，則意指海港、港灣，其港口的顯著核心地理位置在不同程度上影響了香港文化內涵的建構。周蕾以英文的 port（港口）為核心詞義，分析與 port 相關的英文詞語，這麼闡釋香港的地理文化[1]：

> 從詞義上說，"港口"（port）彰顯了香港種種 "本源"（origins）中被壓抑的多個層面……"港口" 當然指出香港作為 "轉口港"（entrepot）的地位，即其作為通向中國和亞洲的 "進入點" 或 "入門"（portal）……一個巨大的 "商業中心"（emporium），具有豐富的 "出口"（exports）和 "進口"（imports）貨物。但更重要的是，港口指出 "運輸"（transporting）的功能……香港以此將自己建立成一個 "機會"（opportunity）之地。如果說香港仍佔據世界城市文化的先鋒地位，這是因為香港讓 "可攜帶性"（portability）……成為生活的基本現實。

---

1 Chow, Rey, *Ethics after Idealism: Theory-Culture-Ethnicity-Reading* (Bloomington: Indiana University Press, 1998), p.176.

誠然，港口也是避風港，在風暴來臨時暫時提供安全。但港口的意義不在安全停泊，而在冒險遠行；不是在地的固定不變，而在跨地進出交往所可能創造的機會。香港的地理文化因此不刻意自立成一個獨一無二的中心，而在完善以本地為樞紐（nexus）的多方向流通，即進亦出，以鏈接世界或區域網絡（network）中的其他中心。

值得注意的是，“香港”的名稱實際上包含了實體的港口與虛體的流通之間的互動關係，即實體的港口為虛體的流通服務。實體的存在建立在虛體的機制上，一旦失去虛體的效益，實體的存在意義就成問題。香港的虛實相間因此明示了在香港的在地性與跨地性、多地性之間的相互依存，並闡明中心與邊緣的多元辯證關係，即地理邊緣可能是個流通樞紐中心，而中心從其他角度看來又可能是某種邊緣。

紀一新從地理文化視角重新展示香港電影的“中心”概念：

> 我們應該將中心視為事物通過的一個地點，而不是事物起源或到達的地點。從這個修正的概念來看，電影中心則不再是電影生產的地方，而是種種與電影相關的修辭、類型、人才、技術、資本、生產方式、甚至管理風格通過的地方，在這個過程中它們之間相互融合，相互轉化。[2]

無疑，紀一新對“中心”概念的修正映證了近二十年來西方人文學科質疑“根源”而重視“途徑”的傾向，即本源的神話不再主導研究，而旅行和翻譯——或廣義的流通——軌跡成為新的重點。從流通的角度看，香港乃是一個典型的跨地、多地文化樞紐中心，在歷史上與不同時期的多個政治中心（倫敦、南京、北京）保持一種中心離位的狀態。正因其關鍵的流通樞紐機制，這個中心離位狀態長期呈現動態，不是外加的點綴，而是內在的自生。

---

2 Chi, Robert, “Hong Kong Cinema before 1980,” in *A Companion to Chinese Cinema* (ed. Yingjin Zhang), (London: Wiley-Blackwell, 2012), p.89.

## 香港國語電影

香港電影史中不乏中心離位動態的例證，集中表現在談論香港電影史先從香港之外的其他地方開始。張建德的香港電影史的頭兩章分別是“上海宿醉”和“上海重建”，追述一九二〇——一九四〇年代上海電影對香港電影的影響[3]。傅葆石編輯的論文集同樣突出香港電影的跨地性，一方面稱香港邵氏的出品為非中心的“離散電影”，另一方面也不忘其建構的“永遠的中國”這一中心影像[4]，而“離散”與“中國”皆非根植香港本土。同樣，儲英馳將香港電影史中的一九五六年至一九七六年時期稱為“華語離散電影”[5]，儘管粵語電影——尤其是一九四〇年代末開始盛行的粵劇片——當時產量仍佔香港電影首位。

華語電影史中經常提到“香港—上海雙城記”，這表明香港電影始創期就具備跨地特徵，並暗示學界傳統的國族電影研究方法不一定適合香港電影，因為香港電影從一九一〇年代起就一直跨越本土，解構中心，涵蓋離散，經營多地，建構網絡。“香港電影之父”的黎民偉最高峰的電影製作時期是一九二〇年代末至一九三〇年代初的上海，而上海—香港—好萊塢的網絡關係從早期電影開始，乃至一九八〇年代，期間持續不斷。難怪波德維爾宣稱：“香港乃是區域電影的典型”[6]。其實，直到一九三〇年代末，通常用來描述香港電影出品的詞語都凸顯區域性：“華南電影”確定地理覆蓋，“粵語電影”突出方言特徵，兩個詞語中赫然缺失的是“香港”二字。可見，早期香港電影並不營造香港的在地性，而注重華南粵語的地理文化。

香港電影的區域跨地性在一九五〇年代國語電影興起的時期也表現顯著。那時的區域擴大到台灣和東南亞，離散主題更因上海“南下影人”和東南亞北上影

---

3 Teo, Stephen, *Hong Kong Cinema: The Extra Dimension* (London: British Film Institute, 1997), p.3–39.

4 Fu, Poshek (ed.), *China Forever: The Shaw Brothers and Diasporic Cinema* (Urbana: University of Illinois Press, 2008).

5 Chu, Yingchi,*Hong Kong Cinema: Colonizer, Motherland and Self* (London: Routledge Curzon, 2002), pp.22–41.

6 Bordwell, David, *The Planet Hong Kong: Popular Cinema and the Art of Entertainment* (Cambridge: Harvard University Press, 2000), p.61.

人的多向介入而更加突出。談到香港的國語電影，史學家津津樂道的多是國泰與邵氏的雙雄競爭，而往往忽視香港左派電影的都市探索。香港的左派電影公司（如長城、鳳凰）在全球冷戰初期地處一個獨特的樞紐中心：相對新興的政治中心北京，香港無疑是邊緣，尤其對急劇轉型的中國大陸文化市場而言；但在北京的全球統戰戰略版圖中，香港卻是不可或缺的文化中心，由香港這一港口樞紐通向台灣、東南亞，乃至歐美。令人矚目的是，作為都市文化形態之一，一九五〇年代初的香港左派電影——尤其是李萍倩、朱石霖導演，夏夢主演的影片——基本上以去政治化的國際主義價值為核心，一方面逐漸疏離了一九五〇年代北京的政治中心，另一方面部分延續了一九三〇——一九四〇年代上海的左翼電影傳統，並以此預期了其後更為顯著跨地的國泰都市電影。

由於二者的資本都來源與新加坡和馬來西亞，跨地性一直是國泰與邵氏的主要特徵，其海外市場競爭擴大到台灣、泰國、印尼等地。我們先看香港國泰的出品。《曼波女郎》（易文導演，一九五七年）一反一九五〇年代香港國語和粵語電影中流行的貧困主題，鼎力推出香港都市現代性，營造亮麗的青春偶像（如影星葛蘭），引導消費文化新潮流。《六月新娘》（唐煌導演，一九六〇年）更是突出香港的跨地因素，聯繫日本、菲律賓、舊金山，將香港打造成有情人終成眷屬的美滿故事終點。同樣，張愛玲（當年已旅居美國）編劇的《南北一家親》（王天林導演，一九六二年）以喜劇形式誇張表現北方文化與粵語文化的差異，最終在新一代兩對戀人的情感認中同消解父輩的偏見，融合區域文化，香港因此成為多地性彙集的一個向心樞紐點。

我們再看香港邵氏，其跨地性可以追朔到一九二五年邵家兄弟創立的上海天一影片公司，而且上海天一所主導的古裝戲類型也直接影響了一九五〇—一九六〇年代香港邵氏對古裝和武俠類型的偏愛。李翰祥導演的戲曲片——如《梁山伯與祝英台》（一九六三年）——推崇"黃梅調"（本源於湖北、安徽地方文化），而不是北京政治中心的京劇或香港本土文化的粵劇。同樣，胡金銓導演的新武俠片致力營造"中國"視覺與舞蹈文化元素，受其影響的邵氏武俠片（如張徹導演作品）的江湖地理涵蓋之廣，可就不在香港。雖然世界電影觀眾經常誤將武俠片視為香港首創，但在一九六〇年代，多數香港武俠片的故事地點都不在香港，後續一九七〇年代初的李小龍電影也一樣。與國泰電影追尋的香港向心走向（即外在文化因素會聚香港）相反，邵氏電影則體現香港的離心走向（即香港出品非香港故事），雖然武俠片最終成為香港電影最典型的品牌。有趣的是，香港電影的中心離位動態當年還導致李翰祥與胡金銓相繼脫離香港邵氏，到台灣開闢新的跨地國語電影市場。

## 香港新浪潮與懷舊電影

香港新浪潮電影的中心離位動態可從幾個方面討論。首先是娛樂中心漸漸由電影往電視產業遷移（如邵氏的資本轉移），粵語文化的產業中心由一九七〇年代初粵語電影的衰落而轉入電視，但一九七〇年代末電視電影的實驗卻反過來促進了香港電影語言和風格的更新，培養了新一代新浪潮電影導演，包括許鞍華、徐克等。其次是電影產業模式由中心片場（如邵氏）轉向衛星合作（如嘉禾），電影技術的發展促進一九五〇年代以來國語電影和粵語電影長期分道揚鑣的兩個平行產業漸漸合為一體，國語電影的優勢迅速消失，香港的在地認同不斷加強。再次，一九八〇年代起重回影壇中心的粵語電影文化並不排斥其他語言（如國語、英語、日語、台語）和跨地文化因素。隨著一九九七年香港回歸日期的確定，香港電影重新回顧"中國脈絡"，敘述"跨界"故事。許鞍華的《客途秋恨》（一九九〇年）中母女各自的離散故事從倫敦到香港，又從香港到廣東、日本，突出了香港身份的複雜性。同樣，陳可辛的《甜蜜蜜》（一九九六年）從深圳到香港，再到紐約，最終是台灣歌星鄧麗君去世，其歌曲《甜蜜蜜》讓分手的戀人在異國他鄉意外重逢。中心離位動態使得香港故事不時跳出香港，跨界到天涯海角。王家衛的《春光乍泄》（一九九七年）就這麼追尋香港的離散主題，漂流遠行到阿根廷探戈，卻又以台北的夜市暗示一個開放的結局。

一九九七年香港回歸之前懷舊電影盛行。與離散主題的離心地理軌跡不同，懷舊電影的中心離位動態更多地表現在時間層面。阿巴斯指出，懷舊（nostalgia）

"不是過去記憶的回歸"，而是"將記憶拉回到過去"[7]。過去的記憶不可能自行回歸現在，而需要現在的人為努力。

周蕾進也認為，懷舊"最深刻感受到的，不是過去本身的回歸，而是時間錯位的效果"[8]。因為過去已經過去，尋回的記憶不再是過去本身，而是重新感受過去的情感效果，所以周蕾以"溫情虛構"為題描述電影作者和觀眾超越時空錯位的努力[9]。在關錦鵬的《胭脂扣》(一九八七年)中，類似懷舊的努力來自五〇年前為情殉難的妓女如花(梅艷芳扮演)，其幽靈重返時過境遷的香港，失落的情感漸漸由一九八〇年代新一代戀人理解，但虛構的溫情由於時空錯位，只能停留在記憶中的一九三〇年代場景。

中心離位動態更醒目地表現在王家衛的《重慶森林》(一九九四年)所營造的影像系列。影片中的香港作為國際都市，不時脫離本土中心，移位異地：印度勞工出沒"重慶"大樓，神秘販毒女郎(來自台灣的影星林青霞扮演)追蹤到國際機場，而作為地名出現的"加州"更被虛構成英文流行歌曲、香港本地餐館，以及沒有影像印證的美國他鄉。英文片名中取代中文"森林"的 Express 可指"快車"，暗示了香港都市生活的快速節奏(如影片中流動的人群)，但香港"重慶"的地理錯位(不是眾人皆知的內地大都市)與"快餐"(影片中 Express 的另一指涉)的尷尬並列更強調了空間錯位。雖然影片結尾處梁朝偉扮演的警察六六三(編號象徵了個人身份的缺失)已辭職，經營自己以往每天關顧的快餐店，但其成為空姐的意中女友(王菲扮演)並不確定他們的未來旅途目的地。《重慶森林》的中心離位還表現在"家"的陌生化。作為香港"消失的文化"的論證，警察六六三無視自己公寓每天的細微變化，以此體現阿巴斯所謂香港文化中的誤認、甚至不認。《重慶森林》推出的香港是一個中心不斷離位的香港，香港既是"借來的時間"和"借來的地方"，也是眼前事物不斷消失、過去與未來都無法把握

---

7 Abbas, Ackbar, *Hong Kong: Culture and the Politics of Disappearance* (Minneapolis: University of Minnesota Press, 1997), p.83.

8 Chow, Rey, *Ethics after Idealism: Theory-Culture-Ethnicity-Reading* (Bloomington: Indiana University Press, 1998), p.147.

9 Chow, Rey, *Sentimental Fabulations, Contemporary Chinese Films: Attachment in the Age of Global Visibility* (New York: Columbia University Press, 2007).

的一個動態空間。

《重慶森林》其實已經暗示了懷舊的無奈和無益。失戀讓兩個男性警察（二二三、六六三）將情感移置到微不足道的日常生活物品（如菠蘿罐頭、玩具動物），時空錯位讓警察六六三無視眼前的細微變化，無意計劃將來的生活，得過且過。在這個意義上，《重慶森林》體現了一九九七年之後香港電影的"後懷舊"（post-nostalgia）想像："後懷舊"並非"反懷舊"，但"暗示了對作為歷史/文本/影像的過去的一種細微的遲來之感"，因此"後懷舊"成為香港電影的一種"自我批判"形式[10]。"遲來"強調時空錯位，隱含遺憾之感，但"遲"的意識也表現了對消失的事物的重新認識，包括對無視或忽視消失的懷舊心態的反思或批判。

表現在近期的香港電影，"後懷舊"因此敦促許鞍華在《桃姐》（二〇一二年）中面對現實，不再沉醉於一味美化過去的懷舊式溫情虛構，雖然溫情仍然充溢當下。仔細分析，《桃姐》的香港還是一個中心離位的香港，新一代的香港精英已外出闖蕩，北京進入香港的跨地行列，向心的香港讓位與離心的香港。其實，許鞍華近期的作品佐證了香港電影的中心離位，讓她在香港故事——如揭露香港貧困現狀的《天水圍的日與夜》（二〇〇八年）、回顧香港抗日歷史的《明月幾時有》（二〇一六年）——與內地故事——如重塑東北女作家蕭紅的傳記片《黃金時代》（二〇一四年）——之間來回穿越。

## 結語：新世紀的香港電影

本文探討香港電影特殊的中心離位動態，這不僅指涉香港地理稱謂中的港口涵義和流通機制所營造的文化氛圍，更深入到電影空間—時間等跨界建構和電影類型-樣式之間的關係互動。中心離位動態既影響了香港電影產業的歷史發展，也培養不同的在地和跨地觀眾的情感結構和文化接受，包括銀幕上下的懷舊

---

10 Lee, Vivian P. Y., *Hong Kong Cinema Since 1997: The Post-Nostalgic Imagination* (New York: Palgrave Macmillan, 2009), p.6.

情緒和穿越時空的敘事主題，以此營造了世界電影中獨特的香港特色。

進入新世紀，香港電影產業與內地的合拍已成主流，香港電影的中心離位動態更加顯著。這個時期的香港電影往往追尋好萊塢樣式的華語大片，如加盟張藝謀的《英雄》（二〇〇一年），著眼分享急劇發展的內地市場和有利可圖的海外市場。原有的香港本土特色——譬如小人物的命運、非主流的文化價值——似乎日益邊緣化，甚至危在旦夕，整體讓位於武俠、動作大片，如周星馳的《功夫》（二〇〇四年），或者迎合內地主旋律的大片，如陳德森的《十月圍城》（二〇〇九年）、徐克的《智取威虎山》（二〇一四年）。但是，鑒於香港電影歷史上的中心離位動態，我們可以期待香港電影繼續以自己特殊的方式解構中心、重構中心。香港或許不再是以往令人矚目的區域電影中心，但香港電影在世界電影舞台中仍佔重要一席，香港電影的中心離位動態因此值得我們繼續關注。

# 演繹“紅色經典”
## ——三大革命音樂舞蹈史詩及其和平回歸[1]

陳小眉 著

馮雪峰 譯

本文將對新中國歷史中湧現出的三部大型革命音樂舞蹈史詩：《東方紅》、《中國革命之歌》和《復興之路》展開分析。一九六四年上演的《東方紅》戲劇化了毛澤東的內心憂慮：隨著一九五六年赫魯曉夫反斯大林的“秘密報告”的出台，中國是否也會經歷一個從社會主義倒退到資本主義的和平演變？毛澤東反對赫魯曉夫“和平共處、和平競賽、和平過渡”的修正主義理論，繼而倡導“千萬不要忘記階級鬥爭”的口號，從而促生了一批紅色經典，涉及到戲劇和電影等藝術門類。毛澤東將文化大革命看成是對那些已經混入了黨、政、軍以及文化界的走資派的一次不斷革命。因此，《東方紅》是文革樣板戲的“早期文本”，如同《龍江頌》和《海港》一樣，強調在無產階級專政下繼續革命，以確保社會主義江山顏色不變，紅旗不倒。

雖然一九八四年首演的《中國革命之歌》（以下簡稱《中》）聲稱是《東方紅》（以下簡稱《東》）姊妹篇，但它卻汲取了當時最新的黨史研究成果，從而挑戰了《東》劇中的片面的中共歷史敘事。通過對相同事件的重新演繹，《中》劇通過鄧小平的“灰色傳奇”重新演繹了毛澤東的“紅色傳奇”。毛的傳奇既是一份需要繼承的遺產，又有一份需要清償的債務。《中》劇強化了這一鄧小平式的修正主義路綫與社會主義中國的內在關聯。這一轉變不僅出現在舞台上，而且發生

1　原文發表於《華文文學》（2014 年第 1 期，第 5–27 頁），本文集收錄的是刪減版，詳細注釋和參考文獻請見原文。

在一九八〇年代的日常生活中。假設回到毛澤東時代，毛可能會將這一台演出看成是為鄧小平資本主義復辟鳴鑼開道的"反革命輿論準備"。在文革期間，毛澤東曾嚴厲地批判過劉少奇和鄧小平的"修正主義"傾向，及其在文藝界的"封、資、修"流毒。

二〇〇九年首演的《復興之路》（以下簡稱《復》），比前兩部走得更遠：它對鄧時代的經濟起飛高唱讚歌，頌揚它最終把人民從苦海中解救出來，使中國從此走向繁榮昌盛。《復》劇在舞台上合法化了"有中國特色的資本主義"這一現實，同時還展現出了革命史詩演繹在重寫紅色經典方面所表現出的特殊功能。《復》劇通過改寫歷史敘述，修正政治理想，輸入流行文化以及訴諸於民族主義情感等方式完成了對資本主義中國的熱情擁抱。這些複雜而又互相矛盾的因素構成了當代中國新的紅色經典，但這個"紅色"此時已經變成了一個稱謂罷了。事實上，當代傳奇要不體現出的是像《中》劇那樣處於"紅"與"黑"兩極間的灰色特質，要不就乾脆像《復》劇那樣透露出的是黑色的特質。而灰色與黑色之間的關鍵區別在於，《中》劇讚頌了改革開放取得的前期成就，並展望了"民富國強"的美好未來；《復》劇則高歌了二十一世紀中國資本主義盛況，並將其看成是復興中國的唯一途徑。雖然這兩種不同的特質都被冠上了"紅色經典"的名稱，但就這個詞語的最初意義而言，只有《東》劇才真正配得上這一稱謂。

《東》一劇的創作帶有明顯的毛澤東時代文化生產的特徵。其突出變現是周恩來的獨特作用。他關心的是如何呈現出對中國革命至關重要的三大事件——一九二一年黨的誕生，一九二七年的秋收起義以及一九三五年的遵義會議——以此來突出毛澤東不可替代的領袖地位。周主張在《東方的曙光》一場中將繪有毛澤東像的旗幟與馬克思、列寧畫像並列在一起，從而將毛澤東塑造成中共的奠基偉人。而對於真正的創始人之一陳獨秀，周卻指示劇作者在朗誦詞中將一九二七年大革命失敗歸罪於陳的右傾投降主義，從而進一步突出毛所代表的正確路綫。

基於同樣的考慮，周堅持在劇中增加一個場景來描寫遵義會議，以突出毛的偉大以及其帶來的長征勝利的轉機。在"紅軍戰士想念毛澤東"的歌舞場景中，遵義會議舊址被投影在天幕之上，然後很快變成了一面印著毛澤東畫像的紅旗。看到這一場景，一九六〇年代的觀眾們總是會情不自禁地爆發出一陣熱烈的掌聲。雖然周認為它不夠寫實，但這一場景所展現的是毛的正確路綫已經深入人心。因此，周認為這是將革命的現實主義和革命的浪漫主義相結合而取得的理想效果。這是中國文化史上的一個有趣例子：一位國家領導人表露出他對表演藝術所包含的能量的洞悉和重視，嘗試著應用"無產階級藝術原則"去創作出一本黨史教材。

二十年後的一九八四年，為慶祝建國三十五周年，《東》劇的姊妹篇《中國革命之歌》在北京首演。《中》劇動用了來自六十多個劇團的一千四百名演員，再次用紅色經典的形式來表現中國革命的歷程。但是稍有不同的是，《中》劇嘗試著從社會物質發展水平的角度以及有關過去與現在關係的新視野出發，力圖超越它的前輩。與《東》劇製作過程相似的一點是，《中》劇的排演同樣也是經由黨的領導人牽頭進行的。一九八二年十月，中央書記處發佈文件，授權中宣部負責排演《中》劇，指出新的史詩應更完整地表現黨的歷史，以涵蓋從五四運動到改革開放新時期。在創作過程中，所有的修改都是在獲得了中央書記處許可之下完成的。

在如何挑選歷史情節的問題上，《中》劇的編導們效仿了他們前輩的做法，跳過了建國後有爭議的時期和政策。第一幕表現了一百多年來帝國主義對中國的欺辱，包括了八國聯軍火燒圓明園，五四運動直到中共建黨為至。第二幕聚焦於北伐戰爭，包括了國共分裂、南昌起義、秋收起義。第三幕涵蓋了長征、抗戰和解放戰爭的內容。第四幕將新中國的成立直到粉碎四人幫的內容濃縮在了這短短的一幕之中。前四幕緊湊的情節安排為最後一幕歡慶改革開放四年以來取得的成就騰出了足夠的時間。第五幕始於一九七八年召開的十一屆三中全會，會上將黨的中心任務從階級鬥爭轉向了經濟建設。該幕結尾時，龐大的合唱團高歌歡慶祖國走向新時代，銀幕上則是投上了一九八二年黨和國家領導人出席十二大時的場景，

然而這裡存在著一個值得思考的難題：如果將《中》劇看成是對從毛式社會主義向鄧式資本主義和平演變的一種倡導 , 那麼《東》劇的任務則正好是與這一目標進行毫不妥協的鬥爭。那麼，《中》劇如何一面呈現出從社會主義向資本主

義轉變的歷史，一面卻能繼續聲稱它也依然保持了紅色經典的內在精神呢？對這個疑問的解答首先需要考察後毛時代那種矛盾而複雜的“特色”：一方面它堅定不移地擁護毛所倡導的紅色傳奇，在革命歷經磨難取得勝利之後，必須建立一個社會主義的國家體系，這一內容也是三部史詩劇都予以了充分表現的。但是另一方面則是，革命的過去合法化了共產黨的絕對權力，使其能夠繼續推行一黨執政而又避免了意識形態上任何對社會主義理念的偏離，同時又推進一場資本主義化的經濟改革，從而建立起堅實的經濟和軍事實力。

因此，後毛時代的兩部史詩高度選擇化地讚美了美好生活和強大祖國的主題，極大地提升了中國民族主義式的自豪感，但是另一方面卻是迴避或消解了那些更為迫切和敏感的議題，比如說政治體制改革、人權、環境問題以及其他由現代化帶來的棘手問題。其次，鄧時代和之後江澤民時代的文人戲子們繼續深入到了極其豐富的表演藝術資源中去，進一步地干預、重塑那些相互矛盾的敘事。這些矛盾敘事被無縫地接合和轉化為了舞台的布景、演員的身體表演以及音樂和其他戲劇元素，從而在將政治和公共話語中的“共同因素”呈現出來的同時掩蓋住了其中存在著的矛盾之處。

在《東》劇中，所有的讚美都獻給了毛澤東這位唯一的超凡領袖。而《中》劇通過一個旋轉的舞台，再現了當時湧現出來的不同的早期共產主義小組及其領導：在巴黎的周恩來，在北京的李大釗，在湖南的毛澤東，在武漢的董必武。《中》劇重新恢復了毛澤東的最初身份——早期共產黨領袖的學生與同事。從而突出了後毛澤東時代黨史編寫中的變化，以及表演藝術在宣傳這一轉化過程中發揮的作用。

出於同樣原因，第二幕以一個與以往不同的個人化的視角將一九二七年的大屠殺搬上了舞台。女中音歌唱家關牧村扮演成了一位慈愛的母親正面臨著艱難的抉擇，她淚別自己的孩子無怨無悔，因為“一個嶄新的世界就要誕生，它將屬於你”。這一女性獄中託孤的悲劇形象轉換了《東》劇中以男性為主體的刑場就義，表徵出了革命中的災難和死亡，以及母親和孩子們為此付出的高昂代價。像關牧村這樣的明星魅力一方面軟化了毛時代殘酷的“為革命而犧牲的”號召，同時又繼續保留了毛“不要忘記過去”的教誨。

第三幕“從長征到解放戰爭”通過採取與《東》劇相同的時間順序來展開對黨史重要事件的敘述。與《東》劇用遵義會議來表現長征的做法不同，《中》劇選取了紅小鬼在犧牲之後，凍僵了身體還一直立在懸崖邊上，保持著吹響軍號的姿勢，以此來鼓舞身邊的戰友們克服長征途中的千辛萬苦。隨著一位女戰士的獨舞，深情的歌聲響起：“雪山上有顆明亮的星，純潔無瑕像水晶，它蘊藏著多少光和熱，千秋萬代放光明。紅軍戰士用鮮血把它染紅。”蘊含在這位女戰士身上的隱秘的浪漫主義感情——不論是對紅小鬼的傾慕之情還是對共產主義烏托邦的追尋，都為這一場景增加了值得玩味的內容。由此可見，《中》劇繼承了《東》劇的革命現實主義與革命浪漫主義相結合的演藝傳統，同時將目光轉向了對戰爭中個體命運的關注。

除此之外，第三幕還強調了延安時期中共實行的集體領導制：由特型演員扮演的“書記處五大書記”，毛澤東、朱德、劉少奇、周恩來和任弼時紛紛登場，加入了由人民群眾組成的秧歌隊中，同慶七大的勝利召開。朱德挽起了袖子，擂起了大鼓，毛澤東懷中抱著一個女孩子兒，而劉少奇則是與他談起了舞獅子這一當地風俗。《中》劇迴避了對毛個人崇拜，轉而表達了對集體領導這一制度的信任和懷念。

史詩中最值得玩味的部分出現在第四幕“從建國到粉碎四人幫”中。與《東》劇迴避了一九四九年後新中國歷史的做法不同，《中》劇則是將一九四九到一九七六的歷史濃縮式地表現了出來，討巧地選取了三個最能體現出時代精神的三個場景：“開國大典”、“祖國頌”和“粉碎四人幫”，從而規避開了那些毛時代中犯下的錯誤，以體現出改革開放之前新中國歷史的本質。

開國大典已經多次被繪畫、電視、電影等所表現。就我所知，《中》劇是第一次在舞台上呈現那場盛事：毛澤東等中共領袖與國民黨革命委員會主席李濟深、中國民主同盟主席張瀾以及沈鈞儒同時登上天安門城樓，將一同參政議政，以建設一個民主自強的新中國。但是這個夢想很快就破滅了：一九五七年的反右運動中，許多民主黨派人士被打為右派。而對開國大典的舞台再現卻可以被解讀為對民主中國這一夢想的告別儀式。

在隨後名為“祖國頌”的場景中，建國後的十七年發展史被壓縮在了七分鐘的一段表演之中。一個龐大的合唱團唱起了一首在五十年代家喻戶曉的《祖國頌》:“太陽跳出了東海，/ 大地一片光彩。江山壯麗，人民豪邁。/ 我們偉大的祖國，/ 進入了社會主義時代。”與此同時，舞台背景上出現了田野麥浪、鋼化鐵水、草原牛羊、石油奔流、長江大橋、康藏公路等電影鏡頭。這些影像跳過了諸如“大躍進”和“大饑荒”這樣創傷性的事件，更為重要的是乾脆完全驅逐了文革的歷史。在名為“粉碎四人幫”的場景中，“白花舞”直接展現了一九七六年發生時“四五”事件：當北京居民自發地去天安門送別周恩來總理時，卻遭到了警察和民兵的鎮壓。“白花舞”將毛時代定性為了社會主義的災難，從而呼喚了改革時代的快速到來。同時，這段舞蹈也從側面讚頌了鄧小平，當時他因為被指責為四五事件的背後黑手，進而被認為妄圖推翻文革的勝利果實並在中國復辟資本主義。《中》劇啟用了這一場“白色”舞蹈將毛澤東時代表現成了“紅”、“黑”雙色的或者乾脆就是“灰色”的。

這一幕中的七個場景敘述了後毛澤東時代取得的成就，從而複雜化了改革時期的中國圖景，甚至可以說是呈現出了其互相矛盾的本質：一方面農民熱情地收穫著辛勤勞動得來的果實。這是農村聯產計酬責任制帶來的新變化，它打破了毛時代基本國策之一的人民公社制度。而另一面則是，激情的孩子們發誓要繼承雷鋒精神，並在社會主義精神文明的春風中茁壯成長。這些表述構成了鄧小平時代所倡導的意識形態宣傳，以確保改革開放過程中從西方湧入的諸如自由、民主等思潮不會威脅毛時代確立起來的一黨執政以及國家對人民生活的控制。在尾聲中，全體演員與合唱隊高聲鳴唱，“向著光輝燦爛的未來前進，”與之配合的是鄧小平以及其他第二代領導人的形象出現在銀幕上，“史詩在一輪紅日照耀著祖國大地的壯麗圖景中結束。”《中》劇將鄧放到了毛接班人的位置之上，並通過糾正毛犯下的錯誤，成為了比過去那位偉大領袖還要英明的聖賢。《中》劇實質上是一場資本主義和平演變的盛大慶典儀式。雖然處處可見與《東》劇相似的比喻和形象，但是在這些外表的相似之下，《中》劇摒棄了前者所突出的社會主義經驗中的基本價值。

在二十五年後的二〇〇九年，當一群八〇後的編劇們苦心構思《復興之路》時，他們所要強調的是後三十年改革開放所取得的巨大變化。前兩部史詩劇希望表現中華民族是如何趕上世界先進國家的——不論是通過社會主義的方式還是資本主義的方式。當二十一世紀的中國已經變成了一個經濟大國時，《復》劇因此先天地獲得了一個優越視角，完全可以用一種歡慶的姿態來反思中國從一個貧窮社會到一個成為了發達國家的債權人這樣的角色轉變。因此，其敘事模式應完全不同於前兩部史詩，需要發現一種反史詩的模式，來強調不同歷史時刻人類的不同特性，並在中國觀眾面前呈現新的史詩觀。

總導演張繼剛宣稱這部作品將要呈現出一種完全新穎的藝術形式，全力追求一種"視覺奇觀。"我將張繼剛的這一設想稱之為"後史詩戲劇性"（post-epic theatricality）。他將"廣場藝術"和"舞台藝術"結合起來，從而形成三個不同的表演空間。劇組成員們首先設計出了一個擁有七十二級台階的巨大拱型結構跨越整座舞台，就像一座四層的建築一樣高大，同時可以容納下一千名合唱團成員站在階梯上，以便整夜"唱著歡快的歌曲"，來紀念祖國母親的六十歲生日。而站在台階上從上向下俯瞰這個巨大的表演空間，能夠將整個舞台盡收眼底，就好像是從一個"全球的視角"來觀看中國的歷史進程一樣。此時歌隊成員就好像承擔起了當代評論家的功能，從上面觀察著主舞台上歷史事件的逐一上演。舞台藝術之中融入了廣場藝術，製造出了一種穿越了歷史和空間的對話想像，進而帶著觀眾一同展開對過去和當下歷史的思考。同時，一面巨大的液晶屏幕立在舞台周圍與主舞台上的視覺奇觀產生出一種三維立體空間的效果。而在這塊熒幕上不斷播放著照片、紀錄片、繪畫，為主舞台上的表演提供必要的歷史背景，諸如一九二〇年的工農運動，第一顆原子彈和氫彈的試製成功和衛星上天，香港、澳門回歸中國的雄偉圖景。

在需要的時候，導演就會將這三個表演空間組合成一個巨大的舞台奇觀，為觀眾帶去震撼性的觀看效果。例如其中名為"為了母親"的一個場景主要展現了日本飛機轟炸之後的中國城市。與以往那些有關中國士兵抗戰的描寫所不同的是，這場戲開始於環形階梯上的"屍橫遍野"、"血流成河"的場景，隨後這些"鮮血"順著台階慢慢地流到了液晶屏幕上面，最後則是在中央舞台上蔓延開去。大片大片紅色絲綢在"人間大地"上鋪展開去，蓋住了這遍地的"屍體"，而憤怒的舞者穿梭於死難者之間就好比是鮮血與死亡相互交織跳起了舞蹈。一位傷心欲絕的母親出現在這血流成河的慘劇現場。突然間她轉過身面對著那些死難者，那些躺在這片紅色絲綢之下的“不屈的靈魂”。他們正在死去，並掙扎地抬起他們的頭顱繼續抗爭。

編劇們的興趣不再是繼續講述那些人盡皆知的歷史，而是不斷開啟新的美學大門，藉助那些特殊的場景呈現出閃亮的細節。通過這樣的處理，他們“擴大”、“誇張”和“豐富”了這些形象，創造出了一種“新鮮感”。雖然劇組堅持他們的美學追求，但是另一方面他們也聰明地借用胡錦濤的有關“三次革命”的重要理論來合法化他們的故事講述：孫中山領導的推翻了清王朝的辛亥革命，以毛澤東為首的中共黨人領導的新民主主義革命和社會主義革命，以及第三次以鄧小平為首的黨中央開啟的改革開放這場新的偉大革命。整部史詩劇包含了五個詩學章節《山河祭》（一八四〇——一九二一年）、《熱血賦》（一九二一——一九四九年）、《創業圖》（一九四九——一九七八年）、《大潮曲》（一九七八——二〇〇八年）、《中華頌》（二〇〇九年）。編劇們認為每個章節營造出的情緒正好匹配了中國古代的五種不同文體：祭、賦、圖、曲、頌，而通過這種方式每一個章節的內容及本質能夠最好地傳遞給在場的觀眾。

對於張繼剛和他的團隊而言，首先要為這部史詩找到一個獨一無二的開頭。他們借用了艾青詩中感人至深的詩句：“為什麼我的眼裡常含淚水？／因為我對這土地愛得深沉”。再將這兩句詩當成整部史詩的詩眼之後，編劇將序幕設計成了一段時間中的旅行，伴隨著名為《我的家園》的歌舞表演和一支著名的中國古曲《晚鐘》, 以此來向五千年中華文明的致以敬意。為了營造出象徵著古代文明山巒起伏的情景，劇組在主舞台上鋪上了一層巨大的牛皮紙。一位農民正帶著自己賢淑的妻子在他們的土地上耕作。配合著這一幕場景，響起了“一年又一年，媽媽臉上又見皺紋添”的歌聲，一段女聲獨唱唱出了老百姓對自己家鄉故土的無限愛戀。三百五十名士兵躲在舞台下方製造出此起彼伏的上下運動，象徵著黃土地的脈動、呼吸和體溫。這片巨大連綿的黃土地上曾湧現出了四百七十位帝王和數不清的思想家、科學家和詩人，一代接著一代。在張繼剛看來這個國家擁有著如此漫長的歷史，這足以激發起人民心中的愛國熱情，而他也將這個開頭視為是他精心構想的第一個創造性突破。

在長征一幕中，為了再次向觀眾呈現出一幅前所未見的震撼圖像，編劇們用浪漫主義的方式再現了一小隊紅軍戰士飛度雪山的場景。在表演過程中，演員將一條腿固定在一塊突起的平台上，同時有一條鋼綫將每位舞者連接起來。隨後這些演員在舞台上以慢動作的方式跳起現代舞蹈，再現了紅色傳奇的壯美景觀，取代了前兩部史詩中用死亡、飢餓等形式來書寫長征的方式。與此相似的是在後面"百萬雄師過大江，勝利解放全中國"的情節中，同樣出現了令人感到眼花繚亂的視覺景觀：無數渡江戰士頭戴閃亮的鋼盔，組成了"波浪洶湧的長江"，象徵著百萬雄師勢不可擋的前進步伐和解放全中國的必勝信念。

史詩的第三章始於開國大典，終於重新歌唱建國初期膾炙人口的歌曲《社會主義好》，以體現出那時彌漫在舉國上下的樂觀情緒。歌詞鮮明地傳達出了作曲者和他同時代人對新中國所寄予的美好期望。事實上，雖然後兩部史詩劇相距了二十五年，但是他們都共同反映了鄧小平時代的問題和矛盾。一方面，鄧政權將毛時代的集體主義和奉獻精神，貼上了"精神文明"的新標簽，以此來抵制對政治改革的要求。而另一方面，鄧政權又毫不留情地追求"物質文明"，或曰"資本主義復辟"。因此，《復》劇對毛時代激動人心時刻的表現非常短暫，多姿多彩的社會主義舞台很快就轉入到了最後的詩歌朗誦，用抒情的方式來反思文革對中國人民造成的傷害並渴望新時期的到來："一九七八年的初冬是一個特別的季節"。然而，"歷史的老人笑了"、"因為在歷史的轉折點"、"中國撥正了航綫"，伴隨著"雷霆之聲"，鄧小平的聲音從幕後響起："把馬克思主義的普遍真理同我國的具體實際結合起來，走自己的道路，建設有中國特色的社會主義"。這一情節迴響著官方黨史中的結論，也正因此，《復》劇花費了將近一半的時間來再現鄧時代的成就。雖然口上宣稱要繼續堅持《東》劇開啟的紅色經典內涵，但是《復》劇實際卻是以極其戲劇化的方式否定了了前者所意欲表現的主題，所隱含的恰恰是毛主義如何將中國引入歧途，只有鄧式"有中國特色的社會主義，"或曰"資本主義復辟，"才能引導中國走上繁榮富強。因此，《復興之路》的"復"字既可以看成是"復興（The Road to Prosperity），"也可以看成是"復辟（The Road to Restoration），"或者乾脆就是兩者的結合，"沒有復辟何來復興"（No Prosperity without Restoration）？

在向觀眾展示鄧時代盛大而多彩的事件之前，敘述者首先告誡觀眾不要忘記了過去走過的彎路。隨後，她將故事的開頭放在了一九七八年一件看似很小卻最終證明了將徹底改變中國農村的事件上面：安徽鳳陽小崗村實行的聯產責任承包制打破了人民公社制度。十八戶農民是冒著坐牢的危險在那張協議書上按下了血印。協議書約定如果哪家因為分田到戶而蹲班房，他家的農活由全隊社員包下來，還要把小孩養到十八歲。這一悲壯場景很快轉到了這場農村改革所帶來的巨大成功上面：穿著華貴絲綢服飾的演員在舞台上翩翩起舞，就像序幕中的祖先們那樣，表達著她們對自己土地的熱愛，但與先輩不同的是現在她們因成為了自己命運的主人而感到無比自豪，普天同慶土地重新回到私人手中。對改革開放成就的展現在第五章中達到了高潮，五十六個民族的代表歡聚在天安門前一起慶祝建國六十周年，熱情歌頌後毛時代為他們帶來的幸福時光。

《復》劇雖然減低了對毛澤東的崇拜，而將榮光給予了鄧小平以及中共四代傑出領導人，但是它同時創造出了另一種新的個人崇拜，那就是對以導演張繼剛為代表的藝術家們的崇拜。張的合作者宣稱，《復》劇中最為令人著迷的細節都是來源於他的智慧。在他身上不僅集中了天才、勇氣、毅力和效率，而且他還將藝術家的激情與軍隊指揮員的風格完美地結合了起來。在《復》劇的接受過程中，對張本人的崇拜鏈接了對鄧小平的崇拜。而這部史詩劇也最終憑藉著絕無僅有的藝術形式以及三千二百場次的上演紀錄，在舞台上演繹了“資本主義復辟”的全過程。從這個角度來看，有人也許會情不自禁地想起毛澤東幾十年前的洞見，那就是中國的藝術家和文人終將可能淪為無產階級專政的敵人。而他發動文革的意志最初也是指向文化戰綫，預防其包含的從社會主義向資本主義蛻變的西方式夢想，甚至不惜一手毀壞了他建立起來的共和國。表演藝術的力量和危險，以及它所包含著的潛在的挑戰現實的傾向，在這三部“紅色經典”的“進化史”以及過去半個世紀中國藝術表演家所表現出的創造力中顯露無疑。

# 現代漢詩中的自然景觀
## ——書寫模式初探

奚密

談到中國傳統繪畫，我們往往想到山水畫。山水不僅是中國畫的大宗，也是世界繪畫史上“中國畫”最重要的代表。類似於此，田園山水詩也可說是中國文學傳統中非常突出的詩型。自接受史的角度觀之，中國詩歌對自然景觀的再現長期以來一直受到國際文壇的重視，甚至被推崇為中國對世界文學的一大貢獻。以英語詩壇為例，自二十世紀五十年代迄今，從美國詩人史耐德（Gary Snyder）到著名翻譯家辛頓（David Hinton），中國山水詩被大量譯介，已構成當代英詩一支不容忽視的小傳統，啟發了幾代英美詩人的創作與詩觀。[1]

此現象隨著二十世紀初中國新詩的興起而有所變化。誠然，自然景觀之意象與題材仍是詩中的一個元素，但是其重要性遠不及古典詩。一九八四年路易・艾黎（Rewi Alley, 1897–1987）在其編譯的《大路上的光和影：現代中國詩選》序言裡即指出，古典詩和現代詩之間的一個明顯差異就是它們對自然景觀的再現，後者不像前者那樣普遍地以大自然為歸依。[2] 艾黎的觀察提供了一個思考現代漢詩的切入點，引發了這樣一個問題：大自然果真在現代詩裡不再擔任重要的角色了嗎？本文試圖從歷史語境，思想取向，美學模式等方面來探討現代漢詩對自然

1　我認為這個漢詩英譯的“小傳統”可以追溯到二十世紀初的龐德（Ezra Pound, 1889–1972）。從龐德到辛頓，多位詩人和譯者對中國古典詩的理解和欣賞固然有不同之處，但是他們共同“發明中國”。2013 年會議演講稿 “Inventing China: The American Tradition of Translating Chinese Poetry”，尚未出版。

2　原文：“not so many turn upon natural scenery in the manner that much of classical poetry did.” *Light and Shadow Along a Great Road—An Anthology of Modern Chinese Poetry*，Beijing: New World Press, 1984, p.35。

景觀的書寫，認為人文寓意標誌著現代的主要。

## 一、人文寓意

眾所周知，新詩以反傳統的激進姿態崛起。接踵胡適的〈文學改良芻議〉，陳獨秀的〈文學革命論〉於一九一七年二月一日發表在進步思潮的旗艦刊物《新青年》上。陳氏要“大書特書”的“吾革命軍三大主義”包括：“推倒雕琢的、阿諛的貴族文學，建設平易的、抒情的國民文學；推倒陳腐的、鋪張的古典文學，建設新鮮的、立誠的寫實文學；推倒迂晦的、艱澀的山林文學，建設明瞭的、通俗的社會文學。”第三個改革目標顯然和自然景觀的書寫有關。陳氏對山林文學的批判是：“深晦艱澀……於其群之大多數無所裨益也”[3]。

典範的轉變也見諸於新文學的另一篇奠基文獻，周作人發表於一九一八年十二月的〈人的文學〉。如果陳獨秀欲以社會文學來取代山林文學，周氏則強調個人和個性的解放。表面上，“社會”與“個人”看似兩個對立的概念；然而，其實它們有共通處，都代表對傳統思想的抗衡。周作人“……所說的人道主義，並非世間所謂“悲天憫人”或“博施濟眾”的慈善主，乃是一種個人主義的人間本位主義。”周氏又謂：“中國文學中，人的文學本來極少。從儒教道教出來的文章，幾乎都不合格。”[4]

理論如何落實到實踐呢？我們且舉三首早期新詩來示範自然書寫的變化。選擇這三首是因為它們都是讀者耳熟能詳的作品，其代表性具有範例的意義。第一首詩常被論者引用來探討新詩的現代性：沈尹默的《月夜》(1918)：

霜風呼呼的吹著，
月光明明的照著。
我和一株頂高的樹並排立著，

---

3　陳獨秀：〈文學革命論〉，載於《新青年》第2卷6號（1917年2月）。見《獨秀文存》，合肥：安徽人民出版社，1987年，第95–98頁。

4　《新青年》第5卷6期（1918年12月15日）。

卻沒有靠著。[5]

此詩的語言樸素直白，頗能代表早期的新詩；但是，它背後的寓意並不簡單。如果借用傳統詩話的詞彙，它的“詩眼”是“卻”這個字。“我”雖身處嚴峻的自然環境，毫不畏懼，反而以其渺小然而獨立的存在而自豪。“解放論述”是五四時期啟蒙運動的主軸，而個性解放正是此論述的核心。

第二個例子是胡適稱為“新詩中的第一首傑作”[6]：周作人成於一九一九年一月二十四日的《小河》。詩中的小河原本“穩穩地流著”，自然地滋潤兩岸的草木。有一天，農夫來築起一道石堰。結果是：

他從前清澈的顏色，

現在變了青黑；

又是終年掙扎，臉上添許多痙攣的皺紋。

他只向下鑽早沒有功夫對了我點頭微笑；

堰下的潭，深過了我的根了。[7]

詩中的“我”是田邊的桑樹，小河的掙扎讓它不勝憂慮：

……

如今只怕我的好朋友，

將我帶到沙灘上，

拌著他捲來的水草。

我可憐我的好朋友，

---

5 此詩發表在《新青年》1918 年第 4 卷第 1 期上。相關討論，見孫玉石：《中國現代詩導論（1917–1937）》，北京：北京大學出版社，1990 年，第 21–23 頁；奚密：〈從邊緣出發：論中國現代詩的現代性〉，載於《今天》，1991 年第 3–4 期，第 43–58 頁；朱偉華：〈中國新詩創始期的舊中之新與新中之舊——沈尹默《月夜》、《三弦》的重新解讀〉，載於《貴州社會科學》，2002 年第 1 期，第 53–56 頁。

6 胡適：《談新詩——八年來一件大事》，《中國新文學大系．建設理論集》，上海：上海文藝出版社，1980 年影印本。

7 周作人：《小河》，《現代中國詩選》第 2 卷，張曼儀編，香港：香港大學出版社，1974 年，第 1 卷，第 19 頁。

但實在也為我自己著急。”

田裡的草和蝦蟆。聽了兩下的話，

也都嘆氣，各有他們自己的心事。

以不拘格律的自由詩，童話式的寓言體，詩人通過小河的隱喻來批判外力對天性的壓抑，感慨原本自然鮮活的生命力卻因壓抑扭曲而變成一股毀滅性的力量。《小河》具體而微地示範了周作人在《人的文學》裡排斥的一切“妨礙人性的生長，破壞人類的平和”的文學。論者或從當時中國政治的角度來詮釋此詩[8]；我們也不妨將它理解為一種現代心理學的呈現。

第三個例子是魯迅詩集《野草》的開卷之作，《秋夜》。寫於 1924 年 9 月 15 日，它有名的開頭既新穎又突兀：“在我的後園，可以看見牆外有兩株樹，一株是棗樹，還有一株也是棗樹。”[9] 光禿禿的棗樹，它們的枝幹“⋯⋯最直最高的幾枝，卻已默默地鐵似的直刺著奇怪而高的天空，使天空閃閃地鬼䀹眼；直刺著天空中圓滿的月亮，使月亮窘得發白。⋯⋯而一無所有的幹子，卻仍然默默地鐵似的直刺著奇怪而高的天空，一意要制他的死命，不管他各式各樣地䀹著許多蠱惑的眼睛”。如果《秋夜》的開頭以出乎意外的重複語法顛覆了行文的規範，以上短短數行詩則顛覆了“天”、“月”、“星”在中國傳統表意系統裡的意涵。相對於上天的仁慈公正，明月的圓滿柔美，星星的光輝寧馨，詩人用“鐵似的”筆直樹幹來刺傷天空，用“窘得發白”來嘲笑月亮，用“鬼䀹眼”來鄙視天上的星星。詩人不僅透過擬人化的手法達到一種“反崇高”、“反詩意”的效果，而且把它們形容得那麼狼狽，甚至猥瑣，彷彿在揭露它們的懦弱虛偽。在解構傳統表意系統裡天、月、星的正面意義的同時，詩人凸顯的是光禿禿的棗樹頂天立地，無所畏懼的反抗精神。

以上三首早期新詩皆透過自然景觀的書寫來寄託人文關懷和現代旨歸。誠然，以寓體描寫自然在古典詩歌裡也非常普遍，但是後者的意義往往建立在以儒

8 姜濤：〈從周作人的《小河》看早期新詩的政治性〉，載於《海南師範大學學報》，2012 年第 8 期，第 26－34 頁。

9 魯迅：《秋夜》，收入《野草》，台北：風雲時代出版公司，1989 年，第 1－3 頁。

釋道為主幹的中國傳統思想體系上，或以梅蘭竹菊來比喻不阿君了，或藉空山明月來寄託澄淨禪心，或用行雲流水來象徵道之本質。相對之下，現代詩不再依賴這個"超穩定"的傳統，這點可視為現代詩和古典詩的重要差別之一。值得注意的是，如果我們光看題目，《月夜》、《小河》、《秋夜》都不出古典詩的範疇，甚至是讀者最熟悉的題材。但是，如上所述，《月夜》刻意背離天人合一的境界；《小河》抗議人性的壓抑和扭曲；《秋夜》選擇以棗樹為核心意象，摒棄松柏等古典象徵。這類例子凸顯了現代漢詩所體現的新的美學典範，賦予自然景觀以新的人文寓意。

誠然，人文寓意不能涵括自然景觀在所有現代詩中的書寫模式；中國傳統象徵系統和古典美學的影響和啟發也不容忽視。但是後者不在本文討論的範圍內。在人文寓意的架構下，我們將進一步梳理自然景觀的再現，從兩個角度來探討這個主題：浪漫取向和生態意識。

## 二、浪漫取向

在偏離和揚棄傳統典範的同時，"現代"也意味著新文學資源的探索和開發。就自然景觀的書寫而言，歐洲浪漫主義對現代漢詩的啟發最值得注意，因為前者本身就是以叛逆的姿態出現在歐洲文學史上的一個運動。它質疑基督教對自然世界的傳統解釋，認為大自然不僅是上帝的創造，而且是神諭的載體，潔淨心靈，提升精神。浪漫主義對現代詩人來說並不陌生，二十年代的郭沫若和徐志摩，五十年代的余光中和楊牧，都譯介過浪漫主義，他們的創作也在不同程度上受到其影響。下面我們先討論早期新詩的徐志摩和台灣詩人楊牧，然後再關注中國新時期的詩人海子（一九六四——一九八九年）。

在大眾文化裡，徐志摩長期被庸俗化、片面化。他的浪漫主義在一般讀者——甚至不少詩人——眼中顯得簡單、膚淺。背後原因可能包括：第一、徐氏有幾首詩膾炙人口，讀者對他的作品缺乏全面的認識；第二、徐氏的愛情故事比他的作品更吸引人，其傳奇性遮蔽了作品本身；第三、徐氏從一九四九年到一九七八年左右在中國大陸長期遭到批判和醜化，多少影響了讀者對他的理解。

我曾在他處重新評價徐志摩的詩作和詩學，認為他是在有所選擇的情況下，認定浪漫主義為其服膺的美學典範。他的浪漫主義並不簡單，含括了多個層次，例如愛情的神聖化，兒童的象徵，藝術的理念，新詩人形象的塑造等等。[10]

一九二二年八月十日，徐氏在回國前夕寫下《康橋再會吧》。此詩好比是一部濃縮的自傳，描寫詩人如何在康橋山水的熏陶下心智得以開啟成長："靈苗隨春草怒生，沐日月光輝，/ 聽自然音樂，哺啜古今不朽……的文藝精英"[11]。詩人向大自然"伸出我的巨大的手掌，向著天與地，山與海，無饜地討求，尋撈"[12]。值得注意的是，對徐志摩來說，詩的創造來自心靈對自然的感應："我靈魂的弦琴，/ 感受了無形的衝動，/ ……悄悄地吟弄，/ 一支紅朵臘的新曲"[13]。相對於中國古典詩人，徐志摩對自然景觀的書寫結合了理性和熱情，超越的想像力和宗教式的虔誠。

詩與自然之間的辯證在台灣詩人楊牧（一九四〇—二〇二〇年）的作品裡得到深刻而全面的發揮。他和浪漫主義的關係既是直接的也透過徐志摩的中介。一九八七年，楊牧編選《徐志摩詩集》，並作長文《徐志摩的浪漫主義》為序。[14]但是浪漫主義和徐志摩對他的影響並不始自此時；從其早期作品裡我們即可看到影響的若干痕跡，尤其是在修辭和節奏的設計上。更核心的是，浪漫主義可說是楊牧六十年創作生涯的一貫信念，從早期對濟慈的認同，到中期對華茨華茲的禮讚，以及數十年透過擬題和翻譯與葉慈（大陸譯"葉芝"）的對話。[15]

一九八九年楊牧完成《一首詩的完成》十八篇，為其詩學做了最完整清晰的綜述。在開宗明義的《抱負》一章後，第二章討論的議題就是"大自然"，由此可見其重要性。詩人對浪漫主義的心領神會超越早期新詩之處在於，他進一步將

---

10 奚密：〈早期現代漢詩的：重估徐志摩〉，載於《新詩評論》，2008 年 12 月，第 27—61 頁。

11 徐志摩：〈再會吧康橋〉，載顧永棣編：《徐志摩全集》，杭州：浙江文藝出版社，1987 年，第 65 頁。

12 徐志摩：〈灰色的人生〉，《徐志摩詩全編》。1988 年，第 131 頁。

13 徐志摩：〈威尼市〉，《徐志摩詩全編》。1988 年，第 35 頁。

14 《徐志摩詩選》，楊牧編，台北：洪範書店，1987 年，第 16 頁。

15 相關論述，見謝旺霖：《論楊牧的"浪漫"與"台灣性"》，國立清華大學台灣文學研究所碩士論文，2009 年 7 月；Lisa Lai-ming Wong, *Rays of the Searching Sun: The Transcultural Poetics of Yang Mu*（Brussels: P.I.E. Peter Lang, 2009）。

詩——詩的本質和創作源頭——有機地融入對自然的感知。他以具象凝想抽象，寓抽象於具象之境。所謂：“詩人洞識天機／便不能不訴諸比喻”[16]這裡的天機也是自然的規律，一部“完整的寓言”（一九九一年）。凡詩心所及，大至宇宙星辰，小至“介殼蟲”（二〇〇三年）；迅疾如“心之鷹”（一九九二年），恬靜如“草葉和花蕊之間靜靜停著的一隻斑斕的瓢蟲”（一九八九年）。不論“俯視”立霧溪（一九八四年），還是“仰望”木瓜山（一九九五年），詩人在大自然裡體會生命的節奏，同樣的節奏也在詩心裡悸動。詩人不只是擁抱自然，感應自然，更將詩融入宇宙自然的氣象格局之中。因此，草木的代謝和再生“如文字開啟”，或如《一定的海》（一九九一年）形容的：

我緣著一定的海行走，涯岸
山以無窮的溫柔俯身相探
而我已經知曉了前後和生死：心神
在巨大豪美的背景下定型凝固
我左右顧盼，見微風在小浪上模擬躡足
這其中自有一種不可言說的啟示
頃刻——覺悟愛是新製一偈
隔句押韻的聲母，點點在心頭佈置
……[17]

詩人創造了一個歧義的詞組，“一定的海”，其來源可能是英文裡的“certain”這個字。做為形容詞，“certain”具有相反的兩個意思：既表示確定、肯定（如“我確定他說的是實話”，I am certain he was telling the truth），又表示不定性，缺少明確的指涉（如“某本書”，a certain book）。因此，詩中的山海既是特定的地點，也是普世的所在。在自然“巨大豪美的背景”裡，每個細微的片刻都足以帶給詩人感悟，化為詩心的“點點佈置”，從用字到句法，從意象到節奏。

16 楊牧：〈她預知大難（《五妃記》未完殘稿之一）〉（1983），《時光命題》，台北：洪範書店，1997年，第93頁。

17 楊牧：《時光命題》，第14頁。

最後一個自然景觀之浪漫取向的例子是當代中國詩人海子。文革結束，新時期開始，七十年代末到八十年代目睹了一場精彩的文藝復興，寫下文學史嶄新的篇章。這段期間，各種世界思潮，舉凡文學藝術哲學，透過譯介大量地湧入中國，可說是構成“文化熱”的一個主要原因。而文化熱中與自然景觀關係最密切的表現是文學藝術領域裡的“尋根熱”。

韓少功一九八五年初發表的《文學的根》，一般認為是尋根文學的肇始。就創作來說，楊煉一九八二年即寫作《諾日朗》、《半坡》、《敦煌》、《天問》等詩，透過對遙遠時空的追溯，對原始文明的緬懷，對神話原型的叩問，詩人探尋生命力和創作力的源頭。這可說是尋根潮流的先聲。李歐梵在〈在中國論述邊上：對邊緣之文化意涵的反思〉一文裡指出，文革後知青作家自覺地在官方意識形態之外，在文化主流的邊緣，重新想像建構文化和創作的源頭。[18]“尋根”可視為知青作家的“文化苦旅”（借自余秋雨二〇〇一年的書名）。一九八四年，阿城出版小說《棋王》，陳凱歌完成電影《黃土地》，海子發表《亞洲銅》。

> 亞洲銅 亞洲銅
>
> 祖父死在這裡 父親死在這裡 我也會死在這裡
>
> 你是唯一的一塊埋人的地方
>
> 亞洲銅 亞洲銅
>
> 愛懷疑和愛飛翔的是鳥 淹沒一切的是海水
>
> 你的主人卻是青草 住在自己細小的腰上守住野花的手掌和秘密
>
> 亞洲銅 亞洲銅
>
> 看見了嗎？那兩隻白鴿子 它是屈原遺落在沙灘上的白鞋子
>
> 讓我們——我們和河流一起 穿上它吧
>
> 亞洲銅 亞洲銅
>
> 擊鼓之後 我們把在黑暗中跳舞的心臟叫做月亮

---

18 Leo Ou-fan Lee,"On the Margins of the Chinese Discourse: Some Personal Thoughts on the Cultural Meaning of the Periphery," *The Living Tree: The Meaning of Being Chinese Today*, ed. Wei-ming Tu (Stanford University Press, 1994), pp.221–244.

這月亮主要由你構成[19]

擱置海子一九八九年自殺後被“神話化”——甚至“神化”——的現象，讓我們回到他的作品本身。他的詩充滿了自然意象，尤其是自然界原始、基本的物質意象，包括構成物質世界的金木水火土風諸元素。《亞洲銅》是海子的代表作之一，也可說是他的成名作。“銅”在這裡至少有三層含義。第一，海子在《東方山脈》裡說：“一塊大陸在憤怒地騷動 / 北方平原上紅高粱”[20]。這裡，他以一塊銅板來比喻亞洲大陸，當然也包括中國。來自地層深層的金屬暗示中國的厚重堅實。

第二，銅也讓人聯想到中國的青銅時代。從公元前四千年左右歷經商周，青銅時代奠定了中華文明的基礎，不論是文字、社會、政治、科技、哲學等各方面。因此，“亞洲銅”不僅是一個空間意象，也指向大陸悠久的歷史。

第三，黃銅召喚“黃土地”的意象。陝甘一帶的黃土高原是世界最大的黃土覆蓋地帶，是古老中華文明的搖籃。一九八四年十月海子寫此詩的時候，陳凱歌的《黃土地》還未公開上映，所以《亞洲銅》應該並沒有受到這部電影的啟發。但是，如前所說，八十年代初開始，文化尋根的氛圍已漸漸醞釀，這才是更可信的影響吧！

《亞洲銅》的第一節簡單陳述了父系家譜。其中弔詭是，從祖父到父親到第一人稱的敘述者“我”，其焦點不是“生”而是“死”。所謂鄉土，就是世世代代家人埋葬的地方。這個母題既召喚落葉歸根，也暗示生死同質同構，交替循環不已。它呼應詩的中心意象，人埋在土裡就好比礦石深藏在地下。

第二節的意象呈現幾對對比：從第一節的黃土地轉變為第二節的藍色海洋，又從“淹沒一切”的大海到空中的飛鳥。空間意象的開展和第一節的時間意象相互呼應關涉，將人與自然結合起來。大自然的生機是鳥飛魚躍，是花開草長，但也是世世代代家族的傳承綿延。

詩中描寫的還有另一種系譜：詩人的系譜。第三節召喚屈原，中國詩歌之

---

19 海子：《亞洲銅》，《海子詩全編》，西川編，上海：上海三聯書店，1997 年，第 3 頁。

20 《海子詩全編》，第 27 頁。

父。在海子日後建構的龐大詩歌體系裡，屈原幾乎是他唯一推崇的中國詩人。《但是水、水》云："痛苦的詩人，/ 是你陪著我——所有的災難才成為節日……"[21]。《亞洲銅》裡，屈原留在江邊的鞋子化做一對白鴿，沉江的意象被代之以飛翔，暗示超越和自由。相對於第一節的鄉土家園和第二節的大自然，第三節體現的是屈原肇始的世世代代的中國詩人所構成的系譜。通過這個建構，海子無疑認同這個古老的系譜，將自己視為它最新最年輕的成員。

第四節的鼓可以解釋為銅鼓。此意象出現在海子的《東方山脈》裡："我把最東方留給一片高原 / 留給龍族人 / 讓他們開始治水 / 讓他們射下多餘的太陽 / 讓他們插上毛羽 / 就在那面東亞銅鼓上出發"[22]。銅鼓來自古老的少數民族文化，用於特定的原始儀式。"亞洲銅"的意象在詩中前後出現八次。"銅"不僅具有多層寓意，而且發揮了擬聲字的效果。"銅"的重複出現彷彿"咚咚"的鼓聲，呼應第四節鼓的意象，召喚原始神秘的生命力。隨著銅鼓聲，第四節將全詩的情緒、結構、意義都帶到高潮。黑夜中，月光下，咚咚的鼓聲充塞於天地之間，連月亮都變成一個動態的意象，好比天－地－人怦怦悸動的共同心臟。全詩以"亞洲銅"始，以"亞洲銅"終，詩人的視角從地下到天上，從時間到空間，從自然到人文，共同構成一個廣大圓融的意義世界。

我曾在他處討論過這首詩，從文本細讀延伸至對海子詩學的探索。[23] 這裡重讀此詩，自然景觀書寫的特定角度豐富了我們對海子整體的理解。在詩人筆下，大自然絕美而神秘，原始又親近。它是"一位美麗結實的女子"：

> 藍色小魚是她的水罐
>
> 也是她脫下的服裝
>
> 她會用肉體愛你
>
> 在民歌中久久地愛你[24]

---

21 海子：《但是水、水》，《海子詩全編》，第 261 頁。

22 海子：《東方山脈》，《海子詩全編》，頁 27。

23 〈海子《亞洲銅》探析〉，載於《今天》，1993 年第 2 期，第 123–132 頁；收入《不死的海子》，崔衛平編，北京：中國文聯出版社，1999 年，第 79–88 頁。

24 海子：《海子詩全編》，第 148 頁。

自然不僅觸手可及，它的脈搏也在詩歌裡悸動。在此層次上，海子讓我們想到前面討論的詩人楊牧，他們對自然景觀的書寫都傾向於將自然內在化，人文化，寓言化，都流露出浪漫主義的取向，雖然兩者在語言、句法、意象的營造上有極大的差異。[25]

## 三、物本主義

不論是五四新詩的人文寓意，還是現代詩人的浪漫取向，它們所代表的書寫模式都可以總結為一種"人本"主義，或藉自然來抒發現代精神，或感悟自然提升心靈。但是，這並不足以含括所有的現代漢詩。另一個值得關注的書寫模式我稱之為"物本主義"。它和"人本主義"相反，運用主客異位的手法來顛覆人類中心的視角。雖然，最終"物本主義"的"物"依然來自（詩）人的想像和營造，但是其特點在於它有意採取一種冷然抽離的態度，把人當作觀察和批判的對象。

試舉兩個例子。第一是孫維民（一九五九年生）的《三株盆栽和它們的主人》（一九九二年）。詩由三節組成，分別以"盆栽"作為第一人稱敘述者。詩一開始，它從生理和心理兩方面來描述主人。出乎意料地，相對於植物，人反而是"低等的"：

> 他是一種較為低等的生物：
>
> 無根。排便。消耗大量的空氣和飲食。
>
> 善於偽裝，雌雄異株。
>
> 心靈傾向黑暗和孤獨。[26]

詩人白萩形容此詩的手法為"換位的觀察"。[27] 從植物的角度來看，人不僅在物質性方面缺乏效率，他的內心世界也是黑暗孤獨的。人的善於"偽裝"和第

---

25　海子的詩和文論都顯示他對西方詩人，從荷馬到荷德林（大陸譯"荷爾德林"）都是熟悉的。浪漫詩人雪萊在他的長詩《太陽》裡是詩歌的"王子"。

26　孫維民：《異形》，台北：書林出版有限公司，1997 年，第 84—88 頁。

27　孫維民：〈換位的觀察〉，《異形》，第 89—91 頁。

三節盆栽的"裸露"構成強烈對比。盆栽不會感覺孤獨，而人不但傾向孤獨，更隨著日益衰老而離群索居。面對著衰老，死亡，人彷彿一天一天更接近生命周期短暫的花草：

我傾聽著。偶爾也睜開眼睛。
日日為我澆水的人，今天
腳步和呼吸明顯的變了。今天
他比昨天遲緩一些，濁重一些
陳舊的輪廓更為模糊一些
今天，他更遠離他的族類。
我裸露著。偶爾深深地呼吸。
日日為我捉蟲的人，今天
體溫和膚觸明顯地變了。今天
他比昨天冰涼一些，粗糙一些
腐朽的氣味更為濃烈一些
今天，他更接近我的族類。

整首詩不僅將"人"和"物"位置互換，而且從"小"看"大"。盆栽在這裡不是隱喻或象徵，而是人的對比和參照。"物本"的角度冷酷，甚至殘忍；它好比一面鏡子，將人赤裸裸地反映出來。

第二個例子是隱匿（一九六九年生）的《寵／物》（二〇〇九年）。這是一首十節組成的自由詩。詩人將"寵物"一詞分裂為兩半，具有兩層意義。第一，此詩呈現的是人和貓的雙重視角；第二，此詩解構了"愛"和"物"，甚至也解構了"愛"的主體，"人"。貓是人的寵物，但是寵愛的背後是人自身的孤獨、脆弱、空虛、挫敗。這種存在狀態的主因是人與其周遭世界的疏離，包括和自己最親密的人。而語言不見得是人與人之間溝通的橋樑；生活裡空泛隨意的言談掩不住那份隔閡和寂寞。

如果沒有我

不知道他們該怎麼辦

當他們共同的話題只剩下我

他們一起注視著我

以避免眼神的碰撞（第3節）

我慶幸自己不會使用他的語言和文字

而他是如此地愛我

即使只為了這個緣故

他是如此地愛我（第1節）[28]

貓的主人有那麼多“巨大的空無”，那麼多的“寂寞無助”。所謂“寵物”，所謂“愛”，有時候只是一種填補，一種投射而已。他需要的是一個滿足自己的“物”，未必是任何特定具體的個體，因此這種愛並非真的愛。

我生病的時候

他拉扯頭髮大聲啼哭的樣子

似乎顯示他身上的痛苦更甚於我

然而當我死去之後

他很快找到了代替的事物

不過那其實也是我

他永遠都不會知道

和《三株盆栽和它們的主人》一樣，《寵／愛》用的也是主客易位，大小顛倒的手法。首先，那個看似廣闊自由的人的世界，其實只是重複製造著同樣的“痛苦與牢騷”：

似乎他闖蕩在外的那個大千世界

比我局促於內的斗室

28　隱匿：《寵／愛》，《怎麼可能》，台北：有河出版社，2010年，第24—27頁。

還要乏味與狹小（第 4 節）

其次，隨著詩的展開，“人”和“寵物”之間的權力關係漸漸改變，或者說，微妙 的心理互動慢慢顯露出來：

當然我是他意志的延伸

只要他依然如此深信

他就會繼續服從我的指令

只有在我堆滿食物的碗裡

他的存在才得以確認

在我逐日累積的脂肪之中

他終於感覺到腳踏實地了

甚至可以說是四肢著地

從“腳踏實地”到“四肢著地”，既幽默又諷刺，因為後者通常形容動物。這裡暗示人和貓的角色顛倒過來；人彷彿變成寵物，而貓才是真的主宰，。

物本主義的另一表現是生態意識。相對於隱喻式或寓意式的自然書寫，有些詩人有意背離人文中心，採取生態或生物中心的角度。批判性，鴻鴻（一九六四年生）的《花蓮讚美詩》：

感謝上帝賜予我們不配享有的事物；

花蓮的山。夏天傍晚七點的藍。

深沉的水面。時速一百公里急轉

所見傾斜的海面。愛

與罪。祂的不義。

你的美。[29]

位於台灣東岸的花蓮依山傍海，有絕美壯觀的自然景觀。不少知識分子和中

---

29　鴻鴻：《在旅行中回憶上一次旅行》，台北：唐山出版社，1996 年，第 77 頁。

產階級將它理想化為香格里拉，或返樸歸真的淨土。[30] 其中弔詭在於，人在追逐美的過程中往往毀了它。兩者是對立的關係：一面是太平洋“夏天傍晚七點的藍”，另一面是都會人帶來的噪音和污染（“一百公里急轉”）。如果愛美是基於欲望和欲望的滿足，它常常帶來負面的後果，淪為一種罪過。而上帝創造了如此令人無法抗拒的美，導致人產生如此強烈的欲望，不也是一種“不義”嗎？我們甚至再進一步推論，所謂“美”本就是“人本”中心的價值觀。當人讚美“你的美”的同時，背後隱含的是欲望——從欣賞到佔有——的暴力。

最後我要談的是劉克襄（一九五七生）。作為台灣最重要的自然作家之一，他從八十年代迄今不遺餘力地紀錄台灣的山水地理，蟲魚鳥獸。早期以鳥類觀察為主，被冠之以“鳥人”的綽號。近年來，他書寫的範圍日益擴大，除了自然景觀，對鄉鎮風光，地方飲食，皆多所涉獵。劉克襄不只紀錄自然，還紀錄自然的記錄者。因此，他的寫作有豐富的人文意涵和深刻的歷史意識。下面僅以他一九九二年的《無名山的無以名狀》來示範其自然書寫：

> 或許，從一棵冷杉的葉尖談起比較準確
> 那是一頭長鬃山羊乾燥的鼻頭觸到時
> 那是一株杜鵑的花瓣終於掉落了
> 那是一個有點過於安靜的冬天清晨
> 那是一隻雄帝雉豎起頸子感覺陽光的暖意
> 那是避難小屋重新聚滿蝨子的日子
>
> 我站在一座地圖上沒有名字的山
> 和清瘦的雲、和漢人邢天正並肩
> 看到冬天最遠的樣子
> 地平在綫一棵杉樹的大世界
> 泰雅族老人吹起了弓琴

30　花蓮也是證嚴上人和慈濟功德會的所在。

口袋的記事本又變輕了

左心房的鬱結再度沉甸如石

我的欲望都凍成冰[31]

第一節充滿了大自然中細微而稍縱即逝的的意象：冷杉的葉尖，山羊的鼻頭，杜鵑花瓣的墜落，安靜的冬天早晨，雄帝雉曬太陽的姿態。最後一行的"避難小屋"是這節詩中唯一人為的意象；它暗示敘述者到山上的目的是為了逃離人世的煩惱。然而，小屋也不全是人為的，因為它"重新聚滿蝨子們"。"重新"是個關鍵詞，它隱射小屋理所當然地是蝨子的居所，它和周遭的自然並沒有分別。"蝨子們"這個特別詞組明顯受到台灣前輩詩人們的影響，讓我們想到瘂弦的"酒們"或楊牧的"們"。這裡用此複數詞有意凸顯蝨子的個體存在。第一節的種種意象，"準確"但是卻"無以名狀"。

第二節點出全詩的主題："一座地圖上沒有名字的山"。"名"的重複出現饒有深意。名字是身份的認定，範疇的規劃。儒家重正名，強調名正言順。更重要的是，命名是主權的宣示和擁有——甚至佔有——的符號。（地圖具有類似的含義。）放眼歷史，"命名"和"再命名"代表著政權的轉移，統治的銘記。舉例來說，戰後台灣街道的"正名"，從四維八德到中國城市名，是國民黨"中國化"政策的一部分。而一九八七年解嚴後某些街道的重新命名，例如"介壽路"改名為"凱達格蘭大道"，亦標誌著時代的更迭，價值的變遷，權力的轉移。同樣的，文革時期很多地名、街道、建築都被賦予革命性的名字，如北京的"反帝路"、"紅旗路"、"工農兵東大街"。等到"十年動亂"結束，新時期來臨，它們又恢復了原來的名字。

《紐約時報》專欄作家湯姆·費德曼（Thomas L. Friedman）曾說："在理念世界裡，命名即擁有。如果你能為一個議題命名，你就擁有它。"[32] 有鑒於此，我們不難理解劉克襄為何強調"無名"。山川草木也好，蟲魚鳥獸也好，大自然

---

31 劉克襄：《小鼯鼠的看法》，台北：合志文化事業，1988年，第118頁。

32 "In the world of ideas, to name something is to own it. If you can name an issue, you can own the issue," from "The Power of Green," *The New York Times*, April 15, 2007.

不“屬”任何人或任何體制，如果第 節寫山景，第二節將視角投向時間，投向歷史。邢天正（一九〇九——一九九四年）是戰後台灣的先驅登山者，自然作家。穿越時空，詩人和他並肩而立，一起望向台灣原住民泰雅族部落的老人。彷彿一部微型的自然史：山，雲，杉樹，和許多代居住在這塊土地上的人。

最後一節最耐人尋味。為什麼筆記本變輕了？為什麼欲望結成冰？我認為我們必須回到此詩的題目。當詩人置身在這座沒有名字的山中時，文字最終是多餘的。寫得滿滿的筆記本變輕了，因為他不再需要用文字來記錄，也不指望文字足以記錄山的世界。敘述者的心情是鬱結的，因為他知道大自然的一切遲早會被一一命名，收編，規劃，佔有。最後一行我的理解是正面的。欲望結冰暗示敘述者的心變得透明清澈如冰，讓我們聯想到佛道境界，無欲無求。

〈無名山的無以名狀〉一方面表達了現代環保意識，另一方面它也召喚中國古典傳統——尤其是老莊思想。“道”的無以名之，不可名狀，莊子對文字的質疑，對七情六欲的超越，都隱含在這首詩裡。道家的自然哲學和環保意識對自然的尊重與維護，何嘗沒有相通之處呢？

## 四、結論

相對於古典詩傳統，現代漢詩對自然景觀的書寫，就大方向來說是另闢蹊徑。這和現代詩的“現代”本質有關，

既有所繼承，也有所超越。

現代漢詩中的自然景觀和傳統之間有何關聯？是反叛還是繼承？

上面我們對歷史語境和美學範式加以梳理，提出一初步響應。

# 反行衝動

## ——論黃翔詩歌中的聲音，口頭性與肉身性 [1]

米家路

一天你被割去了舌頭

還可以用啞語作為表達

周倫佑：〈模擬啞語〉[2]

## 一、“行”的多義性

題目中出現的陌生語詞“反行”（anti-line），初看上去難免令人感到困擾。這裡使用“行”，是由於英文單詞“line”在內涵上就極為豐富有趣，它包含了多重本義和外延。根據《牛津英語大辭典》中的界定，“line”具有如下定義：1. 生命綫（命運的紋路）；2. 生活的定居之處（標識出自己居住的地方）；3. 生活的標準、規定或者規律；4. 災難或者不幸（厄運）；5. 一致（在一條路綫上）；6. 服從政治與意識形態中的特殊政策（政治路綫）；7. 一種限制或者邊界（劃清界限）；8. 等級或者區別（階級路綫）；9. 一排書面紀錄或打印綫（印刷綫）；10. 韻文的一部分（詩歌的行或者節）；11. 家族的譜系（血統關係的排列）；12. 軌跡、道路或者綫路；13. 顯著的趨勢或者走向；14. 行動、生活或者思想的綫索等等。

若將上述關於“行”的多重定義冠之以前綴“反”（anti—），其意義就在

1　今年湊巧劉再復與黃翔二位老師均滿八十高齡，謹以拙文向當代中國“雙心”致敬，劉再復老師為中國文化的“智心”，而黃翔先生為中國詩歌的“詩心”。

2　周倫佑：〈模擬啞語〉，《周倫佑詩選》，廣州：花城出版社，2006 年，第 45 — 46 頁。

“行”的基礎上，帶有了“相反或者反對，對立，反面或者反向”的意味。那麼，將黃翔（一九四一—）描述為“反行”詩人，恰恰是因為與之相對應地，也可以繪製出一幅有意思的詩人形象畫面：作為一位“反行”詩人，黃翔總是致力於不斷地挑戰時代賦予他的命運，甚至因為排斥固定的居所而最終淪為無家可歸的流散者。同時，他還反覆打破固有的現實秩序和規則，重蹈自身的厄運（十年六次入獄），背離政治局勢和主流，對抗官方／主流意識形態，超越美學的限制和群體化的界限，拒絕階級劃分觀念。他堅持推崇聲音的實踐，抗拒極端現代主義的精英路綫，反對任何地緣和譜系上的定位，實現了精神和肉體的統一。

在我們看來，在所有的論述中，真正能夠凸顯和張揚黃翔這種“反行”特質的，無疑是他的口頭性和聲音，這是一種聲帶膨脹的獨特體驗，是肉嗓子所發出的喉音，也是他詩歌當中一以貫之對聽覺、音調和動覺的偏好。研究者一度為黃翔賦予了諸多的稱號，可以說，他已經被公認為“詩歌的野獸／野性的詩人”，“魔羅詩人”（Mara-poet）、“詩獸”（monster poet）、“戰士詩人”（warrior poet）、“鬼魅詩人”（ghost poet）和“嚎叫詩人”（howling poet），而我們以為，考慮到黃翔嗓音中發出的聲嘶力竭的怒吼和嚎啕聲，真正最適用於黃翔的名稱應該是“惡魔般咆哮不休的詩獸”。

## 二、政治化的聲帶構成

自一九九七年赴美國以來，詩人黃翔獲得了奇跡般的再生。在中國的國土上，黃翔飽受了四十年的沉默，而後又經歷了連續十多年的監禁生活，此後當他重獲自由時，難免驚異於全球文學共同體的生成。他重新開始書寫著屬世界詩歌的別樣景觀，這種再次與詩歌所碰撞出的火花，不僅源自於他詩歌寫作的高度理智和技巧，也更取決於他在詩歌朗誦和詩歌創作時嗓音中震顫著的爆發力。以這種“聲音—口頭”表達（vocal-oral）方式所呈現出的肉身性，幾乎可以在諸多方面理解黃翔的詩人身份：可以將其描述為不一致或者異見的聲音，這是一種在長期壓抑的意識形態霸權中所堅持的自由精神；可以將其描述為口頭朗誦的風格，因為貫穿半個世紀以來，黃翔都只能在當地的沙龍和群眾聚集地大聲地朗讀著他的詩歌，並以此來作為他出版詩歌的唯一途徑；[3] 同樣，也可以將其描述為詩人在發音上的補償，以最為有力的方式使得詩意的行動主義（activism）介入到中國政治社會環境中。由此，我們可以歸納出，黃翔口頭聲音的民族政治特徵的三種構成方式：生命本體的聲音（bio-ontology），以回歸對於生命本身的自由追求；話語能動行為的聲音（speech-act），以語言本身的獨立性力量獲得大眾的共鳴；社會實踐行為的聲音（ambiental activism），以激進的聲音行為方式參與到對意識形態的抗爭中。黃翔頗具特點的詩歌表達方式，返回到了聲音當中，並在詩學領域提供了一種範例，就這點而言，在當代漢語詩歌乃至世界詩歌範圍內，都是極具紀念意義的事件。

在狹隘意識形態的集權統治下，人民講話的自由受到了抑制，人民表達欲望的聲音更遭到了窒息。在這一背景下，黃翔清晰地意識到了聲音器官（舌、唇、嘴、喉、牙、聲門）的關鍵意義，並發覺到了聲音（推進、振動、重音、音量、語調、語法的破壞、姿勢、氣息）的顛覆性力量。在詩篇〈終生失竊〉中，黃翔施展出他作為詩人的聲音獨特性，以叫喊的方式洗劫著語言，嘶吼出在極權壓迫下他聲音當中的悲劇性幻象。

除了叫喊

我還能說出什麼

我的嘴巴如倉庫

洞開

語言被搶竊

一空 [4]

的確，在禁忌的時代，詩人的嘴巴如空空的“倉庫”。但儘管在特殊的歷史環境下，全然抑制了詩人黃翔發聲的可能，但他卻始終維護和保留著對於聲音的一貫堅持，正如在詩篇〈我〉中，他是那樣堅定地寫道，“我是一次呼喊／從堆

---

3 傅正明：《黑暗詩人：黃翔和他的多彩世界》，紐約：柯捷出版社，2003 年，第 269 頁。

4 黃翔：〈終生失竊〉，《詩——沒有圍牆的居室》，台北：唐山出版社，2003 年，第 97 頁。

在我周圍的狂怒歲月中傳來，”正是這種一如既往的呼喊聲，將詩人從狂怒的歲月中拯救出來，並且以更為狂怒的聲音對抗這世界並發出強聲。詩人黃翔相信聲音的力量不僅是絕對不能屈從的，相反它還會在壓力下反彈出更為有力的聲音，以拓展人類的尊嚴、真理和自由。詩篇再次開啟“嘴唇”，讓這種發聲器官與自由結為一體，它穿透了死亡，穿透了槍口，在血泊中獲得新生，以更為劇烈兇猛的方式，直擊“人的權力”。

詩人並沒有被任何壓力淹沒，反而在其中尋找著釋放的突破口。所有的聲音，混響著襲來，詩人將自我的聲音以看似沉默的形式，抗拒著嵌入其中。正如在《大動脈》詩系的一個篇章〈貝多芬〉中，黃翔歌頌著狂歡的喜悅，交響樂中的活力和洪亮的旋律：

> 世界如粉末
> 金光燦爛的嚎慟的
> 鼓聲，銅號聲，喇叭聲
> 亂蹄奔突
> 垂蕩讚美力的流蘇
> 雷聲吞噬甲蟲的淺薄
> 沉默動輒噴水的電鯨
> 幻想震碎宇宙的凸鏡
> 夢指戳洪荒的船影[5]

“鼓聲”、“銅號聲”、“喇叭聲”、“雷聲”，仿似爆炸般轟鳴著，而與之相對的卻是“粉末”的“世界”。的確，這消聲的世界是必然會走向粉碎的，而沉默的，也不必再沉默。詩人以幻想和夢的方式在“震碎宇宙”和“指戳洪荒”的行為暴力下，演繹出混雜膨脹中決絕的自我形象。

---

5 黃翔：〈大動脈〉，《裸隱體與大動脈》，台北：唐山出版社，2003 年，第 86 — 87 頁。

## 三、喧嘩與狂飲的聲音

黃翔最具表現力的口頭聲音是他的朗誦或者放聲的誦讀。儘管由於禁令，他的詩歌仍未得到公開出版，但黃翔從邊遠的貴州到首都北京，在非官方的沙龍、當地群眾的聚集地以及北京的林蔭大道上，都曾朗誦過那些詩篇。他活躍而充滿生氣的朗誦為他贏得了“詩歌朗誦大師”的稱號。準確的說，黃翔的朗誦是“生命投擲式”的。一九六九年八月五日，在他完成了具有紀念意義的詩篇〈火炬之歌〉之後，他在朗誦時所呈現出來的狀態，幾乎調動起身體的一切器官，在感情所釋放出的波浪中，顫慄、勃發或者躍動出一連串的生命激流。聽到過黃翔朗誦的人們，在與他轟動的誦讀相碰撞時，也曾一度紀錄下來了他們內心中的震驚體驗：

> 隨著情緒的高漲或突發，他會發出瘋狂的暴吼，令人膽顫心驚。文革那些年，黃翔對〈火炬之歌〉的朗誦簡直是瘋癲又迷狂！對此，啞默多次對我作過描述；黃翔也常與我談起他那“霹靂”似的詩歌朗誦所產生的搖滾樂般席捲聽眾的效應，他自己則“每朗誦一次”，就因渾身情感與力氣傾泄淨盡而“死去一次”。繃破和撕爛襯衣。咬破嘴唇。熱淚飛濺。朝天吼誦黃翔對〈火炬之歌〉的朗誦，同樣具有經典意味，我指出以下一點也就夠了，那就是朗誦時的“人詩合一”。黃翔的朗誦以其“電動心靈的詩的生命力”不可遏止地勃發，出演生命囂張時的激蕩與瘋狂！隨著他那生命化聲音的顫抖、呼喚、被啟動的詩歌生命蠕蠕而動，猶如小獸低沉地喘息，緩緩爬行；然後漸次抬頭，伸肢展腿，走動、跳動、激動、躍動，忽如雄獅抖擻鬃毛、突然瘋狂地一聲暴吼！隨後是席捲一切的狂風呼嘯，掃蕩一切的雷霆震怒……詩歌就這樣因了他的朗誦成了大生命縱情奔放的磅礡之音！[6]

正是在這激烈而近乎迷狂的怒吼聲中，黃翔如獸般，撕裂、緊繃、爆發，

---

6　張嘉諺：〈精神生命的癲狂縱欲〉，收入黃翔詩歌系列《詩——沒有圍牆的居室》，台北：唐山出版社，2003 年，第 164 — 172 頁。

一連竄地向自我所渴求的自由發出死亡的咆哮。詩人所製造出的噪音，是一種狂歡式的喧嘩。它激越而震顫，與大眾一起呼喚著最接近自我生命追求的回聲。一九七八年十月十一日，黃翔與他的朋友在北京王府井大街和天安門廣場朗誦了他著名的史詩作品〈火神交響詩〉。黃翔根據記憶朗誦了他長達六百行的詩歌。他以驚人的高昂情緒毫無顧忌地向群眾質問道，“為什麼一個人能駕馭千萬人的意志 / 為什麼一個人能支配普遍的生亡”，當時已是情緒高漲的群眾也齊聲喊道，“是！”那晚，群眾們一直聚集在大街小巷，藉著火炬的光也試著一起朗誦詩歌。就在包括黃翔在內的四個詩人仍然待在房間裡肆無忌憚地放聲朗誦時，便衣警察早已悄然出現在屋外的大街上，將他們圍困在屋內。直到後來，他們才得知，那晚，中共中央委員以防止黃翔等人蓄意叛亂暴動進行了會面，並早已安排將他們的個人檔案從貴陽空遣到了北京。

對此，詩人和批評家鐘鳴對於黃翔如此令人難以置信的朗誦也曾作出過這樣的評價，“當黃翔為我朗誦時，我有一種五臟俱焚的感覺，意義消失了，只有聲音，聲音。這時我才能體會，何以他說自己每朗誦一次就會死一次。”[7] 在黃翔的身體裡仿似住著一隻兇猛的獸，他曾經也寫過兩句話來描述他詩歌朗誦所釋放出的力量：“詩是獅子，怒吼在思想的荒原上。”詩歌作為語言，成為一種在思想的邊界上雄雄而立的聲音存在。在他的長篇敘事詩〈魘——活著的墓碑〉有兩節詩被命名為《遺書》，黃翔真實記錄了詩朗誦的魔力、聲音韻律的流動以及與飲宴狂歡的自由交融在一起的聲音：這是一個詩歌朗誦會，在一個隱秘的地點；/ 當我們走進會場，朗誦已經開始，/ 黑魆魆的房子裡湧動著黑魆魆的人頭。/ 只有一隻蠟燭點在當中立著的柱子上，/ 朗誦者面臨著飄搖又朦朧的燭火，/ 這一個朗誦完了，另一個又接著開始，/ 只能聽見聲音，看不見朗誦者的面部。/ 我選了一個角落，把自己躲在黑影裡，/ 我閉上眼睛，在黑暗中分辨各種聲音。/ 牆外一陣又一陣巡夜的摩托車聲傳來，/ 每一個聽眾都提心吊膽，禁不住打著冷噤；/ 而我卻徑直地向一個聲音的世界走去，/ 它比任何蕩人心弦的音樂更

---

7　鍾鳴：〈南方詩歌傳奇〉，轉引自張嘉諺〈精神生命的癲狂縱欲〉，收入黃翔詩歌系列《詩——沒有圍牆的居室》，台北：唐山出版社，2003 年，第 164 頁。

令我迷惑。/ 千種生活在豐富的聲音裡重演，/ 百樣性格在奇妙的聲音裡表露，/ 每一個聲音都是一種獨特的人生，/ 給人的印象、感受卻各各不同。/ 忽然一陣沉寂，許久，許久又爬出一個聲音，/ 它開始象種很軟的東西踩在地上：

> 接著象一隻豹子在岩石上磨著爪子，抖動皮毛，
>
> 終於暴發了一聲吼叫，叫人毛骨悚然。
>
> 彷彿那豹子直向你撲來，要把你吞噬，
>
> 我嚇得縮成一堆，雙手緊緊地抱著胸口。
>
> 慢慢地，這聲音變了，彷彿又偷偷出現了另一隻怪獸，
>
> 這是一隻巨鯨，它的身形幾乎佈滿了整個房間，
>
> 它張開大嘴，裡面那麼大，伸手摸不到上腭，
>
> 所有的人全都象小魚小蝦一樣進了裡頭。
>
> 我急忙想退了出來，它突然閉上了大嘴，
>
> 黑暗中，我像隻小魚一樣亂撞，四處不見出路。
>
> 這奇特的聲音象浪潮一樣把我包圍，
>
> 我的身子癱軟了，任其將我淹沒；
>
> 我想抵抗，我想逃脫，但我的掙扎徒然，
>
> 這聲音牢牢地將我抓住，將我俘獲。
>
> 它如此豐富地展示一個人的內心世界，
>
> 它令我懼怕又好奇，深深地把我迷住。[8]

詩篇從“隱蔽”開始，房子裡攢動的人頭或者柱子中央的燭光、以及房間外巡夜的摩托車，並不能阻擋這“迷惑”、“豐富”、“奇妙”和“獨特”的聽覺感受。詩人拋去一切雜質，直抵聲音。他瞬間將現實與佈景置換為聲音，全面地描述了在整個現場朗誦所帶來的忘我體驗。那看似精疲力竭的肉身“死亡”，使得聽眾在其中澈底地體驗了詩性的自由，如猛虎出籠般地沉浸在物質化聲音所帶來的純粹聽覺感受中，這正契合了人類最自然的聲音表達。可以說，這種來自於純粹聲

8 黃翔：〈遺書〉，《活著的墓碑：魘》，台北：唐山出版社，2003 年，第 27 — 29 頁。

音的詩性力量，是欲望爆發時不可遏制的動力源，因此，即使黃翔總是處於被壓制的狀態中，但他卻從未放棄。

## 四、聲音詩學

在當代漢語詩歌中，黃翔可能是僅有的一位在系統上建構聲音詩學和詩歌朗誦體系的詩人。黃翔詩學核心中最為堅定不移的信仰便是口頭和聽覺藝術，他認為，這才是詩歌的根基。他所堅持的這種信仰，是一種平民主義的信仰，因為在主流意識形態為主導的國家，已然取消了多種發聲可能性，而黃翔的信仰，正體現了他對於詩歌自由精神的獨特理解，就這點而言，他延續了其他聞名於世的詩人沃倫·惠特曼（Walt Whitman）、聶魯達（Pablo Neruda）、馬雅可夫斯基和金斯伯格（Alan Ginsburg）等所倡導的詠詩傳統。

黃翔的口頭詩歌理論可以被概括為四個方面。第一，就朗誦的發生空間而言，他認為詩歌必須從私人的研究、精英的沙龍以及矯揉造作的座椅上解放自己，直接走向街道、馬路、廣場和社會人群中。正如他在文章《留在星球上的札記》中所寫道：

> 朗誦詩是詩的一種性格，也許在今天的時代生活中是一種主要的性格。它不是一種姿態的亮相，而是一種行動的要求。
>
> 要理解朗誦詩，你就必須參與聽眾的群體；你就必須到群眾集會上去；到大劇場去。
>
> 那兒，在成千上萬的聽眾的眼光注視中，朗誦詩自如地呼吸著自身創造的緊張、熱烈和集中的氛圍；同時又被這種活的熱辣辣的生命的氛圍所感染。
>
> 那兒，朗誦詩不屬任何個人，它交給了聽眾全體，詩與聽眾合二為一，融為一體。
>
> 那兒，朗誦詩變態了，變形了。在聽眾的感覺世界裡，它成為一種巨大的力。

> 那兒，也只有那兒，在聽眾的心中產生著，形成著，完整著詩的形象的雕塑。[9]

在黃翔的理解中，朗誦更帶有運動的性質，他希望在群眾的集會中，與聽眾齊聲共鳴，將個體熱烈的激情在群體中得到膨脹擴散。在這個層面上，黃翔無疑在與意識形態的對抗中，渴望獲得一種顛覆歷史時代的集體性共振效果。

第二，詩歌是行動藝術的一種。它演繹、流動、激發以及參與到了聲音宣言的形式中。換言之，聲音本身就是一種行動，它在時代背景與個人生活的雙重奏鳴中，生動地波動著，呈現出一條具有勃勃生機的大動脈，貫穿著藝術和現實的生命。黃翔曾經寫到：

> 詩是行動的藝術。那裡面你必須聽出詩人所生活的時代蹬蹬走響的兩隻大腳。讓詩不僅生活在書本中，紙面上；也生活在喇叭筒裡，麥克風中，以詩的交響樂跳動在千千萬萬人的耳朵中，打擊在時代的巨型鍵盤上。[10]

倘若說，在詩歌當中，語詞本身即是一種行動。那麼，聲音的行動力，更是迫切而激烈的。他直接作用於人的聽覺，又深入地扎根於生活當中。在此基礎上，這種交響樂般的藝術效果，已經演變為黃翔口頭聲音詩學的固定模式，他無數次地與時代共呼吸，又無數次地抵抗，似乎聲音與生活之間在某種程度上達成了默契。只要詩人的生活還要繼續，生命還在延續，那麼，就無法拋棄這種怒吼。

第三，詩歌首先是聲音和聽覺的藝術。可以說，現代漢語新詩所面臨的聲音困境一方面處於集體失聲的狀態，尤其是在反對極度精英主義（excessive elitism）、高度藝術現代主義理性（high-art modernist intellectualism）、政治逃避主義（political escapism）、隱喻性蒙昧主義（figurative obscurantism）；另一方面則過多地沉浸於後毛澤東時代的朦朧詩歌的書面印刷體形式中，無力於發出真

9 黃翔：〈留在星球上的札記〉，《沉思的雷暴：太陽屋手記之二》，台北：桂冠圖書有限公司，2002年，第34頁。

10 黃翔：〈留在星球上的札記〉，《沉思的雷暴：太陽屋手記之二》，第36頁。

正的口頭性聲音。而黃翔卻截然相反地返回到了口頭聲音重拾企圖挽救書面文本中所流失耗損的自由精神，向游吟詩人的口頭傳統、向聲音、也向氣息的流綫回歸。關於這種將詩歌從視覺解放出來、邁向聽覺的嘗試，黃翔寫道：

> 我大聲地讚美朗誦詩。我以為，它是具有運用聲音表白一種思想、一種信念、一種情感的有社會成效的藝術。
>
> 它更多的是宏大、抽象的、概括的；
>
> 它比一般的詩包羅更多更廣的空間；[11]

它通過振動的聲音來塑造巨大的形象；它有富於變化的聲音的表情；它的完整的藝術形象成形於你的聽覺中。黃翔試圖將聲音從書面形式的視覺禁錮中拯救出來，澈底打破詩歌書面形式的局限性，讓詩歌在聽覺中，呼吸自由的空間，從而在更為廣闊的空間中吸納聲音所要傳達的情感、思想和信念。

第四，詩歌是一種三維藝術，不僅涉足朗誦，同時還與表演、舞蹈、裝置、音樂、繪畫和身體舞動相關。在這個意義上而言，在黃翔詩歌中創造出了一個豐富而又超越的世界，可稱之為“星體詩人大爆炸”。如他在詩歌〈立體寫作〉中所歌唱的，

> 寫詩最古老的方式
>
> 用筆；
>
> 寫詩最新的方式
>
> 用身體；
>
> 寫詩最妙的方式
>
> 是倒豎著頭顱
>
> 靈肉一體地
>
> 在虛無中
>
> 塗抹！[12]

---

11　黃翔：〈留在星球上的札記〉，《沉思的雷暴：太陽屋手記之二》，第 36 頁。

12　黃翔：〈立體寫作〉，《總是寂寞：太陽屋手記之一》，台北：桂冠圖書有限公司，2002 年，第 68 頁。

與古老的書寫方式相比，詩歌與朗誦之間的結合，無疑是立體的。肉體膨脹、靈魂出鞘，讓詩人仿似在多種藝術結合的空間中，處於星體爆炸的狀態中。

就表現方式和演奏器樂而言，與西方齊唱、合唱以及交響樂為主的演奏傳統所造成的恢弘跌宕感不同，中國古典音樂注重獨奏獨唱，以籲、瑟、笛、琵琶之類的絲竹管弦樂器為依託，音調相對舒緩平穩。但黃翔對於復興口頭性以及保留詩歌聲音的救贖，卻反應了當下世界詩歌的趨勢，將遊移於中西音樂形式的詩性表達得到了最大的發揮。這種趨勢，尤其在美國極為盛行。結合黃翔的聲音實踐，就如同看到了當代美國最為流行的說唱詩（rap poetry）、牛仔詩（cowboy poetry）、撞擊詩（slam poetry）、獨立詩（stand-up poetry）、表演詩（performance poetry）、口頭詩（oral poetry）、視聽詩（audio-visual poetry）和行為詩歌（action poetry），[13] 可以說，綜合了當下多元的口頭文化元素，在低潛徘徊與慷慨激昂中，在孤聲獨奏與混響和鳴中，黃翔全面地將詩歌與音樂從傳播形式上取得了全面的融合。

## 五、大音寫作：殉道者的音粒

黃翔在他的聲音詩學中最為完滿地呈現了他詩歌朗誦的肉身性。儘管他的詩歌並不直接與節奏相關，然而他卻爆炸般地成功創造出了流淌在詩歌內部的節奏和旋律單位。朱光潛在《論詩》中強調，外在的客觀節奏與身心的內在節奏是交相影響的，詩與樂也是心物交感的結果，因而，音調的緩急，與筋肉、心力的緩急並行不悖，而呼吸的長短，也直接限制字音的長短輕重。高而促的音，會引起筋肉器官的緊張激昂，低而緩的音，則讓人鬆弛安適。“在生靈方面，節奏是一種自然需要。人體中各種器官的機能如呼吸、循環等等都是一起一伏地川流不息，自成節奏。這種生理的節奏又引起心理的節奏，就是精力的盈虧與注意力的張馳，吸氣時營養驟增，脈搏跳動時筋肉緊張，精力與注意力隨之提起；呼吸

13 參見 Gioia Dana, *Can Poetry Matter?: Essays on Poetry and American Culture* (Saint Paul: Graywolf Press, 1992); “Disappearing Ink: Poetry at the End of Print Culture.” 來源：（http://www.poems.com/essagioi.html）2005 年 5 月 6 日瀏覽。

時營養暫息，脈搏停伏時筋肉弛懈，精力與注意力亦隨之下降”。[14] 黃翔在朗誦中，恰恰將節奏的自然需求以肉身化的形式凸顯了出來，將聲音流推向了爆發點的極端，火焰般生發出高度混響效果，使得詩歌最為直接的表達和氣息的流動感交融為一體。每一次朗讀都如同重新創作一次詩歌，以至於聽眾體驗到語法在重複中的豐富變化。如黃翔所覺察到，他可以在人群沉默時獨自狂飲，又能夠在人聲鼎沸時保持沉默：

我旋轉風暴而至

人群沉默不語

我噴湧海嘯而至

人群沉默不語

我終於寂然無聲

人群震顫不已 [15]

黃翔的朗誦超越了語言、文化和心理的邊界，在某種意義上，他詩歌當中的語義認知主要源自於他使用充滿活力的音節連續性地對聲音的推進。他的朗誦為聽眾帶來了愉悅、同時也帶來了挑戰和沮喪，這種複雜的情緒感與傳統詩歌精神正相吻合。

即使在沒有聽眾的時候，詩人仍然在他聲音驅動所帶來的喉音顫動中享受著愉悅，創造出集聲音、姿勢和周圍環境為一體的理想世界，也創造出凌駕於外部集權壓迫之上的自我獨立的詩歌王國。這一幕同樣切實地發生在他的詩篇〈暮日獨白——枯溪之畔〉中，

常常沒有聽眾，一人獨自朗誦。

四壁之間，語言暴漲，自己將自己蒙頭蓋臉整個兒

14 朱光潛：《詩論》，上海：上海古籍出版社，2005 年，第 91 頁。

15 黃翔：〈朗誦〉，《總是寂寞：太陽屋手記之一》，第 40 頁。

淹沒。

總有一團氣，總有一團氣，在體內氾濫，朝體外湧

出。終生星雲迴旋壘砌。晴光中，倒豎懸掛一道

雷聲淋漓的

大

冰

瀑

天地之間展捲孤絕獨處的

晶瑩的

靜

止[16]

詩人已經澈底地陷入自己的聲音世界裡，他能夠與孤獨並生，又在語言的洪水中氾濫出內在的生命激流。而在這種自我釋放的愉悅中，詩人在聽覺的直接性和聲音的同步性上歌頌絕對的精神再生，而最有力的證明恰恰是那句令詩人黃翔聲名狼藉的宣言，“我每朗誦一次，我就要死去一次。”但是“有一千個聽眾，就有一千個陪葬者”。[17]

在高度現代主義的世界裡，佔據主導地位的是“非個人化的文本，”後結構主義的“作家聲音的消亡”以及“印刷寫作的物質化崇拜”，而黃翔一以貫之地秉持“大音寫作，”不僅宣稱了詩歌在聽覺上的認同性，還宣稱了在人類權利和人類尊嚴上所必須表達的精神自由。“大音寫作”無論是直接地還是生理上地，都面向聽眾，同時也為聽眾而生。口頭性，正如瓦特・翁（Walter Jackson Ong）所指出的，擁有異於印刷和書面文化獨特的質量：即“瞬逝的，添加的，直接於人類生命世界的，眾聲喧嘩的，參與性的，傳通性的，群體性的，當下的和穩態性的”。[18] 黃翔所提倡的“大音寫作”，再次確認了口頭詩歌的獨特生命力，也確

16 黃翔：〈暮日獨白〉，《詩——沒有圍牆的居室》，第 116 — 117 頁。

17 黃翔：〈中國詩歌的搖滾〉，《我在黑暗中搖滾喧嘩》，台北：唐山出版社，2003 年，第 151 頁。

18 Walter J. Ong, *Orality and literacy: The technologizing of the word*, London（Routledge,1988）, p. 69.

認了不可遏制的聲帶自由，以及詩人在表演中所產生的衝擊感染力。只是黃翔義無反顧地把這種“大音寫作”推向了極致，變成了一種英雄主義的“絕唱，”意在用這種異質的聲音去抗衡，消解那個泯滅生命及個性的壓制性同質聲音，即壓制性的主流意識形態：“我就是語言中突圍的惡魔／搖滾樂騷亂我的舞影／調色板顫動我的絕唱”。[19]

畢竟“大音寫作”是一種由聲音器官打造出的肉身寫作，是一種從“表像文本”（pheno-text）向“生成文本”（geno-tex）的根本跨越。正如克里斯蒂娃（Julia Kristeva）所言，“表像文本，是交流中的語言，並成為語言學的分析對象；生成文本，可以憑藉一些語體和語言要素發現它，儘管從本質上講它不是語言”。[20] 表像文本就是可感知的、可分析的、可用架構的符號意指系統和語言現象，它體現了結構和意義以及言說主體的有限性；而生成之文則是抽象的、文本之中語言意義的生成過程，它也是文本的一部分，它可能源於文本的無意識，通過節奏、語調、韻律和複述甚至敘述的方式等體現出來，在某種程度上，生成文本甚至破壞、分裂、擾亂了表像文本。生成之文先於語言符號，是語言中的潛在驅力，文本意義生命力的所在，是一種顛覆意指系統的異質象徵行為。黃翔打破了存在之文的書面局限性，以口頭聲音的方式，在生成之文中，不斷地膨脹、跨越、顛覆，以獨特的抗聲，彰顯詩歌的有聲世界。

黃翔一系列“單字垂體詩”與“縱向語流”則是詩人狂動呼吸的結果，它們體現了“大音寫作”行為的生成性“音粒”（the grain of the voice），即聲音的肉身化動態力度。試舉兩首詩為例：

---

19 黃翔：〈中國詩歌的搖滾〉，《我在黑暗中搖滾喧嘩》，第 150 頁。

20 Julia Kristeva, *Desire in Language: A semiotic Approach to Literature and Art* (New York: Columbia University Press, 1980), p.7.

囚犯光頭

**〈獨居室中〉**

之

水

滴

是白天唯一的

風

景

夢

滴

清脆如黑夜的

鈴

鐺

淅淅瀝瀝的歲月

擊

響

盤

滴

穿

沉

鬱

千囚同此

一

瞬

千夢同此

一

滴

它聽見

夢中銅鈀拍擊

……

一九九〇年四月十一日[21]

**〈第二種生存〉**

骷

髏

激動

如

鶴

醒來

一顆含著太陽之核的

櫻

桃

碑

箴口如

人

21 黃翔：〈獨居室中〉，《詩——沒有圍牆的居室》，台北：唐山出版社，2003年，第23—24頁。

發現
一片從未沾唇的
蔚藍
天
空
吐
出

死
亡
之
樹
在日復一日的注視中
老
去
一九九一年一月十四日[22]

正如羅蘭·巴特（Roland Barthes）所提到的"大音寫作"（writing aloud），他認為：

> 大音寫作則不具表現力；它將表達之責賦予給了已然存在之文，賦予給了傳通之規則符碼；它卻屬生成之文，屬意指過程；它並非由戲劇式的抑揚頓挫、微妙的語勢、交感的音調運載著，而是含孕於聲音的音粒之內，此音粒乃音質與語言具性欲意味的交合，其因此而與語調一道也可以成為一門藝術的實體：左右自身身體的藝術……大音寫作不屬音位學，而屬語音學；其目標不在於信息的明晰，情感的戲劇效果；其以醉的眼光所尋索者，乃為令人怦然心動的偶然物事，雪肌玉膚的語言，其類文，自此文處，我們可聽見嗓子的紋理，輔音的水亮，元音的妖媚，整個兒是幽趣蕩漾之肉體的立體聲：身體之交合，整體語言之交合，而非意義之交接……使我們聽見 喘息，喉聲，唇肉的柔軟，人類口吻的全部風姿（那聲音，那寫作，鮮嫩，柔活，濕潤，微細的肉蕾，顫振有聲，一如動物唇吻），就足可將所指成功地逐至邊荒，把演員的無以命名的身體順當地插入我的耳朵：它成肉蕾狀，它硬起來，它撫摩，它抽動，它悖然停住：它醉了。[23]

---

22 黃翔：〈第二種生存〉，《詩——沒有圍牆的居室》（台北：唐山出版社，2003 年），第 30 — 32 頁。

23 羅蘭·巴特：《文之悅》，屠友祥譯，上海：上海人民出版社，2002 年，第 78 — 79 頁。譯文有所改動。

從這段論述中，能夠更為準確地捕捉到黃翔詩歌中的“反行”特徵，即身體與語言超越了意義本身，而被賦予了獨立的美學價值與生命形態。

“大音寫作”與反行的“音粒”論述可表示如下圖：

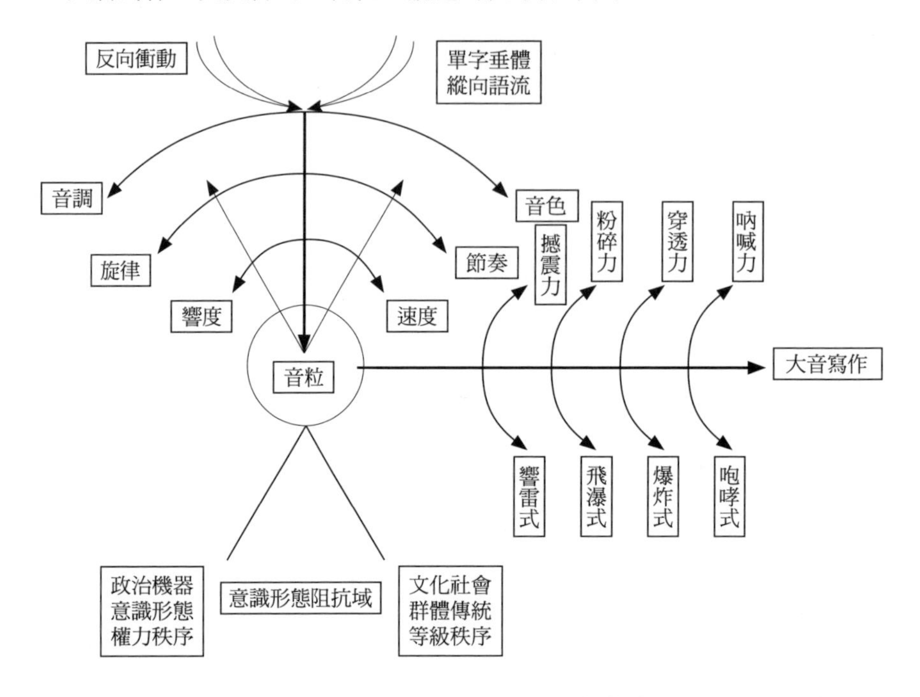


從上述圖表中可以看出，飛瀑而下的音粒在黃翔氣血暴走的呼吸催逼之下毫不隱晦地（與北島為首的“朦朧詩”所倡導的晦澀性迥然不同），赤裸裸地，義無反顧地，猶如隕石墜落地球，直接撞擊意識形態的權力秩序和與之共謀的文化秩序。從這撕裂般的角鬥中所迸發出的“血嘯”最強音則生成出了“大音寫作”的四大特質（響雷式，飛瀑式，爆炸式和咆哮式）以及四大衝擊力（震撼力，粉碎力，穿透力和吶喊力），從而奠定了黃翔“反行衝動”的詩性良知。

## 六、結語

在中國古典詩歌中，詩與歌本為一體，民歌與廟堂文學作為聲詩的源頭，與禮樂文明交織在一起，在內容上歌功頌德，在功能上傾向於宮廷禮儀活動，被用來“知興衰”、“正得失”、“厚人倫”、“美教化”、“移風俗”，一直長盛不衰，綿遠流長。伴隨著新詩運動的開展，封建倫理體系開始瓦解，詩樂逐漸分離，詩歌的音樂伴奏形式，在新詩的起步階段開始退場，新詩的吟唱、歌詠功能也漸漸弱化了。但這種弱化，為新詩在口頭形式上的分化提供了新的可能。口頭聲音，作為一種詩學傳統，它非但沒有隨著歷史的發展而銷聲匿跡，反而愈加表現出其綜合性。它集合了表演、舞蹈、裝置、音樂、繪畫等多元藝術形式，在精神和肉體的雙重激蕩中熠熠生輝。

在當代漢語新詩中，黃翔無疑是獨特的，他不僅秉承了口頭聲音詩學的傳統，更重要的是，他還對意識形態進行了極端而毫不妥協的介入與抗爭，在歷史語境的局限中發出了獸般的怒吼。也正是這個原因，黃翔甚至被尊稱為"中國的沃倫·惠特曼"或者"中國人的良知"。赴美使他在藝術上獲得了奇跡般的再生。他驚異於全球文學共同體的生成，開始重新書寫世界詩歌的景觀，這不僅源自於他寫作詩歌的高度理智和技巧，而更取決於他在詩歌朗誦和詩歌創作時嗓音中震顫著的爆發力。

全文在三個方面概括了黃翔口頭聲音與肉身性特質：即生命本體的聲音；話語能動行為的聲音；社會實踐行為的聲音。黃翔調動著詩歌中的語詞，不斷地變化著回到口頭聲音，從而對文學在當代世界中所預設的作用提出了一系列的質疑。通過將黃翔的口頭聲音寫作擱置於高度現代主義，"非個人化的文本"，後結構主義的"作家聲音的消亡"以及"印刷寫作的物質化崇拜"的社會文化背景中；擱置於惠特曼、聶魯達、尼采、蘭波、金斯堡、馬雅可夫斯基的口頭聲音實踐中；擱置於沃爾特·翁在虛空的數字化時代建構的口頭和書面語的理論中，分析了口頭聲音在黃翔詩歌中的三種作用，一方面挖掘詩人是如何以詩歌的口頭方式介入到中國社會政治語境中的現實穿透力，另一方面則探討詩人以他詩性的聲音抵達大眾社會所採取的姿態。綜上，可以說，詩人黃翔的口頭聲音與肉身性，不僅重拯了詩歌在聲音上的本真特性與活力，而且還見證了人類權利和人類尊嚴上所必須秉具的精神自由。

# 先鋒與國歌[1]

**羅靚**

研究兩戰之間歐洲先鋒主義的學者已指出先鋒主義對創造新文化體制和生成新文化意義的貢獻。[2] 本文在現代中國語境中探究兩戰之間和二戰時期先鋒主義的充沛活力及其歷史意義。克雷格·卡爾霍恩 (Craig Calhoun) 從歷史中拯救民族主義的嘗試在此值得借鑒。他將民族主義視為"一種觀念模式、話語構造、修辭學、以及忠義的情感結構，"它不但在歷史中成形，而且能塑造歷史。[3] 正如卡爾霍恩所說，真正重要的是"民族主義中飽含的文化生產力 — 那些樂章與探戈、電影與詩篇。"最關鍵的是，民族國家的概念使有關"人民大眾"的集體想像成為可能。[4] 兩戰之間的歲月與此類似，是有助國際先鋒主義和現代中國民族主義相互作用的充滿活力的形成期。

## 一歌多唱：田漢、伊文思、羅伯遜

《義勇軍進行曲》的三個版本貫穿本文。第一個版本出自一九三五年的電影《風雲兒女》。當時詞作者田漢（一八九八——一九六八）結束了在東京與歐洲先鋒主義（尤其是德國表現主義）的親密接觸回到上海，成為文藝界的領軍人物。

---

1 本文是發表於《文化研究》（北京：社會科學文獻出版社，2013 年，第 14 卷，第 209－237 頁）同名文章簡約版。

2 Malte Hagener, *Moving Forward, Looking Back: The European Avant-garde and the Invention of Film Culture, 1919–1939* (Amsterdam University Press, 2007), p.16.

3 Craig Calhoun, *Nations Matter: Culture, History, and the Cosmopolitan Dream* (Rougledge, 2007), p. 7–9.

4 Craig Calhoun, *Nations Matter: Culture, History, and the Cosmopolitan Dream* (Rougledge, 2007), p.45–48.

曲作者聶耳（一九一二——一九三五）儘管在上海多受俄國移民音樂家的濡染，但在很大程度上是自學成才的音樂人。在《風雲兒女》中，《義勇軍進行曲》引入詩人白華和姑娘新鳳加入義勇軍衝向戰場的故事高潮。男女和聲演唱的《義勇軍進行曲》響徹戰場。男女老少都在這和聲中衝向抗日最前綫，而攝影機鏡頭也對準了義勇軍那裹著綁腿有力向前的雙腳。

三年以後的一九三八年，田漢在武漢迎來了前來拍攝《四萬萬民眾》的荷蘭導演尤里斯·伊文思 (Joris Ivens, 1898–1989)。作為被本雅明稱讚的機械複製時代藝術家的代表，[5] 伊文思在那以後多次到中國拍攝和講學。在《四萬萬民眾》中，隨著中華民國國旗響起的不是當時的代國歌《三民主義》，而是《義勇軍進行曲》。那男女合唱的歌聲充溢著紀錄片中精雕細刻的一幕：開場特寫突顯了兩位軍樂團成員背上的大號，仰角鏡頭下冉冉升起的青天白日旗切入抬頭仰望的男性人群，著紅十字會服裝的女學生呼叫著"中華民國萬歲"的口號。鏡頭轉入人群中，一位男子正有力地指揮著一群學生合唱。《義勇軍進行曲》歌聲貫穿始終，且隨著廣場高台上年輕女孩激情洋溢的演講而漸弱。[6]

又一個三年後的一九四一年，美國黑人表演藝術家和社會活動家保爾·羅伯遜 (Paul Robeson, 1898–1976) 在紐約和一個中國合唱團聯合錄製了題為《起來：新中國的歌聲》(*Cheelai: Songs of New China*) 的專輯。"起來"是《義勇軍進行曲》的第一句歌詞，羅伯遜在專輯中用中英文演唱了這首歌。據稱歌曲的英文翻譯來自當時流亡在美的一位中國指揮家，並徵得了田漢的同意。羅伯遜自己很可能參與了翻譯，並在英文歌詞中加入了"自由"、"真正的民主"來充分展示原文中隱含的國際主義精神。發行這張專輯後，羅伯遜多次在世界各地的不同場合用中英文演唱這首歌。

---

5 本雅明以伊文思 1933 年攝製的有關比利時礦工罷工運動的紀錄片 *Borinage* 為例，認為它"為所有人提供了從路人變為群眾演員的機會，在這個意義上任何人都可能成為藝術品的組成部分。" Walter Benjamin, "The Work of Art in the Age of Mechanical Reproduction [1936]," in Walter Benjamin, *Illuminations: Essays and Reflections*, edited and with an introduction by Hannah Arendt (Harcourt, 1968), p. 233.

6 Joris Ivens dir., *The 400 Million*, 1939 (53.51 min / black and white / 35 mm)：《義勇軍進行曲》在片中出現的時間是 20：20 分到 21：20 分。

《義勇軍進行曲》從一九三五年的上海電影進入一九三八年由荷蘭人執導的好萊塢紀錄片。[7] 它繼而成為美國黑人藝術活動家的保留曲目，並通過他的影響憑藉無綫電波和現場音樂會在四十年代走進歐洲及世界各地。這一系列聲音圖像的重疊表明：《義勇軍進行曲》從電影流行歌曲到國歌的轉變既使民族主義的國家政治通過身體表演和大眾參與得以彰顯，又是國際先鋒主義合力的產物。為什麼不同國家的活動家會共同投身這一"民族主義"的事業？他們在創造宣傳"革命文藝"的同時找到了怎樣的情感和精神共鳴？田漢、伊文思、羅伯遜都出生在一八九八年。俄國革命和一戰後國際社會主義運動和先鋒主義的興起為聯繫我所謂"一八九八的一代"提供了契機。

在跨越文體界限的文化實驗熱潮中，聲音在國際電影工業中的關鍵地位日益明瞭，機械複製時代電影音樂的傳播更給藝術和社會活動帶來了革命性變化。艾森斯坦、普多夫金、和阿萊克桑德夫 (Grigori Alexandrov) 於一九二八年八月發表了著名的"聲音宣言，"引發了國際先鋒陣營裡有關有聲電影的系列討論。[8] 伊文思攝於一九三一年的《菲利蒲收音機》(*Philips Radio*) 是荷蘭的第一部有聲電影，他也在同年加入了荷蘭共產黨。田漢在一九三二年加入了中國共產黨，且在三十年代中期寫就許多膾炙人口的流行歌曲。儘管羅伯遜從未加入共產黨，作為逃亡奴隸之子，他一直以來對普通人的同情在一九二八到一九二九年間倫敦巡演時得以深化。[9] 我們發現流行音樂的產生與宣傳、兩戰間國際先鋒主義者的共同經驗以及藝術家關注社會的行動之間有著密切的同步關係。

---

7 伊文思作為"今日歷史電影公司"(History Today Inc., Motion Picture Production) 的一員到中國拍攝。該公司設在紐約和好萊塢，由海明威 (Ernest Hemingway)、黑爾曼 (Lillian Hellman)、和伊文思等人任董事會成員。見漢斯．威格納檔案 (Hans Wegner Archives)，文件號 91，歐洲伊文思基金會，奈梅根，荷蘭。

8 Jamie Saxton, "Early Avant-Garde Film Sound and Music," in Graeme Harper (ed.), *Sound and Music in Film and Visual Media: A Critical Overview* (Continuum, 2009), p. 578.

9 Paul Robeson, *Here I Stand*, with Lloyd L. Brown, and with an introduction by Sterling Stuckey, Beacon Press, 1988, p. 32–35; and *Paul Robeson, a Biography by Martin Duberman* (The New Press, 1989), p. 113–124.

## 創作《義勇軍進行曲》

要理解《義勇軍進行曲》必須將其置於產生商業流行電影《風雲兒女》的語境中。一九三三年國產“三友”式錄音器材的發明、[10] 電通影業公司在一九三四——一九三五年間的勃興，都與革命時代電影歌曲的流行密切相關。電通的第一部影片《桃李劫》令其中的插曲《畢業歌》聲名鵲起，同樣由田漢聶耳合作的《義勇軍進行曲》則是通過電通的第二部影片《風雲兒女》得以推廣的。在創作《風雲兒女》的電影故事時，田漢時任“蘇聯之友社”音樂小組組長，[11] 任光、安娥和聶耳都是該音樂小組最初的成員。留法作曲家任光時任百代公司上海辦事處音樂主任。他位於法租界中心地帶的西式大宅，備有鋼琴和高品質收音器材，不但為音樂小組提供了活動場所，也為其通過短波收聽蘇聯音樂和接收外界信息提供了必要技術支持。[12] 小組成員之一的安娥（本名張式沅）於一九二九年從莫斯科回國，其後成為中共地下情報人員。安娥於一九三四年和任光合作了電影《漁光曲》中的同名插曲。《漁光曲》成為第一部在國際電影節獲獎的中國影片，其插曲也成為第一首電影流行歌曲。[13] 我們不難看出，在電通公司攝製《風雲兒女》之時，電影音樂的流行性使音樂小組成為大眾宣傳的核心機構。

《義勇軍進行曲》在《風雲兒女》的攝製中具有中心地位，因為電通公司力圖要複製、甚至想超越《畢業歌》的成功市場效益。時任電通公司音樂主任的賀綠汀擔起了為《義勇軍進行曲》配器的任務。賀與上海俄國猶太移民音樂家過從甚密，其中就有阿甫夏洛穆夫 (Aaron Avshalomov)。阿甫的創作融合了中國的音

---

10 參見王旭鋒：〈中國有聲電影初期的國產電影錄音機——紀念司徒惠敏先生誕辰 100 周年〉，《現代電影技術》，2010 年第 6 期；李文斌：《司徒惠敏》，《中國電影家列傳》，北京：中國電影出版社，1992 年，第 1 卷；司徒濂、關輝：《司徒惠敏傳略》，《廣東文史資料》，廣州：廣東人民出版社，1989 年，第 60 卷。

11 皮涅克 (Boris Pilnyak)、田漢和蔣光赤早在 1926 年就曾致力於創建“中蘇文化交流會”，參見 Boris Pilnyak, *Chinese Story and Other Tales*, translated and with an introduction and notes by Vera T. Reck and Michael Green (University of Oklahoma Press, 1988), p. 57, 90.

12 《電影藝術》，第 1－12 期，北京：中國電影出版社，1988 年，第 64 頁。

13 《漁光曲》在 1935 年莫斯科國際電影節上獲得榮譽獎。參見安娥：《安娥文集》，北京：中國文聯出版社，2008 年，第 1 卷。

階與特色，又加入了十八世紀“中國風”影響下的西方音樂形式與樂器。[14] 應賀之邀，阿甫於一九三五年五月為《義勇軍進行曲》配器。[15]

從未完成的詩句到有嚴密配器的電影音樂，《義勇軍進行曲》是電影《風雲兒女》在一九三五年獲得成功的關鍵。儘管電通公司本身是建立在新興錄音器材之上、並有著處於地下活動的共產黨的支持，這一“和聲”必須通過技術、音樂、商業各方面人才的多方協力才能完成。在莫斯科受過教育的地下黨人安娥在當時是活躍於各大媒體之間的記者。[16] 作為音樂工業界的代表，從法國歸來的音樂家任光在百代任主任。從美國回國的工程師發明的三友牌錄音器材又為製作電影音樂提供了專業技術支持。[17] 最後，活躍在戲劇、電影、和音樂界的田漢和夏衍在蘇聯之友社音樂電影小組與電通公司的商業電影事業間架起了橋樑。參與這一“合唱”的許多“歌手”和“演員”都與一戰後國際先鋒主義及其在三十年代早期的激進傾向密切相連，同時對在日益成熟的媒體環境中產品市場營銷策略有著清晰認識。

## 演出中的《義勇軍進行曲》

田漢寫於一九三七年蘆溝橋事變之後的話劇《蘆溝橋》，為研究《義勇軍進行曲》的新媒體表現和舞台表演的交織提供了場所。該劇的敘事是通過歌曲得以表達的，直至所有人最終在舞台上合唱《義勇軍進行曲》。這樣的場景相當有教育意義：大眾合唱團的步步成形與《義勇軍進行曲》歌詞中複製發聲者的機制交相呼應，從而成為如何組織合唱運動的教育工具。在充斥油畫和木刻、舞台和銀

---

14 阿甫夏洛穆夫（1894–1965）在 1943 年到 1946 年間曾任上海交響樂團指揮。參見 Jacob Avshalomov and Aaron Avshalomov, *Avshalomovs' Winding Way: Composers Out of China: a Chronicle* (Xlibris, 2002).

15 孫繼南：《中國音樂通史簡編》，濟南：山東教育出版社，1991 年，第 470 頁。

16 安玉：〈戰火中走出的紅色才女——安娥〉，載於《黨史博採》，2008 年第 1 期。

17 參見王旭鋒：〈中國有聲電影初期的國產電影錄音機——紀念司徒惠敏先生誕辰 100周年〉，《現代電影技術》，2010 年第 6 期。

幕的戰時想像中，不乏群眾歡送或歡迎士兵的場景。[18] 而今加入這充沛視覺性的是一種音效、甚至一個口號，不過它因與聽眾情感的共鳴而能跨越戰時中國、得以口耳相傳。[19]

據當時的記載，在《蘆溝橋》表演過程中，台上演員們高喊"保衛華北，收復失地，驅逐敵人"，台下觀眾也齊聲應和；當劇中人高唱《義勇軍進行曲》時，觀眾們也加入了合唱。[20] 更重要的是，在哈佛學過戲劇的洪深導演在排演蘆溝橋肉搏一場戲時，讓飾演士兵的演員潛伏到觀眾席背後。台上的搏鬥一開始，"士兵們"就衝出觀眾席湧向舞台。整個劇場充滿了士兵的呼喊，整個舞台充斥著濃煙和火焰，似乎整個表演場地都幻化為戰場，所有觀眾都被捲入了搏鬥。[21] 這段描述生動體現了電影學者蓋恩斯 (Jane Gaines) 所謂"政治性模仿，"即通過紀錄片屏幕和觀眾席的互動將觀眾"塑造"為政治主體的過程。[22] 這種對舞台上下身體互動的關注提醒我們當時流行歌詞中對身體活力的強調。

尤為重要的是，這些戲劇"遊擊隊"在大後方的廣泛影響跨越了虛構和真實的界限。"旁觀者是戲劇的基本成分，"艾森斯坦曾明確指出，而"任何功利主義戲劇的目的都是將旁觀者導向自己想要的方向。"[23] 依據自己在無產文化 (Proletkult) 方面的實踐，[24] 艾森斯坦將"吸引力" (attraction) 定義為"戲劇中任何具侵略性"且能對旁觀者"產生情感衝擊力"的因素，它能"促使旁觀者感受

---

18 參見《抗戰八年木刻選集》(*Woodcuts of Wartime China, 1937–1945*)，開明書店 1946 年版。

19 見唐小兵有關木刻"音效"的討論，Xiaobing Tang, "Echoes of Roar China! On Vision and Voice in Modern Chinese Art," *Positions: East Asia Cultures Critique*, 14.2 (2006), 467–494; 參見 Xiaobing Tang, *Origins of the Chinese Avant-garde: the Modern Woodblock Movement* (University of California Press), 2007.

20 見劉平：〈抗戰炮火中的戲劇創作與演出〉，載於《中國現當代戲劇研究》，http://www.china001.com/show_hdr.php?xname=PPDDMV0&dname=HLPO741&xpos=36, 2009 年 7 月 15 日參閱。

21 同上。

22 Jane M. Gaines and Michael Renov eds., *Collecting Visible Evidence* (University of Minnesota Press, 1999), p.90.

23 Sergei Eisenstein, "Montage of Attractions," Daniel Gerould trans., included in Rebecca Schneider, Gabrielle H. Cody eds., *Re: Direction: A Theoretical and Practical Guide* (Routledge, 2002), p.303–304.

24 Lynn Mally, *Culture of the Future: the Proletkult Movement in Revolutionary Russia* (University of California Press, 1990).

到表演中意識形態的一面——即最終的意識形態結論。”[25]在伊文思的《四萬萬民眾》中，聲音和音樂激化了“吸引力的蒙太奇”(montage of attractions)。街頭劇演員手握拳頭高呼口號。旁白告訴我們“演員們離開劇場到街頭演出，他們教導觀眾如何對抗敵人。”而從頭至尾，《義勇軍進行曲》都作為背景音樂，將紀錄片中的視聽元素縫合成極具情感說服力的教材。

## 大眾歌詠中的《義勇軍進行曲》

在伊文思紀錄片《四萬萬民眾》大眾歌詠一場中，《義勇軍進行曲》成為決定性的聲音力量。激昂的《義勇軍進行曲》伴隨著畫面展開，正如銀幕上那積極投身大眾歌詠的人們可能唱出的效果一樣，但導演似乎並不在乎歌聲和銀幕上嘴唇及指揮棒律動之間的錯位。事實上一九三八年的技術條件也不允許同步錄音，所以錄音和錄像必須分別完成。伊文思在美國進行後期製作時為這場戲加入了四五個聲道。他可能用了電通合唱團版的《義勇軍進行曲》，也可能在好萊塢錄音棚裡錄下了馬奇 (Fredric March) 朗誦的尼科斯 (Dudley Nichols) 所寫的解說詞。他還可能在那兒錄好了由艾斯勒所作的主題曲，並邀請美國華人為在漢口、西安錄下的影像根據現場錄音配音。[26]《義勇軍進行曲》在這一場景中既是實際的聲音，又是評論的聲音：它為畫面中所有活動發聲，但似乎既來自畫裡，又來自畫外；它既表現了大眾歌詠的普遍事實，又代表了導演獨具匠心的選擇。

伊文思一九三八年五月在西安拍攝的僅是大眾歌詠運動全景中的一個片斷。早在一九三六年六月就有人在上海西門體育館指揮七百人合唱團高唱《義勇軍進行曲》，他就是後來聲名遠播的劉良模。在一九四一年十一月見於《紐約時報》的一篇文章中，劉被描述為“那位把激情傳遞給大眾的上海基督教青年會秘書，

25 Sergei Eisenstein, “Montage of Attractions,” Daniel Gerould trans., included in Rebecca Schneider, Gabrielle H. Cody eds., *Re: Direction: A Theoretical and Practical Guide* (Routledge, 2002), p.304.

26 伊文思手寫的關於《四萬萬民眾》的錄音筆記，伊文思檔案，文件號 2.3.02.39.01–238，歐洲伊文思基金會，奈梅根，荷蘭；Joris Ivens, “How I Filmed *The 400 Million*,” *Joris Ivens and China* (Beijing: New World Press, 1983), p. 29.

因此被徵召到前綫去教育民眾”，並被譽為中國大眾愛國歌詠運動背後的激勵力量。該文作者還引用在美國因《吾國吾民》而著稱的林語堂，宣稱“中國找到了自己的聲音。”[27] 這篇《紐約時報》文章同時評論了一張題為《起來》的新唱片。[28]《義勇軍進行曲》是其中的主打歌，由羅伯遜以中英文演唱，並加入了劉良模指揮的中國合唱團的和聲。羅伯遜早在一九三八年就和孫夫人宋慶齡一起出現在倫敦聲援中國的集會上，並表明了自己對中國抗日運動的支持。他於一九三九年回到美國，並於一九四〇年和流亡紐約的劉良模相遇。[29]

《義勇軍進行曲》將極具震懾力的電波傳到了世界的各個角落。在日軍入侵東三省六周年、蘆溝橋事變後兩個月的一九三七年九月十八日，猶太記者愛潑斯坦 (Israel Epstein) 欣慰地第一次聽到南京首都廣播電台播放了這首歌。一九三七年十一月中旬，在從國統區的南京去往武漢的輪船上，他再次聽到“馬達加斯加國民黨代表的七歲女兒充滿活力地不斷唱著《義勇軍進行曲》，可見這首歌已傳唱到世界各地。”[30] 在太平洋戰爭爆發的一九四一年，《義勇軍進行曲》已經在新加坡、馬來西亞、和東南亞的其他國家和地區廣為傳唱，且成為國際反法西斯運動的主要進行曲。筆者二〇〇九年參觀新加坡歷史博物館時，曾在展廳裡聽到當地抗日華人演唱《義勇軍進行曲》的錄音，可見它在當地歷史敘述和身份認同中的重要地位。[31] 二戰時期，英、美、蘇、印各國電台也常常播放羅伯遜演唱的中英文版本。在其成為代國歌前數年，《義勇軍進行曲》已在一九四四年成為德里電台中文廣播的主題曲。[32] 隨著日軍向中國內陸的逼進，這首歌也從上海向大後方傳播，且並未止步於受威脅的國境綫上。它在香港、新加坡、巴黎、倫敦、布拉格、莫斯科和其他國家和地區廣為流傳，其強大民族主義精神在廣大國際社

27 Howard Taubman, “Songs That Chinese People Are Singing These Days—Other Releases,” (*New York Times*, Nov. 30, 1941), p.6.

28 *Chee Lai* (Keynote, three ten-inch records, $2.75).

29 Martin Duberman, *Paul Robeson: A Biography by Martin Duberman* (The New Press, 1989), p.222.

30 Israel Epstein, *My China Eye: Memoirs of a Jew and a Journalist* (San Francisco: Long River Press, 2005), p.81.

31 《義勇軍進行曲》是新加坡國家博物館中新加坡歷史館永久陳列的一部分。新加坡國家博物館位於 93 Stamford Road, Singapore 178897，展覽時間為每日上午 10 點到下午 6 點。

32 郭超：《國歌歷程》，北京：中國國際廣播出版社，2002 年，第 36 頁。

會觀眾面前已經得以證實。在一九四九年四月布拉格國際和平會議和同年六月六日莫斯科舉行的普希金一百五十誕辰慶祝活動之際，羅伯遜兩度用中文唱起了《義勇軍進行曲》。田漢、郭沫若、丁玲、馬寅初、翦伯贊、徐悲鴻及其他文化名人都是中國出席布拉格會議的代表。當羅伯遜用中文演唱“起來”之時，他們都坐在觀眾席上。在那以後不久，他們都參與了為新生的中華人民共和國選定國歌的討論。[33]

---

33 郭超：《國歌歷程》，第 36 頁。

# 疾病與話語

蔡元豐 著
陳文浩 譯

從弗洛伊德精神分析法之普及到福柯建構之生物權力，由傳統草藥療法至現代生物醫學，疾病（disease）的含義在近二百年來隨著現代西方醫學傳入中國，發生了巨大變化，創造了新的話語（discourse），嘗試用理論來說明疾病（illness），重新定義何謂健康，並重構階級和性別。[1] 結果，醫學文獻改寫了，加入了衛生史、精神病理學，還有癌症、殘疾和大流行病研究等。

## 疾病的概念和隱喻

英語 disease“疾”和 illness“病”二字經常作為同義詞交替互用。自從加拿大社會學家阿瑟・弗蘭克（Arthur W. Frank）解構二字，兩者便從體系上嚴格區

1　亞歷山大・皮爾森醫生（Dr. Alexander Pearson, 1780–1874）於 1805 年將天花疫苗引入澳門和廣州，成為近代西方醫學傳入中國的里程碑。詳參扈國泰（Louis Fu），“The Protestant Medical Missions to China: The Introduction of Western Medicine with Vaccination”（〈新教到中國的醫療任務——引入西方醫學的疫苗接種〉），*Journal of Medical Biography*（《醫學傳記期刊》），21.2 (2013 年 5 月)，第 112–117 頁。

分開來：“病”（illness）是社會經歷，“疾”（disease）是生理過程體驗。[2] 事實上，俄裔美國醫學史學家奧維・特金（Owsei Temkin）把“疾”（disease）重新界定為：包含從本體論到生理學自古以來的範圍。[3] 英國醫學史學家阿德里安・威爾遜（Adrian Wilson）通過研究疾病概念的歷史加以區分，認為從自然主義—現實主義角度來定義疾病（disease）是罔顧歷史，而從歷史主義—概念主義的向度來說明疾病（disease）則純屬偶然。[4] 美國中醫歷史學家瑪爾塔・漢森（Marta Hanson）採用了後者，其“前提是把疾病（disease）置於歷史中考察，由社會定義，且具有文化意義”；她將“疾”（disease）的各種概念與個體“病”（illness）的敘事聯繫起來：“‘疾’（disease）的各種概念，既構成了患者敘述的‘病’（illness），復讓醫生能夠確定患者所述的內容中，哪部分涉及客觀。”[5]

---

2 Arthur W. Frank, *The Wounded Storyteller: Body, Illness, and Ethics*（《受傷的說故事者——身體、疾病與倫理》）（Chicago: University of Chicago Press, 1995）, p. 187. 早前，弗蘭克為查爾斯・羅森伯格（Charles E. Rosenberg）和珍妮・戈登（Janet Golden）合編 *Framing Disease: Studies in Cultural History*（《建構疾病——文化史研究》）（New Brunswick, N.J.: Rutgers University Press, 1992）撰寫的導論 “Framing Disease: Illness, Society, and History”（〈建構疾病——病痛、社會與歷史〉），xxiii，以“生物事件相對於社會協商而來的結構”（biological event versus socially negotiated construction），把“疾”與“病”區分開來。然而，加拿大醫學史學家杰克琳・杜芬（Jacalyn Duffin）撰寫的 *Lovers and Livers: Disease Concepts in History*（《情人與肝——歷史上的疾病概念》）（Toronto: University of Toronto Press, 2005）, p. 5–14，區分開“病”作為個體患者的主觀痛苦，認為客觀的“疾”把“病”轉化為概念，即認識論主導的概念。實際上，“疾 / 病”的二分法是如此隨意，以至阿德里安・威爾遜（Adrian Wilson）在其 “On the History of Disease-concepts: The Case of Pleurisy”（〈論疾病概念的歷史——以胸膜炎為例〉）, History of Science 38 (2000): 311n69，恰如其分地概括出：“這兩個詞的用法都很靈活，可以根據作者的修辭目的以多種不同的方式來表達，或者可以完全避免使用。”

3 範圍涵蓋了對疾病的本質作出最概括的、形而上的理解，及至對患者極為個別情況的背景描述。參見奧西・特金（Owsei Temkin）, “The Scientific Approach to Disease: Specific Entity and Individual Sickness”（〈疾病的科學方法——特定實體和個人疾病〉）, *The Double Face of Janus and Other Essays in the History of Medicine* (Baltimore: Johns Hopkins University Press, 1977), p. 441–55。按上注杜芬《情人與肝》中的解釋是：本體論從患者體外（例如神、細菌）來看待病痛的成因，而生理學理論則將其歸因於體內（譬如基因及各類內在失衡）。

4 Wilson, “On the History of Disease-Concepts,” p. 276.

5 Marta E. Hanson, *Speaking of Epidemics in Chinese Medicine: Disease and the Geographic Imagination in Late Imperial China*（《話說中醫裡的流行病——晚期帝制中國的疾病與地理想像》）（New York: Routledge, 2011), p. 8–9.

威爾遜展望道，希望比較研究西方、中國或阿育吠陀醫學傳統。[6] 然而，中國的疾病概念仍屬新興領域，需待進一步研究。中國醫學文獻史學家范行准（一九〇六——一九九八）在上世紀八十年代就這方面發表了兩部前瞻著作。[7] 於此，我只想追溯“疾病”（disease/illness）這個現代漢語複合詞中，兩個字符在甲骨文及鐘鼎文出現的情況。文字學家羅振玉（一八六六——一九四〇年）分析了甲骨文的“疾”字，最初出現時由象形文字“矢”和“人”的圖像（屬“大”部，而非“疒”部）組合而成。這個字的本義是“迅速（如箭）”，引伸為“遭受（射殺）”之意。[8] 羅振玉的姻親王國維（一八七七——一九二七年）解釋了“病”（illness）字源於表達古代戰爭時被射殺的情況，而他最有啟發的推測是：“疾”可能起源於“医（醫）”的象形文字，因為“医”包含相同的語義元素：矢。[9]

古文書學家朱芳圃（一八九五——一九七三年）則如此解析甲骨文中“病”的象形文字：構成這個字的部首“疒”，其象形文即“爿”或“片”（“牀”），加上“人”身上有幾滴血而構成，就像“有物附身作祟”的人躺在病床上。[10] 甲骨文專家徐中舒（一八九八——一九九一年）把這個象形文字識別為後來的“疒”部，並把病者身上的小點解釋為汗水。[11] 王國維所指“疾”與“医”的關係暗示了上古中醫乃出於軍事需要，而朱芳圃所解讀的“病”則讓人想起巫醫。[12]

正如蘇珊・桑塔格（Susan Sontag）所說，現代人表達疾病（disease）的

---

6 Wilson, “On the History of Disease-concepts,” p. 306.

7 范行准：《中國醫學史略》，北京：中醫古籍出版社，1986 年；及其《中國病史新義》，北京：中醫古籍出版社，1989 年。

8 羅振玉：《殷虛書契考釋》，台北：藝文印書館，1975 年，2.75a。高本漢（Bernhard Karlgren）的 *Grammata Serica Recensa*（《漢文典》，1957; Göteborg: Elanders Boktryckeri Aktiebolag, 1972, no. 494）則列出 “sickness”（疾病）、“pain”（痛苦）和 “sufferance”（病痛）作為“疾”的主要意義。徐中舒編的《甲骨文字典》（成都：四川辭書出版社，1989 年），第 838–839 頁亦同意“疾”是“病”的本義。

9 王國維：〈毛公鼎銘考釋〉，收入《王國維遺書》，16 卷（長沙：商務印書館，1940 年；上海：上海古籍出版社，1983 年），6：3a、8a。高本漢的《漢文典》，nos. 494 和 958，重構了“疾”和“医”的上古音，兩個象形文字的發音分別為 dz‘i̯ət 和 i̯əg，兩者的共同元音顯示出兩者之間的語音關係。

10 朱芳圃：《殷周文字釋叢》，北京：中華書局，1962 年，第 119–20 頁。

11 徐中舒：《甲骨文字典》，第 837–38 頁。

12 有關中國巫醫，可參考范行准：《中國醫學史略》，第 5–7、12–13 頁。

方式之一就是使用隱喻。[13] 譚光輝研究從清末到五四時期，現代中國文學把疾病（disease）化為隱喻，從而象徵社會文化徵狀和現代創傷。他觀察到這種“疾病情意結”（disease complex）在當代中國小說中受到意識形態或話語權力所抑壓，並被健康的主題取代。[14] 在中國，以書寫疾病來抗衡“毛文體”的做法已經消失；直至最近，這種寫作在主流市場導向中，才以非主流的聲音重新出現。正如鄧寒梅的《中國現當代文學中的疾病敘事研究》所言，現代中國文學以隱喻的方式來處理疾病這個主題，很大程度上是由於要達至“和諧”及“健康”，因而屈從於當代的道德倫理考慮。[15] 最後，鄧寒梅提出了從五種角度來研究疾病（illness）敘事，即文學、社會學、倫理學、宗教和比較文學，但疾病（disease）本身的敘述卻被忽略了。[16]

## 人文醫學與疾病敘事

人文醫學最早納入學術範疇始於西方，然後來到中國，北京大學醫學出版社於二〇〇七年創刊了《中國醫學人文評論》，而北京大學醫學人文研究院於翌年正式成立。[17] 疾病（disease）話語跨越了民族、社會科學、文學和藝術的範疇，變得更多面向。相關書籍如梁其姿（Angela Ki Che Leung）的 *Leprosy in China: A History*（《中國麻風病史》，二〇〇九年）、她與夏洛特・費夫（Charlotte Furth）合編的 *Health and Hygiene in Chinese East Asia: Policies and Publics in the Long Twentieth Century*（《華人東亞地區的健康與衛生——漫長的二十世紀政策與民眾》，二〇一〇年）、瑪塔・漢森的 *Speaking of Epidemics in Chinese Medicine:*

---

13 Susan Sontag, *Illness as Metaphor and AIDS and Its Metaphors*（《疾病作為隱喻與艾滋病及其隱喻》）（New York: Anchor Books, 1990）.

14 譚光輝：《症狀的徵狀：疾病隱喻與中國現代小說》，北京：中國社會科學出版社，2007 年，第 7、183、280–281 頁。

15 鄧寒梅：《中國現當代文學中的疾病敘事研究》，南昌：江西人民出版社，2012 年，第 2、3 章。

16 同上，第 311–312 頁。

17 參看該研究院中英文版網站：http://imh. bjmu.edu.cn/ybjj/ybjjz/index.htm；http://english.bjmu.edu.cn/friendshiplink/school/68915.htm。

*Disease and the Geographic Imagination in Late Imperial China*（《話說中醫裡的流行病——晚期帝制中國的疾病與地理想像》，二〇一一年）、鄧寒梅的《中國現當代文學中的疾病敘事研究》（二〇一二年）、安娜·勞拉·溫賴特（Anna Lora-Wainwright）的田野考察著作 *Fighting for Breath: Living Morally and Dying of Cancer in a Chinese Village*（《為呼吸而戰——在中國鄉村中生於道德死於癌症》，二〇一三年）、蘭達·布朗（Miranda Brown）的 *The Art of Medicine in Early China: The Ancient and Medieval Origins of a Modern Archive*（《早期中國醫術——現代檔案的古代及中世紀起源》，二〇一五年），以及安德魯·斯科納鮑姆（Andrew Schonebaum）的 *Novel Medicine: Healing, Literature, and Popular Knowledge in Early Modern China*（《小說醫學——近代中國的療癒、文學及大眾知識》）等等都如雨後春筍般出現。[18]

疾病敘事屬人文醫學的研究範疇。美國在這個新興研究領域中的兩位領軍人物是哈佛醫學院的精神病學家兼人類學家阿瑟·克萊曼（Arthur Kleinman）和哥倫比亞大學敘事醫學課程創辦人兼總監的醫生作家里塔·夏隆（Rita Charon）。克萊曼藉由文學來查究意義系統，開創了疾病的敘事方式，從而“加強了［患者的］陳述，加深了臨床醫生理解痛苦經歷”。[19] 夏隆遵循克萊曼的腳步，借鑒了文本細讀、讀者反應批評（reader-response criticism）和接受理論（reception theory），開拓了醫療保健的視野。在夏隆的敘事醫學中，“講述和聆聽自我的故事……本身是由疾病引起的”。[20] 她認為“身體眾聲喧嘩”（heteroglossic），醫生不僅需要學習徵狀的語言，還需要學習“愉悅的語言、迷失的語言、生活的語言，並進而理解這些話語也會談到患者的健康情況”。[21] 實際上，疾病敘事既

---

18 斯科納鮑姆在書中通過明清小說探討帝制晚期的醫學、健康和疾病，還發表了關於民國小說中結核病的文章 “Vectors of Contagion and Tuberculosis in Modern Chinese Literature”（〈現代中國傳染病和結核病的傳播媒介〉）, *Modern Chinese Literature and Culture* 23.1 (2011): p. 17–46。

19 Arthur Kleinman, *The Illness Narratives: Suffering, Healing, and the Human Condition*（《疾病敘事——痛苦、療癒與人類境況》）(New York: Harper Collins, 1988), p. 233.

20 Peter L. Rudnytsky、Rita Charon 合編：*Psychoanalysis and Narrative Medicine*（《精神分析與敘事醫學》）(Albany: State University of New York Press, 2008), p. 287。

21 Rita Charon, “Where Does Narrative Medicine Come From? Drives, Diseases, Attention, and the Body”（〈敘事醫學從何而來？動力、疾病、注意力與身體〉），同上，第 24 頁。

描述徵狀，也為治療開出處方。中國仍有許多疾病被視為禁忌，故而急需疾病敘事。然而，正正是這些禁忌產生了各種話語，特別是文學形式的話語。

疾病的敘事過程把身體看待成文本，揭示了疾病的政治。如果身體與思維皆屬身份的基本組成部分，那麼通過談論相關社會歷史背景中患者的身體和心理狀況，疾病話語便可以探究主體身心方面的政治。從語言上講，“話語”（discourse）與“疾病”（disease）之間的關係體現在“診”字，而“診”是歸入“言”部的。事實上，中醫的望聞問切四種診斷方法正對應著：看 / 讀、聽 / 嗅、詢問和觸摸，其中大多關係到語言。診斷疾病只能在討論和定義的話語中形成。[22] 疾病絕對值得討論；疾病渴求，甚至期待屬本身的論述話語。由於疾病關乎身體狀況，而根據黃金麟對於身體的社會歷史研究，“身體的存在無可避免地與許多存在的力量混合在一起”，諸如政治、經濟、社會和文化。[23] 疾病話語不僅是醫學話語，而且總與帝國主義、民族主義、市場經濟、革命浪漫主義、社會心理危機、社會動亂、同性戀 / 性愛或政治議程等相互指涉。

（本文為作者所編論文集《疾病的話語》[*Discourses of Disease: Writing Illness, the Mind and Body in Modern China*, 2016] 導論部分，原作為英語，譯文有刪改，獲荷蘭出版社 Brill 授權翻譯，中譯獲香港文學評論學會授權出版，原載《真論》第二期，二〇二一年，第 22–25 頁。）

---

22 羅森伯格在其〈建構疾病〉，頁 xix，中指出：“從患者的角度來看，診斷之事永遠不是靜止的。這些事總是暗示著未來的後果， 經常會考慮到過去發生的事情。這些事構成了持續敘事中的結構元素，即個體健康或生病，康復或死亡的特定軌跡”（From the patient's perspective, diagnostic events are never static. They always imply consequences for the future and often reflect upon the past. They constitute a structuring element in an ongoing narrative, an individual's particular trajectory of health or sickness, recovery or death）。

23 黃金麟：《歷史、身體、國家：近代中國的身體形成（1895–1937）》，北京：新星出版社，2006 年，第 6 頁。

# 傳染與傳播

## ——張貴興《群象》的免疫學讀本

羅鵬（Carlos Rojas）著

張文顯 譯

史蒂文·索德伯格二〇一一年的電影《傳染病》一開場，一位名叫貝絲的美國高管剛從香港和澳門出差回家，就突然倒地身亡——但在此之前，她已經將自己在旅途中感染的一種神秘的新型病毒傳染給了他人。這種病毒被證明具有很強的傳染性和致命性，在短短幾天之內，世界各大城市又出現了一批死亡病例。基因分析表明，新的病毒含有來自已有的蝙蝠和豬病毒的混合基因物質。多個國家奮力追查病毒的來源，並尋找治療方法——最終發現貝絲好像是這場大型傳染病的"零號病人"，而她是在澳門賭場的餐館感染了病毒。影片最後以閃回的方式描述了以下場景：推土機在中國南方地區鏟除棕櫚樹林，從而破壞了當地蝙蝠社群的自然棲息地。一隻流離失所的蝙蝠在附近的養豬場避難，一隻小豬吃了蝙蝠身上掉落的水果殘渣，就感染了蝙蝠病毒，而蝙蝠病毒又與小豬身上攜帶的不同病毒雜交。這種新型的雜交病毒就通過一位澳門廚師傳染到了貝絲身上。這發生在他剛剛摸了生豬肉，就被從廚房裡叫出來招待貝絲，兩人合影留念的那一刻。[1]

電影《傳染病》包含了學者普里希拉·瓦爾德在二〇〇七年出版的《傳染》一書中所提到的許多關鍵元素，她稱之為新的"爆發敘事"[2]。瓦爾德認為，在艾滋病毒／艾滋病大流行的陰影下，這種主流敘事開始受到重視，因為新出現的傳

1　Steven Soderbergh, dir. *Contagion*, Warner, Bros., 2011.

2　Priscilla Wald, *Contagious: Cultures, Carriers, and the Outbreak Narrative* (Durham: Duke University Press, 2007).

染病（即由新發現的微生物或因條件變化而突然變得危險的現有微生物引起的疾病）的數量開始劇增，自一九九八年以來，新出現的傳染病引起的重大疾病爆發有超過五十次之多。瓦爾德指出新出現的疾病敘事往往包含一些要素，如強調病毒的源頭來自南方世界，一次溢出事件（由病毒從動物群體傳染給人類），典型案例（第一例可識別的人類感染），和各種人類超級傳播者（受感染者將病毒傳染給許多其他人）。雖然這種敘事常常表達了一種焦慮，即這類爆發可能給人類生存構成威脅，但它也反映了一種潛在的信心，即北方世界有能力利用其優越的醫療知識和技術來控制疫情。這樣的爆發敘事不僅僅在《傳染病》這樣的文化作品中，在新聞報導甚至醫學和科學文獻中也無處不在，它不僅對人類如何看待傳染病本身，也對一系列潛在的地緣政治議題都影響深遠。

瓦爾德認為，爆發敘事只強調了北方世界對來自南方世界的傳染病不堪一擊的看法，卻迴避了北方對於促成這些疾病出現的基本條件的貢獻。在這個意義上，索德伯格的電影不僅提供了對主流敘事的準確說明，還按照瓦爾德提出的思路對該敘事進行了隱晦的批判。在追溯疫情的起源時，不僅追溯到貝絲與澳門廚師的接觸，還追溯到早期導致病毒從動物傳染到人類身上的一連串事件，影片突出了在初始階段助長疫情的全球性社會經濟力量。尤其是，影片最後的閃回鏡頭顯示，鏟平中國南方的棕櫚樹林的推土機實際上屬貝絲工作的公司——這暗示她（通過她所工作的公司）間接導致了病毒的出現，最終奪走了她的生命。

在下面的討論中，我將以索德伯格的電影——尤其是它所涉及的社會流行病學的流行敘事，作為我分析馬華作家張貴興一九九八年的小說《群象》[3] 的切入點。《傳染病》強調的是北方世界（尤其是美國）如何被來自南方世界（這裡指的是中國南方的欠發達地區）的致命病毒所蹂躪，而《群象》則指的是在南方世界的某地區（這裡指的是東南亞的馬來西亞的砂勝越州）如何被隱喻性的傳染源所影響，源頭直接與北方的一個強大國家（即中國）所聯繫起來。在《傳染病》中，傳染源是一種被稱為 MEV-1 的虛構病毒，然而，在《群象》中，對應的是

---

3　張貴興：《群象》，台北市：時報文化，1998 年。此後凡是引用該小說的內容，均在文中以括號形式注明頁碼。

共產主義——儘管小說最開始以一種同情的方式來呈現共產主義的影響，但我認為，這部小說同時表達了本土對這種影響及其後果的一系列關切。

也就是說，雖然張貴興的小說出版於一九九八年，正值中國二十一世紀加強與馬來西亞及東南亞其他國家經濟聯繫的前夕，但小說的主要情節卻始於一九七三年末——在砂勝越共產黨多年叛亂的關鍵轉折點。自一九四〇年代以來，中國共產黨一直對砂勝越影響頗深，但直到一九六三年初，在北加里曼丹國民軍領導的文萊起義（該起義試圖推翻文萊蘇丹，並反對文萊加入馬來西亞聯邦的提議）失敗後，砂勝越共產黨才採取了武裝起義的策略。共產黨叛亂直到一九九〇年和平協議正式批准才結束，但在一九七三年經歷了一個重大轉折，叛亂的主要領導人之一黃紀作向政府投降，他的諸多同志也向政府投降。然而，在砂勝越，小股的共產黨抵抗活動又持續了十五年之久，張貴興的小說就是圍繞其中一股隊伍展開的。

最後，正如《傳染病》以閃回的方式結束，對整個爆發敘事所依據的意識形態視角進行了隱晦的批判，《群象》同樣以情節的轉折結束，顛覆了前文敘事所依據的一些關鍵假設。也就是說，雖然小說的主體是以共產叛亂分子與政府軍之間的鬥爭為背景，敘事看似與共產叛亂站在一邊，但小說結尾反而凸顯了第三種因素的意義，使小說與叛亂分子的表面結盟變得複雜。最後一個轉折涉及到砂勝越土著人的境況，特別是伊班族，他們的利益和效忠對象與共產黨及政府軍的利益和效忠對象截然不同。

## 遷移與傳播

《群象》的敘事結構相當複雜，但作品的中心情節其實很簡單。一九七三年十二月，十九歲的華裔主人公施仕才在原高中同學朱德中的陪同下，踏上了沿拉讓江而上的旅程，朱德中是一位會講華語的伊班族土著。高中畢業後剛在大羅鎮工作一年的仕才，正在尋找他的舅舅余家同，一位藏在雨林深處的共產黨地下組織的頭目。在逆流而上的旅途中，仕才和德中一度因為天氣和疾病耽誤了時間，於是他們在德中家住了幾天，仕才受到了德中家人的熱情接待，並與德中的妹妹產生了感情。天氣好轉後，仕才和德中繼續逆流而上，最終找到了余家同的遊擊隊同伴，他們同意帶仕才去見他的舅舅（但條件是德中留下，因為他是伊班土著人，與余家同沒有直接關係）。

仕才最終在一個小基地找到了家同，包括家同的一批朋友和革命同志。仕才最終在基地裡呆了幾個月，小說最後揭示他尋找舅舅並不是出於親情關係或對共產主義事業的意識形態承諾，而是出於一個實際的願望，即殺死他的舅舅，以獲得政府懸賞家同首級的賞金。雖然最後仕才發現自己無法完成這個計劃，但他的朋友德中卻意外地出現在基地，並親手砍掉了家同的首級。媒體隨後報道，仕才和德中協同殺死了這位共產黨領袖，並將政府的賞金平分。

然而，與主要情節交織纏繞的是一系列錯綜複雜的倒敘，提供了關於仕才家族和整個地區的歷史訊息。例如，我們發現，仕才的外祖父和祖父一起在砂勝越雨林中開墾了一塊地，並在那建造了家族的房子。然而，祖父們做的第一件事是挖了一對水井，從中挖到了大量的中國文物，以及一具小象的骨架。我們了解到，仕才的祖父是一個鴉鬼跟賭鬼，以致家人最後不得不把他關起來。祖父最終設法從關他的棚子裡逃了出來，並將妻子淹死在家族的一口井裡。與此類似，我們發現，仕才名義上的父親也是一個賭徒，而他的母親則是一個只能發出嘎嘎聲的啞巴。仕才的父親為了償還賭債，常常讓妻子賣淫，因此母親所生每個孩子，包括仕才，與他的四個哥哥和妹妹，都有不同的生父。最後，仕才的父親瘋了，一家人只好把他關在牲口棚裡。在精神錯亂中，父親養成了吃各種紙的怪癖，甚至連淡淡的紙香都讓他饞得神志不清。

這段家族史同時與馬來西亞半自治州砂勝越的歷史典故緊密交織在一起，砂勝越——與馬來西亞沙巴州、印度尼西亞加里曼丹地區和文萊自治國一起，是目前構成婆羅洲島的主要領土之一。砂勝越自一九六四年起成為大英帝國的殖民地，此前，自一八八八年起一直是英國的保護國（除了二戰期間被割讓給日本的三年半的時間）。砂勝越於一九六三年從英國獨立出來，並旋即加入新成立的馬來西亞國。然而，砂勝越加入馬來西亞的決定卻遭到了菲律賓和印度尼西亞等鄰國的反對，也遭到了當地的砂勝越共產黨的反對，該黨在英國殖民的最後幾十年裡一直是反抗英國的重要力量。因此，在一九六三年砂勝越加入馬來西亞後，砂共的許多成員逃到了婆羅洲印度尼西亞部分的加里曼丹，在那裡接受印度尼西亞共產黨的軍事訓練。兩年後，即一九六五年，印度尼西亞發生了軍事政變，約有兩千名砂共部隊隊員從加里曼丹返回砂勝越，並建立了三個武裝分部，繼續與當地政府對抗。

在影射這段較早的區域歷史的同時，張貴興的小說還對諸多切近的歷史事件進行了虛構。作品特別描述了當一九六五年砂共部隊從印度尼西亞返回砂勝越時，如何建立了三個武裝師，分別是北加里曼丹人民軍、火焰山部隊和砂勝越人民遊擊隊，每個師由六七百名士兵組成。仕才的舅舅余家同成為北加里曼丹人民軍的領袖，他將北加里曼丹人民軍改為"揚子江部隊"，因為砂勝越的拉讓河——該旅建立基地的地方——讓他想起了中國的揚子江。仕才的四個哥哥加入了舅舅的大隊，但他們分別都在軍事衝突中喪生。因此，施家由於他們為共產主義事業所做出的巨大犧牲在當地聲名遠播。一九七三年，火焰山部隊的領袖王大達，與當地政府簽署了和平協議。簽署和平協議後，王大達——小說中的王大達是家同以前的同學，但顯然他對應著真實歷史中的黃紀作——鼓勵他的部隊和該地區的其他共產黨員向政府投降，其中大部分都向政府投誠，也包括揚子江部隊的許多成員。因此，小說總結道，"盛極一時的揚子江部隊至此已經名存實亡"（第113頁）。

小說的當代敘事，相應地反映了兩組彼此重迭的南遷活動。首先，仕才的家族代表了從中國向東南亞移民的多次浪潮，儘管並不清楚他的祖先究竟何時到達該地區（他的祖父母有可能是到達該地區的第一代，但這一點無法證實），但仕才的祖父們挖井時出土的中國古代文物卻指向了華人在該地區生存的更久遠的歷史。其次，這個家族與小說中虛構的北加里曼丹人民軍的關係，指向了本世紀中期共產主義思想從中國向東南亞地區的傳播過程。這一過程始於二十世紀四〇年代，在中國無產階級國際主義理想的支持下，並在一九六〇年中蘇分裂後加速發展。對中國來說，這一意識形態傳播過程使中國得以保持和加強與東南亞的聯繫，而對東南亞國家和地區本身來說，共產黨的存在最初被認為是對西方帝國主義的有效制衡，但在去殖民地化時期，同一股共產主義勢力卻被視為對新生民族國家的威脅。具體而言，對馬來西亞和印度尼西亞這些新獨立國家的政府來說，這些共產主義勢力被認為是一種需要鎮壓的危險的威脅。

這些人口遷移和意識形態傳播的雙重過程相互交織，在上世紀中葉，東南亞共產主義組織的大部分成員都是華裔，儘管他們經常與當地群體，包括該地區不同土著居民的成員保持著複雜的聯盟關係。在婆羅洲，由於土著人口眾多，共產黨勢力與土著人民之間的關係尤為重要。婆羅洲的許多土著人民被統歸入一個稱為“達雅族”的族群，其中包括一些亞族。其中最大的一個亞族群是伊班族，也被稱為海上達雅族——這個命名可以追溯到伊班族尚在從事海盜活動的時期。將近四分之三的婆羅洲伊班族人居住在現在的砂勝越州，其中百分之四十的居民是達雅人，百分之二十四是華裔，另外百分之二十四是馬來人。同時，在達雅族中，伊班族是最大的亞族，約佔達雅族總人口的百分之三十。[4] 相應地，伊班族目前約佔砂勝越總人口的百分之十二，而在小說所處的年代，在近期馬來人湧入該地區之前，這個人口比例會更高。

對於仕才和小說中其他華裔角色而言，中共的影響與中華文化影響的長期傳承交織在一起。在《群象》中，這種文化傳承直接體現在邵安這個角色身上，在小說中常常被稱為邵老師。我們被告知，邵老師是一個“迷樣人物，年齡不詳”（第 120 頁）。他生長於中國，並在那接受大學教育，但在一九四〇年代初，他“南下”，最終在砂勝越報社工作。後來他因政治傾向而被趕出報社，之後他在砂勝越大羅鎮建立了一所華文小學。一九六二年，文萊起義後，他被英國殖民政府逮捕並遣返回了中國，但在一九六四年，他成功潛回砂勝越，成為三個新成立的共產黨武裝部隊的第一任總司令。一九六八年，邵老師的健康狀況開始惡化，他回到了北京，但繼續遙控指揮砂勝越的共產黨起義（第 120–121 頁）。例如，在王大達與政府簽訂和平條約後，邵老師發表了一篇痛心疾首的批判，稱王大達是叛徒，並對余家同拒絕妥協大加讚賞。

除了在砂共內部擔任高級職務以外，邵老師在向小區傳播中華文化中也發揮了重要作用。例如，邵老師在擔任仕才就讀的大羅小學校長期間，經常會舉辦幾

4 “Indigenous Peoples and Ethnic Minorities in Sarawak,” *Minority Rights Group International* (January 2018). https://minorityrights.org/minorities/indigenous-peoples-and-ethnic-minorities-in-sarawak/

十名當地人參加的中華文化公開講座。小說詳細描述了其中的幾次講座，雖然從表面上看，這些特定講座似乎與當代政治沒有明顯聯繫，但小說還是表明，教室後面掛著馬克思、斯大林、毛澤東的畫像，以及：

> 邵老師講授中國文化史時總會騰出時間介紹三偉人。教室後牆壁上也掛著三人玉照。偉人委屈瑟縮一角，五官黯淡模糊如天陰之雲脈，嵐中之山脊，黑板上未拭盡之殘 華，有隨時消失之可能。掛得偷偷摸摸，有時候連續掛一、二星期，有時候連續一、二星期不見蹤影，彷彿寺廟佛像被請出去禳災。男孩知道其中二人來自俄國，一人來自中國。姓馬的像一斷腿之捕鯨船長，姓列的像一殺熊之大獒，姓毛的像一屠蛟之玉面戰神。（第 28 頁）

小說隨後引用並論述了毛澤東的詩歌，但每次都將它們歸入“玉面戰神”名下。

此外，這些中國文化和共產主義意識形態交織的思路，並不只是針對該地區的華裔居民。例如，仕才在拜訪德中家時，拜訪了德中的幾位年幼親戚就讀的當地華文小學和中學。在探訪過程中，仕才被告知，余家同之前對這所學校很感興趣，甚至一度試圖將學校改為華人學校，但最終意識到這是不可能的。相反，他只是給學校捐了錢，幫助他們聘請一些中文老師，推廣中文教育。該校的一位老師補充道：

> 還有共產主義……他捐了一些馬克思、列寧、毛澤東思想的書給學校。我們不敢擺出來。擺出來有什麼用？學生怎麼看得懂？……（第 80 頁）

後來，余家同和他的戰友們決定把基地遷到雨林深處，他們決定把邵老師原來的講堂，包括整個圖書館，運到上游去。據此，當仕才終於到達余家同的基地時，他發現了一個幾乎完美再現他年輕時記憶中的講堂：

> 男孩（仕才）走入屋內，彷彿回到從前邵老師的客廳。三面書壁，一面黑板，簡陋的木桌椅層層迭迭堆集牆角。黑板上方交叉豎著五星旗和黑龍旗，旗下是三巨頭玉照。數軸中國字畫掛在牆上。男孩略翻了翻壁上的書

籍。相同的字畫，相同的書籍，相同的照片，相同的教室和讀書氣氛，邵老師的中國文化講壇移殖這兒了！不同的是書籍少了許多，字畫照片比從前漶漫，教室和黑板卻比從前更寬長。（第 115–116 頁）

然而，正如下文將討論的那樣，反諷的是，仕才發現這個他年輕時的講堂的精確模擬物，發生在一連串反轉的語境中，這些反轉質疑甚至推翻了，原先講堂中所包含的一些意識形態信息。

## 大象與鱷魚

正如當代對新型傳染病的討論往往集中在病毒的動物起源（如許多新型疾病的綽號所反映的那樣，如豬流感、禽流感、駱駝流感等）以及造就人與動物接觸的環境，《群象》同樣提供了一對獨特的以動物為基礎的情節主綫，對應著小說對共產主義對該地區的影響的討論。

小說的兩條主要的動物情節綫都是在一個充滿生機的地方展開的。婆羅洲的熱帶雨林是世界第三大雨林，也是世界最古老的森林（它有一点三億年的歷史，是亞馬遜熱帶雨林的兩倍），它也是地球上生物多樣性最豐富的地區之一——包括無數種該島特有的動植物（意味著它們不存在於世界上的其他地方）。[5]《群象》展現了該地區豐富的野生動植物，僅在開頭寥寥幾行，我們就發現了蛇、蜥蜴、蜻蜓、蝴蝶、蜘蛛、千足蟲、蠍子、螃蟹、紅翅蠅、葱綠雨蛙和各種水禽的綫索。

然而，張貴興的小說特別強調了該地區存在的兩種巨型動物：一群神秘的大象，顯然已經在當地的熱帶雨林中遊蕩了幾個世紀，還有一群生活在拉讓河中的鱷魚。雖然後兩個物種實際上存在於砂勝越，但小說還是以一種極為印象主義的方式來呈現它們，因而引發了對其意義的隱喻式解讀。例如，大象在小說中主要

5　Alex Shoumatoff, "Vanishing Borneo: Saving One of the World's Last Great Places," *Yale Environment 360* (May 18, 2017) https://e360.yale.edu/features/vanishing-borneo-saving-one-of-worlds-last-great-places-palm-oil

是以骨胳殘骸或通過傳說折射的方式出現的，仕才多次將其描述為“彷彿交錯於現實幻想之中”（第 102 頁）。同樣地，小說中第一次提到鱷魚的典故，是在描繪仕才兩歲時，“第一次看鱷吐出的彩虹在一片紅樹林後閃爍，隨著勃滃水汽游走，色澤羸弱紅紫不分彷彿一群浮躁的紅蝗。”（第 13 頁）

如果作為政治隱喻來解讀，小說中的大象和鱷魚代表了對砂共勢力的兩種相反的視角。一方面，將傳說中的象群視為被貪婪的偷獵者逼入陰影處的善良生物，這反映了砂共支持者們的看法。另一方面，將鱷魚視為無情的殺手，這反映了砂勝越政府對砂共遊擊隊的看法。對共產黨的兩種視角在小說中都有呈現，但鑒於對沙勝越政府的描述只是遠觀，將共產黨人比作仁慈的大象似乎最符合小說本身的取向。

同時，對仕才而言，大象與鱷魚有著非常私人的涵義。一方面，仕才有一段刻骨銘心的記憶，就是幼年時期與舅舅余家同，幾位哥哥和其他人去打獵的經歷。仕才在途中突發高燒，因此他不得不由舅舅背著。他依稀記得從舅舅的背上翻滾下來，跌落進了一個深谷，但隨後被“一個柔軟巨大筒狀物從崖口伸下來，對著他嗅”（第 27 頁）所救。男孩回憶那個筒狀物“濕潤，有彈性，像胎盤。將他從谷底提上來，放回余家同背上。男孩朦朧著看見那東西身形龐大，四肢如塔，薄薄的大耳朵像鯨鰭，長長的鼻子呈漏斗狀垂到地上，如夏日一股悄悄的龍捲風，群聚如礁石。”（第 27 頁）直到後來，仕才才遲鈍地意識到，這次捕獵的真正目標並不是人們已能捕捉到的少數小動物和鳥類，而是傳說中的象群，它們顯然已在婆羅洲的森林中遊蕩了幾個世紀。

另一方面，仕才幼年時看管的三歲妹妹君怡被鱷魚所吞，這給他帶來了巨大的創傷。當時年僅八歲的仕才決心追蹤鱷魚並殺死它。他請家同幫忙，但家同告訴他，要找到那條鱷魚並不現實，而且這樣做也不能讓君怡回來。因此，仕才決定偷來舅舅的獵槍，自己去獵殺鱷魚。九天後，家棟在雨林深處的一棵樹上發現了仕才，他差點因飢餓和 / 或疾病而死。

除了仕才與大象和鱷魚的個體遭遇外，小說還提供了對於兩種生物起源的諸多詳盡討論。例如，對於砂勝越的神秘象群的起源，小說提供幾種不同的解釋：

> 公元三二六年，印度國王普魯斯以二百大象作戰騎，戴著弓箭手在海達斯比河畔抵禦亞歷山大。普魯斯後來以其中六隻戰象贈送文萊國王作為兩國友好像徵。文萊國王回送無數珍禽異獸。國王不忍囚禁戰象，放生婆羅門洲雨林。六象形影不離，迅速繁衍成一隻龐大象群，縱橫至今。……鄭和南下時在非洲東岸運回的貢物中有數只祥獅瑞象，錦豹靈犀，神鹿翠鳥，天馬白猿，路經婆羅洲，以多餘的數頭巨象交換當地孔雀珍珠雞斑貓等鳥獸。巨象野性難馴，被本地人放生雨林，繁衍成一支獨來獨往的團體。環境和食物使它們數百年來進化得比非洲祖先稍小。密集濕潤的雨林河泊使耳朵的散熱作用變得不那麼重要。耳朵比祖先小。（第 31–32 頁）

無論象群的確切起源為何，隨著時間的推移，它們似乎成了偷獵者的目標，偷獵者為了象牙而獵殺它們。因此，隨著時間的推移，象群的數量大大減少，大象變得善於隱藏在陰影中，島上的人類居民幾乎看不到它們。

與對砂勝越大象的描述平行的是，小說也對盛產於拉讓河的鱷魚給予了相當的關注。例如，有一段長長的倒敘，描寫仕才六歲時，曾參加邵老師在小區舉辦的中國文化講座，邵老師介紹了一些取自中國典籍的關於鱷魚、短吻鱷和龍的段落。邵老師隨後解釋說：

> 古氣象學家云：夏商以前，中國中原地區氣候恰似亞熱帶，尤其黃河中下游沖積扇中原一帶佈滿沼澤水鄉，溫熱多雨，莽林密集，有利草食和肉食獸類生長，提供了鱷類最佳生存條件。考古學家從河南殷墟出土之獸類骨胳種發現大象、犀牛、竹鼠等熱帶生物。充分證據顯示，灣鱷在上古時代大量分佈中國南海、東海、渤海沿海到江淮黃河中下游流域。山西汾水流域出土過大量鱷化石。這種古生物學發現可以印證在中國許多玉器、瓷器、青銅器、石盤，鐘鼓，帛畫等鱷魚圖文上，為什麼鱷大量鑄銘在這些器物上？（第 19–20 頁）

儘管仕才與鱷魚有著極為負面的私人聯想，但相應地，邵老師的講座強調了鱷魚與中國最珍貴的文化符號之一的密切聯繫。

一方面是小說中大象和鱷魚的關係，另一方面是與砂共勢力的相應構想之間的關係，在作品的後半部分，即仕才到達余家同的共產黨基地之後，才變得複雜起來。在那裡，仕才有兩組發現，顛覆了小說此前所賦予的大象和鱷魚的明顯的隱喻涵義。

首先，仕才觀察到在營地旁有一座弔橋，構築在一條滿是鱷魚的河上，每天余家同都會從橋上投餵活的雞鴨給河裡的鱷魚。這種做法的特別之處在於，營地裡的人們本身並不允許吃牲畜，只能吃設法打獵獲得的任何野味（據說仕才剛來的時候，他們特意宰了一頭豬，以表彰他到達營地的不易）。其實，以前營地的牲畜較多的時候，家同每天都會餵一兩頭豬和十幾隻雞鴨給鱷魚吃。此外，家同還多次暗示自己想把敵人——尤其是前叛軍頭目王大達餵給鱷魚，這暗示著他把鱷魚視為自己反叛勢力的延伸。

其次，在基地中仕才還發現大量的象牙，以及一張照片，照片上他的舅舅肩上扛著步槍，腳踩在一頭剛被殺死的公象的臀部上，擺出了一個姿勢。照片背面的題詞是：“公元一九七一年七月十八日下午三點五十一分於拉讓江源頭砂勝越印度尼西亞交界處獵獲生平第一對象牙豈不快哉？”（第 116 頁）。從這張照片中，仕才遲鈍地意識到，舅舅之前的大象探險的真正目的並不僅僅是為了驗證傳說中的象群的存在，而是為了殺死大象，收集象牙。

在此之前，小說似乎總體上是支持余家同的砂共叛亂分子的（反映了小說對該地區神秘野象群的正面描述），並且似乎對政府將叛亂分子視為危險殺手這一看法持批判態度（反映了小說對該地區野鱷魚群的負面描述），而仕才在基地的發現則使這些先前的隱喻性聯想變得複雜起來。也就是說，大象是小說對共產黨叛軍的同情態度的替代物的說法，由於家同及其士兵為牟利而無情獵殺大象的發現變得複雜起來。相反，鱷魚象徵著政府對叛軍的敵對態度的說法，由於家同及其士兵在基地飼養野生鱷魚，甚至將鱷魚置於人類同伴之上的揭示而變得複雜。相應地，這一揭示意味著，共產黨叛軍形象地與嗜血的鱷魚結盟，與值得同情的大象相對立。

同時，這種雙重反轉的全部含義，直到仕才留在共產黨基地的最後一個揭示才得以完整呈現。如下文所言，最後的揭示涉及到德中意外的重現，也涉及到情節上的大逆轉，使得作品至此所採取的政治傾向變得更為複雜。

## 頭與砍頭

在仕才於基地發現的照片背面的題字中，余家同提到了在“江源頭”宰殺大象。其實，正如小說曾跟隨仕才和德中向“江源頭”進發一樣，整部小說都圍繞著一個中心”頭”和砍頭。例如，有一段關於仕才的二哥被當地伊班戰士殺害並砍頭的討論，之後仕才“幻想拿著二哥血淋淋的頭，用仍溫柔多情的唇和慕他的女孩吻別”（第 63 頁）。相反，當仕才的三弟即將被砂勝越其他共產黨大隊的隊長黃文廷處死時，他曾向俘虜他的人懇求：“別打我腦袋，打我心臟。… 我腦袋裝了點學問，來世還可以奉獻給共產黨”（第 86 頁）。然而，小說中關於頭顱和砍頭的一些最為延伸的討論，卻涉及到傳說中的獵頭者——伊班人。例如，仕才到德中家做客時，注意到一串乾枯的人頭，德中解釋說：“我祖先為自由尊嚴而戰，砍下不少英國人頭顱。……野戰隊員有不少是華人和馬來人，這裡也有他們的頭顱”（第 97–98 頁）。

同時，政治性砍頭和伊班獵頭者這兩個孿生主題，在小說後半段仕才訪問共產黨基地的過程中才一並出現。在訪問過程中，有一次敵對的叛軍頭目馬國雄到來，並將仕才作為人質——企圖用他作為交換條件，迫使家同向政府自首，這樣馬國雄就可以領取當局懸賞家同人頭的賞金。馬國雄的陰謀失敗了，但事後家同向仕才透露，他始終知道仕才計劃殺了他，領取政府的賞金。余家同認為，如果有人有資格殺他，那就是仕才，因為仕才的家族在余家同的領導下已蒙受了巨大損失。

然而最後，殺死家同的不是仕才，而是德中。原來，在揚子江部隊同意帶著仕才去見家同後，德中還是偷偷跟著他們到達了基地。隨後，他在基地盯守數月，儘管屢次有機會殺死家同，但他想將這個機會留給仕才。終於有一天，仕才和家同喝完酒後，德中偷偷潛入，將家同的頭砍了下來。德中隨後解釋說，他一直都知道仕才打算殺他舅舅的計劃，因為仕才在德中家住的時候，他多次在醉酒後暗示這個計劃。

接著，仕才問德中是否為了政府的賞金而殺了家同，德中說：

是的。……對我們族人有很大幫助。這是其中一個因素。共黨慫恿我們族人參加武裝鬥爭，做他們肉盾，給我們最差勁的裝備……娶我們的女人，為了實現他們的野心……（第 205–206 頁）。

雖然這是第一次小說明確地表達伊班族人對余家同的批判，以及更廣泛地，對砂共叛亂的批判，但這種怨恨在早先已有了暗示。例如，在仕才訪問德中家附近的學校時，那裡的一位老師告訴他，他的舅舅“民族工作做得不夠深刻嘛”（第 80 頁）。

而且，即使是家同在向仕才講述他的“民族工作”時，他自己的描述也有一定的矛盾性。例如，在仕才參觀共產黨基地時，當家同在討論仕才大哥之死時，大哥死前娶了一個伊班女人，家同說：

民族工作……一直是我們組織鬥爭中最重要的一環，也是挫敗最大的。我一直希望把組織和武裝擴大到土著民族，動員他們實際參與鬥爭……學習土著語言，華土通婚，是立足土著民族最好的方法。所以我鼓勵隊員娶土著為妻，何況隊中女同志極稀少，我不想看他們打光棍革命一輩子。（第 150–151 頁）

儘管家同在這裡主張華土通婚，但他後來提到，聽說仕才與德中的妹妹關係不錯：

聽說你在那個番人家中和那個番人妹妹關係不錯……華土通婚只是一種手段……你是施家唯一的傳人了，別讓番人骯髒的膚色滲入你純種的黃色皮膚……（第 173 頁）。

言下之意，並不是說家同沒有深入地展開他的“民族工作”，而是說他對民族工作的基本設想本身就存在深深的矛盾。然而，恰恰是在讓仕才保持其民族純潔性的主張中，家同暴露了其自身政治意識形態的矛盾本質。

最終，是德中將這些矛盾表達得最為清晰，他觀察到家同和共產主義運動一直在利用伊班人為自己牟利。但重要的是，德中的批判與政府對共產黨叛亂的焦慮並不一致，相反，他批判的實質也可以指向政府本身。伊班人在 16 世紀首次遷入現在的砂朥越地區，但自十九世紀中葉以來，他們一直受到多重殖民政權的控制——雖然一九六〇年代的國族建構過程被普遍視為去殖民化的過程，但對伊班人和當地其他土著人民來說，這可以說是殖民主義以其他方式的延伸。因此，伊班族和其他土著人民後來發現自己處於朱諾·帕雷尼亞斯所說的"停滯的自治"，她將其定義為"在殖民主義本應結束的時候，面對持續的殖民主義，停滯不前的去殖民化。這是一種深深的挫敗感，因為擁有的本應促進獨立的手段卻被用於保持依賴"[6]。

正如《傳染病》結尾的閃回鏡頭，德中在《群象》結尾處對余家同的暗殺，結合他對伊班停滯的自治狀況的隱性批判，有效地顛覆了小說主體中似乎佔主導地位的意識形態敘事。它所表達的觀點，到目前為止，很大程度上被隱藏起來，被作品中明顯關注的共產黨與政府軍、大象與鱷魚的二元對立所遮蔽。

6 Juno Salazar Parreñas, *Decolonizing Extinction: The Work of Care in Orangutan Rehabilitation* (Durham: Duke University Press, 2018), p.23.

# 文學·江湖·俠蹤

宋偉傑

## 前記

在文化革命中出生的我們這代人，對理想父輩的追尋，心中不曾止息。作為精神上的師、長、父母，他們堅忍而親切，受苦卻超然，智慧且練達；他們藐視權貴，信奉寬容，熱愛自由，帶傷指點迷津。

劉再復教授就是這樣的父輩，我與劉老師的交誼，始於一九九八年。當年五月，科羅拉多大學主辦“金庸小說與二十世紀中國文學”國際研討會，劉老師委託葛浩文教授，年初邀我赴美發表論文。之前，我在北京大學中文系比較所師從樂黛雲、戴錦華教授，同時受教於嚴家炎、陳平原、錢理群等老師；一九九七年完成《從娛樂行為到烏托邦衝動：金庸小說再解讀》，旋即赴中國社會科學院外文所任職。科羅拉多金庸會議，劉再復老師重招社科院舊部，我是新兵，相約論劍洛基山脈，共襄盛舉。

心雖嚮往，卻無法成行。因我讀書期間從未走出過校門，所以剛入社科院，需要下放鍛煉八個月。從一九九八年四月開始，新婚不久，便赴河北衡水桃城區政府，做新一代的“知青”，期間不能出國開會。於是拜託前輩，將我的博士論文轉送劉老師，並選取一章作為會議論文，辨析金庸小說的胡漢恩仇、民族—國家想像、身份危機與歷史記憶，幸得激賞。同年十二月去哈佛大學探望妻子王曉玨，次年二人一同入哥倫比亞大學王德威教授門下，劉老師的長女劍梅也成為我們的師姐和摯友。

二〇〇三年二月六日，我獲邀去科羅拉多大學演講，討論現代北京的審美空間，城市規劃，日常物象的詩學與政治。當晚在大學城博爾德，我終於得以面見劉再復老師，有幸親承音旨。劉老師簽名贈送《傳統與中國人》、《罪與文學》、《劉再復精選集》，娓娓而談文學美學、歷史倫理，從李澤厚到高行健，洞見紛呈，以及鄒讜教授盛讚《告別革命》的長信。時至今日，我仍然記得劉老師溫暖的笑容，清亮的南音，從容訴說遠走天涯，漂泊四海，從"夢裡不知身是客"到"夢裡已知身是客"的人生體悟。

二〇〇七年十二月底，驅車赴馬里蘭劍梅家，再次拜會劉老師，他興致盎然，從白天到晚上，暢談重讀《三國》、《水滸》、《西遊》、《紅樓》四大名著的心得體會：批判暴力與人性之惡，推崇純美與真情，尤其說到賈寶玉的風月歷練（江上清風，山間明月，風月寶鑒看紅塵），以及從無功補天的棄石轉化為"情僧"這一明心見性的成長歷程。二〇一二年底，劍梅師姐《莊子的現代命運》出版在即，我撰寫書評《變形・鏡鑒・啟明——作為鏡與燈的莊子》，劉老師閱讀審正，並托劍梅轉來問候和期許。直到二〇一九年五月於香港科技大學同劉老師再聚，聽他一如既往地坦誠自省，深刻反思五四的遺產與知識分子的掙扎，彈指之間，距離劉老師最初邀約科羅拉多金庸國際研討會，已經廿載有餘。

如今天地突變，新冠肆虐，封城、鎖國，造成全球範圍的黑暗時代與囚徒困境。禁足難行，心接萬物的遐想卻可不受鎖閉。瘟疫蔓延之際，如何重新定位本邦、異域，過客、歸人，尋找心安棲息的故鄉？困居新澤西普林斯頓小城，我按捺不住，仍舊憧憬與理想父輩並肩同行的可能：就彷彿在劉老師身邊，或者狂言妄語，或者沈靜傾聽，在江湖一般的學術生涯與日常生活中不斷磨礪，迎受風刀霜劍，領會艱難險惡與慷慨豁達。這是以想像的方式，與精神父輩一起，行走於山巔，海邊，鄉間路，城市街頭，以及廣袤無邊的世界。

* * * * * * * * * * * * * * * * * * * *

一九二五至一九二八年，魯迅曾選譯鶴見祐輔的散文集《思想・山水・人物》，影響所及，見於曹聚仁一九四〇、一九五〇年代往還於港、台、大陸時得心應手的文字結集《山水・思想・人物》（一九五六）。思想、山水、人物之三位一體，也可用來解讀金庸在冷戰期間憑借武俠歷史敘事，亦真亦幻，想像中國的方法。[1] 一九四九大分裂之後，那些移居香江的南來作家如何在香港憑借文學敘事，山水記憶與想像，北望故土，繪製原鄉圖譜和中國形象？一九五五年始，金庸在冷戰正酣的年代，在英屬殖民地香港，有意經營虛實相間、踵事增華卻也言之鑿鑿的新派武俠小說。中國大陸的名山大川、勝景野域可謂咫尺天涯，然而金庸藉助武俠小說的山水想像、江湖世界、身體僭越，重現了遼闊中華的山河歲月。香港冷戰時代的身份危機、歷史憂患與文化記憶，被編織縫合到前朝舊史的興衰嬗變與人物傳奇。

《天龍八部》第二十一章〈千里茫茫若夢〉，堪稱金庸寄情山水、行走江湖與中國想像的範例。[2] 生於遼國、長於大宋的前丐幫幫主契丹人蕭（喬）峰，因一時意氣與衝動，施救阿朱（大理白族，姑蘇慕容二婢之一，精通易容之術）。阿朱追隨蕭峰到雁門關外，而後二人從中原到江南，偕赴河南衛輝、山東泰安、江蘇金山寺、浙東天台山，千里奔波，日夕相親，終於在天台山表明心意。

> 兩人自從在天台山上互通心曲，兩情繾綣，一路上按轡徐行，看出來風光駘蕩，盡是醉人之意。阿朱本來不善飲酒，為了助蕭峰之興，也總勉強陪他喝上幾杯，嬌臉生暈，更增溫馨。蕭峰本來滿懷憤激，但經阿朱言笑晏晏，說不盡的妙語解頤，悲憤之意也就減了大半。這一番從江南北上中州，比之當日從雁門關趨疾山東，心情是大不相同了。蕭峰有時回想，這數千里的行程，迷迷惘惘，直如一場大夢，初時噩夢不斷，終於轉成了美夢，若不是這嬌俏可喜的小阿朱便在身畔，真要懷疑此刻兀自身在夢中。[3]

金庸測繪了真實的山水地理（從雁門關到天台山），以及蕭峰和阿朱趨避於塞外、江南、中原之間的漫長旅程。他同時描摹了蕭峰和阿朱對雁門關外獵牧

1 參見鶴見祐輔著，魯迅譯《思想・山水・人物》，北京：十月文藝出版社，2005 年；曹聚仁：《山水・思想・人物》，北京：生活・讀書・新知三聯書店，2007 年；金庸的散文〈憂鬱的突厥武士們〉，收錄《金庸散文集》，北京：作家出版社，2006 年，以及潘耀明的散文集《我心中的文化山水》，北京：作家出版社，2013 年。

2 2003 至 2006 年間，由台北遠流與大陸廣東出版社／花城出版社首次正式發行金庸武俠小說的"世紀新修版"，本論文主要依據第一次修訂版（以及 1994 年大陸刊行的北京三聯版）展開論述。

3 金庸：《天龍八部》，北京：生活・讀書・新知三聯書店，1994 年，第 827 頁。

生活的嚮往，對中州武林、大遼都城的雙重厭棄，以及二人在天台山上，雙雙許約，情願終身厮守塞外，不回中土的憧憬。阿朱並提及智光大師寫在地上的佛偈——"漢人契丹，亦幻亦真。恩怨榮辱，俱化灰塵"——以此勸解蕭峰，不如放下對漢人、契丹身份的執迷與困惑。

江南、中原、塞外、都城，構成金庸文學山水的四大坐標，筆下人物的俠義行跡與思想變動，依次展開。此處蕭峰與阿朱的千里行程，情意綿綿，迷惘如夢，見出金庸在山水、人物、思想之間的演繹與平衡。山水與江湖不同。如果說江湖是虛構的、想像的、隱喻式的空間，是正反烏托邦的合體，那麼山水則是相對真實的地理場景，比江湖更有跡可尋。鄭毓瑜化用 Elizabeth Grosz 身體與城市相互界定的論點，探討身體（抒情的主體，文人名士）與空間（從都城到山川）的相互界定。[4] 金庸小說的文學山水與武林人物亦相互界定，相映成趣。

竹內好〈作為方法的亞洲〉、子安宣邦《作為方法的江戶》皆將研究對象還原到當時的語境，擺脫後見之明，重新思考當時的歷史。[5] 溝口雄三《作為方法的中國》則反思日本中國學的立場和方法（沒有中國的中國學，中國的古典化），重新定位中國和日本，中、日在亞洲，亞洲在世界的位置。[6] 王德威〈想像中國的方法——海外學者看現、當代中國小說與電影〉則從城鄉空間的辯證關係、主體與性別差異的定位、敘述聲音與電影映像的媒介功能這三個角度，反思中國想像的方法論意義上的理論和實踐。[7]"城鄉空間的辯證關係"，在金庸小說的山水想像與俠義行跡中，變形為帝都廟堂與江湖山水的並峙；"主體與性別差異的定位"，則可見於同游山水、共闖江湖時理想化的雙劍合璧與攜手同隱的想像。

武俠小說敘事模式與典型的寫實主義 / 現實主義有所不同，需要用間接的第

4 鄭毓瑜：《文本風景：自我與空間的相互定義》，台北：麥田，2005 年。

5 葛兆光：〈近代亞洲的中國〉，原載《思想》第 20 期《儒家與現代政治》，參見網頁 http://www.qunxue.net/Article/TypeArticle.asp?ModeID=1&ID=9220。

6 參見孫歌：〈中國歷史的"向量"——溝口雄三的中國思想史研究〉，載《山東社會科學》2014 年第 7 期，5–18；許紀霖，〈以中國為方法，以世界為目的〉，載《國外社會科學》1998 年第 1 期，第 55–59 頁。

7 王德威：《想像中國的方法》，北京：生活．讀書．新知三聯書店，1998 年。

三人稱敘事，而不是直接的第一人稱的“我”，來講述或者寄託原鄉體驗。《書劍恩仇錄》以江南與西域，書寫故鄉／原鄉想像與塞外風情，並直指帝都。其行俠仗義的山水範圍從江南到塞北、從大漠到帝都，並以自己最熟悉的海寧（浙江），以及大家都不熟悉的回疆，作為山水想像與俠義行跡的主軸。紅花會前總舵主於萬亭攜奔雷手文泰來深夜闖宮見帝，面見乾隆，揭示其非滿實漢的複雜身世與身份。帝都蹤影雖曇花一現，卻寄託遙深。全書鋪陳的敘事主綫，除了始於戈壁、西域的傾國傾城之戀，還有總舵主陳家洛挾乾隆於江南，海寧觀潮，遊六合塔，以及江湖群雄恢復漢室江山、反清復明、改朝換代的衝動。最終紅花會眾人逐鹿未果，豹隱回疆。

《碧血劍》中袁崇煥之子袁承志為報父仇，從中原到帝都，或者更具體地說，從華山到泰山，再擅闖帝都紫禁城，意圖刺殺崇禎皇帝，卻誤入長平公主的寢宮寧壽宮，而長平公主曾喬裝青竹幫女弟子，與袁承志中原歷險、同闖江湖。最後袁承志猶疑並放棄刺殺，彷彿《水滸後傳》的李俊（遠赴東南亞，避居暹羅，成一國之主），“空負安邦志，遂吟去國行”，壯志難酬，遠避海外東南亞之渤泥國（文萊）。

《鹿鼎記》中寫實的清朝“輿地全圖”與想像的俠義地形圖之間的交疊互動最為豐富多彩。“神行百變”動輒“逃之夭夭”的“小雜種”韋小寶，可謂“行者”的變體，“情僧”的變種。他生於揚州煙花柳巷，天生情種，義字當頭，行跡遍及江南、帝都、中原與塞外，五台山救護先帝，助康熙平定西南，收復台灣，安頓鄰邦羅剎國。這位“古往今來第一小滑頭”在廟堂與江湖之間上下斡旋，左右逢源，無往而不利。《鹿鼎記》所呈現的金庸想像中國的方法，最微妙的例證，可見於雙兒為韋小寶編織、拼湊、補綴、勾連數千塊碎片而終於完成的一幅完整的圖譜：“只見桌上一塊大白布上，釘滿了幾千枚繡花針，幾千塊碎片已拼成一幅完整無缺的大地圖，難得的是幾千片碎紙拼在一起，既沒多出一片，也沒少了一塊”。[8] 小說結尾，韋小寶帶走拼貼完整的八旗藏寶圖，知悉但不掘斷大清的龍脈，自己富可敵國，卻遠離帝京，帶著七個大有來歷的老婆，歸隱揚州、大理

---

8　金庸：《鹿鼎記》，北京：生活・讀書・新知三聯書店，1994 年，第 97 回。

無可尋覓之所，不知所終。

金庸遊走於歷史與想像、事實與虛構、地理與記憶之間，既在真實的空間裡翻雲覆雨，又在虛構的敘事中落到實處。其筆下的武俠行跡，踏盡華夏的千山萬水、東西南北中，從塞外（邊疆、飛地）到帝都，從中原到江南，遍訪（闖）名山大川以及前朝都邑的隱秘角落。

筆者曾著文指出，[9] 張愛玲借用 Samuel Goldwyn 的 "include me out"（把我包括在外）來定位她本人在文學史中的位置與歸屬：是例內，也是例外。[10] 阿甘本（Giorgio Agamben）在不同的社會政治文化語境中論述 example（例內）與 exception（例外）時指出，"例外"是"包括式的排除"，"例內"是"排除式的包括"。[11] 在金庸的文學山水裡，中國顯影於明處，香港隱遁於暗處。中國被"包括"卻在香港"之外"，成為江湖俠客行走、僭越的山水地理場所；香港被"排除"卻暗藏於想像方法"之內"，金庸不寫今朝寫前朝，演繹數百年前的歷史傳奇，卻加入現代香港現實政治的關懷（無論是香港獨特的殖民地處境，還是冷戰時期左、右兩派互搏的格局，無論是毛時代文化革命的風雲激蕩，還是五四啟蒙之後擺脫家長權威的壓抑和束縛、追求個人主義情感與自由的濫觴）。

Richard Hughes 曾語帶偏見地以"借來的場地"與"借來的時間"來描述香港，[12] 然而金庸卻在"借來的時間"中再一次租借時間——租借前朝的歷史與傳奇，構造香港乃至華語世界讀者受眾冷戰與後冷戰時代的集體俠客夢。他也在"借來的場地"裡面再一次租借場地，或者更確切地說，不是租借，而是反轉殖民地被宰制的境遇，憑借文學山水與武俠行跡翻山越嶺，開疆拓域，重申對中土的佔領。

---

9 參見筆者〈"包括在外"，排除在內，金庸俠義地形圖〉，載於《中國現代文學》，2012 年第 22 期，第 123–127 頁，簡體字修訂版，〈"包括在外"，排除在內，華語語系敘事策略——重繪金庸俠義地形圖〉：《東吳學術》，2013 年第 6 期，第 45–52 頁。

10 張愛玲：《惘然記》，台北：皇冠文化出版公司，2010 年，第 123–124 頁。

11 Giorgio Agamben, *Homo Sacer: Sovereign Power and Bare Life*, trans. Daniel Heller-Roazen (Stanford: Stanford University Press, 1998), 21.

12 Richard Hughes, *Hong Kong: Borrowed Place, Borrowed* Time (London: Deutsch, 1968); revision, 1976.

史書美曾論及華語語系文學的“在地感”問題。[13] 金庸的文學山水則隱去香港本地的在地感，重訪、重繪、重新連綴中國的山水，以武俠行跡，想像式、隱喻式凸顯冷戰時期香港殖民地的文化中國想像。王德威則以“後遺民寫作”觸及時間與記憶的政治，在“驚夢與入夢”、“除魅與招魂”、“原鄉與異鄉”之間循環往復、相互印證，“所謂的‘後’不僅可暗示一個世代的完了，也可暗示一個世代的完而不了。而‘遺’是遺‘失’——失去或棄絕；遺也是‘殘’遺——缺撼和匱乏；遺同時又是遺‘傳’——傳衍留駐。……如果遺民意識總已暗示時空的消逝錯置，正統的替換遞嬗，後遺民則變本加厲，寧願更錯置那已錯置的時空，更追思那從來未必端正的正統。”[14]

陳家洛在江山與美人之間的搖擺和憂鬱，袁承志刺殺崇禎、皇太極之際的症候式躊躇，韋小寶在各方各派間絞盡腦汁的圓滑斡旋（其母親為揚州青樓女子，接客不分漢滿蒙藏回，韋小寶的父親身份無可辨識），不正可例證“後遺民”心態／身份的定位難明、“後遺民”敘事姿態的曖昧不清？《書劍恩仇錄》偏遠的回疆，《碧血劍》更為迢遙的渤泥國，《鹿鼎記》中無可尋覓的韋小寶揚州、大理隱匿處，不恰可說明“後遺民”位置的無法確認、難以辨識？“後遺民”意識的幽靈，徘徊顯影於金庸的文學山水間，既招魂且還魂，既往事已逝又“傳衍留駐”，正可謂進一步錯置王朝興衰之際那已然錯置／錯亂的時空，暗示著前朝更替的“世代”在當代香港敘事中的“完而不了”，並以冷戰期間香港的當代視角、以及殖民地“講故事的人”的身份，新編、重述華夷之辨、恢復漢室江山的“正統”母題。

金庸筆下的文學山水與武俠行跡，在江南、中原、塞外、帝都之間鋪展遊移。其筆下的山水、人物，思想，凸顯了朝與野、涉政與退隱、向心與離心、順從與背叛、大義與私情、明心見性與聊遣悲懷之間意味深長的平衡，並以迂迴曲折的“後遺民寫作”策略，折射出香港文學想像與歷史記憶中“分庭抗禮”或“偏

---

13 Shu-mei Shih（史書美）, “Global Literature and the Technologies of Recognition,” *PMLA* 119: 1 (January 2004): 16–30. 亦見 Lingchei Letty Chen（陳綾琪）, “When Does ‘Diaspora’ End and ‘Sinophone’ Begin?,” *Postcolonial Studies* 18.1 (2015): 52–66.

14 王德威：《後遺民寫作》，台北：麥田出版社，2007 年，第 48–49 頁。

居一隅”的身份焦慮與身份認同。金庸想像中國的方法，既承接古典文學山川風物、詠史懷古的移情 / 抒情傳統，又憑藉新派武俠小說這一現代文類以及江湖人物的行跡，曲筆書寫了華語語系文學的空間 / 地理構築，情感 / 身份認同，以及歷史 / 政治意識的嬗變。

# “失”的寓言
## ——遲子建《煙火漫捲》剖析

張恩華

## 丟失是原罪

《煙火漫捲》主人公劉建國出生於共和國成立的一九四九年因此取名建國，童年和青少年在哈爾濱度過，一九七〇年代到黑龍江北部林場插隊。一九七七年回哈爾濱探親途中、繞道東部城市佳木斯看望在那裡下鄉的兒時好友于大衛。彼時國家恢復高考，于大衛和妻子謝楚薇雙雙備考無暇照顧未滿周歲的兒子銅錘，委託劉建國把嬰兒帶回哈爾濱給爺爺奶奶照顧，但是劉建國在哈爾濱火車站擁擠的人群中丟失了孩子。從此他以找到銅錘為人生目標，放棄戀愛結婚生子的普通軌跡，在職業上也選擇對尋找孩子最為有利的救護車司機這一行當，四十年如一日踐行找人。

女主人公黃娥是個奇女子，跟丈夫盧木頭在河濱小鎮七碼頭經營小酒店。某日黃娥單獨造訪一男性令盧木頭心生妒火、當晚猝死，黃娥考慮到盧木頭生前喜歡鷹將他的屍體投入鷹谷、同時製造出盧木頭離家出走的假像。儘管盧木頭的死非黃娥所為，但是她卻背負起盧木頭生命離去的十字架。她帶著兒子雜拌兒離鄉進城慕名找到劉建國，請劉建國收養雜拌兒。“因為你要找的是男孩，雜拌兒是個男孩，而他現在沒爸了…… 你缺孩子，雜拌兒缺爸…… 你倆合該是一家人，咋這麼簡單的道理都不懂？”[1] 黃娥對劉建國如是說。黃娥的這句話貌似童言無忌甚至有些潑皮耍賴、但卻揭示了背後的一個邏輯：兩個缺失對方的主體可以結

1 遲子建：《煙火漫捲》，北京：人民文學出版社，2020 年，第 24 頁。

合互補構成完整。

缺失和替代作為心理機制中的孿生子，在《煙火漫捲》中是一條隱藏的綫索邏輯。心理分析啟示我們：欲望埋藏於無意識深處，無論主體如何努力壓制它都會以某種形式發泄出來，最常見的方式即為替代。[2] 于大衛和謝楚薇夫婦丟失愛子之後，曾經努力再生孩子而無果；後來謝楚薇診斷出子宮癌早期、手術摘除子宮徹底喪失生育能力，黃娥的兒子雜拌兒正好填補了謝楚薇失去兒子的空白。失子之痛也使于大衛謝楚薇夫妻之的生理欲望蕩然無存。最後于大衛得知找到了兒子，想補償青春年華失去的歡娛，但謝楚薇垂垂老矣，他便去找性工作者，但因為道德上的羞恥感、倫理上的約束和生理上的障礙，三次都未能成功。于大衛丟失了兒子，也因此喪失了自己的雄性氣質（masculinity）；謝楚薇失去子宮、喪失女性的再生能力也讓她的女性氣質（femininity）岌岌可危。在象徵層面上，這儼然是對這對夫妻的雙雙閹割，他們的性別屬性被抽離了。于大衛謝楚薇夫婦失去的不僅是一個孩子，連同他們二人的男性身份和女性身份都受到挑戰。

《煙火漫捲》中幾乎所有人物都有嚴重的缺失。劉建國父母去世，大哥劉光復胰腺癌晚期，因為第一個孫子被蚊蟲叮咬染上登革熱而夭折，妻子現在廣東照顧第二個孫兒，最需要愛人照顧的時候妻子不在身邊，劉光復實際上成為“鰥夫”、不久即別人世。劉建國的妹妹劉驕華從獄警職位退休後，幫助刑滿釋放的勞改犯尋找自食其力、重新就業的機會。同時，她跟丈夫老李的關係也陷入某種僵局，丈夫跟考古所女同事發展出曖昧關係，劉驕華在某種程度上也失去了丈夫。

翁子安是《煙火漫捲》中一位舉足輕重的人物。他的母親（實為養母）早年愛上上海知青但被後者拋棄，嬰兒早產一歲後夭折，母親也因此精神失常、魔怔一樣尋找自己的孩子。家人想讓翁子安的舅媽生一個嬰兒來填補母親失子的空白，可惜舅媽不孕。舅舅是煤礦技術員，一九七七年去哈爾濱參加培訓在火車站將銅錘從劉建國背上偷走、帶回家撫養，替代母親先前夭折的孩子。到此為止，

---

2 Sigmund Freud. *New Introductory Lectures on Psycho-Analysis* (The Standard Edition). (New York: Norton, 1990).

我們看到這部小說中有三例缺失跟嬰兒有關，其中兩例死亡（劉光復的孫子和母親的孩子）、另外一例是丟失的銅錘。這些嬰兒的失去都給他們的至親帶來生理上的疾病和心理上的痛苦，這直接導致了成年人身上的病理學症狀，包括于大衛的陽痿、謝楚薇的子宮摘除和母親的臆想症。

嬰兒是父母愛的對象和欲望的載體，嬰兒的喪失導致欲望的無法實現，這種被壓抑的欲望在機理上只能經由其他方式藉助其他載體得以滿足。因此母親失子之痛借由銅錘 / 翁子安來安撫，翁子安的名字“子安”寓意孩子“平安”和“安撫”的雙重含義，翁子安實際上也是治癒母親心疾的良藥。同樣道理，謝楚薇在雜拌兒身上也彌補了此前沒有孩子的缺憾，儘管是雜拌兒的到來遲到了三十年，但是這足以讓年過六旬的謝楚薇容光煥發盡情享受做母親的快感。丟失的孩子成為一個大寫的符號，在小說裡由不同的嬰兒來演繹，深處的內涵濃縮是欲望客體被剝奪、和替代的心理機制。

## 尋找是救贖

劉建國四十年前不慎將朋友的兒子丟失，這成為他一生的原罪；他因此放棄追求個人幸福、唯有尋找才能救贖。尋遍哈爾濱市區後，劉建國開始把眼光投向黑龍江省內市縣。一九八三年夏天，他乘車到興凱湖畔的一個小漁村，夜色朦朧中他產生了幻覺，誤把一個四歲小男孩看成是當年插隊時的女友張依婷，遂將小男孩撲倒，後因小男孩的狗及時趕到制止了劉建國的進一步行為。對小男孩的猥褻，成為劉建國深藏在心底、不可告人的秘密。劉建國並不是孌童癖患者，他的欲望不在小男孩本身、但在一個特殊的時間和空間裡被碰巧投射在這個小男孩身上，他最思念而不得的，還是因為丟失銅錘、連帶失去的曾經戀人張依婷。

自從猥褻男童未遂，劉建國的救贖道路上除了尋找銅錘又多了一道枷鎖：尋找當年被他企圖猥褻的小男孩。三十多年後，他終於鼓足勇氣來到當年犯下罪行的小漁村，但劉建國終究還是無法面對自己的過錯，原本期待的贖罪最後推諉於一個完全不存在的替罪羊，上一章討論過的替代在欲望的缺失與滿足之間扮演的重要角色同樣適用於贖罪：在本人無法直視罪行時、虛擬一個人頂替自己承受罪行的懲罰，因為犯罪主體將自己從罪的鏈條中抽離出來，進而創造出一個虛擬個體替自己接受道德的審判和良心的譴責，這樣主體的贖罪也因此中斷。

分析至此，我們可以發現《煙火漫捲》暗藏著一個因果報應的邏輯。劉建國自己的身世在這個因果報應鏈上成為他的終極原罪。劉光復生命晚期告訴于大衛：劉建國並不是他的親弟弟，而是一九五〇年父親劉鼎初去佳木斯開會帶回來的日本遺孤。小說接近尾聲時，劉建國從于大衛那裡了解到他的真實身世，從此他徹底放下了尋找銅錘的念頭。突如其來的身世之謎讓劉建國深深陷入一種存在主義危機中。"因為他活了大半輩子，竟然連自己是誰都不知道，他對鏡中的'我'，突然感到陌生。"（第 267 頁）這個細節特別具有象徵意義，拉康所說的主體發現鏡像中的自我，是主體實現完整性、確認自我主體性的瞬間。[3] 而劉建國在鏡子中看到自己，卻是對分裂、懷疑自我主體性的時刻。

劉建國一生都在尋找，他尋找的三個目標跟他自己構成三組意味深長的關係。第一個目標銅錘是他無意中丟失的，銅錘不屬他，他只是銅錘暫時的載體，銅錘的丟失更多要歸咎於不可抗力因素。第二個目標是劉建國試圖猥褻的小男孩武鳴，雖然是被欲望和幻覺驅使、不能百分百算是有心之過，但他事後在有自主意識和判斷能力的情況下潛逃，這讓他無論如何難逃其咎。三十多年後仍無法正視自己過錯，但因為自己膽怯和懦弱不敢承認、最終遠離救贖。第三個目標是他自己的身世，儘管盡畢生之力去苦苦尋找丟失的男嬰和他犯下罪行的小男孩，劉建國最後發現自己才是那個真正被徹底丟失了的人，他翻遍了省內各圖書館、發現尋找親生父母如同大海撈針。劉建國成為真正意義上的西西弗斯，他的人生意義不在找到目標，而是在於尋找本身，尋找既是手段也是目的，因為尋找本身是通往救贖的唯一途徑。只是當自我成為要被找到的目標時，尋找同時作為手段和目的的可能性都不復存在："我"站在鏡子面，鏡子裡的"我"對"自我"來說確實完全陌生的，"自我"和鏡子裡的"我"之間有不可彌合的縫隙，這種注定的分離導致劉建國主體性的徹底喪失、並且沒有重建的可能性。劉建國其他的罪

---

3 Jacques Lacan. "The Mirror Stage as Formative of the Function of the *I*." *Ecrit*. London and York: Routledge, 2001, pp.1–6.

過都可能通過尋找得到解脫，唯有他自己的身世、這樁原罪無論如何也無法實現救贖。

## 我悲故我在

《煙火漫捲》的敘事圍繞“丟失”這條主綫展開，主要人物都有嚴重的“失去”經歷，失去直接帶來的心理後果之一是悲悼和感傷。弗洛伊德在《哀悼與感傷》一文中詳細闡述二者異同：都是對喪失的回應，但是哀悼是正常的反應，感傷則是病態的反應。[4] 這個區別乍看武斷，但是追溯到跟現實和和失去之人或物的關係就比較易於理解。在喪失之初，哀悼和感傷的情緒摻雜並存。真正將二者區分開來的是接下來對喪失的認可和接受的不同。哀悼是暫時性的，哀悼主體逐漸接受失去這一現實、把自己與的失去的客體區分開來；感傷則是持久性的，感傷主體無法正視、不願接受進而否認失去這個現實、感傷主體繼續與失去的客體捆綁在一起、甚至內化為自己的一部分，這種內化直接導致對感傷主體的自我損害性。

這裡引入弗洛伊德理論不是僵化套用來分析孰在哀悼孰在感傷，事實上，這樣的分析對理解作品本身並無啟發。這裡主要參考弗洛伊德關於主體和失去的客體二者之間的關係的闡釋，重點在主體是否接受已經失去客體的現實和主體是否將失去的客體內化到自我當中。儘管找到銅錘的希望很渺茫，劉建國始終不願意放棄尋找、不接受銅錘已經丟失這個事實，他把自己的命運跟銅錘緊緊連在一起，實際上他的命運被銅錘牽著偏離了既有軌道。劉建國的執念和近乎強迫症似的找尋都是感傷者的症候，他無時無刻不被感傷情緒籠罩著，以至於無法享受人間的任何快樂。他的日本遺孤身份更是讓他陷入徹底的身份危機中：瞬間劉建國從哀悼主體變為被哀悼的客體，或者說他自己同時是哀悼主體和被哀悼的客體，相當於哀悼對象已經完全被哀悼主體內化，哀悼主體完全被哀悼對象佔有，也是

4　Sigmund Freud. “Mourning and Melancholia.” The Standard Edition of the Complete Psychological Works of Sigmund Freud. Vol. XIV. (London: The Hogarth Press, 1964), pp.243–58.

主體性坍塌的時刻。

因為黃娥掩蓋了盧木頭的死亡真相，她的哀悼必須壓抑在心底。這時黃娥的心態是典型的哀悼者的心理特徵：承認並接受盧木頭已經死亡的事實；但是她接下來的計劃卻是感傷者的極端心態：她帶雜拌兒進城，計劃幫雜拌兒找到可靠的收養人家然後赴死。黃娥的死亡驅動來自自責，她只有一死才覺得對得起盧木頭。黃娥將盧木頭的死歸咎於自己，她的生命被盧木頭的死佔據著，這種內化使她產生結束自己生命的執念，唯有以死相往、才能達到救贖的彼岸。

哀悼和感傷將享樂排除在外，劉建國和黃娥皆認為自己罪孽深重而不配享樂；他們的過錯像幽靈一樣籠罩著他們，他們的現狀也完全被過去所左右。[5] 劉建國強迫性的、不斷重訪自己的惡，一遍遍體驗良知的懲罰，唯有如此才能換來幾分安生。跟劉建國一樣，黃娥始終生活在盧木頭的陰影裡，甚至想用自己的生命做犧牲祭奠死去的盧木頭："她要回到七碼頭，投身鷹谷，為盧木頭償命。可是隨著在哈爾濱待的日子久了，她悲哀地發現，這個原本她視為生命最後一站的地方，竟俘虜了她。她戀上哈爾濱，或者說依然貪生似乎已無勇氣殉葬了，這讓她覺得自己可恥。"（遲子建：《煙火漫捲》，第 149–150 頁）儘管盧木頭的死並非如黃娥所想是她害死的，但是她還是堅定的認為只有悲只有痛對得起自己犯下的罪行，悲痛是救贖道路上唯一合法的生存模式。

《煙火漫捲》完美演繹了什麼是因果報應。除了劉建國和黃娥的人生軌跡一直尊循"善有善報惡有惡報"的邏輯，故事中的罪魁禍首——偷走銅錘的人、即翁子安的舅舅怕被劉建國認出，自己故意毀容，晚年癌細胞擴散、自知時日不多，遂將翁子安身世告訴他。翁子安對自己的真實身世跟劉建國一樣，當他得知自己是被舅舅偷來送給媽媽的養子，翁子安也遭遇到嚴重的自我危機，他先前以為自己是凌晨四點出生的，所以每次出院選擇的時間也是凌晨四點、取新生重生之意。但是翁子安的希冀落空了，他是母親夭折的嬰孩四點的替代。

劉建國遊走在哈爾濱和省內的遠近市縣，跟黃碧雲中篇小說《失城》中的主

---

5　幽靈觀念參見 Jacques Derrida. *Specters of Marx: The State of the Debt, the Work of Mourning, and the New International* (New York: Routledge, 1994)。

人公詹克明一樣都是救護車司機，職業屬性決定他們時常面對生命危在旦夕、隨時急轉直下，圍繞他們發生的事情也充滿懸念和未知，但失去卻是永恆的。《失城》故事背景是一九九〇年代，香港處於大轉折時期，一個家庭凶殺案彰顯了歷史轉折中浮萍一樣的小人物的不可承受之重。[6] 誰失去這個城市？這個城市又將屬誰？《失城》標題點到未答但讀者一目了然。不同的是，詹克明是目擊者見證人；劉建國不是旁觀者，而是積極的參與者，他本身即是一個懸疑故事的主人公，劉建國濃縮了跟"失"有關的一切話語和實踐：他不僅丟失了朋友的嬰兒、他自己就是一個丟失了的嬰兒，這就更加反諷：一個不知道自己真實身世的人去苦苦尋找一個被他丟失的嬰孩、而且這個嬰兒四十年後就在眼前他卻不知。劉建國的足跡遍布黑龍江各地，他像波德萊爾筆下的漫遊者（Flaneur）一樣：在黑夜裡、在黎明破曉之際，觀察到很多白晝所不見的景象。黃娥搬到哈爾濱後，徒步穿越成中大街小巷，甚至親手繪製一份哈爾濱地圖，她是一個女版的城市漫遊者，也是一個憂鬱到幾近自殺的感傷者。

## 結語：輓歌

《煙火漫捲》聚焦於一系列喪失至親的主體在一個巨變城市中的沉浮，它紀念的不只是消逝的生命、還有逐漸消失的古老城市哈爾濱。在這個意義上，《煙火漫捲》是一首不折不扣的輓歌。輓歌的主題是哀悼死亡，悼亡和寓言又緊密相聯；這首輓歌同時又是一則"失"的寓言。本雅明在《德國悲劇的起源》一書中，對寓言的理解駁雜繁複，如星座般發散的闡述方式甚至對寓言的碎片定義相互矛盾，但基本上可以理解為不只是抽象的、概念化的道德和意義演繹，同時也是修辭和表述模式。本雅明的寓言理論正是通過對德國十七世紀的一個主要文體悼亡

6　黃碧雲：《失城》，收入《溫柔與暴烈》，香港：天地圖書有限公司，1994 年，第 183–216 頁。

劇的細緻考察的基礎上匯總出來，奠定了寓言和悼亡的有機聯繫。[7] 遲子建的《煙火漫捲》呈現的正是經歷死亡和失去的必然歷程——哀悼和憂傷；對於作家本人，也是對逝去的父輩和意外失去的愛人的悼念。[8]

---

7 近年學者注意到本雅明《德國悲劇的起源》一書中“悲劇”更準確的譯法應該是“悲悼劇”。為避免跟悲劇 (tragic drama 或者 tragedy) 混淆，最新英譯本譯者直接保留了德文 trauerspiel，英文譯為 mourning play、中文意為悲悼劇、悼亡劇。Walter Benjamin. *Origin of the German Trauerspeil*. Trans. Howard Eiland. Cambridge (MA: Harvard University Press, 2019).

8 遲子建在《煙火漫捲》後記中記述了寫作這部小說的緣起，提及自己和父親分別在哈爾濱的經歷以及自己多年前失去愛人的悲痛。見〈我們時代的塑膠跑道〉，《煙火漫捲》，第 301–11 頁。

# 荒誕、神實、救贖

## ——讀閻連科的《日熄》

陳穎

閻連科的長篇小說《日熄》於二〇一五年由台灣麥田出版社出版，二〇一六年獲得第六屆“紅樓夢獎”首獎。小說以伏牛山脈的皋田小鎮為背景，敘述者是一位叫李念念的十四歲智障男孩，時間為某年農曆六月六日的短短一夜。故事講述了在那一夜全鎮的人紛紛夢遊，在夢境裡燒殺搶掠，欲望橫流，無惡不作，全鎮陷入無序狀態。只有開冥貨店的念念一家時夢時醒，念念他爹李天保一直在試圖喚醒其他夢遊的人。到了該天亮的時候，太陽沒有出來，夢遊的人也就一直醒不過來。最後李天保用一種奇特的方式，以自己的血肉之軀製造了一個太陽，終於結束了這場噩夢。

作者的不少作品，例如《日光流年》、《受活》、《丁莊夢》、《四書》、《炸裂志》等等，都在不同程度上作文本實驗，告別了五四以來的“茅盾式”現實主義，在形式、內容上都摻進了非現實甚或荒誕的元素。[1]《日熄》的故事更是完全建構於一場集體夢遊之中，顛覆了傳統意義上的現實。首先，小說的第一人稱敘述者念念智力不健全，人稱“傻娃”，從他嘴裡講出來的故事可靠程度令人懷疑。另外，書的結構也疑幻疑真，為故事抹上了一筆不確切的色彩。除了前言和尾聲無時間說明以外，全書十一卷均以時間標示，時間段先用五更劃分，然後在每一更裡再細分出從幾點幾分到幾點幾分發生的事情，具體時間以二十四小時制標出。傳統上的五更應從晚上十九時到第二天清晨五時，每兩小時為一更。換

1　孫郁在其〈從《受活》到《日熄》——再談閻連科的神實主義〉一文中屢次以茅盾式的現實主義書寫方法對照閻連科的“神實主義”創作。此文見《當代作家評論》，2017年第2期，第5–11頁。

言之，第一更應該是十九時至二十一時，但小說中的第一更卻從十七時開始。此外，小說五更結束的時間向後推延了十五分鐘，至五時十五分才結束。之後作者又加了一卷“更後”，從五時十分開始，與他的五更結束時間有五分鐘的重迭。最有趣的是時間到了六時，正常情況下應該是接近天亮的時候，作者又加了一卷“無更”，時間在這裡停頓了。卷十“無更”與卷十一“升騰”的前三節整整四十頁，時間都停留在六時，白天拒絕到臨，黎明前的黑暗無限延續：“——好像白天死了不會再亮了。……這一日日頭死了時間死了白天跟著也死去了。”[2] 雖然時間分段精確到以分鐘計算，但是上述的混亂卻宛如在精確中屢屢出現誤差，頓時使讀者對這個精確度也產生了懷疑。作者一方面同時使用古代的更與現代的二十四小時計時方式，更把在夢遊裡打砸搶行為比擬成古代的農民起義，卻又故意犯下時代錯誤，把明末的李自成和清朝的太平天國混為一談，並讓這些暴民頭纏黃布，誘導讀者聯想到時代更為久遠的東漢末年的黃巾軍。如此一來，貌似精準的故事時間實際上給讀者造成了一種模糊錯亂的時空感。另一方面，如此改變五更的起訖時間，等於人為地延長了黑夜，增加了故事的不真實感與幽暗感。

二十世紀八十年代崛起的先鋒作家有一個特別的現象，就是作品中競相出現各種殘酷、陰暗、齷齪的極端描寫，例如莫言《紅高粱家族》裡羅漢大爺被日本人活剝人皮，余華〈一九八六年〉裡在文革中失蹤的中學歷史教師再次出現後對自己施行各種古代刑法，蘇童〈舒農〉裡在河面上漂浮的避孕套與燒焦的貓屍，劉恆《蒼河白日夢》裡曹家老爺為養生延壽吃女人的經血，最後發展到吃糞便等等，不一而足，以至於海外文學批評屆出現了“殘酷現實主義”、“骯髒現實主義”的說法。這種寫法無疑是對革命年代“高大全”式光輝文學的逆動，對於當時習慣了玫瑰園假像的讀者來說，此種前所未有的閱讀經驗極具衝擊力，挑戰著他們心理承受能力的底綫。類似的寫作手法在閻連科今天的作品裡依然存在，甚至有過之並荒誕化了。例如，二〇一三年出版的《炸裂志》裡，村長孔明亮用金錢獎勵村民向仇家朱慶方吐痰：“咳痰呸吐的聲音在黃昏如是雷陣雨，轉眼間，

2　閻連科：《日熄》，台北：麥田出版，2015 年，第 254 頁。

朱慶方的頭上、臉上、身上就滿是青白灰黃的痰液了。肩頭上掛的痰液如簾狀瀑布的水，直到所有村人的喉嚨都乾了，再也吐不出一滴痰液來，朱慶方還蹲在痰液中間一動不動著。像用痰液凝塑的一尊像。……朱慶方被痰液嗆死了。”[3]

如果說《炸裂志》裡的痰液雕像已經超出了讀者的想像力，在感官上引起極大的不安，《日熄》裡出現的屍油則更是達到了無所不用其極的地步。李天保開火葬場的妻哥把焚燒屍體時產生的人油收集起來，以三百元一桶的價格賣出去："賣洛陽。賣鄭州。所有的城市工廠都要這種油。做肥皂。做橡膠。提煉潤滑油。這是天好地好的工業油。說不定當作人的食用也是上好哪。”[4] 後來李天保用同樣價錢把屍油買了下來，但沒有說明作何用途。這使讀者聯想起若干年前在中國社會上就曾經有過類似的傳聞，說市面上某牌子的方便麵，還有某種香水都使用了屍油，後來此一傳言已經證實為謠言。專家指出，人體焚化時油脂會迅速燃盡，不可能收集儲存。[5] 閻連科本人也知道這個常識。[6] 然而，他在故事裡不但寫了如何把屍油收集裝桶，如何把一桶一桶的屍油運往山洞裡藏起來，結尾處更是異想天開地把所有屍油推出來倒進東方山頂的天坑裡，試圖點燃屍油製造太陽："大麥場似的天坑裡，油有大腿深。也許能埋過大腿到了腰那兒。平整粘稠的油面發出黑光發出一片刺鼻的味。彎腰看時能從那油面上看見一片一片魚鱗似的光。……——可以點火啦日頭就要出來啦。”[7] 大概在不少讀者的認知經驗裡，會有"萬人坑”的記憶——多指日軍侵華大屠殺後就地處理屍體的場地，例如南京大屠殺萬人坑遺址。數以萬計的屍骨混埋在同一個大坑裡，無疑是令人毛骨悚然的事實存在，而閻連科的"人油坑”則完全在讀者的認知經驗範圍以外，是作者豐富想像力的結果，也是全書荒誕的頂峰所在，"毛骨悚然”幾個字已經不夠用了。大腿深甚至齊腰深的人油湖，豈是萬具屍骨可以煉成的？固有經驗會使讀者把"平整”、"一片一片魚鱗似的光”這樣的字眼與美麗的湖水聯

3　閻連科：《炸裂志》，上海：上海文藝出版社，2013 年，第 25 頁。

4　閻連科：《日熄》，第 72 頁。

5　〈東莞殯儀館：屍油流入食用油市場？這不科學！〉：《前沿科技》，2015 年 4 月 7 日。下載自大粵網，2018 年 5 月 29 日。網址：http://gd.qq.com/a/20150407/017386.htm。

6　筆者 2018 年 3 月與閻連科在美國洛杉磯見面時，閻連科向筆者證實了屍油不可能儲存的情況。

7　閻連科：《日熄》，第 297–298 頁。

繫起來，然而這卻是一片黏稠的、發出黑光和刺鼻味道的人油湖。文字帶來的觸覺、視覺以及嗅覺效果，遠非文字可以形容。最後，與本書作者同名而身份同為作家的小說人物閻連科提醒李天保，點燃油坑只能製造出一片光亮的效果，並不足以亂太陽之真。只有想辦法讓油燒成一個球形才像太陽。於是，李天保決定把自己浸透了人油的肉身當成燭芯，站在油坑高處引火燒身，遠處的人們看見的就是太陽一樣的火球了。最後，天亮了，太陽出來了，皋田鎮醒了，一場荒誕的夢遊就此結束，生活回復正常。

閻連科把此種具有卡夫卡特色的荒誕風格命名為“神實主義”。他認為，神實主義是“在創作中摒棄固有真實生活的表面邏輯關係，去探求一種‘不存在’的真實，看不見的真實，被真實掩蓋的真實。……它與現實的聯繫不是生活的直接因果，而更多的是仰仗於人的靈魂、精神（現實的精神和實物內部關係與人的聯繫）和創作者在現實基礎上的特殊臆思。……神實主義決不排斥現實主義，但它努力創造現實和超越現實。……它尋求內真實，仰仗內因果，以此抵達人、社會和世界的內部去書寫真實、創造真實。”[8] 可以想像，如今的中國社會，已然不是傳統的現實主義手法足以表現的了，因為“今天中國的現實樣貌，已經到了不簡單是一片柴草、莊稼和樓瓦的時候，它的複雜性、荒誕性前所未有。其豐富性，也前所未有。”[9] 閻連科指出，神實主義“立足於本民族的文化土壤生根和成長。……［於］現實而言，文學最終是它的附屬之物——什麼樣的現實，決定什麼樣的文學。”[10] 他從早期的現實主義風格轉型到神實主義風格以來，作品的“複雜性、荒誕性、豐富性”恰恰與他眼中的中國現實相契合。文本互涉是閻連科作品裡常見的現象，例如，“疾病”就是一個出現於諸多文本裡的命題。如上所述，《日熄》裡的第一人稱敘述者念念是智障者。除了擔當“不可靠的敘述者”這一角色而增加故事的荒誕色彩以外，念念也是閻連科疾病敘述患者群裡的一員，而描寫夢遊症的《日熄》也和他的疾病三部曲（《日光流年》、《受

---

8 閻連科：《發現小說》，天津：南開大學出版社，2011 年，第 181–182 頁。

9 同上，第 183 頁。

10 同上，第 182 頁。

活》、《丁莊夢》）一樣影射當今不健康甚至病態的社會。[11] 他的"神實主義作品群"作為一個整體，有如挪威畫家愛德華·蒙克（Edvard Munch, 1863–1944）的著名畫作《吶喊》(The Scream)，藝術家的主觀感覺投射出誇張扭曲的畫面，充滿了痛苦和焦慮。或許可以說，閻連科作品裡的荒誕元素不是沒有現實基礎、空穴來風的，而是在中國這麼一個特殊語境裡已經發生或者有可能發生的。也許是作者集社會荒誕之大成而在作品裡集中表現，也許是讀者從小說的精神荒誕推衍出生活中的事實荒誕。無論是由實而神或是由神而實，荒誕的"神"在在都指涉著可能的"實"，指涉著作家所理解的時代的"內真實"和"被真實掩蓋的真實"，或曰"深層真實""生命真實"和"靈魂真實"。[12]

《日熄》得獎後閻連科接受採訪時說："我們這一代作家的寫作總是無法擺脫宏大敘事和歷史現實的背景。在《日熄》裡我在嘗試做一些改變，這部作品裡既沒有宏大的歷史，也沒有我們今天每個人都看到的，正在發生的現實。"[13] 中國文學自古以來都有著文以載道的傳統，肩負著反映現實、教化社會的使命，五四時期以魯迅為代表的主流嚴肅文學更是如此，鮮見純粹為寫作而寫作的作品。建國以來十七年乃至整個文革時期的文學則完全淪為政治工具。文革結束後，不管是曇花一現的傷痕文學、改革文學，還是影響深遠的尋根文學，都帶有鮮明的時代印記。像閻連科這樣具有社會良心和歷史使命感，高度關注民間疾苦的作家，作品完全超越歷史和現實，殊非易事。熟知中國歷史和現狀的中外讀者和批評家，都很容易不自覺地把虛構的故事與現實聯繫起來。儘管閻連科努力地把《日熄》寫得既沒有歷史也沒有現實，其出版者還是把這場夢遊具象到中國的社會現實："閻連科以獨特的文學語言，講述一個人類因夢遊而失序的故事，藉此暗諷大躍進的中國，人們正集體沈浸在資本主義社會富裕美好的前景幻夢中，致使集體迷失在無盡欲望的夢遊中。這是針對當代中國發展現狀最無奈的憂思，也是最

---

11 參見拙作〈癌症、殘疾和愛滋敘事：論閻連科的疾病三部曲〉，汪寶榮譯：《當代作家評論》，2017 年第 2 期，第 12–23 頁。

12 閻連科：《發現小說》，第 184 頁。

13 羅皓菱：〈閻連科《日熄》獲第六屆"紅樓夢獎"首獎〉，載於《華文好書》，2016 年 7 月 19 日。下載自騰訊文化網，2018 年 5 月 29 日。網址：http://cul.qq.com/a/20160719/037115.htm。

痛切的關懷。”[14] 再如，《受活》、《炸裂志》以及《日熄》的翻譯者、杜克大學副教授羅鵬（Carlos Rojas）也把閻連科的作品與魯迅相提並論，從《日熄》的夢遊聯想到魯迅的鐵屋裡昏睡的人們，再以魯迅“吃人”的母題類比閻連科《丁莊夢》、《日光流年》、《日熄》裡農民賣血、賣皮、賣屍油的行為。[15] 看來，正如一提到魔幻現實主義，人們就會想到拉美文學一樣，閻連科神實主義實驗的寓言式小說，也難免帶著具有中國特色的歷史和現實烙印。

羅鵬指出：“複雜的情況是，這種同相嗜食／同相商品化現象——《日熄》中的‘人油’或‘屍油’既是一種商品，又是拯救人類‘日出’的必需。這就是閻連科與魯迅的不同，是閻連科的複雜，更是今天中國和人類的複雜。”[16] 換言之，在小說裡，“人油”這種商品同時成為了毀滅與拯救人類靈魂的雙重隱喻。閻連科的另一部小說《受活》裡，也有類似的矛盾隱喻：“受活莊最初被用作病態社會的隱喻，但後來村子成功‘退社’，回到了以前的烏托邦狀態，卻又成了希望的象徵。受活莊人最初是柳鷹雀荒謬計劃的受害者，最後卻成了這個曾被村人當作神明的人的救星。”[17] 或許羅鵬所言的複雜，或者閻連科所界定的神與實，都體現在這種矛盾統一體上，正如閻連科的不少作品，雖然通篇極盡晦暗負面之能事，但最後尚存光明和救贖的可能。《受活》裡的受活莊最終恢復其世外桃源的本色；《丁莊夢》裡的丁莊因大規模爆發愛滋病而死人無數村子盡毀，最後爺爺親手殺了自己作惡多端的兒子——血頭丁輝，看見了女媧重新造人，看見了新世界誕生的希望。到了《日熄》，李天保不斷地要想喚醒夢遊的人，最後想出燃燒屍油的方法，並不惜犧牲自身，完成了救贖和自我救贖：早年政府推行火葬政策時，遭到村民強烈反對，不少人依然偷偷地土葬自家逝去的親人。李天保對開辦火葬場的妻哥告密，把已經入土為安的死者挖出來火化，從中賺取告密費。自焚之前他想到的是，他燒死自己來喚醒別人，他們家從此就再也不欠任何

14 閻連科：《日熄》，封底。

15 羅鵬：〈《日熄》：魯迅與喬伊斯〉，《日熄》序論，第 3 頁。

16 同上，第 6 頁。

17 見拙文〈癌症、殘疾和愛滋敘事：論閻連科的疾病三部曲〉，第 19 頁。

人的賬了。同時他念念不忘的是讓角色閻連科在書裡把他“寫成一個好人”。[18] 點燃自己而為早年告密的劣行贖罪，李天保完成了自我救贖的同時也救贖了皋田鎮。把自己點燃的一刻，就是他完成救贖行動、決心要做好人的時候，就在那一刻，他先於其他人清醒了：“隨著那掙的逃的火團兒，傳來的是爹那撕疼死痛轉著身子的嘶喊著。——我醒啦。——我醒啦。”[19] 角色李天保央求角色閻連科把他寫進書裡，寫成一個好人。然而，故事的結尾，角色閻連科消失了，書並沒有寫出來。“好人”在故事裡懸空了，變成了作家閻連科的一廂情願。

《丁莊夢》的爺爺一直在瘟疫中充當照顧病人的好人；《受活》的茅枝婆是死後連上百條殘疾狗都來送葬的好人，而政治瘋子縣長柳鷹雀也有可能變回好人；《炸裂志》不貪圖名利不享受特權的孔明輝是孔家唯一的好人；《日熄》的李天保要用實際行動贖罪成為好人……。也許，《日熄》裡角色閻連科寫不出作品的焦慮正是現實裡作家閻連科尋找“好人”的焦慮。在閻連科的神實世界裡，只有“好人”才是污濁現實唯一的精神救贖。李天保把他“寫成一個好人”的要求具有兩層意義：書寫與道德，而這個要求最終沒有得到落實。角色閻連科在從這個世界消失之前，把自己寫過的書堆在李天保的遺像前點火焚燒，彷彿在祭典這個“好人”，從此以後，人和書都全無蹤跡。也就是說，以往書寫過的好人全都被勾銷了。這是否在暗示，書寫的救贖、道德的救贖，都只能在荒誕中存在？

18　閻連科：《日熄》，第 304 頁。

19　同上，第 304–305 頁。

# 歷史背面的斷憶
## ——悼念賈植芳先生

陳建華

那個晚上打電話給祝克懿老師，想和她商量關於學校之間建立教育合作的事，回話說：祝老師去醫院了，賈植芳先生病危。

好久沒再打過去，守著靜默。

幾天之後看到《南方周末》刊登的悼念“硬骨頭”賈先生的文章，我對自己說：“又走了一位”，聲音輕到自己也沒聽見。

沒過一個月，又走了王元化先生。二〇〇八這一年裡發生了好些大事，有紅的，更多白的，腦際不斷盤纏“命運”兩字，一時還難以領悟其涵義。

屋裡有一個書架，專放師長朋友們的贈書。取出賈先生給我的，共六本，在一九九六年到二〇〇二年之間，先生的題簽歷歷在目。

摸它們的書皮和書脊，豎起來，一本挨著一本；橫放，一本迭著一本。書與書緊貼著，但中間隔著時間，像記憶一樣，連貫不起來，其中卻流淌一道清澈之泉，像一根藍色的綫。

有一回陪一個朋友去赤柱遊覽，一個女孩手製工藝品，用絲綫在打辮子，彩虹般的各色交織中，有一條藍色的綫，引起我注視，好似五味雜陳的人生之中，有了天，有了海。

一九九六年秋，師妹談蓓芳來哈佛訪學，給我帶來賈先生《獄裡獄外》一書，轉話說，賈先生得知我在哈佛跟李歐梵先生讀書，很高興。想不起當時是怎麼反應的，大概是諾諾而已。可能是我木納的積習所致，內心卻攪動得厲害。

去國已八年了，遊蕩了數年之後，又回到學院之中。先是去了洛杉磯加大，只知道那裡有李歐梵。得知我來自復旦，說他認得賈先生。又知我是古典文學的博士，他另眼相看，又於心不忍，說不如繼續專攻古典，對我的前途更為有利。當時面臨一個選擇，如果留在加大，就會跟艾爾曼先生從事明清思想史的研究，然而抵不住“現代”的誘惑，還是跟李先生去了哈佛。還有個實際的想法，不管怎樣，哈佛給兩年的全額獎學金，至少可以不必教中文了。

在哈佛歲月悠哉，出了校門，便是哈佛廣場。三日兩頭去那裡，逛書店，然後坐著喝咖啡，看書。一連幾天包包裡帶著《獄裡獄外》，讀著讀著，腰板直了起來。翻開第一頁，賈先生諄錚寄語：“我在這個世界的追求、愛憎、信念以及種種個人遭遇，都可以作為歷史的見證，為青年和後代提供一些筆正史、官書更加豐富和實在的東西。”

歷史拉近了，心情沉重起來。從包裡取出另一本書，詹明信的《語言的牢房》，趕緊讀，課上要討論的。書裡講二十世紀的西方“語言轉折”，從結構主義到形式主義，讀得一頭霧水。

放下書，向天空尋思，從一個牢獄到另一個牢獄，一個是真實的，一個是巧妙而無奈的譬喻，時空的界綫模糊了，交融為一體。語言的牢籠裡，行動的主體在悲泣，而故土的過去卻遠為真切實在，鐵窗裡壯士在擊築歌吟。

我起立，驚起桌上的兩隻鴿子。正是詩歌節，某個詩社在廣場上豎起一塊沙面玻璃板，誰都可以在留詩，誰都可以擦去。我留了兩句：

一個孩子奔向墜落的風箏

綫攥在手裡

有時和小談在哈佛廣場喝咖啡，聽她娓娓道來復旦的人和事。她給了我一本她翻譯的《尼采傳》，令我驚喜。二十四萬字的譯文，文筆鏗鏘流暢，讚嘆之餘，不禁好奇：專業於古典文學，為何在外語上下如此苦功？對尼采情有獨鍾？正如她在《後記》中說的，此書是賈先生推薦的，且在翻譯過程中得到他的悉心教示。也如章培恆老師激情洋溢的序言所示，尼采的“個人主義”經由王國維、魯迅的承傳，在中國現代精神的形塑中扮演了舉足輕重的角色。章先生說尼采“所宣揚的是一種進攻型的個人主義，卻又伴隨著深沉的悲劇精神，這就更能引起當時那些處於孤軍作戰的困境，卻仍堅持著絕望的抗爭的中國先進文化人的共鳴”。這“共鳴”，我想，也為賈先生的推薦此書，等於下了一個腳注。

我在復旦讀書時，時常聽章先生提到賈先生。他們同屬“胡風集團”，數十年裡風風雨雨，相濡以沫，這為人熟知。在我的理解中，他們分享著一種寬廣博大的人文精神，在急切呼喚 乍到的中國現代性之時，帶有某種洞達歷史的悲懷。

我緬懷在復旦的日子。那時在古籍所裡，人人是酒仙。有一回在賈先生家裡吃飯，所裡一些學生都去了。章先生帶過來不少酒，當時號稱有十三大名酒，好像就差一種，全都齊了。賈先生興致很高，杯酒在手，說起金聖嘆，臨刑時砍頭落地，耳朵裡滾出兩顆小紙團。拈開一個紙團，上面寫“砍頭真痛”。另一個寫道：“喝酒有花生米、豆腐乾，味道絕佳”。

在大洋彼岸，世紀末風氣的課堂裡，我們被羅蘭巴特寵壞了，沉迷於文本的欲仙欲死，教授們花拳繡腿的大耍理論修辭，不乏情色的隱喻。

目睹《獄裡獄外》，油然生出一種自我揶揄之感。不過我相信，浸透著血與淚的文字，不會轉換成比喻。

常常做夢，夢見從前的街景，在晨霧裡趕搭廠車，總是好像上班遲到的恐懼，被巨掌猛擊的恐懼。

一九九七年吳格兄也來哈佛訪問，對我說，賈先生看到我和李歐梵先生的訪談錄，頗加獎譽，並和出版社聯繫，希望在大陸出版。

李先生提起賈先生，說他當初研究魯迅的時候，去上海拜見賈先生，懷著一份朝聖的虔誠。

吳格對我寄予厚望，希望我學有所用，回饋家鄉，先賜我一個“文化大使”的銜頭。我揉揉眼皮，眨眼朝他看，他像是“紅色交通員”，給我傳達了指令。

第二年回國，在外一晃十年了。吳格帶我去見各路好漢，古籍出版社的趙昌平、文藝的陳徵。他們伸出手，像伸向一條浮出水面的沉船。果不其然的，我也逼得交了卷，不久，在他們的關照下，《“革命”的現代性》和《去年夏天在紐約》相繼見了世。

在復旦的寓所裡見到了賈先生，六月的汗暑頓消。

那次回上海，只覺得城市在巨變，天天換臉。走在街上，各種撞擊聲從四周發出，擂鼓般撲面而來。只覺得人氣比天氣熱，到處是建築工地、鋼架、憧憬和喧囂。

跟我的記憶裡沒什麼變化，賈先生精神奕奕，問我在美國的學習和生活，問起李先生。我問東道西，他順著思緒侃侃而談，帶著山西口音，就像對一個文學青年，或日常來往的學生，聊及時事或文學掌故，時時夾雜詼諧，發出爽笑。

賈先生坐在面前，和藹而淡定。抿緊的嘴唇凝聚著憂憤和堅毅，當眼角向魍魎投出鄙夷的一瞥時，他的唇角微揚，塵世的榮辱隨之抖落，他抽煙的姿勢和常人不一樣，用拇指和食指握住紙煙的一端，一支接一支的樣子，令我想起文革中抽八分錢一包的"生產"牌。

他送我一本《暮年雜筆》，書中收入他近數年寫的文章，回憶故人舊事，無不有關文壇滄桑，也有許多為推獎同道或學生而寫的序言。在《前記》裡賈先生自嘲倚"老"賣老，成了"寫序專業戶"。

年過八十，抽得動煙，寫得動文章，能為"人瑞"亦為"文瑞"，天若有幸焉。作為一個屢戒屢不爽的煙民，我開玩笑說（"環保不正確"不足為訓），假如有一天我不吸煙，倒不是戒了，是因為身體有病，吸不動了。

《歷史的背面》這本書贈我於一九九九年，記不清是誰給我帶來的。我即刻給書名抓住，彷彿看見在牢獄之上撐起了灰色的天幕，想起一年前見到賈先生而頓生的涼爽。並非躲避歷史的正視，先生在扳動歷史，使它轉過身來，讓文化別開生面。

"歷史無情而有情"，賈先生在《代序》中寫道。從屈原、司馬遷、曹雪芹到魯迅，文學的精神長存，經劫難而彌鮮；有多少叱咤風雲的政治梟雄，到頭來落戟沉沙，灰飛煙滅。

對於"歷史的背面"的體認，有誰比得上一個四進四出牢門、青春被黑暗和血腥所淹沒的人？面對政治和命運的播弄，換來一份淡定，不悲觀，也不高調樂觀，對生活仍抱著如此熱愛，對文學仍懷著如此執著。

二〇〇〇年夏，陳思和教授來到哈佛，我們談起周瘦鵑。他對"鴛鴦蝴蝶"文學的關注，多少使我驚訝，其實是我的寡見。他早已在"歷史的背面"工作，從策劃"火鳳凰"叢書到主編"潛在寫作"，即為顯例。

在哈佛上李先生的課，講現代文學他不按牌理，開了一門新課，主題是從晚清到民國時期的報紙期刊、印刷文化與公共空間的關係。學期論文我做的是周瘦鵑主編的《半月》雜誌，李先生的批閱評語說，可把周瘦鵑作為博士論文的題目。從此我像莊生一樣，在夢裡不覺化身為蝴蝶。

李先生叫我不要放棄古典文學，又說研究“鴛湖派”，對我也合適。想來慚愧，他說他原先是學歷史的，研究現代是“半路出家”，而我跟他學現代文學，卻繞過“五四”，更是偏鋒了。

“偏鋒”投李先生所好，也是一種文化取向了。在課上他自稱為“邊緣者”，正在足之蹈之地從事“上海摩登”的研究，始料不及的是此書後來在大陸幾乎成為時尚啟蒙讀物，這一點他自覺很有反諷的意味。

“歷史的背面”何止在中國。哈佛校園裡有一批教授，像李先生一樣，大多來自第二第三世界，對西方主流文化取“邊緣”姿態。我喜歡的一位是非裔教授亨利·蓋茨。他在《鬆弛的典律》一書中聲稱他“對於學術的熱情首先在於發現和編輯‘遺失’的被忽視的文本——應當發覺自己為那些問題所左右。”

二〇〇〇年六月，我有幸參加在蘇州大學范伯群先生主持的近現代通俗文學國際會議，宣讀了周瘦鵑與“紫羅蘭”的論文。那真是一次盛會，章先生、李先生都在，還有錢谷融、嚴家炎、吳福輝、王德威、葉凱蒂等海內外數十位學者。

賈先生作了《為文學史找回另一隻翅膀》的發言。在會上發佈了范伯群先生主編的《近現代中國通俗文學史》，上下兩厚冊，是范先生和他的團隊十餘年的努力成果。從賈先生的序言《反思的歷史，歷史的反思》中看出，其實他一直在支持和鼓勵，不啻是這一研究項目的“靈魂”。

此時賈先生八十五歲。有些事稍細想一下，便令人震動。

這次會對於“重寫文學史”來說，頗具象徵的意義，也是歷史反思、心靈自由的盛宴。看到大家聚集一堂，超越了雅俗之間的隔閡，共同扛起“歷史的背面”，進行著為後代鋪路墊石的思想工程，賈先生應當為之感到欣慰。

七月裡我又見了賈先生，他贈我兩本書：《解凍時節》和《寫給學生》。前者紀錄了他和妻子任敏的風雨同舟的深情，後者是一本可愛的小書，是他和學生們亦師亦友的寫照。

後來在二〇〇二年夏，我最後一次在復旦寓所看賈先生時，他送我一本《賈植芳致胡風書札》，綫裝書版式，王元化先生題的字。

這六本書多少反映了賈先生晚年的精神之旅，它們帶給我、還會帶給我許多啟示和勇氣。

歷遭劫難，童心如初。賈先生只是一顆平常心，充盈著溫馨和睿智。

賈先生沒走， 立在歷史的灰色裡，只見他漸漸消失的背影裡，轉過頭來點燃了一支煙，藍幽幽的火苗映紅他捧著煙端的拇指和食指。

二〇〇九年三月三十日於香江

（原刊《隨筆》，二〇〇九年第四期，收入《風義的懷思》，<br>杭州：浙江古籍出版社，二〇一九年）

# 打撈歷史的碎片
## ——誰是錢學熙？

季進

現在說起錢學熙（一九〇六——九七八年），知道的人大概不多了。很多年前，那套"外國文藝理論叢書"曾經是我們這一代學子心目中的聖經，《柏拉圖對話錄》、《詩學·詩藝》、《歌德談話錄》等等，成為我們了解西方古典文學理論的最佳選擇。不敢說都讀懂讀透了，至少大家都樂於引用幾句，以示不凡。其中有一本薄薄的《為詩辯護·試論獨創性作品》，把菲利普·錫德尼（Philip Sidney）的《為詩辯護》和愛德華·揚格（Edward Young）的《試論獨創性作品》合為一冊。說實話，當初這本並沒有給我留下太深的印象，只記得《試論獨創性作品》的譯者是袁可嘉（一九二一—二〇〇八年），那時他主編的《外國現代派作品選》正備受追捧，而對《為詩辯護》的譯者錢學熙則一無所知，也就逐漸淡忘了。這幾年關注夏濟安（一九一六—一九六五年）、夏志清（一九二一—二〇一三年）兄弟倆，在《夏濟安日記》、《夏志清夏濟安書信集》中不斷遇到"錢學熙"的名字，突然發現原來就是那位《為詩辯護》的譯者，對他的認知才逐漸豐富起來。前不久，在夏志清先生留存的信札資料中，我又發現了三通錢學熙致夏志清的中文信，還有十二通錢學熙與燕卜遜（William Empson，1906—1984）往來的英文信，以及一份完整的錢學熙英譯《道德經》的打印稿。中文信用的都是很薄的普通白紙，豎寫，密密麻麻，頂天立地，四周幾無任何空白；英文信均為打印稿，手寫簽名。英譯稿似乎未見出版，書信更是從未披露，因此不憚辭費，打撈一些歷史的碎片，以供後之來者發揚光大。

# 一

一九〇六年，錢學熙出生於無錫陽山的一個書香世家。他的父親早年留學日本，在當地頗具文名，而他的兒子錢紹武，則是新中國最早的蘇聯留學生，後來成為著名雕塑家，聲名遠超其父。有意思的是，錢學熙自己其實並沒有上過大學，屬地地道道的自學成才。他十來歲的時候，隨母親來到蘇州，就讀於蘇州桃塢中學，瘋狂地愛上了英語和英國文學。初中畢業後，由於身體不佳，只得回到無錫老家，一邊調養，一邊自學，熟讀各種中外文學經典，英語水平也突飛猛進。一九三二年，錢學熙和妻子到無錫城裡開辦了一所補習學校，一邊教書，自己編的《英文文法原理》大受歡迎，多次再版；一邊從事翻譯工作，先後譯過《韓非子》、《明夷待訪錄》等傳統經典。後來還一度到上海光華大學教書，也就在那個時候，與剛剛留校任教的助教夏濟安結識，成為同事和朋友。

一九四三年七月四日，錢學熙帶著他的毛腳女婿陸鍾萬歷盡艱辛，輾轉四個月來到了昆明，第二天一早就去拜訪吳宓（一八九四——一九七八年）。此前通過湯用彤（一八九三——一九六四年）的介紹，錢學熙已經跟吳宓往來密切，深得吳宓的信任。吳宓給前妻陳心一和女兒的生活費，都是先匯給錢學熙，再由他負責辦理轉交。本來吳宓的小女兒學淑也應該同行，來昆明依父共學，不想因為畏懼路途艱辛，臨行退縮，讓吳宓頗為失望。當然，此後不久，學淑在父親的嚴令之下，還是轉學昆明。吳宓為了女兒上學的事也是費盡心思，甚至到梅貽琦校長室以停課相威脅。也是由於吳宓的舉薦，錢學熙得以被聘為西南聯大外文系的講師，八月份正式到崗。[1] 一九四五年秋天，夏濟安從雲南呈貢也來到了昆明，轉任西南聯大外文系教員，教授大一英文，與錢學熙老友重逢。錢、夏共居一室，兩人都是蘇州桃塢中學的校友，也曾在光華大學共事，又都來自江南，自然無話不談。從《夏濟安日記》可以看出，夏濟安往來最密切的就是錢學熙、卞之琳（一九一〇——二〇〇〇年）、齊良驥（一九一五——一九九〇年）、顧壽觀（一九二一——一九九〇年）等人，總是在一起聊天、郊遊、聚餐，為大後方的清

1　參閱吳宓：《吳宓日記》第 IX 冊，北京：生活．讀書．新知三聯書店，1999 年。

貧生活增添了不少樂趣。

那個時候，夏濟安不可自拔地愛上了一位長沙籍的歷史系新生李彥，陷於痛苦的單相思的折磨之中。錢學熙年長十歲，當時已經成家，自然就成了夏濟安的傾訴對象和情感導師。錢學熙倒也不吝賜教，每每以"真愛"的理論教導夏濟安。夏濟安在日記中記下了錢學熙對阿諾德（Matthew Arnold，1822–1888）的批評："他不是個偉大的人，因為他沒有勇氣讓他的真愛堅持到底。為了謹慎，或者別的什麼並不很堂皇的理由，他離開了他心愛的女子瑪格麗特。儘管他還能保持心境的平靜和穩定，他卻永遠也不知快樂為何物，也從來不曾表示過他服膺真理的忠誠。在他的作品中找不到陽光，最多只有蒼白的月色而已。真愛不見得是唯一能將他救出的路子，可是一個人在真愛來臨時，不應該退縮，躲開這機會。"[2] 在夏濟安聽來，這些話真的感同身受，彷彿就是在說他自己。一方面自己對李彥充滿了渴望，如果有勇氣表白的話，這份"真愛"可能也就成功了，另一方面卻又猶豫不決，擔心"因愛而帶來的困擾和不安"[3]。錢學熙鼓勵夏濟安追求真愛，不僅為他出謀劃策，甚至還幫他給李彥寫道歉信。錢學熙口述的道歉信，"態度誠懇已極，文字完全透明，把內心完全表露出來，同時又顯得自己人格的偉大。"[4] 夏濟安佩服得五體投地，拍案叫絕。雖然這段"真愛"和夏濟安後來的每一段感情一樣，都是無疾而終[5]，但夏濟安不得不承認，"我同錢學熙同屋而居數月，頗受其益。我現在如此正視人生，接受人生，大多是受了他的啟示。"[6]

一九四六年五月八日，錢學熙離開昆明，飛返上海回無錫。夏濟安五月十一日也飛去重慶，滯留一個月，六月十日才回到上海。錢學熙和夏濟安、卞之琳等莫逆之交，又有了在上海時相聚會的機會。不過此時夏濟安的工作卻遇到了一些波折。九月十五日，夏濟安接到南開大學馮柳漪（一八九六——一九六三年）的

2 夏濟安：《夏濟安日記》，沈陽：遼寧教育出版社，1998年，第9頁。

3 夏濟安：《夏濟安日記》，第10頁。

4 夏濟安：《夏濟安日記》，第95頁。

5 參閱拙作〈夏濟安：一個失敗的浪漫主義聖徒〉，載於《書城》，2017年第10期。

6 夏濟安：《夏濟安日記》，第35頁。

航空快信，告知無法聘他為講師，只能聘為教員。夏濟安十分失望，就寫信給老朋友卞之琳商量辦法。卞之琳果然仗義，接信後馬上就從無錫趕到上海。商量之下，準備一方面同南開方面交涉，一方面聯繫朱光潛（一八九七——一九八六年），推薦夏濟安去北大。能去北大，著實讓夏濟安喜出望外。順便說一句，在夏志清留存的信札資料中，有一封一九四五年八月十九日柳無忌（一九〇七——二〇〇二年）從重慶國立中央大學發給昆明卞之琳的短信，稱“夏先生文兩篇已拜讀，甚為欽佩。已去信馮柳漪兄請其幫忙為夏先生推薦矣。勿念。大作擬拜讀，承賜《紅褲子》英譯一文，謝謝。”[7] 從時間上看，此前卞之琳已經委請柳無忌向馮柳漪說項，還附去了夏濟安的兩篇大作。夏濟安能夠轉到西南聯大教書，跟柳無忌的推薦應該有著直接的關係。柳無忌的這封信應該是當年卞之琳收到後，轉給了夏濟安，現在由夏志清保存了下來。不管怎樣，在卞之琳再一次的努力下，夏濟安終於如願以償，夏氏兄弟九月底一起乘船同往北平，後來一起進入了北京大學，而卞之琳自己則回到了南開大學，一九四七年夏天去了英倫。夏濟安對卞之琳是極為感激的，後來看到他跟自己一樣情路坎坷，非常同情，說卞之琳“為人極天真，誠摯，朋友中罕有。追求張充和，更是可歌可泣，下場如此，亦雲慘矣。我很同情他，因此自己的苦悶反而減輕些。但我覺得癡心追求下場如此，實在可以此為戒。”[8] 差不多同時，錢學熙也帶著家人乘船北上，繼續就任北京大學外文系的副教授，與夏氏兄弟的關係愈發密切。不過，夏志清第二年就拿到了留美獎學金，一九四七年七月離開北京回到上海，十一月登上遠洋客輪赴美求學去了。

## 二

作為外文系的副教授復員回到北京大學的錢學熙，雄心勃勃，要在批評研究方面大展一番宏圖，對英國文學、文學批評理論用力甚勤。除了開設“批評

7 《柳無忌致卞之琳》（1945 年 8 月 19 日），未刊。

8 《夏濟安致夏志清》（1948 年 6 月 9 日），見王洞主編、季進編注：《夏志清夏濟安書信集》（卷一），香港：中文大學出版社，2015 年，第 108 頁。

名著選”、“專題研究”等課程外，就是努力著述，發表了《如何研究英國文學》（《東方與西方》一九四七年第一卷第六期）、“Sole Notes On Literary Criticism”（《學原》一九四八年第一卷第九期）、《T.S. 艾略脫批評思想體系的研討》（《學原》一九四八年第二卷第五期）等中英文論文。錢學熙特別羨慕和佩服夏志清，不斷地寫信求教，夏志清也熱情指點，還給他寄 *The Armed Vision* 等最新出版的批評著作，代他訂閱 *Sewanee Review* 等重要刊物。李賦寧從耶魯回國時，夏志清還特地讓他帶一本艾略特的 *Selected Critique* 給錢學熙做紀念。錢學熙也是言聽計從，基本上按照夏志清的指點來讀書和思考，“我這兩年來事實上確是在照著你指出的路子龜行，就是在批評方面，努力著企圖說清楚自己及說清楚別人。我在前年冬間已經發覺，所謂說清楚自己，其實是要在一切當代批評家的著眼點上，用當代的術語說明自己的意思。但這著眼點及術語是有這各自的重重牽涉。所以逐漸覺得真的要如此說明自己，其實還要在說明了人家以後，才辦得到。”[9]因此，他系統重讀利維斯（F.R.Leavis）、理查茲（I.A.Richards）、艾略特（T.S.Eliot）、布魯克斯（Cleanth Brooks）、燕卜遜等西方大家的著作，試圖理清他們的思想脈絡。他計劃先寫好艾略特和理查茲的研究，然後再往上溯源，研究柯勒律治（Samuel Coleridge）、亞里士多德等人，形成一本十多萬字的著作，書名就叫 *Studies in Literary Criticism*（《文學批評研究》），最後還可以再寫一本自己的《批評原理》。他希望花二三年的時間，完成這項“說明自己、說明人家的工作”，更長遠的計劃，還要將“一切重要的詩與劇本與小說做一番比較從容而真切的研究。”[10]

在這些經典大家中，錢學熙最有興趣、用力最勤的是艾略特研究，“想將他一切對於詩、對於批評的看法，孜細地集合起來，而弄明其中的系統。”[11]他先寫了半篇文章討論艾略特的批評思想體系，就是後來發表於《學原》的《T.S. 艾略脫批評思想體系的研討》，此外還寫了一篇“Dissociation & Unification of Sensibility”（《感性的分裂與重合》），自認為相當不錯，頗有心會，還悄悄地寄

---

9 《錢學熙致夏志清》（1948 年 6 月 1 日），未刊。

10 《錢學熙致夏志清》（1948 年 6 月 1 日），未刊。

11 《錢學熙致夏志清》（1948 年 6 月 1 日），未刊。

給了艾略特的出版社 Faber & Faber，請他們轉交艾略特本人審閱。至於艾略特本人有沒有讀到，當然不得而知，但錢學熙對自己的研究是頗為自信的，他說“我現在對於艾氏態度甚為同情，以為他的走入宗教裡去是反對感性分裂的必然結果”[12]，希望夏志清能轉給布魯克斯看看。而夏志清讀了艾略特的 *After Strange Gods*（《追隨異教神祇》），卻“覺得錢雖維護 Eliot，Eliot 必定要認為錢的“向上”哲學是一種高級‘heresy’（異端）而不能同意的。”[13]

由於評聘教授需要一本專著，錢學熙不得不擱置原來的計劃，打算全力以赴先寫一本關於艾略特的研究著作。可惜，由於種種原因，錢學熙並沒有能寫出這本艾略特研究，也沒有看到他的《文學批評研究》的出版。但無論是從事批評研究，還是爭取升任教授，錢學熙都有一套自己的說法，他認為所有的努力，都只是為了“傳佈我的道理，但我也想凡人能否一心向道、為道努力，也是勉強不得，一勉強就要自騙自，以致終久也騙人家，而成為法利賽人，所以還是聽其自然，真到‘不能自己’的時候再說。我想我的弄批評、弄現代批評，以至現在的大弄艾略脫，其實對於我將來的傳道，都是不可少的準備。”[14] 只是，對於這些計劃和研究，他的好朋友夏濟安卻評價不高，甚至不無尖刻。夏濟安坦言，錢學熙的“胸襟因其自信過甚而難以開展。他的批評因他對文學無真心欣賞而不能真有見地，結果他如有著作，恐也難以站得住”[15]，只是“自騙自地認為是受高尚理想所激動”。[16] 錢學熙自述夏志清對他影響極深，“你所說的總老是穿入了我的 unconscious，莫名其妙地不讓我安頓。只要看我這兩年來的就是在企圖達成你所說的一句話，就可以證明。”[17] 但是，夏志清也覺得，“錢學熙的專門看批評

---

12 《錢學熙致夏志清》（1948 年 10 月 11 日），未刊。

13 《夏志清致夏濟安》（1948 年 11 月 26 日），見王洞主編、季進編注：《夏志清夏濟安書信集》（卷一），第 204 頁。

14 《錢學熙致夏志清》（1948 年 10 月 11 日），未刊。

15 《夏濟安致夏志清》（1947 年 12 月 17 日），見王洞主編、季進編注：《夏志清夏濟安書信集》（卷一），第 15 頁。

16 《夏濟安致夏志清》（1947 年 12 月 17 日），見王洞主編、季進編注：《夏志清夏濟安書信集》（卷一），第 15 頁。

17 《錢學熙致夏志清》（1948 年 6 月 1 日），未刊。

書實在不好算研究學問，假如真的寫東西，非得要有實學不可。”[18]“我覺得他應把 English Poetry 從十六世紀到二十世紀從頭讀一遍才是。”[19] 現在回過頭來看，夏氏兄弟都是人中龍鳳，眼界極高，一般人確實難入其法眼。無論是夏濟安所說的對文學的“真心欣賞”，還是夏志清所說的“實學”，都是指對西方文學經典的廣泛閱讀。象錢學熙這樣脫離了文本的審美性閱讀，只是進行純粹的理論研究，確實跟夏氏兄弟大異其趣，即使是莫逆之交，兄弟倆在私人信件直言不諱地加以臧否，也就不難理解了。

## 三

錢學熙在潛心批評研究的同時，手上還有一些計劃，比如翻譯研究《道德經》，比如為熊十力（一八八五——九六八年）翻譯《新唯識論》等等。錢學熙與燕卜遜往來的十二通書信（譯成中文有一萬七千多字），以及一份完整的《道德經》英譯打印稿，就是錢學熙翻譯研究《道德經》的成果，顯示了他在老子研究、哲學研究方面的深厚造詣。其中有一封信標示了一九四七年，根據通信內容略作考訂，可以推斷這些信全部寫於一九四七年六月至八月。燕卜遜是現代西方重要的理論家、批評家、詩人，他與中國的深厚淵源，他的《含混七型》等著作，大家已經耳熟能詳，可以說，他的詩學思想深刻影響了中國現代詩歌與現代詩學。一九三七年八月，燕卜遜接受國立北京大學的聘任，乘坐跨越西伯利亞的列車來到了中國，十一月開始在湖南南嶽的臨時大學教書。一九三八年，他再隨學校南遷昆明，到西南聯大任教，講授英國文學，影響了穆旦（一九一八—一九七七年）、袁可嘉、杜運燮（一九一八—二〇〇二年）、王佐良（一九一六—一九九五年）等一批中國弟子。一九三九年秋天，燕卜遜離開中國，回到英國，在英國廣播公司工作。一九四七年，他再次重回北京大學教書，期間曾到美國訪

18 《夏志清致夏濟安》（1948 年 3 月 6 日），見王洞主編、季進編注：《夏志清夏濟安書信集》（卷一），第 49 頁。

19 《夏志清致夏濟安》（1948 年 3 月 22 日），見王洞主編、季進編注：《夏志清夏濟安書信集》（卷一），第 83 頁。

問，直到一九五二年回國。據說夏志清參加參加李氏獎學金選拔考試的試卷，就是由燕卜遜批閱和定奪的。誰也沒有想到，一九四七年夏天，他竟花了不少時間跟錢學熙討論《道德經》的英譯問題，留下了一份難得的管窺燕卜遜中國文化觀的珍貴文獻。

《道德經》大概是英語世界最愛歡迎的中國經典之一，至今已有將近一百種英譯本，其中既有林語堂、辜正坤、吳經熊、劉殿爵、許淵衝等中國學者的譯作，也有 Arthur Waley（阿瑟·韋利）、J·J·L.Duyvendak（戴聞達）、R.B.Blakney（布萊克尼）、Stephen Mitchell（米切爾）、Victor Mair（梅維恆）等西方學者的譯作。錢學熙與燕卜遜的通信，就是圍繞韋利的《道德經》譯本展開討論的。一九三四年出版的韋利英譯本《道和德：〈道德經〉及其在中國思想中的地位研究》[20]，與其說是譯本，不如說是對《道德經》的整體研究。該書除譯文正文外，還有長達一百三十頁前言、導言和附錄，超過了譯文的篇幅。韋利一方面解釋了 "The Hedonists"（"享樂思想"）、"Quietism"（"清靜思想"）、"Taoism"（"道家思想"）、"The Realists"（"法家思想"）、"Taoist Yoga"（"道家瑜伽"）等概念，一方面介紹了《道德經》與道家思想的發展脈絡，也穿插介紹了儒家、陰陽家、雜家的思想，希望給那些對中國哲學思想比較陌生的讀者，提供一個理解《道德經》的背景和框架。

錢學熙從兩方面對韋利關於《道德經》的理解與闡釋提出了質疑，一是認為韋利將"瑜伽—清靜主義思想"移花接木於"道家思想"，二是認為韋利過分了強調"道家思想"與"法家思想"的對立。儘管錢學熙也認可韋利譯本的魅力，但又認為韋利的理解和闡釋有悖於《道德經》的真諦，特別是韋利錯失了理解道家思想的一條真正綫索，未能觸及《道德經》的真正內涵，"對於真正的道家主義者來說，欲望和辨識——老子將其稱為名或識——是所有罪惡的源頭。而《老子》所欲實現的是指引人們超越辨識和欲望。"[21] 韋利沒有意識到這一點，才導致了對《道德經》理解的變形。

---

20 Arthur Waley, The Way and Its Power: A Study of the TaoTe Ching and Its Place in Chinese Thought (London: George Allen & Unwin LTD, 1934).

21 《錢學熙致燕卜遜》（1947 年 6 月 16 日），未刊。

在閱讀了錢學熙的新譯文後，燕卜遜認為與韋利的譯本在思想上並無重要分歧，對於他本人或其他西方普通讀者來說，可能會更傾向於韋利的譯本，因為韋利譯本更符合西方讀者對歷史發展觀的一種期待。韋利譯本旨在借異域文明及智慧表達對當時英國社會的批評，為了達到諷喻目的而在譯本中使用了一些未經考證的引文，可能是導致“譯文的意思與其實際的意思”有所出入的原因。這些書信顯示了燕卜遜對中國文化的熱愛與熟悉，為我們重新思考燕卜遜與中國現代文學提供了新的材料。總之，燕卜遜認為韋利的譯本讀起來更有趣，而錢學熙也完全沒有必要對韋利譯本全盤否定。他建議錢學熙不妨根據自己的立場和理解，寫一篇有分量的學術論文專門加以闡述，這可能比重譯《道德經》更有意義。可惜，不知是因為燕卜遜的否定，還是錢學熙自己的猶豫，我們沒有能看到錢學熙關於《道德經》的研究論文，也沒有看到其《道德經》英譯本的出版。如果不是偶然的機會發現這批通信和譯稿，可能這段珍貴的學術交往也就煙消雲散，不留一絲痕跡了。

## 四

就在錢學熙與夏氏兄弟、燕卜遜往來論學之際，外面的局勢已經開始山動地搖。一九四八年以後，形勢發展之快，出乎所有人的意料。時局動蕩，人心不穩，何去何從，頗費思量。“現在所以心不定，因為最近一星期內物價頓跳幾十倍，已是不及最苦的時候，而且人心惶惶，簡直不得了了。”[22] 那段時間，錢學熙和夏氏兄弟交流的話題除了學術，就是去留問題。錢學熙和夏濟安曾經反覆討論，要不要一起去無錫的江南大學或者廣州的中山大學或者其他地方，但兩人的志向與立場其實是頗為不同的。錢學熙也意識到了這一點，覺得夏濟安的一些想法“很有些不大接頭，因此不知不覺便自然有些不大對勁，簡直漸漸有些道不同不相為謀的趨向。但弟看來他實在有些亂了步驟，有些不大切實。”[23] 到了

22 《錢學熙致夏志清》（1948 年 10 月 11 日），未刊。

23 《錢學熙致夏志清》（1950 年 3 月 26 日），未刊。

一九四八年底，錢學熙拿定主意不走了，一方面他的子女思想左傾不肯走，另一方面"他現在拿北京大學當他的 true love，捨不得丟掉'她'。"[24] 對於夏濟安來說，共產黨的軍隊勢如破竹，大局已定，出於意識形態的信仰，更出於學術志業的考量，他毅然決然地決定離開。雖然"這一走前途茫茫，career 須從頭再做起"[25]，但比起留在北平的不確定性，他寧可選擇流亡。一九四八年十二月二日，就在大軍圍城的前夕，夏濟安離開北平，飛返上海，一九五〇年四月到香港，盤桓半年之後，十月底落腳於台灣大學。差不多與此同時，他們的好友卞之琳也毅然決然地決定回國，一九四九年三月從英倫回到了剛剛解放不久的北平，就任北京大學教授。錢學熙、夏濟安和卞之琳，在歷史的轉折點上，做出了不同的選擇，書寫了不同的人生，此生再也沒有相見。這種看似偶然的歷史分岔，其實背後卻是不同立場、不同性格、不同信仰的必然選擇。

不管怎麼樣，錢學熙滿腔熱情地投入到了新中國的建設之中，教學、開會，忙得不亦樂乎。對於新中國昂揚向上的氣象，錢學熙由衷地讚嘆和自豪，"新社會確是一個健康、積極、奮發、活潑的一個社會"，代表了人類生活的未來[26]。早在一九四九年初，他就支持大女兒和小女兒參加了中國人民解放軍南下工作團。一九五〇年初夏，和樓邦彥（一九一二—一九七九年）、胡世華（一九一二—一九九八年）、游國恩（一八九九—一九七八年）等人一起被選派到華北人民革命大學學習了七個月之久，思想境界為之一新，而且順利地升任教授，如願以償。一九五一年又代理了北京大學西語系主任，花了很多的精力在系務或校務工作上，後來還做過學校工會的總幹事。一九五二年曾一度奉調赴朝鮮，參加板門店朝鮮戰爭停戰談判。果然如夏濟安所說，錢學熙終於站在"時代的尖端"，"他的 theorization 本事加上 apparent 的熱情，必可成為紅人。"[27]

---

24 《夏濟安致夏志清》（1948 年 11 月 25 日），見王洞主編、季進編注：《夏志清夏濟安書信集》（卷一），第 202 頁。

25 《夏濟安致夏志清》（1948 年 11 月 25 日），見王洞主編、季進編注：《夏志清夏濟安書信集》（卷一），第 202 頁。

26 《錢學熙致夏志清》（1950 年 3 月 26 日），未刊。

27 《夏濟安致夏志清》（1950 年 3 月 8 日），見王洞主編、季進編注：《夏志清夏濟安書信集》（卷一），第 362 頁。

在一九五〇年三月給夏志清的信中，錢學熙當然不忘他的批評研究，自認為頗有長進，但他更有興趣的，似乎是向夏志清介紹自己的思想進步和學習體會。他根據自己做馬列主義教員的心得，概括了馬列主義的六大意義：

（一）整個宇宙人生是一回事情，就是物質的發展（人是高度發展的物質）。

（二）一切發展是一回事情：就是推陳出新（即推去舊的產出新的）或叫做新舊矛盾的量變與質變（舊的老在漸漸衰落，新的老在漸漸壯大，這就是量變，變到某一時期一定來一個新舊二者在該範圍的地位之大變動、大翻身，這就是質變。）

（三）一切量變質變是一回事情：就是生產方式的發展。

（四）生產方式的發展產生分工，分工產生多多少少的脫離生產勞動，生產勞動的脫離產生對於勞動的厭惡及剝削的需要與傾向，因此就產生階級。

（五）一個人的階級決定他的出路，他的出路決定他的整個生活傾向，這傾向發為思想情感及行動，這三者總結起來就是一個人的世界觀，這世界觀用抽象的方式發表而提到理論的水平，就是哲學。用具體的方式發表而提到美好的水平，就是藝術。

（六）封建階級及資本階級都有它的革命時期、專政時期、反革命時期。各時期出路不同、傾向不同，所以世界觀也不同，哲學藝術也不同。

他非常誠懇地說，"照弟目前之了解，馬列主義真如瞎子的明眼丹，沒有了解馬列主義，真與瞎子相仿（此點兄如尚未悉心研究，決不相信）。研究了以後，方始知道從前生活真是盲目，一切皆看不徹底。現在從社會發展之過去將來，以至文學風尚、技巧變革，皆確能得其底蘊，從前所不能解釋得徹底者，現在便能。如此說法大像神話，但是決非瞎說，決非宣傳。將來兄亦必有如此感覺的一天。"他甚至建議夏志清，多讀一些馬列著作，同時跟美國的進步同學加強聯繫，這樣回國以後可以更快地適應。[28]

如此嶄新的一套話語，對於夏氏兄弟來說，顯然是極為陌生，也不以為然的。夏濟安識人論世，一向深刻，何況對錢學熙這個多年的朋友。他不無譏嘲地

---

28 《錢學熙致夏志清》（1950 年 3 月 26 日），未刊。

說，“錢學熙變成共產黨，是他個性的必然發展。他一向 dogmatic，抓到一點東西便大驚小怪，認為天下真理盡在於此，自以為天天有發現，其實至死不‘悟’也。頂 ironic 的是，上海時有一喇嘛預言錢學熙他日必發揚‘紅教’，其言固驗！”[29]“錢學熙瞎追求了半世，現在‘信仰’有了，世俗地位亦有了，他應該可以心安理得了。”[30]夏濟安偶然看到錢學熙的一篇大作，用馬克思主義、毛澤東思想來討論巴爾扎克，看了幾段，發現讀不下去，“文章生硬得很，思想很可能是不通，對於 Balzac 的研究，想必一無貢獻。錢學熙一直需要一個權威來支持他，現在當然是‘得其所哉’了。錢學熙過去不大看小說，Balzac 大約也是新近看的。總之，他現在做人‘往上爬’有了出路，做學問則引經據典有了更大的方便，他可能很快樂。”[31]這篇發表於《北京大學學報》一九五七年第三期的長文《作家的世界觀與創作方法的關係問題》，應該說代表了錢學熙在學術研究上的思想轉向，典型體現了反映論的文藝觀：“理解現實非但是創作和批評的先決條件，也是文藝理論的先決條件，因為不理解現實就必然無從指導現實的再現（即創作）和再現了的現實的評價（即批評）；而理解現實之為創作和批評的先決條件則應當為文藝理論的第一條理論。”[32]這樣的反映論，顯然與夏氏兄弟審美的批評、人文的立場相距甚遠。夏濟安懶得讀，或者讀不懂，也是情理之中的事。可能是道不同不相為謀，一九五〇年代以後，錢學熙與夏氏兄弟，曾經的莫逆之交也漸行漸遠，兄弟倆書信中提到錢學熙的次數越來越少。只偶爾在談到感情問題時，還會提到當年錢學熙所說的“真愛”或者錢學熙所歌頌的生命力量[33]，可是，那個時候的錢學熙可能早就將這些東西拋到九霄雲外去了。

---

29 《夏濟安致夏志清》（1950 年 6 月 2 日），見王洞主編、季進編注：《夏志清夏濟安書信集》（卷一），第 383 頁。

30 《夏濟安致夏志清》（1951 年 2 月 13 日），見王洞主編、季進編注：《夏志清夏濟安書信集》（卷二），第 43 頁。

31 《夏濟安致夏志清》（1959 年 5 月 22 日），見王洞主編、季進編注：《夏志清夏濟安書信集》（卷三），香港：中文大學出版社，2017 年，第 395 頁。

32 錢學熙：《作家的世界觀與創作方法的關係問題》，載《北京大學學報》1957 年第 3 期。

33 參閱《夏志清致夏濟安》（1963 年 5 月 29 日）、《夏濟安致夏志清》（1963 年 11 月 8 日，見王洞主編、季進編注：《夏志清夏濟安書信集》（卷五），香港：中文大學出版社，2019 年。

# 五

可惜的是，隨著錢學熙在夏氏書信中的消隱，他後半生的生平經歷和學術事業等方面的材料，就顯得非常單薄。據說他留下了不少日記，也許未來隨著日記的披露，有可能還原一個更加豐富的錢學熙形象。目前我們只知道一九五〇年代以後，錢學熙一直在北京大學西語系工作，中間有五年時間被調到中文系，發表了幾篇理論研究文章，也參編過外國文學史，翻譯了《為詩辯護》、《論崇高》等經典名篇，還指導過楊周翰（一九一五——九八九年）、羅經國（一九三〇— ）等研究生，這些學生後來都成為外國文學研究方面的大家。一九五六年，嚴家炎（一九三三— ）、胡經之（一九三三— ）、王世德（一九三〇— ）一起考取北京大學首屆四年制文藝理論副博士研究生，導師就是楊晦（一八九九——九八三年）和錢學熙，不過，他們還沒畢業，錢學熙又被調回了西語系。嚴家炎後來自述，對他一生影響最大的莫過於楊晦、錢學熙兩位先生。他們親自開列了兩百多種的必讀書目[34]，"老先生要求我們從頭讀作品，讀注釋，不但有中國的，還有歐美的，從詩經、荷馬史詩到希臘悲劇，探尋中西方文學的起源。"[35]文學理論部分，除了馬列文論著作，西方文論只有從柏拉圖、亞里士多德到泰納、克羅齊等十來種，其中當然沒有錢學熙曾經摯愛的艾略特。

"文革"風暴席捲全國之時，錢學熙也難逃厄運。一九六九年十月底，錢學熙夫婦和兩千多名北大教職員工及家屬，奔赴位於江西南昌鯉魚洲的"江西北大試驗農場"，這是當年中國最大的"五七幹校"。下放幹校的以中青年教職工為主，也有一些"老弱病殘"，比如心理學家周先庚（一九〇三——九九六年）、語言學家岑麒祥（一九〇三——九八九年）、史學家鄧廣銘（一九〇七——九九八年）、商鴻逵（一九〇七——九八三年）、哲學家張岱年（一九〇九—二〇〇四年）等等[36]。已經六十三歲的錢學熙，顯然也已躋身"老弱病殘"之列。更為不幸的是，在暴風驟雨的政治運動的衝擊之下，他患上了精神分裂症，幸好

34 參閱嚴家炎：《問學集：嚴家炎自述》，北京：人民日報出版社，2014年，第164－170頁。

35 舒晉瑜：《嚴家炎：痴情文學的燕園"大俠"》，載《北京日報》2019年4月16日。

36 參閱陳平原主編：《鯉魚洲紀事》，北京：北京大學出版社，2012年。

有他妻子照料生活。一九七〇年七月因病得以提前回校，做一些力所能及的翻譯工作，但逐漸就失去了工作能力。一九七六年，錢學熙從北大退休，回到了無錫老家，兩年後，也就是一九七八年七月十日，告別了這個他熱愛又感傷的世界。如果錢學熙身體不出問題，能像他的朋友卞之琳、夏志清、袁可嘉那樣長壽，相信到了改革開放的一九八〇年代，他的平生功業或可改寫，可能也就不需要我們再來打撈了。也許，“平生文字為吾累，此去聲名不厭低”（蘇軾：《出獄次前韻二首》），也不失為一種安慰。

我們無法猜度晚年錢學熙的心路歷程。面對世事巨變，有的人鬥志昂揚，投身革命，有的人超脫高蹈，遠離現實，有的人放棄選擇，隨波逐流。無論做何選擇，其實細究下來，都有草灰蛇綫般的伏筆糅合於個人的生命歷程之中。對於夏氏兄弟而言，只想“做個冷眼旁觀的人”，可是“痛苦的是，我們不能完全 detached。我們不但是 directly concerned，而且是 somehow involved 的。”[37] 不僅不能超脫，而且往往被捲入其中，於是，只有且行且珍惜，抱持人文的理想，勉力前行，在不同的領域卓有建樹。而對於錢學熙來說，從來就有一種努力奮進的人生態度。他年輕時就說，“人生之路，只有努力，腳下軟不得，亦不可姑且求其次，不然便隨波逐流，不可收拾，所以 Arnold 決不可學，非追求理想，直到永遠不可也。其實如追求理想既久，便自然入於物不能撓之境，此則實是超出世俗之利害而獲得真生命也。今天下悲觀灰心，無非因隨波逐流，貪圖省力，初以為腳下略為軟些，亦不礙為正人君子，潔身自好之人。不知苟明知有此理想，而退求其次，便是墮落初步，便無法與天地合德之真生活，更無從親證朝聞道而可以夕死之道，故望兄不可不努力也。”[38] 一個全新的世界，正是他大展宏圖，努力奮進的絕好機會，他之追求進步，接受馬克思主義，幾乎就是水到渠成的選擇。也許他未必有“敢叫日月換新天”的激情，也許他的馬克思主義未必切近於自己的生命體驗，也許他的話語聽起來有些生硬或虛空，但是，我們不能否認也不應該貶低他對馬克思主義的真誠信仰。這幾乎是那一代來自舊社會的知識分

37 《夏濟安致夏志清》（1959 年 5 月 22 日），見王洞主編、季進編注：《夏志清夏濟安書信集》（卷三），第 396 頁。

38 夏濟安：《夏濟安日記》，瀋陽：遼寧教育出版社，1998 年，第 148 頁。

子，迎接新世界時的必然取向。某種意義上，錢學熙的選擇以及此後的命運，正是無數知識分子的一個縮影。

因此，無論是左傾，還是右翼，是馬克思主義，還是自由主義，是階級鬥爭，還是人文立場，只要是本諸內心的自覺自願的選擇，我們都應該給予充分的尊重和包容。不同選擇、不同立場、不同命運的彼此映照，恰恰構成了當代人文知識分子的複雜面相。一九四六年六月，夏濟安在日記本的扉頁上，抄錄了明代高僧憨山的一首詩："世界光如水月，身心皎若琉璃。但見冰消澗底，不知春上花枝。"澗底之冰與枝上春光，原本都是大自然的生命呼吸，各美其美，美美與共，自然世界是如此，人文世界不也應該如此嗎？

這批書信距今已經六七十年了。一九八五年，錢學熙的大女兒錢曼立（一九二六—）應夏志清之請，將錢學熙與燕卜遜往來書信和《道德經》譯稿寄到了美國。[39] 錢曼立年輕時跟著父親早就認識夏氏兄弟，她在北大的室友但慶棣還曾經是夏志清喜歡的對象。她在信中簡單介紹了家裡的情況，母親和她一起住在廣州，感謝"志清叔叔"對父親著作的關心。[40] 很有可能夏志清曾經想為老友做點事，畢竟，錢學熙至今連一本文集都沒有。我們總是說，生命彷彿一樹花開，同發一枝，俱開一蒂，無論寂寞還是熱烈，平淡還是璀璨，歷史的沙漏帶走了太多的人和事，需要我們去努力打撈、想像和記憶。我們"必須在自己的心靈中重演過去"，[41] 以無數歷史的碎片，重新還原歷史，建構歷史，讓"錢學熙"們曾經的夢想與奮鬥在歷史中得到銘記。

二〇二〇年六月十日

於環翠閣

---

39 承蒙姚達兑教授指點，現存哈佛大學 Houghton Library 的燕卜遜檔案中，也存有錢學熙的這六封信，但日期有的信延後一天，由此可以推斷，我們看到的應該是錢學熙自己保留的原稿。請參見 https://hollisarchives.lib.harvard.edu/repositories/24/resources/1311。

40 《錢曼立致夏志清》（1985 年 6 月 20 日），未刊。

41 參閱何兆武、張文傑：《歷史的觀念・譯序》，見（英）柯林武德《歷史的觀念》，北京：商務印書館，1997 年。

# 編後記

季進

對於從一九八〇年代成長起來的一代學人來說，劉再復無疑是那個時代的標誌性人物，是一代學子的精神偶像。他的《性格組合論》、《論文學的主體性》等著作，振聾發聵，醍醐灌頂，成為照亮八〇年代文學之途的精神之光。一九八九年五月初，中國社科院舉辦“紀念五四運動七十周年學術討論會”，我有幸第一次見到了熟悉而陌生的劉再復老師（他是會議的主辦者之一），當然，我只是遠遠地崇敬地致意，並沒有機會與再復老師單獨交流。二〇〇四年春天，我和李歐梵老師、子玉師母同遊華盛頓，正值傑斐遜紀念堂旁潮汐湖畔的櫻花繽紛怒放，蒼老虬勁的枝幹上綴滿了一簇簇嬌嫩輕柔的花朵，鋪天蓋地，蔚為壯觀。我們從華盛頓直接轉到了馬里蘭，住在了劍梅家，終於有機會跟再復老師暢聊。那種春風拂面的感覺，與華盛頓粉色的春色，融為一體，恍兮惚兮，生出一種不真實的感覺。後來，劍梅移居香港，我也就時常有機會在香港與再復老師聚首，親聆謦欬，每次都幸蒙賜書賜教，有時還賜墨寶。有一次劍梅主辦高行健作品討論會，每天晚上在她家客廳裡，聽高行健與再復老師閒聊對談，一些匪夷所思的故事，讓人大開眼界。就在一次又一次的見面與閒聊中，再復老師轉眼已經八十大壽，而我也從青葱少年邁入了中年。何其幸運，現在竟然有機會與王德威、劉劍梅一起合編給再復老師的祝壽集，真是感恩命運的眷顧，無比珍惜這段緣份。

也許，當年再復老師曾經讓我們激動得不能自已的一些論述，早已成為學界共識，年輕一代的學者更是高張“主體性”的大旗，以不變應萬變。只是，我們千萬不能忘記，這些共識的形成，其實經過了驚心動魄的論辯與磨難。當年觀念突圍與空間打開之難，是現在習以為常的理論演繹所難以比擬與想像的。再復老師當年那些石破天驚、標新立異的言論，與其說是“革命”的告別，不如說是"革命"的再接再厲，是對傳統思維觀念的徹底革命。社會的紛繁與人性的複雜，需要我們洞穿歷史的幽暗，訴諸主體的反省。"組合論"、"主體說"在對話社會政治之外，更重要的是開闢了反躬自省和內在自新的可能。因此，從這個意義上來說，再復老師不僅是一位精神偶像，也是一九八〇年代一位攖人心者的英雄。往後的歲月，再復老師遊走海外，成為漂泊的思想者，在困頓中重拾"人間"幽微，以情悟道，放逐諸神，更見證了文學的廣闊與深遠，讓我們認識到，對話、共悟、叩求第三空間，才是理解人心、人性乃至廣義的文明的不二法門。

這本《文學赤子》一書，共收有七十篇文字，由再復老師的好友、同事、門生執筆，全書粗分八輯，即"海底自行"、"放逐諸神"、"海內知己"、"文學先生"、"漂流歲月"、"心靈本體"、"文心空間"、"多維對話"，其中既有好友所作的序言，也有與友人的對談；既有國內老友的懷想，也有漂泊歲月的深情厚誼；既有滿懷深情的回憶性散文隨筆，也有對其學術思想的理解與闡釋，還有以學術論文形式呈現的祝壽之忱。這些文字長短不一，但都在在顯示了再復老師作為曾經的精神偶像和後來的漂泊思想者之於當代中國的特殊意義。《文學赤子》的編輯，由王德威主持大政方針，劍梅和我具體聯絡。邀請函甫一發出，即得到海內外師友的熱烈響應，以至祝壽集的篇幅也一擴再擴，再復老師的人氣於此可見一斑。值此出版之際，衷心感謝各位撰稿者的積極參與。本書的出版，再次得到了香港三聯書店的鼎力支持，感謝香港三聯書店的周建華先生、李斌先生，謹向你們致以崇高的敬意。

謹以此書祝賀再復老師八十華誕，祝願再復老師健康長壽，文學的與思想的生命力永遠澎湃充盈。我們相信再復老師為文學而生的赤誠、自由的慈悲之心，會不斷感動和激勵一代又一代的讀者們，他們才是未來的希望。

二〇二一年四月二十八日

# 附錄：劉再復著作出版年表

葉鴻基 整理

| 序 | 類別 | 書名 | 出版社 | 出版年份 | 備注 |
|---|---|---|---|---|---|
| 1 | 文學理論與批評 | 《性格組合論》 | 文藝出版社（上海） | 一九八六 | |
| 2 | | | 新地出版社（台灣） | 一九八八 | |
| 3 | | | 文藝出版社（安徽） | 一九九九 | |
| 4 | | | 中國人民大學出版社 | 二〇〇九 | |
| 5 | | 《文學的反思》 | 人民文學出版社 | 一九八六 | |
| 6 | | | 明鏡出版社（台灣） | 一九九〇 | |
| 7 | | | 教育出版社（福建） | 二〇一〇 | |
| 8 | | 《放逐諸神》 | 天地圖書公司（香港） | 一九九四 | |
| 9 | | | 時代風雲出版社（台灣） | 一九九五 | |
| 10 | | 《罪與文學》 | 牛津大學出版社 | 二〇〇二 | 與林崗合著 |
| 11 | | | 中信出版社 | 二〇一一 | |
| 12 | 中國古代文化與古代文學 | 《傳統與中國人》 | 三聯書店（北京） | 一九八八 | 與林崗合著 |
| 13 | | | 三聯書店（香港） | 一九八九 | |
| 14 | | | 人間出版社（台灣） | 一九八八 | |
| 15 | | | 文藝出版社（安徽） | 一九九九 | |
| 16 | | | 牛津大學出版社（香港） | 二〇〇二 | |
| 17 | | | 中信出版社 | 二〇一〇 | |
| 18 | | 《論中國文化對人的設計》 | 人民出版社（湖南） | 一九八八 | 與林崗合著 |
| 19 | | 《雙典批判》 | 三聯書店（北京） | 二〇一〇 | |
| 20 | | 《賈寶玉論》 | 三聯書店（北京） | 二〇一四 | |

| 序 | 類別 | 書名 | | 出版社 | 出版年份 | 備注 |
|---|---|---|---|---|---|---|
| 21 | | 《西遊記悟語三百則》 | | 藝文出版社（澳門） | 二〇一九 | |
| 22 | | 《紅樓夢悟讀系列》（六種） | | 三聯書店（上海） | 二〇二〇 | |
| 23 | | 《與白先勇紅樓夢對話錄》 | | 中華書局（香港） | 二〇二〇 | |
| 24 | | 紅樓四書 | 《紅樓夢悟》 | 三聯書店（香港） | 二〇〇六 | |
| 25 | | | | 三聯書店（北京） | 二〇〇六 | |
| 26 | | | | 三聯書店（香港） | 二〇〇八 | 增訂版 |
| 27 | | | | 三聯書店（北京） | 二〇〇九 | |
| 28 | | | 《共悟紅樓》 | 三聯書店（香港） | 二〇〇八 | 與劉劍梅合著 |
| 29 | | | | 三聯書店（北京） | 二〇〇九 | |
| 30 | | | 《紅樓人三十種解讀》 | 三聯書店（北京） | 二〇〇九 | |
| 31 | | | | 三聯書店（香港） | 二〇〇九 | |
| 32 | | | 《紅樓哲學筆記》 | 三聯書店（北京） | 二〇〇九 | |
| 33 | | | 《紅樓哲學筆記》 | 三聯書店（香港） | 二〇〇九 | |
| 34 | 中國現當代文學 | 《魯迅與自然科學》 | | 科學出版社 | 一九七六 | 與金秋鵬、汪子春合著 |
| 35 | | | | 爾雅出版社（台灣） | 一九八〇 | |
| 36 | | 《魯迅美學思想論稿》 | | 中國社會科學出版社 | 一九八一 | |
| 37 | | | | 明鏡出版社（台灣） | 一九九〇 | |
| 38 | | 《魯迅傳》 | | 中國社會科學出版社 | 一九八一 | 與林非合著 |
| 39 | | | | 人民日報出版社 | 二〇一〇 | |
| 40 | | | | 教育出版社（福建） | 二〇一〇 | |
| 41 | | 《論中國文學》 | | 中國作家出版社 | 一九九八 | |
| 42 | | 《李澤厚美學概論》 | | 三聯書店（北京） | 二〇〇九 | |
| 43 | | 《論高行健狀態》 | | 明報出版社（香港） | 二〇〇〇 | |
| 44 | | 《書園思緒》 | | 天地圖書公司（香港） | 二〇〇二 | 楊春時編 |
| 45 | | 《高行健論》 | | 聯經出版公司（台灣） | 二〇〇四 | |
| 46 | | 《現代文學諸子論》 | | 牛津大學出版社（香港） | 二〇〇四 | |

| 序 | 類別 | 書名 | 出版社 | 出版年份 | 備注 |
|---|---|---|---|---|---|
| 47 | 思想與思想史 | 《橫眉集》 | 人民出版社（天津） | 一九七八 | 與楊志傑合著 |
| 48 | | 《告別革命》 | 天地圖書公司（香港）（共印 8 版） | 一九九五一二〇一五 | 與李澤厚合著 |
| 49 | | | | | |
| 51 | | | 麥田出版社（台灣） | 一九九九 | |
| 52 | | 《思想者十八題》 | 明報出版社（香港） | 二〇〇七 | |
| 53 | | | 中信出版社（簡體） | 二〇一〇 | 劉劍梅編 |
| 54 | | 《共鑒“五四”》 | 三聯書店（香港） | 二〇〇九 | |
| 55 | | | 教育出版社（福建） | 二〇一〇 | |
| 56 | | 《教育論語》 | 教育出版社（福建） | 二〇一二 | |
| 57 | 散文與散文詩　散文 | 《人論二十五種》 | 牛津大學出版社（香港） | 一九九二 | |
| 58 | | | 中信出版社 | 二〇一〇 | |
| 59 | | 《漂流手記》 | 天地圖書公司（香港） | 一九九三 | 漂流手記（1） |
| 60 | | | 時代風雲出版社（台灣） | 一九九五 | |
| 61 | | 《遠遊歲月》 | 天地圖書公司（香港） | 一九九四 | 漂流手記（2） |
| 62 | | 《西尋故鄉》 | 天地圖書公司（香港） | 一九九七 | 漂流手記（3） |
| 63 | | 《獨語天涯》 | 天地圖書公司（香港） | 一九九九 | 漂流手記（4） |
| 64 | | | 文藝出版社（上海） | 二〇〇一 | |
| 65 | | 《漫步高原》 | 天地圖書公司（香港） | 二〇〇〇 | 漂流手記（5） |
| 66 | | 《共悟人間》 | 天地圖書公司（香港） | 二〇〇〇 | 漂流手記（6） |
| 67 | | | 文藝出版社（上海） | 二〇〇一 | 與劉劍梅合著 |
| 68 | | | 九歌出版社（台灣） | 二〇〇四 | |
| 69 | | 《閱讀美國》 | 明報出版社（香港） | 二〇〇二 | 漂流手記（7） |
| 70 | | | 教育出版社（福建） | 二〇〇九 | |

| 序 | 類別 | | 書名 | 出版社 | 出版年份 | 備注 |
|---|---|---|---|---|---|---|
| 71 | | | 《滄桑百感》 | 天地圖書公司（香港） | 二〇〇四 | 漂流手記（8） |
| 72 | | | 《面壁沉思錄》 | 天地圖書公司（香港） | 二〇〇四 | 漂流手記（9） |
| 73 | | | 《大觀心得》 | 天地圖書公司（香港） | 二〇一〇 | 漂流手記（10） |
| 74 | | | 《隨心集》 | 三聯書店（北京） | 二〇一二 | |
| 75 | | | 《我的寫作史》 | 三聯書店（香港） | 二〇一七 | |
| 76 | | | 《我的心靈史》 | 三聯書店（香港） | 二〇一九 | |
| 77 | | | 《我的思想史》 | 三聯書店（香港） | 二〇二〇 | |
| 78 | | | 《我的錯誤史》 | 三聯書店（香港） | 二〇二〇 | |
| 79 | | | 《我的拚搏史》 | 三聯書店（香港） | 二〇二一 | |
| 80 | | 散文詩 | 《雨絲集》 | 文藝出版社（上海） | 一九七九 | |
| 81 | | | 《深海的追尋》 | 人民出版社（湖南） | 一九八三 | |
| 82 | | | | 台北新地出版社（台灣） | 一九八八 | |
| 83 | | | | 旅遊出版社（廣東） | 二〇一三 | |
| 84 | | | 《告別》 | 人民出版社（福建） | 一九八三 | |
| 85 | | | 《太陽・土地・人》 | 百花文藝出版社（天津） | 一九八四 | |
| 86 | | | | 台北新地出版社（台灣） | 一九八八 | |
| 87 | | | | 旅遊出版社（廣東） | 二〇一三 | |
| 88 | | | 《潔白的燈心草》 | 天地圖書公司（香港） | 一九八五 | |
| 89 | | | 《人間・慈母・愛》 | 人民文學出版社 | 一九八八 | |
| 90 | | | | 旅遊出版社（廣東） | 二〇一三 | |
| 91 | | | 《尋找的悲歌》 | 天地圖書公司（香港） | 一九八八 | |
| 93 | | | | 旅遊出版社（廣東） | 二〇一三 | |
| 94 | | | 《讀滄海》 | 文藝出版社（安徽） | 一九九九 | |
| 95 | | | | 教育出版社（福建） | 二〇〇九 | |

| 序 | 類別 | | 書名 | 出版社 | 出版年份 | 備注 |
|---|---|---|---|---|---|---|
| 96 | | 散文選本 | 《劉再復散文詩合集》 | 華夏出版社 | 一九八八 | |
| 97 | | | 《劉再復精選集》 | 九歌出版社 | 二〇〇二 | |
| 98 | | | 《我對命運這樣說》 | 三聯書店（香港） | 二〇〇三 | 舒非編 |
| 99 | | | 《漂泊傳》（海外散文選） | 新加坡青年書局、香港明報月刊出版社聯合出版 | 二〇〇九 | |
| 100 | | | 《生命精神與文學道路》 | 風雲時代出版公司（台灣） | 一九八九 | 陳曉林編 |
| 101 | | | 《尋找與呼喚》 | 風雲時代出版公司（台灣） | 一九八九 | 陳曉林編 |
| 102 | | | 《遠遊歲月——劉再復海外散文選》 | 花城出版社（廣東） | 二〇〇九 | |
| 103 | | | 《師友紀事》（散文精編一） | 三聯書店（北京） | 二〇一〇 | 白燁、葉鴻基編 |
| 104 | | | 《人性諸相》（散文精編二） | 三聯書店（北京） | 二〇一〇 | 白燁、葉鴻基編 |
| 105 | | | 《讀海文存》 | 人民出版社（遼寧） | 二〇一二 | |
| 106 | | | 《歲月幾縷絲》 | 海天出版社（深圳） | 二〇一二 | |
| 107 | | | 《世界遊思》（散文精編三） | 三聯書店（北京） | 二〇一二 | 白燁、葉鴻基編 |
| 108 | | | 《檻外評說》（散文精編四） | 三聯書店（北京） | 二〇一二 | 白燁、葉鴻基編 |
| 109 | | | 《漂泊心緒》（散文精編五） | 三聯書店（北京） | 二〇一二 | 白燁、葉鴻基編 |
| 110 | | | 《八方序跋》（散文精編六） | 三聯書店（北京） | 二〇一三 | 白燁、葉鴻基編 |
| 111 | | | 《兩地書寫》（散文精編七） | 三聯書店（北京） | 二〇一三 | 白燁、葉鴻基編 |
| 112 | | | 《天涯悟語》（散文精編八） | 三聯書店（北京） | 二〇一三 | 白燁、葉鴻基編 |
| 113 | | | 《莫言了不起》 | 中和出版有限公司（香港） | 二〇一三 | |
| 114 | | | | 東方出版社（北京） | 二〇一三 | |

| 序 | 類別 | 書名 | 出版社 | 出版年份 | 備注 |
| --- | --- | --- | --- | --- | --- |
| 115 | | 《散文詩華》（散文精編九） | 三聯書店（北京） | 二〇一三 | 白燁、葉鴻基編 |
| 116 | | 《審美筆記》（散文精編十） | 三聯書店（北京） | 二〇一三 | 白燁、葉鴻基編 |
| 117 | | 《又讀滄海》 | 旅遊出版社（廣東） | 二〇一三 | |
| 118 | | 《天岸書寫》 | 廈門大學出版社（福建） | 二〇一四 | |
| 119 | | 《四海行吟》 | 中華書局（香港） | 二〇一四 | |
| 120 | | | 中國人民大學出版社 | 二〇一五 | |
| 121 | | 《童心百說》 | 灕江出版社（廣西） | 二〇一四 | |
| 122 | | 《吾師吾友》 | 三聯書店（香港） | 二〇一五 | |
| 123 | 學術選本 | 《劉再復論文集》 | 天地圖書公司（香港） | 一九八六 | |
| 124 | | 《劉再復集》 | 教育出版社（黑龍江） | 一九八八 | |
| 125 | | 《劉再復——二〇〇〇年文庫》 | 明報出版社（香港） | 一九九九 | |
| 126 | | 《劉再復文論精選》上 | 新地出版社（台灣） | 二〇一〇 | |
| 127 | | 《劉再復文論精選》下 | 新地出版社（台灣） | 二〇一〇 | |
| 128 | | 《人文十三步》 | 中信出版社 | 二〇一〇 | 林崗編 |
| 129 | | 《走向人生深處》 | 中信出版社 | 二〇一〇 | 吳小攀訪談 |
| 130 | | 《魯迅論》 | 中信出版社 | 二〇一〇 | 劉劍梅編 |
| 131 | | 《文學十八題》 | 中信出版社 | 二〇一一 | 沈志佳編 |
| 132 | | 《感悟中國，感悟我的人間》 | 人民日報出版社 | 二〇一一 | 對話集 |
| 133 | | 《回歸古典，回歸我的六經》 | 人民日報出版社 | 二〇一一 | 講演集 |
| 134 | | 《高行健引論》 | 大山出版社（香港） | 二〇一一 | |
| 135 | | 《文學常識二十二講》 | 東方出版社（北京） | 二〇一六 | |
| 136 | | 《什麼是文學》 | 三聯書店（香港） | 二〇一五 | |

| 序 | 類別 | 書名 | 出版社 | 出版年份 | 備注 |
| --- | --- | --- | --- | --- | --- |
| 137 | | 《什麼是人生》 | 三聯書店（香港） | 二〇一七 | |
| 138 | | 《人生十倫》 | 三聯書店（上海） | 二〇一七 | |
| 139 | | 《怎樣讀文學》 | 三聯書店（香港） | 二〇一八 | |
| 140 | | 《文學慧悟十八點》 | 商務印書館（北京） | 二〇一八 | |
| 141 | | 《讀書十日談》 | 商務印書館（北京） | 二〇一八 | |
| 142 | | 《劉再復片段寫作選集》（四種） | 城市大學出版社（香港） | 二〇二〇 | |

（注：不包括外文版）